谢冕编年文集

第九卷 1999—2001

北京大学出版社

2001年在湖南南岳衡山

2001年在浙江南浔鱼鹰船上

2001年10月在浙江湖州

2001 年在深圳

2000 年在重庆翻越铁门进红卫兵墓地

2001年在法国巴尔扎克塑像前

2001年在罗丹博物馆"思想者"塑像前

2000年在郑敏先生家

2001年在德国图宾根大学

2000年大连中国当代诗歌研讨会上"三崛起"再会(由左及右为徐敬亚,谢冕,孙绍振)

《浪漫星云》,广东人民出版社1999年版

《西郊夜话》,福建教育出版社2000年版

目 录

1999

亲切感人的诗
　　——写在《小心走过冬天的边境》的前面 …………… 3
文学的纪念(1949—1999)………………………………… 6
郁金香的拒绝 ……………………………………………… 27
感言 ………………………………………………………… 34
中国文学研究五十年(1949—1999) …………………… 36
春天的怀想 ………………………………………………… 42
《蓝风筝丛书》序 ………………………………………… 43
燃烧的星辰 ………………………………………………… 47
《中国新诗诗艺品鉴》序 ………………………………… 49
这颗心燃烧了一百年
　　——送别冰心先生兼谈"五四" …………………… 52
写诗的林祁和做学问的林祁
　　——写在林祁诗集前面的几句话 ………………… 56
致徐怀中函 ………………………………………………… 60
李观鼎的《滴水集》 ……………………………………… 62
家住京城 …………………………………………………… 65
可贵的实践 ………………………………………………… 68
散文诗随想 ………………………………………………… 70
八十岁依然青年 …………………………………………… 73

赠书讲话	76
写在《拒绝与再造》的前面	78
答《南方文坛》问	80
重读《千万不要忘记》	82
我看二十世纪中文小说	
——答《亚洲周刊》	85
天安门的眷念	87
读《拂拭岁月》有感	89
文化建设的使命	93
诗歌与读者之间的桥	
——序《20世纪中国诗歌精品导读丛书》	95
郑万鹏著《中国当代文学史》序	98
林轩鹤的散文	101
没有书斋何来斋名	103
说书"灾"	105
赠书琐记	107
在《周来祥美学文选》学术讨论会上的发言	110
百年中国文论述略	112
世纪留言	140
序《花开的姿态》	142
我的一些想法	144
清风明月下的东湖	147
新世纪的文学命题	150
《中国新诗三百首》序	153
全球化趋势下的文学	157
个人的文学和集体的文学	159
作家的写作立场	161
女性的文学争取	163

《深圳周刊》"百人百言说百年" …………………… 165
爱读近百年史 …………………………………… 166
千年元旦祝福 …………………………………… 168
千禧祝辞 ………………………………………… 170

浪漫星云

总序 ……………………………………………… 175
第一编　通论：特殊时空 ………………………… 179
　第一章　新时代诗歌的价值及局限 …………… 179
　第二章　抒情形象的变异 ……………………… 196
　第三章　颂歌策略的确定及演变 ……………… 203
　第四章　新诗形式问题 ………………………… 211
　第五章　当代政治对诗歌发展的制约 ………… 223
第二编　"现实主义"盛衰 ………………………… 239
　第六章　反映现实原则的形成 ………………… 239
　第七章　为政治服务的"现实主义"（上）……… 250
　第八章　为政治服务的"现实主义"（下）……… 266
　第九章　抒情诗叙事化 ………………………… 281
　第十章　"体验生活"模式 ……………………… 295
　第十一章　颂歌意识形成探源 ………………… 312
　第十二章　对颂歌主潮的质疑 ………………… 322
第三编　"浪漫主义"救援 ………………………… 343
　第十三章　回避真实的生活 …………………… 343
　第十四章　"浪漫主义"解除新诗的"危机" …… 354
　第十五章　新民歌对"浪漫主义"潮流的推动 … 364
　第十六章　虚假的巨人时代 …………………… 376
　第十七章　从写实向着虚幻的全方位转移 …… 384

第十八章　诗歌注重精神的演绎……………………394
第十九章　迈向极端的颂歌时代……………………405
后记………………………………………………………418

2000

新世纪的新期待……………………………………………421
新诗与新的百年……………………………………………424
郭小川的意义………………………………………………427
建设的文学批评……………………………………………430
特别的蔡其矫………………………………………………432
我读《秦相李斯》……………………………………………435
反思当代文学批评…………………………………………438
写作要突出特点……………………………………………440
我所认识的高准先生………………………………………442
《20世纪灯谜精选》序………………………………………447
我所知道的中文系的传统…………………………………451
南方的爱情故事……………………………………………453
澳门文学研究的新成就
　　——评郑炜明著《澳门文学发展历程初探》…………456
学问和思想…………………………………………………459
给《中国文化研究》的题词…………………………………462
给中文系1955级同学的约稿信……………………………463
底层生活的关怀……………………………………………464
被挤压的文学批评…………………………………………466
颐和园西堤东望……………………………………………468
湖畔的"新风景"……………………………………………470
林庚的诗歌精神……………………………………………473

文学的"重大主题"………………………………… 476
西郊夜话………………………………………… 478
值得称赞的治学态度……………………………… 480
艺术和文学是近亲………………………………… 484
《西郊夜话》后记………………………………… 486
革命文学再评价…………………………………… 488
人类文明史的辉煌………………………………… 490
无处可栖的生灵…………………………………… 493
在图宾根大学的讲话……………………………… 495
中国新诗史上的闻一多
　　——纪念闻一多先生诞辰100周年……………… 498
郭沫若的生平和《女神》的时代背景…………… 511
现实人生的关怀…………………………………… 513
开花或不开花的年代……………………………… 515
为《新诗人》写几句……………………………… 523
福清城里有座小楼………………………………… 524
传统不会过时……………………………………… 528
序董之林…………………………………………… 530
世纪的约会
　　——在北京大学中文系1955级毕业四十周年
　　庆祝会上的致辞………………………………… 535
难忘的岁月………………………………………… 537
治学的根本是勤奋
　　——在北京大学中文系2000年迎新会上的讲话…… 541
适民先生的诗……………………………………… 545
花和剑的歌唱
　　——读谢春池的《厦门：永远的恋歌》……… 547
贺《书摘》一百期………………………………… 552

别开生面的贡献
　　——在嘉应学院李金发百年纪念会上的讲话………… 553
大雪无痕………………………………………………… 557
立志于文学的建设……………………………………… 560
告别二十世纪
　　——在大连诗歌座谈会上的发言………………… 563
学习与写作……………………………………………… 567

2001

另一片天空
　　——读《网络诗三百》……………………………… 571
谈谈谢有顺……………………………………………… 574
关于20世纪中国新诗大系……………………………… 575
序《民心镜》……………………………………………… 588
文化强省的建言………………………………………… 591
痛心的文字……………………………………………… 594
文学与道德……………………………………………… 596
健与美的星座
　　——读《中国体坛50星》…………………………… 599
诗和科学随想…………………………………………… 602
北京的春天……………………………………………… 604
给涛哥的信……………………………………………… 607
北京的风沙……………………………………………… 609
贺《诗潮》一百期………………………………………… 613
冰心《往事》赏析………………………………………… 615
建筑的断想……………………………………………… 618
宴会致辞………………………………………………… 622

咖啡或者茶……………………………………… 624
在朗润园静静的一隅
　　——记陈贻焮先生…………………………… 626
读《林则徐》……………………………………… 631
《论二十世纪中国新诗中的现代主义》序……… 635
关于《城市尖叫》………………………………… 639
简评《味道》……………………………………… 641
《二十世纪中外报告文学论略》序……………… 643
追梦的巴金……………………………………… 647
《新诗诵读精华》后记…………………………… 650
北京申奥成功感言……………………………… 652
一点建议………………………………………… 653
成功的《国际双行线》…………………………… 654
刺桐花下的友谊………………………………… 658
跨越时空的推进
　　——贺增订注释版《全唐诗》问世………… 661
无尽的感激
　　——我所受的中学语文教育………………… 665
一个世纪的梦想………………………………… 670
厦门寻踪
　　——本文为纪念林庚先生赴厦门
　　　大学任教七十周年而作………………… 675
纪念徐志摩先生………………………………… 678
在澳门的讲话…………………………………… 679
沧海为镜………………………………………… 681
简单几句话……………………………………… 683
平安夜话………………………………………… 684

1999

亲切感人的诗*
——写在《小心走过冬天的边境》的前面

这位写诗的朋友我没有见过面,是朋友的朋友介绍我读他的诗。但他的诗使我接近了他,这种接近是情感的,也是心灵的。也许他从事的事业离诗很远,也许他在那里取得了成功,但他还是钟情于诗。我不知道这些诗是否发表过,但从他写作的态度看,发表不发表似乎对他并不重要。他只是在他的现实世界之中感到了某种匮乏,他为寻觅那种在豪华和喧腾中的缺失而找到了诗。诗在他那里是一种需要,是为填补那匮乏和缺失而存在的。

他写着诗,首先不是为发表,他有许多亲切而变得遥远的记忆,他有许多繁琐的生活之外的情感的牵萦。那些产生在自然、甚至还有点平淡的环境中的情感记忆,温情之中又夹杂着淡淡的伤感,在他的笔下化为了绵长而又悠远的思绪。

商界中的交往是礼貌而又热情的,却又是功利的。不能说那里没有一些真实的东西,也不能说那里不会产生一些动人的情节,更不能说那里根本放逐了真情。但那里的确充盈着为利益所驱动的目的性,那里有很多及时的、当然也是短暂的"友谊",正因为是短暂,于是怀想长远。那里的生活很具体,也是务实的。灯红酒绿之际,钗光鬓影之中,有很多的歌吟浅笑,也有很多的谋略虚应。在这样务实的环境中,很能唤起人们对于那

---

* 此文据文稿编入。

些亲情的、友谊的、少有甚至杜绝了功利心的世界的怀想。

这时节,诗这个"虚空"之物便成了对于真实的虚空的填补。那种生活太实在了,实在得让人感到空虚,唯一缺乏的便是这种"可有可无"的、"亦真亦幻"的诗。此时,也只有此时,通常被认为是"无用之物"的诗,却是空寂、孤独的心灵的最亲密也最可靠的朋友。

现在我们不妨回过头来,结识一下这本叫做《小心走过冬天的边境》的诗集的作者。他原是诗国中人,只是由于环境的追逼而做了"沉重的抉择"。而这种抉择的代价则是他所坦称的"心灵曾被涂染"。在表层的繁华的背面,这位原先心仪鲁迅和莎士比亚的人感到了心灵的孤寂。他毕竟也有热闹过后的"灵魂淡现的一刻"。或是清幽的鸟鸣惊醒了晓梦,或是紧张的间隙偶见中天月色的清寂,于是那些依稀的往事,便悄悄占领那"间隙"。每当此刻,那"内心的一隅潜藏着久远简朴的温情"出现了,诗人自谓:"我们永远乐于沉湎哪怕只是片刻的温情之中,让自己在这一刻轻柔起来。"其实,所谓"温情"或"轻柔"一类,所指均是属于诗的品质。诗不是世俗,诗是"超凡脱俗"的。

其实,让我们受到震动的不仅是这种诗的唤醒,而是写诗的人在此刻、在被温情和轻柔唤醒的时节竟然连带着那样被复杂的思绪所纠缠的痛苦。诗集中最动人的部分不是作者所熟悉的都市生活的场景,也不是他投身其中的商战中的风云变幻,而是那些如今变得遥远却又亲切的乡村的土地、小屋和让人心疼的炊烟。

当情感随风涌向远方,远去的岁月此刻显得厚重而苍茫。而在此刻,他只是一个把背影对着永恒家园的旅人。他身居闹市,而心灵一角的缅想却属于乡土。很多诗都写到这种与乡土和家园的离别:"明天将离别故土,不会有你同行","心灵曾经坚强,此刻坚强得发抖","把一份思念悄悄留下,把一份忧伤轻轻带走"。当情感回到诗的境界，原先的坚强便因那温情和轻柔而变得不堪一击的脆弱。诗集不止一次地写到幼时蹚过的"少年河"，写到"母亲的风筝"（"风雨中，青衫变成了灰袄"），写到思念中的祖母"一个人蜷卧在太阳下瞌睡"，心中竟有无比的哀痛。

当他想起这遥远而又陌生的一切，特别是对照现今他所拥有并投身其中的紧张、喧腾而又热烈的一切，这种对照所产生的对立性的效果便具有了让人警觉的意味。于是，这里便出现了诗中无所不在的负疚的、自我忏悔、自我谴责的意念。从这里我们看到了中国式的都市和乡村两种文明既包容又对立的复杂而矛盾的特殊景观。这一景观在诗中的出现，使这部诗集的价值超出仅仅属于个人的范围。作者在这里传达的是普遍存在于中国人心中的乡土中国的根的观念，以及他们普遍感到的"离根"或"无根"的痛苦。

这无疑是属于情感的、诗的。也就是在这一点上，这些诗走进了我们的心灵，这些诗也因而获得了它的价值。这本诗集中的作品水平并不平衡，有些作品写得有些随意，在表达上有些粗糙。但总的看来，语言明快、色调清新，没有故作高深的艰涩，读了让人愉悦。诗集即将出版，仅写如上几句感言以为贺词。

1999年1月1日于北京大学畅春园

文学的纪念(1949—1999)*

特殊的文学阶段

中国新文学发展至今,已有八十年的历史。对这段历史加以划分,前三十年是一个大阶段,后五十年又是一个大阶段。一般指称前一阶段为现代文学,后一阶段为当代文学。这两个大阶段,又可按不同的切割,作更为具体的划分。但这前后两个阶段的划分,已约定俗成,并无太多争议。作为中国新文学的组成部分,始于1949年而无限延长的当代文学的命名,近年来已受到越来越多的质疑。这一问题的解决,只是时间和精力的问题,当然也有学界同人重新约定和认同的问题。本文的论述仍然沿用目前通用的"当代文学"的概念,而且仍然遵从以1949年为这一阶段文学的起点的惯例。

1949年是一个重要的年份。以这一年为标志,中国的政局有了巨大的变化。由于中国当代文学与中国当代政治有着非常亲密的关系——在很多的时候是,政治"运动"文学,文学"配合"政治——所以,这种政局的变化对于文学的影响,几乎就是决定性的。何况,以往呈整体状态的文学,也是以这一年份为标志,开始了以台湾海峡为分界的同一文化母体的一体异向的发展。两岸三地的文学从此开始了历时数十年的既彼此分割、又相互补充、相互辉映的历史性时期。这也是自有新文学历史以来所

---

* 此文刊于《文学评论》1999年第4期,后收入《回望百年》,据《文学评论》编入。

仅见的。

这一阶段文学对于中国新文学来说,是一个产生了巨大变革的特殊文学阶段。一方面是诞生于五四新文化运动的新文学传统得到延续,另一方面,则是这一文学的若干品质产生了大的变异,原来的文学流向有了重大的改变。由此生发出有异于前的文学新质,它无疑是对新文学历史的一次改写,同时又以它的特质给中国现代文学史以新的经验。这些文学经验中最重要的一点是,文学的内容有了新的拓展,即新的生活和新的人物大量地涌进文学。当然,与此同时,更多的旧的生活和旧的人物也退出了文学。在这一进一退之间,文学也给我们提供了许多有意义的话题。

社会功利主义

中国当代文学直接承继了近代以来文学强国新民的传统。中国几代的社会精英,面对严重的内忧外患,四方求索而救国无门。当军事上连连败绩而实业救国或洋务运动等又无以奏效的时候,文学则成了他们实现强国新民理想的重要选择。这些新进的知识者认为,强国在于新民,新民必先铸魂,而诗歌、小说、戏剧和各种文章则是唤醒民众的可行方式。由此可见当时文学在他们心目中的位置。

从文学改良到文学革命,中国作家想以文学的内容和形式的全面革新的努力,使之有效地接近民众并为民众所接受。这正是使文学有益于改造民众这一思路的延展。由此,我们看到了从新文学革命开始的"为人生",到后来的"为救亡"、"为国防"、"为政治",以及每一个时期都有的"为——"的号召、主张和实践,其中的用意也正在于使文学能够和社会的发展、民心的建设结合起来。

这些因素,自然地形成了近代以来中国文学的功利主义的理念。文学尽管有多种功能,但"文为世用"的观念却是中国人自古而有的。这与中国的国情有关,也与中国的文化传统有关。而把这种"有用"的文学观念加以改造、并大面积地移用于政治的动机、并使政治最后支配了文学,则以中国当代文学为极致。早在抗战结束之后的国内战争时期,即有为工农兵服务的文学思想出现。所谓"工农兵",工人及士兵都来自农民,其中心则是农民。中国以农立国,当日战争的主力是农民,广大的根据地也在农村,把文学发展的基点放置于农村,则是社会情势之必然。

从农村进入城市,从根据地转向全中国,胜利者把赢得胜利的经验,带到了建设新的生活之中,其中也包括"为工农兵服务"的文学经验,并把这种文学经验上升为中国文学的方向。1949年7月5日,新中国成立的前夜,在第一次文代会上,周扬作《新的人民的文艺》的报告,其中说:"毛主席的《在延安文艺座谈会上的讲话》规定了新中国文艺的方向,解放区文艺工作者自觉地坚决地实践了这个方向,并以自己的全部经验证明了这个方向的完全正确,深信除此之外再没有第二个方向了,如果有,那就是错误的方向。"周扬用不容讨论的坚定的语气来说这番话,这番话决非随意而为。1949年以后的全部事实,证明中国文艺正是按照他所表达的路线和方向来进行的。这就是我们所认为的文学社会功利主义在当代的强化。

农民文化的支持

这是一种非常强大的力量。不仅是由于新建立的政权的行政力量坚强有力,以及决心的坚定,而且,还由于在这一经验的背后,是中国广大国土上的占人口绝大多数的农民的习惯和趣味,特别是,在此基础上建立起来的农村文明和农民文化。以往是在局部地区实行的文艺方针,如今要使之推行于全部国土和全部人口。这一巨大工程是与当日执政者雄心勃勃的,要建立一个大一统的计划社会的理想相联系的。

乡土中国文明与现代都市文明的冲突,一直贯穿并折磨着中国文学的全部进程。中国是一个幅员广大的农业国,农民——地主创造了田园式的乡村文化,它成为主导式的文化形态。都市知识分子在中国是先天地力量单薄,它没有根。这些知识分子,他们或者本身就出身于乡村,即使来自中小城市的,他们的根底还是乡村。他们是从那些地方走进大城市、并经由诸如上海、北京这样的城市走向西方。他们为中国引来了西方现代文明的火种,用以烛照封建中国的暗夜。这些受到西方熏陶的知识分子,可以在特定的时代(例如"五四")起到非常大的作用,但在通常时期,他们则始终被乡土中国文化所包围。他们基本上处于孤立无援的状态。

这不仅表现在内地,也表现在战争时期的延安。正是由于严重的两种文化的冲突,导致了四十年代初那个重要讲话的发表。当民众(包括当日的军队及其干部)只能享受低级的农村文化时,在那里引进并演出《大雷雨》或曹禺的作品就是背谬的。许多文艺的悲剧由此产生。五十年代围绕《我们夫妇之间》的争论和批判,其实也就是乡村和都市的文化冲突的外现。这种文化冲突的思想,在韦君宜的《露莎的路》中也有涉及。"亭子间"里的大小知识分子,把他们的趣味和习惯带到了延安的窑洞,这不仅在当时、即使在今天也是非常荒唐的。

围绕着文学各个品种之间展开的讨论,看似复杂,究其内因,说透了都要追溯到这个根本上来。都市文明和乡村文明之间的冲突,在中国,往往体现为现代性与传统性的冲突。从这个角度来考察,长期争执不休的新诗格律问题的讨论,以及八十年代关于"朦胧诗"问题的讨论,不论是主张格律体反对自由体、还是主张明朗反对晦涩,既是现代性与传统性的冲突的体现,也是都市文明与乡村文明的冲突的体现。

由于战争实践的胜利的鼓舞,农民及其所代表的文化得到了极大的强化。它摇撼了本来就很脆弱的都市知识分子意识。它改变了"五四"所形成的以都市文明为主导的运动方向。毫无疑问,以胜利者姿态出现的乡村文明,正以其巨大的覆盖改变着中国文化的格局。从本世纪中叶开始,对全体知识分子实行的思想改造运动,说到底也就是乡村文明对于都市文明的占领。

政治的统一自是不必说了,经济上也正在大力推进社会主义的全面改造,即把原先多种形态的经济,改造为单一的社会主义经济,工厂、农村、商业和手工业都如此。至于在意识形态方面的"统一",其中最复杂和最麻烦的,则是文学艺术。因为文学的生产是个别的,是和每个作家的个人经历、个性、修养以及审美趣味相联系的。一个作家就是一个独立的世界。更重要的是,作家总是以独特的思想、飞跃的想象、与众不同的艺术表现来获得创作的成功。这样,整个文艺创作就面临着非常严重的局面,即"个人"与"集体"的矛盾,文学一体化的工程困难重重。

把形形色色的、多种多样的作家改造成单一构成的作家,这看来像是一个神话。但还是在坚定的号令下展开了。至于改造的标准,已非常明确,那就是延安讲话所指的工农兵方向。这是一次旷日持久的、用农村和农民的标准在广大的精神领域,对非工农兵的思想感情和创作方法进行改造的大工程。

这个工程推进的方式,一是通过知识分子自觉或非自觉的思想改造,一是通过接连不断的、和花样繁多的政治和文学的批判运动。关于作家的思想改造,其总体倾向是按照新的方向和标准,对过去的创作进行自我批判和自我否定。许多作家都以"集体主义"的眼光检查和批判自己与工农兵迥异的"个人主义"。这种对于个人主义的否定,对于创作者而言无疑是"挖心"的举动。作家是以个体的方式进行充分个人化的创造活动,取消文学创作中的"个人主义",就等于取消个人的思想自由和个性化的创造思维,而个人的消失意味着文学的不幸。

这是一个特殊的文学阶段。文学以空前的魄力和持久的坚持,推进它的一体化理想。它为自己设置了很高的目标,以当日政治上的"一边倒"为模式,文学也寻求一种理想式的倾斜,目标在于建立一种前无古人的文学模式。每一次政治批判或文学批判(尽管各个时期的提法和内容均有变化),但都旨在把全部作家的实践(从内容到形式无不如此),一步步地推向它所规定的方向。

中国作家进行这种否定的结果,是这些作家在新的形势面前的普遍"失语"。那些不失语的作家,除了来自农村、或长期生活在农村的以外,也少有成功的例子。即使是用新的语言进行创作的,也大都表现不自然和不娴熟,大体也如那篇讲话所形容的,"不但显得语言无味,而且里面夹着一些生造出来的和人民的语言相对立的不三不四的词句","倘若描写,也是衣服是劳动人民,面孔却是小资产阶级知识分子"。

正是在这种大形势下,众多的中国作家为实践这个方向而纷纷抛弃自己所拥有的生活体验,同时也"隐藏"和取消自己的艺术个性,去描写和表现(更多的时候叫"反映")他们所陌生的生活和人物。这种避开和抛弃自己的长处以就自己的短处、压抑个性去适应共性、消隐个人的眼光和观察的角度而代之以群体共有的表现方法,使许多富有才华的、当年正处于创作成熟期的作家丧失了自己的才华和智慧。我们在《太阳照在桑干河上》中看不到"这一个"丁玲,而在《莎菲女士的日记》中看到了,尽管后者比前者写得早得多。是莎菲使丁玲在她的作品中和文学史中存活着,而不是后来那些使她赢得了荣誉的新作。

同样的情景在曹禺的创作中也有表现。曹禺早年写过许多堪称传世之作的戏剧,使他在盛年便登上了中国现代文学的艺术高峰。随后的创作如《明朗的天》、《胆剑篇》、特别是《王昭君》,都是听从他人的指引而失去了自己个性的失败的经验。大师的辉煌都是在他的前半生完成的,这使人们为之扼腕。曹禺自己也是晚年方才"悟"到,然而岁月不居,已晚了。也许老舍的《茶馆》是个例外的成功。然而了解老舍的人都明白,是他原先拥有的生活而不是后来外加的"体验",使个人的才华在"古老"的"茶馆"中发出了光辉。现代文学的其他几位大师,生当五十年代,都正是盛年时期,可谓风华正茂、意气风发。但是,不论是郭沫若、茅盾,还是巴金、沈从文,他们有的从此缄默(如沈从文),有的改作别事(如茅盾),令人遗憾的是,继续写作的那些作家,并没有写出堪与他们先前的作品如《女神》、《家》、《憩园》等相比拟的创作。

新的文学形态的胜利

文学的统一化尽管带来了许多弊端,但事实也不全是暗淡的。也有一批在新形势下得心应手的作家,他们取得了成功。赵树理无疑是这个文学时代的骄傲。他以一批关于中国农村和农民的故事,取得了自有现代文学以来表现中国农民的最高成就。赵树理创造了一系列生动、切实的农民形象,他成为以文学的形式表现中国农村的圣手。他是个集大成者。赵树理在实践新文学的新方向方面,取得了他人无法企及的成功。也许由于他本身就是农民,他深知中国的黄土地上辛苦耕作的人们。所以,问题不是不可以写工农兵、也不是文学不可以以农民为中心,而是不可以所有的人都放下他们熟悉的人物和故事、去写他们不熟悉的人物和故事。在赵树理那里是成功,而在别人那里可能就是失败。

这个理论的倡导显然在一些作家那里取得了重大的成就。中国新文学中有所谓"乡土派"的写作,这些作家在表现中国农村方面作出了贡献。鲁迅通过他儿时的乡村生活经验的再现,表达了甜蜜而苦涩的乡情,以及中国大地的积重。更多的现代作家都在"为人生"的旗帜下,传达了广大的中国乡村的哀愁。但这些作家由于明显的知识分子立场的局限,他们在表现中国农村所达到的深度和广度,都远不及四十年代响应了"工农兵方向"的号召、以赵树理为代表的这一批作家。

在这一批作家那里,表现新的时代和新的人物的命题就不是空泛的,而是一个一个切实的行动。值得提及的作家还有孙犁、柳青及"山药蛋派"的作家们。他们创造了一批战胜苦难、争取新生的中国农民的典型形象。《红旗谱》中的朱老忠的反抗性格,遥远地接连着《水浒》英雄们"替天行道"的功业。《小二黑结婚》里的人物让我们依稀看到鲁迅《故乡》中的人物的影子。这些作家和他们作品中的人物的心是相通的,这里看不到"代言者",也看不到传统知识分子那种旁观的"悯农"的痕迹。他们是一同站立在大地上共享悲欢的兄弟。他们是真诚地感受到了中国黄土地的苦难和欢乐的作家。孙犁的《山地回忆》、《荷花淀》飘散着北方大地诗意的芳香,尽管他表达的是一个苦难深重的年代。

中国当代文学由于致力于推进工农兵方向,因而在表现占中国人口绝大多数的农民生活方面,作出并取得了超越前人的贡献。回顾"五四"以来的文学,由于发动和支持那场文学革命的是城市知识分子,他们中的中坚分子多是留学外洋受到良好的西方教育。他们中虽然有不少人来自农村,但由于那时的兴奋点不在农村,而旨在"以洋为师"借引进西方的观念和经验以改造中国的旧文学。因而,对那些人来说,尽管他们也许了解农村并同情农民的命运,但也可说是所知有限,表现既不广泛也难有深度。显然,有更为迫切的目的吸引着他们关注的目光。

四十年代初那个座谈会以后,直至进入五十年代,上述那种忽略农村的情况就有了大的改变。有力的号召,再加上认真的实践，造出了自有新文学历史以来文学表现农村和农民的高潮期。在这个高潮中涌现出堪称农村圣手的赵树理。他的名字和那些成就卓著的大师的名字并列在一起也毫不逊色。文学史总是一种独特性的加入。赵树理创造了文学的乡土中国的经典性的业绩。农民式的机智和幽默，对中国农村穿透性的洞察力，以及惟妙惟肖的艺术表现，赵树理的作品散发着来自中国大地的香喷喷的"土气"。这一切，都使他在新文学史中具有了他人无法替代的、独特的意义。除了赵树理以外，还有一批为数不少的中国作家在这一方向的引导下，向现代文学的积存提供了一批有异于前的、同样具有经典意义的作品。小说如《红旗谱》、《荷花淀》、《创业史》，诗歌如《漳河水》以及民间歌手如王老九的歌谣等，都为中国文学增添了新气象。

所以说，问题不在写农村是否正确，问题是在要求所有的人都去写农村是否正确。要是在战时，为了发动农民支持战争，号召所有的人都投入、并实现战争的目的。这是一种可以理解的功利主义的动机。那么，在取得政权之后，面对社会的全部复杂性，而要强行推进这一战略，就显得是窄狭而短视了。也许更为严重的还在于，为推进这一战略而采取了一系列非常的做法——观念的褊狭，加上方式的粗暴，这样，悲剧就不可避免地发生了。

五十年代第一场为贯彻上述方针而开展的批判，是针对一篇表现自农村进入城市、并表现了其中人物的内心矛盾和抗争的复杂性的小说，这就是萧也牧的《我们夫妇之间》。这篇小说的情节许多人都已熟悉，此处不再赘述。值得注意的是，这一批判是针对作品处理作为农民出身的"工人干部"的妻子与作为知识分子的丈夫之间、他们在进城之后对于城市的看法的差异引起的。妻子坚持了正确的立场，她看不惯城市，认为要以农村的习惯"改造"城市，而丈夫则对此有不同的见解。小说当然是在如何对待农民的问题上"触雷"了。而批判的来势之猛,则是出人意料之外的。

1951年6月18日《人民日报》发表陈涌的《萧也牧创作的一些倾向》。可能是嫌火力不够猛烈,同年6月25日《文艺报》主编冯雪峰,化名"读者李定中来信"在该报发表题为《反对玩弄人民的态度,反对新的低级趣味》的文章。该文谴责作者对"女工人干部张同志"(即小说中的妻子)的态度是"满足他玩弄和高等华人式的欣赏的趣味",并警告说,"我们仍旧要在悬崖的边沿,竖一块牌子,上面画一个骷髅,请玩世者留心,特别是对劳动人民没有爱和热心的人要留心"。文章并为作者定性:"假如作者萧也牧同志真的也是一个小资产阶级分子,那么,他还是一个最坏的小资产阶级分子"。萧也牧因文罹祸,最后死于非命,其结局十分悲惨。然而,更可悲的是,这远不是萧也牧一人的命运。

"计划文学"的经验

中国文学在新时代面临着严重的局面。原先成分复杂的作家和艺术家都面临着必须告别过去,迎接新生的极为艰巨的改造和被改造的形势。中国文学正在坚定地按照统一化的计划,进行着史无前例的调整。这种调整的内容是全面的,即不仅在大的方向上必须一致,而且在到达这一目标的方式上也是规定好的,例如作家必须深入到"火热的斗争"中去熟悉原先陌生的生活中的人和事,观察、体验、研究、分析,以及建立生活根据地,等等。对于文学的创作,从内容到形式也无不有一致的、即使不能也要大体一致的要求。例如要写"英雄人物"以及不可写"中间人物"的要求;作品的情调必须明朗不可低沉的要求;艺术形式的大众化——民族化的要求等。

当日不间断开展的政治的和文学的批判运动,虽然各个阶段有各不相同的指称,但大体都针对作家创作有悖于统一化战略的错误的、"不正确"的、甚至"反动"的倾向,旨在纠正这些倾向而开展的斗争。这种批判运动开展的结果,造成了大批作家的"流失"、或进一步"失语",以及某一时期、某一阶段文学的单一甚至枯竭的后果。中国曾经有过若干个文学极端一律化的时期,例如"大跃进"和"文革"时期、尤以后者最为突出。"样板化"就是最极限的例子,而样板化的结果则是文学的空前萧条。

我们的文学是从文革的极限和绝境中走出来的,正是开放的社会给了文学以新的生命。由此,我们获得了巨大的认知,即我们已经认识到,对于一个社会而言,已从计划的经济和单一的经济的实行中得到深刻的教训,我们于是决心改变这一状况。而计划的文学和单一的文学实行的结果,虽不如经济那般地直接影响到国计民生——因为它并不直接关涉到人民的"穿衣吃饭",文学是"可有可无"的。然而,这种对于文学破坏性的结果对于社会的影响,则是更为深远的。它造成几代人的精神贫困,当文学变得枯竭时,人们的情感也会因枯竭而变异。

由此可知,自由的文学能激发社会的生机,而经过改造的"计划"的文学,不仅扼杀才华、不仅制造个人和家庭的悲剧,而且将造成几代人的精神失态。要是说,五四当初,一代先驱为挽救国难,而曾经四处探求重铸民魂的药方,那么,时至今日,却是自己动手制造枯竭的文学。这——无异乎是在自毁民族的精神长城。要是由此退回二十年,我们站立在"文革"造成的、让人触目惊心的精神废墟之前,我们要是未曾忘却当日的伤痕文学所揭露的一切,我们对上述的判断就不会感到是危言耸听了。

政治和文学的纠缠

中国新文学诞生不久,当时的文学探求者如饥似渴地吮吸着众多的外来理论,以为自己的创作指针。《新青年》杂志一开始就致力于新理论的绍介,这种绍介大大地开阔了中国作家的视野。中国作家由于文学的强国新民的理想的支持,从新文学的试验期开始就把文学表现的镜头,对准了底层民众生活的艰辛;严重的贫富对立,人力车夫在寒风中的挣扎,都在当时的诗和小说中得到表现。

中国作家一开始就很注重写实派的文学主张。文学研究会的成立,以及他们"为人生"的创作主张和实践,可以说是受到了这一文学思想的很大的影响。文学和中国人的实际生存状态、和他们的苦痛和希望紧密地联系了起来。至于鲁迅早期的小说,简直就是中国人平常生活的人生百图。鲁迅一开始就把批评现实的视点,对准了中国人的灵魂。开端即是顶点,他创造了后人无以企及的高度。

写实主义的文学在当时人的心目中,无疑是一件珍宝,因为它能把现实生活的实际图画生动而形象地再现出来。早期的新文学作家,从这种文学和社会的直接而神秘的关系中,觉察到它的价值——他们本来就追求以文学改造民心进而改造社会,本来就追求文学"有用"。写实主义在此时的出现,恰恰是与多数中国作家的追求相吻合。

后来,苏俄的民主主义文学思想以及辩证唯物论的文学思想传了进来。这些理论非常注重文学的社会性,注重文学对于社会的作用,以及作家的社会使命感。这些理论是建立在文学产生于劳动的基础之上的,劳动创造人类,劳动也创造文学。这种理论极易于与当日中国新兴的激进社会理想相结合。当日中国知识分子中的先进分子,由于饱经忧患,时刻都在寻找疗救中国的药方,很少不受到上述这种新进思想的感染和影响。

三十年代的中国是左翼文学蓬勃发展的时期。由于左翼文学与共产主义思想的传播保持着非常密切的联系。以这种文学理念为基础的、注重文学社会性的思潮于是陡然兴起。新进的社会思潮与革命的文学理念,几乎是一拍即合,汇成了一股强大的潮流。从这样的角度来看，从新文学运动初期的"为人生"，到后来广泛流行的"为政治"，几乎就是一步的跨越。

当代文学由于直接承继了解放区文学的传统，那些与这一传统不谐调的文学思潮，经过有力的改造之后，很快地也汇入了上述的潮流。五十年代以后由于对文学领导的强化，文学的社会性得到了更为充分的肯定。文学与社会、特别是与社会的政治的关系得到更完整、也更系统的阐释。文学是从属于政治的，文学应当积极而主动地反映社会的实际，政治化的文学要求作家自觉地履行他对社会的责任。这样，由于社会对于文学的要求进一步提高，文学已不仅是被动地是社会生活的反映，文学还应该是主动的阶级斗争的"晴雨表"和"风向旗"。五十年代以来的许多文艺的领导，都反复地使用这些耳熟能详的词汇。

文学和社会的关系从来也没有表现得像如今这样的紧密。在五十—七十年代这漫长的三十年过程中，文学被紧紧地捆绑在社会政治这部大机器上。这一时期的中国社会是极为多变的，这个舞台演出了无数动人的活剧。这些活剧的悲欢情节，在文学中被广泛地表现、并被大量地保存了下来。因为社会要求于文学的是充当阶级斗争的工具，在变幻莫测的"阶级斗争"中一方面是文学在疲于奔命的"紧跟"中逐渐地丧失了自身；一方面则是文学的这种几乎是直接的"配合"，又使它大面积地保留了社会盛衰、政治进退的生动画面和氛围。因为政治要求于文学的是它的即时性，由于文学亦步亦趋地跟随政治的状态，从而使当日丰富的社会的资讯，意外地被大量地"积存"在文学中。

从五十年代开始，中国社会的这个大舞台的活剧的演出是愈演愈烈。无以数计的政治的、准政治的运动过后，又有了一个叫做"大跃进"的大演出。而这似乎还不是高潮，到了"文化大革命"可说是到了极致。中国社会的极度癫狂，全世界为之瞠目！这样，在我们通常描写为"萧条"和"贫乏"的文艺现象之下，我们却容易地发现了贫乏中的"丰富"、萧条中的"繁盛"。丰富和繁盛加不加引号都没有关系,总之是,我们从通常的描写中,看到了另一面的景象。

如今看来,我们在这一时段中为中国文学积存了可贵的社会—文学的实践经验,这里的经验是一个中性的词,既说明实践中的获得,也记载实践中的丧失。当代文学的确为文学历史提供了大量有用的"文本"。这些文本既是社会行进的生动记录,又为文学的变异提供了见证。例如,被保留下来的那八个"样板",它作为动乱时代的文学遗产,如今已被目为"红色经典"被人们所记忆:偌大的中国至少在长达十年的时间里,竟然由区区八个作品供应、并"满足"着至少十亿人的精神需要!这本身就是奇异的社会历史景象。

回首往事,人们难免会产生疑惑,那漫长的岁月究竟是怎么挨过来的?事实是,在这景象的背后已有了长期的积累,再加上当时趋于严整的体系化的理论的支持,人们早已习见不怪。至于那八个作品从创作到演出、从文本到舞台,包括从人物形象的构成到故事情节的配置,都活脱脱地、完备地展示了当时的社会—政治—文艺的精神画图。这就是丰富,这个丰富有力地说明着濒临绝境的贫乏。

中国在五十年代之后的文学历史,基本上是被这样一些大大小小的政治—文学运动推进着。这构成了当代文学的主流现象。这种文学运行模式的形成,是长期积累发展的结果,并不是一时间突然降临的。中国本来就有社会化的文学理想。由于文学自身以及文学以外的原因的促成,到了这个阶段,既已定型、又到达极限。这种文学经验留给后人以绵长的思考。它的确严重地伤害了文学自身的品质和规律。它把文学应当拥有的本质特性都放逐了,例如文学个人生产的特点、文学创造的独特性和自我表现的特点、甚至文学的审美性和诗化表现的特点、文学对全人类的超种族、超阶级、超时空的关怀的特点等，都被驱赶于文学之外，而独独留下了文学与社会的关联这一点。即使是这一点，也还是局限于当前的、及时的政治功利这狭隘的范围之中。这对于文学来说，确实是致命的危害。

但是，我们要是平心静气地加以考察，我们也不难从这些巨大的变异中，既可以感受到社会政治对于文学的急切要求，也可以了解到文学对于政治主动（更多的时候则是被动）的承诺。但是，我们也从社会和文学的这种非常紧密的配合中，以及从文学为政治作出的牺牲中，通过今昔对比，觉察到我们如今的匮缺。现时的文学的确是挣脱了外加羁束的自主的文学，但文学的外界约束解除之后，在世俗的追逐中，却普遍地失去了自律性。文学变得对于社会而言更像是可有可无的事物了。文学在一些文学家那里，越来越像是一种自说自话，不管窗外门边有怎样的事件发生，大多数的文学几乎无视无闻。要是说，文学曾经因为太近切地"为社会"而失去了自己，那么，如今则是文学在失去与社会关联的"为自己"中、大面积地失去了受众。

当文学在读者中变得是"存在等于不存在"的时候，这对于文学的打击，同样是致命的。当前的文学因大幅度地迎合世俗而变得普泛化了。被消解了意义和失去了价值感的文学，除了对自己怀有兴趣以外，对自己以外的一切都很冷漠。当文学不再关怀社会和人类的命运和处境时，事情显然正在起变化。在这个时候，要是反问一句，既然文学不再关怀人们的生活和命运，人们还有什么理由要关怀文学？这也许是一句并非多余的提问。

文学营造"欢乐王国"

中国从五十年代开始，社会上弥漫着一种欢乐的、朝气蓬勃的气氛。这是一个充满憧憬和希望的时代。这样的时代必然也给文学打上了鲜明的烙印。许多作品都记载着这个时代欢快的、乐观的心境和情绪。这是一个弃旧迎新的年代，人们满怀喜悦地投身于劳动和工作。他们毫不犹豫地告别了过去，每一天都创造着新的开始。他们就是创世的一代人。这个时代的文学普遍地表达了冬天过去、春天来临的早春情调。这种心境凝聚在作品中成为基调，甚至本身就是作品的内容。一个时代的文学集合起来看，它构成了代表那个时代的整体风格。

五十年代以来，由于倡导文学一体化的结果，作家都自觉地致力于消弭个人风格在作品中的体现，包括作品表述上的个人化追求、作家叙述风格的独特性、作家偏爱的作品基调、甚至遣词用句方面的独异性等，均被目为不符合时代潮流的、带有个人主义倾向的艺术实践。在这种总趋势下，多数作家是自愿地、有的作家则是非自愿地放弃了自己毕生追求的创作的个人风格，而向着被指定的"集体主义"的、代表社会整体的、标准化的风格靠近。

社会的巨变使作家真诚地感到了一个新的时代的到临。我们已把黑暗留在了身后，而前面则是磅礴而起的日出的万丈霞光。与此同时，一体化社会——政治——文学的要求也通过种种行政性的措施（包括层出不穷的政治运动）步步进逼，这一切主客观的条件有效地构筑着文学在新时代的一致性风格特征。显然，随着个人和流派艺术特征的弱化以至消失，实际上正在形成一个时代一种风格的局面。这个时代是充满希望的，因而文学也应该是乐观欢快的。悲观、忧愁、都是灰色的，也都是不合时宜的。许多政治和文学的批评都指责低沉的调子，指责作品缺乏"亮色"，其原盖出于"风格一律"的主张。

文学的生命从来都羁系于个别性，文学赖以存在和得以流传的依据是作家的个人独创性。这种独创性既体现在内容的涵容量与表现生活的深刻性上，也表现在艺术表现力的强烈和作家的艺术个性上。成功的作家往往致力于使自己的作品具有有异于人的独立风格。因而，代表一个时代文学繁荣的理想境界则往往是：一个作家就是一个世界，一个作家独立地拥有一个自己的天空。尽管这很难做到，但却是古今中外所有作家追求的高境界。

　　而中国当代文学在长期间内的情况却并非如此。我们是在追求文学与时代的密切联系上、在文学表现社会生活的即时性上，要求文学有一种公共的、统一的风格，这就是被我称为"早春情调"的欢乐风格。我们在本应是多色调的、多情绪的、色彩斑斓的世界里，创造了一个不可靠的、同时也是不真实的虚幻的"欢乐王国"。说是虚幻，因为它只是社会生活的皮表的、甚至是人为制作出来的现象。事实上，在当时这一乐观主义的外表掩盖下，生活的全部复杂性都存在着，"欢乐"并没有把生活变得单纯起来。生活中有欢乐，但不是没有痛苦，作为人们通常的生活，自古而今，天老地荒的喜怒哀乐、烦恼、苦痛、以及忧患、全都在，一样也没有少。一切并没有因为一个时代的开始而宣告消失。是人们的"意志"把生活"纯化"了。于是，保留在我们的文学中，只剩下一种色调、一种情绪、最后是一种"风格"。

　　从社会现实来看，尽管五十年代初期战争的硝烟正在逐渐散去，朝鲜战争结束后，国内开始了全面的建设，的确有一种和平景象。但随着生活的展开，生活中的矛盾、冲突、在光明背后的全部阴影，正在悄悄地生长。当时批评界流行的一句对于生活的另面、另种的表现的指责："难道生活是这样的吗？"其实，生活就是那样的。而且，甚至比那样表现的还要严峻和可憎。五十年代中期，许多有良知的作者，已经望见了或预感了生活中正在酝酿着不幸和悲剧。当日有人提出"不要在人民的痛苦面前闭上眼睛"，以及提出文学的职能在于"干预生活"等，就是一种觉醒和使命感的催促。但一切都已无济于事，因为社会政治要求于文学的,是要它作为工具无条件地礼赞和肯定前者所展开的业绩,而且为此规定了描写的调子和底色。

其实,这样一种文学现实不仅不符合于当日的社会实际,也不符合公众生活的各异的、千差万别的平常状态。即就文学与生活的最通常的关系来看,要文学在传达时代的精神特征时采取统一的"欢乐"的基调和氛围,也是违背文学创作的一般特性的。中国文学史上曾经流传过一个著名的论点,这论点是说文学描写欢乐最难,而文学在表现苦难方面往往得心应手。唐元和三年(公元808年)韩愈在洛阳为诗集《荆潭倡和集》作序,提出了这样的论点:"夫和平之音淡薄,而愁思之声要妙,欢愉之词难工,而穷苦之言易好也。"我们从五十年代开始的文学努力,整个地与这个论点相违。我们是下定决心要把这个时代的文学做成一个铺天盖地的欢乐颂,而要在文学中驱逐哪怕是一丝云翳的哀愁,这难道是正常的吗?

两个世纪末:三次文学"改道"

以上所述,大体是中国文学进入五十年代以来的若干重要现象,这些正负面的经验。已经成为我们的宝贵财富。这是半个世纪文学留给我们的纪念。随着七十年代末政治动乱的结束,文学也开始缓慢地调整。从那个时候开始,不论是什么样的文学潮流的涌动,它的每一次运行,都是一次把文学带出那非正常的阴云笼罩的运行。"文革"的结束是一次伟大的宣告。它宣告:一个凝固的、板结的、一体化的文学秩序由逐渐的松动而终于解体。被严重控制的文学于是开始了自由的运行。这是中国现代文学的又一次重大的转折。

中国文学的革新运动可以溯源到上一个世纪末,那时的一批先驱者把中国命运的改变羁系于文学的改变。社会的危急情势迫使他们把文学和政治捆绑在一起。在他们的理念中,文学改良或文体革命与富国强民之间的关系不仅是紧密的、而且是必然的。这样,我们便看到了从上一个世纪之交到这一个世纪之交的近百年间中国文学激烈而多变的涌动。纵观这一百年的文学进程,重大的潮流的"改道",总的算来约有三次。1919年那次新文化运动中的文学革命是第一次,是用新文学代替旧文学的改天换地的巨变。本世纪四十年代初确定的、并在1949年以后予以全面推进的工农兵方向的文学,是第二次。这是文学的第二次"改道",其特征是以文学的一体化秩序代替五四新文学业已形成的多样化的格局。"文革"结束以后,以"新时期文学"的出现为标志、包括实行商品经济以来的"后新时期文学"(从时限看,业已长达二十年)的发展期为第三次。

　　关于近期出现的这一文学潮流,有必要用多一些的笔墨加以描述。这一阶段的文学,改变并基本消解了自左翼文学兴起以来不断影响、并不断强化着的意识形态对于文学的坚固的统制。尽管原先制约文学发展的因袭力量继续存在,文学呈现出前所未有的多向度选择的良好局面,但无可置疑的是,文学也正大幅度地被置放在商品经济运行的原则之下。世俗的欣赏趣味的扩张、广告和传媒的炒作、市场的诱惑,使得写作者和出版家都乐于使自己从这种新的秩序中得到好处。以往听命于意识形态驱遣的、失去自由的作家,如今在经济和商品的支配下,同样地失去了自由。也许,那些特别坚定的人是一个例外。

　　这一次潮流的改道,同样带给中国文学以巨大的震撼。尽管它改变了中国文学单一的流向,使文学的发展渐趋于正常,但对于五四新文学而言,它的主要意义并不在于对五四传统的"修复";对于四十—五十年代开始的一体化文学而言,它的意义也不仅仅是在于对这一文学异化的"解构"。这同样是一个全新的文学时代。文学从过去的作为庞大的和整体的"机器"中"脱出",而变成了(其实是恢复到)一个又一个的"零件"——在现今,每一个作家、每一部作品,都是这样的"零件"。

统一的机器于是解体。文学写作不再是"集体"或受命于"集体"的行为,文学写作也不再代表群体和他人,极而言之,文学与社会的关系达到了空前的淡化。文学写作和文学表现的个人化的现象,于是就成为当代最重要的文学风景。私人写作、私秘性、极端的个人体验,以及只有写作者自身才能了解的最隐秘的心理和情绪等,成了文学极为重要的题材,甚至成了文学的基本内容。

这同样是一个特殊的文学年代。文学的基本价值受到质疑,意义被消解,审美功能被忽视,主潮不再存在,而且,人们也不再崇拜、甚至否认有所谓权威。他们听从的只是自己的召唤。"畅销书"、"排行榜"、"首发式"、"研讨会"、"签名售书",都在有力地激发着人们的欲望和热情,都在把文学推向一个前所未有的新异的境界。这是中国文学在二十世纪最后一个时段的重要景观。要是用一种不准确的比喻,说这是一个"皇纲解纽"的年代,对比以往曾经有过的文学禁锢的史实,却也未必含有贬义。尽管我们仍然感到不满足,但较之以往,文学的确获得了前所未有的自由度。拥有此等自由的人,理应珍惜这来之不易的权利。现在的情势却是相反,人们似乎缺乏自制,他们中的不少人都患了健忘症,他们很容易地忘记过去,而以轻率的态度对待他们业已获得的一切。

中国当代文学半个世纪的行程,给人们留下了欲说还休的纪念。它仿佛是行进在榛莽与泥泞途中,一路艰难地走来,把泪水、血水及更多的汗水洒在那绵长而悠远的路上。有许多的狂热与悲慨,也有许多的悔恨与醒悟,苦难曾如头顶挥之不去的阴云,而突破层云之后的灿烂阳光,更让人感到了生活毕竟还是美好的。

如今,我们反顾来路,透过那迷漫的尘烟,在发现有许多失落的同时,竟然发现也有许多的获得。是的,我们曾经贫瘠过,然而,我们更是富有。把中国几代作家的亲身经历以及他们的内心经验集合起来,便是一座雄伟而悲烈的精神博物馆。世界上有很多的人不及我们"幸运"。在历史的滴血处我们获得,我们的内心有很多这样的冰川刻痕,很多人本身就是深埋地底的活化石。我们有很多记忆,而记忆是一种无价的财富。人当然不应生活在记忆中,人应当往前走。但是作家不同,作家天生地要肩负历史的重载和承受时代的重压。

作家也有微笑的时候,人们从作家的微笑中看到了生活的希望。但即使作家在微笑,我们也能在他们的笑容中看到深刻和沉重。这是作家与普通人差异之处。普通人可以没有历史感,而作家不能没有。只要不是有意地忘却,每个中国作家都自然地感受到了中国历史之重。把这种"重"用各自的方式表现出来,则是中国作家不可推卸的历史责任。

1998年11月7日初稿于北京,
1998年11月8日至11月20日修改于重庆——福州。
1999年1月1日再改于北京大学畅春园。

郁金香的拒绝*

其一

我对郁金香心仪已久。最初是在一份挂历上看到,大概是荷兰或是西欧的某一个国度吧,那里种着大片大片的郁金香——如同我们这里的农民大片大片地种着小麦或水稻那样——单色为畦,一色一畦,仿佛是铺着彩色的地毯,直至眼力不及的远方。如海的郁金香,掀起彩色波浪的郁金香,单看照片,便令我神往而沉醉。郁金香这花给我的印象,便是那挂历的画给的,她不仅婀娜多姿,而且是排着方阵的无言而宏大的气势,显得格外地动人。

也许郁金香的迷人在她的造形的单纯而简洁。她形如高脚酒杯,端庄、高雅如名门淑女。花卉中形色娇媚的是虞美人、仙客来,以及木本多年生的西府海棠。取其香气清雅的,大体总不见鲜丽的色泽,如水仙、米兰、茉莉、桂花等。说来惭愧,直到要写这篇文章了,我除了对她的色彩可以从画中间接地感受外,而对她的其他特点,特别是她的香气却毫无所知。我之所以如此无知,并非是我的格外愚钝,而是由于郁金香对我的一而再、再而三的拒绝。

郁金香是"洋"花,国中不多见。但我又不满足于只是在画中或照片中看,于是益发激起我"一睹芳颜"的愿望。1992年我

---

* 此文刊于《天涯》2005年第3期。据文稿编入。

有第二次的欧洲之行，英国之后，第二站便是荷兰。荷兰是郁金香的故乡，又是它的国花。据说二战期间，大概是1944或1945年的冬季，因战时饥馑，荷兰人食郁金香的球根得以存活。他们感谢这多情多义的郁金香，战后便定之为国花。我访问荷兰时正值春季，应当是郁金香花开时节。我想，这下可有机会一谒这声名远大的名花的风采了。

从伦敦飞阿姆斯特丹，再从阿姆斯特丹乘坐火车去我参加会议的莱顿小城，铁路沿线，铺展开这个国家花团锦簇的大地。世人皆知，荷兰不大的国土低于海平面，这一片如花的土地是荷兰人用他们智慧和毅力在与自然的较量中造出的。火车行进着，铁路两旁，没有国内惯常见到的垃圾的倾倒和堆积，而是洁净如公园。远处的海岸，近处的运河，还有矗立天际的缓缓转动的风车，而无尽绵延的则是铁道沿线的鲜花——但我没有看到郁金香！

在莱顿住下来，我性急地要在这郁金香的故乡会见我倾心的久慕的朋友。这城市沿运河有许多商店，最撩人眼目的就是花店。对于欧洲的花卉，我在英国时已有深刻的印象，特别是在牛津的那个白天和那个夜晚。我一方面为英国友人的热情款待而感动，一方面则是由于英国的鲜花。也许是因为气候适中、不冷不热，那里的花不仅是色泽艳丽，而且许多花色在国内未曾见过。荷兰的鲜花也是极著名的，品种之多让人眼花缭乱。我自信在国内许多花都叫得出名字，但在荷兰却不灵了，许多花我闻所未闻。

在荷兰逛花店是极大的享受。徜徉在滨河花街之上，杂沓于钗光鬓影之中，你会感到仿佛是全世界最美的色彩，都汇集到这里来了。你一下子就体悟到这世界原来是这般鲜丽、这般光艳、这般富有生命力。而令人意外的是，我依然没有看见一朵郁金香！

我在荷兰逗留的时间是六月初至六月中旬,那里正是百花盛开的时节,而独独是郁金香花时已过。更为遗憾的是,不是已过多时,而是刚刚开过!但是,即使是我迟到一步,也不该这样绝情绝义地消失得无影无踪啊!我是带着被拒绝的怅惘离开荷兰的。莱顿运河上驶过天际的白色游艇,阿姆斯特丹夜世界的宁静的狂欢,海牙沙滩上尽情享受阳光和海水的人群,一切都是激动人心的,但一切也都由于郁金香的缺席而失去了生气——这世界仿佛留下了无法填补的空洞。

从荷兰回到英国,大英航空公司的航班再次飞越英吉利海峡,舷窗下湛蓝的海水铺开一幅柔软闪光的锦缎。飞机低空飞越伦敦,泰晤士河上的滑铁卢桥,"大笨钟",教堂的尖顶,当伦敦多情地为我展示她如画的光彩时,我有一种不远万里满怀希望地前去会晤日思夜想的、最亲爱的人而不能如愿的悲伤。我因为郁金香也许并非有意的伤害,而在如花似玉的伦敦城里抑郁寡欢。

其二

郁金香是多年生的球根草本植物。多汁的茎,碧绿而直,花茎的上端骄傲地举着花朵,花形如俏丽的高脚酒杯。整齐的花瓣,枝无旁出,每枝一花,多系单色。我一直在为此花做梦,为她的高洁而幽雅的姿态,为她的不事喧哗的单纯的美丽。那年荷兰之行的一场空梦,我只能嗟叹我与此花缺少缘分。

事过三年之后,今年春天,杭州西湖有个约会。我的下榻之处,是位于汪庄的西子宾馆。开窗临湖,花影鸟喧,如与美人相对。住所出门,便是雷峰夕照旧址。有幽径通往山巅,可凭栏览胜。在那里前前后后住了大约一个星期。在京时每日忙忙碌碌,总有做不完的琐事,在这莺飞草长的暮春江南,西子的湖光山色,倒也能慰我清寂。

在杭州西湖的最后一日,晚间饭后友人陪我散步。那时华灯初上,夜色已暝。友人忽然说起,近年新辟太子湾公园离此不过数百米,何不前去一观?况且那里还在举办一年一度的郁金香花展。一听此言,我若触电。心想前年万里飞行,兴冲冲前去拜谒郁金香王国,却无获而返,不想这次却轻而易举地得以如愿。我自是欣喜难言。郁金香花展国内其他城市未见举行,据说这里所展之花都是从荷兰空运来的花苗,经过一段时间的培植,便在公园绽放迎人。

从汪庄至太子湾果然不过数百米,步行不及十分钟便到。但当我们惊喜于这么快便到达时,却是迎头一盆冷水:因为闭园时间已到,公园的门刚刚上锁。从铁门的缝隙中往里看,我可以看到盛开的郁金香在乍临的夜色中含蓄而多情地伫立着。然而,无情的铁门却把这最可能的相见,造成了永远的拒绝。

陪同我的友人一时情急,在门外拼命叫喊。千呼万唤终于唤来了同样无情的守门人。他似乎为这过时的客人的唐突而愠恼。我的友人,这位身材魁梧的汉子,笑容可掬,又是递烟,又是恳求,说了一连串"北京来的教授"等无用的话,就差下跪了,还是不能打动这铁石心肠的守门人。我们是绝望地陷入在无边的黑暗中,而隔着铁栏杆的门,无边的郁金香同样绝望地站立在无边的黑暗中。

要是说两年之前我在荷兰被郁金香所拒绝,是由于花时乍过而失之交臂,而现在,这一切只能以宿命来解释了。我来杭数日多有闲暇,而太子湾公园距我住地只是咫尺之遥,我有很多的机会可极易地一睹郁金香的丰采,为何只是在我离杭的前夜方才获知?更不幸的是,为何获知的时间是在公园闭门前的顷刻?机票已买,明晨曙色未临时节我便须前往机场。而此刻却是园门深锁,守园人铁石心肠!天意如此,我真的是绝望了!

次晨一场豪雨中我离开西湖。路灯影映下的西子正是睡眼惺忪。沿着苏堤望去,这一带的烟波柳岸在拂晓的微风中轻轻摇曳,别有一番情趣。而我,却由于名花的再度拒绝而兴味索然。我若有所失地登上了从杭州飞往汕头的航班,开始另一次艰难的寻觅。我期待着另一次天意的垂怜,以慰我内心的伤痛。

其三

我之被拒于郁金香的故事没有结束。它是一而再、再而三的离奇。要是没有那离奇造成的沉重感,我也不会有这样的其一、其二、乃至其三的笔墨了。这都是对我心灵的沉重的打击。而最沉重的、但愿也是最后的一次打击,却是与我所敬重的郑敏先生有关。郑先生到过荷兰,好像还不止一次。我听说郑先生的花园里引种了名贵的郁金香,而且已经引种成功。有人已在郑先生的花园里欣赏过这尊贵的异国名媛。我私心艳羡郑敏先生与名花有缘。

我的家在燕园,郑先生家在清华园,我们两园隔着院墙几乎连成了一片。从北大到清华,步行半小时可达,我们真的是近邻。可是,为了这郁金香,我多次试探着间接甚至直接地向郑先生提起,希望能获得到她家欣赏郁金香的邀请。我暗示着、坚持着,每次都没有得到明确的回应。郑先生对于我的"提醒",通常对此不是微笑不语、便是有礼貌地避开话题。

在我的经验中,郑先生历来是乐于接待我这个客人的。我曾经多次在她的府上和"九叶"的诗人们欢聚。我的博士生们到郑先生那里去请教,甚至比到我这里还随便。(郑先生有时不无得意地告诉我,她是在无偿地为北大培养国内外的学生)我和郑先生交往如此,应当说,适当的时候前往清华园向郑先生请安和请教是不成问题的了,可是,我却从来没有在郁金香花开时节接到过郑先生的邀请——尽管我不只一次地表达过这种意愿。

今年我自杭州"受挫"返京之后,燕园中又盛传郑敏先生家里的黑郁金香开花了。恰好此时我有机会见到她。我含蓄地提及外界盛传之事。郑先生听罢微露欣喜之色,却对这传闻不加证实也不予否认。当然,我所期待的邀请依然是杳无音信。就是说,尽管我提到了那种传闻,但郑敏先生关于她家的郁金香的任何信息都没有透露给我——她可真是守口如瓶了。

从此,郑先生家里的郁金香变得有点神秘了。依我对郑先生为人的了解,这绝非郑先生的吝惜,这只能说明郁金香这花在中国是太罕见、也太名贵、名贵得有如恐人知闻的家传珍宝!试想,在周围都不宽裕的社区中,那些拥有珍宝的人家的小心和警觉,这样,我们当然也就理解了清华园中的名花之主的心态了。

郁金香对于一般人来说,并不存在"危险性",它也许和园中所有的花没有什么不同。但对于我这样几乎幻想成疾的人,万一让他视见,就很难说了。只要将心比心,只要以己度人,我们便会冰释我们心中的芥蒂。但我却始终悻悻。要是说我万里之遥到荷兰而见不上名花一面,要是说我千里杭州之行而只能在夜幕之下、铁栏之外拥有咫尺天涯的孤绝,那么,现在,以北大、清华的一墙之隔,明知清华园某公寓的某一庭院,又明知这一庭院的主人为何人,又明知那郁金香正在京城春天的阳光下艳丽而骄傲地开放着,而我,却依然被无情地拒之门外,这真是从何说起呢?

所幸郑先生还满有体恤之心,她悲悯于我的沮丧以至绝望。那日见到我,她说,"我可以送一张郁金香的照片给你"。这对于我本不存奢想的心,当然是极大的安慰。我于是开始了新的怀想和期待。

今年五月的最后一天(这是要加以郑重记载的一天),我的一位博士生蒙郑先生召见,回来后给我留下一信封,信封上写了如下的字样:"郑先生捎来花园的郁金香,这一张是比较清楚的。"展开一看,是郁金香的照片,郑先生没有食言。果然是满满一畦的郁金香,红色和黄色相间,开得很是繁盛。

我终于"看"到了郁金香。但,如同我最初看到的那样,依然只能是照片。我终于没能看到真实的郁金香!我和郁金香之间,也许隔着的不仅仅是浩瀚的天空和缅邈的海洋,也许隔着的是另一种永远无法破译的东西。但不论如何,毕竟我的眼前有了一张诗人郑敏送给我的她园子里的郁金香的玉照。我感谢诗人的慷慨馈赠,也为她的一诺千金。我于是最终也不曾看到真正的花,那在阳光下开放的、花瓣上留着晶莹的露珠的真正的花。我只是完整地做了一篇遗憾的文章,这是我的不幸,也许更为不幸的是,这篇文章的题目,还是拾了张抗抗的牙慧,经过我的郑重请求,蒙她慷慨"借"给我的。

(后记:张抗抗写过《牡丹的拒绝》,是一篇非常出色的散文。此文的题目非沿用"拒绝"不可,的确是经过"申请"而获得准许的"借用"。此文草稿于数年前,定稿于今年,郁金香在现今已非稀罕之物了。)

1999年1月1日于北京大学畅春园

感 言*

好像是朱光潜先生说过:以出世的态度做人,以入世的态度做事。我很信服这话,以为朱先生是用极简单的语言,说出了人生复杂的道理。人生一世,如草生一秋,是匆匆而麻烦的短暂。所有的人,上自帝王显贵,下至黎民苍生,都是这个匆匆舞台的演员和看客。常言浮生若梦,过去把这话是当作消极的思想来批判的,其实,谁都明白,人生到底是一出悲剧。无论是天才还是愚钝,到头来都脱不了一个毫无二致的结局。有了这样的洞察,人们就会在不免有些空茫的悲凉中,获得某种顿悟。参透一切苦厄,把身外之物看淡,豁达、潇洒、了无牵挂,无忧而有喜。我理解,这就是"出世"的思想。是指从总体上看,要把世事看淡。

但若只是在这一层面上,那就确乎有点"消极"的味道了。只讲"出世"而不讲"入世",则对人生的体悟也说不上全面深刻。有了"入世"对于"出世"的加入和融汇,就把人的高低不同的境界区分了出来。

从具体上看,人活着一要谋生,二要做事,不论是为自己,还是为社会,都来不得半点虚妄。太阳每日升起,每日落下,一个人的一生能看到几次日出日落的景致?因此就要珍惜,决不虚度光阴。春花秋月,赏心乐事,酷暑严冬,黾勉苦辛。要每日都

---

* 此文刊于 1999 年 6 月 25 日《湘泉之友》;又载 1999 年 8 月 29 日《广州日报》,题为《出世与入世》。据《湘泉之友》编入。

过得充实、有意义,有益于人,也有益于己。积极,有效,把眼前做的每一件事,都看成盛大的庆典,既轰轰烈烈,又扎扎实实。不悲观,不厌世,一步一步坚定地向前走去。明知愈走愈接近那谁也无法逃避的终点,却始终是坚定地前行。这样的人生,是摆脱了大悲苦而拥有大欢喜的人生。

1999 年 1 月 31 日于北京大学畅春园

中国文学研究五十年(1949—1999)*

当代的中国文学研究,其内容包括中国古代、近现代、当代的文学史研究,文学批评史研究,文学理论、文学批评和文学翻译、外国文学、海外华文文学、民间文学及比较文学的研究等。至于"当代"的时限则依通例,以五十年代为起始,以迄于今,时间已长达半个世纪。关于中国当代的文学研究的叙述空间,从理论上讲,应包括中国所有的疆域:大陆、台湾、香港和澳门。但由于历史的、社会意识的和文化处境的差异,本文在叙述上仍以大陆为主。

这半个世纪是中国社会发生重大变化的年代。其最重要的时代特征,是大规模战争的基本结束,长期处于战乱的中国社会,此时正处于试图改变战争体制而逐渐转向经济建设的转型时期。但这种意愿在很长的时间内并没有实现。自本世纪五十年代开始直至七十年代结束,中国社会又长期陷入了政治动荡之中。频繁开展的政治运动、特别是在知识分子中和在学术界开展的各种思想批判运动,给中国的学术发展提供了严重而酷烈的时代背景。思想改造运动改变了知识分子的思维方式,并直接影响了学术创造性的发挥。"大跃进"的失误、"文化大革命"的动乱、特别是不断开展的阶级斗争,给中国的学术发展提供了非正常的环境。这半个世纪的中国文学研究就在这样的环

---

* 此文刊于 1999 年 9 月 8 日《中华读书报》,后收入《西郊夜话》。据《中华读书报》编入。

境中艰难地、同时又是顽强地生存并发展着。

中国社会以四十年代的结束为标志,开始了一个弃旧从新的新时代。在政治层面上,通常把它描写为"改天换地"的新时代,要是去掉价值判断的含义,这种描写给人的印象是准确的。从五十年代开始的社会转型,对于学术研究的影响,同样也是一个巨大的转折和崭新的开始。这里所谓的新,首先是当代的学术研究、它的参与者,无一例外地都置身于前述那种特殊的环境和气氛中,一方面是社会的转换和更新带给中国的学人以情绪的兴奋和投入的激情,中国知识分子满心欢喜地迎接了新的生活。同时,伴之而来的则是一个不容忽视的事实——新生的政权对于包括文学研究在内的全部学术研究,有着新的、一致的、规范的要求。随着新的人生观和价值观的提倡,要求重新审视和重新评估以往的研究,并要求有一个不同于此的新的开端。这种新开端无疑有它的严重性。

如同在农业、工业、商业等各个领域进行改造那样,新的政权也在学术领域强化它的影响。大量的学术思想改造在施行。从积极的方面来看,这种改造促进了马克思主义的传播,众多的学者初步掌握了唯物史观并应用到研究工作中来。先进的世界观和方法论对于学术的渗透,造成了五十年代开始的学术研究的新气象。它对于原有学术构架的调整,对于以往被忽视的研究视点和研究方法的开掘和扩展,使以往薄弱的环节得到了加强,无疑具有积极的意义。

但是,冷战时代的两极对立的政治局势和思维方式,无疑也给学术研究的倾向带来了单一性和排他性的缺憾。一个学者的学术思想的形成是长期的。短时间的、强制性的、试图立竿见影的"改造",不可能创造奇迹。而且,即使奇迹产生了,对于学术来说,言论一律也未必就是合理的。五十年代有过百家争鸣的提法,其实只是一句未能兑现的"提法"而已。当日所有的举措,都旨在独尊"一家",这已是不争的事实。

所幸当日成为学术骨干的那一代学者,他们身处新旧交替的时代,接受了那个时代的学术研究的传统和学术流派的影响,他们已拥有自己的信仰和目标。尽管他们属于"被改造的""旧知识分子",但却已是不可否认的当代权威。他们当然面临着思想——学术改造的严峻形势,但这种改造在多大程度上能够奏效,则是令人怀疑的。一个学者的学术风格和学术传统是长期的选择和养成的结果,行政的规定和非自愿的强加往往事与愿违。

那曾经是一个严酷而动荡的年代。频繁的政治运动和不断开展的阶级斗争,使学术研究未能在正常的气氛中有序地进行。学术思想的改造在某些人、某些部门取得了成效,特别是在以进步的世界观和方法论来观照和处理人文科学的研究方面,取得了别开生面的功效。但从总体上看,由于"独尊""一家"而造成学术生态的失衡,则是不应忽视的负面影响。那时,上一代学人的学术思想业已定型,他们的学术成就业已成为当代的经典而得到承认——依然是以各自自有的立场和面孔出现:唯物的或唯心的、传统的或现代的、马克思主义的或非马克思主义的。当日已经发生的某些对于先前学术结论的调整和改正,多半都有些外在的"粘贴"的味道,而未曾成为融入体系的有机成分。随后发生的事实已有目共睹,即中国的学术研究在愈演愈烈的政治斗争中进入十年动乱的"冬眠期",这些学者的工作基本中断。

在新社会中成长起来的年青一代学者的处境,与他们的前辈略有不同。一方面,他们是在前辈学者的关怀和培养下成长起来的,他们和所谓的"旧知识分子"有着亲密的师承关系。他们在前辈的严格要求下,受到系统的教育和规范的学术训练,就是说,他们是"新"知识分子,但受的是"旧"的学术熏陶和影响;另一方面,他们毕竟年青,他们不但很少"旧"的负担,而且敏于接受新知,他们中很多人接受了进步世界观的指导,而且在使用唯物史观和辩证法方面卓有成效。这一代学人,他们的身上是"新""旧"并存,是承上启下的一代人。但从现实的处境看,他们的命运似乎也并不比他们的师辈好多少。他们的学术研究刚刚开始,头上便笼罩了"史无前例"的乌云。待得劫后归来,他们已是中年景象。

从学养的形成来看这一代学者,中国旧学在他们的成长史上,依然产生着隔代的影响。就是说,他们是在一种受压抑的状态下,间接地和有选择地接受了中国的传统学问和做学问的方法的影响、而这些影响当时是不受鼓励的。但不论如何,他们还是通过切实的指导和训练,使中国的学统得到了承传和绵延。而在另一个层面上考察,主流意识形态对他们的影响还是基本的和主要的。在当日"一边倒"的政治取向中,他们较为全面地接受了进步的、社会主义和民主主义的学术思想并付诸实行。但无可辩驳的事实是,由于"偏食",造成了他们在学术发展中的先天的缺憾。

各式各样的政治运动笼罩着八十年代前的大部时光,这是一个动荡的、不稳定对于学术来说是不平和的环境,再加上指导方针和总体布局的有意倾斜,本应是丰富多姿的学界,基本表现为单色调的和小心翼翼的。在意识形态的规定和阶级标准的筛选下,多学派并存的生动活跃的局面基本消失了。

但即使如此,中国的文学研究仍然在"夹缝"中顽强地生存和发展着。大学的文科和各种研究机构都在艰难的条件下坚持教学和科研活动,学术的血脉并没有中断。这个时期给人留下深刻印象的,是六十年代前期周扬领导的文科教材建设的举措。当日许多著名学者如游国恩、王季思、冯至、杨周翰、王瑶等都参加了这个工作。尽管它仍然保留了那个时代的局限性,但在那个到处都在开展"大批判"的"破字当头"的肃杀气氛中,周扬此举所蕴涵的建设精神，就显得异常可贵。这次学科教材的建设，不仅编写出了一批适合使用的大学文科课本，而且也培养了一批学术骨干，这些人成了当今活跃的学科带头人。

长达半个世纪的中国文学研究，其大部时间都在上述那些涉及几代人的学术处境中度过。如今的中国学人，可能会觉得那是很遥远的、梦幻般的历史了，然而，当代年纪稍大的学者，都不会轻易忘记那些艰难困苦而又单纯天真的年代。环境是严峻的，发展是艰难的。然而，中国的学术火种还是得到了绵延和承传。不仅如此，在有些学术领域，还取得了超越前人的成果，如在《楚辞》和《诗经》、《红楼梦》和其他古典小说、文学批评史和《文心雕龙》的研究等方面。第一部新文学史出现在这个时期。赵家璧的《中国新文学大系》得到了再版，而且由上海文艺出版社一直编到了现在。《中国近代文学大系》也编成出版。胡风、秦兆阳、钱谷融等关于中国当代文艺的理论批评，更以抗世疾俗的勇敢立言，给人以振聋发聩的印象。钱钟书《管锥编》的写作和出版，更是这个时代的骄傲。

逆境中的生长，夹缝中的坚持。中国的文学研究就在这样非常的境遇中，度过它的最艰苦的岁月，终于迎到了自由开放的新时代。新一代学人生活在与他们的前辈完全不同的人文环境中。这种不同，首先是学术自身的独立性和它的特殊规律受到了尊重。来自外界的干扰相对地少了，学术和政治也有了较为明确的区分，不是如同过去那样的互相纠缠、甚至是政治对于学术粗暴的侵入和取代。再就是外部环境的改善，学术研究不是在过去那样的封闭的、与世隔绝的状态中进行。社会的开放促进了学术的开放。中国的文学研究不再是孤立的行动，世界性的双向的和多向性的交流，成为有史以来从未有过的中外文化交流的一道鲜丽的风景线。

新一代学人因教育制度的恢复和完善，大都受到良好的培养和训练。他们知识面较宽,基础也相对扎实,外语的掌握也有了普遍的提高。这些条件都促使这一代学人具有较为自由的心态、独立的学术精神和开阔的视野,再加上良好的内外环境,促进了不受拘束的创造性思维的发展。可以说,特定的时代为中国文学研究铺设了一条通往繁荣发展的广阔道路。

电子时代的学术空间无比广阔,信息的传播和交流只在瞬息之间。电脑的普及大大促进了学术的进步。这是一个信息爆炸的时代,令人目不暇接的事实,相对地也给学术研究带来了不宁和骚动。以往那种相对封闭中的潜心致志,如今变得稀罕了。纷繁的世界性交流,夺走了人们对于固有学统的专注。人们的精力因纷沓的资讯而分散。故此,相对而言,这一代学者的国学根基,较之他们的前辈,则有了普遍的削弱。

半个世纪在大动荡和大悲欢中度过。中国的文学研究也在充满焦虑和希望的苦斗中生长和发展着。我们怀念那些已离开我们的、为中国的文学研究事业作出杰出贡献的前辈们,我们决心沿着他们开辟的道路勇往直前。目睹当今学术研究老中青几代同堂的繁荣景象,我们对未来充满了信心。

1999年1月31日于北京大学畅春园

春天的怀想*

在北方,春节是在天寒地冻中来到的。人们庆贺春节的到临,似乎有一种耐不了漫长等待的急切心情——让冬天快些过去,让春天早些来临。而春天呢,当春节来到的时候,在北方,春天毕竟还是遥远的事实。

春天原是让人怀想的季节。何况是今年,1999年的春天,有一个特殊的季节转换、一个"千载难逢"的整数的转换在等待,更加重了这怀想的分量。一百年是一个整数,一千年也是一个整数。从现在往前推一千年,是公元999年,中国是在宋朝,这年代让人怀想起封建王朝的鼎盛及其衰落。但毕竟时隔千年,是有些遥远了。从现在往前推一百年,则是公元1899年,戊戌失败的次年,那血腥的记忆却真切多了。一百年前,那时中国的先知们,为富国强民而奔走呼号,流血牺牲,其情景何等动人!那是一个寻梦的年代。

千年的梦想,百年的沧桑,前人的奋斗,后人的接续,如今都集聚到了我们的眼前。这个春天的怀想毕竟是有点沉重了。瞻望前路,风烟迷离,一水依依,海天苍茫。我们只能在这千年、百年的轮转中,为我们多灾多难的乡邦、为我们饱经忧患的人民默默地祝福,祝福从此远离战伐与动荡,祝福岁岁年年的和平与安宁。

1999年2月4日,旧历戊寅年12月19日,此日立春。

---

* 此文据文稿编入。

《蓝风筝丛书》序[*]

这套丛书的几位作者都来自学院,他们中的许多人都获得了很高的学位——丛书中有好多部本身就是博士学位论文。而且,丛书的大部分作者,现在也都在大学或研究部门从事教学和研究工作。这套丛书的内容,是围绕着中国当代文学这个基点展开的,可以说是属于广义的文学批评的范畴。因此,要是对这套丛书加以概括,指称其为"中国当代文学批评丛书",也许更为切题。既然是学院批评,而且又与"当代"有关,作为这套丛书的主编,当然也乐于把话题集中在当代的学院批评精神这一点上。

学院在中国可以称之为高等学府,是知识分子集中的地方。在全体居民文化水平普遍不高的中国,学院这地方相对集中了拥有较多知识的人才,这本身就是一道独特的风景。中国旧学也有学院的传统,那是以某一位或数位知名学者为中心建立起来的书院制度。在这些书院中,通过那种课徒授业式的讲学活动,以交流学术、传播思想。书院在中国旧时的文化交流和学术发展中,特别是在倡导独立思想和建立学派方面,曾经起过非常大的作用。现代意义的学院,源起于北京大学的前身——京师大学堂,它发端于戊戌变法而逐渐完善于新文化运动,是现今综合性大学的雏形。

现代的学院是新型的综合性的高等学府,与世界各国的大学体制相近。在中国,这种集中了很多知识分子的学院,往往是

---

[*] 此文据文稿编入。

学术活动频繁、学术思想活跃的地方。这里也是产生新思想和新思维的场所,从这里发出的信息,往往能成为一种积极的力量,对社会产生着积极而广泛的影响。在大学里酝酿和产生的先进的思想,往往成为推动社会前进重要的精神资源。学院以及学院里的知识分子的这种特殊地位,已为近代以来的无数事实所证实。

中国学院的这种品质,实际上是中国知识分子精神魅力的展现。学院的地位和它的实践,昭示着中国丰厚的文化传统。由于中国知识分子与中国社会的紧密联系,因而,在学院中形成的思想理念,总是能够直接或间接地、迅速或缓慢地对社会和人群产生着影响,积极地作用于现实的进步与民智的开发。

在文化未能普及的社会,学院的成员是经过严格筛选的。优秀人才的相对集中,使这里弥漫着浓厚的投入和参与意识。这种意识以表达广大民众意愿的社会理想为巨大支撑,它保留了与社会现实的密切关联。学院意识的成熟性,表现在它与社会盛衰、与民众忧乐的紧密联系上,它成为中国近现代文化最动人的一道风景。中国的知识分子很清楚自己在全体民众和整体文化构成中的这种地位,他们总乐于承载启蒙和代言的重负——当然,是通过他们所从事的工作。生活在中国具体的环境中,他们有一种被选择的庄严感。这种庄严感诱发并产生了使命意识则是自然而然的。中国的知识分子总要求自己的工作有益于人、有意于世,他们有很强烈的社会功利心。在中国,学问从来都不"纯粹"。

学院是切磋学问的地方,当然与外界有不同之处。首先是,这里所进行的一切工作都与基于个人的创造性劳作有关——而且这种劳作偏重于精神的和思想的层面。这是一个与外面偏重于务实的世界相对游离的社会。这个社会中的每一个成员都是独立的,这里的工作立足于思考的独创性,它需要最大限度地发掘一个人的潜力,使每一个人的智慧发挥到极致。这里无保留地鼓励奇思异想和与众不同。

无论是求学还是治学,其核心是探求学理。学院精神之所以能对社会产生影响,究其实,就在于它的思想理念建立在科学思辨的基础上。它不排斥激情,而激情却诞生于冷静的分析,并以坚实的理性为前提。这里所进行的一切工作都面对着具体性,事实和材料无疑是立论的根本。把这推广到治学上面来,则一切的推论或判断都应当是有根据的。不务空谈,严谨求实,是这里不可更易的律则。

学院的基本使命在于发展。它不仅是接受前人的思考成果,而且有责任推展前人的成果。一代又一代的学人,并非被动地接受,总是追求以自己的加入而使历史丰富。中国学术就是在这样的精神接力赛中得到延续。在这样的环境中,每个成员都以能通过自己的思考和研究进入学术的创造性传统而引为荣耀。正是因此,我们所看到的和所理解的学院精神总与创新有关。说学院是做学问的地方,此话不错。但它是一道鲜活而浩大的长流水,靠的是源头的深远,也靠的是加入者的鲜活的输送。

回到这套丛书的话题上面来,这里集聚的几本著作涉及的内容,均立足于二十世纪、特别关注于本世纪下半叶以迄于今的文学创作及文学思潮的研究观察。既然是以当代文学的观察为重点,这里当然充盈着对于现实的关注和激情,为它取得的成就,也为它曾有的失误。中国文学在本世纪所经历的一切,尤其是本世纪后半叶所经历的挫折,为近现代文学的历史提供了异常丰富的经验。时届世纪末年,文学则有亟待克服的积重和新的期待。文学需要回应生活提问的也更多。在这样的处境中,一方面,文学研究需要对以往的累积作出有效的清理,另一方面,则要以更多的毅力和锐气面对新的挑战。这无疑是当代的学院批评的严重的任务。

　　本丛书的作者大体总与北京大学有关,他们中的多数人都获得过北大的博士或硕士学位,他们是很有创造力和锐气的新一代学者。奚密教授情况略有不同,她是我的朋友,现在就职于戴维斯加州大学。她是中国当代新诗热心的研究者和权威的诠释者,她在这方面的贡献,得到国内和海外学界的公认。她的加盟为本丛书生色不少,在此,我谨向奚密教授致谢。本丛书的大量组织工作是程文超做的,我也向他表示谢意。当然,我还要代表全体作者向广东人民出版社的领导和丛书的责任编辑们致以深深的谢意。

　　　1999年2月16日,旧历己卯年正月初一,于北京大学

燃烧的星辰*

这颗彗星的陨落给人以震撼：它的陨落的时间，以及它的陨落的方式。他的一生似乎只为了发光。他把非常有限的生命浓缩了，让它在一个短暂的过程里，显示生命的全部辉煌。

生命在每一个人的身上表现都不相同。有的生命比较漫长，这种生命的展示有如一串连续的镜头，是一种缓慢有节的展开。我们如今纪念的这位诗人却不是，他似乎知道自己只能匆匆，他容不得如此和缓。他的生命，是一种精华的集中展示。它是彗星的陨落。全部的过程都在燃烧，燃烧成一道发光的弧线。燃烧，而后熄灭。它的熄灭是猝然的，是惊雷和霹雳的闪爆！

因为在有限的时空里有着强烈的电闪般的燃烧，所以这颗星辰的陨落留给人们以久远的思念。当然，在这思念背后的，是对一种才华的敬意。充满才华的诗人消失了，但人们依然思念这种才华的闪光。不论采取何种方式，人的生命最终总要消失，而艺术的生命却因才华的闪光而得到延续。这种延续的长度是与才华的积蕴成正比的。

这位诗人来自深厚而贫瘠的大地。他和大地上的村庄、村庄周围绵延的麦地血肉相通。他的一生都在用饱含汁液和水分的声音，呼唤这生长了谷物和生命的大地。他关于土地和土地上的生命的歌唱，有着绵远而浩瀚的背景——那里闪耀着人类高贵心灵的光芒。这位现代诗人是如此地心仪于那些古典的诗

---

* 此文刊于1999年5月31日《深圳风采周刊》第20期。据此编入。

魂：屈原、但丁、莎士比亚……他宣称要接续那些伟大星辰创造的史诗传统。这种宣称无疑是庄严而凝重的。

星辰在天空的燃烧和最后的消失是激动人心的。那一道弧线是一个永恒的记忆，但却更像是一个悲痛的预告。它预告着一种文化精神的终结。从那以后，像这位诗人这样对于伟大史诗刻骨铭心地景仰、并以自己不懈的努力实践这种理想的境界，仿佛是随着那弧光的消失而消失了。九十年代似乎是一个拒绝的年代。人们愈是念想这位诗人毕生的追求，就愈是因他的缺席而痛感某种近于绝望的匮乏。

诚然，作为过程，这诗人的一生是过于短暂了。他的才华来不及充分地展示便宣告结束是他的不幸。但他以让人惊心动魄的短暂而赢得人们久远的怀念，而且，愈是久远这种怀念便愈是殷切，却非所有的诗人都能拥有的幸运。这不能说是与他的猝然消失无关，但却与这位诗人对于诗歌的贡献绝对有关。他已成为一个诗歌时代的象征：他的诗歌理想，他营造的独特的系列意象，他对于中国诗歌的创造性贡献——他把古典精神和现代精神、本土文化和外来文化、乡土中国和都市文明作了成功的融合，以及他的敬业精神、他对于诗歌的虔诚和敬怵。

海子以后，还有什么让人长久谈论并产生激情的话题？我们无疑是在满怀疑虑地期待着。

1999年2月16日，己卯元日，于北京大学畅春园

《中国新诗诗艺品鉴》序*

旧时学文,常受惠于"作文词典"之类的书。我认为那是我最初接触的、而且从中收益颇多的"工具书"。尽管有人鄙薄此类书,但我却持有另见。初学为文者往往词汇贫乏,状物写意,苦于不知从何下手。这类辞书,汇集名家名作精华,分类排列,便于索捡。初学者一卷在手,既可记诵名篇佳句,又可获得作文的范示。年幼无知者可能死记照搬,即使如此,也不必过虑,也能从此种死记照搬中得到遣词造句的启发和训练。他们一旦成长,就会弃而自立,如同孩子离开父母自己行走一般。

但那类辞书粗糙成篇者居多。那些编者往往只是将那些文字摘录、分类,而后加以编排。对所选文字并不作说明,当然更不会向读者指示这些文字的佳妙之处了。从这点看,这类丛书的编者,他们的工作似乎是过于简单了——但不论怎样,我如今也还是如同感激小学的启蒙老师那样感激那些"作文词典"。

周金生先生访学北大时,曾送我一本他主编的《中国古典诗艺品鉴》。这是一本很有意义的书,它同时具有选本、词典、赏析等多种功能,是各种层次的读者都适用、而且相信也会喜欢的参考书。我当时就被他的工作所感动——因为它唤起我少年时节那种关于"作文词典"的亲切记忆。当然,他现在的工作与我当日所见是大不相同了。

我很看重他从事的这个工作。我不仅看重他和他的作者在

---

* 此文据文稿编入。

选择那些名篇名句时的眼力，而且更为看重它的作者们在阐析这些古典作品时持有的学识、悟性和审美的切入。我在这里所讲的，实际上涉及编纂此类书籍务必做到的两点：首先是作品选择的准确、适当，这是全部工作的前提和先决，选择不当，一切都无从说起；而仅有前者，没有真正的"品鉴"，则对读者的助益还说不上完满。我旧时接触到的那些词典，就其佳者而言，多半只停留在前半的工作上。近年来鉴赏之书盛行，从普遍倾向看，所选的作品未臻理想是其一，而赏析的工作则一般流于随意、繁冗。鉴于此种认识，我当时即对《中国古典诗艺品鉴》一书的编写出版持肯定的评价。

如今这本《中国新诗诗艺品鉴》，无疑是周金生前面工作的继续。它的酝酿和前期的准备是在北大开始的。作为《中国古典诗艺品鉴》的"续篇"，它吸收了前书的体例和全部优点，是当之无愧的姐妹篇。这本书从总体上看，它保持了原先构想中的多功能性、兼顾不同读者的需要、做到雅俗共赏、普及与提高并重。特别是此书提出在阐释上突出准确、精练、优美和创见等一些叙述原则，并强调适当引出该作品有关轶闻和评论，在排列上又注意到年代的序列，这就使本书不仅有益于诗歌写作者的启发借鉴，而且具有了为专业工作者提供方便的新质。

引文的精确简练是本书的优胜之处，往往能从一些极有限的选文中见及这个诗人的创作特点。从中可以看出编选者和诠释者的学术水平——能从具体作品中点出其艺术奥秘是一种水平，而能从一斑窥及全豹，则非有诗歌史、乃至文学史的丰厚积蕴不可。试以书中冰心引诗"繁星闪烁着"为例，引文共六行，约三十余字。释文指出冰心曾就学于教会学校，受基督教教义的影响，指出该诗从无声的静默体会到"群星之间相互尊重称颂的精神世界"，"这种相亲相敬是宇宙的美境，当然更应是人类追求的至境"。简短的释文之后是更加精约的评语：冰心曾受印度诗人泰戈尔《飞鸟集》的影响,常通过"小杂感"一类的东西寄托人生哲思,"通过暗示寓深意于朴实的意象"。言简意赅,切中要核。

《中国新诗诗艺品鉴》要出版了,仅以以上数言以为祝贺。借此也表达我对此书的一些评价,我的评价是积极的,我以为在众多已出版的此类书中,它是后来居上的。《中国新诗诗艺品鉴》是一本大家都需要的参考书、工具书,也是一本可以随时阅读的名诗佳作的优秀选本。

1999年2月25日于北京大学畅春园

这颗心燃烧了一百年*
——送别冰心先生兼谈"五四"

世纪之星陨落了,陨落在世纪终结的前夜。她的使命已经完成,她整整燃烧了一百年!能够像她这样,以不竭的热情在自己拥有的一角天空,默默地放射自己的光和热,温暖着、滋润着人们的心灵,教他们如何爱、如何为弱小者和善良者献出心力,既不"宏大"、亦不"卑微",一百年不间断、以一以贯之的从容和"平淡",燃烧自己、烛照世间的人,在这一百年中,即使不是"仅见",恐怕也是极为罕见的。

冰心是世纪的同龄人,也是世纪的见证人。清王朝覆灭时,她是少年;五四新文化运动时,她是青年;整个中年时期在离乱和忧患中度过。在动荡和苦难中,她造就了成熟的人生。饱经忧患的她,极大地延长了中年期。她似乎在向世人昭示:人的生命有多大的承受力,坚强地活着,体验那超乎想象的苦难并战胜它。坚持着,从充满噩梦的昨日,直至舒展开放的今日。在这世纪钟声即将敲响之时,她把这个世纪悲喜交加的漫长的暗夜带走了,而留给我们一个新世纪的熹微的最初一线光明。

在冰心的文学世界里,大海和母亲是支持这个文学世界全部丰富性的两个基本意象。冰心世界中的母亲的意象,是包容在大海这个大的意象之中的。她曾在诗中向造物者祈求,倘若生命中只有一次"极乐的片刻",那么,她的愿望便是:"我在母亲

---

* 此文刊于《随笔》1999年第3期。据此编入。

的怀里,母亲在小舟里,小舟在月明的大海里"(《春水》一零五)。清明月夜下的万顷碧波,荡漾着一叶扁舟,舟中是母亲,母亲怀中是我。这种安详、和谐、宁静的氛围,原是冰心的心境、情境、诗境的具形化。她一生都在用爱心关爱众生。她把爱心推及了世间的万事万物,她祈愿一切受难者有福。

在冰心的诗中,我、母亲、大海是三位一体的。人类各式各样的爱中,母爱最纯真、也最伟大。母亲对儿女之爱无须特意表现、是发自内心、自然而然。子女对于母亲之爱的怀想与礼赞也如此。这是排斥了一切势利考虑之后的无私、无邪、无欲的高贵情感。冰心从母爱出发,推己及人一片婉转女儿心,传达的是人间的万种柔情。

大海的博大涵容,它的宽广胸襟可以装下世间万有,一切的苦厄、欢愉和忧思。它静如明镜,动有狂澜。在它万顷碧波、一览无际的宁静中,包蕴着震天撼地的伟力。它的激情也是内蕴的,却是夜以继日、无日无时地起伏涌动,若人的生命之常在常青!诚然,这位昔日的南国闺秀,有着一颗晶莹柔婉的女儿心,对母亲、对兄弟、对友人、对弱者。而大海的博大、雄健、恒久,却从另一面托出了这位世纪老人的高远和伟大。

在年序上,冰心是世纪的同龄人。在文学的经历上,冰心则是五四新文学的同龄人。冰心说过,是五四运动那"强烈的时代思潮把我卷出了狭小的家庭和教会学校的门槛,使我由模糊而慢慢地看出了在我周围的半封建半殖民地的中国社会中的种种问题。这里面有血有泪,有凌辱和呻吟,压迫和呼喊"(《从"五四"到"四五"》)。冰心称这股新文化运动的思潮是"电光后的一声惊雷",把她"震"上了写作的道路。冰心自述,她的创作活动始于"一九一九年,五四运动以后"开始在《晨报副刊》用白话文写作。第一次发表小说《两个家庭》始用冰心这个笔名。她的写作活动一直延伸到本世纪末。所以,她不仅是中国新文学的同龄人,而且是中国新文学的一部活历史。冰心的整个创作活动无疑是五四新文学运动的一个缩影。她也是五四精神的集中体现者。

五四运动出现了一批狂飙突进的猛将,如陈独秀、胡适、钱玄同、蔡元培、李大钊、鲁迅和周作人等。这些人站在时代的前列,高举文化批判的旗帜,面对中国系统而顽固的旧文化和旧礼教,指出它阻碍时代前进的保守性,以惊电迅雷的气势进行扫荡,从而开辟出一条通往光明的新路。他们的勇气和激情,产生于中国内忧外患的现实,产生于现实中的污垢和血腥。他们是登高一呼从者如云的英雄式的人物。他们的胆略和气魄,至今尚使我们为之气壮!这些先行者,他们给中国社会送来一剂疗救病症的"药",这药是治"心"的,是"醒魂药"。他们承继了前人奋斗的遗产,这里有戊戌变法和辛亥革命的遗产。但他们推出的新文化和新文学,却是他们的前人所未曾造出的成功。

冰心不是这类英雄式的人物,她更"平常"。但她响应了和参与了这种英雄业绩的创造和建设。她和五四那一代人有一种共同的性格,那就是反抗和批判。他们同样是新时代和新潮流的推动者。他们共同完成了中国二十世纪伟大的精神革命。伟大的五四精神其实质在对于旧文化和旧礼教的抗争。但五四并非一味地"破坏",它有鲜明的建设精神;五四也并非一味地"激烈",它的本质是温情的和人性的。这些本质在那些猛将身上,是隐藏着和潜伏着的,而在另一类"非猛将"如冰心这样的人身上,则成为一种非常明显确定的品质。

这是充满幻想和想象力的一代人。他们从中国悠久的传统中走来,而又不满并质疑那一切。但在他们的创造中却又融进了、并更新了其中有益的养分。他们未曾因批判和反抗而造成文化的"断裂",相反,他们更生了中国文化,他们使自己成为中国最丰富和最有创造力的一代人。

这个让人景仰的队伍中,走着我们的冰心先生。她是最先觉悟的那些女性中的一位。她接受中国传统的熏陶,她又接受了教会的和美国式的教育,中西、古今文化的交汇和融合,在她那里造出了奇迹。她起步于"问题小说"的写作,成为"文学研究会"的中坚,她的创作服膺于"为人生"的理想;她受泰戈尔的启发,首创"随感式"的无题小诗,发起了和倡导了中国新诗史的"小诗运动";她用通讯的方式写散文,她的《寄小读者》开辟了散文的新天地,一种崭新的抒情文体在她的笔下诞生;冰心还是新文学中的儿童文学的元老式的人物,她是儿童文学的热情的支持者和实践者。

冰心毕生都在这样辛勤地创造着,直至生命的晚景,她都没有放下她所钟情的手中的笔。而且愈到晚近,她性格中潜藏的刚烈之气愈为显扬。身居郊野,不忘天下,正气凛然,疾恶如仇。所作短文如《万般皆上品》、《无士则如何》等,竟有匕首般的犀利!让人不敢相信这些文章竟出自年近百岁的老人之手!

斗换星移,岁月不居,冰心已走完她的百年人生长途,离我们去了。但她在我们的心目中始终是一颗不倦地燃烧着的星,这颗星已燃烧了一百年!她留给我们的是一种我们永远无法企及的高雅、文采、对人类的爱心,以及凛然不可侵犯的尊严,这些极为宝贵的精神财富。

1999年3月1日于北京大学畅春园

写诗的林祁和做学问的林祁*
——写在林祁诗集前面的几句话

林祁从东京来了传真,送来了她的诗。要我为她的诗集写几句话。记得林祁向我作这样的请求已经不止一次,而且也有好多年了。至少在她考进北大作了我的研究生之后有过一次,可是我没有答应。她一定不知我那时的想法。也许她对我会有误解。但我那时不想解释,直至去年夏天,她得到北大的博士学位以后。记得那时我曾给已在日本的她写了如下一封信:

  林祁:1998年7月7日下午四时,我到临北大博士毕业典礼现场,向未能到会的你,致以荣获博士学位的祝贺!

  我希望你能到会。尽管这要花一笔路费,但值得。因为在你的生命历程中,这是非常重要的一刻。

  能够获得北大的博士学位,是你一生的荣耀。这个学位得来不易,你为此花了数年辛苦的时光。这个过程是痛苦的,他人未必知情,而我作为导师,我甚知此中甘苦。

  当然也经历了折磨。去年冬天的折磨,不仅对你,而且对我,都是苦难的经历。好在,已经过去了。人生有磨难,乃是一种幸运。顺利的人生太平淡了,对人反而不利。

  这个学位是与你的努力、你的进步、你的实际水平相符的。虽有不足,但所跨出的步子是大的。千辛万苦,说明它并非轻而易举。

---

* 此文据文稿编入。

在这个时间里,我对你的创作冲动的抑制取得了成功——我不看你的诗,拒绝为你的诗写序,这在我,都是有意的。中国的作家太多,也太容易了,而学者则太少,特别是女学者。你知道我的一番苦心么?我希望你能沿着北大为你开辟的路走下去。创作可以进行,但我希望只是你的一种爱好——业余的爱好。

你的证书高秀芹替你领了,由她,或由我替你保管。我不日赴新疆,回来后,当与穿博士服的你合影留念。

在读博士之前的林祁,我是认识的。她当过编辑,也当过大学教师;她写过诗,也写过散文。在这些方面也都还有过一些影响。她的性格开朗奔放,很适合做创作方面的事。如今考到北大来了,面对的是一个全新的环境。北大是做学问的场所,大家都在各自的角落默默地耕耘。这不仅不是热闹的地方,相对而言,还有点清寂。在这里,每日每时都在进行着无形的竞争。凡在北大生活过的人,都会感受到这里特有的气氛。

所以,做过作家和诗人的林祁来到北大了,我想让她经受一下做学问的压力,而不是继续做她的作家梦。因此,才有了上引信中所说的、我有意对她的写作热情的"抑制"——我是有意要往她的写作兴头上泼冷水!

记得五十年代,杨晦先生做北大中文系系主任的时候,他每次都对怀着作家梦来到这里的人说:这里不培养作家。杨先生不止一次向他的研究生说,你们不要学某某某、某某某在上学的时候写很多文章,不要被路旁的野草闲花迷了眼睛。现在看起来杨先生这话有点绝对,但无疑有很深的含义。他是有感而发的。他看到很多文学青年,怀着做作家的梦来到北大,而后失望——他们显然是误解了北大中文系的性质,真以为这里是"作家的摇篮"了。

当然,文学研究和文学创作是有联系的。从事研究的人有一些创作经验,对他将来的研究有大助益,其间道理自不待言。但创作和研究毕竟不是一回事。创作是情感的,研究是理念的;创作是想象的,研究是实证的。一个整日都在幻想的人,不可能完成中文系为他设置的作为学者的训练计划。研究毕竟更需要理性和逻辑。

再说,一个人的精力有限,他不可能什么都做。尤其是说到做学问与从事创作的关系上,情况就更是如此。所谓一心不能二用,大抵也是人之常情。世上少有两全其美的事。当然也有做到的,那就是少有的特例了。就我个人的经验而言,创作和研究好比是有关联的两部机器,当其中一部开着的时候,另一部基本上是关闭的,很少有两部都开着的时候。有了这样的认识,我对当了博士而又心里想着创作的林祁,就采取了一种对创作机器"强行关闭"的"政策"。我以为习惯于想象和感性思维的她,比较缺乏做学问的严格训练。对这个她所习惯的"系统",实行一个时期的(至少是攻读博士学位的三年)"抑制政策",对她来说有益而无害。于是就出现了一种看来背谬的现象——研究诗歌的导师并不鼓励他的弟子写诗。

现在林祁的博士修业期满,我的"禁令"可以解除了。我这才开始读她的诗,并且答应为她的诗集写序。我发现林祁近来的诗中,有很多的逃亡、漂流、岸等的意象。她称自己为"归来的诗人"。有归来就有出走,来去之间,不同的文化,不同的环境,不同的习俗的相互比较,使她的诗的内涵更为深远,也在她的诗中构造出矛盾复杂的意蕴。

林祁旅日多年,对那里的风物人事自有深知。对比之下,对故国近年的新变,则反而生疏了。她把自己的远走称为"摆脱宿命"的"逃亡",她把这种身不由己的孤旅情怀,表现得非常动人:"无处告别,雪夜深处半盏灯","祖国是一种望得见的灯火,被时差拨来拨去"。林祁是非常女性的,她说自己"一首诗写了一辈子,可是在我女性的生命里,一瞬间就是一首诗"。但林祁又是奔放的,在她的女性的温婉中,又潜藏着尖锐。这在她那些表现既变得陌生、又并非亲切的类似"黄尘包裹出中国特色"这样的诗句中可以看到。在这里,林祁不仅是才华的,而且是责任的。

但不论如何,我依然期待着林祁不仅诗写得好,而且学问也做得好。

1999 年 4 月 4 日于北京大学畅春园

致徐怀中函*

怀中兄：

你的《来也匆匆，去也匆匆》，我前后读了多遍。一是这篇奇特的小说吸引了我，再有，我总在"琢磨"故事背后的故事——这花了我不少的时间。要是你是那些新进的作家，我就不会这么读了，因为他们的作品往往"无"意义。而你不是，你是文学修养深厚、而且极为关心人情世态的资深作家，你不会轻易放弃意义，也不会放弃文学理想，我坚信。

强地震预报的失灵、那位女士神秘的来访与失踪、妙岛连（全体士兵，以及它的最高指挥官连长）在这个"入侵者"面前、它的所有的先进的雷达设备都失去了效应。这一切情节的叠加，构成一个扑朔迷离的世界。很少有小说这么让人"咀嚼"的，尤为特别的是，这么短的一篇小说，竟把我拷问了这么多天——我早就想给你写信，可是一提起笔，总觉得没有把握——我发现我此刻面对的也是一位神秘的"入侵者"，如同那位女士的诡秘不可测。

要是你把小说的叙述背景，放置在一个情场失意（或是如此等等）的白领丽人的一念轻生，最后由于雷达兵的救护而奏起了"一曲凯歌"之类，那就俗了。你是在一个不平常的情节上往深处开掘。我以为你是用这样的故事"说明"，世上有许多不能说明的极普通的故事。强地震的预报，裸泳俱乐部，一位有身份、

---

* 此文刊于1999年11月12日《光明日报》。据此编入。

有成就的年轻女性的死亡,等等所蕴涵的意思,都在如下一段文字中含蓄地说明:"女士来也匆匆,去也匆匆,她不可能有任何一样东西留给妙岛作为纪念。唯一可行的是,最后在海滩上留下她的一行足迹。遗憾得很,连这一点也没有留下来。"我觉得你不是在说那位女士,你是在说整个我们的人生。读到这里,我是产生了一种空茫、甚至悲凉之感的。

目下小说越做越长,极少有人肯沉下心来专心致志做短篇的。近日为大学生选一本作品选,发现不仅短篇小说极少,难选,而且五十年来的独幕剧创作,几乎就是一个空白。对比五四以后的那种情景,令人感慨万千。当今的时代是太喧嚣、也太浮躁了,包括做文学工作的人在内。我坚持认为,在小说中最见功力的是短篇,在戏剧中最见功力的是独幕剧。惟独这方面的成绩最差,莫非人们都学会了"藏拙"和讨巧、不肯如那些工匠下精雕细刻的工夫了么?

仅仅是为了这一篇小说,我也应当祝贺你,感谢你。你不仅是在创作实绩上、而且是在创作方向上,提供了一种楷模。春天来了,在我所在的这个校园里,有很多的花在开。有一种花,在它斑驳的虬干上,开着鲜艳的花,它是青春的象征,也是生命活力的象征。

李观鼎的《滴水集》*

李观鼎在北大读书时，就是很活跃的校园诗人。四十年过去了，他的工作环境有了很大的变化，且又长期居住在澳门，而他对诗的倾心始终不改。如今寄来的这一叠诗稿，便是明证。我怀着欣慰的心情一边读他的诗，一边想起了当年我们在北大的相处，以及愈久愈浓的友谊，心中竟有无限的欢愉。他对诗的这种专注，使我想起他吟咏比萨斜塔的精彩诗句："令人动情的是，数百年如一日的倾心。"这种比喻也可以用来说明他对诗的一往情深。

李观鼎受业于名校，又有很深的家世渊源，如今又在大学执教，他的诗无疑有着很深的文化意蕴。由于长期生活在澳门，当然也融进了浓郁的澳门风情。在澳门这个商业社会中，生活总是紧张匆忙。人们为了谋生总要付出很多心力，应付各种世间之事，留给文学写作的时间总是很少。李观鼎能够闹中取静，在紧张的工作之余没放下他作为作家的笔，这是非常不容易的。学术随笔他写了不少，已有专集问世。这些年也在坚持写诗，现在《滴水集》就要结集出版了，真是让人惊喜。

我是教育界中人，这些年也常在文学界打打边鼓。平时教学研究应付诸种事务，总觉时间不够用。时有文学方面的约稿，也很能引发兴趣和冲动，但教务缠身，常恨分身乏术，于是多半

---

* 此文据文稿编入。

荒疏了文学方面的事。我以为做学问主要是理性中事,而文学创作则主要是感性中事。二者好比是两部机器,其中一部开着的时候,另一部必须关闭,反之亦然。当然,这是常人状态。学界中也有人例外,他们常能一心二用,而且各不相扰。对于这种教学、写作两不误的人,我私心极为倾慕,认为是一种有"特异功能"的高人。李观鼎可算是这类人中颇有成绩的一位。

集名"滴水",寓意深远。汇滴水可为江河,一滴水还可窥见太阳的全部光辉。这集名也与所收诗的风格相吻合,大体总是短制,具随感性,即景吟咏,因小见大,能以精短的篇章,寄寓人生的繁富。"童年篇"充满了童趣,如《鬼戏》:"越看越怕越怕越看渐渐在梦里替怨鬼流泪爸说我长大了";再如《梅》:"深刻的美狂风大雪也扑不灭",则写的是人的节操;《蓝天》:"为了豁显闪电的光华她悄悄地退到厚厚的云层里",说的是一种境界。

从李观鼎这些诗的写作中,可以看到紧张生活留在他创作中的痕迹。这些诗的构思多起于一个稍大的母题,一题下来,再分若干子题。如母题为"风物",下面则再分比萨斜塔、大笨钟、卢浮宫、巴黎圣母院、金字塔、长城、未名湖等。这样,在一个总题目下,再分若干散点,在一个时段里完成预定的计划。这样的写作有一个好处,即能够充分利用零星的时间,完成一个较为整体的系统。也算是集腋成裘,是适应繁忙环境而找到的一种有计划的写作方式。每一个散点好比是一种独奏,许多散点合起来,就成了具有整体感的合唱曲。

李观鼎的这些小诗,继承了五四时代小诗运动的成果,是冰心《春水》、《繁星》诗体的延续。这种诗体便于从小场面中涵容大的意义,精巧、隽永、含蓄。篇什短小,一般二三行,多则四行,大抵只是一两句话。断行、空隙、富跳跃性,从而给想象留下广阔的空间。李观鼎也写一些较长的诗,但数量少一些。他的诗,体现着学者兼诗人的胸襟和抱负,是他的人格和情操的诗意展现。《落叶礼赞》:"刚刚结束秋的事业就去追赶春的脚步"。短短一句,尽情地表达了积极的人生态度,简朴的传达,胜过了那些矫揉造作的冗长和繁琐。

1999 年 4 月 20 日于北京大学畅春园

家住京城[*]

北京大多数居民都像我一样,是各种各样的"移民"。很多是来自河北和山东的,有好几代了。也有如我这样,从遥远的南方来这里上学、求职,最后在这里定居的。近二十年来,随着社会的逐步开放,北京则涌进了更多、更广泛的来自各省区的"新移民"。在这点上,北京很像纽约,它容纳来自各处的人,不排斥、不歧视,亲如兄弟姐妹,和睦共处。近年来,我常常感激那些从外地来京打工的人们。很难设想,一旦没有他们的服务,我们的生活会是什么样子。

福建是我的出生地,是我梦牵魂绕的故乡。我对福建的一草一木都充满了感激之情,我为我的家乡而自豪。但因为离家久了,福建只留下少年时代的记忆。而北京不同,我在这座城市里度过了全部的青年和中年时光,现已进入人生的晚景,算得上是一个"老北京"了。北京是我的另一个故乡。近半个世纪朝朝暮暮的相处,我对它的了解,竟超过了我对我的第一故乡福建的了解。

我刚到北京的时候,那巍峨的城墙和金碧辉煌的城楼还在。站在高高的城墙上,看栉次鳞比的棋盘般的街道,碧瓦、红墙、蓝天,说不尽的让人感动的帝都景象!我热爱北京的四时风光:风雪长城,秋叶香山,昆明湖春天的碧波,中山公园夏夜的清凉,都是我青春徜徉的地方。如今年龄大了,工作也忙,少有当年的闲暇,但北京毕竟是丰富的,我尽可以在忆念中作忘情而惬意的漫游。

---

[*] 此文据文稿编入。

五十年代的北京,生活正在荡涤着昔日留下的灰色和死寂,到处洋溢着希望和新生的喜悦。当春天来到的时候,御河里的坚冰刚刚消融,皇城根下的垂柳便迫不及待地喷吐出耀眼的绿色,霎眼间染绿了整座京城。新生活开始了,新生活行进在经过战争而保留得完好的金碧辉煌的宫殿和牌楼之间。在一片充满古趣的氛围中,跳窜着那生机勃发的嫩绿、鹅黄,这种历史和现实、古老和新生相糅合的气氛,如今想起来都会心醉。

北京有许多美丽的街道,其中最著名的要算是北海团城一带的那条街。从卧虹般的北海大桥望去,太液横波,柳烟凄迷,轻舟摇曳着秀丽的白塔倒影,向北望去是中南海的瀛台。这条街道四周,汇集了古城最具特色的景观,都说是北京最美的一条街。但对比之下,我个人更喜欢东华门皇城根沿河的那条路。一边是重楼叠阁,一边是花影婆娑,或是初春,或是仲夏,或鸽哨隐约,或蝉鸣清幽,这时若有清韵女伴倚肩而行,可谓是人间赏心乐事的极境了。

最喜暮春四月,遍京城的长街短巷槐花盛开,国槐虬劲斑驳,好像是久经沧桑的智者,有一种沉思之美;洋槐婀娜秀丽,好像是青春曼妙的少女,有一种清新之美。特别是洋槐花开时节,满城都迷漫着浓郁的槐花的香气。在有星无月的夜晚,那轻轻的、淡淡的槐花的清香,从故宫角楼的护城河的那一边无声无息地飘移过来,这时节,仿佛有一种说不清、道不明的甜蜜而忧伤的情感浮上心头。

家住京城。不知不觉,我已经从"老移民"变成了当然的北京人了。我相信如今住在这城里的许许多多人,都是这样当然的北京人。我们都把北京当成自己的家。我目睹北京这半个世纪的变化,看到它怎样从一个昔日封闭破败的帝都变成了今日这样开放的、现代的、国际化的大都市。高速公路、立交桥、地铁、自动取款机、家家户户的电脑和传真机、遍地可见的移动电话,还有日新月异拔地而起的摩天大楼。近来,我经常在北京迷路。隔些日子不进城,我就变得像个乡下人。我惊叹生活的瞬息万变,我也为社会的进步感到欣慰。

但我依然眷念当初那个古朴醇厚的北京。那杨花迷眼、藤萝满架的春深时节的古老的京城,是与我的青春憧憬相联结的京城,是与我的中年的忧患和失落相联结的京城。每当思及那一切,我的眼前便兀地矗立起那些巍峨的城楼,蜿蜒在我的头上的那些高耸云端的城墙。记得当年,我常在西直门搭乘有轨电车。电车的始发站设在巨大的瓮城里,那里是夏日清凉,冬日温暖。电车起动,一路敲打着悦耳的铃声,摇晃着前进:西内大街、新街口、西四牌楼、西单牌楼、宣武门过去是和平门,然后是花市口,是珠市口,电车一路摇晃着前行,一路上展示着古都的骄傲,最后来到了天桥。天桥过去是天坛。那些低矮的门脸,那些古旧的牌匾,那是一次古典北京、也是民俗北京的无言而丰饶的展出,是一次无可替代的精神的享受。

后来,梦一般的,那城墙,那牌楼,那飞檐雕栋的城楼,一夜之间都消失了!这种消失是一个隐痛,在心灵的深处,永恒的隐痛。的确,北京在生长,北京在升高,北京每日都有新的在涌现,每日也都有旧的在消失。要是旧的阻挡了新的成长,旧的就应当消失。但并非旧的一切都应当消失,那些代表古老文明的,那些代表先人智慧的,始终是我们应当保存的骄傲,故宫如此,天坛如此,那些营造了数百年、现在已经消失、而且永不再现的北京的城墙和城楼,也如此。

家住京城。我爱京城的一切。那些应当成长而正在成长的,是我的欣喜和安慰;那些不应消失而消失了的,是我永远的伤痛。

1999年5月1日于北京大学畅春园

可贵的实践[*]

  这是一首表现重大题材的长篇政治抒情诗。这样的诗,在过去曾经是一种常见的和主要的诗歌方式,只是近来写得少了。政治抒情诗在以往的岁月中在传达时代激情、鼓舞民众投身进步事业方面,曾起过很大的作用。也出现过一些很有影响的诗人。后来写的人少了,并不是这种诗的形式有问题,而大体是由于,当年的诗人们在写作时往往和现实的事件粘合得过紧,少有距离,一旦事件本身成了问题,诗歌也就被"空置"起来。因此,当诗歌的价值被怀疑时,人们也就怀疑了此种诗歌形式。

  所以,不是诗与政治无关,更不是与政治有关的内容不可抒情。问题在于诗人如何智慧地驾驭此种题材。优秀的诗不可能与政治无关,但诗毕竟不是政治。诗对政治的关注和言说,有自己的姿态和方式,更有自己的选择。诗并不等同于政治,诗更不能被政治所吞噬。

  这里谈论的这首长诗,它立意于表现一个新生的国家在长达半个世纪中的发展及其取得的成就。它把长诗放置于广阔而深远的历史背景上。它经过精心的选择,择取了一些有代表性的人物和画面,使长诗的主题涵容了中国历史上可歌可泣的场景和故事,从而使长诗具有了深远的历史感和浑厚的文化含量。它意在指出,当今发生的一切是历史上的抗争和奋斗的延续,它继承并光大了那一切。这就使整部长诗通过宏大的结构呈现出

---

[*] 此文据文稿编入。

一种壮阔的气势。应当说,它所营造的效果是与这部长诗所着意要表现的巨大主题相和谐的。

前面说到,中国当代在长篇抒情诗的创作方面,已有丰富的实践。作为后来者,长诗的作者无疑吸取了前人积极的乃至负面的经验和教训。它具有一个较高的起点。长诗突出的创造性成果表现在,它有效地避免了空泛和外在性的煽情。在这部长诗里,很少看到表面化的和无节制的渲染。反之,它能够把充沛的激情蕴蓄在理性的叙说中。它的近于欧化的语言有助于实现这种"理性的抒情"。

这是一部富有历史感的政治抒情诗,它对于历史过程的叙述是充分的。但大概是由于歌颂节日的气氛的影响,它对于历史进程中的挫折和失误的反思,则显得有点忽视。当然,关于"文化大革命"的那一章写得很机智,是成功的。但是,除去"文革"这一章,长诗显然不想触及光明中的阴影,前进中的停顿和倒退。世纪的忧患,当代人的焦虑,诸如环境的破坏,生态的失衡,物欲的泛滥,道德的沦丧,等等。机智地、理性地把处身其中的当代人的思考写进诗中,无疑将使这部巨大的诗篇获得长久的生命力,而不会是过眼烟云。

1999年5月1日于北京大学

散文诗随想[*]

散文诗是文学的一个品种。它的历史也很悠久，不少中外的文学大师都写下许多不朽的名篇。鲁迅的《野草》里有不少是中国散文诗的经典之作。但散文诗在中国文学中的地位似乎并不高，它在很大程度上受到了忽视。大概是由于它是"两栖文体"吧，散文不肯"收留"它，诗通常也不把它当作自己家族的当然成员。这样"无依无靠"的散文诗只能"自强自立"，依靠自己的奋斗以求发展。

其实，散文诗是一种很有意思的文体。它兼有诗和散文的优点，而摒除了二者的缺憾。写散文固然不可"散"，但一般散文却易流于"散"。散文诗吸收了散文行文自由的长处，但对于散文作者通常容易犯的拖沓、冗长、琐碎的毛病，又有大的节制和规避。可以说，散文诗摄取了散文的精魂，而又摒弃了散文可能有的散漫无章的缺憾。

至于说到散文诗与诗的差别，诗是一种相当严格的文体（目下的诗"自由"得有点失去节制了，肯定不是好的倾向）。正因为严格，就难免拘谨，而拘谨则是行文的大忌。加上诗讲究节律音韵，限制就更大了。因此，除了那些特别高明的妙手，诗往往因雕饰过甚而失去它的灵动自然。在这一点上，散文诗就显现出它的优势来：散文诗能取诗的包括精练、含蓄在内的所有长处，而弃绝可能给它的从容活泼的表达带来损害的一切短处。

---

[*] 此文刊于《解放军艺术学院学报》1999年第3期。据此编入。

好的散文诗往往能在诗的精约蕴藉和散文的自由流动之间表现出它的独有之美。凝练的表达,飘逸的思绪,大自悠远的历史、壮美的山川,小至阶前草绿、窗间月明,动可表现满野巨风、瀚海沙暴,静可抒写松针落地、鸟鸣山幽。大凡文学能够到达的地方,散文诗皆可涉足其间。不过是,需要紧紧把握它的既是诗的、又是散文的文体特征。散文诗是自由的,但又是有着无形的规约的。这点也如一切文体,可以创新,但始终受到文体本身特点的约定和规范。不然就不是散文诗了。

现在说说《散文诗》和它的诞生地益阳。益阳地方不大,和全国一些名城相比,也不算有名。但益阳却以《散文诗》闻名于世。人们可以不知道益阳这地方的风物人情,但文学中人很少有不知道益阳有个刊物叫《散文诗》的。以一个并不十分出名的城市,而办了一个相当出名的刊物,这事实本身就是一个奇迹。

《散文诗》自1985年开始试刊发行,直至今日,已经坚持了将近十五个年头。刊物越办越好,走出了益阳,走出了湖南,走向了全国。现在,它在散文诗这个领域里,已是一份非常有代表性的刊物了。这其间,主编邹岳汉先生韧性的坚持和始终如一的敬业精神,以及地方有关部门的明智而坚定的支持,是事业有成的关键。

但散文诗的成功还有更多的让人思考的东西。它给人的启示绝不仅限于《散文诗》这份刊物、或者散文诗这一文学样式。世间的事物有大小,意义有轻重。有的人做大事情,有的人做"小"事情。做这些事情对不同的人来说,所要求的条件是不同的,但更重要的却是"同"的道理。即人们不论做什么事,也不论事大事小,都要认真地、全力以赴地去做。人首先不能因为事"小"而轻忽它,须知做一件大事和做一件小事,为取得成功都须付出同样的心力——毅力、智慧、坚定、持恒。

这样,当人们把"小"事情做好的时候,那意义便超出了事情本身,即"小事情"因此便获得了"大意义"。那么,这事情本身就不是"小"所能概括的了。我以为益阳和邹岳汉的办《散文诗》便是这样的一件意义很大的"小事情"。他们为一件"小事"而付出了全部的心血,作出了大的努力,因成功而获得了荣誉。人们从这里看到的,岂只是为文的道理,我以为更是为人、为事的道理。

人生在世,总要做事。事无分大小,大有大的好处,小有小的价值。认定了目标,不自弃、不自卑、审时度势,估计到各种可能,义无返顾地、持之以恒地向前走去。每一个细小环节、每一个可能性都考虑到,愈是艰难,愈要坚持,始终燃烧着争取到达预定目标的、信念的火炬。

我本人曾经是散文诗的习作者,也是《散文诗》的忠实读者。《散文诗》不仅给了我写作上的帮助,给了我精神上的享受,《散文诗》的整个诞生、坚持、成长的全过程,更给了我处世为人的深刻的启示。为此,我要诚挚地向《散文诗》、向它的主编邹岳汉先生道一声:谢谢!

1999年5月1日于北京大学

八十岁依然青年[*]

五四新文化运动至今已有八十年。五四的八十岁,在大家的心目中还是非常年轻。这年轻在不同的人那里理解是不同的,有人目之为幼稚的同义词,而更多的人则指的是它的狂飙突进的青春朝气。人生八十,确实是进了老境。但对于已经存在了八十年的事物来说,八十年过去了,人们依然非常亲切地、不断地谈论着它,仿佛在谈论一件新近发生的新鲜事,这事件本身就表明着它的青春年华。

初生之物难免幼稚,我们的五四前辈不是没有意识到这一点。胡适把他的新诗实验名为"尝试",即是一例。诗体可以尝试,但实践却是坚定的。他们对自己认定的目标,也如此。陈独秀在1917年一封给胡适的信中说:"改良文学之声,已起于国中,赞成反对者各居其半。鄙意容纳异义,自由讨论,固为学术发达之原则;独至改良中国文学,当以白话为文学正宗之说,其是非甚明,必不容反对者有讨论之余地,必以吾辈所主张为绝对之是,而不容他人之匡正也。"这话听起来有点武断,却正是他们坚定自信的表现。

不难设想,要是没有这些文化先驱果敢顽强的奋斗,我们今日所拥有的现代觉醒,可能还是一个遥远的梦。他们的这种坚定性,建立在对于中国文化历史的深刻认识的基础上,是一种痛切的感知,铸就了这种断然的决绝。今天谈论先行者的"幼稚"

---

[*] 此文刊于1999年5月4日《羊城晚报》,题为《八十岁依然年轻》。据文稿编入。

是很容易的,因为我们未能感受他们当年所感受的旧文化的重压,以及旧文学对人的窒息。我们缺乏他们那种切肤之痛。

他们把改造旧文化、建设新文化的过程看得简单了的倾向是有的,但造成"断裂"的罪名,不能加在他们头上。造成断裂的不是他们。举例说,倡导文学革命的胡适,也有深厚的国学基础。他也主张整理国故。尽管五四运动在对待传统文化方面,曾经有过一些激烈的言行。但他们革旧原为图新,"破坏"意在创造。即以白话文代替文言文而言,这种"破坏"正是为了实现从"活的文学"到"人的文学"的建设。他们激烈而严厉地批判"孔家店",其原意也正是痛感于旧礼教的"吃人"。一粒小小的"巴黎和约"的火星,点燃了一场空前的批判旧文化、建设新文化的大火。在八十年后的今天,仍然使我们感受到它的通天火焰那灼人的热烈。

五四是永远年青的。它的青春朝气不仅表现在与旧势力旧秩序的决裂上,而且表现在对于新事物和新理想的不竭追求与创造的热情上。他们追逐并鼓动"新潮",于是在他们的心中和笔端,便推涌起思想文化的新潮流。他们又是一批勇敢的"盗火者",于是在封闭和停滞的黑匣子般的中国,便漏进了从遥远的异域射来的奇光异彩。那些来自奥林匹斯山上的火种,开始蔓延并燃烧在古国辽远的荒原之上。

他们每日都在创造,每日都是他们的"创造日"。他们的创造精神激活了中国。他们使僵硬衰疲的老大中国成为了充满青春活力的少年中国。他们卓有成效的思考和实践,还有他们锐利的、不妥协的批判精神,终于使虽然业已改制、却依然笼罩着封建末世的阴暗的中国,顿时充满了新世纪的光明。

自从鸦片战争以来,接连不断的丧权辱国,使悲愤交加的国人充满了革故图新的愿望和祈求。戊戌维新的流血,辛亥志士的牺牲,只是轻轻摇撼了一下这个千年黑暗铸就的沉重。而真正开始新生活的波动的,则是五四精神感召下的,揭破旧道德、旧礼教织成的网罗的奇功。而五四新文化运动和新文学革命所产生的直接效果,则是无数志士仁人所殚思以求的梦想的实现:旧文化的批判和清理,使国人能够接触到封建积习的深重;新文化建设的起步,其影响不仅触及社会,而且深入到家庭,涉及习俗礼制的改革等。至于确定白话文成为基本的运载工具,以及在此基础上建立起来的新文学,则不啻是中华文明史上开天辟地的壮举。胡适称此举"可以叫做大破坏,可以叫做大解放,也可以叫做建设的文学革命"。(《中国新文学大系》建设理论集导言)

从今而后,新思想、新思维、新概念可以畅通无阻地进入中国人的生活,从而极大地推进了中国社会的现代化进程。这才是五四创造精神的要核。它有批判和扬弃,其实质却旨在建设。五四先辈智慧的实践,依然是我们今日用之不竭的精神资源。

在这些资源中,最为重要的是他们当日为我们请来的两位先生:德先生和赛先生对于我们当日,乃是陌生的来访者,即使在今日,也依然是遥远的召唤。科学和民主不仅是当日升起的两面大旗,而且在今日也还是烛照前路的两支火炬。他们已成了五四青春不老的精神象征。

五四是夹带着电闪雷鸣迅猛地前进的,它的余响至今尚震慑着我们的心。它在我们的心目中,永远是一尊青春曼妙的女神。八十岁依然是年轻。因为它的事业是不间断地前进的。郑振铎曾经说过:"一方面我们感觉得新勇士们的那么容易衰老,像大部分《新青年》的社员们,同时却也见到有不老的不妥协的不退却的勇士们做青年们的指导者。"(《中国新文学大系》文学论争集导言)

1999年5月4日于北京大学畅春园

赠书讲话[*]

读书人没有不爱书的,因为书代表着文明和智慧。一代又一代的人生活过,思考过,然后,他们的形体消失了,而思想被保存了下来。要是人是有灵魂的话,那么,灵魂就生活在书本里。所以,书本是精神得以永存的一种物质。

时空的距离使我们无法和不同时代、不同地域的人对话,而书本便成了一座又一座的桥。人不是生而有知,人的所知都是后天的。我们最早从父母那里得到最初的知识,后来则是学校和社会。但这些都不能代替书本,正如书本不能代替家庭、学校和社会。书本是一种有计划的、系统的和专门的知识的传授。

书本为我们打开了一个又一个我们不知的、最后使我们认知的神奇的世界。世界是如此丰富、丰富得如此地不可想象的奇异多彩。所有的人,事实上都不能事事亲自经历。书本却带领我们如同亲历般地了解那一切。所有古今中外写书的人,都在用他们直接或间接感受到的某一方面的知识,通过他们毕生经验的总结,无私地薪传给我们。通过书本,我们无偿地接受了全世界的智慧。我们因拥有书本而拥有人类最宝贵的精神遗产。

书本使我们不论物质是多么贫乏而精神始终富足。书本丰富了我们,使我们在那些浅薄而无知的人面前,显得高贵而文雅。前人用书本积累了他们的创造,这些创造丰富并鼓舞了我

---

[*] 此文据文稿编入。

们。激励我们用自己的创造再去丰富后来者。这是一种才华和智慧的接力赛:一代人举着书本,另一代人接下去,一代人消失了,另一代人也消失了,而人类思想精神的遗产,却以书本的形式永远地存活在人类世界之中。

在今天这个庄严的赠书仪式上,其实应该感谢和感激的是我。我送给你们的书并不贵重,而你们却用宽广的胸怀接纳了它。我把这些书送到这里来的原因是非常简单的:我的住房太小,容纳不下每日都在增长的书籍。各种各样的书,代表着各种各样的价值,我都爱惜它们。因为每一本书都是一个美好的灵魂在私语,都是一个博学多识的人在传授他的知识。有许多书是签名赠送的,更代表着浓郁的友情。但是,我没有这么多的空间安置这些才华和智慧。我以为让它们流落在外面是对这些书和它们的作者的不敬。所以,非常感谢你们以这种让人放心和感到安慰的方式接纳并安置了它们。书是用来让人读的,我相信,这些书在你们这里将要发挥更大的作用,为此,我深深地感到欣慰。

谢谢大家!

1999年5月6日于北京求知研修学院图书馆

写在《拒绝与再造》的前面*

沈奇是当代中国诗评界相当活跃的一位诗评家。他的诗评有着鲜明的特色：他密切关注诗歌发展的现实，他时刻关心诗歌潮流的涌动，他能够敏锐地把握诗歌发展的脉搏，并及时予以总结和归纳。很难说他的每一个归纳都是准确的，在他的批评中有时也存在着对诗歌发展的景观缺乏全面审视的缺憾。但是，他的敬业精神，他对诗歌批评的热情的投入，以及期望通过自己的工作促进诗歌发展的强烈愿望，无疑都是非常感人的。

沈奇的诗歌批评除了有很强的现实性之外，还有一个重要的特点，那就是他从来都是针对事实说话，他很少一些批评家容易犯的毛病，即他们往往热衷于自说自话，而不大顾及诗歌事实。直接的面对文本，而不是从抽象到抽象，我以为这是一切文学批评应当依从的、最根本的出发点。这当然也包括诗歌批评在内。进入九十年代以后，批评中夸夸其谈的习气有所发展，下笔数千言而不知所云者并非个别现象，人们习惯于名词的轰炸而不大肯在文本上下结实的功夫。浮躁的世风似乎也浸染到这里来了。

其实，做文学批评也如盖房子，基础打好了，房子才盖得高。一砖一瓦都不能马虎，然后才有杰构伟阁。诗歌批评当然也需要宏观的概括，但这种概括是从一个一个基本的构件上做起的。在这样的背景下，本书作者切实具体的批评作风，就显得非常可

---

* 此文刊于 1999 年 9 月 23 日《文论报》。据此编入。

贵。沈奇的批评有时措辞也较尖锐,但因为是从事实出发,有不同意见的争论,也是具体而不空泛的。所以,不怕有争议,怕的是令人无所适从的空泛。

沈奇也写诗,是个诗人,曾有诗集出版。诗歌创作的实际体悟,反过来增强了他的诗歌批评的活力。从事批评的人要有一些创作的经验,这样,谈起具体的作品时,才没有隔靴搔痒的弊端。有创作经验的评论和没有创作经验的评论,其效果是很不同的。沈奇无疑从中得到了好处。这些年沈奇还编了许多诗歌理论的选本,西方的,中国的,这些工作对他的理论素养的提高也有极大的助益。

作为诗评家,沈奇和老中青诗人有着广泛的交往。因为对诗人有了感性的认识,这使他的批评能锲入诗人的创作实际,使他的笔下始终充满了鲜活之气。这些年来,沈奇更把批评的目光延伸到台湾诗界,他和海峡彼岸的诗人们建立了深厚的友谊。他对台湾的诗人创作写过系列的诗评,得到同行们的好评。沈奇的涉足台湾的诗歌批评,使他成为中青年诗评家中既了解大陆、又了解台湾的、发展比较全面的一位。

沈奇曾应我的邀请来北大作过访问学者,从道理上讲,我们之间也有"师生之谊"。这次他的诗学文集《拒绝与再造》要出版了,要我在前面说几句话,我答应了。以上这些话算是祝贺,也算是勉励,希望沈奇有更多的新作出版,为中国诗歌的繁荣发展作出更多的贡献。

1999年5月13日于北京大学畅春园

答《南方文坛》问*

一、为什么当下的文学批评逐步转向文化批评？你认为文学批评能够回到文学本身吗？

答：文化批评的兴起不应以文学批评的衰弱或取消为代价。文学批评就是文学批评。只要文学存在，这种对于文学的批评就应存在。所以，问题不在于要不要回到文学本身，而是我们要以多大的决心和努力，去把这个正被放逐的批评方式找回来。

文学批评的被取代，使文学赖以存活的审美性、以及它展示自身魅力的感性空间和形象世界失去了关注。这种取代不仅使构成文学特质的诸多品性被忽略，而且也使文学通往读者心灵的桥梁被折断。文学批评的消失，对于文学的赏鉴和阐释受到损害，对于文学而言，其结果将是灾难性的。

二、当下文学如何体现批评的功能？"批评缺席"了吗？

答：文学批评正在失去它对创作和阅读的影响力。我呼吁：让文学批评回到它本身的意义上来。我希望看到一种纯正的、直言的、细密的、或是气势宏大的文学批评。同时，就我个人的喜好而言，我还希望看到它是美文的。

三、个人化和个人话语给当下文学带来什么样的变化？

答：个人化写作对于"群体化"写作的垄断来说，是一个重大

---

* 此文据文稿编入。

的反拨。它开辟了一个同样让人惊喜的浩瀚的文学空间。它恢复了长期受到忽视和压抑的文学的另一层面的功能。它使中国文学的生态走向良性循环。

从文学的生成来看,它受到个人的独特体验和个性化的创造性劳作的决定性影响。但从文学的表达来看,文学的确也存在着"非个人"的一面。若是因为个人化而切断了文学和公众、文学和社会的联系,那么,这种文学最终也会被人所遗忘。

四、为什么一些文学刊物大幅度向思想文化倾斜?你认为坚守的《南方文坛》最需要坚守的是什么?

答:当大家都向着某一处"倾斜"时,你依然站立着,你的姿态就是独特的。我希望《南方文坛》以自己的坚持向世人传达一种信息——在躁动的潮流中恒定的东西最可贵。

1999年5月15日于北京大学畅春园

重读《千万不要忘记》*

《千万不要忘记》的标题是一个不完整的句子，它的后半截被省略了，后面应该还有"阶级斗争"四个字。它是六十年代中期为演绎阶级斗争观念而创作的一部很有影响的多幕话剧。《千万不要忘记》和另一部著名话剧《霓虹灯下的哨兵》是同一时期的作品。但后者的基本主题在于抗拒和消除所谓的资产阶级思想对于革命者的侵蚀，而《千万不要忘记》则进一步直接表现两个阶级对于青年一代的"争夺"和反争夺的内容——是把阶级斗争的"现场"搬到家庭内部的尝试：丁家是工人阶级，而在姚母原先的"鲜货铺"店家的背后，则是一整套的剥削阶级意识。故事就这样通过两个家庭（实际是两个阶级）对于青年丁少纯的"争夺"而轰轰烈烈地展开。

这个话剧和当年许多表现阶级斗争的作品不同的是，它并不落入安排阶级敌人破坏以及经过揭露而最后取胜的陈套，而是通过不同阶级思想的矛盾交锋，具体说是通过"打野鸭子"和"料子服"这些情节，把当日文学中的"阶级斗争"主题导向深入——即一切表面形式的斗争最终都表现为不可调和的意识形态冲突这一根本问题。《千万不要忘记》通过两个家庭展现了两个对立的营垒：丁家所代表的是坚定的无产阶级立场，而姚母所代表的是残存的剥削者的思想、以及受其影响的动摇者。它在人物配置上准确地体现了当日的理念。

---

* 此文据文稿编入。

《千万不要忘记》和当日涌现的一批作品,共同完成了以鲜明形象展示阶级斗争的文学主题。它们以生动的情节和标准化的戏剧冲突,造就了这一文学标本的"经典性"。除此之外,这部戏剧还提供了另一层面的价值:它是五十年代以来乡村抗拒城市这一文化主题的延伸和发展。在这方面,建国初期曾有围绕萧也牧的小说《我们夫妇之间》展开的城乡两种观念的斗争。到了《千万不要忘记》,它在完成重大的阶级斗争主题之外,还兼带着把当年批判《我们夫妇之间》涉及的内容加以深入的延伸。

丁少纯一家,从丁爷爷、丁海宽到丁母,都是农民出身。丁母显然以自己一家出身贫穷为荣,她在"痛说家史"中告戒丁少纯:"咱们老丁家的家谱上就没有你得意的光彩事儿!你爷爷外号叫丁麻袋片——你爸爸小时候给地主放牛,没穿过鞋。"而她本人则是"沿路捡煤核捡过来的"。她在作这些表述时,其实很有张扬昔日的"光彩"的意味。这从当日崇尚的价值观上来看完全可以理解。但是,剧本在情节展开的过程中,却对农民习性中的那些不值得肯定的(甚至是落后的)意识也作了肯定。这就是当年处于变动期的文化心态的一种自然表露。

在作家的笔下,农民和农村的一切都代表正确和进步。包括丁海宽所在的规模不算小的工厂,那里也充盈和弥漫着农村散漫而随便的习气:不分昼夜地随便加班加点;把工厂废旧物资随意发给家属变卖处理;好端端的一台电机,卸了再装,装了再卸,毫无章法。而对城市里的一切,作家则几无例外地持否定的态度并投以讥讽的眼光。丁海宽拣到儿子给女朋友的信的底稿,当众宣读,肆意嘲弄其中的"无限的空虚和怅惘"。正面人物对城市文明如讲究衣着、仪表、修辞、饮食等等,一概加以贬斥。最典型的事例无过于作为剧情中心的那件呢料上衣了,毫无疑问,这件呢料服的象征意义是被过分地夸大了。

这部写作于"文革"前的话剧,证实了当代文学史的一个事实:即文革文学和"样板戏"的诞生和出现,虽然是中国文革的政治动乱在文学和文化上的集中显示,但这一现象的产生和形成却非一朝一夕之功,也不完全是某人一手提倡或号召的结果——它是受到中国政局和意识形态制约的中国文学的必然延伸。例如,前述两个对立系列的人物设计和安排;以及通过特定事件的设定,把所有人物推向矛盾中心的情节设计等,都显露出后来被称为"样板"的某些端倪。特别是在人物的脸谱化的倾向方面,这些人物外形的标准化成功地体现着意识形态标本的意义。其中如主要正面人物的丁海宽的"神采奕奕"、"旧布衣服,经常带着袖套",以及"有一副向全车间五六百人讲话不用扩音器的嗓子"等。丁爷爷的标准形象则是:头戴毡帽头,夹着棉袄,扎着裤腿,实纳帮的布鞋,腰上别着小烟袋,等等。而作为反面形象的姚母的外形,则很"富态":"面色白里透红,体态胖里透虚"、"耳唇上嵌有两枚金耳环",等等。

中国文学的发展总受到特定的社会形态的约定,特别是那些突发的政治事件,往往给文学创造以猝不及防的"袭击",从而使文学产生极大的震荡。当代文学史上许多由政治运动导演的"文学运动",大体都是这些外界"袭击"所致。但从文学自身考察,这种突发事件所造成的结果,却依然可以寻出它的潜在的根由。此刻我们面对的这部剧本,它所提供的涉及主题、人物、情节、细节等诸方面的资料,不都说明随后数年出现的"样板戏"等文学现象并不那么让人感到意外的么?文学不是无缘无故的,更不是无迹可寻的。

我看二十世纪中文小说[*]
——答《亚洲周刊》

本世纪中文小说佳作如云,这从这次《亚洲周刊》为"20世纪中文小说一百强"所提供的初选目录中即可看出。这些作品,从社会、人生内涵的开掘,到艺术形式的创造、艺术风格的探索、文学语言的试验诸层面,可以概括出本世纪中文作家为小说的审美世界的建设所付出的巨大的努力。

20世纪对于中国人和中国社会来说,是一个充满忧患的一百年。中文小说以各种方式、从不同侧面表达了世纪忧患给予人的心灵、情感、以及心理上的影响和震撼。它们以文学的方式记载着人的苦难和追求,也传达着人的祈求和理想。它们组合起来,构成了20世纪中国生活的长幅画卷,成为一部近代以来形象化的中国史。在这样的背景下,站立着中国杰出的小说家群体,他们是:鲁迅、茅盾、巴金、老舍、沈从文、张爱玲、张恨水、赵树理、汪曾祺和金庸……他们代表着中文小说的世纪辉煌。

但从世界文学史的角度来观察,本世纪的中文小说依然缺少可与那些成为全人类共有的艺术瑰宝的、足以和小说世界中那些珍品和极品相比美而毫无愧色的伟大作品。也许在深刻概括和提炼中国人受压抑和受扭曲精神世界、并外化为独特的典型,使人从中看到中国传统文化和中国社会处境给予中国人生存压力方面,鲁迅是突出的;也许在传达世代在黄土地上辛苦劳

---

[*] 此文据文稿编入。

作的中国农民的心态和习性、以世俗的、土风的、充满泥土气息的语言,生动再现这些土地之子的勤劳、朴实以及保守和惰性方面,赵树理是独特的;也许在承传和发展中国武侠小说的丰富传统、以亦真亦幻的人物情节、以让人欣悦的方式表达着正义、抗争和人性方面,金庸是无可替代的,但本世纪的中文小说依然表现出某种令人遗憾的匮缺。

我们的小说缺乏像巴尔扎克那样对于资本主义社会全面揭露和批判的深刻性,缺乏像列夫·托尔斯泰那样史诗般的宏伟的气势,缺乏卡夫卡那样以全新的方式表达人生、并给传统的小说艺术带来惊世骇俗的震撼,甚至也缺乏同样用中文写作、只是生活在和我们不同世纪的曹雪芹那样,用非凡的构思、宏伟的结构表达对于繁华世界和烦恼人生的彻悟。

中国二十世纪的作家生活在一种特殊的环境中,当生存也成了问题的时候,人们当然把注意力转向了图存和抗争。小说也和所有文学形式一样,自觉地或被迫地服从于表达战胜艰难时世的意愿。这样,人们便很容易地忽略了更宏大、更深沉、更恒远的主题。当然,关于艺术探索和创新的意识也变得薄弱、甚至受到了轻忽。更何况,在中国大陆有很长一段时间,政治对于文学有过十分严苛的要求。政治总是要求文学把这种要求放在第一位,而艺术本身的存在就变成了可有可无的东西。在这种背景下,艺术的创新和试验当然就变成了一种奢侈。

本世纪中文小说的写作,其长处在于它始终和国事盛衰、社会进退、百姓忧乐紧密联系在一起,它是20世纪中国人、中国社会的形象化的历史。但社会的动荡和时局的多变,却不能为文学的艺术创造提供宁静而恒定的环境,本世纪中文小说的缺少不朽巨著于是不幸地成为事实。

1999年5月30日于北京大学

天安门的眷念[*]

记得当年意气如虹,北上求学来到京城的第一件事,便是朝圣般地去看天安门。那时,当然有很多的激情,也有很多的诗意和自豪。因为毕竟是从遥远的东南海滨来到这里——当日能够有这种幸运的人并不多;因为毕竟知道这个皇城的巍巍城门已经是一种象征,代表着斗争,代表着理想,也代表着光荣。

这城门建造于明永乐年间,距今已有五百多年。这样的建筑,在历史悠久的中国,当然并不算十分古老。但是,如今它却是中国最有名的一座建筑物。我想,若把它称之为中国第一门,也是非常妥切的。这不单是由于天安门的造型有不可比拟的庄严雄伟,还因为在古今所有的建筑物中,能够像它这样,在涵容文化、历史的丰富性上,特别是在和社会兴衰、时代荣辱的紧密关联上,极少,甚至没有能与天安门相比的。

就我个人来说,天安门已经融入了我的生命之中。在我一生中,凡称得上是最重要的、和最刻骨铭心的经历和记忆,几乎都与这座城门有关。我生得晚,没能赶上"五四"、"一二·九"时我尚年幼。但是,却赶上了半个世纪以来在它身边发生的所有大〓,从而在心灵深处记载下了情感的、心理的受到震撼的经历。〓是我、以及我们这一代人的幸运。

记得当年,少年轻狂,在东南中国海的一座岛屿,在阴湿而低〓的军事坑道中,我曾经真诚地思念过天安门。当我思念它

---

* 此文据文稿编入。

的时候,周围的一切紧张和严酷,竟然奇迹般地化为了彩色的祥云。后来,我终于做梦般地来到了它的身边。青年时代充满了幸福感,我和我的朋友们,在那里有过名副其实的彻夜的狂欢。那时节,悠扬的乐曲声中,天上绽开着五彩的礼花,身边跃动着欢乐的人群。华灯如云,长裙似水。那时我们年轻,毕竟涉世未深,幸福是单纯的,欢乐也是单纯的。执著而不免轻信,坚定却失以天真,但的确与真实的生命和诚挚的信仰紧紧连结着。

如花的岁月,如花的年华,一切仿佛都是那样被安排了的美好。我们只知道前行,不知道后退。平原尽头是高山,翻过高山是大海。我们只是一径地向前追求,不曾、也不会预感到前途会有曲折,会有失落,更不会想到还有苦难。等到有一天,一个明媚的早晨,头顶突然间笼罩了乌云,电闪和惊雷代替了昔日的宁静和温馨,我们依然坚信,依然怀疑可爱可亲的现实生活怎么一下子变得这么丑陋!

天安门在这时代成了欢乐和幸福的象征,但天安门更多的时候总是庄严肃穆的。在半个世纪的岁月中,我们多少次来到天安门。每次来到这里总与重大的主题有关,但每次又总是有着不同的内容和表现形态:有时激奋,有时愤怒,有时是天翻地覆的狂喜,有时是天崩地裂的悲伤。而天安门始终庄严地站立在那里,它是一位智者。它不言不语、不动声色、却又心明如镜。它使这一切变成了历史——一部不断书写的活的历史,在将来的某一天,它会打开,回答人们的期盼。

半个世纪的社会兴衰,半个世纪的世事沧桑,都过去了,身边的烟云,都过去了,曾有的欢愉和哀伤,都过去了,追求的幸福、失望的痛苦!而历史依然存在着,它是不朽,它是永恒,它是超脱一切功利的深刻,它是摆脱一切短见和浅识的高度。这,就是我们引为骄傲的永远的天安门。

1999年6月14日于北京大学

读《拂拭岁月》有感*

在抒情诗中引进政治性的内涵,或者说,社会政治寻求一种诗意的表达,这就形成了诗歌的一种方式:政治抒情诗。政治抒情诗并不是当代的特产,但却在中国当代诗人的手中得到创造性的完成。从五十年代开始,一批有成就的诗人在这个领域中创造出与大时代的氛围相契合的、能够集中显示一种革命激情的抒情方式。政治抒情诗已成为当代中国诗歌传统的一个部分。当代中国的诸多重大的政治事件及参与这些事件的人物,几乎都能在这一诗体中得到传达和阐释。这种诗歌的存在已成为历史记忆的一道风景。

八十年代以后政治抒情诗已不盛行。社会的转型使关注的中心产生了转移,以往的政治激情有了新的替代。这是自然而然的。但从现今人们对这一诗体的冷漠中,却也不难看到对政治抒情诗这一形式的误解。的确,政治抒情诗在历史的某些时段中产生过歧误。但这种歧误并非是由于它抒写了政治。诗不能离开人的内心,但诗也不能离开社会生活,其中包括社会的政治。而且从古今诗歌事实来看,几乎是越是重要的诗人,就越是不能把自己的歌唱游离于社会的重大事件之外,不论他们采取的是直接的还是间接的方式。

一些对社会发展产生过重大影响的诗人,总是能够把自己

---

* 此文刊于2000年2月29日《文论报》,题为《走向成熟和机智的政治抒情》。据文稿编入。

的歌唱紧紧地维系于社会的重大主题。诗既对自己和人们的心灵发言,也对诗人所生活的环境发言。拒绝社会的诗人,显然也拒绝了广大的关心诗的人。因此,需要怀疑的并不是政治抒情诗中所展示的诗与政治的联结,而是五十年代以后这一诗体实践中产生的问题。在那些年代,政治抒情诗变成了纯粹的诗的宣传。政治抒情诗在为政治代言(这有时叫做"服务",本身都是些值得怀疑的命题)的过程中失去了诗人自己,他的个性,他的艺术禀赋,特别是他的独立思想。在多变的政治运动中跟随过紧的诗人,往往在政治产生突变中处境尴尬。

新诗潮发轫以来,有一段时间,诗歌以自有的方式投身于对"文革"历史的反思。新诗潮以逼人的锐气和深刻的省思,保持了诗与社会、历史、政治的关联。但随着潮流的涌退,诗迅速地走向了边缘和内心。极端的个人化的结果,反而使人们期待着那种变得陌生了的政治抒情诗。《拂拭岁月》以及最近出现的一批表现中国当代历史政治的诗,就是这样地走向了我们。这些诗都在不同程度上总结了过去实践的正反面经验,在处理政治与抒情、历史与现实、社会与个人,特别是在颂歌的度的把握等方面,较之过去,均显得成熟而机智,诗歌的确是随着社会的进步而进步了。

诗集《拂拭岁月》在结构上采取了编年的方式,从1949年到1999年,共是五十年,每年一首,总共是五十首。每首诗写当年的一件大事,分散开来是单独的一首,合起来,便是一个大的组诗,是半个世纪重大主题的抒情长卷。全诗在题材的选择上,表现了一定的自由度,这当然有综合了多方面因素的考虑之后的抉择,但大体上是切实的和适宜的。如1959年是写"雾中庐山":"一场大雾,从九江到长江,弥漫了好多年,还是教人看不清庐山的真面目。"此诗意在写那一场政治斗争的扑朔迷离,寓尖刺于含蓄。但1957年似乎表现了较大的回避,尽管我们能从

"中国小说"中悟到一些所指,如从"中国小说,是荷花淀,是山药蛋,是茶子花,中国小说,是暴风骤雨,说变就变",我们能得到关于百花时代的一些联想。但毕竟是有些"隔",对1957这一年缺少那种刻骨铭心的疼痛感。总的看来,《拂拭岁月》由于和半个世纪的特殊岁月保持了紧密的联系,由于它保存了许多催人血泪和令人亢奋的记忆,而使人再度亲近了如今变得疏远了的诗体。

在以往,政治抒情诗这一形式被理解为基本上等同于颂歌。在公众的感觉中,它的基本使命在于歌颂式地对待现实的政治。正是由于这种畸斜的实践,使政治抒情诗在实现它的职能时,变得短视而狭隘。当诗歌对现实的政治采取无距离的、特别是缺乏批判的认同立场,诗歌在履行它的职责时的可信性,也就自然地受到了怀疑。《拂拭岁月》这部诗集,从整体上看,依然是传统的颂歌职能的承袭,但也明显地增强了反思精神,特别是在加强作者的个人立场、在表达诗人的独立思考方面。举例说,《1963,雷锋》这首诗,就有了传统以外的新的增加,而且是令人惊异的增加:"世界所有的专家,还不能克隆的时候,共和国的领袖,已经掌握了,克隆优秀国民和思想的技术。"这诗句充满了智慧。

这部诗集的内容,不仅涉及传统的歌颂的主题,而且也涉及半个世纪中的发生在国内和国际的重大事件。例如1998年的大洪水、1994年的世界杯足球赛这些并不单纯的题材。在这些诗中,我们发现诗集传达了有异于以往的政治抒情诗的新质。视野显然地开阔了,诗意也就自然地得到灵动的表达。例如关于1991年的海湾战争:"1991年的阿拉伯沙漠,流出了,幼发拉底和底格里斯河,两行穆斯林的泪水","冷酷的巡航导弹,无数次狂吻着美丽的巴比伦少女,所有的头巾裹着都不管用",深沉的内涵和从容的审美,有精到的结合。

《拂拭岁月》的实践证实,当代的政治抒情诗业已走出未能自立的、单一的颂歌意识的笼罩。它已在一定程度上回到了既粘着而又相对独立的秩序上来。尽管诗集的单篇加上短制的体式带来了一些局限,使诸多的内容不能得到充分的、酣畅淋漓的表达,也使那些丰盈的意蕴得不到深刻的揭示。但无疑,一种由简洁清新的风格构成的、建立在平常姿态和个人立场上的新型的政治抒情诗,由于一批像《拂拭岁月》这样一些作品的实践,已获得长足的进步,并重新赢得了读者的信任。

1999年7月5日于北京大学

文化建设的使命[*]

北京大学不仅重视传统文化,也关注近代文明。如果说,北大的重视传统文化是它的应有之理,而北大的关注近代文明则是它的特有之义。若论国学,它属于中国,不独北大研究,北大以外的学校也研究。它可能是北大的特长,却非北大的特有。若论新学,则北大几乎就是为倡导新学而建立的。那时叫做"广育人才,讲求时务",指的就是它对现时的文化建设的关怀。北大初期的几任校长严复、蔡元培、胡适都是本世纪在中国大地上燃起现代文明之光的、功勋显赫的学界领袖,也都是从戊戌维新到五四运动中国为追求现代化、进行开天辟地的社会改造的代表人物。

我们对于文化的态度,不仅在承传,而且在光大,不仅在保守,更重要的是在创造和更新。从上个世纪中叶开始,古老的中华帝国在强大的资本世界面前感到了它的贫病交加的窘迫和尴尬。从那时开始,人们因国势衰微、社会积弊而多方寻找强国新民的药方。新文化建设的命题,就这样摆到了当日一批先知先觉的学人面前。于是,以北京大学为基地,呼唤"新青年"、掀起革故图新的"新潮",开展了本世纪最富建设性的立志在于变革社会的新文化运动。北大的师生成为这一运动的先锋。

二十世纪已经进入倒计时。愈是临近世纪的终结,我们从自身的体会来讲,就愈是鲜明地感觉到这一百年对于中国所具

---

[*] 此文刊于 1999 年 8 月 4 日《中华读书报》。据此编入。

有的特殊的意义。我们这一代人所拥有、所感知的二十世纪,对于几千年的历史而言,是从古代的中国走向现代的中国的弃旧立新的一百年。在以往的学术研究中,我们多半局限于对这一百年作分段的、切割式的研究。这种研究对把握社会发展的某一时段的特有规律是有利的,但对近代以来以迄于今的一百年作完整的研究则颇有缺陷。

对二十世纪的这种整体感的体悟,似乎还是八十年代的事。以往我们在这方面有过理论性的表述,随后又有一些实践性的运用。但是我们仍然缺乏一种形式,将这种关于二十世纪的整体意识固定下来。从这个意义上看,北京大学二十世纪中国文化研究中心的建立是适时的。

1999 年 7 月 19 日于北京大学中文系
(载《中华读书报》1999.8.4)

诗歌与读者之间的桥[*]

——序《20世纪中国诗歌精品导读丛书》

20世纪对于中国而言是一个重要的世纪,对于中国的文学和诗歌而言,其意义也是非常重大的。这个世纪是中国结束封建暗夜、进入现代文明社会大动荡、并产生了大变化的时代。20世纪使中国面临着一个决定自身命运的抉择:中国是就此沉沦,还是自强以求新生?上个世纪中叶以来的内忧外患,逼迫着中国作这样的抉择。在这样的背景下,中国的文学和诗歌自觉地承当了神圣的使命。面对这个重大转型的时代,它们也寻求通过变革以适应社会进步的形势。新文学的诞生,旧文学的式微,便是这种大背景下产生的事实。

中国新诗在这一百年中,也经历了这历史大转折带来的大变动。这情况便是:大量外国诗歌的翻译和引进并成为中国诗歌的新营养、新诗的诞生和成熟、旧体诗词的改造和被借鉴。朱自清先生在总结新诗最初十年的成就时,曾把这种巨变概括为自由、格律、象征三大诗派的出现。在三大诗派中,前二者是就诗的体式而言,后者则指的是艺术方式。从这种概括中,我们不难看到五四新诗运动初期的繁荣景象。但中国新诗在本世纪的大变革所具有的丰富性和复杂性,却已远远地超过了朱先生当年的概括。

中国诗歌在20世纪这一百年中的发展,题材有了空前的扩

---

[*] 此文刊于《安阳教育学院学报》(综合版)1999年第3期。据此编入。

大,诗歌涉及的生活面大大地拓宽了;表现手法更趋多样化,已非写实、象征等数端所能概括;诗歌风格也呈现出更多、更鲜明的个人特征。值得特别提出的是人们对于旧体诗词的态度,较之五四当年则有了更为冷静、也更为客观的辨析。在五四时期,人们把旧体诗词列为革命对象,以为惟有将旧的打倒了新的方能建立。那时采取的是非此即彼的态度。其实,旧体诗词的生命力,远远超出了人们的预想。人们显然低估了中国这一悠久诗体的持久魅力。文随世变,这是对的,但一种长久形成的文体、特别是一种成为民族文化瑰宝的、成熟的诗歌形式是不会消失的。诗歌的前进,未必意味着某种诗体的死亡。

更有一点,那就是翻译诗。对诗稍有认识的人,都会说,诗不可译。即指一个民族的诗与该民族的语言文字的紧密相关,一旦从一种语言转换为另一种语言,势必要以丧失很多不可言传的东西为代价。这从另一面证实了另一种说法,即"所有的翻译诗都是本国诗"。所以,把翻译诗当成一种本国人的再创造,不仅是一种新鲜的说法,也符合诗的规律。

20世纪即将结束。中国诗歌从晚清的诗界革命到五四的新诗革命,由革命诗歌到工农兵诗歌,由新诗潮到后新诗潮,其中还有发生在台湾的现代派运动。整个的20世纪的诗歌发展,伴随着动人心弦的艺术探索与论争,或高昂、或激烈、或沉寂、或崛起。在这新旧世纪交会的时刻,回望20世纪所发生的一切,把其中有代表性的作品予以展示,并从不同的角度进行必要的阐释,导引读者进入不同诗意的时空,这也许就是这套《20世纪中国诗歌精品导读系列》编者的初衷。

从总体上讲,诗歌创作是非常个人化的。诗人多半都生活在他自身的幻想与想象中,用他个人的喜爱的和习惯的方式说话。尽管诗人构筑的艺术空间是供人共享的,但进入各不相同的艺术境界,却需要有效的导引。从这个意义上看,严肃的"导读"一类的读物,对于所有的读者都是需要的。由一批大学和出版部门的专家,在20世纪的总体观照下,对其中有代表性的作品进行分门别类的抉择、并对它进行评价和分析,这个工作既为20世纪的中国诗歌进行了饶有新意的归纳和梳理,而又在诗歌与读者之间架起了一道理解和沟通的桥梁。这样说来,这一套精品导读系列的出版的意义是重大的。

自八十年代以来,诗歌导读一类工作受到了普遍的重视,有许多的专书出版,收效亦颇显著。目前这套《20世纪中国诗歌精品导读系列》尤有其特点。作品的选择大体允当,不同的风格,不同的流派,或古典、或现代,均能顾及,且其中多系脍炙人口的名篇。一书在手,满眼珠玑,自是让人喜悦。再加上前面说到的,丛书编者对于旧体诗词和翻译诗的重新定位,也使这套书具有了与人不同的新意。它的创造性眼光值得肯定。

更重要的是,这套书从构思和布局上的"全视野"的特点,更是同类书所缺乏的。编者着意于"准确、及时、全面、客观地对20世纪的诗歌发展进行一次整体的创作检阅和理论评估",可谓立意高远,夺人耳目。但在涉及具体作品时,丛书的编者们,却能从细微处入手,有周到的评析而不空泛。应该说,编者为自己所确定的这些目标是达到了。近年来,诗歌精品的编选、以及导读、欣赏一类图书的出版,许多有识之士投入了这些工作,成绩巨大。但目前我们谈论的这套书,依然以它特有的魅力吸引人们的注意:它以有效的工作增益了已有的成果。

1999 年 7 月 20 日于北京大学

郑万鹏著《中国当代文学史》序*

被称为"当代文学"的这个文学研究学科,从它的历史跨度来看,已达半个世纪,而且眼看就要超过半个世纪,可它仍是"当代"。这从学科建设来说是一个问题。但这一问题的解决,却非个人所能为,需要整个学界达于共识的努力。问题的解决需要时间,这里只好搁下不表。

我们现在面对的是两个不容忽视的事实:一是在半个世纪的文学发展中,当代文学经历了艰难的、有时甚至可以说是灾难性的历程。好在这个噩梦般的过程已结束。中国当代文学终于历尽艰辛而走到了如今的"开阔地"上来。这半个世纪的成就与教训,是一笔巨大的财富,也是20世纪文学遗产的一部分,值得我们的珍惜和宝贵。另一方面,关于这一长跨度(较之现代文学史的三十年而言,是"长"多了)的文学的研究,最近二十年来也有了蓬勃的发展。文学史、思潮史及各种专著和选本的出版,是一个极大的繁荣。对这些学术专著的出现、对它们的推介和研究,应当认为是当代文学研究的新课题。

关于当代文学的研究著述多了,同时也增加了人们对学术创新的期待。如何在诸多的同类著作中显示出自己的学术个性,使之突现出有别于人的优势,则是人们乐于看到的。在这种追求中可能会有这样那样的问题,但在得失之间,人们仍会宽待创新中出现的问题。

---

* 此文据文稿编入。

郑万鹏所著的这本文学史,并不着意于"全面",也不如别的著作特别看重历史分期,而是注意择取在当代文学的五十年发展中的那些具有时代特征的、并产生了重大影响的文学事件和文学环节,予以评述。例如本书很重视"建国文学"的研究,提出了"建国文学流派"的概念(当然,这只是一家之言,不无可商榷之处),并对此进行了饶有新意的概括,指出这些作品"表现出历史的整体感,表现了饱经动荡与战乱的中国人民对于稳定局面的衷心欢迎"。像这样的立论和判断,本书多有展示,正是作者学术勇气的证明。

我把郑万鹏著《中国当代文学史》的出版,看成是这一学术领域研究的新成果。郑著文学史,副题是"与外国文学比较研究",这表明这本著作较之同类作品,内涵上有了扩大,是引人注意的别有新意的一本书。由于作者对外国文学研究有素,能够以比较的眼光在世界文学的大视野中,给中国当代文学定位。如把中国当代文学中的"伤痕文学"与苏联的"解冻文学"、美国的"迷惘的一代"、日本的"战后文学"等予以平行研究,从而给中国读者打开了眼界。又如在对张贤亮的研究方面,把他的直觉艺术与柏格森的"直觉主义",以及他在小说结构、作家的激情等方面与米兰·昆德拉的小说模式和弗洛依德哲学等进行比较。均是很有意义的尝试。尽管上述那种意图未能在更多的章节中予以充分贯彻,但这种全球文化的视野以及把古老的东方文化和世界的现代文明予以对照的愿望,在打破中国当代文学的封闭状态方面,显得非常可贵。

作者在本书着力于以作家作品为核心的文学史体系的建立,重视典型文本的解读,而有意忽视在其他文学史中受到重视的历史分期及社会背景的描述。在辨析这些文本时,注意将作品的艺术特征和作家的精神追求有机地糅合起来,如从对赵树理的《登记》和王安忆的《小鲍庄》的辨析中,便可看到此种努力。

全书侧重的是对作家作品的精神特征的把握和分析。这与著者重视文学对于表达忧患意识的立场有关。作者认为这一类作家体现了中国士阶层自古以来的、植根于对于社会安危、民众忧乐相牵萦的忧患传统。

　　文学史有各种各样的写法。一般地说,文学史的作者都乐于把全部的文学景观写进自己的书中。对诸多的文学现象和规律进行全方位的描述。臧否人物、褒贬潮流,这类著作往往能使人得到"把握全局"的收效。也有另一类著作,它也立足于文学发展的全部事实,但更倾向于体现作者自己的观点和立场。因而在对作家和作品进行抉择和取舍时,就有了明确的意向。此刻我们评论的这部文学史的写作特点,就接近于后者。它在全视野的叙述中,突出了它所特别关注的那些文学事实。这就是在自己的写作中对那些与社会兴衰、时代进退保持了紧密联系的作家作品的热情。它力求对半个世纪以来中国文学的精神发展的历程,能够通过那些重大的文学事件的描述得到显现。无疑的,著者这种对于时代精神的关怀,增加了作品的思想分量。

　　在各种关于当代文学的总结中,这是一本有自己角度的、并在某些方面体现出新意的书。特别是它能在世界文化的背景中、以比较的眼光审视这半个世纪中国文学所发生的一切。这大大开阔了我们的学术视野。但也有不足,由于它不追求面面俱到,在评价作家作品时难免顾此失彼,在有所侧重时,也表现出某些失衡的现象。

1999 年 7 月 23 日于北京大学中文系

林轩鹤的散文[*]

我知道,在崇武半岛的古城里,飞翔着两只文学的"鹤":林凌鹤和林轩鹤兄弟。他们和蒋维新以及他们的朋友们,在遥远的海疆一隅,推进着充满生气的、而且是雄心勃勃的文学运动。使那里原先是颇为寂寞的地方,充盈着文学和诗歌的热烈。这是让我无论在什么时候想起,都会肃然起敬的。

这次林轩鹤要出散文集了,蒋维新写信来,要我写些什么。别的事我可以推脱,又是崇武,又是蒋维新,又是"两只鹤",就不能不做了——尽管在这个炎热的夏天里,有许多艰难的工作等着我来做。

林轩鹤上过大学,当过中学老师,如今又是报社的记者,业余从事文学写作。作品写过不少,在东南海滨那一带很有文名。这次送来的一些作品,我读了,突出的感觉是:朴素。朴素得如同作者诞生并劳作于斯的那一片乡土,那一座摇曳在万顷波浪中的古老的石头城。在古城墙的掩映下,那些密麻麻的石材垒成的坚强的房舍,房舍下辛苦地劳动着的人,他们是大海平凡的儿子。

《享受寂寞》是一个乡村普通教师的清寂生活的记述。那里有一架被书籍占去三分之一的床,有一盏看书用的床头灯。在那里,他写道:"把寂寞当成一种享受,不也是人生之大悟吗?"

---

[*] 此文刊于1999年10月10日《福建日报》,后收入《西郊夜话》。据《福建日报》编入。

《书缘》写的是这个"书痴"静夜里读书的情趣。从那里我知道,作者虽身处僻壤,却有深厚的家学渊源,让人真不敢小看崇武这个"小地方"。《一生何求》写的是一个平凡的大学生求职的苦辛,最后他又回到自己的中学母校,继承了师辈的事业。《求职》的内容与前文相近,是在"寻找自己的人生价值"。在那个偏僻的校舍里,在一批质朴的学生中间,他找到了属于自己的"无怨无悔无愧"的人生。

还有祖父,还有母亲,还有朋友,还有不眠的灯塔,还有满山满野的石头——崇武的风骨!这里的每一篇文字,每一个故事,都是真实的人生,都是人生的真情:艰难中的寻找,困厄中的坚守,寂寞中的奋斗。透过那些文字的间隙,我们不难看到有一种崇高的光耀在闪烁。那是精神,那是超越了物质的、特别是超越了物质的贫困的精神。

写文章需要技巧,但首先不是技巧,首先是文章要有意思。散文立意要高。而这却非"想"高就高得起来的。那么,到底是什么在决定文章的成败得失呢?是人,是人的素质和境界。这些话,是由林轩鹤的散文引起的,我的所有意思都在这里了,读者诸君定有明察。

1999 年 7 月 24 日于北京大学畅春园

没有书斋何来斋名[*]

《今晚报》的编辑来函约稿,要我写自己的书斋。她说:"您的书斋叫什么名字,其含义是什么?可写一写吗?观古今文人书斋名,或庄、或谐、或超凡脱俗,其中浓缩了许多人生哲理,写出来是很有意义的。"

这样的信,以前也多次收到过。每次收到,总是浮出一丝苦笑,大抵是不作回应的。不知我者以为我矜持,或者善意地揣度认为是我忙,顾不上写这类文字。其实,在我却真的是有苦难言。前些年写过一篇关于书斋的文字,叫做《我只想有一个书斋》。从这文题便可知道,我没有实在的、可称之为书斋的"书斋"。这就自然地回答了《今晚报》记者的发问——没有书斋何来斋名?

我知道文人总有书斋,因为他要读书作文。而且,给书斋起名是很文雅的事,那些虚虚实实的命名,往往传达着书斋主人的修养、情操和趣味。想想古人,写《陋室铭》的陋室主人,"谈笑有鸿儒,往来无白丁",是何等的风雅!再看今人,"苦雨斋"的主人,"雅舍"的主人,他们的情调和风度,竟可直逼古人而毫无愧色。我是多么希望有一个自有特色的、属于我的、能够表达我的个性的斋名啊!可是没有,因为我没有书斋。

我有居室,但我没有书斋。在我总共三小间、总面积三十多平米的住房中,原有一间不及八平米的居室是作为书房的。在

---

[*] 此文刊于 1999 年 8 月 11 日《今晚报》。据此编入。

那里有一面墙,齐屋顶竖起了一排书柜。这在别的人家,应该是够用的了。但是,这样的房间,这样的书柜,对于我来说,根本无法容纳每天源源不断地涌来的书籍和报刊。再说,这些有限的空间,原也不是专为书籍而设的——人的生活内容不止读书作文这一端,那些内容也需要一定空间的容纳。于是,我的这间唯一的书房,便开始不断的膨胀,以至于最后的"爆炸"。

我乐于让那些远近的友人"参观"我的这间正在"爆炸"的"书房"。当然不是炫耀,更说不上自豪,却也不感到可羞。我只是无奈。这间被我叫做书房的地方,其实是一间杂乱不堪的贮藏室。书籍和所有的生活杂物,疯狂地争夺它们的生活空间。难堪的是书房的主人和来访者,因为那里不仅没有可容两个人站立的地面,而且想摄影也难找到合适的角度。

我的书斋是颇有"名气"的。前几年有一位记者来访,写了一篇报导,登在《光明日报》上。题目就叫《鸟语花香谢冕家》。这报导倒是不假。鸟语是有的,我养有几只小鹦鹉,它们是我可爱的小朋友。虎皮鹦鹉叫起来并不好听,却真的是货真价实的"鸟语"。花香也是对的,我住一楼,有一个方圆数米的小园。春天开满了二月蓝,秋天则是满园的菊花,白色的和紫色的菊花,是多年生的,种下以后就不管了,自生自长的。这当然是"花香"了。然而,没有亲历的人,一定以为这是一所豪宅——在外边随处可见的那种教授的别墅。

介绍了我的住房、特别是我的书房以后,话题还是要回到"斋名"上面来,这样的情景,这样的现状,我面对那些充满善意的、幽雅的提问,除了苦笑还能有什么呢!

1999年7月24日于北京大学畅春园

说书"灾"*

这里说的是书多成灾,"书斋"变成"书灾"了。这话出自以书为生的文人之口,很有些"诛心之论"的味道,是对不起书的。都说"书到用时方恨少",对于读书人来说,书总是不够用的。人对于书的欲求,也就是对于知识的欲求,从无止境,是永远也不会感到少的。怎么一下子就成了"灾"了?

所有有价值的书,都是人类智慧的结晶,是同代人和前代人精神劳作的成果。它们从各个方面丰富了人的精神,给人以智慧,增长人的才干。书应该是愈多愈好,爱它、宝贵它还来不及,恨它、谥之为"害",却是从何说起呢?然而,在我这里,书却真的成"灾"了。所以说是"灾",是因为我的住房太紧窄,书们又不断膨胀,扩大它们的地盘,弄得大家都不得安生。它们侵占了我的居所,并且反客为主、以不容讨论的粗暴,掠夺我本已非常可怜的生活空间。而且日复一日,没有停歇的意思,是一种不见尽头的压迫和强暴。

我的工作是写作,却没有可以安放一张书桌的地方。别说书桌了,即使是安放一张稿纸宽的地方也没有!在我的居室里,最大的一间房子是用来做客厅的。而现在,书们已经蚕食到沙发和茶几的周围了。每次来客人,我都得客气地请它们礼让一下,匀出地方来,好让客人们落座。待客人一走,书们毫不客气,当然是故态复萌,一下子又呼啦恢复了原来的占领。

---

* 此文刊于1999年10月22日《人民日报》。据此编入。

我和书们进行着持久的战争：书进我退，我退书进，它进一步，我退两步，不仅是拉锯战，简直是持久战！总结我和书的斗争，虽说互有胜负，但多半书是赢家，我是输家。书们是"真理"在手，勇猛顽强，毫不妥协地步步进逼。而我却是，心虚理亏，心情惶乱，态度暧昧，总是节节败退！

在这里展开的书与人为争夺生存空间的战斗中，作为主人的人之成为战败者几乎就是一种宿命——人爱书，尽管他因它的粗暴的占领而"恨"它，但说到底，他却更无法抗拒它的诱惑。人因书本中的无可替代的、神奇而丰富的世界，而无条件地钟情于它，仿佛是命中注定的情人，因爱而心甘情愿地作出牺牲。

于是，人在书的无节制的扩张面前，只能采取守势。从书房退到客厅，再从客厅退到卧室，如今卧室也已部分地"陷落"了，再往后呢？难道是厨房和洗手间吗？

1999年7月27日于北京大学畅春园寓所

赠书琐记[*]

书是供人看的,这人看过了,再转给别人看。书是越流通越能发挥作用。爱书的人讲收藏,更要讲流通,这原在理中,不言自明。然而,事实上书籍之于文人,有点像金钱之于商人的关系,积累和守护的愿望大于施放。所以,所谓流通,几乎就只是纯理论的一个命题。

但事实上,任何个人在书的收藏上都是有局限的。首先是财力的限制,再就是空间了。在当今的中国,似乎后一种局限更具有普遍性。在大学里任教的人,其住房标准中并没有用以藏书的面积。事实上,几乎所有的人都在用生活用房来当书房。这样,永无止境的收藏而不疏散,再多的住房也是不够用的。

这就想到了通过卖书以减少藏书量,用这来减轻住房压力的途径。谁知此举却遇到了更大的心理阻碍,即是大多文人、至少在我这里是耻于"卖书"的。这可能与清高有关,但却有更为深层的原因。从道理上讲,书也是商品的一种。可以买进,也可卖出。有些书眼下不需要了,可以出让给更需要的人。从这个意义上看,卖书是无可非议的。但事实却远非如此。

所以,撇开清高不谈,首先是涉及情感。对于文人来说,卖书是一种伤感动情、牵肠挂肚的举动。书与主人之间的关系,不是一般的人与物的关系,书涉及一个与人的情感有关的题目。书的主人从书那里得到很多的充实与提高,温暖与慰藉。他深

---

[*] 此文刊于1999年11月8日《人民日报》海外版。据此编入。

知每一本书都是一个知识和情感的精灵在说话。那些古今名典,乃是案前榻旁不可须臾或离的良师益友,这些,自不必说了。也有一般的书,甚至也有水平不高的著作,又该如何评估它们的价值呢?对于从事文字工作的人来说,他们决不会因这简单的原因而轻易地否定那些书的价值。

因为他们深知,所有的精神劳动都是艰苦的,而且也深知,不是所有的工作都会抵达这个领域的高处。有的人可以达到,更多的人则不会达到。有了这样的认识做前提,他们就会尊重这种水平未能到达高处的书籍的作者,也就会尊重这些水平不一的精神劳作的成果——这就包括了对它们的体谅、理解和实事求是的评价。这样,当这些书的主人下决心处理、说白了也就是要把这些书卖出的时候,这种来自内心的阻力是非常大的——他在情感上过不去,他在反对他自己。

内心障碍的另一点,也可能是更难逾越的。那就是很多书是同辈或晚辈赠送的,这些赠送的书,都郑重地写着"留念"、"指正"、"赐教"等一类的敬语,也有很正式的签名和盖章。都说是"秀才人情一张纸",更何况是厚厚的一本书呢!这些书若通过民间收售的方式流入社会,则自然地构成了对朋友的伤害。但在书籍的拥有者这里,明摆的事实是,为了自己的"生存",他不得不狠着心,把这些原先属于自己的、并联结着自己的血肉情怀的书们"赶出门外"。

说实在的,是所有的书都值得珍贵,但不是所有的书都能够在这里住下去。有的书对你有用,但可能对别人更有用。流入坊间的书,可能会给赠书人造成不快,但若想到书的流通,想到可能对别人更有用,也会释然。至少在我这里是这样,别人呢?那就难说了,并非所有的人都能对此释然的。听说过有这样一个故事:某作家在坊间买到了一本他送给别人的书,他再次购回,亲自题签再寄送给那人。这当然是很使人难堪的事。要是我也遇到这样的事,今后怎么与他相对?于是,我决心坚守一点(尽管从理智上说,我认为无须这般的坚守),即尽量不使这些书流入坊间市井。这样,就等于断绝了卖书这一条出路。

书多成灾,又不能有效地疏散开去,就只有采取赠书这一条路了。首先想到的是,送给个人。前几年,一位韩国的教授回国,他也是一位书痴,我送给他一整车的书籍和期刊。他高兴得不得了。"宝剑送英雄",在我,也是个极大的安慰。可是,这样来者不拘的接受者是不多的,不少的接受赠送者是挑剔的。他们只挑选那些对他有兴趣的书籍,而把那些对他不需要的书籍留下来——对于这样的接受赠送者,我是并不欢迎的,因为他并不能为我减少书的压力。

因此想到了赠送给集体。这方面的实践比较成功。我曾赠送给北大昌平园校区图书馆一批图书。我们合作得很好。但美中不足的是,我要求他们刻一枚赠书章,他们没有做到。为什么要加盖赠书章呢?目的也在于证明这是赠书,而不是卖品。一旦万一这书流落在外头了,人们看到赠章,也就不会见怪。最近一次赠书,是向北京一家私立大学的图书馆赠书。刻藏书章,挂铜牌,立专柜,还举行了庄严的赠书仪式,校长和我都讲了话。这是最让我满意的一次赠书。

书是我的至爱,但书一旦成灾了也使我恨。书多了使我牵肠挂肚,送书又让我寝食难安。这就是我的书之缘。

1999年7月28日京城酷暑近半月,于北大畅春园

在《周来祥美学文选》学术讨论会上的发言*

周来祥先生是当代美学界的重镇之一。他在异彩纷呈的当代美学研究中,能以独立的精神辨析诸家学说,以兼容的态度吸纳他人优长,卓然自立,自成一家之言。周先生在当代美学界卓有建树。长期以来,周来祥先生以山东大学美学研究所为基地,开坛课徒,积十余年之功,在他的周围形成了一支强大而有实力的青年美学家的队伍。周先生堪称是中国美学界,也是中国学术界的一位劳动模范。

周来祥先生对自己的美学理论作过一个简洁的总结,这就是:在矛盾、冲突、激荡中追求着和谐。这一个短语可以看作是对周来祥近半个世纪美学研究的主张和成就的最精练的概括。周先生建立了"美是和谐"的美学观。在美的根源说上,他坚持美是人类实践活动的产物的理念,在作为现实的美的对象说上,他坚持美是由审美对象和审美主体对应而形成的审美关系决定的。为此,他作了一个智慧的结论:没有审美对象,就没有审美主体;没有审美主体,也就没有审美对象。他的这些美学主张,使他能在国内诸多美学流派中与他人区别开来。

周先生对于美学理论建设的贡献,不仅在于提出了美是和谐的命题,而且重在把这种理论予以实践性的运用。他把美是和谐这样的命题用来具体解释古代素朴的和谐美、近代对立的崇高、以及现代辩证的和谐,这样三种美的历史形态。这就使他

---

* 此文据文稿编入。

的美学理念具有了切实的可把握性和实践的价值。与此相对应,他又创造性地把这关于美的历史形态的理论,运用于文学艺术的领域:即古代的和谐美艺术、近代的崇高型艺术、以及现代的辨证和谐艺术。这样,周来祥从美是和谐的立场出发终于达到了美学史和艺术史的层面,从而成功地构筑了他自成一家的美学体系。

周来祥先生所说的"在矛盾、冲突、动荡中追求着和谐",不仅是他的美学主张,也是他的美学理想,依我个人的体会,这更体现了他的人生信念。人生而忧患,惟有在激荡之中,经历艰难,战胜困厄,最后臻于和美之境。明知世道是"纷乱无止,和谐难求",但却要拼全力以争之,实现这种"难求"的人生的至境——和谐。

我对美学所知很有限,对美学界纷繁的现象了解得也不多。但文学和美学的关系是太密切了,因此也时常关心这个领域的研究成果。我虽然对美学界的各种意见缺乏比较的认识,但私心还是倾向于周来祥先生的一些观点。

记得周先生曾说过,比较形象说或认识论,他主张把艺术本质定性在情感上。这一点,我欣然认同。在我考察当代的文学艺术问题时,深感诗人和艺术家们在他们的作品中把排斥情感视为时尚,是多么的轻率。人类社会发展到今天,物质和技术应当是相当地充分了,但人们之所以仍然需要艺术和艺术家,乃是由于它的情感属性,是由于它能在情感方面满足现实中的匮乏。周先生还在一次谈话中说到,文化转型期必然是文化多元期,美学研究应该具有宽容的态度让各种流派自由地、充分地发展。他对美学的前途有乐观的期待。

周先生的期待也是我们大家、是中国学术界的共同期待。

1999年7月31日晨于北京大学寓所

百年中国文论述略[*]

一

文学评论和文学创作是文学的两翼。这里用的文学评论的概念是广义的,不仅是指通常说的文学批评,并且还特指涉及对文学创作进行评价研究的诸种活动,包括文学思潮的研究、文学的比较研究、文学理论和文学史的研究等。通俗地说,文学评论既指关于文学的"评",也指关于文学的"论"。所谓两翼,是就文学的整体构成以及它在实际生活中的功效而言。譬如鸟,仅有一翼飞不起来,欲要驱动文学产生实际作用和向前发展,则非评论、创作两翼并举莫成。作家的工作是生产作品,评论家的工作是对前者进行适当的评估、导引、研究和总结。

中国的文学评论有悠久的历史,也有自己的传统。若是撇开中国自成体系的古代文论和古代文学批评史不论,作为一种现代学科意义的文学评论范畴,出现在近代,发展在现代,而繁盛在当代。它是中国与世界进行广泛的学术对话和学术交流的新时代的产物。

二

自从上个世纪中叶以来,伴随着人们寻求强国新民的明确目的,逐渐兴起了一个让人振聋发聩的文学改良运动。在这个

---

* 此文刊于《东南学术》2000 年第 1 期。据此编入。

运动中,出现了一批带有启蒙性质的萌芽状态的文学理论和文学批评。这些文论在推进文学改良以及呼唤新文学的出现方面,起着非常重要的作用。它扬弃和改造了因袭的文学观念,为文学改良运动提供了有力的理论支持,也为中国的传统文论注入了新的思路并开拓了新的视野。它甚至试图给文学的创作提供一种模式和范例。在文学改良运动中,理论先于创作是一个非常突出的现象。

近代的中国是一个改弦更张的新旧交替的转型时期,当日的中国文论也如此。一方面,是传统的评论方式在继续,最常见的是那些以文集的序记形式出现的、通过感想式的片段以表现整体的文学观念的,从而对文章、人格进行统一的评论的方式。还有一种,似乎更常见,即是以随想的和灵感式的片断出现于诗歌中的评论方式。另一方面,则是期待着一种与社会发展和社会改造相适应的文学思想和文学实践。

在改良主义文学思潮初起未起之时,主导近代文论的仍是桐城派文学的力量。这一派文学标榜和秉承儒家的道统和文统,并奉行二者结合的所谓义理。他们的主张仍然是那些"文以载道"的道理。"百川止于海,百家莞乎道,畸于虚而言之无物,畸于实而言无心得,是皆道所不存不可以为文"(魏源:《国朝古文类钞序》);"举凡典章制度,名物象数,无一非道之所寄,即无不可著之于文。阐而明之,探其奥颐,发其精英,斯谓之佳文"(冯桂芬:《复庄卫生书》)。上述这些位重一时的文坛巨擘的言论,其核心的思想除了沿袭儒家的发扬道统,以图兴国安邦,这些习见之论以外,并没有面对现实提出任何新的话题。

而当日文坛受到内忧外患的强烈震撼,正在寻求强国新民的道路。那些有识之士,当他们把目光投向这个了无新意的文坛时,那种失望之情是明显的。但即使如此,我们仍然不可低估中国文运的保守性,特别是怀旧法古的积习,因为它毕竟是一个处身于以儒家学说为正统的文化语境中。这种"遗传",经历了戊戌、辛亥、甚至五四运动的冲激而仍然顽健地存在。林纾的一些言论便是典型的代表,他在《国朝文序》中说,"古文惟其理之获与道无悖者,则昧之弥臻于无穷"。这里维护的依然是自古而今的文以载道的原则。

近代文论破坏它的古旧面孔而立新姿态,源起于鼓吹变法维新的那一批元老人物,以及与他们同时代、而又在政见上接近的学界人士,以康有为、梁启超、谭嗣同、黄遵宪、严复、夏曾佑等为代表。这些人的文学观念是与他们的政治主张相一致,或者甚至可以说,他们的文学理想也许更是他们的政治蓝图的一种预设。

这个时期开始大量引进新的学术思想和文学理念。黄遵宪著《日本国志》,严复首译《天演论》,林纾译了大量的西方小说,许多文士克服了诸多困难,在引进新学方面作出重大的贡献。虽说其间有的并非文学类的著作,但这些著译在打破以往的学术封闭停滞状态、在扩大国内学界视野、以及在引进新的思想理论资源方面,其作用是非常巨大的。

即使是在文学理论和文学批评的领域,也出现了与前不同的新气象,新的具有现代学科意识的观念和方法已开始出现。值得提及的是夏曾佑所作的《小说原理》,其中所论已具有心理学、文艺学以及创作论的因素,这表明新型文论的萌芽已经出现。而此中最为突出的是王国维,作为一代宗师,他既有丰博的国学修养,又深知外国文学,比较的眼光使他的批评具有发人深省的尖锐性。举例说,关于《红楼梦》的研究,他能从文学的基本原理上为索引派指谬:"我朝考证之学盛行,而读小说者,亦以考证之眼读之,于是评《红楼梦》纷然索此书中之主人公为谁,此又甚不可解者也。夫美术之所写者,非个人之性质,而人类全体之性质也——善于观物者能就个人之事实,而发现人类全体之性质"。其实,这里讲的是典型与个别的道理,而在传统的红学研究那里则甚少涉及。这些迹象都说明,西方现代哲学和现代文论的影响已悄然进入,中国文论在它的影响下已出现新的转机。

近代文论一道最夺目的风景,即是维新派为强国新民所提出的改良主义的文学主张。首先,他们非常重视文学的运载工具,他们主张采用白话,提出"白话为维新之本"。为了使他们的维新思想能深入民众,他们又主张改革文体。于是,出现了以梁启超为代表的新文体。这些主张的核心是推进"文言合一"。正如刘师培在《论文杂记》中说的:"盖文言合一,则识字者益多。以通俗之文推行书报,凡世之稍识字者皆可家置一编,以助觉民之用,此诚近今中国之急务也。"

在推进新文体方面,梁启超是主将。他有前进的文学观念,他认为古代中国文与言是统一的,当日那些华美的文字即是平常使用的语言,文学进化的关键,在于由古语之文学转而为俗语之文学,所以,他不避以口头平易之语入文,也不避外来语入文。他通过报章发表大量文章。他首创的新文体风靡一时,当时被称为"报章体",有时也称"时务文体"。统观近百年来的文体试验,梁启超的实践最为成功,他自言:做文章"务为平易畅达,时杂以俚语、韵语、及外国语法,纵笔所致不检束,学者竞效之"。梁启超在文言合一的改革路上所取得的成就,他个人通过写作所树立起来的文风,在近百年的中国,除了鲁迅,很少有人可与比拟的。

这种着眼于运载工具的改革的思路及其实践,对于中国历史悠久的文言文而言,当然是很不彻底的。但它无疑已成为重要的遗产,后来直接为五四新文化运动所继承。可以说,晚清的文体改良是五四白话文运动的先河。

三

另外,也许是更为重要的一点,即是维新派通过他们的言论树立起文学对改造社会的一种直接功利的观念。他们已经看到旧文学与民众和社会的脱节,感到了旧文学在惨痛的现实生活面前的无力和尴尬。但他们又未曾有后来新文化运动的先驱者那样的彻底反抗的精神,他们缺乏创造新文学的预见和魄力。他们只是着眼于在他们力所能及的范围作力所能及的提倡。于是,他们把目光投向了那些与普通民众有着紧密关联的、而过去又受到轻视的通俗性的文学品种,诸如戏曲、鼓书等,当然首先是小说。

近代文论对于小说的重视,可谓达到无以复加的地位。梁启超在这方面也是始作俑者。他在《译印政治小说序》中高度评价小说的作用,甚至说,"六经不能教,当以小说教之;正史不能入,当以小说入之;语录不能谕,当以小说谕之;律例不能治,当以小说治之"。在这篇文章里,他还认为欧洲各国的社会变革小说都起了不可忽视的作用:"彼英、美、德、法、奥、意、日本各国政界之日进,则政治小说为功最高焉。"此外他在《小说与群治之关系》一文中更把小说(文学)的普及与推广,与社会的进步和改造直接联系起来。他提出了一个著名的"欲新一国之民,不可不新一国之小说"的论点,认为无论是道德、宗教、政治、风俗的革新,均须从小说(文学)的革新做起,因为"小说有不可思议之力支配人道故"。

不仅是梁启超如此言说,当时的进步人士有感于时世,大抵都持此种观点,即非常重视通过某种文体的传播和推广,达到改造民众的效果。严复和夏曾佑在《国闻报》开辟小说专栏,他们在《国闻报馆附印说部缘起》中也明确论述:"夫说部之兴,其入人之深,行世之远。几几出于经史之上。而天下之人心风俗,遂不免为说部之所持。"这种强调文章与社会的紧密关联的言论,在中国并不特别新鲜,但是,这里不是在讲一般的文体,而是讲过去没有地位的通俗的文体——小说;不是一般地讲阅读和推广,而是讲把它们的内容深入到普通的民众中去;甚至也不是一般地讲欣赏,而是讲改造社会,讲"新人格"和"新人心"。这就和以往的言说有了根本的区别。

反观近代文论的建设,虽然它的改良主义的立场极大地束缚了它的发展,而且在实践方面并不若在提倡方面那般有力,即使是在提倡方面,也多半流于一般的号召和鼓动而不免留下空泛的弊端。总的看来,不论是"小说界革命","诗界革命"还是"文体革命",提倡的结果多半也只留下那种精神,而实效则相当有限。但不论如何,它对于中国文学的发展而言,其意义却非常巨大——它是一个重大的转折,它标志着与传统的中国古代文论的脱离,它更预示着中国文学在未来的发展。

近代文论在世纪之交的这种转型,明确地启示着一种新的理论视野与新的批评精神的萌芽。由于它强调了文学与改造社会、改革民心的直接的、特殊的效用,特别是它在语言工具的革新上的言论、以及在对于各种文体的重新评估与强调方面,近代文论有力的、也是有限的实践,却给了后来者以大的启发。可以这样认为,正是由于近代这些文界先驱者标举时论的大旗,以及他们在艰难中的倡导与实践,才有随后发生的中国新文学革命、以及中国现代文学理论和文学批评的诞生;也可以这样认为,近代文学的这种艰苦的奋斗,正是在为中国开天辟地的新文化运动作准备——这当然包括了他们并不成功的实践在内。

四

五四新文学运动的最初实践,它的先驱者首先着眼于语言工具的革命。他们认为,文言文的形式对于装载新思想和新内容已经造成了障碍,要建立新文学,必须从提倡白话文开始。从这里可以看出五四新文学运动实际上是承继了文学改良运动中的对白话的重视、以及对于文言合一的主张的话题。在五四最初一批从事文学改革的人中,他们依然继承着晚清改良派的思路。"当时也有一班远见的人,眼看国家危亡,必须唤起那最大多数的民众,来共同担负这个救国的责任。他们知道民众不能不教育,而中国的古文字是不能做教育民众的利器的。"(胡适:《中国新文学大系·建设理论集·导言》)

我们从胡适的《文学改良刍议》和陈独秀的《文学革命论》这两篇宣言式的论文中可以看出他们二人的文学革新思想的理路,即经历了从"改良"到"革命"这样一种质的变化。胡适的文学改良的主张有"八事",中心思想是"不模仿古人",是针对古文写作的弊端而发,即认为必须打破文言文的障碍,让新文章带着新思想走向大多数的民众中去。当然,这种新文章必须是采用白话文写作的。胡适在《逼上梁山》一文中说过:"今日所需乃是一种可读、可听、可讲、可记的言语。要读书不须口译,演说不须笔译,要施诸讲坛舞台而皆可,诵之村妪妇孺皆可懂,不如此者,非活的言语也。决不能成为吾国之国语也。"

可以看出,支配这一思路的,归根到底还是当日的社会情势。从戊戌到五四,中国的社会背景和存在的问题基本未变,是共同的。事情到了陈独秀这位被胡适称为"老革命党"那里,他就毅然地以宣战的姿态剥去了改良的外衣,高举起了"三大革命"的大旗。他提出要推倒贵族文学,建设国民文学;推倒古典文学,建设写实文学;推倒山林文学,建设社会文学。他的文学主张旨在建立一种贴近国民、社会的写实的文学,以改变以往那种文学与社会现实相脱节的状态。郑振铎这样形容继胡适之后的陈独秀的出现:"他是这样的具着烈火般的熊熊的热诚,在做着打先锋的事业。他是不动摇,不退缩,也不容别人的动摇与退

缩的!革命事业乃在这样的彻头彻尾的不妥协的态度里告了成功。"(《中国新文学大系·文学论争集·导言》)

中国文论在五四初期,一批志士仁人为以白话文取代文言文进行了最顽强的攻坚战。按照胡适的说法,这是新文学革命的第一个"作战目标":争取"活的文学"。如前所述,我以为这个阶段的文学思想是对近代改良主义的文学思想的继承和发展,是基于对中国社会和中国国情的了解、并为解决中国自身问题而采取的重大的对策。

关于活的文学的思想根源的定性,是在中国本土,是中国基于对自身的理解而采取的解决中国文学问题的措施。虽然从事这一运动的人大多都是受到西方教育的留学生,他们在决策过程中难免会受到西方文学思潮和西方哲学的影响,但这一阶段文论的基本特征是基于中国的实际、解决中国存在的问题——"死文字决不能产生活文学",要用一种新的文学史观来改变古文学的正统地位,从而确立白话文为中国文学的正宗。

五

五四新文学运动曾经旗帜鲜明地提出文学工具的革命,即以白话代替文言的"活的文学"的争取和实践。此举在为产生新的文学扫清道路:惟有形式的问题解决了,新的内容才能进入;惟有形式的问题解决了,民众才有可能接受这些新内容。应当说,这时的"作战"目标着重在文学形式的方面。待得白话文站稳了脚跟,特别是以《尝试集》和《女神》为代表的新诗试验的成功,说明古文学最顽固的桥头堡已经被攻下了。

五四文论与此同时也展开了内容方面的革命。这种革命就是胡适说的,文学革命的第二个作战口号:争取并实现"人的文学"的目标。在当时人的心目中,旧文学中的内容是诱人躲避现世、教人遁入山林、而且是灭绝人性的非人的文学,它是封建思想体系的组成部分。五四文学的"呐喊"或"救救孩子"的呼声，都产生于对这个"非人"的批判，以及对于人性的召唤。

胡适自述，《新青年》1918年复刊后决心进行两件事，其一就是不用古文，专用白话作文。另一件就是译介西方现代文学名著。当年，《新青年》就出了易卜生专号，即是对于后一种措施的实现。专号介绍了《娜拉》和《国民之敌》等作品。胡适为此作《易卜生主义》一文，指认当日《新青年》同人信奉的"健全的个人主义"的主张。胡适推崇上述两个剧本中的一些台词，如"无论如何，我务必努力做一个人"，"世上最强有力的人，就是那最孤立的人"等。他们欣赏易卜生宣扬的"真正纯粹的个人主义"。这是真正的"舶来品"。它雄辩地说明，当日那些思想先驱者，是如何勇敢地向着西方借来光明的火种，用以烛照中国封建的漫漫长夜的！

到了1918年的12月《新青年》出5卷6号，该期刊登了周作人的《人的文学》。胡适称此文是"当时关于改革文学内容的一篇最重要的宣言"。(《中国新文学大系·建设理论集·导言》)在这篇文章里有许多惊人的言论。开篇便说，"我们现在应该提倡的新文学，简单的说一句，是人的文学，应该排斥的，便是反对的非人的文学"。又说，"革除一切人道以下或人力以上的因袭的礼法，使人人能享受自由真实的幸福生活"，"统营一种利己又利他，利他即是利己的生活"等等。这些言论，对于一贯忽视个人的价值、强调封建的忠孝节义、三从四德为传统的社会里，可谓是天外飞来的"奇谈怪论"。

周作人这篇文章的主旨，其实可用一句话来概括，那就是崇尚和高扬"个人主义的人间本位主义"。为此他提出，"须介绍译述外国的著作，扩大读者的精神，眼里看见了世界的人类，养成人的道德，实现人的生活"。胡适高度评价周作人的这篇纲领性的文字。认为他的提倡"颇能引起一般青年男女向上的热情，造成一个可以称为'人的解放'的时代"。最能体现这个思想解放时代的精神的,是这个"人"的发现。在以往的封建思想传统中,素来是"君为贵、民为轻",即使没有"君"了,也还有神和鬼,也还有"社稷"等等抽象的超个人的东西。总之,在这个社会里,个人是微不足道的。

现在这个思想,显然与西方现代资产阶级的自由、平等、民主、博爱等代表现代文明的理想相联系。由个人主义的提倡,到人性的确认,再到个性解放的时代,是五四新文化精神最激动人心的内核。这与文学改良时期所倡导的强国新民的思想,无疑具有更为深层的内涵。所谓强国必先新民,是指先进思想通过文学的灌输,使民众首先能够接受,而后得到觉悟。但给民众灌输些什么,其内容只是"停留"而不曾"前进"。"人的解放"是一面鲜丽的旗子,使千万青年眼睛为之一亮。他们从自身的遭际,再推及社会和国家,这种觉悟便具有更为实际的内涵。个人感到了压迫,社会的压迫危及自身的幸福和安存,于是萌起革命的念头,走向了争取社会进步的抗争。这就是一种启蒙。

把这种启蒙的基础建立于"个人主义的人间本位主义",是沉到底了的,是非常结实可靠而不虚幻的。这是五四时期中国文论迈出的历史性的一步。所谓的取法西方,所谓的向西方盗火或借来治病的药饵,最宝贵的便是这种代表现代文明的个人主义的思想启蒙。应当说,从"活的文学"到"人的文学",这个跨越表明了五四新文学理论批评的实绩。

六

但是很快,这种文学个人主义的理论便受到了激烈的质疑和反驳。本世纪二十年代末,阶级斗争学说的引进和普及,加速了中国现代文学的左倾倾向。建立在阶级斗争学说基础上的文学理论,强调文学的社会性和集体性。这种文学把基础奠定在广大的劳苦大众之上,因此,从文学的审美性到文学价值的评估,都发生了质的变化。这种变化的最直接的结果,是对我们上述的五四文论最重大的成果:人性——人道主义——个人主义的挑战和否定。

1928年蒋光慈在《太阳月刊》第2期发表《关于革命文学》一文,指出:"革命文学应当是反个人主义的文学,它的主人翁应当是群众,而不是个人。它的倾向应当是集体主义,而不是个人主义","革命文学的任务,是要在此斗争的生活中表现出群众的力量,暗示人们以集体主义的倾向"。这种理论从根本上否定了文学个人主义的存在的合理性。文学由个人的提倡转向集体的提倡,文学的否定和取消个人主义的地位和价值,标志着五四新文学运动的根本转向。

中国现代文论进入五四的"第二个十年"之后发生的变化,可借用成仿吾一篇文章的题目来概括,这就是他写于1928年的《从文学革命到革命文学》。这篇文章论述的是五四文学面临着的新形势和新任务,它本身也成为五四文学重大转向的标志。

文学在二三十年代之交的这种转向,根源于这批激烈的文学家对于当时的国际国内形势的极端的、同时也是一相情愿的分析和判断。在成仿吾那篇文章中,他是这样分析当时的形势的:"资本主义已经发展到了最后的阶段,全人类社会的改革已经来到。目前在整个资本主义与封建主义二重压迫下的我们,也只是曳着跛脚开始了我们的国民革命","如果我们已挑起革命的'印贴利更追亚'的责任起来,我们还得把自己否定一遍(否定之否定),我们要努力获得阶级意识,我们要使我们的媒质接近农工大众的用语,我们要以农工大众为我们的对象"。

这就是说,当日的形势已经到了全人类的最后革命的阶段,文学的基本任务也必须适应这一形势。郁达夫用"曰归"做笔名的《无产阶级专政和无产阶级文学》,写得更早,是在1927年。

这样的题目后来是到处可见了,但是在当时出现的确是超前的先锋。中国文论在这个历史阶段,其主潮是激进的。这是一个高谈"革命"、"无产阶级"、"专政"和"农工大众"的年代。当然,也许更是必然,它更是排斥和否定"个人""人性"以及大凡涉及创作的个人性的年代。这当然与我们在上面所肯定的、所定位的"个人主义的人间本位主义"造成了极大的反差。

但是主潮并不能覆盖和代替文学的全部复杂性。因此,从那时开始,中国文学理论便充满了论争和论战。这是红色的三十年代,也是论战纷繁的年代。这些论争涉及的范围很广泛:关于"革命文学"、关于"新月派"、关于"大众文艺"、关于"民族主义文艺"、关于"自由人"和"第三种人",以及关于"两个口号"的论争等。持各种立场的作家和理论家,以极大的热情参加了这些论争。这些持续不断的论战占据了五四以后的第二个十年的大部分时光,它已成为中国现代文学史最动人的现象,保留在人们的记忆中。

这种局面的形成与当时的国内外政治、文化的形势密切相关。新的政治势力的形成及其受到的挫折与压力,俄国以及世界各国的进步的文学思想的输入与传播,特别是左翼文化运动的蓬勃开展,使进步的作家、艺术家产生了一种自觉,他们要通过"文化革命"来配合当日正在展开的"农村革命"。这就是鲁迅说的,"在中国,无产阶级的革命的文艺运动,其实就是唯一的文艺运动"。

所谓"唯一",大体是由革命文学的倡导者们的自信心决定的。他们自信他们掌握了真理,而且认为应当排斥异见、扩大并巩固革命文学的主流地位。当日的政治的和后来的民族的危机,决定着这些论争的合理性和它的"赢家"。开始是为争取工农大众的发言权和被表现权而斗争,后来则是为文艺如何适应民族危亡时世而斗争。这是一个激情的岁月。诸多的文艺工作者为着维护他们所信奉的文学理念而进行着不疲倦的抗争。但是,却也因此埋下了宗派主义(当时叫关门主义)和教条主义的隐患。

但是,文学的问题是非常复杂的。文学的定于一尊的排他性未必是文学的福音,它可能会造成文学的颓势乃至不幸。而且即使是当时的形势决定着某种文学的主潮地位,那些受到歧视乃至排斥的非主流文学中,极可能含蕴着不无价值的道理。而这些,在当时是受到完全的轻忽的。例如胡秋源署名 H.C.Y. 的《勿侵略文艺》,过去是当作反面文章来读的。其中说:"我并不能只准某种艺术存在而排斥其它艺术,因为我是一个自由人","无论中国新文学运动以来的自然主义文学,趣味文学,浪漫主义文学,革命文学,普罗文学,小资产阶级文学,民族文学,以及最近的民主文学,我觉得都不妨让他存在,但也不主张只准某一种文学把持文坛。而能以最适当的形式表现最生动的题材,较为能深入事象,最能认识现实,把握时代精神之核心者,就是最优秀的作家"。这些话今天读来并不刺耳,应当说是正确的。

另一位当日也受到激烈批判的梁实秋,他也有一些很精辟的论述,那时由于偏见,也没有受到重视。他在《文学与革命》一文中,针对那时的一些僵硬的提倡,指出:"我们决不能强制没有革命经验的写革命文学。文艺的创作经不得丝毫的勉强。含有革命思想的文学是文学——然而,人生的苦痛也有多少种多少样,受军阀压迫是痛苦,受帝国主义的侵略是痛苦,难道生老病死的磨折不是痛苦,难道命运的拨弄不是痛苦,难道自己心里犹豫冲突不是痛苦?怎样才该叫做革命的文学?"这里,梁实秋维护的是可贵的文艺的多样性,和文艺表现生活的自由广泛的原则。可是,他的这些意见却受到激烈的批判。

现在回顾这段历史,虽然其间也留下了一些重要的作品,但是回首往事,人们也还是感到把太多的精力放在空泛的、而且多少表现为幼稚的争论上面,而对于文艺规律的探索、研究和实践则非常缺乏。周扬回顾这段历史时有过冷静的反省:"左联时期,搬弄空洞的理论术语,而置创作实践于不顾的文章还是屡见不鲜的——我自己开始写文章时,便完全是跟着左的一套走的,把文艺简单地理解为革命的传声筒,忽视艺术本身的规律。"(《中国新文学大系1927—1937·文学理论集·导言》)

周扬说上述那些话的时候是1984年,是他生命的晚景。经历了"文革"十年的大劫难之后,作为一位终生坚持马克思主义的理论家,他以惊人的勇气反省自身,也反省中国现代文论在五四之后的大转折——这种转折改变了中国的文运的理路,也可以说,在一定程度上改写了中国新文学最重要的精神传统,即自由的和民主的精神传统,从而给历史留下了丰富的正负面经验。

七

本世纪二三十年代中国现代文论的这种改变,其中最显著的特征,即是文学试图通过某一种权威性的理论主流地位的确立,把表现丰富的人生情状、以及满足人类多种情感需求的极其复杂的文学予以改造——其目标则在于建立一种适应单一的社会功利的、"纯粹"的文学。这种意图在二十年代末便开始显露其端倪。到了三十年代,受到整个国际文运的左倾潮流的鼓舞,加上当时国难临头,文学救亡意识再度勃兴,此种形势更为猛烈地助长着、刺激着主流文学理论的生成与推广。

这里说的"再度",其实还不甚准确。中国文学创作和文学理论从根本上看,是受到中国社会情势的制约和决定的,当政治意识表现得强烈时,更是受到了政治意图强大的控制。这应当从中国近代以来的处境去探源。自从上个世纪中叶,外国的坚船利炮的威逼使中国感到了严重的危机。于是,从改良派开始,直至左翼文学运动的推进,中国的作家和理论家几乎是宿命般地倾向于对文学持一种直接的功利主义的态度,即希望文学能够疗救中国的病痛,从而通过文学治愈社会的贫弱。可以说,不论是"救亡"还是"启蒙",都体现着中国文学这种原初的动机——中国文学总是先天地倾向于激进。这就是为什么五四过后不久就发生了从"文学革命"到"革命文学"转变的原因。

这就是我们所熟悉的从四十年代开始,跟随着异常艰难、也异常复杂的中国社会震动的文学震动。尽管有时表现平缓,但平缓似乎只是一种非常,是在为一个更大的震动积蓄能量。犹如地震的潜伏期那样。但自然界的震动,激烈只是顷刻间事,更多更平常的是那些平时的积蕴。而中国社会不同,似乎静态只是非常的,而震动才是平常——不管这种震动的原因来自何方。这种局面在三十年代纷繁的论争之后,进入了一个大的整合期。

革命文学由于革命理论(当然更由于革命形势)的强大支持而开始进入具体的实践期。整合是在以延安为中心的敌后根据地发起,并推广到其他根据地和大后方、甚至沦陷区去的。这种整合当然取得了成功。它继承了革命文学的阶级性和实用性的实质,而在内涵上表现更为坚定、更为明确,它的命名也从一般的革命文学或革命文艺,具体地指称为工农兵文学或工农兵文艺。更为重要的是,它成功地排除了二三十年代那种空洞的辞藻和浮华的渲染,采用了更实在、也更简洁的理论表述。由此,工农兵文艺理论的体系化建设也告完成。

至此,"革命文学"顺利地、合理地转移和过渡到"工农兵文学"的阶段。这个转移和过渡起始于1942年在延安召开的那个文艺座谈会、以及那个座谈会上发表的"讲话"。过去头绪纷繁的、纠缠不清的争论,在这里,由于政治权威的支持,以及内容的完备化而画上了句号。在延安发表的这个关于文艺问题的讲话,成为此后数十年始终不渝地予以大力贯彻的文艺指针。当然,围绕着它提出的命题,也有一些或明或暗的质疑,以及在具体实践中又出现更复杂、甚至更严重的局面。但这一篇讲话的出现,的确在很大程度上改变了中国文艺的命运。

这种关于工农兵文艺的概括,因它的明确、简洁、坚定,而较之以往的诸多含混的、甚至是华而不实的表述,而更为显示出它的理论魅力。大致说来,文艺与意识形态的关系更为密切了,文艺与现实政治之间的主从关系也更为鲜明了,文艺到达它所规定的目标、步骤与方式,也都有明确的规定。中国现代文学由激进思潮开辟的革命文学的传统,在工农兵文艺的旗帜下得到了继承和发展。文艺体系也因此表现出它的整体性和完备性的特征。

这个建立在战争时期的文艺策略,随着战争的胜利和新的政权的建立,而顺理成章地被带到了本世纪五十年代的门槛上。在叙述这一段历史时,我们不应忘记,在三十年代就非常活跃的一位代表人物,他就是周扬。

周扬一直是代表革命的意识形态的文艺问题的发言者,也是阐释和宣传工农兵文艺路线的权威人物。他为了这一文艺形态的推广和实现贡献出毕生的精力。他是工农兵文艺路线的忠实执行者,他在推进这一文艺路线时,理论上有很大的建树,由于他的工作,一种被他称之为的"新的人民的文艺"取得了很大的成功。出现了赵树理、孙犁、柳青等一些在贯彻执行上述文艺路线得到成功的作家,以及像《白毛女》、《王贵和李香香》这样一些经典性的作品。但是,由于这一理论本身的局限性、以及在执行过程中的偏离和失误,也产生了重大的甚至是灾难性的后果。

周扬就是这样一位起过重大影响的、功过参半的、集重大成果和重大过失于一身的、能够代表一个时代的理论家。在周扬的一生中,有许多风云迭起的大事件,他始终置身在狂风激浪中,有时他是掀起风浪的人,有时他又是被风浪淹没的人。他批判过很多人,很多人也批判过他。回顾这位非凡人物的一生经历,人们特别怀念他晚年的反思精神。巴金先生"文革"后倡导的忏悔精神,在周扬身上表现得最突出。

这里要特别加以叙说的,是 1982—1983 年间,他为纪念马克思诞生一百周年撰写纪念文章的事。他把经过"文革"动乱之后的思考,通过关于马克思主义对于人道主义、特别是关于"异化"的学说得到集中的表现。据顾骧在《此情可待成追忆》一文中介绍,经过深思熟虑,周扬决心要在这篇纪念文章中写下他的既针对现实、又反映他的反思成果的观点,如:克服一切形式的"异化"、人的全面解放是无产阶级人道主义观形成的关键、社会主义社会存在着"异化"、社会主义社会"异化"的表现形态等。顾骧在文章中说,周扬若是考虑自身的处境,他"大可不必冒风险做什么理论'探讨',更不必顶风反'左',如果能大批'自由化',更会稳操胜券。他是在追求真理。"从顾骧的叙述中,我们不难看到一位严肃的理论家的风范。

如前所述,周扬在阐释工农兵文艺的实质和特征、以及在运用这一原理指导文学创作实践方面做过很多的工作。但作为最有影响的理论家,他的最重要的贡献,还是在于他为他所致力的文艺路线使之更具权威性——这就是进一步使之经典化。1944 年 4 月 11 日周扬在《解放日报》发表他所编的《马克思主义与文艺》一书的序言。该序言指出,延安的讲话"给革命文艺指示了新方向",是"中国革命文艺史、思想史上的一个划时代的文献,是马克思主义文艺科学与文艺政策最通俗化、具体化的一个概括"。该书把延安发表的有关内容,以及几位进步作家的有关言论,列入了马克思主义文艺理论体系,并对这个体系作出了最新的排列,这就是:马克思、恩格斯、普列汉诺夫、列宁、斯大林、高尔基、鲁迅、毛泽东。

在中国,自从《新青年》开始介绍马克思主义学说以来,有很多的论文和专著涉及这一话题,但对马克思主义文论作如今这样的整理、归纳和排列,则是始于周扬。其中最显著的特点,在于把文艺意识紧密地联系于政治意识,并且迅即把文艺意识升高到政治意识上面来。由于有中国内容的加入,马克思主义的文艺思想不仅更显丰富,而且富有中国的特点。由于他的工作,马克思主义与文艺的关系更显密切,而且第一次突显出它的全面性和科学体系的特性。

在中国的文学理论和文学批评的建设中,这是决定性的一步。随后发生的一切,似乎都与我们此刻谈论的归纳有关。说得明确一点,即是基于中国当时特点、植根于以广大的农民为代表的、建立于战时体制的工农兵文艺,与当代最具权威性的马克思主义的文艺思想,不仅产生了关联,而且得到了体系的维护和固定。这种体系一旦形成,再加上强大的意识形态的支持,终于成为神圣的、不可挑战的权威理论出现在现实的中国。

中国现行的这种文艺理念,于是开始以经典的姿态在文学史中出现。它不再仅仅是一种具体的政策,而且是一种必须遵从的指针。它通过各种有效的手段,特别是行政手段予以贯彻。这在战时的延安是如此,而且顺理成章地延续到五十年代以后的漫长岁月。在中国建立起新的政权之后,这种文学思想成为一种唯一正确的、主流理论的姿态,在比以往更为广阔的时空中予以执行和推广。

八

中国文论就是这样从战时的一体制走到了战后的一体制。这种一体制与政治、经济、文化的一体化策略互为印证,而显得更具合理性。其实,自四十年代初期开始,在左翼文学运动逐渐形成的文学理念,早已结束了以往那种虽然有点居高临下的强制、但却基本上是以不同见解间进行论争的方式出现。而现在,则是一种几乎没有对手、也几乎不容许有对手的唯一的理论权威。这种态势,由于革命的胜利和胜利者的身份,而变得更为无可置疑。

中国文论的此种状态的形成,是由于集合在革命旗帜下的几代理论家的不懈努力和始终坚持的结果。自二十年代开始,经历了左翼运动的三十年代和漫长的战争,革命文艺运动在广大的敌后根据地取得了大普及和大推广,在根据地以外的地区,也产生了大影响。但当时的权威舆论对此仍有强烈的批评。直至1948年,临近全国胜利的前夜,郭沫若在《大众文艺丛刊》的第一辑《文艺的新方向》中发表《斥反动文艺》,以及邵荃麟发表在同期刊物上的《对于当前文艺运动的意见》,都激烈地抨击了范围很广的各色各样的文艺。邵文指出,"文艺上人民大众集体意识的涣散,个人主义意识的高扬,因而招致堕落的和反动的文艺思想的抬头",他强调指出,"个人主义思想终究是应付不了激烈变动中的现实的"。

这些现象都证实了四十—五十年代之交的主导的文学理论,正在推进一个雄心勃勃的普及经典理论的计划,正在酝酿着一个更大的、旷日持久的统一文艺的运动。作为一种既定的文艺思想模式,继续进行抑制创作中的个人主义、发扬集体主义的文艺改造工程。正如周扬在第一届文代会上的讲话所指出的那样,延安讲话"规定了新中国文艺的方向,解放区文艺工作者自觉地、坚决地实践了这个方向,深信除此之外再没有第二个方向了,如果有,那就是错误的方向"。(《新的人民的文艺》)这一运动旨在排除一切非正确的文艺方向、从而维护周扬所指出的那个唯一正确的文艺方向,这已被事实证明是确定无疑的。

进入五十年代的大陆文艺界,由强调文学服务于大众的机能出发,而极端重视文学自写作到欣赏的集体主义,这导致一个大趋势的形成,即否定文学创造的个人性品质。这种思潮把文学创作的个人性等同于资产阶级或小资产阶级的个人主义,并在长时期内予以否定。这在中国文学发展的相当时期中,几乎是一个不见尽头的、断断续续的批判运动。它和在知识界和文艺界进行的知识分子思想改造,几乎就是二而一的举措。五十年代以后的文艺思想一体化工程,就是以对所谓的"个人主义"的否定为起点。

这种否定是在一个非常庄严的题目之下展开的,即既然一致认定文艺的主体和对象都只能是工农兵,那么,为了适应这样的文艺目标,当然只能以集体主义来代替个人主义。而在所谓的个人主义中,对实行这一文艺方针"危害"最大的,则是那些无视工农兵情感、思想、情趣、爱好相矛盾相冲突的作家的"经验主义"。在五十年代以后的文艺思想改造过程中,以批判和自我批判的方式涉及最多的最深的,就是这个与创作、欣赏、批评至关重要的个人主义、特别是经验主义的彻底否定。

现在人们都很清楚,文学创作是建立在个人本位基础上的,创作主体是决定创作的根本,文学创作是个体性的精神生产活动。在创作的全过程中,作家艺术家个人的人生体验、思想情感以及心理活动,当然还有作家长期形成的审美趣味和独特的艺术技巧,这些,都是决定作品优劣成败的根本。文学生产的基本方式,乃是通过作家个人殚思极虑的独特处理的结果。现在,这一决定创作命运的应有之理,却受到了致命的挑战。

在上述这种文艺思想的导引之下,当日的作家都自觉地或不自觉地扬弃对于创作来说是生死攸关的个人体验和个人旨趣,而代之以对他们来说是非常遥远和陌生的公众化的情感方式和表达方式。原先自由的文学已被置换为不自由的文学。文学迅速地荡涤着被舆论鄙弃为自私而丑陋的个人主义的结果,是文学远远地离开了审美创造的个人性。仅从这一点看,五四新文学运动中奠定的"人的文学"的路线,已在不知不觉中被改换为"人民的文学"。这是现代文学中的一次质变。它改变了中国文学的历史命运。

当然,文学再现阶段的变异是全面性的,它不仅意味着文学的由个人转向集体,事实上,它涉及现今文学的所有层面。例如,它意味着文学由个人性的体验转向社会性的反映,这种由内向外的转移,直接影响了文学的功能和性质。特别是原先表现为竞技状态的多少显得散漫的文学,在长期的演进中,而逐渐被要求成为一种有组织的严格的文学。

这种文学因其自认为代表正确和真理、特别是代表的是"绝大多数"的优越感而具有明确的排他性。诞生于五四新文化运动并拥有科学民主传统的文学,当然无法适应此种状态,它受到窒息。单一的指令对于文学而言,本来就是悬顶之剑。更何况这种指令又是不容讨论的"唯一"!在很多的场合里和被应用中,这种指令散发着明显的公式主义和教条主义的气味。这事实本身就孕育着反抗。

于是,我们在自四十年代直至七十年代的长达数十年的文学历史中,既看到了被组织和被导引的浩大主流文学的运行,也看到了在主流运行的缝隙中透露出来的那些为维护表达自由所进行的抗争。尽管这种抗争基于生存环境的羁约,经常表现为隐曲的和断续的状态,但却是始终不曾消失的。当然,其中也不乏很有勇气的反驳,以胡风为代表的群体、特别是胡风本人那些在马克思主义范围内、而又持有异见的表达即是重要的一例。

1945年胡风发表《置身在为民主的斗争里面》一文,颇有针对性地指出,"作为主体的作家的一面,同时也就是不断的自我扩张过程,不断的自我斗争过程,在体现过程或克服过程里面,对象的生命被作家的精神世界所拥入,使作家扩张了自己"。一直到1954年,他写作著名的"三十万言书",在文中他辩驳林默涵批判他的"三个原则性结论",指出论争的关键在于"宗派主义统治方式","更加集中力量运用组织方式",以及"作为统治武器的主观主义"等。随后,他提出了著名的"五把理论刀子"的论点,即是针对当时业已形成的经典理论体系的一个全面的驳难。

上述体系涉及决定文艺创作及批评的根基:作家的共产主义世界观问题、工农兵生活问题、思想改造问题、民族形式问题、和重要题材问题。胡风指出,"在这五道刀光的笼罩之下还有什么作家与现实的结合,还有什么现实主义,还有什么创作实践可言?""问题不在这五把刀子,而是在那个随心所欲操纵着这五把刀子的宗派主义"。这种言说的结果,就酿成了刻骨铭心的"胡风集团"的世纪悲剧。

胡风的理论陈述虽然被做了政治性的定性,即反革命的敌对性质,但却确实是马克思主义思想体系内的斗争——对于单一性的主流思想的挑战。这种挑战在五十年代以后多半以隐蔽的、委曲的、而且呈现为夹缠的和处于弱势的形态出现。但胡风是一种例外,胡风的陈述虽起于建议及为自己辩护,却掩盖不了它的鲜明的进攻姿态。这种性质当然也在更大的程度上增强了事件的悲剧色彩。但不论这些挑战的隐显强弱,是防守还是进攻,当年萌生的这种驳难和质疑,除了极端严重的"文革"动乱时期以外,直至七十年代中叶"文革"结束之前,几乎就没有停止过。

五十年代中叶"百花时代"的产生,是受到当时全球性的对于共产主义运动的反思思潮的影响,特别是苏联"解冻文学"的直接鼓舞。当时,中国文艺思想和文学理论在这个主流留下的细小夹缝中所进行的思考,则是对于一体化文艺体制的虽有局限、但却富有勇气的挑战。这种在浓重的笼罩中的坚持和抗争,在意识形态的密不透风的夹缝中所进行的严肃思考,为严重的年代留下了悲怆的、甚至是悲壮的记忆。其中最为亮丽的一笔,是1956、1957之交通过一些文章所表达的、具有独立精神的思考,如何直关于现实主义的思考,钱谷融关于文学的"人"的性质的思考等,都表现了在严酷的、言论一律的环境下的良知和勇气。

九

自五十年代开始,中国文学的生存环境是愈来愈艰难了。这表现在,长期的理论提倡和得到实践印证的文艺路线因自身的完善而更具体系化和权威性;同时也表现在政治要求文艺为新政权的巩固作出更为紧密的配合,这意味着文艺将进一步丧失它的独立性;由于战争在全国范围内的结束,胜利者有可能以更多的精力和足够的信心、通过行政手段在全国推进它的文艺改造计划。而这种推进所采取的通常方式,是以阶级斗争理念为前提的政治运动或准政治运动方式开展的"文艺战线的斗争"。纵观自五十年代以来开始直至七十年代政治动乱结束长达数十年的时段中,这条"战线"几乎就没有间断过这种"斗争"。

其实,文艺创作本来无须"推进",也许还无须"指导",文艺本来具有自身的规律。这种规律自作家创作的准备到进入创作状态、直至创作结束之后的读者的接受,都始终处在无须外力推进的"自动"状态之中。文学的创作固然会受到各种各样外力的因素的决定和制约,包括文学和政治的关系在内。但是外力的影响并不能替代文学的自动力。许多事实都证明,文学和社会各个意识形态之间,存在着不平衡和不协调的状态:社会发展而文学未必繁荣,经济落后而文学可能生长。

中国文学在漫长时间中的折磨和自我折磨的悲剧,其根源盖出于一种根深蒂固的观念,即一个统一的社会必须有一个统一的文学,而且这个文学只能是被规定好了的那种形态。而事实却是,文学是不可统一的,文学的杂呈和混沌是它的常态,而一致甚或高度一致则是它的非常态、甚或是病态。文学界的生态犹如自然界的生态,多种的存在,多样的竞争,优胜劣败,适者生存。即使是在严重的环境中生长的中国现代文学,尽管它经历了相当时间的"综合"的实践,但就其实际状态而言,依然是由多种的、各不相同的文学所组成。它并非是单一的文学——尽管它曾被要求成为单一的文学。

半个世纪以来的中国文学,在经典理论的指导之下进行了一个巨大的工程。这个工程就是要把事实上存在的异样的文学,改造成为同样的文学;要把由各不相同的世界观——艺术观组成的各不相同的作家、艺术家,改造成为清一色的"革命"的作家、艺术家;要把杂呈的、并存的、复杂的创作状态和理论状态,改造成为纯粹的、单一的、共同的创作状态和理论状态。于是,那些不纯粹的、不统一的、有杂质的一切,都被置放在一个统一的标准和统一的模式之中,进行一个"彻底"的、"脱胎换骨"的重组和改造。而进行这个改造工程的标尺,就是那个起始于三十年代、完成于四十年代的经典理论。

这个浩大工程,在二十—三十年代时是不自觉的、有限的开始,四十年代时体系已见轮廓,但囿于时空的限制未能全面展开,五十年代以后时局大定,行政制约能力大增,于是有了我们熟知的那一切旨在全面变革文学——从内容到形式、从题材到风格——的努力。历数五十年代以来所开展的那一切被称为"文艺战线"(其实均是"政治战线")上的"斗争",都是上述经典理论指针对于各色各样的文艺和作家艺术家的强力施加。这种施加,有的因城市对于农村的"偏见"而引发(如对萧也牧的《我们夫妇之间》的批判);有的因统治阶级思想对劳动人民思想的"污蔑"而引发(如对电影《武训传》的批判),如此等等。到了被我们称之为的"百花时代",即本世纪五十年代中叶,则有了更为广泛的"反右斗争"。说这是"文艺战线上的一场大辩论",其实"辩论"的内容早已大大超出了文艺的范围。

到了六十年代,依然没有接受大饥饿和浮肿病的教训,依然是一往无前地"不断革命"。所谓的阶级斗争不仅存在,而且是要年年、月月、天天讲。著名的六十年代的"两个批示",是"文革"开始之前的一次预演。如同"文革"是从文艺"动刀"一样,这一番的阶级斗争,也是以文艺为发端。在新政权建立十多年、且又是一些重大的事件如"反右"、"大跃进"等发生多年之后,批示还在说:"各种艺术形式——戏剧、曲艺、音乐、舞蹈、电影、诗和文学等等,问题不少,人数很多,社会主义改造在许多部门中,至今收效甚微,许多部门至今还是'死人'统治着",并说,"社会经济基础已经改变了,为这个基础服务的上层建筑之一的艺术部门,至今还是大问题"。

大约过了半年后发出的另一个"批示",对现状的估计更严重了,认为当时的大多数协会、以及这些协会所掌握的刊物,"不执行党的政策","不去接近工农兵","不去反映社会主义的革命和建设"。"批示"判断说,"最近几年竟然跌到了修正主义的边缘,如不认真改造,势必在将来的某一天,要变成像匈牙利裴多菲俱乐部那样的团体"。这里已不是一般的批判,而是发出了近于极限的警告了。

这些警示都产生于认为阶级斗争日益加剧的背景之中,它继续强调有什么样的社会意识形态就应当有什么样的文艺形态的观点。所谓的"要认真地抓",即是要对不适应于社会意识的文艺作一如既往的改造。像这样的从提出问题到判断问题,再到解决问题所提供的方式和思路,构成了一种循环。这是一种恶性循环,它的动机和效果都是非建设性的。从"净化"文艺的目标到经过"斗争"达到的结果,都旨在要把丰富复杂的、而且是习性不驯文艺,改造成为统一模式的、忠实地服务于政治的文艺。其结果只能是限制并扼杀文艺的无限生机与活力。

十

以上所述,是发生在1963—1964年之间的事。此时距离惊天动地的"文化大革命"的爆发,大约还不到两年的光景。可以说,这是那个为中国人民造成了空前灾难的"大革命"的一次预演。不同的是,"文革"的规模和范围大大地扩展了。但不论是怎样的扩大,作为预演,其模式则是相同的。人们注意到,烧起漫天大火的"文革",乃是缘起于对一部剧本的批判,新编历史剧《海瑞罢官》就这样成了草堆上的一点火星。

这次"大革命"造成的结果,要是撇去千家万户的悲剧,以及对于中国社会的灾难性后果不论,面对政治、经济、文化上的赤地千里的空漠,究其底,剩下来的,也许就是那著名的"八亿人民八个戏"的"奇迹"了。经过这一番"革命"的扫荡,中国古老的和现代的文艺成果,几乎毫无例外地受到了怀疑和否定,且不论那些中国人引为骄傲的古代灿烂的文化,就是最革命的三十年代文艺,也在这种极端主义的批判下荡涤无存。而在文学思想上的最大"收获",也许也就是那同样著名、而且极其可怕的文艺"样板化"的思想。这种思想认为,文艺创作只须套用或模仿一个既定的"样板"即可奏效——这就是由那几个"样板戏"的"实践"总结出来的、最新的经典理论。"样板化"思想的确立,作了这样无情的宣告:中国文艺已经走到了毁灭性的尽头。

要是"文革"动乱的政治动因未被斩断,就不会有所谓的七十年代后期的文艺春天的降临。对于极端主义文艺思想的清算是逐步深入的。一旦政治禁锢的枷锁被解除,特别是社会思维中的现代迷信受到质疑和否定,继五四新文化运动之后的又一次规模巨大的思想解放的闸门,就这样地被打开了。

整个八十年代都是这样洋溢着创造精神和浪漫激情的年代。政治上的拨乱反正带动了文艺上的拨乱反正。人们于是着手清理被阴谋政治破坏的气息奄奄的文艺残局。人们开始从原初起点上来审视这被狂风巨浪摧折的园地。重申文艺自身的位置和价值,提出"为文艺正名",旨在恢复被阶级斗争工具论所篡改的文艺真质。对于行政粗暴干预文艺的弊端,也提出了尖锐的批评——"管得太具体,文艺没希望"。鉴于以往数十年间文艺被外来因素所操纵的惨痛教训,于是开始省思文艺异化的原因和过程。关于文学的主体性的话题,就是这样地被提了出来。

人们怀想从"人的文学"到"文学是人学"这样一些熟悉而又变得陌生的、充满庄严感的题目,从问题的最初提出,到逆境中的抗辩,以至于它的最后的消失。思考文学在无可挽回的历史性的强暴中,如何由"人"的文学,退化为"非人"的、甚至是"神"的文学的可怖的历程。于是重新呼唤文学的人的精神,重新确定人作为创作主体和实践主体的位置,提出文学研究应以人为思维的中心的论点。这些都是文学的拨乱反正的最核心的内容,其目标在于使文学回到它原先的出发点:人的文学的重新定位。政治动乱结束之后,中国文艺界把主要的精力投放于这一为文学恢复其本来面貌、重新确认文学的价值和作用从而为文学重新定位的工作中,纠正文学蜕变的历史错误,从而结束文学被强暴的历史错误。

春天是万物复苏的季节,八十年代带给中国文学的这个春天,意味着意识形态所凝结的冻土层开始酥软、并逐步解冻。春天也是播种的季节,在变得温暖的天气里醒来的中国文学,从此也结束了长期被杀伐和相互杀伐的异常历史。

中国文学理论和文学批评在以往的数十年中,经历了充满噩梦的、让人惊恐的年月。它被破坏性的思维所统治。阶级斗争无所不在的理念,确定了从属于这一意识形态的文艺理论的神圣使命,在于从事批判和斗争。中国的文艺批评一时间成了让人望而生畏的、而且是声名狼藉的意识形态杀手。这不仅损害了文艺批评的声誉,而且,也迫使文艺批评陷入了绝境。

中国政局的改变,使中国重新回到了国际化的环境中并开始和平时期的经济建设。这给中国倍受摧残的文艺以恢复和发展的机会。所谓的新时期文学就这样地在七十年代末诞生。尽管在这个历史转折的过程中还有许多困厄和干扰,但人们都相信,那种以无情斗争为手段和目标的大破坏的时代已经结束。一个充满生机和希望的文艺建设的大时代已经降临。

进入新时期的第一个具有建设意义的文艺事件,即是围绕着"朦胧诗"和现代派问题所展开的论争和批判。有一段时间,这种讨论被纳入了政治性的批判运动之中(反"精神污染"和反"资产阶级自由化"运动都曾经将其列入),并试图对之作政治性的定性。此举受到可怕的思维惯性的驱使,看似意外,实乃必然。经过长期营造的定型化的中国文艺,突然面对这些"陌生"的异端闯入者,不免有些大惊小怪,自在情理之中。但人们因而无视这些事件所拥有的建设精神,则是一种不可容忍的偏见——把艺术问题无限提高为政治问题,这原是以往岁月人们所司空见惯的现象。一叶知秋,一个文艺现象宣告了一个时代的结束,也宣告了一个时代的开始。

从八十年代初,到九十年代末,中国文艺所拥有的生机和活力,固然是中国日益走向成熟的政治所诱发,但决定的影响却在文艺自身。本文一再强调文艺的自推动力,认定文艺思想的大解放,以及文艺争取到的相对独立性,必然会引发和激活与前迥异的创造欲望与创造热情。八十、九十年代文艺获得大发展的事实,已经证明了这一点。

    1999年8月29日,初稿写毕于北京大学

世纪留言[*]

  我相信时间本无痕迹,亦无边际。虽然日月有序,冬春有定,但纪年的设定和季节的划分,原是人类的创造。可以设想,要是没有以耶稣诞生为纪元的这个开端,那么,所谓的中世纪,以及十九、二十世纪等等也都不会存在。所谓的世纪末情结,也就不会浮现。但自从有了公元纪年的行事,人们便真的以为这一百年间发生的事件,是与这作为纪年的某一世纪有着内在的、必然的联系了。

  世界上的事由别人去说,但说我们自己的事。反观中国这一百年所发生的一切,就像真的是一个宿命,注定了就该发生似的。上一个世纪末有一个著名的戊戌运动,是一场流产的革命,被称为百日维新。这只是一个悲剧的序幕。此后,孙中山领导的辛亥革命灭了清王朝,而军阀混战接踵而至,流不尽的是国人的血。再往后,是巴黎和会的丧权辱国,引发了轰轰烈烈的五四运动。运动还不见结果,国内战争就起来了,流不尽的还是国人的血。很快就到了三十年代后期,外国侵略进来了,那是一个更大的灾难,四万万人流离失所,家破人亡,百姓的血泪更是流成了河!

  艰苦抗战,八年的卧薪尝胆,总算是迎到了重光的日子。此后呢,不,不是此后,而是紧接着又展开了一场新的国内战争,流的依然是国人的血!这场规模巨大的战事,造出了一个新政权,

---

[*] 此文据文稿编入。

却也造出了一个被切割的中国。一个完整的中国从此被一道窄窄的台湾海峡所阻隔,而且一隔就是半个世纪!从此以后,中国所有的中秋月都是残缺,中国所有的团圆夜都是离散,那台海风烟犹如一把无形的刀子,剜割着中国无数淌血的心。

然而灾难并未到头。有形的战争结束了,无形的战争接着来。那些没有硝烟的战事持续不断,一直进行到本世纪七十年代末。其中一场旷日持久的、"史无前例"的"战争"进行了整整十年,比漫长的抗日战争还要长!这些灾难造成的后果,甚至比那一场真枪实弹的战争都要严重,它是对于民族精神的空前的摧毁!

如今我们站在本世纪的落霞残照中,回望中国这百年的风云,心中充满了悲凉之感。就我个人的经历而言,天真浪漫的童年,充满幻想的青年,都是在朝不虑夕的战乱中度过的。中年饱尝了毁书焚琴、被迫停止思考的屈辱和忧患。直至劫后归来,白发已悄然出现在鬓边!

如今是,百年到了尽头,千年也到了尽头,对于有限的人生,可说是生而逢时,这真是一种幸运。正是有感于这种千载难逢的奇遇,我方才珍惜这样特定时空赐予的"世纪留言"的机会。在此弃旧图新的时刻,我真诚地祝祷饱经忧患的中国人,从今而后,人人享有一角愚昧和平宁静的天空,人们不再彼此为敌,也不再与自然为敌,愚昧不再嘲笑文明,野蛮不再欺凌高雅,法律不再干预思想。让理智战胜无知,让温情占领人间。人人都敬畏知识和真理,人人都认公理和正义为烛照新世纪的明灯和太阳。

1999年9月1日于北京大学畅春园

序《花开的姿态》*

　　这是一本抒情诗的结集,涉及爱情和友谊的吟咏,是一本纯情的诗集。作者是一位县委书记。在此之前,他已出过几本诗集,这是最新的一本。作者托我的学生陈建祖找到我,希望我能写几句读后感。已经有好几个月了,他一直等着。现在书已全部排好,就等我的文章了,只好匆忙写这篇短文以应急用。

　　我和郭新民先生未曾谋面,读他的诗,觉得他是一位感情细腻的人,他有着年青的心态,写着非常清丽的诗。诗集中有不少篇章表达着深沉的情思,热烈而又细致,如:《被一个人爱彻底》、《白色之墙》、《草地》、《白蝴蝶》等都很耐读。"那走近又走远的,肯定是你的身影,那飘远又飘不散的,肯定是你的深情"(《紫丁香》),不论距离是近还是远,那深深的情意总在缠绕在身前身后;"你是我唯一的醇酒,饮一口就不再醒来"(《给妻》),这诗句传达着痴迷的至恋。郭先生的诗质朴、清新,没有矫情,有着感人至深的沉厚。

　　郭新民先生任职的山西宁武,那里有座闻名于世的宁武关。据载,明长城依山逶迤而建,宁武关关隘已圮,两侧之长城遗址尚存。宁武我未曾访过,应当是很有古趣,而且是有着深厚的历史感的地方——秦晋大地总让人想起雄浑、厚重的情韵。本来是在谈诗,怎么谈起风景了呢?我是从郭先生的任职有感而引发的。如今的县委书记应当是相当于古时的县令,是百姓的父母官。我

---

* 此文据文稿编入。

从写诗的郭新民,想起写诗的郑板桥,郑老先生当年当过山东的潍县令。我听说新民先生还喜爱书法,那就和郑县令的习性更靠近了。我这样说,不是拿郭新民来和郑板桥比,我只是一种联想。

有人发议论说文人不宜做官,这包括对文人的行政能力的低估价、可能还包括对文人品质的高估价在内,总之,认为文人是与官场不相谐的。对此我不敢苟同。历史上很多县令都是文人出身。这些文人有的是春风得意、宦运通达的,有的则是落魄江湖、贬官流放的,但这些人不论是身处逆境还是身处顺境,在他们的任上大抵都做出了成绩,受到百姓的称赞。

究其原因,就是因为他们有文化,境界高了,知廉知耻,为官大抵清正。正如其他领域难免鱼龙混杂那样,文人的官员中也难免会有、但肯定少有寡廉鲜耻之人。这些为官的文人,因为文学的修养深厚,所以往往会十分重视辖区内人文环境的建设,特别是那些自然风物和文化遗产的承传和光大。杭州的西湖便是这样,它可以视为白居易和苏东坡的纪念碑,因为他们都当过杭州的"市长",在建设和保护这座城市方面立了大功,老百姓始终没有忘记他们。

政府在选择地方官员方面往往重视他们的行政能力,特别是他们管理经济的能力,这是对的。但我却更为重视这些官员的文化素质和文学修养。当然是二者都具备最好,既懂物质,又懂精神,具有一种综合的能力。文人从政的好处是,他懂得情感和精神的价值,他会爱护先人留下的精神财富,他不会蛮干,至少不会像"文革"中我的家乡的那些官僚那样,把西湖填了种水稻,强迫柑橘"上山",把千年古榕当作"敌人"予以砍伐!

在祝贺郭新民诗集出版的时候,我顺带讲了些关于古今文士治郡的随想,其用意是,希望我们的郭"县令"在写诗和从政方面都做出更多、更好的成绩。

1999年9月1日于北京大学

我的一些想法[*]

  我曾听人说过,福建前省委书记项南有句名言,叫"女有双珠,男有双强"。指的是,他引以为荣的四个人物,前者指当日国家排球队中两位福建籍的名将,她们的名字中都有个"珠"字;后者指闽菜的著名厨师强氏二兄弟。项南是很有眼光的,"双珠"是体育文化,"双强"是饮食文化,他能在经济之外看到文化,在物质之外看到精神,看到福建已有的和可能有的文化含量和文化潜力。项南的这种眼光能够给我们今天的思考以启发。
  福建的体育现时如何我不知道,但福建的饮食文化则略有所知。那就是作为几大菜系中的闽菜的突出地位已不复存在。在北京,鲁菜是基础,川菜以它的不可替代的特色和低廉的价位占有了很大的份额。粤菜经营的时间长,它稳固地坐在了高雅的位子上,粤菜的权威地位也是不可挑战的。在北京,其他地方菜还有潮州菜、淮扬菜、甚至还有东北大菜,惟独没有闽菜的地位。五十年代北京有一家闽菜馆,叫闽江春,在旧东安市场。闽江春门脸不大,做一些简单的福建菜,那些菜很难说有什么特色,不过是聊胜于无罢了。可是,就是这样的聊胜于无,后来也不见了。
  我说的这些当然不是闲话,这与我对于福建发展的思考有关。福建有自己的特点,更有自己的优势。与台湾隔海相望,有千丝万缕的亲情的和商业的联系是它的特点和优势,侨乡也是

---

  * 此文据文稿编入。

它的特点和优势。但还有一点,尚未被认识到、至少也是尚未被广泛地认识到的,那就是它的文化优势。它的高考全国第一的优势一直维持到"文革"开始;从城市到乡村、从小孩到老人的普通话的普及;从山区到海岛的农村体育运动的开展,在全国都是很有名的。但福建的这些文化优势并没有得到重视和充分的发挥。前面说到的闽菜在北京的没有地位——它甚至比不上那些未能列入著名菜系的那些地方菜,就是一个令人深思的问题。这当然不是福建人不聪明,而是福建人不认识自己的优势,更不善于发展这种优势。

福建人在外面世界表现得非常优秀。侨界领袖陈嘉庚、妇科大夫林巧稚、文学大师谢冰心,都是当世受到全国、乃至国际景仰的人物。他们都是家乡这块土地培育出来的。远的不说,到近代,在国势濒危中站出来一位大智大勇的林则徐、翻译《天演论》并担任首任北京大学校长的严复、国学大师并奇特地成为翻译家的林纾、还有,成为中国第一位海军部长的萨镇冰,等等。这些人物是福建的骄傲,他们集中显示了福建深厚的人文传统和文化积蕴。地处亚热带的、面山靠海的、风景秀丽的这个省份,有非常突出的文化优势,亟待我们的开发和发扬。

经济的发展是基础,但经济的发展只提供一般的和普泛的价值。而每个地区之所以引人注意和兴趣,往往是由于经济以外的原因,主要是文化的成就和特征。福建在这些方面已有所注意。去年在福州,见福州的城市建设大有起色。东西南北四个城门的方向都修起了名人的塑像。有的街道遍植榕树,我在六一路见到大马路为一棵古榕让道,真是让人感动。我们的家乡不仅是结束了"文革"期间填西湖、伐古木的愚暴,真正是回到文明建设的轨道上来了。这次家乡之行给我的是一种欣慰和惊喜的感受。

我以为福建的建设应当以它深厚的文化传统为基础,以它的文化氛围和文明清洁的高雅面貌来接纳国内外的朋友。在这方面厦门和三明是走在前面了。但仍有不足,例如前些年到厦门,见鼓浪屿就有太多的广告牌和霓虹灯破坏了那里的优美。即使是在风景秀丽的武夷山的九曲溪旁,在堪称建筑杰作的武夷山庄里,也有破坏自然景观和整体形象的令人厌恶的广告牌。这些商业性的污染应当越少越好。武夷山是非常美丽的,它应当以更为幽雅的姿态出现在人们面前。但即使是在武夷山,也留给人以相当多的遗憾。例如在幔亭山房边上盖网球场,不知是谁的主意?武夷山的导游素质不高,有的解说就很庸俗,那里出售的拙劣的字画和所标的天价,与福建的文化身份极不相称。

　　要说我对福建的"强省"有何建言,我以为继续加强与台湾同胞和海外侨胞的联系,在经济上取得更大的进步自是自然之理,但福建人绝不应枉自鄙薄,它应当把目标定在建设一个文化大省上,从心态上来一个大的调整。我这里讲的绝非大话,日本国土不大,但并不排斥它成为经济大国。同样道理,福建地面不大,但它的文化优势自不可低估。

1999 年 10 月 10 日于北京大学

清风明月下的东湖[*]

校园里浓密的树丛好像是遮天蔽日的山峰，把秋天洁朗的夜空密不透风地全给笼住了。一行人就这么行走在不见星、也不见月的林荫里。我们的"导游小姐"是王涓，一位正在攻读博士学位的女生。她在前面引路。

这是中秋节的第二个夜晚，昨夜的欢乐已经退潮。那楼前、水边、亮晶晶光闪闪的供月的红灯笼和红蜡烛，以及那漫山遍野的青春的笑语欢歌全消失了。只把这座绿得发黑的校园，留给了那些悄声细语的情侣。我们就这样行走在有点寂寞、也有点温情的校园林荫小道中。

珞珈山校区的西北边界就是东湖。东湖在这里柔柔地伸出一支手臂，把珞珈山揽在了她的怀抱。此际，东湖水轻轻地拍打着这座驰名中外的学府的楼阶和小径。可以想象，在白日里，那漪涟的湖光，映照着螺髻般的珞珈山，会是多么迷人的风景！可是，此刻没有，只有绿得发黑的树丛，以及模糊的灯影映照的、依稀可辨的林间小道。

远处传来了隐约的人语声，王涓已在湖边立定了。这原是东湖南岸的一个码头。黑暗中，有几只小船在等待着我们。船是简单的，对面两道靠椅，没有什么装饰，倒也清雅。船尾立着船家，他负责摇橹。我们身边也有桨，可划可不划，就看各人的兴致。这里的好处是没有路灯，也没有如今到处可见的烦人的

---

[*] 此文据文稿编入。

喧闹。只有依稀的波光,依稀的人影,依稀的桨声拍打着依稀的湖面。轻轻地、悠悠地、我们的三只小船就这样尾随着荡向了东湖深处。

靠近珞珈山的这一侧东湖是宁静的,它的微波轻轻地漾着。波纹是看不见的,波声也微弱到听不见。东湖仿佛是睡眼惺忪的美妇人,含情脉脉,若有所待。风,也是若有若无,而从岸边、山上吹来的桂花的香气,也是那种若有若无的、让人难以琢磨的迷离。这里不是游人密集的去处,这里被那些追逐热闹的人们疏忽了、或者遗忘了。这使我想起张岱《西湖七月半》中所描写的那些"看人的人,看看人的人",他们把真正的西湖美景留给了夜深人静后的那几个清雅之士,不觉会心一笑。

我们这三艘小船——远远这湖面也仅有这三艘小船,轻轻地摇弋着,桨橹拍打着温柔的水。没有浪,没有喧闹的歌吹,甚至也没有大声的说笑,就这样静静地、梦一般地、向着湖水黝黑的深处荡去。湖面是暗的,如黑色的丝绒,风是轻拂着的,吹动着发皱的丝绒。那丝绒缓缓地、软软地向前铺展开去,那上面闪烁着暗色的光亮,仿佛是无声地滚动着碎银。我们这才四处去寻那银光的来处。猛一抬头,一年中最圆的那轮月亮,早已悬挂在辽阔的中天!她在这一片黑色的软缎般的湖面上方,有点忧郁地、也有点孤单地、悬挂着,静静地照着我们。俗谚云:"十五的月亮十六圆。"虽然过了中秋,但我们今晚所享有的,却是一年中最圆、最明的月亮。

真应当感谢细心周到的主人,在紧张的会议的空隙里,他们为我们安排了这么诗意的节目。当然,更应当感谢的是今晚的月亮,她把最柔、也最含蓄的风景留给了我们,她似乎不再留意把这光、这亮、还有那轻轻地拂着的风赠给我们以外的别人——这辽阔的东湖的一角,今晚仅仅属于我们。

我们的船就这样静静地荡向了湖心。离岸远了,离远处那些花里胡哨的霓虹也远了,原先登船时节那仅有的一点市廛,也隐没在静静的水波中。这时只有天上的一轮明月与身边的无限清风,以及从远处的岸上飘来的淡淡的桂花的香气与我们为伴,我们就这样静静地听船家的桨拍打着水,静静地看月随船移,静静地享受着无形的风用无形的手给我们的抚慰。

如今的城市是越来越繁华了,也变得越来越喧嚣和躁动了。城市里已经没有明月,也没有清风。在城市,明月或者清风的空间已经被那些用钢筋水泥堆积起来的怪物侵占了——我们已经没有月明用以清心,我们也已经没有清风用以洗俗。她们已远远地离开了我们。我们如今只能在古人的诗中找到她们,或者只能在很少有人的地方找到她们。她们对于我们,只是记忆中的存在,或者只是诗意中的存在。"清风明月不用一钱买",这是谁在说话?这是谁的诗句?清风,明月,而且无价,这对于今天需要花钱买瓶装水喝的我们,是多大的诱惑啊!

而这一切,一切我们在现实生活中失去的,今晚的东湖都慷慨地给予了我们!这无价的清风,这无价的明月,还有这无价的人间之情和友谊!今夕何夕,有此良缘?我的同代人,比我年青的朋友,我们避开了一切俗世的烦忧,也抛却了拘谨的礼节,面对着这皎洁的月和清爽的风。东湖的这一个夜晚,我们都说了什么是不重要的,重要的是,我们拥有了这个夜晚。我相信,今宵、今世,我是不会轻易地把它忘却的了。

(1999年9月25日,农历己卯八月十六日,中秋节过后的第一夜,"全球化趋势下的文学与人"会议的与会者,泛舟于珞珈山下、东湖之上,极尽一夕之欢,如此赏心乐事,不可无记。众人兴至,议作同题散文以纪其盛。谨作附记于上。)

1999年10月10日记于北京大学畅春园

新世纪的文学命题[*]

我们正在把一个完整的一百年和一个完整的一千年置于身后。如今活着的人们都有一种幸运感——我们是迎接新世纪太阳上升的一代人。对于中国人来说,特别是对于从事人文科学的知识分子来说,告别20世纪,迎接21世纪,具有有异于其他地方人们的特别意义,这就是,它不仅是基督诞生纪元上的意义,而且具有了中国民族置身于世界格局中的特殊遭遇的意义。

仅就文学的意义而言,即将过去的中国的这一百年,是中国告别旧文学、建立新文学的一百年。这个世纪的末叶,中国有一个维新运动,与这个政治改良运动相适应的,则有一个文学改良运动。政治改革促进了文学改革,文学改革又有力地配合了政治改革。那个政治改良运动很快就失败了。那个文学改良也未取得成功。但文学改良运动的经验却被保留了下来,不论是"小说界革命"、"诗界革命"、还是"文体革命",都为中国新文学的诞生提供了准备。这一点,过去很少被人谈到,而事实却是如此。

中国旧文学有数千年的历史,旧文学的各种文体在历代的发展,均已达到非常完熟的程度。要对旧文学实行改造,并使这个改造获得成功,新文学的倡导者面对着的是一个非常强大的、既定的事实。所以,新文学的实现,有一个艰难困苦的试验和奋斗的过程。这个过程当然也包括了近代以来不成功的改良主义的实践在内。毫无疑问,梁启超提倡的新文体是五四白话文的

---

[*] 此文据文稿编入。

准备,而诗界革命的"我手写我口"则是新诗最早的尝试。

从戊戌变法到现在是一百年,从新文学革命到现在是八十年,从1949年中国当代文学的开始到现在是五十年,而改革开放开始的新时期文学到现在是二十年,这一切都是近代以来中国几代人文知识分子的亲历,也是包蕴着建设的辉煌与沉痛的失误相混合的深刻而丰富的精神历程。应当说,整个20世纪的这种经历,已成为未来世纪文学的前提,它既是即将到来的21世纪文学发展的背景,它也是21世纪文学新的起步的基础。

中国文学从上一个世纪末到本世纪末的完整的一百年的历史,是中国人在严重的忧患中为民族求生存、为社会求进步、被强国新民的愿望所驱使而寄大希望于文学这一追求的一个完整的过程。对旧文学的扬弃与改造、对新文学的创造与建设,其目的盖出于此。这种动机使诞生于本世纪初的新文学充满了理想主义的光辉和浪漫主义的激情。在浓厚的时代使命感的支持下的新文学,以它的充沛的创造热情造成了一个时代的文学辉煌。五四是一个堪称中国的文艺复兴的产生巨人和经典的时代。五四为响应时代的召唤而诞生,五四又完成了一个时代,这是中国百年文学永恒的骄傲。

但由于时代对文学的期望过殷、要求也过急切,功利性的目标使文学不由自主地沦为简单负载的工具,使它在某一时期、甚至某一相当长的时期中忽视甚至丧失文学自身的特质而造成严重的缺失乃至灾难。所以说,这是一个既造就了丰富又造就了贫乏、既造就了辉煌又造就了衰颓的文学世纪。这种错综复杂的文学史实,是20世纪对中国文学的赠予。我们正是站立在这样的交织着欢欣和苦痛、曾经拥有而又曾经失落的背景下,面对着新世纪的文学建设这样的命题。

这种际遇使中国的学术界和文学界充满了肃穆、庄严和神圣的情怀。如今我们面对的是这样的两个题目:一是消弭历史的遗憾,一是光大前人的辉煌。鉴于以往迂回曲折的历史经验,对于我们来说,至关重要的是,我们在强调文学和社会人生的关联时,务必要不遗余力地维护文学自身的特性和规律。文学无疑要在建设健全的社会和健全的人性中起到它的作用,但这一切必须以文学的方式进行,而不是以非文学方式进行。文学必须是文学,文学不是政治或其他的意识形态。在过去,我们曾经有过许多以种种名义戕害文学的事实,所幸,这一切正在或已经成为过去。

现今的中国文学正在有效地荡涤着以往那种破坏性思维的残余,文学业已开始良性的运行。行政对于文学的干预相对地少了,作家和艺术家已经能够按照自己的意愿自由地从事创作。多元共生的人文环境,已形成了对于创作自由的尊重。这是开放时代赐予中国文学的。可以预期的是,正在到来的21世纪是中国文学的建设的世纪。

如今,告别了过去的中国文学正在经受着新的、同样是异常严酷的考验。在本世纪的最后一个时段,相对程度上摆脱了政治压力的中国文学,正在开始经受着另一种意识形态的压力。无可讳言,市场经济的影响力对文学已构成强大的渗透,它的无形之手,正在有效地制约着文学的发展。它在带来更多的自由的同时,也带来了更多的不自由。金钱构成了诱惑,金钱也构成了压力。生活在未来世纪的中国作家,如何在新的环境中维护文学的独立和尊严,有效地摆脱旧的和新的诱惑和压力,有效地行使时代赋予的创作自由的权力,无疑是一个必须严肃对待的命题。

1999年10月26日于北京大学

《中国新诗三百首》序[*]

选诗取数三百首,这风气大概始自世传的"诗三百篇"。《诗经》是中国文学史上最辉煌的诗歌经典选本,自它诞生以来注家不断。据不完全统计,汉以来至本世纪八十年代末,关于《诗经》的注释、整理、研究、赏析、编选、翻译的著作,已达一千二百余部。其间毛传、郑注、孔疏等,本身也已成为经典。史传诗三百篇系孔子删诗所为,也有不同意此说的,但它作为中国最早的诗歌选本,却是没有争议的。

更为重要的是,由于这个经典选本的出现,不仅使《诗经》成为一门专门的学问,而且由此形成了一整套完整的诗学和文学理念,如"思无邪"说,"兴、观、群、怨"说,以及"发愤而作"说,等等。这说明,这个诗歌选本在历代的流行和普及并非无因,是与它独到的诗学原则和标准相联系的。可以说,由于一个诗歌选本的出现,影响了中国几千年的文学发展。

《诗经》以后,历代以三百为数的诗歌选本中,流行最广、影响最大、读者最众者,当数清乾隆年间蘅塘退士编选的《唐诗三百首》。这个选本从浩如烟海的唐诗中遴选出最优秀的名篇佳什以飨最广大的普通读者。它对唐诗的普及和传播起了很大的作用。除了《诗经》以外,中国文学史上的诗歌选本,就其影响与作用而言,很少甚至没有能与《唐诗三百首》相比拟的。究其原因,盖由于这一选本各体赅备、名家荟萃、选诗允当、少有遗珠所致。

---

[*] 此文据文稿编入。

《唐诗三百首》的编选树立了一种范式。它启示后人，一个成功的选本必须立足于一个诗歌时代的整体、把握这个时代普遍的诗歌特性，并通过选家独具慧眼的、大胆的选择以突出传达这个时代特有的艺术精神。在这里，整体的把握与独创性的眼光的结合，是取得成功的关键。《唐诗三百首》于是不仅成为一个诗歌黄金时代的缩影，而且成为产生了这一诗歌形态的伟大时代的缩影。

　　事情有了一个好的开头，大家就对"三百首"这样的选诗模式有了认同感和亲近感。这道理，一方面是由于三百首的数量适中，可以于方寸之间见浩阔壮大，也易于诗的普及和推广；另一点似乎更重要，取选诗三百有追慕前贤、效法权威的含义，希望自己的选本能像历史上的"诗三百篇"那样，选出个大家都首肯的权威性来。

　　至于把三百首的选诗模式引进到新诗中来，这风气似乎还是本世纪八十年代以后方才盛行。以往说到新诗取得的成绩，往往不那么理直气壮。特别是把新诗并置于古典诗歌的环境中谈论的时候，更显得信心不足。现今这种把新诗采用"三百首"的模式选诗，是与人们对中国新文学取得业绩的体认，以及对新诗实践的成就的肯定有紧密的联系。

　　中国新诗是中国五四新文化运动的产物。新诗的最早实践是与当日的先行者对旧诗的批判甚至对立有关。当日新诗面对的形势，甚至比当日新文学革命面对的形势还要严峻。因为在中国古典文学中，古典诗歌的发展最充分、也最成熟。在长达数千年的中国诗歌史上，已有许多伟大的和杰出的诗人为此作出贡献。他们的作品已成为不可企及的典范被保留在历史中，它们是中国文化和中国文学永远的珍宝和骄傲。而新诗在当时却是一片空白。它们之间的反差是太大了。

　　这说明，在新诗和旧诗这两个对立物之间，存在着巨大的力量悬殊。在当时，用白话文来写诗，只能是一种大胆的想象，而且几乎是一种冒险。在此之前,只有清末改良派进行过并不成功的"诗界革命"的试验可供参考。这样,白话新诗的实验者几乎是在无可比拟的巨大辉煌面前,从无到有地、轰轰烈烈地展开了。这是一个开天辟地的、气势雄大的实践——它以一个从未有过的新生,直接面对着一个历史悠久、成绩辉煌、并且达到了顶峰的巨大的历史事实!所以,对于新诗的实践者,一方面是创造的勇气和毅力,一方面则是始终存在着信心和力量的危机感。

五四新诗革命的试验,始于胡适的《尝试集》,而见端倪于郭沫若的《女神》和周作人的《小河》。随后出现了一批卓有成就的诗人和作品。白话新诗试验的成功,是新文学革命最艰苦的一场攻坚战。新诗在旧诗面前的立定脚跟,为中国的新文学革命奠定了坚实的基础。

但不论新诗取得了多大的进步,而与中国传统诗歌的博大精深相比,它始终处于弱势的状态。因此,直到新诗诞生数十年之后,在二十世纪中叶的某个时候、通过某个权威人士之口,仍然有着"迄无成功"之类的评语。这说明伴随着新诗发展的全过程,始终存在着信心和评价的问题——在新诗的上空,始终笼罩着那不可抗拒的强大的古典传统的影子。新生的实验和成熟,始终是在力量对比悬殊的环境中进行的。

但上述那种大反差的局面,由于新诗历经曲折、但却切实有力的实践得到了改变。近八十年的实践证明,新诗的取代旧诗是合理的,而且这些实践还证明,新诗也是不可替代的。新诗已被证实它与现代人、特别是现代的中国人的生活、思维和情感的内在的和必然的联系。不论新诗还存在什么样的缺憾,例如它的缺少韵律难于记诵、过于随意性的散漫等,但它已被证实它仍然是现代人传达情感、思想的最适合的艺术手段。

新诗在它的实践过程中,已经形成了它与中国现实和人的情感的诗意联系的独特表达方式,它在中国现代历史的各个阶段,也在中国社会的各不相同的环境,积累了诸多正面的经验和负面的教训。无可讳言,它在某一个时段里也曾有过大的诗学的偏离。但不可忽视的事实是,新诗在这种蒙受各种干扰的不稳定的环境中,特别是在各种社会危机中,毕竟产生了能够体现特有的时代精神的诗人,中国新诗毕竟创造了与诞生它的时代相契合的诗的追求与梦想。这情景在二十世纪即将结束的之际,更鲜明地显现出它的完整的轮廓。

这一本《新诗三百首》就诞生在这样的背景中。它是一个世纪的选择,同时也显示一个世纪的信心,它当然也体现一个世纪的诗意。据我所知,像这样的选本,原不止现在这一家。如台湾张默、萧萧标举"清明有味、雅俗共赏"原则,于1995年推出九歌版《新诗三百首》。该书分台湾、大陆、海外诸编,被余光中称为"跨海跨代"的新诗选本。像这样的"新诗三百首"尚有数种,而以九歌版的创意较精、影响也最大。

我们现时的这个选本,与目下坊间流行的选本相比,其相同之处是经过数十年时间的筛选,对新诗历史上的名家名诗的认定,大体上有了共识,多数公认的新诗杰作基本少有遗漏。另一特点就是台湾大陆不再分编,而是混成一体。本书最大的不同之处,还在于它的推举与编出是非个人性的,它采取编委投票的方式。而在编委的组成中,又是年龄、学养、艺术信念各不相同的。故它所推出的选目,可能是一种"共见"与"我见"的混合物。这也许会招来非议,但做这样的工作历来是充满了争议的。

就我个人对诗的信念而言,我在选诗的时候较为重视诗的现实感与历史深度的结合,较为重视现代精神的引入与传扬,以及较为重视个性化的艺术追求、个人创造性的才情与文采的显示。但这些是不会影响本书的面貌的,因为我充其量只有一票。

1999年10月31日于北京大学中文系

全球化趋势下的文学*

全球化已不再是一个趋势,而且正在成为不可回避的事实。全球化的大趋势产生于冷战结束之后。冷战时代的结束,改变了以往两个阵营、两种意识形态对峙的局面。不论你承认与否,一个明确无误的事实是,发达国家所代表的政治——经济体系已"不战自胜",它业已成为没有对手的力量。全球化并不是世界大同,也不是世界各民族国家间实现了平等和睦,全球化也未曾带来全球性的和平。全球化意味着另一种霸权。它的意识形态特征,是被一些好听的辞藻遮蔽了的。

除了政治的因素之外,全球化的形成也有赖于高科技的发展,这里指的是人类社会业已进入电子化时代。计算机的发明与普及,特别是因特网的开通,更为迅疾地促进了跨国的人际交流。随着英语被越来越多的人所掌握,语言的障碍也得到了一定的克服和超越。距离的缩短和边界的模糊,使原先被切割和被支离的民族文化和文学,也逐渐呈现出走向一体化的趋势。

经济的一体化带来了文化的一体化。西方所代表的价值观和文学标准,正在悄悄地影响着、并改变着我们的观念。发达国家,特别是美国和西欧的文化形态,包括一些文学话题,通过一些媒体的传递,往往成为顷刻之间的全球"共享"。我们也就是在这样的背景下接近了、也接受了文化一体化的事实。

我们正在分享全球化带来的好处,我们也正在感受全球化

---

* 此文刊于 1999 年 11 月 12 日《光明日报》。据此编入。

给予的威慑。这种威慑是潜在的、而且是越来越深刻的。当然,我们应当审慎地对待政治——经济——文化正在走向一体化这一不可抗拒的历史进程。应该说,这一进程对于中国曾经有过的自我封闭和自我禁锢,是一次扩大视野、改变心态的大解放。它改变了中国人以往对世界的无知和麻木,它结束了中国在世界的自我孤立,而进入了"对话"状态。它无形中消解了中国式的文化专制主义、以及更为深远的政治——文艺教条主义的束缚,而使中国获得了一种前所未有的自由。具体地说到中国文学的事实,这就是,我们从此摆脱了和基本终止了自二十年代以来一直不遗余力地经营着的左翼文学——革命文学——工农兵文学这种中国式的"一体化"的逻辑和实践。

全球化改变了上述那种意识形态对于文学的笼罩,从而使我们使获得一种释放。比较而言,我们如今面临的"大"的一体化的事实,要比我们原先拥有的"小"的一体化的事实更乐于为我们所接受。从这点看,我们是正在成为全球性事实的一体化的受益者。

处身于全球化大趋势中,我们当然不应忽视它所隐含的新的意识形态性。它的确带来了沟通,也是一种对话。但其背景并不平等——它代表了强势文化对于弱势文化的扩张和侵害。它的支撑点是作为基础的强势经济,这是不言而喻的。

前面说到的扩张和侵害是非武力的,是一种和平状态的演进。但这演进却是不可阻挡的。它在政治上表现为强国对于弱国的压抑和吞噬,在经济上也是一种霸权的行使。而在文化上,则表现为更为文雅的"和平的进军"——摇滚乐和的士高的进军、麦当劳的进军、微软的进军。在这种进军面前,中国固有的文化表现出全面的危机。"振兴京剧"和"唐宋古韵"的提倡,都可以看出它们背后的危机感。所以,此刻的我们,是从一种小的一体化中脱身出来,立即又投入了大的一体化的网罗之中。

个人的文学和集体的文学[*]

中国新文学的兴起与人的觉醒有关。胡适讲新文学革命的两项内容,一是"活的文学",一是"人的文学"。"活的文学"指语言工具的革新,是建设和到达"人的文学"这一目的的途径和手段。所以,新文学革命的基本内容和目标,乃是通过人的发现以建设人的文学。在五四新文化运动诞生的前夜,周作人在《新青年》5卷6号发表振聋发聩的大文:《人的文学》。这篇被胡适誉为"最平实伟大的宣言"的文章指出,新的文学"须营造一种利己而又利他,利他即是利己的生活",他把这称之为"个人主义的人间本位主义"。

可见,新文学在它的发轫期就有很高的境界,即确认文学的根本性质在于个人,文学的灵感以及创造的全过程均与个人性的感悟与劳作有关。文学当然要作用于社会和大众,但文学是生发于个人、并经由个人的心灵和情感的发酵最后通往社会和大众的。但是这一根本性的命题,却在新文学的发展途中发生了重大的变异。与中国国情密切相关的左翼思潮,几乎毫不犹豫地将文学定位于集体。这种定位导致前述那种文学的个人创造性、以及与此相关的独特的艺术个性受到严重的贬损和否定。

历史经历了弯曲终于回到了原先的起点上来,如今再谈文学的个人性已不再是异端。当今的中国作家已拥有充分的自由,能够按照自己的意愿和方式来表达个人对世界和他人以及

---

[*] 此文刊于2000年6月11日《南方日报》。据此编入。

对自身的看法,而不受或很少受到干涉。以往那种被意识形态强行遮蔽的个人终于在文学中得到突现。社会的开放和商潮的勃兴给个人和个性的发展带来了机会,这种形势也极大地影响了文学。文学写作的个人化现象于是成为九十年代文学最动人的风景。这不仅意味着文学创作的全过程均由个人自行其是,意味着作家写什么和怎么写也不必如同以往那样听命于他人。

但当前的文学的个人化倾向使文学大幅度地游离了社会关怀和公众承担。在一些作家(并非少数)那里,文学已沦为梦呓般的私语和自我抚摩,这些作家在自恋自慰的陶醉中把自己与他们所生活的社会加以隔绝。作家的这些追求要是鉴于以往"集体写作"的教训而清高自处,那也无可厚非。而事实却是,这些作家(不是所有)却几乎是无保留地以这样的"个人化"取悦于商业时代的消费需求,而对身边、窗外发生的一切无动于衷。他们对历史上曾经发生的"丧失"保持警惕自有道理,但他们对现今的秩序却失去了警惕——这原是欲望和复制的时代!欲望使个人无限地膨胀,而复制则最后地消弭了"个人"。

显然,文学不能只关心自己。杰出的和优秀的文学总是通过富有个性的艺术和风格到达社会、并作用于社会。何况,当今的社会尚有诸多的问题期待着文学的关切和思考。

1999 年 11 月 21 日于北京大学

作家的写作立场[*]

旧时的中国文人,写作为文大抵都站在为圣贤传言、以文章经国济世的儒家立场上。他们孤绝清高,虽然悲天悯人,却极少表现出与普通民众的亲和感。当然也难以表现出独立的个性特征来——历史上有过这样的文人,但为数寥寥。

这种局面到了新文学诞生以后有了改变。文学写作中出现了摆脱旧文人习气的现代知识分子的形象。个性的觉醒,民主的意识,赋予作家的写作以崭新的姿态。尽管传统文人的意识仍然大量地存在于五四新文学运动的作家之中,但通过他们的言行可以清楚地感觉到新型知识分子的品质业已出现。新文学带来了作家写作意识和作家自我选择的巨大变化。

五四时期新兴作家的写作姿态,因个人所受的教育和作家秉性的各异而互不相同。但由于中国社会处境的约定,大都站在了救国新民的立场上。那是一种不受他人指定的自我抉择。当时的整体气氛是宽松而自由的。例如初期文学研究会和创造社的成立,都是因创作的倾向的接近而实现的自然结合,而并非来自某种指令。它们互异而又互渗,但并不决绝。

五四新文学作家群体性的壁垒森严的划分,是在新兴的阶级和阶级斗争理论引进之后。那时开始按照作家写作的不同取向给这些作家以阶级立场的判定,于是出现了无产阶级作家、小资产阶级作家、资产阶级作家,等等。到后来的某一个时期,又

---

[*] 此文据文稿编入。

有"红黄蓝白黑"的划分,也都是阶级划分的变种。但那时这种阶级划分也只是一种判定,而不是一种规定。对作家的写作立场进行规定,乃是行政力量极为扩张之后的事。

从本世纪四十年代初期开始,受到意识形态的驱使,开始要求作家必须站在一定的立场上进行写作。诸如人民的立场、无产阶级的立场、社会主义的立场及党性的立场等,作家的个人立场则毫无例外地受到排斥。这些要求被认为是必要的和合理的,如不认同则可能(甚或必然)受到压力和制裁,这已是当代众所周知的事实。

经历了曲折、甚至是痛苦的过程,时代是明确地进步了。如今的中国作家虽然仍被要求、但却可以自行选择自己的写作立场,而不必担心舆论的干预。立场的争论在文学界基本不再时兴,作家完全可以按照自己的愿望确立自己的姿态,而不必听命于他人。

近期诗歌界展开的关于立场的论争,其声势相当地猛烈,但却是诗人们基于不同的审美追求自发地展开的。意识形态未曾对此施加影响,更没有如同往常那样作出要求、或给予评判。据我所知,不论是"知识分子立场"还是"民间立场",其实都是一种边缘立场,争论的双方无一例外地都是知识分子,也无一例外地都具有、似乎也只能具有民间的身份。所以说,当今诗歌界的这场争论与其说是立场之争、不如说是审美追求的差异之争。

1999 年 12 月 4 日于北京大学

女性的文学争取[*]

中国文学的女性写作,受到时代环境的极大影响和制约。近代以来,有以秋瑾为代表的"反闺阁"的写作。那些受到旧文化熏陶的女性,卸去裙钗脂粉,换上宝刀战马,以摒却性别特征为写作的目标。那是一些先觉者对于时代变革的文学回应。秋瑾的写作在那时是近于孤绝的,但却开了风气之先。

秋瑾所代表的抗争精神为新文学运动所接纳和继承。但五四却是一个崭新的开始。新文学革命初期的女性写作,其性质是新女性的写作。那时代张扬的个性解放精神,唤醒女性对于改变自身命运的思考。五四时期的女性解放思想,是与当时全社会的反对旧文化、旧道德、旧礼教的思潮相联系的。关于恋爱自由、婚姻自主、以及男女平等的主题,大量地涌入了女性写作的作品中。这些作品传达了时代女性的心声,它是五四精神的一道夺目的风景。

但是中国的环境太严酷,国势的危弱诱使文学向着救亡倾斜。这种倾斜最终也使自近代以来所积累的女性写作,消除了它的性别差异。当文学的功能被限定在只能是服务于救亡的范围,甚至当女性外在的服饰特征也被忽视时,无性别特征的"女性写作"便是自然而然的事实。这种倾斜贯穿了自三十年代至七十年代的漫长时段——其间可能有例外,但也只是例外而已。这是女性写作的异化时期。

---

[*] 此文据文稿编入。

这一异化的进程终止于新时期的开始。女性主义和女权主义的思潮进入了中国文学的视野。女性的性征受到文学写作的重视,不仅是女性外表的特征、而且深入到她们的心理、生理、包括那些最隐秘的男性很难涉及的领域。于是有了女性文学空前的发展繁荣。这是七十年代以来除了朦胧诗之外的文学的大收获。至于九十年代的女性文学,从总体上看,它无疑是继承了新时期女性文学的成果,但又提供了新的经验以及新的倾向。

新时期女性写作为反抗男性霸权所进行的努力,至今尚留给人以深刻的印象。但在当今的市场经济的笼罩下,新一代的女作家却表现出对于世俗的迎合。她们不是如同年长一代作家那样拒绝男性的趣味,而是竭力体现出配合的趋势——她们不仅不反对男性的"窥视",而且主动地"展示"。"我优秀,所以自恋且偏执","我的写作是在寻欢作乐之后"——一位现今当红的女作家这样说。她们的确展现了与她们的前辈完全不同的写作姿态。

1999 年 12 月 15 日于北京大学

《深圳周刊》"百人百言说百年"*

  这是终结封建暗夜、建立现代民主社会的一百年。殖民主义的威逼，工业文明的诱惑，民族惰性的困扰，以及连绵不绝的外战和内战。求索、奋斗、牺牲、再求索。中国在苦难中艰难而顽强地行进了一百年。标举科学民主大旗，寻求强国新民的道路，结束自我封闭，参与世界竞争，空前动乱之后的现代化抉择，终于使中国在二十一世纪的熹微曙色中看到了希望。

1999年12月31日于北京大学

---

* 此文据文稿编入。

爱读近百年史[*]

虽然这一生都在做文学方面的事,但我却爱读史书,特别是近百年以来的历史书。这大概是因为自第一次鸦片战争以迄于今的这一时期,是中国社会发生大变动的特殊历史阶段。曾经造成伟大文明的封建社会已病入膏肓,列强虎视中土,社会积弊甚多,吏治腐败,民不聊生,真是已到了生死存亡的最后关头。

社会危机使这时代的人产生浓重的忧患感,忧患促使他们满怀强国新民的热情。人们都把一己的安危置之度外,大仁大义的目标和意愿,使那些人激发了大勇、并产生大智。读这一时期的历史,常常感叹那是一个产生巨人的时代,政治的、思想的、军事的、实业的、学术的和文艺的,都有许多令我们至今尚为之气壮的人物。

也许并非那时的人格外聪明,而是大苦难和大悲哀激发着他们把生命的潜能发挥到极致。这历史充满了可歌可泣的时代风云,危难使我们感到悲哀,奋斗使我们产生激情。读这段历史,除了获得关于中国社会的知识和特殊时代精神的感知之外,还获得了关于人生价值和生命意义的启蒙。

这一时期的中国史之所以特别让人感到亲切,还由于它离我们最近,有些甚至还是我们的亲历。它是几代中国人用血泪为代价换来的,它是我们的精神财富。当下人们侈谈欢乐,我却

---

[*] 此文据文稿编入。

以为痛苦更有力量。血写的历史站在那里,它告诉我们昨日,它要我们珍惜今日。它更要我们不可忘记这一百年走过来的撒满汗水、泪水和血水的道路。

1999 年 12 月 31 日于北京大学

千年元日祝福[*]

　　仅就公元纪年算起,人类已把以往的两千年变成了历史。现在开始第三个千年的跋涉了。中国在公元的第一个千年里,便创造了至今仍令我们感到骄傲的汉唐文明。第二个千年开始的时候,宋朝立国已四十年。虽然秦皇、汉武、唐宗、宋祖等等已是昨日的光辉,但那毕竟也是一个辞采华美的时代。加上那时战事频仍,传至今日的也还有令人气壮的悲慨与忠烈。那么,中国在人类的第三个千年里,将有怎样的作为呢?

　　千年这话题是太遥远了。对我们来说,最感亲近的倒是刚刚过去的二十世纪。刚刚过去的这一百年,对于中国人来说,具有异常重大的意义。首先是,这个历史悠久的庞大帝国在这期间已沦落为殖民地和半殖民地,由此生发出全民的危机感。几代精英为救亡图存而上下求索、流血牺牲。也就是在这一百年间,中国经历了严重的内忧外患之后,开始了现代化的进程。从封闭走向开放的中国终于具备了参与二十一世纪世界竞争的条件。

　　我们已把百年的苦难放在了身后。同时我们也怀着浓重的忧患面对未来。2000年是中国的龙年。世纪初的那头睡狮,如今已醒成了一只渴望腾飞的龙!百年的梦想正在逐步成为现实。当新的一千年的第一线阳光越过天坛的琉璃瓦屋顶的时候,我们真诚地祈愿:人类从此不再互相屠杀,人类也不再破坏

---

[*] 此文据文稿编入。

自然界以及残害自然界的生灵。愿我们居住的地球恢复它的碧水蓝天。愿世界永远与和平、公正、真理、正义同在。

1999年12月31日于北京大学畅春园

千禧祝辞[*]

本世纪最后一次平安夜的颂歌唱过以后,这个给人类带来动荡又带来挑战的世纪就要庄严地落幕了。我们终于成为能够目睹新世纪辉煌日出的幸运者。记得一百年前的此时此刻,中国维新运动的先行者梁启超,经历了在日本一年多的流亡生活之后,正置身于由东方向着西方行驶的舟船之中。那时夜深人静,怒涛击打着船舷,海天无月,惟有几点寒星闪烁——"满船皆睡我彷徨,浊酒一斗神飞扬"——那是19世纪的最后一个夜晚,也是20世纪的最初一个黎明,他在波浪滔天的太平洋上写下了跨越世纪的《二十世纪太平洋歌》。哲人此夜无眠。那时的中国,犹如梁启超此时乘坐的那一叶扁舟,正漂流于万顷怒涛之中,而茫然未卜其前程。

从那时开始到此刻为止,中国的20世纪就是这样在梁启超这种有点悲凉、也有点激昂的追索中走完了它的艰难的行程。从梁启超太平洋舟中放歌的那时开始,中国的几代知识分子出于强国新民的愿望,寻求以文学的方式展现中国人为争取独立、和平、公理和正义的理想而进行的奋斗历程。从文学改良、文学革命,到革命文学、工农兵文学、直至新时期、后新时期文学,完整的一百年间,中国文学为争取自由表达的权力和维护文学自身的纯洁,以惊人的坚持和韧性的抗争写下了本世纪惨痛的

---

[*] 此文刊于2000年1月6日《光明日报》,题为《迎接新世纪祝词》,后以此题作为《回望百年》"代自序"。据《光明日报》编入。

绚烂。

近代以来的这种文学运行,画出了文学获得自由、失去自由、最后又重返自由——追求、失落、再追求的鲜明的轨迹。中国文学就是在这样类似圆圈的环行中并非重复地推展着。中国文学百年的进程,始终谋求文学与中国的社会改造以及国运宏兴这一目标的契合。令人欣慰的是,中国文学未曾有负于这一宏愿。它前进的每一步都传达着中国的忧患和中国的欢愉,百年的中国文学就是这样,成为中国为实现自己的理想和追求而奋斗的形象的缩影。启蒙和救亡、科学和民主、个性解放和民族振兴,这些命题都理所当然地融入了近代以来的中国文学之中,从而成为它的传统主题。

但文学在通往这一目标的长途中,始终面对着文学以外的异质的渗透和干扰。文学为维护自身的权力而历尽艰辛。也正是由于这样的环境,方才造就了我们如今面对的百年经典的辉煌。中国文学未曾与中国的社会兴衰和万家忧乐相脱节,这是中国文学的骄傲。但文学的天空从来是浩瀚而丰盈的:外在世界辽阔而生动,内在世界隐秘而丰富。文学既面对着悠久的历史和复杂的社会,文学也面对着人世悲欢和人生忧戚。应当认为,所谓文学的功利性,既包括文学的教化作用,也包括消闲作用。文学既教育人、文学又抚慰人。值得一提的是,我们如今的这种看似平常的认知,确实经过几代人的抗争,付出血泪的代价方才获得的。

中国文学正是在这样艰难的行进中完成了它的使命。它以文学的世纪绝唱,记述了中国的百年沧桑。文学在施加影响于社会建设和改造民心的长途中,以智慧的心灵、精致的艺术、独创性的劳作,经历了曲折、痛苦而悲壮的抗争,维护了文学的庄严,造就了无愧于时代的文学经典。它写就了一部中国知识分子的感天动地的精神历险史。它又如万花筒那样地折射出中国社会悲喜交集的众生相。

　　岁月匆匆,冬去春来。劳燕一年一度地自北向南又自南向北地飞——生命就在这样的奔忙中延续着。而在这一百年间的中国文学,也是一代接着一代如蚕吐丝般地经历着黑暗又追逐着光明,造就了中国文学的现代辉煌。那些辛勤劳作的人,有的已经离去,有的最终也将离去。而他们把优美的心灵化成了文字,它们成为历史的见证:几代人的憧憬,几代人的抗争,几代人的耕耘,几代人的收获,如今都凝结在这里了。

　　这是中国人在本世纪难忘的旅行中留下的并不轻松的记忆。它的纹理之间,艳红的是血丝,晶莹的是泪水,它是几代中国良知的精神放逐和精神漫游的诗意历史。人间一切都短暂,惟有精神永远。亲爱的读者,在这千年一遇的世纪之交,当你们跨进这座神圣的艺术殿堂之时,你们和全人类都听到了世纪祝福的新年钟声。这是20世纪文学艺术的灵魂在向你们祝福,也在向你们道别——它把未能预期的、但肯定是更加理性的和更加智慧的新的一千年留给你们去创造了。21世纪的人们,珍重啊!

1999年12月31日于北京大学畅春园

浪漫星云

此书由广东人民出版社1999年9月出版,为中国当代学院批评丛书之一种。据此编入。

总 序

谢 冕

这套丛书的几位作者都来自学院,他们中的许多人都获得了很高的学位——丛书中有好多部本身就是博士学位论文。而且,丛书的大部分作者,现在也都在大学或研究部门从事教学和研究工作。这套丛书的内容,是围绕着中国当代文学这个基点展开的,可以说是属于广义的文学批评的范畴。因此,要是对这套丛书加以概括,指称其为《蓝风筝·中国当代学院批评丛书》,应该是很切题的。既然是学院批评,而且又与"当代"有关,作为这套丛书的主编,当然也乐于把话题集中在当代的学院批评精神这一点上。

学院在中国可以称之为高等学府,是知识分子集中的地方。在全体居民文化水平普遍不高的中国,学院这地方相对集中了拥有较多知识的人才,这本身就是一道独特的风景。中国旧学也有学院的传统,那是以某一位或数位知名学者为中心建立起来的书院制度。在这些书院中,通过那种课徒授业式的讲学活动,以交流学术、传播思想。书院在中国旧时的文化交流和学术发展中,特别是在倡导独立思想和建立学派方面,曾经起过非常大的作用。现代意义的学院,源起于北京大学的前身——京师大学堂,它发端于"戊戌变法"而逐渐完善于新文化运动,是现今综合性大学的雏形。

现代的学院是新型的综合性的高等学府,与世界各国的大学体制相近。在中国,这种集中了很多知识分子的学院,往往是学术活动频繁、学术思想活跃的地方。这里也是产生新思想和新思维的场所,从这里发出的信息,往往能成为一种积极的力量,对社会产生着积极而广泛的影响。在大学里酝酿和产生的先进的思想,往往成为推动社会前进的重要的精神资源。学院以及学院里的知识分子的这种特殊地位,已为近代以来的无数事实所证实。

中国学院的这种品质,实际上是中国知识分子精神魅力的展现。学院的地位和它的实践,昭示着中国丰厚的文化传统。由于中国知识分子与中国社会的紧密联系,因而,在学院中形成的思想理念,总是能够直接或间接地、迅速或缓慢地对社会和人群产生着影响,积极地作用于现实的进步与民智的开发。

在文化未能普及的社会,学院的成员是经过严格筛选的。优秀人才的相对集中,使这里弥漫着浓厚的投入和参与意识。这种意识以表达广大民众意愿的社会理想为巨大支撑,它保留了与社会现实的密切关联。学院意识的成熟性,表现在它与社会盛衰、与民众忧乐的紧密联系上,它成为中国近现代文化最动人的一道风景。中国的知识分子很清楚自己在全体民众和整体文化构成中的这种地位,他们总乐于承载启蒙和代言的重负——当然,是通过他们所从事的工作。生活在中国具体的环境中,他们有一种被选择的庄严感。这种庄严感诱发并产生了使命意识则是自然而然的。中国的知识分子总要求自己的工作有益于人、有益于世,他们有很强烈的社会功利心。在中国,学问从来都不"纯粹"。

学院是切磋学问的地方,当然与外界有不同之处。首先是,这里所进行的一切工作都与基于个人的创造性劳作有关——而且这种劳作偏重于精神的和思想的层面。这是一个与外面偏重于务实的世界相对游离的社会。这个社会中的每一个成员都是独立的,这里的工作立足于思考的独创性,它需要最大限度地发掘一个人的潜力,使每一个人的智慧发挥到极致。这里无保留地鼓励奇思异想和与众不同。

无论是求学还是治学,其核心是探求学理。学院精神之所以能对社会产生影响,究其实,就在于它的思想理念建立在科学思辨的基础上。它不排斥激情,而激情却诞生于冷静的分析,并以坚实的理性为前提。这里所进行的一切工作都面对着具体性,事实和材料无疑是立论的根本。把这推广到治学上面来,则一切的推论或判断都应当是有根据的。不务空谈,严谨求实,是这里不可更易的律则。

学院的基本使命在于发展。它不仅是接受前人的思考成果,而且有责任推广和发展前人的成果。一代又一代的学人,并非被动地接受,总是追求以自己的加入而使历史丰富。中国学术就是在这样的精神接力赛中得到延续。在这样的环境中,每个成员都以能通过自己的思考和研究进入学术的创造性传统而引为荣耀。正是因此,我们所看到的和所理解的学院精神总与创新有关。说学院是做学问的地方,此话不错。但它是一道鲜活而浩大的长流水,靠的是源头的深远,也靠的是加入者的鲜活的输送。

回到这套丛书的话题上面来,这里集聚的几本著作涉及的内容,均立足于20世纪、特别关注于本世纪下半叶以迄于今的文学创作及文学思潮的研究观察。既然是以当代文学的观察为重点,这里当然充盈着对于现实的关注和激情,为它取得的成就,也为它曾有的失误。中国文学在本世纪所经历的一切,尤其是本世纪后半叶所经历的挫折,为近现代文学的历史提供了异常丰富的经验。时届世纪末年,文学则有亟待克服的积重和新的期待。文学需要回应生活提问的也更多。在这样的处境中,一方面,文学研究需要对以往的累积作出有效的清理,另一方面,则要以更多的毅力和锐气面对新的挑战。这无疑是当代的学院批评的严重的任务。

　　本丛书的作者大体总与北京大学有关,他们中的多数人都获得过北大的博士或硕士学位,他们是很有创造力和锐气的新一代学者。奚密教授情况略有不同,她是我的朋友,现在就职于戴维斯加州大学。她是中国当代新诗热心的研究者和权威的诠释者,她在这方面的贡献,得到国内和海外学界的公认。她的加盟为本丛书生色不少,在此,我谨向奚密教授致谢。本丛书的大量组织工作是程文超做的,我也向他表示谢意。当然,我还要代表全体作者向广东人民出版社的领导和丛书的责任编辑们致以深深的谢意。

　　1999年2月16日,旧历己卯年正月初一,于北京大学

第一编 通论:特殊时空

第一章 新时代诗歌的价值及局限

一、无可替代的发展和困阻

中国当代诗歌,指的是 1949 年以后的诗歌。它是"五四"新诗运动的继续和发展,是"五四"新诗不可分割的重要组成部分。为了研究方便,以 1949 年为标志来划分诗歌。新旧中国的概念,是政体改变的概念,并不就是诗歌时代的概念。但是,1949年产生的这场政体改变既然如此深刻地改变了中国人的命运,既然如此深刻而全面地影响着中国人的生活方式和思维方式,就不能不带给诗歌以划时代的意义。

新时代使新诗产生了新变化,这些变化使新诗开始了与过去的阶段既有联系又是独自成立的新阶段。这种新变化的基本点首先是在诗歌与现实关系的改善上,"五四"新诗运动的根本起因是,人们已经感到旧体诗词已经不能适应时代和生活的发展,它不能很好地表达人们在新生活中萌生的思想情感。变革的基本动因在于,在新的时代里诗需要寻求对于现实生活的更为合理的和密切的联系。

这种寻求,最初在文学面向社会、面向人生的主张上得到了满足。后来,在以中国诗歌会为代表的诗歌走向现实的斗争中得到了发展。毛泽东《在延安文艺座谈会上的讲话》中提出的为工农兵服务的方针,不仅完善了"五四"运动以来的切近生活的努力,而且直接地为当代中国诗歌奠定了基础。"讲话"是当代诗歌最初的、也是最主要的"设计师"。它以两部典型的诗集塑造了当代诗歌的最初形象,这就是作为史诗性的颂歌《王贵与李香香》与作为对于不合理的生活进行干预的战歌《马凡陀的山歌》。二者的相加，便是新时代的最进步的诗歌观念。这种观念，后来被明确定义为诗歌要为政治服务。在这样的观念下，诗歌不再是于社会人生可有可无的摆设，而是成为了变革和推进生活的及时而有力的工具，人们不再以单纯的享乐和审美的目光看诗歌，而是以非常实际的社会功利主义的目光看诗歌。诗歌的形象有了根本的改变：诗歌进入了生活的每一个重要的环节。它不仅成为政治旋涡中的最活跃的浪花，而且的确已成为整部"革命机器"的不可分割的部分。

当代诗歌是在表现新的生活、新的人物的直接号召下诞生和发展的。诗歌寻求自己的直接领地，那就是人们的感情世界。在新的时代里，诗歌表现新的感情，而且实践着新的抒发感情的方式。作为诗歌为政治服务的最直接的、也是最丰硕的成果，抒情诗高度地政治化了。随之而来的，是政治抒情诗这一诗歌体式的出现和日趋完善，它是一种抒发并不属于诗人自己的，直接为政治的利益和目标所激发的诗。它成为了一种最主要的诗歌体式（不是统一的，也不是单一的，而是多种样式的综合的体式）。政治抒情诗过去有过，但不曾成为如此重要的形式。政治抒情诗从出现到繁荣发展，是当代诗歌的一个极其重要的现象。

随着长期战乱的结束，加上全面开始的经济建设，为当代诗歌提供了极为宽广和丰富的题材领域。诗歌的触角伸向了过去未曾或是很少表现的范围，例如广阔范围内开始的新生活的前景，工业建设和边疆地区的风土人情的表现，开拓边疆的军旅的丰富多彩的生活，以及民众结束奴隶地位争取新的生活权利的史诗性的场面（这些场面是战争结束之后，生活开始安定的时刻，方才有可能较为从容地加以再现）。以前未曾有过的动人景象以及由此而生的喜悦和感激之情，决定了诗人要采取颂歌的方式创作，无数的颂歌题材涌向目不暇接的诗人，这就造成了歌颂新生活的热潮。歌颂的主题和歌颂的方式都有了深刻的发展。中国新诗史的颂歌时代于是形成了。它从另一侧面,展现了当代诗歌的独特形象。

尽管当代诗歌经历了长期的挫折,但它始终沿着歌颂社会生活的方向发展,而且始终试着实践并不断摸索着现实主义的道路。它无疑取得了重大的成就。对这种成就的概括的描写应当是:诗歌探索与现实生活的更为密切地结合的目的已经达到,它创造了一种与现行社会制度、时代气氛、生活实际基本上协调的诗歌形态。经过反复的试验和调整,它们彼此适应了,而且建立了某种稳定的反映与被反映的关系,不管遇到了多大的挫折,这种自觉不自觉的互相适应的诗歌与生活的关系并没有消失。

新的时代给新诗带来了新的矛盾,也正是这矛盾给当代诗歌带来了不同从前的若干基本特征。这些特征并不全是成就的说明,也许竟是弊端的症结。总之,它们是值得探索的主题,讨论当代诗歌的发展,如下三个问题是难以回避的:

(一)现实在当代诗歌中的地位。现实,指包括了各种各样的中心任务和政治运动在内。平常的和不平常的社会生活,按照当时被确认为前进的诗歌观念的要求,诗歌应当积极地面对这个现实,并且为它服务,包括为现实的政治服务。当代诗歌的历史,几乎就是诗歌为政治服务的历史。它取得了很多成就,也由此产生了许多弊端。其中最值得关注的是在高度组织起来的、而且充满了多变的政治的社会生活中,诗人面对现实如何保持一个独立的严肃的态度,力求真实地面对并再现这个现实,而不是虚假的。

(二)个性在当代诗歌中的地位。诗人和诗歌的个性特征正在衰退。一种长久流行的褊狭观念,不断地贬抑和批判具有个性特征的"自我",并把这贬抑地称之为"小我",更通过片面地鼓吹以"大我"来代替"小我",其结果是诗人的自我形象越来越模糊,抒情形象越来越趋于类型化和一般化。

（三）多样的艺术表现在当代诗歌中的地位。当代诗界习惯于把有异于它的不同的艺术表现视为异端。它有着凝固的"传统"观念,随后这种"传统"的观念又被加上民族化、群众化的光圈。最后由于古典诗歌和民歌基础论的提出,迅速地形成了一种毋庸置疑和讨论的艺术标准,对被认为与这个标准相排斥（其实未必排斥）的一切都予以排斥。在新时期以前,当代没有多样的诗歌,只有统一或逐渐走向统一的诗歌。这个时期有这个时期的"统一",那个时期有那个时期的"统一","小统一"之后有"大统一"。而且,这些走向一律的诗歌也只有一种大体统一的"风格",完全谈不上艺术流派的存在与建立。在新时期到来之前,中国当代诗歌在艺术单一化的路上逐渐退化着。

二、挫折中的艰难行进

不要奇怪这里一开始就对诗歌的现状作了"暗淡"的描写,它根据的是当代诗歌发展的事实。但需要立即说明:这并不是事实的全部,或者说,这只是事实的一个侧面。前面说过,1949年开始的当代诗歌是另一时代的诗歌,这不是随意性的判断,因为这一时代的诗歌的确出现了与"五四"前后的诗歌迥然不同的东西:诗歌表现的生活内容比以前更为广泛丰富,诗歌的题材有了新的开拓;诗歌与民众的关系更为密切;诗歌在整部"革命机器"上的重要地位更为显著;诗歌的主题有了新的发展;诗歌的抒情主人公的形象更富有时代感,当代诗歌中始终显示着一种作为社会主人公的形象;诗歌的形式有了新的拓宽,出现了新的、过去未曾尝试过的诗的形式,特别是政治抒情诗这一形式的确立和发展……更为重要的,作为一个诗的新时代的标志,当代有着属于自己时代的诗的星座,而这些星座不管存在多大的局限,却是前人无可替代的。

当1949年把中国新诗分成两半的时候,对比便自然地出现了。的确,前三十年的工作是从无到有的创造,是拓荒性的,我们前辈诗人以大勇大智的姿态用白话诗的"怪物"向着强大而巩固的旧体诗词发起攻击,战而胜之并取而代之。在这个持续甚久的抗争中出现了一长串让人难忘的、闪耀着诗的光辉的名字:郭沫若、闻一多、徐志摩、戴望舒、冯至、殷夫、何其芳、卞之琳、艾青、田间、臧克家……对比后三十年,诗歌的发展似乎十分艰难。它面临着新的障碍,想要逾越这些障碍是非常困难的。不少有成就的诗人都不得不为之辍笔或变相地辍笔,他们经历了太多的批判和冲击。

从众多的事实中直率地揭示那些阻碍新诗健康发展的症结,探索克服那些弊病的途径,目的在于冷静而清醒地估计成绩,提高前进的自信力,着眼于未来,也许可以发展得更理智,也更健全一些。我们不愿重复历史的过失。在历史面前,我们只能尊重它。我们不能要求它应该这样应该那样,我们只能说明它曾经这样曾经那样。当代诗歌的历史走过弯路,但是,它有属于自己时代的价值。对这些价值全面地加以论述是相当困难的。

久经苦难折磨而被迫停止歌唱达二十余年之久的艾青。当他从噩梦中醒来,他想到的仍然是——

　　最美的是
　　在前进中迎风飘扬的红旗

这是艾青1978年写的《红旗》里的诗句,与此同时,他写了富有斗争哲理的《鱼化石》:"动作多么活泼,精力多么旺盛,在浪花里跳跃,在大海里浮沉;不幸遇到火山爆发,也可能是地震,你失去了自由,被埋进了灰尘;过了多少亿年,地质勘探队员,在岩层里发现你,依然栩栩如生。"这首诗发表以后,有人问艾青它的意义,艾青狡黠地回答说:"这些年变成化石的人太多了。"艾青也许竟是自比。但他还算有幸,没有埋藏"多少亿年"便被发现了出来,而"依然栩栩如生"。

复生的艾青仍然是年轻的,中国老一代诗人有着十分可贵的韧性,这种韧性并不因为遭受厄运而消失。当然,与以前相比,艾青没有写出像《大堰河——我的保姆》那样深切的土地之歌,对现实生活的表现力显得疲弱。但艾青国际题材的诗却取得了超越以往的成就。50年代的《南美洲的旅行》、《大西洋》、《在智利的海岬上》,70年代的《古罗马的大斗技场》、《莱茵河流过的地方》,以及其他一些国际题材的,关于维也纳、巴黎的诗,都使艾青获得新的荣誉。他是一位国际性的诗人。

写过《王贵与李香香》的李季和写过《王九诉苦》、《死不着》的张志民,他们40年代的诗篇,记述的是那个灾难年代农民的受苦和翻身的故事,他们是送别黑暗迎接新生的诗人。来到了新的环境,他们唱着新生活的歌,张志民唱着新的"村风",写着新的《公社的人物》。而李季,他进入新生活初期的诗篇从内容到形式都作了新的改革,他以明快的旋律写着新的《生活之歌》,以及《玉门诗抄》中一些抒情短诗如《正是杏花二月天》:"正是杏花二月天,遍地麦苗像绿毡。汽车走在公路上,姑娘们锄草在地边。"展现着生活的欢快明朗的轻松情调。对他们来说,诗歌也进入了一个崭新的时代,他们已经送别了旧的人物和旧的故事。

一代新人正在以全新的姿态加入诗人的队伍。闻捷的诗是西北少数民族生活的风俗画卷,《吐鲁番情歌》等爱情诗的创作,开创了新时代的情歌的新格局——一种有着时代鲜明色泽的建立在劳动和荣誉基础上的爱情的歌谣。而两部《复仇的火焰》则是哈萨克牧民的觉醒和抗争的诗篇,以规模的宏大和色彩艳丽而言,可以说是中国新诗创作中的壮举。另一位诗人李瑛,是一位很有修养的、有才华的青年诗人,他受过正规的文学教育,接受过多方面的诗歌滋养,包括外国诗歌的滋养。他把北京大学这所中国最高学府的学院派的风气,带到了军旅,他创造了一种新的诗美:以纤细和优美的笔墨来描绘那粗犷豪放的士兵风格,并使二者有了完美的融合。李瑛在中国新诗中的贡献在于,他再现了亚洲东部的这片广阔土地上的自然风光,他总力求这种美具有时代的特征,但他的基本贡献在于捕捉它、雕刻它并力图保存这些自然风光的魅力。邵燕祥是最先用诗歌来讴歌全面展开的建设生活的诗人,而这个题材是以前所没有或极少表现的。

中国的西南边疆培养了一批青年诗人,他们大都是青年学生参军后来到四川、云南、西藏一带。在那里,他们重新找到了诗的源泉。有两股泉水滋养了他们,一股是战争结束之后,以土地主人的气概守卫边疆的亲情;一股是带着原始的神秘色彩显现在他们眼前的西南边疆的自然风光和异族生活情调。这批诗人中,有高平、杨星火、周良沛、顾工、雁翼、梁上泉、白桦、公刘……他们自然地形成了一个诗人群,他们集体创造了新的美:一种绮丽、健康、明朗,充满了朝气的在大自然中活跃着的并掌握了自己命运的中国人的浓郁情怀。

这个贡献是新诗史上前所未有的,在他们中,白桦是多产的诗人,他从西南民族诗歌中学到很多艺术技巧和艺术形象,他把这些滋养消化在自己的诗中。除了闻捷以外,白桦在沟通各民族与汉族的诗歌交流方面有着显著的成绩。他的抒情诗集《金沙江的怀念》、《热芭人的歌》和长诗《鹰群》、《孔雀》等,在大胆地吸收藏族、傣族民歌的特点而创造出独特的富有边疆特色的诗歌方面,其成绩也是过去不曾取得的。

公刘可能是当时涌现的青年诗人中最有才情也最有希望的一个,他的名篇《西盟的早晨》中的那朵奇异的云,已经被很多人认为是诗人自我的象征性形象。在那朵云身上,带着让人凛然的寒气,也带着旭日的光艳,而这光艳却又是"难以捉摸"的。公刘的出现,仿佛是升起于深山谷底的这朵云彩。可惜的是,这朵云很快就消失了。当时曾有人预言将出现一个诗歌的公刘时代,但这时代没有到来。

当然,白桦、公刘以及这批诗人中很多消失了行踪的人们,后来也都陆续归来。虽然历尽劫难,却又不忍于绝望。白桦已不再热恋于写那种色彩绮丽的抒情诗,以及情节十分丰富的民族史诗;公刘也一样,他已把南方的叶笛和北方的唢呐放在了一边,他吹出了铜号的声音。他们都在严峻的历史中陷入了沉思,写出了沉思的诗篇。正如公刘在他的《沉思》一诗里说的:"既然历史在这儿沉思,我怎能不沉思这段历史?"这些久经磨难的诗人,尤其是公刘,将在对于历史的沉思中,成为一个有着严峻思考的诗人。也许可以作出这样的判断,公刘尽管因为历史的曲折而辍笔多年,但是从《边地短歌》开始,其中主要的作品如《黎明的城》、《在北方》、《红花·白花》、《离离原上草》、《仙人掌》,以这些作品和以前的诗人相比,作为一个忠实于自己时代的诗人,是有他的地位的。

当然,最有代表性的,他们的创作影响了整个时代的,并且能够最典型地传达出这时代的气势和风格的诗人,是郭小川和贺敬之。他们诗风相近,但又是各自独立的。郭、贺二人的诗创作取得了成就,也保留了这个时代的曲折和伤痕。他们作为这一时期诗歌的代表,成就和遗憾都是可供研究的话题。同样,我们在"五四"以来的诗史中找不到第二个郭小川和第二个贺敬之,他们同样是不可重复的。

也许这时代未曾产生过那种"纯粹"的抒情诗人,即游离于政治以外的,写着根本没有想到要发表只是提供给自己或自己以外的一两人读的那种远离功利目的的诗人。然而,这责任不在诗人,当代诗人生活在政治气氛很浓的,而且"斗争"不断的社会中,他们不能够这样做。但是,他们写出的那些带有浓郁的政治色彩的抒情诗或叙事诗,却是当代诗歌实质的最好说明。以此类推,已经发生的许多诗歌现象,有时看来令人沮丧,但对于研究者来说,它们却是宝贵的和有价值的史料。举例来说,1949年以来的郭沫若的创作,有两个现象是十分突出的:第一,他热衷于在诗中写标语口号以配合各项任务;第二,他晚年大写旧体诗词。又如,自从1949年11月写了《有的人》之后,在长达三十多年的过程中再也没有超过这首诗的臧克家以及写了十多部长诗十多本短诗集,但形象零乱而不断重复,语言虽明快却不好理解的田间;再如曾经是中国最优秀的抒情诗人的冯至和何其芳,他们基本上消失了这种才能而没有在原有的成就上继续发展。其他如"大跃进"民歌、小靳庄"民歌"和"诗报告"、天安门诗歌运动等,都为当代诗歌史的研究提供了很有价值的材料。很多问题我们未作深入的研究,因此不能作出判断。

三、诗歌再生的"新的崛起"

前面说到,这里不是在对当代诗歌作着"暗淡"的描写,情况完全不是如此,我们的描写是明亮之中有暗淡,经过长久的暗淡之后,出现了明亮。中国当代诗歌为政治服务,给了自身以新的特色,也带来了一些弊端。"大跃进"极大地摧残了诗歌,"文化大革命"的动荡十年完全地葬送了诗歌。但是挽救诗歌于危亡的,却依然是从属于政治斗争的天安门诗歌运动。就是1976年4月5日的天安门运动,导致了1976年10月的粉碎"四人帮"。政治的复兴也直接导致了诗歌的复兴。从那以后,直到新诗的花甲之年——1979年,当代诗歌向我们传递确凿无疑的信息:经历了长达三十年的争取和等待,我们第一次在全国范围内和全民意识中迎接了新诗的复兴和新人的崛起。这表现在:在诗与现实的关系方面有了新的突破,人们开始从不同的侧面,以不同的方式来反映或表现现实,特别是久经动乱之后的血淋淋的现实;在诗与个性的关系方面,诗人不再隐藏自己的个性,我们看到了各自以鲜明的个性出现于诗坛的形形色色的丰富多彩的诗人;在诗的艺术表现上,统一的和单一的艺术方式正在被冲破,多种多样的、五花八门的诗形式和创作方法正在打破那种程式化的千篇一律的表现方式。

1980年5月7日《光明日报》刊出短文《在新的崛起面前》。这篇文章第一次使用了"新的崛起"的概念。"崛起"是对诗歌的道路越走越狭窄以及诗歌曾经有过的衰落而言的,而这种狭窄和衰落却是无法否认的事实。"崛起"是一种促使诗歌再生的"救亡运动"。它不是某些人凭空创造出来的东西,它是一种历史的必然。

对于这一"崛起"的含义,当时来不及详加论述,但是已有涉及。它包括了"一些老诗人试图作出从内容到形式的新的突破"在内,不是一代人在"崛起",另一代人在衰落。不能把对"崛起"的理解纳入所谓"代沟"的范畴中去。当然,代沟是存在的,"崛起"的主要的、基本的力量是青年,这也是实际的状况。但毕竟这是一批对新诗的老化和僵硬不满的人,是几代人的共同行动。当然,其主要力量来自充满冲击力的年轻的一代人。

同时,要加以阐明的是,这并不是"朦胧诗"或"古怪诗"的崛起,不少人有意作了这样描述。"朦胧"或"古怪"的诗出现过,但不是唯一的;也不意味某一流派或某一种风格的崛起,而是内涵丰富的、多样化的、从思想到艺术的革新运动。事实上,那篇题为《令人气闷的朦胧》文中提到的两首他"读不懂"的诗,都不"朦胧",更说不上"古怪"了。其中一首是杜运燮的《秋》:"连鸽哨也发出成熟的音调,/过去了,/那阵雨喧闹的夏季。/不再想那严峻的闷热的考验,/危险游泳中的细节的回忆。/经历过春天萌芽的破土,/幼叶成长中的扭曲和受伤,/这些枝条在烈日下也狂热过,/差点在雨夜中迷失方向"——

> 现在,平易的天空没有浮云,
> 山川明净,视野格外宽远;
> 智慧、感情都成熟的季节呵,
> 河水也像是来自更深处的源泉。

这首诗歌不古怪,也不朦胧,只是改变了原先诗歌中那种直白浅露的老一套写法而赋予更多的象征的意味。同时,这首典型的"令人气闷的朦胧"的诗却恰恰不是新诗人写的,写这诗的是一位和穆旦、辛笛等"九叶"诗人同辈的老诗人。文章作者章明指的"更进一步"朦胧的诗,也并不是"新崛起"的"崛起的一代"写的,作者是李小雨。在1979年之前,她已写过多年的诗。章明指责的是她的《海岛情思》中的月夜的意境:

> 岛在棕榈叶下闭着眼睛,
> 梦中,不安地挪动肩膀,
> 于是,一个青椰子掉进海里,
> 静悄悄地,溅起
> 一片绿色的月光
> 十片绿色的月光
> 一百片绿色的月光

章明的确没法"读懂"这样的诗:"通过这些形象的描绘,作者究竟要表达的是什么感情,什么思想,那是无论如何也猜不出来的。"因为文化背景不同,欣赏习惯也不同。但是至少可以说明的是,这两首诗,即使当时在多数读者那里也不是"读不懂",更不会引人"气闷"的。

即使青年人写的诗也是各式各样,并不是一律的"古怪"或朦胧。他们的追求和对诗的理解也并不相同。江河宣称"我的诗的主人公是人民","诗人应当具有历史感,使诗走在时代的前面"。张学梦也认为"诗是时代的一个音响"。他们都重视诗的时代特征,但写的却是风格迥异的诗。舒婷关心的是人与人之间的理解,她认为"人们迫切需要尊重、信任和温暖",她的呼唤是"人啊,理解我吧",她的诗追求的是人性,"对人的一种关切"。顾城追求的是"纯净的美、新生的美";梁小斌喜欢"单纯",希望他的诗歌能使读者感到"这些年来人与人之间所缺乏的友爱和温暖";杨牧宣称"我信奉现实主义,我信奉文学反映论",他认为追求"纯诗"不符合人民的利益……

1979年是中国当代诗歌史重要的一年。这一年出现了近三十年来少有的繁荣局面。这种繁荣的构成有两方面的因素:其一,新诗传统的真正恢复;其二,探索的新诗潮的兴起。这一年,有一些脍炙人口的名篇相继问世,例如叶文福的《将军,不能这样做》、雷抒雁的《小草在歌唱》、骆耕野的《不满》、舒婷的《祖国啊,我亲爱的祖国》、熊召政的《请举起森林般的手,制止》、曲有源的《关于入党动机》。写这些诗的,都是当时的青年诗人,它的确传达了这样的信息:一代活泼而有才情的新人正向人们走来,他们不仅以自己新颖的作品,而且以自己各不相同的见解出现在人们面前。

四、朦胧诗批判

不管在70年代末出现的这一现象曾经遭受过怎样的攻击和曲解,诗歌的历史将记下这重大的一笔。这一诗歌现象,诞生于中国的诗歌受到极左路线的摧残以至于濒临毁灭的时代。它是作为勇敢的反叛而诞生在那些严峻的年月的,顾城当时把自己最早的诗篇题名为《无名的小花》,并为之写了一篇"小序":"随着一个时代沉入历史的地层。《无名的小花》也变成了脉纹淡薄的近代化石。我珍视它、保存它,并不是为了追怀逝去的青春,而是为了给未来的考古学者提供一点论据,让他们证明,在20世纪60年代和70年代间,有一片多么浓重的乌云,一块多么贫瘠的土地。"

当这些话第一次被公开发表在北京一张名为《蒲公英》的小报上时,公刘为这一段内心独白而"感到颤栗"。顾城的这些内心独白,带有鲜明的抗议和挑战性。无疑,他们意识到了自己是那个阴暗时代的弃儿和叛逆者,他们的出现必然带有挑战的性质。与顾城《无名的小花》同时出现的,有舒婷的一些诗,如《致橡树》(1977),有北岛的诗集《陌生的海滩》(1978)、芒克的《心事》(1978)。

在支持这一新的诗潮上,1979年同样是值得记住的一年。这一年3月号的《诗刊》发表了北岛的《回答》,4月号又发表了舒婷的《致橡树》。原先生长在荒郊野地的小花,终于得到了一些园丁的关怀。尽管未来还有无数的挫折和艰难,而这种关怀是历史性的。《诗刊》在1979年的行动导致了1980年8月的首届"青春诗会"的举办。到了当年10月号《诗刊》,几乎以全部的篇幅刊登了一批崭露头角的青年诗人的作品。由于热心的前辈和编辑的扶植,再加上一些评论工作者的支持,中国当代诗歌的一股有力量的潮流,终于流淌在大地上了。

整个形势充满了戏剧性。新的诗潮冲击着当时平静得近乎死寂的当代诗歌界,从而引起了骚动,这是一个失去了平静的年代。一方面,有人惊恐于诗歌充满了"危机";一方面,有更多的人惊喜于诗歌勃发着生机。正是这种充满矛盾的惊呼声,把人们带到了不平静的、甚至有些冲动的历史新时期。人们面临的是一种十分反常的怪异的情景,这就是,有相当多有地位的前辈诗人对新的诗歌潮流的涌现感到不安并为此不满。他们不约而同地站到了这一诗潮的对立面上。当然不是全部的前辈都如此,但人数不少,只有少数的前辈诗人对青年持理解的和谅解的态度,他们的宽容和开明使青年一代心怀感激。但成为主流的却是严厉的责难乃至无情的攻击。

当什么是"朦胧诗"都弄不清楚的时候,有一位著名的诗人责难道:"'朦胧诗'能为人民服务吗?能为社会主义服务吗?社会主义要不要这个东西?……文艺是有阶级性的,不能因为古代有'朦胧诗'现在也就非有不可","有的人就是跟风转,一会儿这样,一会儿那样"。①另一位著名的诗人在这股新诗潮面前表现得更为激动,他写了一系列的文章批评"朦胧诗",他绝口不谈具体作品,却宣告:"它,既乏生活气息,又无时代精神,恋曲独唱,声音沉湎渺茫。学外国的'残渣'而数典忘祖,败人胃口,引读者入迷魂阵。"②在另一篇文章中,一开头它就判决:"现在出现的所谓'朦胧诗',是诗歌创作的一股不正之风,也是我们新时期的社会主义文艺发展中的一股逆流。"③更为粗暴的指责来自更为权威的诗人,他甚至对整个的青年一代做出审判:"他们对四周持敌对态度,他们否定一切,目空一切,只是肯定自己。他们为抗议而选择语言。他们因破除迷信而反对传统,他们因蒙受苦难而选择语言。这是惹不起的一代。他们寻找发泄仇恨的对象。崛起论者选上了他们。他们被认为是崛起的一代。"④在一次公开的谈话中,这位诗人甚至说:"不客气地说,这是一些诗坛的'打砸抢'派(他们在北京、福建、贵州都有),他们一面抄袭我的作品,一面又要把我送进'火葬场'。比如那首有名的诗《生活——网》,其实源自我的《火把》。原诗是'生活是一张空虚的网,张着要把我捕捉'。"⑤

一位如今不写诗,也不以诗著称的老作家,在这样的气氛中也发表了意见。他的这些意见也许是众多指责中最严重、最激

---

① 田间:《在京部分诗人谈当前诗歌创作》,《文艺报》1981年第16期。
② 臧克家:《也谈"朦胧诗"》,《文学报》1981年4月9日。
③ 臧克家:《关于"朦胧诗"》,《河北师院学报》1981年第1期。
④ 艾青:《从"朦胧诗"谈起》,《文汇报》1981年5月12日。
⑤ 艾青:《在京部分诗人谈当前诗歌创作》,《文艺报》1981年第16期。

烈的:"这种诗,以其短促、繁乱、凄厉的节拍,造成一种于时代,于国家都非常不祥的声调。读着这种貌似'革新'的诗,我常常想到:这不是那十年动乱期间一种流行音调的变奏和翻版吗?从神化他人,转而神化自我……实际上这是一种连贯的、基于自私观念的、丧失良知的、游离于现实和人民群众之外的、带有悲剧性质的幻灭过程。"①

五、认识朦胧诗

需要弄清楚的是,朦胧诗究竟是怎样一个现象,竟引来了这么多情绪激动的讨伐和宣判?究竟是什么样的倾向和力量曾经断送了新诗的生命?是那些变幻莫测的政治运动的砍伐,是那些无休止的"批判"和"整风",以及同样是无休止的要求配合这个和配合那个呢,还是一代人对于新诗进一步发展的认真的探索和实践?令人诧异的是,那些人对于至少长达二十年的诗歌变异都缄默不语,却对着"朦胧诗"及其作者充满激愤。这说明中国诗歌惰性力量的强大。同时,从反对的激烈程度来看,却正好说明了新诗在新时代的崛起有着非凡的价值。

历史造成了诗歌的倒退,历史曾经把诗推向了窄路乃至绝路。在历史的转折点上,新诗当然也要求转折。而这种要求的实现却是极其艰难的,因为它必然要求重新审议那些被歪曲的长长的历史。新诗的新的崛起,是继"五四"之后的又一次思想解放运动的产物。这次思想解放运动的最本质的特征,是在现代神学的桎梏之下作为现代人的自我意识的觉醒。现代迷信曾经把大部分的诗歌化为神的颂歌,新的崛起意味着诗歌与神学的决裂。人重新回到诗中来,人的主题重新成为诗的主题。新的崛起,实际上是汇合于整个思想解放运动的潮流中的诗歌思

---

① 孙犁:《读柳荫诗作记》,《诗刊》1982年第5期。

想内容的一次除旧布新的行动。

新诗的新的崛起,也是历史转折点上诗歌艺术的一次革新运动。如前所述,1949年宣告了一个诗的新时代,诗歌从内容到形式、从思想到艺术都有了新的变化。这种变化后来由于指导思想和理论的极端化而受到损害。新诗艺术到了60年代后期已经出现严重老化和退化的现象。词汇的单调、形象的贫乏、形式的僵硬、感情的虚假已成为诗歌的普遍性问题。新诗潮所宣称的"反传统"(不是所有人都如此宣称),其实指的是对于上述这种艺术趋于僵化的批判和革新的愿望。

当社会的思想解放,当诗歌终于抛弃了假、大、空而注重说真话,随着思想内容的扩展,艺术的革新就成为主要的问题。较早地觉察到这一问题的是雷抒雁,他指出某些说了真话的诗反映仍不强烈,究其原因,诗的"缺乏表现力"是一个重要原因。为要打破这种艺术上的封闭状态,他写下《让诗歌也来点"引进"》一文,认为"诗人必须放开眼界,来点'引进'"。他特别提到了外国诗歌,特别是那些美的诗在新诗发展中曾经起过的作用。他说:看来,为创新而"引进",将是一种趋势。不在诗的理论上打破现有的观念,诗是难以前进的。大胆地引进,大胆地抛弃老调子是完全必要的。

北岛在《百家诗会》中也说到这种艺术革新的要求以及他对这些要求的实践:"诗歌面临着形式的危机,许多陈旧的表现手段已经远不够用了,隐喻、象征、通感、改变视角和透视关系、打破时空秩序等,为我们提供了新的前景。我试图把电影蒙太奇的手法引入自己的诗中,造成意象的撞击和迅速转换,激发人们的想象力来填补大幅度跳跃留下的空白。另外,我还十分注重诗歌容纳量、潜意识的瞬间感受的捕捉。"新诗的新的崛起,要求冲破诗歌的民族自足主义,要求改变那种艺术上的闭关锁国和自我隔绝状态而走向世界。关于民族化,北岛认为:"民族化不是一个简单的戳记,而是对于我们复杂的民族精神的挖掘和塑造。"对于群众化的简单机械的理解和实践,把中国作风中国气派和群众的喜闻乐见的提倡推到极端,以及提倡用新民歌以改造和代替新诗,提倡在古典诗歌和民歌的基础上发展新诗等,都不同程度地意味着这种"隔绝"。所谓的"失去了平静",是指诗在开始的新生活面前感到了改变这种封闭所带来的沉寂和不协调的要求和冲动。

新诗的走向世界,首先要求适应这个世界。新诗的现代化更新与西方诗艺的引进和借鉴是不可避免的。作为新的崛起的一个迹象,它已体现出从思想到艺术的现代倾向。当新时代降临的时候,首先是青年人喊出了要求变革的声音,其主张就是走向世界。他们认为诗应当不断地"从封闭走向开放,从个别走向普遍,从瞬间走向永恒"。于是,他们"大胆地跨出了过去诗的园地,热情地环视着周围被长久禁锢的广大世界,并向世界顽强地介绍着自己"。他们宣告:"我们将从这里开始,走向世界。"

中国新诗正是怀着这种不平静的心情跨入了 80 年代。总的说来,动荡不安总比一潭死水要好,平静意味着停滞;不平静,彼此激动,充满论战,这正是希望的象征。

第二章　抒情形象的变异

一、从觉醒的自我到觉醒的公众

抒情形象由以自我为中心转向以社会公众为中心，构成了中国现代新诗向着中国当代新诗演变的重要标志。创造期的新诗，它从僵化的程式中挣脱出来，开始接触了活泼的自然、社会和人生，也开始无拘束地抒写觉醒的个性，不加矫饰的个人生活场景，以及纯粹属于个人的情感。在这时期，郭沫若创造了女神的形象，作为"五四"狂飙的艺术造型而长存于世。诗人置身于从封闭状态而猛然醒悟的时代，获得了自主自立的"我"的鲜明意识，第一次感到作为人的巨大力量，敢于以此向强大的黑暗世界对抗。"我"既是一切，"我"又能征服一切，那就是郭沫若的《天狗》一类诗所反复阐明的思想。最终概括到"我就是我"，这是对于封建重压下自我的被吞噬的一种强烈的反叛。

另一些人，他们的成就不及郭沫若，但他们同样创造了个性解放的自我形象。1919年的《新诗年选》中有一首黄琬作的《自觉的女子》："我没有见过他。怎么能爱他？我没有爱他，又怎么能嫁给他？"这个"自觉的女子"，就是觉醒了自我的女子。女性在新的生活面前，要求掌握自己的命运，要求自己选择的有爱的婚姻，这是从私生活方面发出的对于时代的叛逆的声音。

在这之前，中国古典诗中并没有这样觉醒的自我形象。古典诗人们总难摆脱封建知识分子孤高清逸的情趣。这些情趣在更多的场合表现为程式化的即缺少了真实血肉的苍白的形象。

刘半农曾经指出古典诗人"做假诗的大约占百分之九十八",他揭露那些做假诗的人"明明是贪名爱利的市侩,却偏喜做山林村野的诗;明明是自己没真本领,却偏喜大发牢骚,似乎这世界害了他什么;明明是处于年轻有为的地位,却偏喜写些颓唐老境;明明是感情淡薄,却偏喜做出许多恳挚的'怀旧'或'送别'的诗来……"其主要特征仍然是真实的自我的消失与隐藏。

"五四"诞生的诗的自我,从大的方面讲,它打上了觉醒时代的鲜明印记,朱自清很精当地指出了新诗的这种革命性的内在变化,他在《新文学大系诗集导言》里这样说道:"乐观主义,旧诗中极罕见,胡氏也许受了外来影响,但总算是新境界。"因此,在多数诗篇中,那自我从被麻醉的状态中苏醒过来,它在被封建主义与帝国主义所蹂躏的生活中痛苦呼唤。从小的方面看,它仿佛是从数千年蚕茧中挣脱而出,纯粹属于个人的情感与意愿,获得了一片广阔的无拘束的空间。新诗的崭新生命,就在这样一片空前自由和解放的气氛中呈现。在新诗草创的这一阶段,从诗的艺术形象的构成上,不论是郭沫若,还是更多的其他一些诗人,都有了明显的改革。例如闻一多的诗集《死水》的第一篇就是诗人真诚的《口供》。一方面,他乐于谈论自己的抱负、情操,乃至个人的喜好,他爱白石、青松和大海,还爱高山,以及"从鹅黄到古铜色的菊花",宣称"我的粮食是一壶苦茶"。同时,他又敢于揭示这个自我的矛盾,乃至于他自己认为的卑琐:

> 可是还有一个我,你怕不怕?
> 苍蝇似的思想,垃圾桶里爬。

在这里,诗人的自我是清醒、真实和独立的。上述这些诗人在不同领域所做的不同意义的贡献,同样具有价值。

随着阶级和阶级斗争学说在中国的推广,阶级意识很快地延伸到诗的国土。由于革命意识的勃兴,代表个性解放的自我形象,几乎以迅疾的速度消隐下去,而代之以意识到要摆脱奴隶地位的大众的群像。人们认为,在大海的洪流之前,小鸟般的歌唱与一己的哀乐是不协调的,甚至是可耻的。

何其芳的《预言》始于1931年,终于1937年,基本上跨越了30年代大部分的岁月。这本诗集画出了诗歌形象变迁的鲜明轨迹。在卷一(30年代初),何其芳唱的是梦里的歌:"对于梦里的一枝花,或者一角衣裳的爱恋是无希望的。无希望的爱恋是温柔的。我怀着温柔的怀念病……"到了1936年年底,何其芳已表现出鲜明的自我批判意识,他写《醉吧》,标明"给轻飘飘地歌唱着的人们"。他嘲笑那些如"寒风里的苍蝇"那样"梦着无梦的空虚"的人,而且最后把批判的锋芒指向自我:

> 我在我嘲笑的尾声上
> 听见了自己的羞耻:
> "你也不过嗡嗡的
> 像一只苍蝇!"
> 如其我是苍蝇,
> 我期待着铁丝的
> 走到我头上的声音。

新诗歌把历史性的荣誉赠予那些崛起于新的生活,明确地吹奏前进号音的诗人。田间几乎是在一片欢呼声中来到中国读者的面前。尽管他的鼓点般的诗句仍然是独特的,但是,重要的是作品的形象的变异,他不大喜欢用单数的"我",他总是讲"我们"。当艾青在《太阳》诗篇里顺口而出,漫不经心地讲"太阳向我滚来"的时候,田间,字斟句酌,用的是《自由向我们来了》:"英勇的/民族,/我们必须战斗呵!/九月的窗外,/亚细亚的/田野上,/自由呵……/从血那边,/从兄弟尸骸底那边,/向我们来了,/像暴风雨,/像海燕。"在《给战斗者》这首著名的诗中,充满生命力地跃动着的,不再是单一的或孤独的"我"的形象,而是一个粗暴的、有力的群体:"我们是劳动者,/是伟大祖国 伟大的养子啊!……/我们/曾经/用筋骨,用脊背,/开扩着——/粗鲁的/中国。"

其实艾青的"我"和田间的"我们"都代表一种群体的觉醒,而绝非个人。但是,田间无疑更为敏锐地响应了新时代的召唤。从《前茅》到《孩儿塔》,从《给战斗者》到《火把》,从《烙印》到中国诗歌会的诗人们,从《王贵与李香香》到《漳河水》……诗歌与社会进步、民族解放、人民革命的关系日益密切,从而形成了进步与革命的新诗传统。从觉醒的自我到觉醒的民众,这是一个巨大的形象的演变史。在新诗的历史上,这一划时代的变革,造成了新诗的巨大转折。当然,诗的生命由此得到了更迭。

本世纪 30 年代,中国在内忧外患中喘息。生活的严峻,呼唤着时代的旗帜与战鼓。当社会处于危亡边缘,当民众陷入苦难的深渊,生活召唤诗的女神放下华美的竖琴,拿起锋利的刀剑;吹响冲锋号音。正因为此,曾经热情地倡导过诗要有音乐美、绘画美、建筑美的闻一多,不仅转而呼唤鼓手并揶揄琴师,而且极力提倡新诗要"完全洗心革面,重新做起","要把诗做得不像诗"。潮流如此,当然要明显地冷淡了那些与当前时事政局脱节,而以自我觉醒和个性解放为特征的诗作,这是吻合于当时潮流的。

二、强调表现"重大题材"

反思这一段历史,需要辨明的是如下的观点:诗的职能是多方面的,而非单一的——不仅仅是旗帜的号召或炸弹的轰鸣。尽管在诗歌史上,这一类战斗的并为精湛的艺术所表达的诗篇,从来都呈现为辉煌的主潮,但却不能因此而排斥和取消纯粹属于个人的对于风雨的慨叹、花月的沉吟,不能总是军号与战鼓的激昂,不能总是"杀、杀、杀"、"斗、斗、斗"(当然,在特定的时期,这类诗的频繁出现是可以理解的)。作为诗,也应允许休息与消遣,以及对友谊与爱情的浅唱低吟。这些,虽非首要的,却是合理的。"我们"是前进的,但"我"也并不一定意味着后退,即使是纯粹自我抒情的"我",也并不是"非法"的。在诗的国土上,"我"是一位合法的公民。

从此往后,一种前进的观念在于认识到诗是革命斗争的一个切实的精神武器。前进之中,却也寓着隐患。那就是不自觉地削弱了诗在社会作用中的更为广泛的价值。人们不切实地把诗的功能看得过于单纯,过于直接,以至于开始驱使诗人对狭窄的题材、即所谓"重大题材"(它的对立面是渺小题材,即自我为中心的生活圈)的歌唱。在人们日常的社会生活中,有的生活内容是重大的,有的是并不重大,甚至是琐碎的。但毕竟,重大的生活是少量的和特殊的,而不重大乃至琐碎的生活却是大量的和普遍的。当诗歌强调重大题材而忽视乃至无视那些不重大题材的时候,实际上是在题材上实行少数排斥多数。于是,当代的诗歌发展,开始了不是骤然而至,但却是日益加深的狭窄。

中国诗歌发展到共和国的年代,诗人们始终不曾背离新诗革命进程中所形成的这一前进观念。几乎所有的进步诗歌中,巍然而立的,是已经获得主人公意识的公众的形象——在相当长的时期中,这种形象被概括为实际上排斥了其他民众,特别是排斥诗人自我的"工农兵形象"。由于长期的对于知识分子的歧视,以及对人为的"阶级斗争"的强调,诗人开始有意地或被迫地从诗中逃逸,他们有意地模糊乃至隐藏自我,不愿稍露痕迹,深恐因为情之所至而忘形——流露出不符合工农兵方向的"非无产阶级"情感。于是,他们宁可客观地讲故事——讲别人的故事,而不愿稍有不慎而露出属于自我的"劣根性"。林子的《给他》写于50年代而发表于80年代,就是一个证明。这究竟是一种倒退,还是一种前进,只能是希望和追求!林子在这本书里说:"我希望,我的爱情诗,将站到我们中华民族尚未完成而又万分迫切需要彻底完成的反封建的大旗下。……我愿为讴歌人的尊严、人性的美丽、人类崇高的爱拿起我的笔。"在这里,她也把爱情诗作了社会性的理解和说明。

三、自我形象的消隐

显然不能轻易否定新诗发展中前已述及的进步,但不能不看到,它是以诗中自我形象的削弱以至于丧失为代价换来的。自我形象的丧失,是造成诗歌个性的丧失的最直接的和最主要的因素。今天,人们呼吁诗人拿起雕刻刀去寻求隐蔽在冰冷的白色大理石中的"自我",决不意味着要诗背离民众而回到个人的小天地中去(当然,"小天地"也并非非法)。这种呼吁的真意在于:诗人应当不回避自我,回避自我就违背了诗的最基本的规律。

黑格尔认为"抒情诗的主体的首要条件就是把实在的内容完全吸收到他的自我里去,使它变成自己的东西。事实上真正的抒情诗人就生活在他的自我里……"诗人应当通过真实的属于"自己"的抒情以表达普遍的属于"我们"的抒情。也就是说,觉醒的"民众"应当通过觉醒的"自我"来表达。无数觉醒的自我,从不同的角度,从不同的方面刻画了独特的个性特征的诗篇,聚合起来便是一个解放的时代和民众群体的形象。前者应当存在于后者之中。别林斯基在《莱蒙托夫的诗》一文里讲:"一个伟大的诗人在谈自身,谈他自己这个'我'时,他就是谈普遍事物,谈人类……""五四"初期,新诗获得了自我,大多数诗人并没有从自我通向民众,这是前进中的缺陷;如今,诗人从自我走出来,投向了民众,这是前进;但是,因获得后者而捐弃前者,却属于前进中的倒退。

诗歌展望未来,认为未来属于觉醒了的自我与觉醒了的民众的拥抱。它的实质是完美的融合,而却以具有鲜明的自我色彩的形式表达出来。如同艾青长期所坚持实行的那样,他是独特的劳动妇女"大堰河"的一个独特的剥削阶级的儿子,但是艾青的忧郁和感伤的"我"的歌唱,却表达了中国千千万万的土地的儿子的真挚的和典型的情感。同样,在《我爱这土地》这首诗中,他仍然突出"我"的形象,抒写"我"的感情,把自己比喻为一只活着"用嘶哑的喉咙歌唱",死了"连羽毛也腐烂在土地里面"的鸟,作为一只鸟的"我",是十分悲哀的。但是,他传达的却是作为中国人民的"我们"的共同的和普遍的悲哀。

同样是归来的主题,不同的诗人通过不同的自我,表达不同的内涵和风格。流沙河表现为感伤情绪很浓郁的追思往昔;梁南表现了受到委屈和屈辱而仍不怨恨的固执和执著;赵恺呈现以自我感受为中心的复杂化的情绪组合;白桦始终不忘自己的士兵身份而抒发着充满痛苦的恋情;公刘则写着熔幽默与机智和冷峻的思考于一炉的充满哲学和思辨色彩的诗篇。50年代的诗人自我的觉醒是当代诗的大进步,自我抒情的强调改变了那种个性化完全被共性化所淹没的状况。

但这种觉醒并不属于全部当代诗。例如那时有很多"工厂诗人",但却只有一种声音一种形象。梁上泉最好的一首诗是《姑娘是藏族卫生员》,也是讲"别人"的故事而藏起自己。从《献诗》到《燕子的诗》,邵燕祥经历了一个重大的自我的复归的过程。在前一首诗中,邵燕祥笔下的燕子,体现了对于"神圣"的依附;而在后一首诗中,他却有了属于自己的惊恐和提防,这是非常典型的例子。

第三章 颂歌策略的确定及演变

一、真诚的颂歌及其歧谈

以1949年为标志的中国当代诗歌,是告别一个时代,迎接另一个时代的诗歌。创造新的神话作为一种业绩,正是颂歌主题诞生的基础。在这两个交替时代生活过的几代中国人,都不会忘记那些人们十分熟悉的歌声,他们是唱着真诚的颂歌走进新的年代的。例如"解放区的天,是明朗的天,解放区的人民好喜欢"这样的歌词,语言是质朴的,感情是真诚的。这是最早的颂歌。灾难深重的人民,衷心拥护新生活,就有了对于新生活的歌颂。很早的时候,就有了对于领袖的歌颂,他们把领袖比喻为"太阳",比喻为"大救星"。这些,在很长的时间内,都为在内地生活的中国人所接受。

50年代初期各项事业的兴旺发达,给颂歌主题的发展创造了充裕的条件。很早的时候起,诗歌中出现了对于毛泽东个人的歌颂,但是,这只是全部颂歌主题中的一个部分,并没有成为主要的、基本的或唯一的。因而,人们也都习惯,不以为怪。加上那时的颂歌多数都带着农民的质朴之感,尽管是夸张的,但还没有把人神化。例如1951年农民诗人王老九写《想起毛主席》:"种地想起毛主席,周身上下增力气;走路想起毛主席,千斤担子不知累;吃饭想起毛主席,蒸馍拌汤添香味。"他把毛泽东当做一种类似宗教力量的象征,并没有认为领袖个人能够创造翻天覆地的奇迹。至于"梦中想起毛主席,半夜三更太阳起",则纯然是自我心情的一种感应。三更半夜仍然是三更半夜,但他充满了希望,因而仿佛是升起了太阳。农民用这种颂歌表达自己对于领袖的信赖是可以理解的,只是到了60年代后期,特别是在"永远高举"和"大树特树"的气氛下,全中国只唱一种颂歌,而且只能颂一个人,把领袖形容为万能的神,甚至发展到"万寿无疆",或"红太阳"只能用在一个人身上,而用在别处,便是对于神的亵渎,事情就走向了极端。

当"五四"新诗兴起的时候,诗中的自我形象是感到了作为一个自由和自主的人的骄傲和尊严,这对于封建主义是一种挑战和反叛。到了"文化大革命"中,连那种觉醒的民众也不见了,他们在个人迷信的热潮中主动或被动地失去了自身价值的信念,从而最后失去了民众的觉醒,于是,不得不期待着重获解放之后的再一次人的价值和人的尊严的启蒙。

人们曾经把新中国成立以来的诗歌创造概括为简单的一句话:颂歌的时代,时代的颂歌。这种概括,基本上符合当代诗歌的情况。1949年以后的历史发展过程中,占支配地位的是对时代的光明的确认与推崇,这种现实造就了颂歌的生存环境和特殊地位。但是,当人们把诗歌的任务片面地说成是歌颂的时候,这就失去了它的合理性,而且不再代表真理。后面将要谈到,在很长的时期中,创作上只允许颂歌的存在,而总是排斥颂歌以外的、特别是对于社会阴暗面的批评和揭露的内容,在相当长的时期中,只能认定社会只有光明,通体的、无边的光明,而与黑暗绝缘。

舆论鼓励并由衷地喜欢听颂歌,而由衷地厌恶那种"不和谐"的声音。人们没有认识到,歌颂是需要的,抨击(不仅是对敌人,而且是对人民自身的缺点和过错)也是需要的。近三十年诗歌历史的教训是,没有把真正的赞颂与粉饰阿谀加以分辨,更没有把对社会弊端的负责的批评与恶意的攻讦加以分辨。形而上学从来认为歌颂光明一定用心良好,暴露黑暗定然不怀好意,他们认定:诗人的使命仅仅在于唱颂歌。从而把歌颂与暴露对立起来。不"歌德",便"缺德",老是"歌颂",倒是不切实际的"歌德",却使读者从它的虚伪中看到了"缺德"的品性!上述风气导致诗歌走向虚假。从60年代后期直至70年代中期,当代的社会生活完全失去了正常的规律,这个时候的诗中不仅充满着最革命的、最动听的赞美词藻,而且力图把非常黑暗的生活描绘成"到处莺歌燕舞"。现在形容那十年的诗(还有文字)用了"假、大、空"三个字,其实,核心是"假"。虚假的诗歌失去人心。只是当我们再一次获得解放,我们才能够较真实地谈论和剖析那个非常的年代。

二、思考主题的兴起

经历过那个发疯的年代的人们都难忘那一切。画家黄永玉也许感到了画笔不足以控诉和描绘那空前的黑暗,于是用诗来做武器。诗集《曾经有过那种时候》中的每一篇都是愤怒的檄文、辛辣的揭露,把变态的社会的全部丑恶漫画般地展示出来。

> 人们偷偷地诅咒
> 又暗暗地伤心,
> 躺在凄凉的床上叹息,
> 也谛听着隔壁的人
> 　　在低声哭泣。
>
> 一列火车就是一列车不幸
> 家家户户都为莫明的灾祸担心,
> 最老实的百姓骂出最怨毒的话,
> 最能唱歌的人却叫不出声音。

　　　　传说真理要发誓保密
　　　　报纸上的谎言倒变成圣经。
　　　　男女老少人人会演戏,
　　　　演员们个个没有表情。

　　　　曾经有过那种时候,
　　　　哈,谢天谢地,
　　　　幸好那种时候
　　　　　它永远不会再来临!

　　狂欢的锣鼓过后,诗人在空前的破坏所造成的满目疮痍和精神废墟面前睁开了眼睛。他们不能不思考人民的命运、社会的前途。他们知道,圣洁的鲜血招来了一群苍蝇,污秽的是苍蝇,而不是鲜血。但是,失血过多的人们终于醒来之后,挥动双手,难道仅仅是把苍蝇从眼前赶走吗?这就是邵燕祥的诗《断章》所要回答的。思索之后是行动。人们厌恶空话、大话和假话,"空话不能起动汽车,豪言壮语也不能铺路"。然而,是中国的汽车在呼唤着中国的高速公路,造就这一切的,只能是痛苦的回顾之后的断然的行动。所以,思索的动机和效果都是积极的。同样是庄严的使命,诗开始对生活的阴影进行引人警觉的抨击。这时期的经验证明,凡是庄严地行使了这一权力的诗,无不在民众中引起积极的反响。

　　诗人意识到自己的使命,这使命不仅在于庆幸"那种时候""已经过去",而是要保证它的确"不会再来临"。巨大的灾难,造成了思索的一代人或几代人。为了那灾难的永远消失,人们不能不对历史进行反思,不能不探索是什么原因造就这历史的大倒退。这样,觉醒了的诗,在空前灾难造成的事实面前,开始了深沉的思索。这些思索的诗篇一时间汇成了一个诗的思索的潮流。

三、批判的激情

在生活的惰性和麻木面前,诗人们不再沉默,他们不再容忍虚假和伪善,特别憎恶谎言。1979年5月上海有一家报社就某中学一个学生的作文《乞丐》进行讨论。报纸介绍了从民政部门了解到的材料说,进入上海市区的这些乞丐,有一部分是江苏兴化的船民,出外行乞是这些船民在历史上形成的一种习惯。这个介绍促使诗人邵燕祥写了《我们有行乞的习惯吗》,他用揶揄的口吻说,在历史上,我们不光有行乞的习惯,我们还有受压迫、受剥削的习惯,有饿时不吃饭的习惯,有冷天不穿衣的习惯——

> 有一千种新习惯。
> 有一万种旧习惯。
> 但我们就是没有
> 饱汉不知饿汉饥、
> 躺着说话不腰痛的习惯,
> 我们永远不会有
> 把良心揣在胳肢窝里
> 在人民疾苦面前闭上眼睛的
> 好习惯!

许多诗都表达了经过沉思之后的觉醒,也不乏邵燕祥这样的激愤。人们生活在一个充满了痛苦记忆的年代,由于颠颠倒倒的社会动乱,人们又生活在一个是非曲直、真理与谬误激烈争论的年代。生活所及之处,无不矛盾重重;对于一个习见常闻的事物,往往众说纷纭,莫衷一是。于世事未能忘情的诗,为人性与良知所激励的诗,不能不挺身为真理代言,它要对正确而大声疾呼,它要对谬误而直言不讳。这就构成了这一时期诗的基本特色:哲理的、思辨的及议论的色彩。这些色彩,甚至较之新诗已有历史中的任何阶段都要强烈、鲜明、深刻。它摈弃了脱离现实的廉价颂歌,而代之以在血淋淋的现实面前的深沉的思索:如,艾青的《光的赞歌》里所抒发的:

> 我们从千万次的蒙蔽中觉醒
> 我们从千万次的愚弄中学得了聪明
> 统一中有矛盾、前进中有逆转
> 运动中有阻力、革命中有背叛。

随后诗人的诸多创作中,有对于天安门前的"不屈服的星光"的义正词严的辩护,有对于企图垄断阳光的行为的正义的谴责,有对于沙漠是否将吞没北京的严肃的思忖,有一棵平凡的小草对于一个伟大女儿的同情与挚爱,更有一名以微不足道的士兵的身份为一位屡建战功的将军发出的忠告与责问……直到1975年、即新诗诞生60年的时刻,作为一个时代结束的标志:中国当代诗对于现实与历史的思索业已完全取代了过去那种盲目的颂歌。

真实的声音已经把虚假的声音从诗中予以清除。新诗当然要向前发展,但它必须沿着目前已开始的方向走下去,前进的时钟是不可逆转的。1956年年底邵燕祥因写《贾桂香》而遭到厄难,原因在于他对现实生活的干预:

> 1945年九岁的小嘎,
> 1949年十三岁的小姑娘,
> 等待她的该有多少幸福,
> 多少火热的欢乐的时光!
>
> 到底是怎样的一股逆风
> 扑灭了刚刚点燃的火焰?
> 海阔天空任飞翔的地方,

折断了刚刚展开的翅膀!

　　告诉我,回答我,是怎样的,
　　怎样的手,扼杀了贾桂香?

　　思考,发几声呐喊,呐喊未能持久,又陷入思考。思考的时代,思考的诗歌。颂歌的主题并不会断绝,但盲目的颂歌已经断绝。思考的主题一旦兴起,想禁止也禁止不住,时代要求思考。那时,邵燕祥和一代诗人刚刚开始的思考被打断了,现实的惯性并不理解,也不尊重这样的思考。人们甚至会用惊奇的眼光看待这一异常的举动,而在新的历史时期里,思考和质问显然因旧时代的结束犹如春潮般涌动。这是年轻而受难的一代人的《呼声》(李发模):"我要问,啊!祖国,在你的热土上,难道就容不下我们这样的人?啊!祖国,在你的怀抱中,难道就不该有这样的子孙?"

　　面对丑陋和贪婪,思考之后发出的是愤怒的呼喊,叶文福写下《将军,不能这样做》:"人民像春蚕抽丝那般为祖国积累财富。你有什么权利把先烈的热血,把人民对党的信赖,把劳动者辛勤的汗水肆无忌惮地挥霍!"《小草在歌唱》(雷抒雁)也是一首愤怒而真切的诗:

　　我无意说:她没想到会死。
　　不是有宪法么?
　　民主,有明文规定的保障;
　　不是有党章么?

可是,她却被枪杀了,倒在生她养她的母亲身旁。

　　法律啊,
　　怎么变得这样苍白,
　　苍白得像废纸一方;

正义啊,
怎么变得这样软弱,
软弱得无处伸张!

第四章 新诗形式问题

一、形式发展的一般规律

变革的潮流涌向诗人的时候,首先冲决的往往是形式的堤坝。唐诗的极盛与五言、七言律诗(王力先生的观点:绝句是律诗的截取)的高度完善有关,也可以说,律诗形式的革命性发展,助成了唐诗在中国诗歌史上的辉煌地位。被称为"建安时代"的诗歌兴盛期,与五言诗的长足发展及其完成不无关系。中国诗史所谓的"建安风骨",被五言诗的形式恰到好处地表现了出来。"五四"的新诗运动,最初的旗帜是"诗体解放"。朱自清说"新诗运动从诗体解放下手",胡适认为诗体的解放是新诗革命的先决条件,他说:"中国近年的新诗运动可算是一种'诗体的大解放'。因为有了这一层诗体的解放,所以丰富的材料,精密的观察,高深的理想,复杂的感情,方才能跑到诗里去。"[①]

新诗运动的早期,一些倡导者关注的多是朱自清所说的"新诗的形式运动"。除了胡适,刘半农也是一个诗体革命理论上和实践上的积极倡导者。他那时主张新诗的变革是:"破坏旧韵,重造新韵";"增多诗体"(增多诗体又分自造、输入、有韵诗外别增无韵诗三项)。

当然,这种形式变革的要求,总是由于社会生活的变革或要求变革所引起。新诗革命的先行者,当时未能指出这一点,是他

---

① 胡适:《谈新诗·中国新文学大系·建设理论集》,上海良友图书公司,1935年。

们的局限。但是,不可忽视的是,在诗歌形式的变革方面,一方面取决于内容的要求,这是根本的和主要的,但另一方面,却有着属于自身的规律,即诗歌形式的内在要求的驱动,而后一点,却为历来的论者所忽视。

诗的形式方面的发展,其基本动力,始于人们的纷繁杂乱的语音之中均齐一致的要求。乱中之齐会造成一种和谐悦耳的美感,这就促成了韵律的出现和寻求。但语言的太整齐一致又造成单调平淡,人们的欣赏习惯于是要求同中之异、律中之变。形式上自由解放的要求,冲破了格律的束缚,不同程度的散文化便渗入诗律的王国。而这种渗入固然造成丰富但最终于诗有害。赫士列特在《泛论诗歌》中说过:"散文的跛跛颠颠,突然中止,生硬和不平衡对诗想象的畅流无阻最为不利,就如高低不平的道路和跌跌撞撞的振荡打乱一个出神者的幻梦。"不同程度的散文化使诗歌再度打破平衡,"但诗歌能够使这些困难化作坦途",那便是重新用韵律来武装诗句。平衡,平衡的破坏,再平衡,这就是诗形式的律变的大体规律。

中国古典诗歌在形式上的主要特点,是由严格的格律所造成的音乐美。这种产生于音韵的美感,构成了古典诗歌在其长期发展中形成并不断完善的传统之一部分。我国古代诗歌最初的总结,是四言诗的出现及其完善,这是诗由蒙昧时期的散漫和不严谨发展到规律化的第一步。以《离骚》为代表的楚辞,是对较为工整的风雅颂为代表的四言诗的律化的打破。至此为止,中国古代诗的发展,可作自由-格律-自由的简单公式加以表述。

原始的诗歌是没有统一规格的自由体,诗经创造了并不完整的格律,而楚辞又打破这种格律。汉魏乐府是对楚辞在形式上的自由化运作的逐步收敛。而且,七言诗的形成和成熟,则是对于楚辞开始的"自由化运作"的反动。它创造了一个空前规模的严格的格律,七言律诗的完成是它的登峰造极的阶段。宋词、元曲都企图以自由的改良来动摇律化王国的根基。它们各自得到了完善的发展,但却未能最终取代它,而只是形成了彼此并立、各自发展的局面。五言、七言律绝由于长时间的发展,造就顽强的生机,轻易难以动摇。但是诗的体式上的同异、律变的客观规律是不可抗拒的。

格律化太顽固了,自由化需要用烈性炸药爆破它。清末改良主义的"诗界革命"不可能动摇古典诗词的根基,例如"我手写我口"这个纲领性的口号,便表现了它的不彻底性。"我口"并不是这样说话的,这种说法不脱文言的习性,远不如胡适在《尝试集自序》里的"有什么话,说什么话;话怎么说,就怎么说",还要加上"嘴上怎么说,笔下便怎么写"。那时,他们还不敢想象诗能够用白话来写。于是,声势浩大的和彻底变革的白话诗运动出现了。

二、新诗形式的沿替

在与古典诗浴血奋战中诞生的白话诗,其最初的特点,在于彻底摆脱格律约束的诗体解放。从冰心的《春水》、《繁星》到周作人的《小河》,使"五四"自由体新诗的发展达到了一个高峰。周作人的《小河》不仅是自由体新诗已经自立和成功的标志,而且也是新诗革命取得成功的纪念碑式的作品。

新月诗人揭竿而起,他们看不惯新诗毫无节制的自由散漫,于是要为新诗"创格"。他们主张"带着镣铐跳舞"。闻一多、徐志摩、朱湘等人在新诗的格律化方面,做出了贡献。闻一多的《死水》创造出新诗格律诗的典范。新月派的理论和实践,造出了强大的声势,对比之下,自由体诗的呼声相对减弱了。新月风行之时,虽有以戴望舒为代表的现代派,以李金发为代表的象征派企图打破新月派所追求的过于精致的韵律,但它们的力量在新月派整齐而坚定的营垒面前显得过于微弱了。但新月派越是坚定，便越是说明它必须认真面对强大的挑战，它激励着自由诗派的东山再起。这一状况，由于艾青、田间的出现，而得到了实现。

"把诗从沉寂的书斋里，从肃穆的讲坛上解放出来，让它在人民的苦难和斗争中接受磨炼，用朴素、自然、明朗、真诚的声音为人民的今天和明天歌唱：这便是中国自由诗的战斗传统。"这是绿原在《白色花·序》里的陈述。艰难战斗的40年代，团结在胡风周围的"七月派"诗人，是自由诗的忠诚实践者。他们的作品由于不是艺术的原因而长期湮没，只是由于80年代《白色花》的出版，才略为世人所知。艾青举起的散文美的大纛（在中国，这需要极大的胆识），有力地冲击着新月派惨淡经营的格律防线。艾青、田间以及一大批诗人的尝试，无疑在迎合当时如火如荼的局势。他们得到闻一多和朱自清有力的支持。自由体诗以所向披靡之势，战胜了格律诗派。这一局面一直延续到1942年的延安文艺座谈会上的讲话的发表。

解放区的诗人在"中国作风中国气派"的号召下，致力于在民歌和古典诗歌基础上建立新诗体，其代表作是李季的《王贵与李香香》和阮章竞的《漳河水》，这是一种新形态的格律化趋向。它们的出现，仍然是对自由诗以及它的理论基础散文美的强力摇撼。由于一种新理论的提倡，加上大批诗人的响应，新的主要是借鉴民歌和古典诗歌的潮流于是涌现，由此造成了一种不是统一格式而讲究韵律的诗的盛行。但有些人并不就此止步，他们渴求一种统一诗格的建立。对此，50年代、60年代之交有过热烈的讨论（直至80年代初期，臧克家还在提倡"八行体"，但响应乏人）。讨论当然不会有结果——一种新体诗的出现，从来不是靠学术讨论，而是依靠艺术实践。

以民歌和古典诗歌为基础发展新诗的理论的提出，对于诗的格律化趋向,是一种强有力的推进和支持。由于民歌和古典诗歌属于格律一类,在此"基础"上产生出来的,必然是过于讲求音韵铿锵、格式齐整的诗。这样的诗一旦数量多了,难免使欣赏者腻烦。50年代以来诗歌形式的总趋势是走向整齐和一致(精练、大体整齐、押韵的提出是这种趋势的总的概括)。

这时期有两种形式最为流行,一种是介于格律与自由之间的诗格,这是一种押韵而大体整齐的半自由、半格律诗,闻捷、李瑛实践最多。李季自《玉门诗抄》之后,亦致力于此。他取得了进展,亦可谓对于民歌体的小小的"反叛"。另一种是贺敬之、郭小川式的"楼梯式"。由于贺敬之的《放声歌唱》一类诗歌的启发和影响,许多长篇政治抒情诗都乐于采用这一格式,有的人把这种诗体视为自由体,其实不然。它仍然是具有格律性质的诗体,它不仅押韵,甚至十分讲究对称,有的通篇连写如骈文——对仗的最直接后果,就是两行之间节奏的相同或相近,例如:贺敬之的《放声歌唱》:"在农业合作社/打谷场上/正飘扬着/秋收起义的/不朽的红旗!/在基本建设的/工地上/正闪烁着/延安窑洞的/不灭的灯光!"又如郭小川的《闪耀吧,青春的火光》:"我几乎不能辨认/这季节/到底是夏天还是春天/因为/在我目光所及的地方/处处都浮跃着新生的喜欢/我几乎计算不出/我自己/究竟是中年还是青年/因为/从我面前流过的每一点时光/都是这样新鲜。"所以,这些诗只是表面上的散漫和参差,而内在结构却是相当整饬的格律诗的实质。

三、诗体僵硬化之否定

不仅由于形式,也由于内容,不仅由于艺术,也由于政治,70年代后期,整个形势在酝酿着对于过去的否定。从大的趋向说,是诗体解放对诗体僵硬化的否定。人们不仅对那种"你灿烂的历程,展现雄伟画廊;你峥嵘的岁月,谱写洪亮篇章"一类类似四

六骈体的厌烦,甚至对那些优秀诗篇的太过整齐和刻意求工的典雅精美的格律诗也表现出缺乏耐心,诸如郭小川的《秋歌》里的诗句:

啊,秋云,秋水,秋天的明月,
哪一样不曾印上我们的心血!

啊,秋花,秋实,秋天的红叶,
哪一样不曾浸透我们的汗液!

长久的阴暗所造成的心灵创伤,对于理想与前途的朦胧的认识与追求,一种萦绕心头的纠缠不清和捉摸不定的思绪,促使人们追求一种新的更为超脱的形式——他们认为,这种形式,对于业已存在的许多形式是一种丰富和多样化,不仅应当允许,而且将是有益的。于是产生了反格律化的倾向。在一些青年诗人那里表现尤为明显。如舒婷,这是一位很注重诗的民族风格的诗人,她的《中秋夜》很有格律的韵味:"海岛八月中秋,芭蕉摇摇,龙眼熟坠,不知有'花朝月夕',只因年来风雨见多。"但她并不就此顺着并不颠簸的平坦的路走下去,而是有意地打破那可能造成整齐韵律的局面:再如:

七十二名儿子
使他们的父亲的晚年黯淡
七十二名父亲
成为小儿子们遥远的记忆

这只是自然而然的节奏相近,并不经意间形成对称,但她却有意破坏韵的接近和显示,如"淡"和"远"是明摆着的,偏不用。在《暴风过去以后》里写成——

他们像锚一样沉落了

暴风雨
　　暂时取得了胜利

更多的诗人,写着无拘束的自由诗,如北岛写的《界限》:

我要到对岸去

河水涂改着天空的颜色
也涂改着我
我在流动
我的影子站在岸边
像一棵被雷电烧焦的树

至于《生活——网》,那更是一种有意的挑战。

　　新诗复兴之后的基本趋势是自由体诗的再度兴起。这是对于一个长期统治诗坛的逐渐僵化的诗歌形式的挑战。它要求冲破形成了凝固模式的"新赋体诗"以及充满了"激昂"华丽的词藻而内容空泛的"政治抒情诗",要求冲破那种半新半旧、半文半白、不今不古的陈旧的形式,特别要求反抗那已存在的由一些颇为权威的、原先写新诗如今鼓吹并实践旧诗词的力量所造成的"返祖"的现象。70年代末、80年代初在诗形式上的变革呼声,规模之大,来势之猛,是新诗历史上所少见的,可以说是一次积蕴已久的喷发。

　　要是说这属于新诗的新崛起(不是全部的内容)的组成成分,则这种崛起有利于形成真正的多样化。多样化是多年的梦想,也是新诗繁荣发展的标志。在新诗发展中,人们对于整齐与不整齐、和谐与反和谐、格律化与自由化的追求,几乎是有规律地此起彼伏、彼此交替的。现在,新诗面临着另一次以自由代替格律(或半格律)的新的趋势。

四、新诗史的三次自由体高潮

为了说明这次新运动乃是一种规律性的反映,我们可以回顾一下新诗史上自由体运动的概况。在新诗的发展中,自由体的出现或兴起总是扮演着旧有秩序的"破坏者"的角色。它往往总与重大的历史转型或思想解放的时代相联系,而且总与人们普遍地厌倦那些束缚思想的格律相联系。

新诗历史中自由体有三次大的兴起。第一次是1919年前后新诗草创时期。那时,它面对着的是严重地束缚着思想的自由抒发的旧体诗词,于是要求革命,而革命的武器就是白话自由诗。胡适是最早的倡导者,他是从旧诗词的营垒中走出来的,为着摆脱旧诗词的情调,他作过痛苦的挣扎。那时的革命目标就是甩掉旧诗格律的"诗体解放",把文言格律诗解放到白话自由体方面来。对于旧诗形成强大威胁的是当时的自由体诗的兴起。这些小诗,大体都是些"不像诗"的货色,但是一大批新诗运动的先驱者都写这样的诗。早期的康白情、周作人、俞平伯、朱自清和写了《春水》、《繁星》并随后成了"小诗运动"先行者的冰心,以及"湖畔四诗人"(汪静之、冯雪峰、应修人、潘漠华),他们形成了强大的自由诗营垒,维持着绝对的优势,将及十年,直到1926年"新月派"的出现始告衰落。

第二次自由诗高潮起于抗战的30年代后期。民族危亡关头,人们自然地要抛弃那些形式精美、音韵铿锵的格律诗而呼唤自由体。这时期的自由体诗以艾青、田间的出现而达到高潮。艾青自然地成为了这一时期诗坛的旗手,他的影响深远,如同臧克家在《五四以来新诗发展的一个轮廓》里所说:"他不但用创作实践来扩大'自由诗'的影响,他还用'诗论'来倡导诗的散文化,这在热情冲涌的抗战初期受到热烈的欢迎是势所必然。"

30年代末到40年代,以胡风创办的《七月》、《希望》杂志以及《七月诗刊》为中心,形成了实力雄厚、阵容强大的"七月诗派"。胡风的工作扩大了艾青的战绩。这一诗派中的诗人全都写自由体诗,而以阿垅、绿原、鲁藜、冀汸等成绩较为显著。到了1981年《白色花》出版的时候,绿原仍然以明确的语言说:"本集的作者作为这个传统(指中国自由诗的战斗传统)的自觉追随者,始终欣然承认,他们的大多数人是在艾青的影响下成长起来的。"

自由体诗活跃在抗战的全阶段,延续到延安以及抗日根据地,自由体诗得到了壮大和普及。《晋察冀诗抄》中的诗篇,也是以自由体诗为主。自由体诗的发展试图以街头诗的形式走向群众。那时田间倡导的街头诗,都是以自由体为形式的。例如史轮作的"在抗战里,/我们将损失什么?/那就是——/武器上的锈,/民族的灾难,/和懒骨头!"便是写在岩石上的一首自由体诗。

这次自由体诗的大发展的势头以1942年延安文艺座谈会上的讲话为标志基本平缓下来。此后,在以"中国作风中国气派"为目标的群众化、民族化方向中,自由体诗逐渐成为一种非主流的诗歌形式。进入50年代以后这种形式由于胡风事件以及艾青在"反右"中的挫折,以致被视为"欧化"和反民族传统的逆流而宣告消隐。代之而起的是我们在此后要较多加以说明的形形色色的诗的形式,但总的说来,是不给自由体诗以地位的大的趋向。

新诗60年中的最后一次诗体大解放始于1976年的天安门诗歌运动。有趣的是这个解放的最初形式,却是旧体诗词体式以及形形色色的格律诗体的大集中、大检阅,并在这个集中和检阅中向它们告别。在1976年以及1977年,为纪念周恩来逝世一周年张贴在天安门广场以及西单一带墙上的诗中,只有极少数是自由体诗,而旧体格律包括各种词牌,几乎应有尽有。这是近三十年格律诗运动的极端化。此后,自由诗开始悄悄地从酣睡中醒来,广场上和西单一带都贴出了让人耳目一新的自由体诗,江河的《纪念碑》、《我歌颂一个人》都产生于此时。

自由诗的队伍在集中。随着艾青的复出、黄永玉的崛起,以及以公刘、邵燕祥为代表的一批批被埋没的诗人的归来,加上一大批知名的和不知名的青年诗人的实践,特别是当时写出了一批著名诗篇的诗人们的实践,使自由诗的创作一时蔚为大观。这批诗人中如写过《无名河》的林希,写过《我爱》("即使我是一条鱼,也是一条前进的鱼")和《五十七个黎明》的赵恺,写过《太阳》、《老人与海》的流沙河等。

这种形势,宣告了自由诗第三次兴盛的时机业已成熟。当然,这股风气也引起一些人的敏感和担心,他们不约而同地发出了质询和警示。较早地发出警告的是尹旭的《新诗要革命》,[①]在那时,他重申:"新诗的发展道路问题,是毛主席早已解决了的。"他批评"五四"新诗"走向了'欧化'的邪路",提出"工农兵群众是国家的主人,自然也应该是新诗的主人"。到了 1980 年 11 月 23 日这位作者又在《宁夏日报》上撰文惊呼:《新诗"洋"化的路是走不通的》。显然,他把中国自由诗的复苏看成是背离传统方向的现象。到了 1979 年 7 月 29 日《长江日报》发表刘志洪的《谈诗的散文化倾向》,指责这种诗"不讲比兴不讲形象思维,句式太散,严重欧化,没有节奏,没有韵脚,甚至也没有标点,没有诗的语言"等等。随后,便爆发了著名的"懂与不懂"的争论,以及后来对所谓的"朦胧诗"的围攻。这一切,固然有多种因素,但是,人们由于看不惯这个陌生的"自由化"的怪物,而引起的自然的抗拒,这个因素几乎是难以排除的。但是,不管怎么样,新诗潮仍在发展,它正冲破惯性的束缚而逐步赢得读者。

---

① 见《社会科学战线》1978 年第 4 期。

五、多种形式并存有利于发展

这毕竟是一个良好的势头,被放逐的自由体诗的重新归来,以及更加多样化的诗歌形势的涌现,包括数十年来在那里寂寞地试验着的林庚体"豆腐干诗"的诗人也重新恢复了创作(这位坚持了数十年写这种体式的诗人,几乎每年都发表若干首)。例如他在1979年10月11日,第四届文代会期间写的《曾经》是罕见的、耐人寻味的诗篇:

> 曾经在海上鞭挞浪花
> 把一颗红心一刀剖开
> 用如霜的笔刻下名字
> 记下了青春少年时代
>
> 无声的旋律扬起风帆
> 无边的海岸浴着阳光
> 那么谁曾经这样说过
> 在风暴之中我们成长
>
> 生活的波涛山样的高
> 时代的声音海样的深
> 你不是倾听必是奔跑
> 把一页日记写上战袍
>
> 倾听吧历史正在咆哮
> 从四面八方吹起号角
> 难道是真的已经老了
> 像一只苹果熟了烂掉

> 那么谁又会这样说过
> 不知道明天将是什么

这一切,都是令人鼓舞的,理论界的责任不是当这些"怪物"出现的时候惧怕它、赶走它、消灭它,而是要因势利导,竭力把历史上业已形成的多形式的实践肯定并保留下来。在诗的形式上,应当是共存共荣,而不应当是你死我活。一个时代可以有一个时代的风尚,但是,诸种形式并存,必然有利于互相竞争并促进诗的发展。

长久的形而上学统治,造成了批评风气与欣赏心理的畸形发展。在此之前,被谑称为"朦胧体"的诗乍现,有些人仅仅因为不习惯而目之为异端,想通过"引导"以淹没它;在此之后,"朦胧体"似乎获得了生机,并在繁衍中,一种潮流兴起了,似乎又造成了不如此不足以为诗的空气,这当然也并非正常。诗可以"朦胧",但不必大家都"朦胧",也允许"明白如话"和各样各式、五花八门,当然,这一切的前提是:诗必须是诗。

一切认真的艺术实践都不要停止。不要强人之难,自己也不要勉为其难,照自己喜欢的样子去写便是。探索不仅是宽广的,而且应当是自由的。

第五章 当代政治对诗歌发展的制约

一、诗为政治代言

贺敬之在为《郭小川诗选》英文本写的序言中说过:"打开在读者眼前的这本诗集,是一本不能用平静和闲适的心情来阅读的书。它没有一篇一章可供人消遣,更没有一声一韵能助人安眠。它是晨钟,是号角,是战鼓。"这一段话,可以概括中国内地50年代以后普遍的诗歌观念,也可以概括诗歌在新的社会环境中所处的地位:诗歌在社会生活中得到了空前的强调,它总为政治代言,总被要求于充当政治发言人的角色。"供人消遣"和"助人安眠"的作用不仅得不到强调,而且是受到抑制和不被认可的。长期以来,诗歌履行着为政治服务的职责。这种诗歌从属于政治需要的处境,人们没有怀疑也不能怀疑。

没有或极少纯粹抒情的个人化的诗。所有的抒情诗几乎都不同程度地成为政治抒情诗。这种状况,也只是到了80年代方才开始松动并有所改变。这构成了当代诗歌的一个极其重要的特色,当代诗歌发展的许多问题莫不与此密切相关,可以说,政治对于当代诗歌的发展起着决定性的影响。诗歌的为政治服务,密切了诗歌与现实生活的关系,使诗歌的现实感和时代精神得到强化,以至于使诗能够成为整个政治形势的发展变迁的形象的记录。但是,诗歌排斥"供人消遣"和"助人安眠"的作用,而只是紧跟政治运动和中心任务和愈演愈烈的"阶级斗争"后面,却影响了诗的发展并严重地摧残了诗的声誉。正是因此,一些人对传统观念常常表现出一种不驯的姿态,他们就如孙绍振《新的美学原则在崛起》所说"不屑于作时代精神的号角,也不屑于表现自我感情世界以外的丰功伟绩"。

诗歌不可能与政治无关,一切的文学艺术也不可能摆脱政治的影响。进步的诗歌总是和进步的理想连接在一起。从前进的观念看:优秀的诗人,总关心社会的命运,他不会对他所处的时代淡漠乃至麻木。

在诗与政治的关系中,产生毛病的原因往往在于取消诗的独立性而使之沦为政治的附庸。有什么样的政治运动就要求有相应的诗歌配合它,而且这种配合是无可选择的和直接的,甚至是不论事件的大小,大至一个大的运动,小至一颗"红色卫星"上天、某一次会谈公报的发表(1958年8月《诗刊》就有专辑刊登阮章竞、楼适夷、臧克家、邹荻帆、晏明、王亚平、陈伯吹等欢呼《毛泽东赫鲁晓夫会谈公报》的诗作。1958年7月《诗刊》发表《支持阿拉伯各国民族独立运动增刊》,有郭小川、冰心、田间、萧三、力扬、阮章竞、光未然、冯至、袁鹰、卞之琳、丁力、王亚凡、李广田、沙鸥、陈伯吹、楼适夷、刘岚山、管桦等诗人的"支持诗")都有相应的诗歌作出各种各样的表态。

有两点情况是值得注意的,50年代以来政治运动接连不断,加上经济建设以及广泛的社会运动的发动和开展,诗歌经常处于各种各样的"紧密配合"和"闻风而动"的状态中:庆祝、欢呼、批判、声讨,各种各样的宣传和表态,使诗歌承担着力不从心的重负,而且几乎使它无暇他顾,例如以比较从容不迫的心情表现生活所带给人们的内在情感的变化等。此时的诗歌局面看起来热闹,实际上由于政治充填着诗歌,使它的路子越走越窄。另一方面,政治上变动过大,即使在当时看来是十分重大的事件,事后往往失去了价值,许多以此为题材的诗也因而失去了意义。

前面提到的当代两位最重要的诗人在以诗歌为政治服务方

面都是极好的例子。从五六十年代的诗创作来看,贺敬之几乎是不对重大政治主题以外的题材写作的诗人。他的诗虽写得不多,却在诗中保留当代重大政治事件的素材最多,他总是每隔一个阶段就对当代的政治生活做一次总的概括。几首重要的长诗:《放声歌唱》、《东风万里》、《十年颂歌》、《雷锋之歌》都是为政治服务的长篇政治抒情诗。和《雷锋之歌》等一样,《中国的十月》和《八一之歌》也都是献给重大政治事件的。他的诗的长处在于密切配合着政治宣传,其缺憾也在于太接近政治。例如1959年写的《十年颂歌》中:"在我们大跃进的万马丛中,有那么几个'心病'患者,有那么几个'好龙'的叶公——强大的东风使他们捧心闭眼,群众运动的火焰使他们肉跳心惊——什么'得不偿失'呀,什么'太快、太狂'……一样的现实,两样的眼睛。"显然,正确的不是批判者,而是这里被批判的那双眼睛。这对诗的声誉而言,就不能不构成损害。正是因此,贺敬之在他的诗选自序中说:"我曾用真情实感去歌颂光明事物——我们的党、人民和社会主义祖国,是应当做的。但是另一方面,我还必须说:我对社会主义事业的理解是太肤浅,太幼稚了,对我们生活中的矛盾的认识是过于简单,过于天真了。"这些话的后面,包含着很多沉重的意思。他在进行了这样的反顾之后还指出,《十年颂歌》中"关于庐山的那段批判的文字还是错误的……这一篇中的这一整版,我不能不以负责的心情把它删除"。

《中国的十月》是贺敬之被迫长久停笔之后的第一首诗,全诗表现的是粉碎"四人帮"这一重大政治事件,中国人重获解放的欢欣。但是由于他大量地引用当时的政治术语以增强它的政治性,时过境迁,许多术语如今已经弃置不用,已经过时或变得不正确了。这些变化也使得这首诗的价值发生了变化。例如该诗第一段就是这样开头的:"1976年——中国的10月。历史的巨笔,将这样书写:无产阶级继续革命的又一重大战役,文化大革命新的光辉一页！"这第一笔当时觉得是对的,现在看来,这第一笔便不对。又如另外一段:"阶级斗争啊,没有熄灭。资产阶级就在共产党内,对骗子啊,必须识别","走资派还在走,路线斗争啊,复杂激烈。前途光明,道路曲折。无产阶级必须继续革命啊,——毛主席就是这样为我们写下不朽的总结"。由于他太直接也过多地引用当时流行的政治口号,而这些口号并不长久,也使他的诗变得不长久了。

郭小川更是一位充满政治热情的诗人。他自述他的诗歌创作动机,就是要"以一个宣传鼓动员的姿态,写下一行行政治性的句子",就像战争年代"写动员标语一样"。他始终以一个战争的歌者而自豪,而且始终坚持"斗争的文学"的信念。郭小川几乎每个政治运动都写诗。1955年"反胡风"斗争,他写《某机关有这样一位青年》。诗前序里谈到:"胡风反革命集团分子中,有许多别有来历的人物。这里说的是一个新上钩的胡风分子的故事……"最后说:"读者啊,故事我实在不能再讲下去了,我的心为无穷的愤怒填得满满。我只能说:我们要声讨胡风集团,更要记住这青年怎样陷进罪恶的泥潭!"这首诗,随着时光的流逝而理所当然地流逝了。1957年"反右派"斗争,他又写诗配合。在《发言集》中他宣称不是写诗,而是要以"语言的子弹""瞄准反党分子"。在这样做的时候,郭小川表现了矛盾和痛苦的心情。在《发言集》中他说:当我瞄准你们30年代左右的共产党员时,老实说:我的心痛苦而又颤惊。

像贺敬之、郭小川这样的经历,在中国内地诗人中并不是个别的,而是一种普遍的现象。令人悲哀的是这样热衷于宣传政治的诗人,政治并没有保护他,而是使他为政治付出代价。他们都受到过"文化大革命"的磨难。在"文化大革命"中,郭小川政治热情依旧,1970—1971年,他在北京和湖北农村写出了歌颂毛泽东横渡长江的《万里长江横渡》的初稿,1973年公开发表。

"这首政治抒情诗,从头到尾,都熔铸着诗人对毛主席的无限崇敬。正是毛主席关于无产阶级专政下继续革命的伟大理论和伟大实践,为社会主义历史阶段验明了从大风大浪中发展的道路,把亿万群众引上了继续革命的征途。"[①]但就是这样一首诗,却被说成是"为林彪招魂","是地地道道的反革命宣言书"。1974年郭小川被宣布重受"审查",而且被遣返干校继续改造,直至"四人帮"倒台。他一直没有正式工作,最后丧失了生命。他一生以诗为政治服务,但并没有得到政治对他的宽容。瞬息变幻的政治形势,产生了许多富有戏剧性的情节。

公刘的遭遇,也是其中一幕。他于1957年8月发表《我们的生活向右派宣战》。在那时,他正义地宣告,中国将"沿着'社会主义的大道向前飞奔'","这是历史的判决,这是生活的答案,这是人民的声音"。而诗人则要"抛一本新的诗集到你们面前,向你们宣战"。而事实却是,不仅这本诗集没有抛出来,他自己却成了他所批判的"右派",并被革命队伍"抛"了出来。

与公刘的故事有关的还有老诗人公木。1957年10月《星星》发表文章《公木支持了什么》,该文批判公木的《怀友二首》,指出该诗"对党所抱的态度可用三个字来说明,即怨、怒、恨","怨者,怨党之不明;怒者,怒党之不公;恨者,恨党之不情"。但公木还在挣扎着,他于1958年1月《诗刊》发表《公刘近作批判》以求表明心迹,但却没有收效。1958年8月《诗刊》以读者来信的方式对公木的《鞍山行》进行批判,责问作者是站在什么立场,把"我们党"说成"那么自私、嫉妒、猜疑和作伪"。公木想以批判他人戴罪自赎并没有挽救自己,他的名字当然也消失了。

政治使诗人升腾,政治也使诗人沉没。"文化大革命"前的内地诗歌发展,难以摆脱与当代政治的这种密切的关系。其间,

[①] 杨匡汉、杨匡满:《战士与诗人郭小川》,上海文艺出版社,1978年,第77页。

曾经有过两次规模巨大的诗歌运动，但是仔细推断它的性质，都不能算做是作为艺术的诗的运动，而只是政治这一巨力派生出来的准政治的"运动"。1958年的新民歌运动即是一次人为的运动。政治上的"大跃进"，要求诗歌的配合和宣传，企图用浮夸的形象和思维方式来改变新诗的方向。关于新民歌是否有局限性的讨论，进行了很长的时间，最后也在无形的压力下不了了之。另一次，是1976年发生的天安门诗歌运动。这次运动是自发的，其主要动力仍然是民众要求结束"四人帮"统治的政治上的要求。平民手无寸铁，只能以诗为武器。这是一次以诗为手段的抗争，其起因是政治性的，其直接结果也是政治性的。

二、政治缝隙中的艺术生机

政治上的变幻莫测使诗歌失去了良好的艺术探求和发展的气氛，无休止的政治运动，驱使诗歌被动地尾随它。诗不可能有充裕的空间来发展自己的艺术，但是诗人仍然寄希望于和谐安定的环境和良好的气氛。人们认为，政治上安定必然带来诗歌艺术的发展。事实也是如此，"文化大革命"之前近三十年，大约有过三次由于政治提供了喘息的机会而带来了诗歌短暂的繁荣，其效果非常明显。

第一次是1955—1957年，前后大约两年多一点的时间。战争已经结束，国内没有大的政治运动，经济建设正在开展。诗歌经过一段时间的对于新生活的适应，已经具备了发展的可能。中国当代诗歌的独特个性，这时方才显出它的鲜明的轮廓。许多著名作品都产生在这个时期：贺敬之的《回延安》(1956)、《放声歌唱》(1956)；郭小川的《投入火热的斗争》(1955)、《向困难进军》(1956)、《深深的山谷》(1957)、《白雪的赞歌》(1957)；闻捷的《天山牧歌》(1956)；公刘的《黎明的城》(1956)、《在北方》(1957)。这个时期，不仅创作上繁荣，而且出现了一批新人，这批后来活跃在诗坛的中坚力量,都是在那个时期出现并逐渐成熟的。

第二次是1961—1963年。1957年下半年开始的政治上的大波动,1958年开始的"大跃进"的狂热,造成了连续三年之久的经济灾难,这时开始冷静,正着手调整和恢复。政治上的平静给艺术的发展带来了直接的好处,贺敬之的《桂林山水歌》(1961)、《雷锋之歌》(1963)、《西去列车的窗口》(1963)在这个时候面世。郭小川的诗歌艺术在这个时期也走向成熟,著名的《甘蔗林—青纱帐》(1962)和组诗《秋歌》(1962)出现在这一时期。另一位著名诗人闻捷的《复仇的火焰》第二部(1961)以及当时出现的一批表现革命斗争的激情诗篇,都产生在这个时期。李瑛在这个时期也写出了他的国际题材的名篇。

第三次是1978—1980年。这个时期的成绩已经由1979—1980年新诗评奖表现了出来。一批著名的诗篇都产生在这个时期,创作是多样化的,写出了好诗的诗人是广泛的。这是从来没有过的由于思想解放而带来的艺术大繁荣的局面,构成了"难忘的1979年"。由于这个势头没有持续下去,第一次高潮也来不及有更多的展现。

从上面的介绍可以看出,这三次艺术上的繁荣都是在政治的冷静期或第二个来潮之前的短暂时间内发生的。但是这三个阶段都因随后不久政治上的新波动而成为短暂。尤其是五六十年代那两次。1957年下半年就开始了"反右派斗争"。那时《诗刊》刚刚创始半年,第七期就变成了"反右派斗争特辑",充满了火药味。主编臧克家发表了《代卷头语》——《让我们用火辣的诗歌来发言吧》:"闻鼓声而思猛将。听到斗争的声音我想起了诗人同志们。……斗争在猛烈的进行,鼓声敲得再响些吧。斗争在猛烈的进行,讽刺诗来得更多些,更有力些吧!"第七期发表了袁水拍、田间、郭小川、沙鸥、邹荻帆、徐迟等"表态"的诗。创刊时期那种希望促进新诗繁荣的良好气氛,被这些"火辣"的诗句和越来越粗暴的批判所代替。创刊号上诗人严阵曾经写过一首二行体的诗,"凡是能开的花,全在开放;凡是能唱的鸟,全在歌唱",已经变成了讽刺。

60年代的繁荣也是短命的。人们从"大跃进"的狂热中还没来得及完全醒来,饥饿所带来的浮肿病还没有完全消失,1962年9月就开始了更为猛烈的"全面抓阶级斗争"。事实上,1963年诗歌的繁荣已处于阶级斗争的火山上,只是地层下面的岩浆还没有涌上并喷发而已。在这样的形势下,《诗刊》支撑了1964年这一年,不得不作未曾宣告的终结。此后,就是长达十多年的中国没有诗歌刊物的局面。

80年代这一次繁荣掐头去尾,实际上也没有那么长。1978年12月党的十一届三中全会之前,坚持"左"的路线的力量还很强大,阻挠着思想和艺术的解放。随后,由于路线的端正,才有了1979年的全面繁荣。但是,即使是1980年,文艺上的不平静也已十分明显。诗歌评奖就是在这样的气氛中进行的:叶文福的《将军,不能这样做》由于受到干扰而没有评上;白桦的《春潮在望》评上之后,受到各方的关注,新华社破例地以"高级编辑"的名义发出电讯,美联社、合众国际社、路透社都发表了评论,南联社援引了新华社电传说:"一个作家在同一时间,既受到批评,又受到奖励,这反映了中国的民主和实事求是的作风正在日益健康地发展,一个新的政治局面已经出现。"这种政治安定、艺术繁荣的局面正是国内外的舆论所欢迎的。

回顾"文化大革命"以前诗歌发展的历史,可以看到,哪怕只是短暂的安定和瞬间的宽松,都会出现出人意料的艺术繁荣。只要外面加给诗歌的干涉少了,诗歌自身的规律就会自然地运转起来。郭小川60年代艺术上的广泛而自由的尝试和大跨度的突破,以及张志民的《西行剪影》都是产生在这样的时期。70

年代末80年代初的诗歌的大论争大繁荣,也是由于当时良好的局面所带来的结果。值得注意的是,中国内地诗歌的发展,除了那三个短暂时期之外,几乎总处于极其艰难的环境中。因而,也几乎没有出现太多的让人记得住的作品。

要是把这三段时间抹去,诗歌的成绩就显得是相当可怜了。1979年,在全国第四次文代会上,公刘构思了《寄语政治》这首诗。这是他对文艺与政治的关系所作的思考的结果。他认为文艺和政治应当是平等的而不是从属的关系:"我们都共着一位慈母",是同胞兄弟;但在人类漫长而苦难的生活历程中,渐渐地,你与我有了不同的归宿:"我认为只有心房才是温暖的地方,你却热衷于豪华的宫殿官邸出入","也许正因为如此,你的性情变了,如果是弱者肯定会被你吓得啼哭;你总自以为握有主宰别人的权力,任意暴戾乖张地对待同胞骨肉","我宣布只服从血管中奔流的元素,只有它们能决定我的命运和前途;但愿你也回头来看看这茅屋窝铺,我相信我们将同声一呼:'为母亲服务!'"尽管政治曾对诗和艺术表现出冷酷和凌厉,然而,善良的诗还是倾吐肺腑之言。

三、当代诗人的离散与重新集结

中国内地长期开展的政治运动,其影响远远不限于上述那些作品的受到损害,更加严重的是,它造成了一批又一批诗人队伍的离散和消失。这个现象最雄辩地说明了诗歌对于政治的不可分离的依赖和受制约的关系。中国新诗的历史,已有数十年。经历了这么多年的建设与积累,它的队伍本来应该是非常壮大的。新诗的奠基者郭沫若,70年代刚刚去世。"五四"以后活跃诗坛的第一代诗人如俞平伯、汪静之、冯至、田间、艾青等当时都还健在。更不用说30年代以后出现的诗人了。但是,正如新诗的道路在越走越窄一样,诗人的队伍越"革命"越"纯","纯"一次就少一批人,"纯"到最后,是没有了队伍。

中国诗人队伍的消失,不是由于艺术本身的原因,而完全是政治的原因。十年来,这队伍置身于政治旋风中,每刮一阵风,就倒下一批诗人,到了"文化大革命"十年,除了一两个写"样板诗"一类的诗人外,已荡然无存。要叙述这个过程既烦琐又令人不安,这里只能粗略加以介绍。在"文化大革命"前的近三十年中,诗人大规模的消失有三次,零星的则不计其数。第一次发生在50年代初期,1955年开始的反"胡风反革命集团"的运动,由政治而涉及艺术,与胡风本人或与胡风主编的文学刊物《七月》(1937年10月创刊)、《希望》、《呼吸》、《泥土》等有牵连的诗人,一时间都消失了。正如谢冕《应当把白色花献给他们》所说的:"也许这是中国现代诗史最为悲凉的一页,那些'把照在自己身上的阳光全部反射出来'的白色花,不甘情愿地凋谢在它们所渴望、所追求的太阳光下。"第二次发生在1957年前后的"反右派"运动。这是一次比反胡风斗争规模更大的一次清除。这次的特点是不分年龄(老、中、青),不分艺术主张,凡有涉及,都要消失。它没有范围,消失的诗人从艾青开始,包括了大批50年代前后成长起来的很有前途的青年诗人。第三次是"文化大革命",它对于诗歌(当然不只诗歌)的摧毁,涉及之宽广、历时之长久,是空前的。它的特点是"横扫一切"。在这样的极端的方针下,不仅是老一辈的诗人几乎无一幸免,甚至连来自延安根据地最有成就的诗人如郭小川、贺敬之、闻捷、李季也都先后消失。闻捷、郭小川因而丧身。像这样大规模迫害诗人的现象可说是史无前例的。

当然,诗人队伍的重新集结,也正是"文化大革命"结束之后的开放政治带来的好处。最先归来的是在"文化大革命"动乱中消失的广大的队伍,那是一次悲喜交集的集结。随后,是在1957年"反右"中消失的队伍的复归,这支队伍中的主要力量,是当年的青年诗人,如今归来已是中年,是实力最为雄厚的一批。消失得最早、归来得最晚的是胡风派诗人,他们大部分的复出是1980年以后的事。

在大批消失的诗人中,有两部分诗人带有各自鲜明的共同的艺术倾向,可以确认为独立的艺术流派:一个是胡风集团的七月诗派,一个是40年代后期集结起来的九叶诗派。后者编选了自己的诗选《九叶集》,一般人依据诗集的名字指称他们。对于这次归来,可用诗人阿垅的诗句来评述:

> 要开作一枝白色花——
> 我们无罪,
> 然后我们凋谢。
> 因为我要这样宣告。

经过了近三十年的离散,在从未有过的良好气氛中,中国诗人队伍开始集结。除了已经去世的诗人,可以说所有的生者都先后聚集起来了。这一空前规模的集结,给新诗的繁荣提供了良好的物质基础(良好的政治环境,则是精神的先决),展出了可以预期的前景。归结起来至少有如下几个特点:

(一)它使中国诗坛的结构发生了根本性的变化。首先是艾青的复出,复出的艾青以其一贯的风格出现在新诗界,他让人耳目一新。首先是他以自由诗的形式打破了千篇一律的半僵硬的诗歌格局。艾青仍然是具有号召力的权威。在他消失之后,诗界形成了权威的空白。艾青的出现无疑使中国诗歌充满了生机,而在他的身后是由一批1957年被打击的诗人形成有力的中坚力量。中国诗界的重心于是发生了逆转。

(二)它使诗歌的内容有了新的开拓。诗人们经历了各式各样的动乱和磨难,原先难以想象的生活,他们都有了亲身的体会(包括流放、监禁、垦荒,以至苦力)。他们自各方归来,带来了各自特殊的生活体验。在已发表的诗篇中人们可以看到这种生活的结晶。贺敬之在《中国的十月》中写祝捷之夜的思绪,很自然地写道:"在我劳动的炼钢炉旁,在我们厂游行的队列——师傅的喜泪和我的泪水汇流";光未然在《革命人民的盛大节日》中写游行的脚步,自然地写进在"五七"干校时战友们曾经互相叮嘱要练好腿劲好参加预期中的这样的游行。林希的《无名河》:

> 打开我的行李
> 报告
> 这儿,是简单的一套被褥
> 这儿,是随身的几件衣服
> 一本没有写过一个字的笔记本
> 几本人生离不开的书
> 扉页上几行小诗
> 写着一个绝望的姑娘的最后的祝福

特殊的生活给诗人以特殊的诗情,这一切随着诗人队伍的重新集结,必然汇聚而为一股强大的诗意的洪流。以下这些诗例,从不同的层面展现出不同经历和遭遇的诗人,怎样从他们的生活体验中获得诗的养料,并在重获生机的时刻把它们化成了诗艺的结晶体。林希的《婚礼》:

> 而我更不会忘记我们那凄凉的婚礼
> 在一间农场的土坯房里,只有我和你
> 我——
> 一个刚从稻田回来,沾着一身泥巴的新郎
> 你刚从江南赶来,身上沾满了长途跋涉的风尘气息
> 感谢贺喜的友人
> 他们悄悄送来两朵洁白的月季
> 代替尊者的祝福

墙上新贴了"接受改造,重新做人"的醒目标语
我问——
　　难道你不怕从此遭受亲人的鄙夷
竟然和一个不容于天地的"诗人"结成夫妻
你答——
倒是我感受生活得更有意义
让我们在探索真理的道路上永做伴侣

再看林希的《离散》:

我们离别在婚后的第三个早晨
濛濛梅雨,无名小站,滚滚的车轮
终于,在列车启动前的最后一刻
你放声哭喊着我的名字
正如一条长鞭在我的心头留下不褪的鞭痕
像大海的风暴折断航船的桅杆
无情的寒风在天尽头吹散了列车的烟云
啊!人生最大的痛苦是什么——
在动乱的年代,世界上,哪怕是千里之外
有一个为你而受难的人。

艾青的《迎接一个迷人的春天》:

我们曾经像蜗牛似的,
在墙脚根上慢慢地爬行;
我们曾经像喇嘛教徒似的,
敲着木鱼,念着经消磨时间,
然而,整个外面的世界,
成千上万的车队
在高速公路上飞奔
而米格式战斗机,

> 随时都有可能像闪电划过
> 　我们神圣的蓝天。

艾青的《失去的岁月》：

> 失去的岁月
> 甚至不知丢失在什么地方——
> 有的是零零星星地消失的，
> 有的丢失了十年二十年，
> 有的丢失在喧闹的城市，
> ——遥远的荒原……
> 丢失了的不像是纸片，可以捡起来，
> 倒更像一碗水泼到地面
> 被晒干了，看不到一点影子；
> 时间是流动的液体——
> 用筛子，用网，都打捞不起；
> 时间不可能变成固体，
> 要成了化石就好了，
> 即使几万年也能在岩层里找见。

曾卓的《有赠》：

> 我是从感情的沙漠上来的旅客，
> 我饥渴，劳累，困顿。
> 我远远地就看到你窗前的光亮，
> 它在招引我——我的生命的灯。
>
> 一捧水就可以解救我的口渴，
> 一口酒就使我醉了，
> 一点温暖就使我全身灼热。
> 那么，我能有力量承担你如此的好意和温情么？

> 我全身颤栗,当你的手轻轻地握着我的,
> 我忍不住啜泣,当你的眼泪滴在我的手臂。
> 你愿这样握着我的手走向人生的长途么?
> 你敢这样握着我的手穿过蔑视的人群么?

以上诗句,是重逢、相聚,以下则是别离。聚散都是痛苦和悲凄。周良沛的《要求》:

> 求求你,求求你,不要再爱我!想起那过往的温馨,如今都像刀割……
> 别了,永别了,我背过身去你就走,就让我在这罪恶的渊薮中沉没。

林希的《你曾经是我的舞伴》:

> 你曾经是我的舞伴 我们踏着水一般清澈的华尔兹舞曲
> 在冰一般平静的水面旋转 那时,我像女孩子一样羞怯
> 你,又比男孩子还要大胆
> (最后,缠绕他们的彩带终于断裂,他们分别得匆促而惶乱——)
> 总把那一个音符
> 留你心中一半
> 留我心中一半

(三)它使多种艺术主张回到了诗创作中来。原先居"正统"和"主流"地位的"古典——民歌"传统派的力量仍然强大,它毕竟已经营造了三十余年。诗的各种艺术流派都不同程度地受到了政治的冲击,传统派受到的冲击最小,它不仅保存了实力,而且不断地发展着实力。但它的正统和主流的地位正在受到挑战。它已不再是一支唯一的力量,也不可能继续成为统一的力量。以艾青为旗帜的自由诗体已经回归,还有艺术主张比较顽

强的七月派诗人作为强大的同盟军,因而显示出一种实力。

总之,从四方归来的诗人给人以强烈的印象:岁月可以催他们衰老,但艺术的初衷却难以改变。用女诗人陈敬容的诗句来表达则是"老去的是时间"。"本性难移"再加上一个"故态复萌",这样一种局面预示诗歌艺术走向多元的趋势。原先统一和一致的局面正在被打破。诗界,随着队伍的重新集结,原先的平静被打破,随之而来的,是某些内在的矛盾的外化。旧的裂隙由于对象的消失好像弥合了,如今重新归来,不仅"依然故我",而且还顽强地"表现自我"。这就不可避免地带来了诗歌领地的繁荣。

这个规律以外的规律,并没有失去它对中国内地诗歌发展的约束力。诗人当然应记住民众,诗不应(也不可能)脱离自己的时代。诗人不会与政治无关,所谓诗人必须说真话,正是诗人未能脱离政治的一种表述;但诗是艺术,艺术应当遵循艺术的规律,而不是遵循政治和政治运动的规律。诗的职责不在图解政治。它没有必要,也不可能对此作超负荷的承担。在中国内地这样具体的环境中,诗应当以适当的方式谋求生存的权利,寻求它的存在的价值,而后,才能谈到发展。

第二编 "现实主义"盛衰

第六章 反映现实原则的形成

一、由主观走向客观

当代诗歌的发展过程中,有若干重大的现象为现代诗歌和当代诗歌的划分提供了依据,其中之一,即诗歌逐渐地由主观走向了客观,由侧重于抒发诗人的内在情感,走向了主要用以描述现实生活的变迁。诗歌在现实生活中的地位有了明显的改变,它变得更为"有用"和更为主要。空前密切的诗与现实生活的关系成为当代诗歌有异于前的重大特征。

在当代的社会生活中,诗歌往往代表时代发言,而且成为能够推动生活前进的有力的工具,它在现实生活的变革中所产生的影响与作用越来越显著。当代诗歌记载了生活向前推进的鲜明的印迹,当代生活的重大事件,几乎都可以在诗中说明。这些现象,是"五四"以来的诗歌所不曾有过或不曾达到的。要是说,"五四"以后新诗留下了"五四"时代的狂飙突进以及诗人追求新生活的印痕,则50年代开始的诗歌(不包括那些虚假的诗)留下的主要是生活的不断变革和政治的不断推衍的具体记载。上述内容,从诗与现实生活,特别是从事平常劳动人的生活的接近方面看,是一个崭新的景象,但毋庸讳言,从诗的根本规律看,确实带来了明显的流弊。

当诗从内心走向客观的时候,人们忽视了或忘记了诗歌这一文体的基本性质,即它从来不是擅长客观叙述的文体,它的基本作用在于抒写人们内在的主观的情感,而不在叙述和描写。即使是那些立志于表现客观现实的诗篇,其优胜者也往往是通过成功的自我抒情而达到目的的。"五四"以来的重要诗人,对于诗的主观抒情性都有过论述。郭沫若早期完全确认诗是心灵的流露。他在与田汉、宗白华通信的《三叶集》中,把诗视为"命泉中流出来的 strain（曲调）,从心琴上弹出来的 Melody（旋律）",是"生底颤动,灵底喊叫"。戴望舒则认为诗是"全官感和超官感的东西","诗应当将自己的情绪表现出来"。艾青的观点较前者有些不同,他承认客观生活对于诗人是一种存在,因而他也同意诗人对于生活的体验。但他强调"'体验生活'必须把艺术家的心理活动也溶浸在生活里面,而不是在生活里做一次'盲目飞行'",认为"诗是由诗人对外界所引起的感受,注入了思想感情,而凝结为形象"的。艾青的这些认识,与后来孙绍振在他的那篇引起争议的论文《新的美学原则在崛起》中认为的,诗人"追求生活溶解在心灵中的秘密",是同一个方向。

但是上述关于诗的特性的原理,在新的时期里受到了忽视,当代盛行的诗歌理论,曾经严厉批判"把现实的生活孵化在自个的灵魂的硬壳里"①,这就是说,生活就是生活,诗对于生活的表现无须经过诗人的心灵、灵魂和头脑。它主张的是诗对于生活的客观的直接的叙述和图解,这种理论等于宣告诗人的内在情感的发育和发酵对于生活是无补的。他们强调的是诗的客观的物质性。

在新的历史时期里,舆论一再强调诗歌对于现实生活（特别是工农兵生活）和对于政治即此处我们所指的诗对于现实的依存关系。这当然是一种受到激进的理论指导的观点。这种观点回避了甚至批判了诗人的主观心理活动对于他所把握的客观世界的改造,他们很少注意甚至完全无视诗人的主观世界,特别是诗人的独特的主观世界的存在。海涅说,"我的心肠是德国感情

---

① 劳辛:《论自由主义的诗作》,《诗的理论和批评》,上海正风出版社,1950年。

的文库"。他们则无视这一点。他们不认为对于诗歌来说诗人内心的情感活动是完全重要的"抒情能源"。而事实却是诗人通过燃烧的内心拥抱客观世界。

诗诚然不能脱离它的时代——这是一个最生动、最现实、最直接的世界,但是诗对于时代的认识是独立的、独特的和创造性的。诗人认识世界的独特性在于他是通过内心的感应,以及全部感情的"溶浸"和"注入"来把握对象。在诗人面前,世界是多样的,而且往往是带着浓厚的主观色彩的。离开了这一点,就不存在诗人的发现和创造。

二、诗人姿态的改变

在当代,随着诗与现实生活联系的加强,庸俗社会学的倾向有了发展。它把诗当做社会生活的说明书,当做政治概念的直接引用和解释。而这些不正确的观念却被肯定,并被理解为诗歌的"现实主义"。在当代生活的发展中,诗逐渐地演化为只是客观现象的复述,而不是主观情感的抒发,围绕这一现象的探讨,我们将对当代诗歌的成功和失败的原因有进一步的了解。

从中国诗歌的历史考察,现代新诗的创立,彻底改变了旧诗词那种与现实生活的脱节状态,它追求诗歌表现新的时代新的生活。但是新诗在它的创立期以绝大精力用于摆脱旧形式的羁绊和约束上面,它把创作的热情倾注于诗体的解放。当然,这种形式上的变革最终是为了内容上的变革,但是,急切之中,对于内容的变革要求当然要让位于形式的变革要求。许多早期的诗人,他们的作品仍然摆脱不了与现实生活十分阻隔的旧情趣,甚至也谈不上对于现实生活的关注。胡适当时说过,"我自己的新诗,词调很多,这是不用讳饰的"①。如他的《送叔永回四川》"记得江楼同远眺,云影渡江来,惊起江头鸥鸟",不仅内容是旧的,形式也是旧的。冰心在《春水》中写过"墙角的花":"你孤芳自赏时,天地便小了。""五四"初期的诗歌,企图挣脱旧诗词的影响,达到广大的天地中去,但是,就多数诗歌而言,它们仍然挣扎在小的天地里。只有少数最有成就的诗人,他们能够通过心灵世界的抒发锲入社会,让人们从中窥见时代的风貌。如郭沫若的《天狗》,我们不难从他的飞奔,狂叫,燃烧的"我"中,看到一个就要爆炸的时代。但这样的诗是少量的。

　　直接介入社会现实的诗在当时是一种追求,但能够真实地、真切地从广阔的背景上突现社会生活面貌的诗也不多。刘半农、刘大白是早期诗人中有志于以诗表现社会生活的,刘半农《相隔一层纸》是一首著名的诗篇:"屋子里拢着炉火,老爷吩咐开窗买水果,说'天气不冷火太热,别任它烤坏了我'。屋子外躺着一个叫化子,咬紧了牙齿对着北风喊'要死'!可怜屋外与屋里,相隔只有一层薄纸!"这里展现的,只是旧诗中控诉贫富不均的主题的重复,诗人自己没有成为诗中的人物,他没有融入那画面中,他与他所同情的人们中间,他与他所批判的社会现象中间,至少也隔着"一层薄纸"。

　　这一现象,在50年代以后的新诗中有了根本的改变。旁观的第三者的姿态没有了,进步意识的增强使诗人力图以劳动人民的身份参加到改造旧生活创造新生活的队列中来。这种状况不仅表现在一般的抒情诗中,即使在以第三人称来写的叙事诗中,我们也可以感受到诗人鲜明的立场,以及与诗中人物感同身受的和谐一致。在新的社会里,在那些表现受压迫、挨冻饿的人

---

① 胡适:《谈新诗》,《中国新文学大系·建设理论集》,上海良友图书印刷公司,1935年,第294—311页。

们的诗篇中,诗人往往就是他们中的一个。在阮章竞的长诗《漳河水》中,我们读到夹在情节的进展中的环境的描写如"桃花坞,杨柳树,北岸石坞夜半哭;声声泪,山要碎! 问声漳河是谁造的罪?"读者没有那种隔膜的感受,他们觉得这不是漳河在哭诉,而是诗人自身在为那些受苦的人们哭诉。在这样的诗里,写诗的人不再仅仅是富有同情心的旁观者,而且是受苦民众中的一个。在这里,诗人的情绪和民众的情绪高度地融会在一起。

三、理论倡导抒情客观化

走向社会、走向现实并不是当代诗人的首创,如前所述,"五四"开始的新诗革命的巨大成果之一,就是促进了诗与社会的关系。但是,诗人作为改造生活的一分子,直接地干预生活,并在更为广阔、更为深刻的规模上,展现社会生活的真实面貌的,却是当代诗歌致力的方向。

这一成果的取得当然有它的历史进程。新诗的走向社会锲入现实是渐进的,对于当代诗歌的发展,不能不把最直接的影响追溯到毛泽东在延安文艺座谈会上的讲话。正是从那时开始,诗人们获得了如下的明确意识:就新诗的产生而言,人类的社会生活是诗的唯一的源泉,它是社会生活艺术的反映;就诗的功用而言,它是革命机器上的齿轮或螺丝钉,它的使命是为革命的政治服务。文艺的工农兵方向的确定,使传统的诗歌观念发生了动摇,诗不能再仅仅是诗人内心世界的回音,而应当是社会生活的客观的反映,特别是创造了功业的工农兵的生活的反映。

从这个时候开始,民众为争取自身的解放以及合理生活的史实大量涌入诗中。他们创造的驱走黑暗迎接光明的历史,恰好与延安文艺座谈会所规定的任务相吻合。用诗歌来全面、深入地表现这一生活的方式得到了充分的肯定:史诗的时代呼唤着时代"史诗"。

理论上的倡导，加上生动有力的生活实际，以及广大诗人的走向社会，这就是在解放区出现的叙事诗创作高潮的历史背景。这个时期出现的叙事诗，其中代表性的作品有：李季的《王贵与李香香》，张志民的《王九诉苦》、《死不着》，阮章竞的《圈套》，田间的《赶车传》，李冰的《赵巧儿》以及艾青的《吴满有》等。它们不同程度地对正在进行的改造生活的工程作了详细的概括，也给中国新诗的发展发出了重要的信号：诗歌正在从主要表现诗人的内心感情而走向主要反映客观的生活实际，它预示了诗歌由主观走向客观的转折期的到来。

这种现象得到了理论批评的支持，劳辛在1947年的《艾青论》中指出：“艾青初期的抒情诗，有很浓厚的个人主义抒情的成分……那时他缺乏坚定而透彻的思想做支柱，在生活现象上不无惶惑而感到忧郁的，这是小资产阶级思想意识的流露。”他肯定了大众（集团）的生活和把这种生活变成他们的东西，才是真正的人民的艺术。他《诗的理论与批评》中认为诗人的任务在于以"正确的眼光史家的笔尖一样记录下历史的行程"。劳辛的理论印证了当时的提倡：有着"个人"成分的抒情是"个人主义"和"小资产阶级"的，只有在诗中歌唱"集团"，才是人民的艺术。

大约比这还要早些时候，曾经热情地鼓吹过诗的音乐、绘画、建筑的形式美的闻一多，他的诗歌主张也发生了很大的转变，他在1943年写下《文学的历史动向》，要求在新的时代诗要做得"不像诗"，"而像小说、戏剧，至少让它多像点小说、戏剧，少像点诗"。解放区出现的长篇叙事诗的繁荣，恰好证实了闻一多的论点，这正是更像小说戏剧而不像传统观念中的诗的那种诗、在这些诗中，抒情性的"纯诗"因素的减弱和叙事性的"非诗"因素的增强，正是诗歌感应了生活的召唤，使它能够最大限度地包容现实生活的实际内容。这形成了时代的潮流。

40年代后期诗风的转变，对1949年开始的当代诗歌有着直接的影响。它几乎是规定了今后发展的不容改变的方向。概括地说,就是诗歌反映现实,并为现实的政治服务的方向。这种方向,在当代诗歌的创作中体现为颂歌和战歌(或者叫做歌颂光明与暴露黑暗)的两个根本任务。两部当时最有影响的诗:李季的《王贵与李香香》和袁水拍的《马凡陀山歌》概括了这一时期创作的基本主题并奠定了基本的倾向。

《王贵与李香香》诞生在解放区,它是劳动人民摆脱了奴隶的命运而成为生活的主人的历史性记载,这是一部光明战胜黑暗的再现生活的巨大变革的长诗。它明朗、高亢、清爽,如同西北黄土高原上的风和云彩。《马凡陀山歌》诞生在国民党统治区,它微笑着唱出痛苦的歌。这支歌是颠倒的和古怪的,如《人咬狗》:"忽听门外人咬狗,拿起门来开开手。拾起狗来打砖头,反被砖头咬一口!"在对于扭曲的现实的描绘里,蕴涵了诗人对于光明的渴望。这是一支诅咒黑暗的歌,它从另一侧面反映了正在变革的现实。

作为一个共同的趋向是:这两部诗都是隐匿了诗人自我的并再现客观生活的诗,记述了历史转折时期的变革性生活。一个是如实的记载,一个是限于环境的"变形";一个是颂歌,一个是讽刺的歌。他们恰好印证了座谈会提出的"歌颂人民"和"打击敌人"的现实的任务。在当时的形势下,光明在生长,黑暗在消失。诗歌再现了这种光明与黑暗际会、歌颂与暴露交织的时代。这正是诗歌明确了自己的社会责任,密切了与现实生活的关系的体现。当时的这种明确的意识则是新诗自"五四"诞生以来所深感不足的。

整个40年代,生活的实际是由黑暗向着光明进军。生活是严峻的,严峻的生活呼唤着严峻的诗篇,轻松的情调在这样的背景下似乎是一种亵渎。号角的呼啸掩盖了琴弦的颤动,这时若有人唱起早期戴望舒式的温柔缱绻的歌,那肯定是整个乐章中的不和谐音。人们听不到对于个人命运的吟哦与叹惋,也很难听到关于爱情、友谊以及山川景色的讴歌。但那时的读者并不感到缺少什么,他们认为诗的钟摆在合乎规律地摆动着。这时节,即使是唱过像《夜歌》(更不用说《预言》了)那样柔和调子的何其芳,如果他重读《夜歌》里的诗句,他一定会感到和实际生活拉开太大距离的难堪:

> 而且我的脑子是一个开着的窗子,
> 而且我的思想,我的众多的云,
> 向我纷乱地飘来
>
> 而且五月,
> 白天有太好太好的太阳,
> 晚上有太好太好的月亮……

众多的纷乱的云向着"窗子般"的脑子飞来,思绪如云,繁乱不清,矛盾纠缠。失眠之夜。受不住五月好太阳和好月亮的"诱惑"。旧日的情调仍在破坏着心灵的平静和平衡。这些正是典型的与现实脱节的情感的表达。

何其芳如此,戴望舒何曾不如此!请读读戴望舒 1944 年写的《示长女》里的诗句和 1944 年写的《过旧居里》如下这些柔婉的诗句——

> 记得那些幸福的日子!
> 女儿,记在你幼小的心灵;
> ……
>
> 我们曾有一个安乐的家,
> 环绕着淙淙的泉水声,
> 冬天曝着太阳,夏天笼着清荫,

白天有朋友,晚上有恬静,
……

人人说我们最快活,
也许因为我们生活过得蠢,
也许因为你妈妈温柔又美丽
也许因为你爸爸词句最清新。

这带露台,这扇窗,
后面有幸福在窥望,
还有几架书,两张床
一瓶花……这已是天堂。

我没有忘记,这是家,
妻如玉,女儿如花,
清晨的呼唤和灯下的闲话,
想一想,会叫人发傻。

他们也许会为自己诗中竟然有这么多的自我意识和这么少的大众的生活材料而吃惊。

这是一些充满了时代苦闷和心情矛盾的诗篇。以何其芳的诗为例,当他讲不能像莫泊桑小说中的神父因失眠而祷告"神啊,你创造黑夜是为了睡眠,为什么又创造这月亮,这群星,这飘浮在唇边的酒一样的空气"时,当他讲不能像雪莱那样坐在海边无休止地叹息自己"没有希望,没有健康……没有名誉,没有爱情……"时,他的内心深处仍然迷恋着那种"我从梦着你的梦中醒来"的情调。他并没有和他所眷恋的情感告别,但在那样的夜里,作为一个已经觉醒的青年,他的心是矛盾着醒着的。那时正在进行残酷的战争,他在1940年《夜歌》里说:"我们已经丧失了

19世纪的单纯,我们是现代人。"但他和由他的文化教养所造成的"旧日情调"并不能就此割断联系,他又表现为恋旧的。

新的政权诞生的沉雷,把诗人们从个人的梦幻曲中震醒。诗人们都像何其芳那样毅然抛弃旧时代那样"飘在空中"的云一般地歌唱,他们从云端沉甸甸地降下来,降在结实的地面。严峻而深刻的生活变革,促使诗人变革自己的诗观念。生活在这个历史转折时代的诗人们,大致都有一个浓厚的"自我批判"的觉醒。何其芳将他的诗集取名为《夜歌和白天的歌》,暗示了他的这些诗分别歌唱在白天与黑夜、光明与黑暗搏斗的时刻,而且也包含着生活在这个时代中的诗人的内在矛盾:"一个旧我和新我在矛盾着、争吵着、排挤着。"他喜爱自己,又不满意自己;他留恋旧日的歌,一时又不知如何唱新的歌,这种心情,在1940年写的《夜歌》的诗句里表现得非常生动:

> 我是如此快活地爱好我自己,
> 而又是如此痛苦地想突破我自己,
> 提高我自己!

四、批判和扬弃"个人化"

总的形势是,所有的诗人都获得了扬弃自我和旧音的觉醒。还是以何其芳为例,他对自己简直有难以容忍的恼怒,在1944年写的《夜歌和白天的歌》里这样写道:"当时为什么要那样反复地说着那些感伤、脆弱、空想的话啊;有什么了不起的事情值得那样缠绵悱恻,一唱三叹啊。现在自己读来不但不大同情,而且有些感到厌烦与可羞了。"支配何其芳说这番话的,是整个正在动摇着的诗歌价值的观念;诗歌有太多的关于个人的主题是令人"厌烦与可羞"的,诗的触角应是伸向现实生活——诗应当拥抱正在进行着的变革生活,而毅然地抛弃关于个人的歌唱。

正是从这时开始,人们开始用实际的社会功利的观点,即是否对社会有直接用处的观点来要求评价诗歌,而相当地忽视了诗在丰富人们审美和精神需要方面的价值。他们认为,对于变革现实起促进作用的诗便是符合政治标准的诗,不应对它有过多的苛求,艺术毕竟是从属于政治需要的。从那时起,社会生活的实际,开始潮水般地涌入当代诗歌。社会理所当然地要抛弃那种以抒写个人内心为主、以及太"个人化"的诗作。整个的风尚是要求用诗来表现那些轰轰烈烈地诞生着的事物。

这种现象在很长时期内被形容为诗歌为现实(政治)服务的观点。而这种观点所包含的内容是并不宽泛的,而且是相当窄狭的。即当时所认为的现实或政治,大体指的仅仅是某一阶段现行的政策或中心任务而极少涉及更广泛的内容。当时有一篇文章以艾青在文学讲习所《谈诗》为例,用以批判艾青的为政治服务的观点:艾青说:"我们的政治目的是:反对帝国主义侵略,主张和平,反对封建的、资本主义的压迫和剥削。"批判文章反问道:"只有这样吗?"文章指责"他没有提出社会主义革命、建设社会主义的政治目的"。[①] 可见在批判者和当时的一般观念中,所谓政治更主要的并不是艾青提到的那些广泛的内容,而是批判者所认为的那些更为切近的窄狭的内容。其实,就是当时认为的诗歌应为现实的中心任务服务的观念。

---

① 徐迟:《艾青能不能为社会主义歌唱》,《诗刊》1957年9月号。

第七章　为政治服务的"现实主义"(上)

一、及时而迅速地反映现实

这种关于现实主义的观念开始还是模糊而不明晰的,随后,逐渐地形成了明确的主张。袁水拍给第一本诗选所作的序言,可以认为是关于新时代的诗歌观念的权威性的发言。他要求诗歌宣传、反映生活中的重大现实,并且认为这种反映应当是"及时而迅速的"。他说,"在诗歌中,农业的社会主义改造的大风暴也有了反映。(有的诗)……及时地来宣传这一伟大运动的历史意义。(有的诗人)用热情的诗句表现了毛主席的指示传到农村以后的情势"(他绝不谈诗人的内心情感在消化这些材料时的醇化作用)。袁水拍于是断言:"诗歌是能够、也应该迅速地反映现实中的重大事件、及时地发挥战斗作用的。"过了一年,臧克家在为 1956 年《诗选》写序时,继续发挥了袁水拍的观点,他赞扬诗人写出了"工人高度的劳动热情和竞赛情景",他肯定说,当"工人们用铁轨铺成轨道"的时候,诗人"用钢笔给它作了诗的记录"。他进一步号召人们:"我们一定要追求、抓住时代意义、现实意义强大的主题。"

这些理论性的文字,初步形成了新的诗歌"现实主义"的概念。这些言论强调的是,及时而迅速地反映现实中的重大事件,而且不隐讳用诗来"记录"生活的提倡。这种排斥了内心的感应的实录性的描写,加上"提高作品思想性"、"追求和抓住时代意义、现实意义强大的主题"的强调,使本来相当模糊的现实主的概念明朗化了。这就是50年代初期理论倡导的"现实主义"的原则或传统:重大题材、及时迅速、记录或描写过程。

而与此对立的观念则是"肃清"精神或灵魂——即感情对于诗的溶浸和注入。那一时期,诗歌的理论和创作都弥漫着浓厚的"务实"气氛。那时全然不谈想象和幻想,也没有想到"现实主义"以外的别的创作方法,如象征主义或浪漫主义。反映现实,表现过程就足够了,以至于一个本来就属于浪漫主义的卓有成绩的诗人郭沫若也被说成是:"'五四'以来社会主义现实主义诗歌传统的奠基人。"甚至有"生活实感"也成了郭沫若诗歌的一个基本特色。这是臧克家1956年《诗选》序言里谈到的。

当人们把诗从云端拖到地面上来的时候,他们的本意是要密切诗与现实生活的联系。但是,新的生活的开始,战争刚刚结束,建设新生活的实在的样子,还有待于显露,人们不可能对它有一个深入的认识。在这样的情况下,充满了表现新生活的高昂热情的诗人,不能不把那些表面化的现象当做生活的实际,而迫不及待地"引进"到他们的诗中去。在50年代初期,原来为人们所陌生的政治术语和标语口号(即郭小川所说的"政治性的句子")能够给人以新鲜感,一些从旧生活里来的诗人像扑向光明一样扑向这些政治性很强的字句,他们把这些当做了现实生活的本身。他们把表现这些流行的政治术语当成了表现现实生活自身,把大量套用这些术语当成了诗歌现实性的加强。于是几乎是随着"现实主义"原则形成的同时,已经显露出某些对于现实主义的偏离。诗人表现的并不是生活的实际,而是抽象出来的政治概念,诗的责任更多地不是再现那些新的生活,而是以饱满的热情直接套用(甚至堆砌)稍好些的则是演绎那些政治术语。于是,随着对于新生活的热情而来的,却是对于这种生活反映的庸俗化倾向。

二、直接套用标语口号

这种把社会的政治生活予以庸俗化表现的现象,在郭沫若的身上表现得非常明显。郭沫若在"五四"时期原是个浪漫主义诗人,他的诗歌的基本特色并不是"生活实感",而是那种感召于时代精神的大胆飞腾的幻想和想象。在"现实主义精神"膨胀的时代,在诗歌弥漫着"务实"空气的环境中,他尽管没有谈论自己的苦恼,但是,他的诗歌创作却表现出混乱状态。他要把眼光投向现实,他不得不把幻想的翅膀收回来。但是,用狂放不羁的笔墨去记载生活发展的进程实在是困难的。于是,他只能抄录现成的句子,他只能(不管他自己是否明确地意识到)用大量涌向他面前的那些表面的现象来填充灵感的空虚。概念化,或者明确地说:标语口号化的毛病,是从这位当代大诗人开始的。

在中国新政权诞生的前夕,1949年9月20日,即人民政协召开的前一天,郭沫若写出了当代诗史的第一首颂歌《新华颂》。这首诗的基本特点在于它是由人所共知的一般性的句子组成的。在这里,女神作者的抒情个性完全消失了。这首诗是让人失望的开始,从它的语言和形象看很难说是新诗,最不幸的是,当凤凰不是仅仅在神话中飞翔,而可能是在现实中出现的时候,这只烈火中再生的诗的凤凰却折断了想象的翅膀。

郭沫若的创作代表了当时诗歌创作中初露的共同倾向,它产生的基本原因是诗的观念的改变:反映现实,配合中心,歌颂光明。动机可能良好,但目的却未能达到,反而误认标语口号的堆积为政治性强。郭沫若率先写出了一系列配合中心任务或紧密地为政治服务的诗歌。建立新政权一周年,他写《突飞猛进一周年》,列举许多表面现象说明生活是在"突飞猛进":"可不是吗?这突飞猛进的一周年!我们已经制止了长期的通货膨胀,我们已经统一了全国的经济钱粮,物价稳定使投机者无从兴风作浪。婚姻法、土地法、工会法,接连地颁布,把几千年的封建制度已连根铲除。几百万的战士在学习、垦荒和筑路,全面的生产建设进行得如火如荼。"朝鲜战争,他写灯影剧《火烧纸老虎》,那里有工农青妇开讨论会讨论美帝国主义侵略朝鲜的意图的场面,其中有这样的诗句:"美国强盗的目的不单是侵占朝鲜,它是想进一步侵占我们的南满北满,而且它同时还用武力干犯了越南,它的第七舰队更占据了我们的台湾。"1951年,他写《学文化》:"毛主席告诉咱:咱们工人阶级当了家。要把中国现代化,要把中国工业化,当家的主人翁,必须学文化。"同年,他写《防治棉蚜歌》:"棉蚜的繁殖力量可惊人,人们听了会骇一跳。棉花生长的一个季节里,一头棉蚜要产子孙六亿兆(六万亿亿)。这是单性生殖的女儿国,一年间三十几代有多不会少。"在这些诗中,那种经过诗人情感激动而产生的心灵融化作用已完全封闭,它开启的是完全按照事件及数字的罗列,甚至也排斥了客观描写的公式化、概念化的机器。

郭沫若从进入50年代开始,在相当长的时间内,都写着这样的诗。1956年,他写《学科学》,仍然是:"大家齐努力,一起动手干!光辉的目标在眼前,加紧往前赶!"他明确地意识到诗的任务在于配合各项中心任务的宣传。这仍然是最狭义的"诗要有用"的功利主义的观点。这种观点在革命情绪主张的年代出现是可以理解的,但不可理解的是,他的这些诗句都是些社论和新闻语言甚至是行政文件用语的分行排列。收在郭沫若文集第二卷里的50年代以来的诗题,说明了他当时创作的倾向:《集体力量的结晶》、《史无前例的大事》、《记世界人民和平大会》、《十月革命与中国》、《先进生产者颂》、《访"毛泽东号"机车》、《纪念孙中山》。一般说来,上述这些都不应当是诗的题目,而应当是论文或新闻的题目。写过《女神之再生》和《凤凰涅槃》,写过《地球,我的母亲》和《天狗》的郭沫若哪里去了?写《女神》的时候,郭沫若很年轻,但是他一出现就是达到了高峰的成熟的诗人。写《学文化》一类诗时,郭沫若在人生的阅历上是相当成熟了,但是,他的创作思想和成就却充满了幼稚感,给人的印象仿佛是:这位诗人从来未曾写过诗歌,或是他完全否定了他过去的一切而重新做起。出现这种现象的不是郭沫若一人,而是具有普遍性的,几乎所有在旧社会生活过的诗人都具有那种"自我批判"甚至是"自我否定"的意识。

三、价值重新确定

50年代之后开始的新生活自然地和整个战争年代的严酷现实联系在一起,生活中浓郁着高度的和浓郁的革命意识。前已述及,这种环境是自然地排斥那种纯粹的诗情的。这种气氛让人们觉得,诗的时代应当重新开始,诗不能像过去那样写,因此有了郭沫若式的"归真返璞",也有了何其芳式的"自怨自艾"。

从根本上看,诗的观念的这种转变不能不动摇了"五四"以来业已形成的信念。诗在这个新的社会里应当为工农兵服务,这样的诗才是有用的。要对工农兵有用,就要写对他们有用的内容(如《防治棉蚜歌》对农民种棉花有用;《学科学》对工人学科学知识有用),而且还要他们读得懂(因此,就要用他们的语言,如"毛主席告诉咱:咱们工人当了家")——实际上就是要大量地照搬和输送许多非诗的语言入诗。

这种现象也不单发生在郭沫若身上,另一位诗人艾青来到了新时代,他同样变得手足无措——因为旧日的那种方式已经完全不能适应新生活。他试图用当时流行的办法写诗。艾青在《艾青诗选》自序里说:"1953年回老家一次,收集了抗日战争期间在浙东一带的历史,但以民歌体写的叙事长诗《藏枪记》却失败了。"这实际上是艾青为摆脱在新生活面前的困窘与惶惑而寻求的出路,但回避自己擅长的充分个性化的抒情方式(如同《大堰河——我的保姆》和《我爱这土地》），而试图以他所陌生的民歌体进行叙事的结果，写出的却是"杨家有个杨大妈，她的年纪五十八，身材长得很高大，浓眉大眼阔嘴巴"那样面目全非的诗句！

整个气氛不仅是感到了"个人主义"和"小资产阶级情调"的可鄙的诗人们的"自我觉醒"，并且认为"五四"的传统已经不适用，新时代的诗歌应当重新写起。郭沫若完全抛开了他的《女神》的方式与成果，而重新做《学文化》一类配合中心任务的诗。艾青不如郭沫若那样走在最前面，尽管他也试图迎合和适应，但他感受到了"失败"便不再跟。艾青只能尽量回避表现现实生活的题材，于是，便形成了这样的现象，当他表现现实生活的内容时，他显得十分拘谨和钝拙。由于他的"缺乏热情"，因而引起了人们对他的质问：艾青还能不能为社会主义歌唱？实际的情况是，艾青不知道怎样歌唱！而当他把目光投向国际和平和友谊的题材而"重操旧业"时，便妙语如珠，得心应手。1957年以前的作品中《南美洲的旅行》、《大西洋》、《在智利的海岬上》无疑都是成功之作。何其芳则在1949年10月写了《我们最伟大的节日》之后有了长达数年的沉默，以至于读者一再质问诗人为什么不为新生活歌唱。他在迟迟做出的《回答》中（1952年1月写成前五节，1954年劳动节前夕续完）说："有一个字火一样灼热，我让它在我的唇边变为沉默。有一种感情海水一样深，但它又那样狭窄，那样苛刻。"他不愿用流行的方式来表达他的内心的苦闷和矛盾，因而，便采取了"沉默"。

这种诗歌观念和诗歌性质的质疑，对于原先有着鲜明个性的抒情诗人，无异是一个致命的打击。被鲁迅誉为中国第一个抒情诗人的冯至，读了"大跃进"诗歌之后，1955年在《漫谈新诗努力的方向》一文里对自己过去的创作作了完全的否定："回过头来，再看一看我自己写的一些诗，真是软弱无力，暗淡无光。

他们干巴巴的,没有血肉,缺乏又远大又切实的理想","我最早写诗,不过是抒写个人的一些感触,后来范围比较扩大了也不过是些个人主观上对于某些事物的看法;这个'个人'非常狭窄,看法多半是错误的"。他除了自责"抒写的是狭窄的情感,个人的哀愁"外,特别着重谴责后期名作《十四行诗》:"受西方资产阶级文艺影响很深,内容与形式都矫揉造作,所以这里一首也没有选。"

把表现人民反映现实与"个人感触"、"个人主观"加以对立,当时很流行,即反对抒情诗的个人化和个性化,这种反对无异于抽走了抒情诗的立命之本。艾青也是怀着这种"重新写起"的心情进入新时代的。

> 四颗金星
> 朝着一个大星
> 万众一心
> 朝向人民革命
> 革命的旗
> 团结的旗
> 旗到哪里
> 哪里就胜利

从1949年9月27日写《国旗》开始,他就试图摒弃诗的形象性和想象力,并把个人的语言和风格减至最低点。这种努力的目标,当然在于争取诗的语言风格和内容上的普及。

讨论当代诗歌的任何一个问题,都不能离开1949年开始的这个时代的大背景。许多诗人的困惑、彷徨以及苦闷,多半是由于感到了新的生活的压力,这种压力不是谁给的,而是诗人们自觉的承受。他们为这场轰轰烈烈的胜利所鼓舞。他们由衷地感到为新时代歌唱是诗人的责任,而且这种歌唱应当是摆脱了旧社会影响的高昂向上的声音,它应当最大限度地发挥诗歌反映现实,为现实服务的特性。

这样,当诗人们跨入新的时期,普遍有一种"老调不能再弹"的心理。他们决心重新做起,因而不仅不认为把诗作得"不像诗"是一种缺陷,反而认为,诗本来就应该是这样作的。在当时,人们的思考方式不同于今日,把诗的价值放在是否于现实有实际用处是不奇怪的,这是一种追求,被认为是一种健康心理(当然也是简单心理)的反映。一代诗人都为此做出了努力,也可以说,为此作出了牺牲。他们是真诚地改造着自己、改造着自己的诗,以此来适应时代的要求。

在这样的时代潮流下,诗人以饱满的热情写出众多的诗篇,来为现实服务,诗人们都以自己的这种热情自豪,而并不感到有什么欠缺。公刘在他的一本诗集的后记中写道:收入集中的诗篇,"其中有很大一部分反映了几年来的重大政治事件"和"响应了各个时期的斗争号召……我希望能够通过它们达到宣传的目的"。公刘还在《神圣的岗位》一文里说:"我认为,我们的诗歌为政治服务不是太多,而是太不够和太不好。"臧克家《一颗新星》后记中也说:"这些诗,多半是对于一些具有重大的政治事件的个人抒情,在第一辑里,歌颂祖国的主题是重点,第二辑里的作品,几乎全是为苏联而歌唱。"从这些诗人的自白中,我们不难看到那一时期诗歌与政治事件(重大题材的基本体现)的密不可分的关系,它成了诗歌的最重大的主题。这种倾向经历了长时间的发展,到了1957年,批判艾青的一篇文章,甚至根据艾青解放后写的作品是否歌颂了"党和毛主席",来为艾青定罪。沙鸥在《艾青近作批判》里说:"在艾青解放后写的全部作品中,除了1952年写的《我想念我的祖国》中提到了毛主席之外,没有一篇作品提到党。"

四、概念化倾向的出现

一件事情强调到了极端,就不会再是优点,而极有可能成为弊端。诗歌也是如此,太注重现实的和政治的要求,而不注意诗作为艺术的自身规律时,便走向了反面。这种极端的例子,在郭沫若的创作中仍然可以找到,最突出的是组诗《百花齐放》的写作。"百花齐放"是一项政策,是纯粹的政治概念,而并不是春天里百花盛开那种自然界的景象。作为诗人,这应当是清楚的,郭沫若不会不知。他写《百花齐放》,目的当然不是歌唱自然界的百花,而是为这一项政策作形象的图解。他要通过一百朵花的歌唱,把当时流行的政治概念全部引入诗中,这在郭沫若的创作思想中,是十分清晰的:他写的是政治,而不是"艺术"。他明确地意识到"百花"的含义:"普通说'百花'是包含一切的花,只选出一百种花来写,那就只有一百种花,而不包含其他的。这样'百花'的含义就变了。因此,我就格外写了一首《其他一切花》,作为第 101 首。我倒有点喜欢 101 这个数字,因为它似乎象征着一元复始,万象更新。这里有'既济、未济'的味道,完了又没有完。'百尺竿头,更进一步',这就意味着不断革命。"

郭沫若《百花齐放》的写作基本特点是借用一百种花的名称、形状、色泽与政治作简单的、牵强的比附,目的在于借他笔下的花,喊出流行的标语口号来,而在客观的形象和主观的意图之间,并不要求什么合理的关系。这是把诗当做政治传声筒的最极端的例子。例如《水仙花》,诗人代替这些花宣称:"我们是反保守、反浪费的先河,活得省、活得快、活得好、活得多","我们是促进派,而不是促退派,年年春节,为大家合唱迎春歌"。究竟水仙花怎么体现着"反保守、反浪费"的精神,它的活得"多快好省"与现实中水仙花的生态有什么联系,只要是稍为细心的人,都可以感受到诗人在利用诗为政治概念服务时,达到了相当随意的程度。再如他写《蒲包花》,则是非常生硬的:"蒲包花是往来城乡的花蒲包,带下来的是农业纲要四十条;原打算在十年内能够完全实现,谁知道不要七年就可以完成了。"这实在十分出人意外,要是从蒲包的外形进行比附,人们一定以为诗人要让蒲包"包"一些物资之类的东西,谁知诗人却迫不及待地让它"包"一项政策条文,而且文不对题地讲这个条文的提前得到了实现。诗人还借《郁金香》这个题目喊口号:"我们今天要为大跃进干杯,高呼中国共产党和毛主席万岁!"这样的口号,为什么单单在郁金香那里可以喊出?牵牛花,好多花形状都似酒杯,都可以敬酒,也都可以"三呼万岁"。把诗歌当做体现政治概念的图解,《百花齐放》是走得最远、最典型的例子。无疑的,它是简单化的诗歌"配合政治"的集中体现。

  这种以诗歌配合政治的现象,在当年诗歌创作中非常普遍。一直到进入 60 年代,一位诗人还在一次诗歌座谈会上理直气壮地发出呼吁:"(我们)非常想为配合政治任务而创作,可是我们在下面公社里,在偏僻的山区、海岛上,看到《人民日报》时,已经过了两三天、四五天,常常觉得来不及配合。"[①]这说明,当时从中心任务和政治事件中寻找诗的题材是一种普遍的习惯——人们在一种新生活降临的时候,要求诗歌走出个人的圈子而投向更为广阔的现实,他们把中心任务当成了现实,又把标语口号当成了生活本身,这就把当时的"现实主义"原则推到了极端。标语口号的堆积成了表现这种现实生活的方式,密切诗与现实生活的实践,被理解为直接地、甚至是大量地引用政治术语。这实在是一种迷误。

---

  ① 陈山:《关于诗歌的几个问题》,《诗刊》1960 年 9 月号。

五、图解与演绎

诗歌在强调走向生活实际的时候，却远离了生活实际。这种情况是存在的，我们可以从袁水拍为第一本诗选所作的序言中得到证实：诗歌创作中特别容易犯的概念化、标语口号化、公式化的毛病，在党的正确的文艺方针的领导下，几年来也有了一些克服。由于许多作家深入生活和注意了现实的真实的反映和人物形象的描绘，过去常见的那种空洞的叫喊和人云亦云的抽象议论已经减少了。袁水拍这些话是很有分寸感的。当诗人在创作活动中把政治的规律等同于艺术的规律，而且把政治目的的实现理解得过于直接时，创作中的概念化倾向是不会根除的。

大量地和直接地在诗中引用政治术语，造成了诗歌的标语口号化。如郭沫若的创作那样，作为一种现象，集中而突出的时间并不长，但影响是深远的。大量存在、而且历久不衰的，是概念化倾向的较为含蓄和隐蔽的方式，这就是图解政治的倾向。不是赤裸裸的"空洞的叫喊"和"抽象议论"，而是用诗歌的"图"来"解"政治的题。即借助于一定的事物来宣传这种政治概念，而事物与概念之间并不存在必然的联系，如前举水仙花与"多快好省"的关系一样。这种诗，由于数量多，因而技巧也趋于成熟，人们并不觉得突出。但是，它脱离现实生活的实际和人的感情的实际的倾向则是十分明显，例如严阵的《啊，金色的秋天多么美丽》这首诗，秋天的田野上，大车满载着丰收的庄稼，一位姑娘向大车奔跑过来，诗人立即提醒赶车的小伙子不要胡思乱想："并不是你吸引这个姑娘，谁不知道她打通了一家人的思想，她递给你的纸条写着她加入社团的愿望。"在这样的诗中，支配诗人的创作思想的，是排斥了其他一切考虑和可能的政治宣传的目的。这样的诗在当时很盛行，诗中人物的思想感情都是绝无邪念的和标准化的，有一首《夜》：月亮下去了，小河边，一对青年并肩坐着,一只青蛙偷偷爬上来,要听他俩说些什么,听到的却是一句类似当时常见的政治动员会上的发言:"那么,就决定这样啰!"青蛙当然很失望。最后,诗人照样亲自出来"解题":人家说的可不是私房话,人家是连夜商量:"明天,怎样才能把三小队的那面红旗抢着。"不是说,两位青年男女在一起就非要情话绵绵不可,问题在于,诗人精心安排这些容易让人猜想的场景,目的是为了宣传一种正确的思想。现实生活场景的描写不再是目的,而被当成了手段,而思想的图解则是真正的目的。

服从于这样的目的,前一个时期写的诗到了后一时期,显得配合政治不那么紧密了,于是便对这首诗进行修改,使之适应于这一时期的政治:去掉一些过时的不适用的标语口号而代之以目前正在流行的政治口号。最典型的一个例子,便是张永枚的《骑马挂枪走天下》,这首诗写作并发表于1954年,到了1973年,即写作将近二十年后的"文化大革命"后期,作者亲自对它作了重大的修改(三十四句诗改动十九句,占二分之一)。如把"我们到珠江边上把营扎,推船的大哥为我饮战马,采茶的大嫂为我沏茉莉花茶,小姑娘为我把荔枝打",改为"我们到南海边把根扎,乡亲们待我们胜过一家(基本是《沙家浜》郭建光的一句唱词),阿妈为我们补军装,阿爹帮我们饮战马"。大嫂和小姑娘变成了阿妈阿爹,沏茶和打荔枝变成了补军装饮战马,既避免了"危险",又加强了"革命性"。总之,政治上显得更加纯净更加健康了,用概念化的政治口号来挤走原诗较有生活气息的描写。再如末后四句:"祖国到处有妈妈的爱,到处有家乡的山水家乡的花。东南西北千万里,五湖四海成一家",被改成:"祖国到处有阶级的爱,到处有革命的亲人战士的家,亿万军民心连心,团结战斗力量大。"这样的修改,显然是为了使诗更能体现出当时的"政治"。在这四句中"妈妈的爱"当然不如"阶级的爱","家乡的山水家乡的花"当然不如"革命的亲人战士的家"。一种明显的政治上的考虑,使诗人乐于把那些反映了现实生活情趣的诗句改为更富于政治性但同时也是更接近于流行标语口号的诗句。诗人在作这样的修改时也许并不认为自己是在诗歌艺术上的后退,却可能误认为是一种前进。

由于创作时首先考虑的是宣传的目的,诗对现实的关注就降到了次要的地位。因此,这种具有概念化倾向的诗的基本特征便是脱离现实生活。诗中出现的人物,往往变成了没有真情实感的只会重复政治术语的人。它遵循的并不是生活的逻辑,而只满足于借客观现实的图画来解释政治概念。在这些诗中,标语口号是硬加上去的,因而也可以随意地更换。1979年4月,《诗刊》发表了高进贤一篇短文《斥"通用诗"》,说到一个事实:1976年7月18日《山西日报》发表了一首长达四百余行的长诗《天安门放歌》,诗人在天安门前"横议天下大事,纵谈几十年路线斗争";"痛斥走资派","阴沟里又刮起一股'右'倾翻案妖风,一小撮暴徒,在天安门广场烧房烧车、打人行凶,他们张贴反动诗词,散布反动言论,妄图在中国实行资产阶级专政……"过了将近两年,作者将此诗再加修订,《天安门放歌》变成了《天安门颂》,编入他的诗集《太阳集》中。原先的"批邓烈火"、"'还乡团'卷土重来"等字句删去了,改成批判"恶贯满盈的'四人帮'"。于是这首"批邓"的诗变成了"紧跟华主席,为实现新时期总任务而英勇奋斗"的诗了。文章作者把这类一旦草成,不论任何政治运动都能发挥"匕首投枪"作用的诗斥之为"通用诗"。

对于新诗创作中的概念化倾向,开始的时候,是由于生活的不熟悉,以及热情的驱使,总的原因则是诗歌价值观念的改变,到了后来,在某些诗人的某些诗中,并没有初期那样天真而不失幼稚的热情,而变成了某种模式,只是机械地跟随在某些重大的政治事件背后作政治表态,以至于诗人完全丧失了自己的独立思考和对生活的真诚。写这类诗的人,甚至连诗题都不断地重复。一位诗人,1958年写过一首《再欢呼》[①],看这诗题,他至少已经"欢呼"过一次。到了1976年,他又以《欢呼,再欢呼》的诗题来"欢呼"粉碎"四人帮"的胜利。诗中写道:"大游行、大庆功、大示威、大抒情,拥护党中央,统一指挥听命令。人心大快,大快人心。"[②]对于这些,人们仍然可加以原谅,尽管在诗的艺术上没有什么成就。但是当这种欢呼针对同一事件,而又是前后态度迥异的时候,人们难免就要怀疑了。例如,上引那首《欢呼,再欢呼》中有句诗说:"铁臂高举擎天柱,敌人幻梦一场空。"但是,读者不能忘记的是同一诗人曾就同一事件在同一地点,同样地举过"拳头",而所打击的对象却完全相反。这一年5月,天安门事件发生后,该作者写了一首诗《工农兵铁拳齐高举》:"批邓声势如狂飙,敌人性急作狗跳。清明时节天安门前,光天化日下鬼魔闹。/谣言、歪诗、黑传单,妄把红白乱颠倒。……无产阶级专政威力大,拳头就是惊叹号!"

类似的情况也出现在另一位诗人那里,1976年天安门事件后这位诗人写过这样的诗句:"一出'纳吉'丑剧,妄图演出成功。/庄严天安门前,岂容魔怪横行。/无产阶级专政,东风横扫残云。"[③]到了1977年,他又配合当时政治,再以天安门为题:"想到奸贼脸,去年园中摆酒宴。/长空妖雾起,长天正欲翻。"[④]去年谴责魔怪和"纳吉",今年谴责"奸贼"和"妖雾",完全换了对象。诗人陷入无法解脱的自身"矛盾",诗人竟然完全忘记了这样的颠倒。他在诗中的序说:"1977年清明,我在长安街,缅怀培育我的革命老前辈、毛主席和亲密战友、敬爱的周总理,想起'四人帮'对周总理的恶毒攻击,怒火又燃,短歌一串。"有趣的是

---

① 见《为毛泽东赫鲁晓夫会谈公报再欢呼》,《诗刊》1958年8月号。
② 见《诗刊》1976年11月号。
③ 见《写在金水桥边》,《诗刊》1976年5月号。
④ 见诗集《清明》,河北人民出版社,1978年。

这个"又燃"。

出现这种状况难怪艾青要在《艾青诗选》序中愤愤地说:"有人夸张自己的政治敏感性,谁'得势'了就捧谁,谁'倒霉'了就骂谁。这种人好像是看天气变化在写'诗'的,但是,我们的世界是风云变幻的世界,这就使得'诗人手忙脚乱,像一个投机商似的奔走在市场上'。"这一切就是此时此地的现实主义,这种现象被认为是"现实"在诗中的地位得到了空前的强调。但是,这一切却正好违背了传统的现实主义原则。因为它不能以严肃的态度对待发展、变革中的生活的真实。

跨入新的时代,诗人的社会责任感得到了加强,诗服务于人民,服务于政治的意识,从来也没有像如今这样的明确,并为众多的诗人所实践。诗歌在促进社会的发展和进步方面发挥了它的作用。在新时代出现过为数众多的为现实的生活、特别是配合政治而作的诗,在保卫世界和平中,出现过石方禹的抒情长诗《和平的最强音》(1950);在朝鲜战争中,出现过未央的《枪给我吧》(1953)、《驰过燃烧的村庄》(1954)等抒情短诗。在进入建设时期,出现过郭小川的政治鼓动诗组《致青年公民》(1955)以及贺敬之的《放声歌唱》(1956)。后二者的出现,结束了当代诗歌如何适应新时代问题上的彷徨与徘徊,也结束了那种在诗中填充标语口号的现象。

雨果在《莎士比亚论》中说过,"美并不因服务于广大人群的自由和进步而降低了自己。如果导致一个民族的解放,这决不是诗的一个坏的终曲。不,有用于祖国或革命不会给诗带来任何损失"。当代诗歌的问题当然不是由于诗走向了现实,问题在于把复杂的诗与时代、诗与人民、诗与现实的关系看得过于简单、过于狭窄、过于片面,由于对配合政治要求的强化,导致诗由演绎现实而逐渐转向图解政治,标语口号化于是产生了。但是,标语口号化的并不就是诗的群众性的表现。从根本上讲,群众是拒绝标语口号化的,诗可以而且也应当表现进步的政治,但政治并不等于诗。诗的范围不仅限于政治,它是宽广的。歌德在《歌德对话录》里说过:"我们现在最好赞成拿破仑的话:'政治就是命运。'但是不应赞同最近某些文人所说的政治就是诗,认为政治是人的恰当题材。"

以上所述,基本上是50年代初期由于急切地想歌颂新生活的愿望所产生的一个时期创作上的偏差——现实主义的偏离。但它没有成为支配这一时期的创作主流,主流仍然是忠实于现实的大量的诗人和他们的作品,但这里所叙述的偏差,在当代诗歌的发展过程中也并没有杜绝。它浮沉着,当人们略为注重艺术规律时,那种图解政治的概念化倾向便沉了下去,反之,它便浮了上来。

第八章 为政治服务的"现实主义"(下)

一、用切实的内容取代概念化

热情高涨的年代,总是促使诗歌更贴近实际生活。但当生活未能展现它的实际面容,而人们也缺乏认识它的充分条件时,把流行的政治术语视为生活的实体,当热情冲动的诗人扑向它时,抓到的往往只是现实的幻影,这就产生了此一时期诗歌创作的概念化倾向。只要存在着把诗当做政治或新闻报道,存在着狭隘的功利观点,这种概念化现象就难以避免。

随着50年代初期建设事业的逐渐兴旺,新的生活场景在人们面前越来越具体,政治口号在诗中也逐渐地被切实的内容所代替。一个时期比较集中的标语口号化现象有了明显的克服。这种现象已经在上面引用过的袁水拍为第一本诗选所作的序言中得到表述。诗歌从狭窄的天地里走出来,逐渐地摆脱"主观"对它的约束而投入"客观的怀抱",在生活的重大转折关头,走了一段以政治观念代替形象的歧路。大规模的生活变革还是吸引了广大的诗人走上实际(战争,而后是建设),他们有可能较之他们的前人有更多的可能和条件接近大众生活。社会给他们提供了有利的"观察、体验、研究、分析"的条件。同时,从1942年开始,诗人们也寻求着把广大民众为寻求翻身解放而进行的奋斗图画再现在诗中,从《王贵与李香香》、《赶车传》到《漳河水》,以及后来出现的一系列创作实践,都使诗歌创作在再现客观现实方面有了超越性的成果。

这一现象,与"五四"时期略加对照,便很明显。例如刘半农是"五四"时期认真写农民生活而且也写得很好的一位,他写过一首《一个小农家的暮》——

> 他衔着个十年的烟斗,
> 慢慢地从田里回来,
> 屋角里挂起了锄头,
> 便坐在稻床上,
> 调弄着只亲人的狗。
>
> 他还踱到栏里去,
> 看一看他的牛,
> 回头向她说:
> "怎样了——
> 我们新酿的酒?"

康白情很有名的《草儿》(1919),也是写农民的——"草儿在前,鞭儿在后","快犁快犁,我把草儿给你","你还要叹气,我把鞭儿抽你"。诗人一定以为,牛犁地时,一定有人拿着"草儿""在前"引它,不然,它就不干。这只能让人认为是诗人对于劳动生活的隔膜,对"牛儿"和"草儿"缺少了解。这些场景不能说不是农家景象,但那分飘逸而无所牵挂的情调,却又不像农民而更像说者。这是文人想象中的农家的情趣,是寄托了他自己对于田园生活的向往。

当然,在新诗革命中,由写士大夫到写农民,这是一个重大的前进,因为诗人毕竟把社会底层的生活带到新诗中来了。但是,这些诗歌所展现的生活画面,总让人觉得隔了一层,觉得未免"走样"。再看康白情《朝气》里描写的农民的劳动:"石块儿也搬开了,乱草也斩尽了,所有荒芜的都开转来了,挖上些窝窝,种下些麦子。"在初诞生的新诗中,像这样具体写劳动的,的确很少,但这样的劳动只能在没有劳动过的诗人笔下出现。他们有良好的意愿,但他们限于当时的条件往往达不到目的。

这种状况只有《在延安文艺座谈会上的讲话》发表以后才有了根本性的改变。从那时开始,诗歌与现实的关系达到了相当融洽的程度。以张志民的《王九诉苦》为例,它表现的业已不是那种知识分子对于贫苦农民的同情心,而是变成了发自农民自身的痛苦的呼唤。句句都由农民的血泪凝成。它这样写饥饿农民的形象:"我身上瘦得露着青筋,眼窝塌下有酒盅儿深。"它这样写王九一家没有吃的:"我娘寻来二升荞麦皮,合把榆叶吃下去,拉下屎来狗都不瞧,半天大风就刮着跑。"也没有穿的:"夏天晒个黑铁蛋,冬里蹲在灶火边。"劳苦人的痛苦生活在诗中得到了真实生动的表现,而这样的生活单凭想象是想象不出来的。这是具有历史意义的变化。这个传统,直接地被当代诗歌所继承。在当代诗歌里,实际表现民众生活已是普遍的现象。50年代以后,生活的变化迅速,当战争还在南方进行的时候,全面的经济恢复已经展开。随后,一边进行抗美援朝战争,一边开始了经济建设,每天都有新的消息传来。生活在这个时代的诗人得天独厚,生活为他们提供了超越实际所能想象的内容。

二、新的生活实际涌入诗中

新的生活实际开始涌入诗歌:诗歌表现了中国在战争的废墟上重建生活的过程,一切都是重新开始,一种新生活的青春气息,弥漫在这一时期的所有创作之中。

李学鳌,一个普通的印刷工人,生活把他变成了诗人。因为他处在变革的生活中,他发现了印刷机制作地图的速度赶不上生活变化的速度,于是写下了《每当我印好一幅新地图的时候》:"昨天这里还是一片空白,今天就出现了一座工业城,明天当地图上刚刚把这里添好新点、新线的时候,那边,又响起震天的夯声……"只要是从旧生活的黑暗和破败中走过来,人们都不难拥有作为诗人那种独特的感受,生活中充满了像李学鳌所发现的这种诗情。50年代的许多诗篇多以此种前所未有的奇异现象作为诗题,李季有一首《白杨河》——白杨河是戈壁滩上一座荒村,但它正经历着有史以来的巨变:

> 刚刚撵走了在村边游串的黄羊,
> 你又匆忙地准备着迎接着明天。
> 那时候,隆隆的火车穿过戈壁,
> 人们将会欣喜地指着你说:
> "看哪,这就是有名的白杨河车站!"

这是已经被证实了的预言。生活是日新月异的,生活在这样环境中的人似乎就是开天辟地的人。那时,要是走进一座林场,你就可能是第一批走进林场的人;要是飞跃高空,你就可能是第一批征服空中禁区的人。许多诗人以充沛的热情反映生活瞬息万变的节奏,比如邵燕祥的《我们爱我们的土地》:"我们正是在工棚周围筑起城市,在骆驼队旁边,让火车发出自豪的吼声。"因此,当一位诗人写到改造荒山的人们时,写下《在云彩上面》雁翼要代表新的生活宣布:"它告诉远近的人民,云彩上面有了人烟。"当另一位攀沿曾经是很荒凉的山脉时,徐迟写下《我所攀登的山脉》要向世界发出欢呼:"我所攀登的山脉,不再是寂寞无人迹的了。"

中国正在经历着巨大的变化,获得新生的土地使人们有可能从更广阔的视野上把握诗的材料。无数新鲜的生活第一次在诗中得到了表现。中国过去是没有工业的、长久的小农经济的凝滞局面,被工业建设的喧闹所打破。这时期,把目光投向工业建设并且较为集中地反映了工业生产的新生气象的,是邵燕祥。

他把自己的第一部诗集,命名为《到远方去》。这正是在战争结束之后,响应生活的召唤,投向远方正在开始的建设的誓言。《到远方去》传达了那个时候那种生活的朝气和活力:"在我将去的铁路线上,还没有铁路的影子。在我将去的矿井,还只是一片荒凉。但是没有的都将会有,美好的希望都不会落空。"那时的人们对于生活无不怀着这种单纯的、乐观的信念,邵燕祥把这一切保存在《到远方去》的全部诗句中。《在夜晚的公路上》,有一群"永远不知道平静的人",他们"今天往东,明天往西,处女地上留下脚迹;谁不愿在亲手抚摸过的地面,看烟囱和铁塔高高矗起!"在《她们来到新城里》还是在积雪铺满的路上,一群年轻的姑娘来到新城,当她们正在惊讶新城究竟坐落在哪里的时候,其实未来的城市正在出现:"千里外的来客不必再寻找,这公路两旁就是城区;那边不是露出了红楼,那楼顶不是还悬着红旗?"其实,邵燕祥自己也正是这样"不知道平静"的年轻人中的一个如同《在远方里》描绘的:"让人们把我们叫做母亲的最好的儿女,在我们英雄辈出的祖国,我们是年轻的接力人。"

这批诗人,他们的诗表现了正在开始的生活,表现了生活的进行式,而不是完成式。他们的诗留下了那个年代蓬勃的生命力。1954年邵燕祥写了《我们架起了这条超高压送电线》,也许这是解放了的大地的第一条超高压送电线;同年,他还写了《第一汽车厂工地的第二个雨季》:

> 我们一手铲平了丘陵,
> 我们一手填平了空地,
> 排除着地下水,排除着困难,
> 眼前出现了新的地平线。

他的诗正是这个"新的地平线"涌现的记录。同一年,中国大地上的第一座汽车厂正在施工建造的时候,他已经用充满信心的声音喊出《中国的道路呼唤着汽车》:"我们满怀着热情,大声地告诉负重的道路:——我们要让中国用自己的汽车走路,我们更把中国架上汽车!"

与此同时,投入新生活的诗人们,从四面八方传来了诗歌表现新的生活的声音。当鞍山制造出了第一根无缝钢管,诗人为此唱出了喜悦的歌如张见的《无缝管来到锅炉间》:"伙计们快来看哟,快来亲自看一眼,这是我们自己的出品,它来自祖国的鞍山。"它写老师傅摸着钢管"一滴热泪溶在它上面"——他蹲了多少年的锅炉旁,摸过无数的钢管,而我们自己制造的钢管,"这还却是头一眼"。

这些诗句,表现了旧日生活的落后与停滞,而迎面而来的新生活——哪怕是一根无缝钢管的诞生,都带给人们以激动。那时,人们什么都感到新鲜,也都有表现的价值。50年代初期的诗歌创作中,一批随着军队南下西进并且工作生活在边疆地区的青年诗人最为活跃。他们的诗开拓了新诗题材的领域,把过去不曾出现的新题材带到新诗中来。以收集在《诗选》(1953—1955)中的顾工的几首诗为例,都是表现"第一"的诗篇。《开山的炮声》和《我们的家乡要修公路啦》,写的是青藏高原上的第一条公路的修筑。隆隆的炮声,在山谷回响,淡蓝色的硝烟起处,正在织氆氇的藏族少女好像已经看到了汽车扬起的尘烟,"从这座山峰到那座山峰人马在欢腾,从这片密林到那片密林帐篷在隐现"。《在世界屋脊土地上》写的是在"僵冷得停止了呼吸"的大地上的第一次播种;《飞翔在空中禁区》写的是年轻的空军第一次征服了"空中禁区",胜利飞越世界屋脊。顾工似乎是致力于表现新的生活诞生的无数"第一次"的诗人(当然不是唯一的),这些诗篇的思想深度和艺术成就并不突出,但是,那种新生活蓬勃发展的时势,造就了一批能够及时反映这些生活的作家。以李学鳌为例,他以一首从印刷工人的切身体会出发以表现生活新貌的诗而一举成名。像顾工以及他的许多同时代诗人（如梁上泉等），他们最初出现的诗篇就奠定了作为诗人的基础,这仍然是生活的恩赐。

从这个意义上讲,这是全新的诗,却也是十分幼稚的重新开始的诗。这些诗的基本特点是——表现了单纯的人和单纯的情感。

三、没有污染的单纯

随同着诗歌反映现实生活的具体化,体现在那个时代的生活场景中的人的精神面貌也得到了客观的展示。总的估计是,那个时代的生活场景是单纯的、明朗的,而附着在那些场景上面的时代氛围是一种近于质朴的单纯的热情。50年代初期那种充满着希望的朝气和乐观精神,此时已被更为扎实的精神所代替,这就是由坚定的信仰所促成的人们忠实于事业的献身精神。这种精神那时并没有发展为宗教的狂热,而是一种虔诚的信念。人与人的关系单纯而友爱,在生活中随处可以看到一双双明澈的充满信任的眼睛。胡昭有一首《军帽底下的眼睛》,那是闪耀在战火和烟雾之中的白衣战士的温暖的眼睛,士兵望见了这双眼睛,他会自然地联想:"我想起妹妹的眼睛,那么天真而明净;我想起妈妈的眼睛,那么温暖那么深……"生活中随处可见这样的眼睛,有的是表达信任,有的倾诉着爱慕,但即使是一种误会,人们也友好地谅解它如李季的《黑眼睛》:"不论我在图书馆里,或者我在蒸馏塔旁,总有一对又黑又大的眼睛,悄悄地对我张望。每逢我们超额完成了计划,那双眼睛就显得分外光亮;若是我们不小心出了事故,它就像阴云密布的天空一样。"多情的姑娘已经悄悄地和她的所爱共同承担了欢乐和痛苦,然而,他已不可能爱她,他爱着祁连山下的一个牧羊姑娘。在那个时候,人与人之间的关系体现着纯净和坦白,它还没有受到污染。

通过具体的生活场景,诗再现了那个时代的崇高精神,这里有至死也不肯放松持枪的手,未央的《枪给我吧》充满了战友的友爱和温暖,活着的人决心握紧死者的枪去完成他未竟的使命。那时的诗句还没有失去人情味,生者所理解于死者的,除了侵略者还没有撵走之外,也还有对于田园和老母的牵挂:"你的牙咬得这么紧,你的眼睛还在睁着,莫非为了你的母亲放心不下?我要写信告诉她老人家,请答应我做她的儿子。"

诗歌在表现生活的巨大变革的同时,也表现为这些变革而献身的普通人,到处都有这样不留姓名的勇者如杨普瑞的《他和祖国名城永远同在》:"当他被旋涡卷进了深深的水底,他还紧紧地紧紧地抱着一麻袋土啊!凶恶的洪水再也冲不过堤防,他的身体塞住漏洞,堤防变成了铁壁铜墙!"诗人在阐述着什么样的生命最有价值:只有为集体的事业献身的时候,这样的生命才是永恒的。在雁翼的《生命》里在嘉陵江桥工地,一位青年为了排除沉箱机的故障而三次沉入水底,他的身子已被冰水冻成青紫:"他挣脱了同志们温暖的双手,他说,这时候才最需要共产党!浪花溅起了一遍又一遍,他抱着石头露出了水面,当同志们抱住他那冰块似的身体,他已快没有呼吸,只留下一副笑容。"这里,诗人所信奉的"生命"的真正价值,就是把生命贡献于集体事业的荣誉感。那时的诗篇已经倾注热情于人们的非凡业绩上,它歌唱崇高的献身精神,但还没有把英雄神化,许多英雄都不留名字,《枪给我吧》中的烈士是无名的,与祖国名城永远同在的烈士也是无名的。诗歌正在悄悄地表现着伴随新生活而到来的崇高精神的萌芽。

那时的人们,有一种质朴的情感,在非凡的时刻如此,在平常的日子也如此。对于爱情这个古老的主题,他们也力图用新的思想加以规范,他们唱的是"战斗的爱歌",他们认为爱情不是花也不是酒,战斗的爱情——你是雪地露营中的野火,夜行军里

天空的星,你是旭日旁的朝霞,河水中的浪花:

> 真正的爱情之歌
> 不唱在北海的冰场西湖的游艇
> 战斗的爱歌
> 唱在那酷热的沙漠中
>
> 你如觉着她的手从你的臂中滑下
> 倒在戈壁昏迷不醒
> 你就扶起她
> 用爱情之歌
> 润湿她的心!①

这里讲的是责任,是给予,是一种充满崇高感的互助与献身。在这片即使是温柔婉转的领域,也总是充满了庄严感,爱不是耽于欢乐。与目下盛行的那种以金钱和物质为条件的婚姻相比,它透明如同水晶。

这种原则体现在一切方面,当毕业生即将告别母校,他们仍然唱着真诚的歌。这种歌决不是虚假的豪言壮语,而是那个时代的真实声音:"我们奔往理想,我们走向生活。不挑选顺利的环境,不找轻松的工作。……祖国啊——我的母亲!何必再深深思索,还要对我照顾什么?只望你快点说:什么地方需要我?" 50年代的青年学生都熟悉萧镜的这首《走向生活——为毕业而作》。那一代的青年感到只有这样的诗句才体现了他们的心愿。如同上述一切的生活是真实的一样,这种生活的声音也是真实的,这一切,应当归结到诗歌在新时代取得的成绩中去。

---

① 魏钢焰:《战斗的爱歌》,《诗刊》1957年7月号。

四、追求"纯净"

但是,在这种单纯背后,似乎回避着什么东西,人们想到增强诗的思想性,因而要求健康和纯净,自然地要求排除思想感情上的杂质。因而,单纯有时就难以与单调、单薄有所区别。例如眼睛所给予人的联想,也只是"妹妹的眼睛"、"妈妈的眼睛",他不会想到"妻子的眼睛"、"女友的眼睛"、"情人的眼睛",因为这种联想是不规范的,是含有杂质而近乎"邪念"的。但是,在这个时候,一个在战场上负伤的士兵,除了由一双眼睛联想到妹妹或母亲的时候,并非不可能想起他所亲爱的异性的。因而,这种"单纯"却表现为"并不单纯"了。

人们不仅回避着性爱,甚至也回避着爱情。那时的诗篇都追求这种"纯净"。梁上泉的《姑娘是藏族卫生员》:姑娘是藏族卫生员/她请求"不要那样看我/不要那样看我/我脸红得像团火/年轻的牧人啊/不要把我认错……"她赶紧申辩:"到你帐篷里来作防疫宣传/不是找你有话说……"而年轻的牧人也赶紧申辩说:"别怪我这样看你,别怪我这样看你。"在这里,诗人被生活中出现的新事物和新气象所征服,所以这种由新生活的剧变而带来的兴奋和激动,甚至成为一种排他性的情感。他的惊喜不是由于个人的情感,而只是由于藏家有了"门巴"。每逢在这个时候,诗歌总是小心翼翼地控制着自己的情感,绝不使它有什么不合乎规范的流露。正是在这样的风气下,郭小川在《林区三唱》之三《青松歌》中写"三个牧童,必谈牛犊;三个妇女,必谈丈夫;三个林业工人,必夸长青的松树"被认为"出格",以至于某些诗选把"三个妇女,必谈丈夫"粗暴地删去,也被认为是必要的。当时的诗,生活在"真空"之中,人们希望它是"蒸馏水"。

这种单纯感也表现在揭示新生活所带来的新气象上,人们把一切都想象得十分单纯。沙漠上走过来一队骆驼,骆驼背上驮着杨柳树苗,这一景象,可以使热爱生活的诗人内心燃烧起来,于是公刘写下《运杨柳的骆驼》,他便会这样地坚信——"千枝万枝要把春天播遍沙漠";"明年骆驼再从这条大路经过,一路之上把柳絮杨花抖落,没有风沙,也没有苦涩的气味,人们会相信:跟着它走准能把春天追着"。人们在那时,往往把生活想得非常的单纯,他们不会相信,沙漠有可能扩大,眼前的"千枝万枝"有可能被砍伐,我们将只能在风沙中生活。人们不会相信,生活完全有可能向后倒退。以至于到后来,这位当年坚信不会再有风沙和苦涩的诗人,不仅自己重新陷入了沙漠的围困,当他冲出沙漠之后,仍然写了《离离原上草》自序要用不确定的语气说:"假如七八年再来一次流沙,我就再变成骆驼,再默默地负重蹒跚,再期待着有朝一日走出流沙……"

从这时开始,可以做出如下判断:人们原先对于新诗的指责——这种最具权威性的指责来自周扬,周扬在《新民歌开拓了诗歌的新道路》里认为新诗"最基本的缺点就是还没有和劳动群众很好的结合。群众感受许多新诗并没有真实地反映他们的生活、思想和情感……"——已经得到了根本的克服,劳动群众的实际生活背景已经大量地,而且是源源不断地涌入当代诗歌。几乎整个50年代,在诗中占最大数量的,就是这样一些"反映了我国社会主义建设的波澜壮阔的图景,反映了劳动人民共产主义意识成长的过程"的诗篇。要是说,当代诗歌较之过去有哪些主要的特征,这种在诗中再现生活真实的"图景"和"过程",应当是其中重要的一点。

五、"记载"成为基本方式

那时的社会生活如同得到疏通的江河,人们在广大的国土上的行走成为一种可能。50年代后半期开始,生活逐渐趋于稳定,诗人们也开始在全国各地漫游。这种局面,对于诗歌的内容当然是一个新的解放,人们的视野开阔了,形象也更加丰富了。

经过长久的战争而获得新生的国土,似乎到处充满着诗情,生活新鲜得让人说不尽、唱不完。公刘乘坐火车,观看不尽两厢的美好景色,向左、向右,窗上都嵌着如画的山水,他禁不住发出欢呼写下《江南好》:"火车载我到江南去,多么好啊!才相识,就送给我一车诗句。"又有一位诗人,他响应生活的召唤,漫游大西北的草原和绿洲,他发现"博斯腾像是神秘的碗,人们的幸福永远注不满",他写下《天山牧歌》得出结论说:

记载下各民族生活的变迁,
岂不就是讴歌人民的诗篇?

诗篇就是生活变迁的记载,这是当时相当普遍的看法。青年诗人高平在他的诗集《珠穆朗玛》的后记中说:"如果把青藏高原的斗争生活比做是一棵大树的话,它最多也只是描画了一片叶子。"这里用的是"描画",是"记载"的另一种表达。对于这些观念,简单地予以否定未必妥当。因为当诗歌如同何其芳所自述的那样,由飘忽在空中的云,变成了地面上的现实的时候,人们把诗当成生活的记载或描写是很自然的。何其芳讲到他的第一本诗集《预言》时说:"那个集子其实应该另外取个名字,叫做《云》。因为那些诗差不多都是飘在空中的东西,也因为《云》是那里面的最后一篇。"在那篇诗里面,我说我曾经自以为是波德莱尔散文诗中那个说着"我爱云,我爱那飘忽的云"的远方人,但后来由于看见了农村和都市的不平,看见了农民没有土地,我写下《夜歌和白天的歌》却下了这样的决心:

从此我要叽叽喳喳发议论:
情愿有一个茅草的屋顶,
不爱云,不爱月亮
也不爱星星。

差不多每一个从旧生活走到新生活的诗人都有这样一段经历,他们像抛弃废纸一样抛弃以前那种轻飘飘的情调,情愿去做在他们看来是不那么得心应手的追寻。在广阔天地里,他们"记载"着,"描画"和"叙述"着那些反映现实的"实实在在"的诗。他们用一个又一个实际的"茅草的屋顶"的记载,代替那些飘忽在天边的云也似的幻想。

这时,产生了一种新的写诗的动机:为反映生活而写诗。诗是生活的反映,尤其是新的,有重大意义的生活的反映。生活中有的,诗中也应当有。况且,生活是这样的新鲜、美好,这样的值得"记载"。记载了这样的生活,正是诗的尽责的表现。有价值的生活,决定了有价值的诗,也许是由于这样坚固的诗观念,诗人们在新时代里忽略了"五四"以来积累的一套诗的技艺。他们认为那一套已不能表现新的生活,他们要重新做起。

他们认为表现新的生活需要有新的方式——而如今这样的"记载"即"实录"就是新的方式——"现实主义",也许叫做"写实主义"更适当一些。总之,把诗和生活看做是直接的记载本身以及把诗的来源看成是直接向生活的索取,是50年代前期和中期的新风尚。生活发生了变化,这种变化吸引了诗人的全部注意力,解放区的诗歌传统因此而得到发扬。

六、进一步脱离内心世界

从这时起,人们坚信:写诗就必须到生活的"第一线去"。于是,诗人的投身生活成为热潮。不仅一批老的诗人纷纷走向了生活,而且大批新的诗人,也都是从生活的第一线培育出来的。在生活中,诗人的基本方式是"观察、体验、研究、分析",他们像海绵一样地吸收生活中的水分,这些水分很快(经常是直接地)化为自己的诗句。一种急迫的心情,使他们记不起来诗还可以写自己,甚至也不会相信诗会通过自我来反映现实。他们更不会想到把生活进行心灵的浸润和溶解。他们只有认真吸取着,如同闻捷说过的那样:"记载下各民族生活的变迁。"

早在40年代后期,受《在延安文艺座谈会上的讲话》的影响,当时的理论就已经开始批判诗人对内心生活的深入。一篇文章说:"那些向精神生活深入的诗人便是向牛角尖里钻的悲哀的失败者。他们以观念代替实感,以理想代替生活。那理想就是他们虚无缥缈的幻想!"① 这一段话表明,当时的理论强调的是"实感",而反对幻想(实际上反映的是诗人的想象)。于是到生活中直接取得写诗的材料便成为深入生活的目的。劳辛在《诗的生活与生活的诗》里还有一段话:"向来我们都以为花鸟月夕就是诗的境界,如果在现在这伟大的社会群众斗争的时代,我们的美的欣赏,还原到玄妙感觉的个人主义的见解,这是毁灭了在新的条件下所产生的新的人性。"要是认为唯有花鸟月夕才是诗的境界,那是偏颇的。新时代的社会群众生活,当然也是诗的境界。这段话的毛病在于,它把二者对立起来,而且力图以后者否定前者。它的错误也在于认为只有唯一的境界,它认为二者是不可并存的。花鸟月夕的境界只是一种"玄妙感觉",而这种感觉又纯属"个人主义的见解"。尤为严重的是,文章认为如果承认了它,就会"毁灭""新的条件所产生的新的人性"——这里指"玄妙感觉"对于"社会群众斗争"的破坏性。作者显然把"玄妙感觉"视为异端,视为"个人主义",如前一段话一样,他反对"理想",而主张"实感",这种理论实际上堵死了诗歌"向精神生活深入"的可能性。

那时的理论指导都偏重于此,臧克家在《诗选》(1956)序言中说:"我们一定要提高作品的思想性,一定要追求、抓住时代意义、现实意义强大的主题。"在这背后,无疑存在着与之相背的主

---

① 见劳辛的《诗的理论和批评》,上海正风出版社,1950年。

题是可以不必"追求"、更不必"抓住"的意思。这实在是进一步号召诗歌走出个人的内心世界和投向客观生活的描述,号召"追求""抓住"现实生活的实体而不是那种空洞的"理想"。

第九章 抒情诗叙事化

一、自我形象的消隐

由于诗人普遍重视向现实生活索取"实感"性的材料,而且往往采取直接描述的方式再现这些材料,因而,从50年代开始,诗人的自我形象逐渐地从诗中退化。抒情诗的性质在悄悄地产生变化,以至于促使抒情诗逐渐地走向情节化和叙事化。这种变化的直接后果,就是:诗人热衷于叙述别人的故事,而普遍地产生了在诗中隐匿自我的倾向。这种倾向是与诗的基本性质相违背的。从根本上说,这种诗中自我的消隐有阶段性,50年代初期为这一种单纯的愿望所促使,表现为"自我"不如公众重要,50年代后期,则是一种有意的回避。

从诗的本质上看,诗人的基本方式在于把社会生活普遍的情感"个人化"。诗歌的最大形象是诗人自己。它不是无视别人,差别仅仅在于,它总是以自我抒情的方式促使别人向诗人"认同",从而承认:他们从诗人的歌唱中听到了自己的声音,并承认诗人是在替他们歌唱。因此,诗歌一旦离开了诗人自己,而着重讲述别人的故事时,诗歌产生感情萎缩症就难以避免。

爱情诗在这一时期的状况是这一诗歌现象的有力证明。一般说来爱情诗是最个人化的,并且鲜明地显示出它的情感表达的内向性。但是,50年代开始就失去了传统意义上的爱情诗。诗歌走向客观的大趋势,促使真正的爱情诗的绝迹。在爱情领域中,诗人的真实情感受到了舆论的怀疑,在一片人人都渴望献身于集体事业的庄严气氛中,诉说这种只是两个人间的欢乐和悲哀是不适宜的。诗人都羞于表现自己的爱情生活,他们不愿公开自己的隐秘的情思。他们认为在这样的时代谈论个人的情感,不仅内容,甚至动机都未必合理。

因此,在相当长的时期里,诗歌创作中只剩下一种"假"的爱情诗,即诗人替别人、有时甚至不惜以重大的政治题材来冲击爱情。张长的《夜》、梁上泉的《姑娘是藏族卫生员》以虚妄的爱情联想而在事实上极力摆脱爱情。严阵的《金色的秋天多么美丽》写的是假设的爱情、假设的情人和情话,而且这种爱情也是浸透了革命的意识,且有一定的模式:奖章加爱情。

在十分珍贵的爱情诗创作中,闻捷的贡献最大,他写的爱情诗最多。然而,尽管他最后是在迫害中为爱情的绝望而死,但他一生都不曾替自己写过一首真正的情诗。闻捷的爱情诗作品集中见于他的《天山牧歌》,它们的基本特点是带有简单情节、偏于客观叙述的抒情诗。例如《舞会结束以后》:深夜,舞会结束以后,忙坏了年轻的琴师和鼓手,他们伴送吐尔地汗回家,一个在左,一个在右……他们分别向姑娘表达爱慕之情,姑娘的默不作声使他们不安。原来是:早在去年的今天,姑娘已把心交给了另一个青年,他如今正在乌鲁木齐发电厂。青年人单纯而执著的爱情,通过舞会结束之后两位男青年伴送姑娘回家的情节得到了传达,爱情的纯真借助简单的故事来展现,而不是纯粹的发自内心的抒情。例如《爱情》:姑娘最心爱的人,在战争中失去了左手,他为了"珍惜"姑娘的青春而回避姑娘的爱情。仍然有简单的情节,有清晨轻轻送上的羊奶,有夜晚不熄的灯,有妹妹捎信的约会,以及最后的更为坦白的爱的倾诉。而这些故事和人物的悲欢都与诗人个人的情感无关,他在作这些情诗的时候,只是旁观者。

另一位诗人李季写了叙事长诗《王贵与李香香》之后,写了

《玉门诗抄》。他把叙事诗的因素带到了抒情诗中,特别是爱情诗中来。他写的也是这种趋向客观叙事化的爱情诗。《黑眼睛》、《红头巾》、《正是杏花二月天》都通过简单的情节抒写劳动中结成的爱情。在这些诗中,人的情感活动是理智而冷静的、客观化的,很高尚,也很单纯,仿佛是经过净化的。《黑眼睛》写小伙子不论是在图书馆还是在蒸馏水塔旁,总有一双黑眼睛含情脉脉地望着他,小伙子告诉黑眼睛:"假若你是喜欢那颗金色的奖章,真诚的劳动一定会得到报偿;至于你要是为了别的什么,那么,请你听我说吧,祁连山下,有一个放羊的姑娘……"小伙子的心没有为这突然的袭击而不宁,他们都十分冷静、理智,没有热恋中的青年男女那样的狂热。这些都是爱情诗走向客观、叙述的"非个人化"所带来的气象。有趣的是李季的另一首爱情诗《白杨》,通篇是姑娘严肃地教育她的男友的话:你当过三次劳动模范,而今可要垮台了;不是我对你有什么意见,我真替那个青年团员心焦,不是在停车场上游串,就是到图书馆把我来找;像这样子怎么能行啊,闹得大家说我的不好……在这首爱情诗中,笼罩全诗的并不是激情,而是冷静而严肃的"原则精神"。情诗充分的客观化的结果,导致诗人用它来说教。

二、诗人讲述别人的故事

抒情诗的走向叙事化,主要还不是表现在爱情诗上,大量的抒情诗都在快速地变化着。从 50 年代初期开始,纯粹抒情的诗越来越少,而那种以故事情节或具体事物为框架的"借题发挥"的抒情诗逐渐地形成为主要的和基本的形式。这类诗,后来被称之为"情节诗"。它的基本特点是注重事件和情节故事,而忽视心灵的复杂性。在这类诗中,"事"的因素在增长,"情"的因素在衰落,而且逐渐地走向模式化。大体表现为:外在描写的场面,被认可的思想的"引申"。所谓"诗意",大体即指这种从外面加进去的政治倾向性(多半是一致性的和一般性的,而绝少具有个人独特的发现和发挥)。

  在诗歌表现社会生活的具体化的进程中,李季是成绩最显著的诗人之一。他以《将军》、《师徒夜话》、《厂长》、《生活之歌》等作品,形象地记载了石油工人创业和发展的历程,最早一代石油工人的形成以及石油家庭的谱系。在诗歌逐渐走向客观化和叙事化的进程中,李季也起着某种典范的作用。从实际的社会生活中走过来的李季,保持和发展了他的写实的风格,他总是在诗中热情地记述生活中有意义的场景和人物。他的抒情诗集《玉门诗抄》把他所擅长的叙事诗的写法继承了下来,在本来是以抒情为特点的诗中,保留了浓厚的叙事的成分。在很多诗中,他注重的是客观的叙述,而总是避免参与进去作主观色彩很强的评述,他推重客观的"实感",而忽视和排斥主观的抒情。他的抒情诗仍然给人以生活的变迁和发展的具体切实的记载。例如《客店答问》:

    "南路的口音,南路的梳妆,
    看你的穿戴,不像个本地人模样?"

    "家住在湖北,长江边上,
    要问地名,叫做宜昌。"
    "千里迢迢,山水阻挡,
    一个单身女人,走向何方?"

    "轮船火车上,人人都帮忙;
    我现在坐汽车,要去新疆。"

    "千辛万苦,要去新疆,
    是为探亲,是去游逛?"

"田里正忙,哪有闲心游逛;
千山万水,只为把亲人探望。"

"是去看你兄弟,还是去看爹娘?
他们是种庄稼,还是经商?"

"一不是看兄弟,二不是看爹娘;
我是去看我的爱人,他在咱们的部队上。"

"啊,千里路上去找你的男人,
你这个大嫂真是刚强!"

"谢谢你这个好心的老大娘,
我还没有结婚,请你叫我姑娘。"

"呵哟,你还没有结婚!
那你是为了什么要去新疆?"

"好大娘,就是为了结婚嘛,
为了他在建设边疆,没有时间请假回家乡。"

《客店答问》体现了典型的用诗来写过程的普遍意图。在这首诗中,诗人只是借助诗的形式(分行、押韵等)来表现具体的故事,这种表现甚至比一般的叙事作品还要详尽。在通往大西北的一家客店里,一位大娘"盘问"一位年轻的单身女子。她对这年轻人的西北之行充满了新奇之感。姑娘不见周全的回答引起大娘更大的好奇心,于是继续盘问,继续回答。答问的过程,也就是表现新生活的过程。这首诗本身就构成了一幅新生活的颂歌的场景,通篇都是叙述,没有一字是诗人的自我抒情。它构成了由叙述情节组成的抒情诗,它也组成了摒弃了任何主观抒情而纯粹依靠客观描述的新型的"抒情诗"。

这种诗注重的是情节的动人,动人的情节变成了抒情的基础。在传统抒情诗的厅堂里,从来是坐着诗人自我形象的地方,如今闯进来各种各样的人,也有这样一老一小的"客店答问"。她们成了抒情诗新主人,而诗人则主动地退出了画面,这是一个重大的变化。当然,由于抒情诗趋向于客观叙述,同时,也由于已经形成的强大的用诗来记载生活的观念,忽略了主观抒情之后的诗歌,它似乎陶醉在情节的动人之中,而未能如同往昔那样踮起脚尖跳跃着前进,它只是被生活的过程拖着走。

先前那种跳动的节奏,那种飞跃的想象,现在都看不到了。诗尽管也在行进,但是,情节的进展是极为缓慢的,像《客店答问》这样,无非是一位姑娘到部队去结婚,却要没完没了地,谁都明白、却又"装做不懂"地不厌其烦地一问一答。大娘太笨,姑娘也真有耐心,这是"笨"大娘和"傻"姑娘的极其啰啰唆唆的对话。而诗人则似乎由此得到了满足,受到愚弄的则是读者。在新生活开始的年代,在一个边远地区的平凡的客店,那里也洋溢着生活的青春,活跃着血脉的搏动,难怪那些刚从战争和艰难中走来的诗人要如此百看不厌,百听不烦。

这种实录性的诗风,在当时是一种崭新的普遍的风尚,李季则是最为致力的一位。《客店答问》以外,还有一首《师徒夜话》,仍然是两人的对话,加上个别必要的动作描写,诗人依然保持完全客观的态度,他从不"插嘴"。在这里,仍然是"如实"再现生活的意图支配着诗的写作,他注重的是场景,是情节,而且力图把如今刚刚开始的建设和刚刚结束的战争联系起来——充填更多的内容,展开更广的画面。下面是这首诗不加分行的节录:

"王师傅,是不是我的手脚太笨,开油井的动作我怎么总摸不上? 要是说我不用心,可真冤枉人,这几天,做梦也在揣摩也在想。"

"真是没有办法,你们这伙年轻人,难道你们一个早上就会了打枪? 说起打枪,我倒要问问你,你那只右手,怎么那样没力量? 开闸门时,正要右手用力气,你一换手,那操作当然就跟不上。"

"不是我右手不愿用劲,只因为我身上受过重伤,用劲一猛,浑身就麻……没有什么,来,我帮你把饭盒提上。"

"啊,我说你那只手怎么那样没劲,原来是你在战争时受过伤。提起打仗,我倒想起了一件事,快解放时,在我们镇子上打过一次仗。解放后我回家时听人讲,说那一仗打得真漂亮。咱们解放军把敌人包围了,一营敌人被困在我们镇子上。咱们的一个侦察员偷进了村,被敌人逼在我家的房顶上。他一个人折腾了整整一夜,敌人没办法要放火烧房。幸好咱们军队发动进攻,一阵风把敌人全消灭光。房顶上救下了那个侦察员,他身上足足受了十几处的伤。……(谁的脚踏空了一步,管钳掉在地上)怎么啦? 这个地方可得小心。"不要紧。——我真没想到那是你家的房!……"

上述那种纯粹的客观的描写,在当时抒情诗中是相当普遍的趋向。再举些例子,这里是写情景的:

郭煌的《咱村来的那个老李》:

> 昨夜咱村里来的那个老李,
> 天没亮他就同咱们一起挖泥,
> 泥浆溅了他一脸一身。
> 看不清面孔,只见他露出牙齿笑嘻嘻。

张志民的《扬场》:

>　　春梅在当院纳鞋帮,
>　　谷糠落在她头发上。

韩忆萍的《多梭箱布机试车了》：

>　　这是多好的多梭箱布机,
>　　织出的布匹五光十色,
>　　只只梭头打撞梭板,
>　　银光闪闪似天上的星座。

抒情的诗歌完全变成了生活和生产场面的介绍。许多诗歌都是这样疲惫地追逐着事件,在繁琐的描写之后来一个提高性的"引申",其手法也是非常单调、呆板的,比如韩忆萍的《我们为了祖国》：

>　　扛着铁条的人结成队走过,
>　　个个斜着宽大的肩头,
>　　背上的衣裳已叫汗水湿透,
>　　我匆匆地朝着炉边走。
>
>　　铁从肩上掀下熔炉,
>　　水口的铁浆急速地倾泄；
>　　铁浆浇进新中国的模型,
>　　炉下成长着一个新的世界。

衡钟的《给风沙转工》：

>　　像一颗流星在你手中旋转,
>　　金色的火花像瀑布飞迸；
>　　旧的机件射出了照人的光彩,
>　　发锈的钢材也泛起青春的笑容。

> 金属的研磨声是你们劳动的歌唱,
> 火焰像灿烂的流苏披满全身;
> 啊,你们是在磨尽进军的障碍,
> 把社会主义的道路磨得坦平。

在张永枚《臂膀》里,修路战士,折断了一条臂膀,爱人很心伤。战士说:"别心伤!你看着公路,穿雪谷,越大江,风云万里,伸到远方;那就是我的臂膀。"有评论说,"寥寥几笔,使那战士高大的形象立了起来"。无情未必真实,诗是表情的艺术,这里尽管是豪言壮语,但是却是矫情,不是有真实悲欢的活人。

诗人的全部热情在叙述。因为他不愿有所"遗漏",他于是要不厌其详。我们由此可见那时的人们写诗的基本动机——再现那些有意义的生活事件,保留下来那些历史的场景,这不是李季的个别现象,这是当时的普遍的要求和愿望。李季在《热爱生活,大胆创造》里告诉自己的同时代人:"爱生活吧,像爱你的爱人那样地热爱生活吧。就是当你成为一个职业的作家时,也不应当对生活冷淡。谁疏远了生活,谁对生活失去了爱情,谁的创作生命也就停止了。"因为爱生活,因而要再现生活,而且要再现得详尽和细致。这就造成了50年代诗篇在表现现实生活时的过于拘泥和呆板的现象。人们似乎被现实生活的情景所迷醉而忘了诗人的天职在幻想。不仅是郭沫若的"凤凰"在现实世界里折断了理想的翅膀,而且有相当的诗人都失去了想象的能力。当然,在再现现实时,他们都表现出足够的耐心。

这样,就导致诗歌走向一个重大的后果,这就是,人们不再习惯于用抒情文学的要求来要求诗,而习惯于用叙事文学的要求来要求诗。他们要求诗歌客观地叙事,要求诗歌记载生活的面貌和它的变迁,要求诗歌明白、具体、易懂。据此,人们可以随意向诗歌提出诸如"我们的沸腾生活为什么在诗中得不到反映"这样的责难。例如《诗选》(1953—1955)序就说过:"我们的祖国正在一日千里地前进,过去革命诗人们所梦想过的社会主义社会,正在我们面前逐渐地显露成形,但是诗歌在反映时代、反映现实生活方面是很不够的,是落后于国家和人民的需要的。"这当然是对诗歌未能有效而及时的"反映"的责难。

李季是自觉地按照这样的观念进行创作的诗人,他把《王贵与李香香》开始的叙事的特点移植到抒情诗中来,他为抒情诗的叙事化迈出了重大的一步。可以说,在诗从主观走向客观的过程中,李季是总结性的一位诗人,抒情诗迅速叙事化的过程,是在李季手中完成的。李季的抒情诗的基本方式是:用诗来"说"他从生活中听来的故事。写于1949年的《报信姑娘》,全诗用的是"报道"的方法:"写不尽千百次的野兽行为,无数的反抗斗争又怎能记得周详;我知道你们已经有点急躁,现在开始讲姑娘报信那个晚上。"《玉门诗抄》中的《厂长》表现了李季对于客观生活的重视,他力求把生活中的画面表现得逼真可信:"我"去访问厂长,却遇见了旧日的团长,他满身伤痕却又朝气蓬勃,上下班不坐汽车,为了锻炼强壮的身体,"敌人没有完全消灭,说不定哪一天又要穿起军装"。李季总是用老老实实的办法"讲"他的"故事",李季写着新的叙述诗,由于他的努力,把诗与现实的关系推向更为密切的程度。

三、罗列现象的"抒情"

这种崇尚"实录"的务实的风气,使抒情诗中的诗人感情动机削弱到几乎不存在。由于单纯的复述和模拟,使诗对于生活的反映失去了弹性而陷入被动和僵化的状态。诗只能随着事件作平板叙述,而看不到情感的起伏波折。现实在诗中的反映较之过去是具体而详尽了,但是,由此也派生出琐屑而缺乏提炼的弊端。叙述事情总要既详且尽,而且总是按照过程作刻板描摹,甚至即使是叙述的程序上也不作任何的改动,总是按照始末经过照实记录。1953年,严阵写过一首《老张的手》。这是严阵的成名作,也是当时收入诗选的很有名的一首诗。它的叙述方法就是按照时间顺序逐一说明。通过一双手的经历,写老张的苦难史和翻身史。先写解放前:十一岁,他用这双手要过饭;二十二岁,他用这双手干过活。后写解放后:"闹斗争"("你就用这双手,掐断了财主们吃人的咽喉"),"战胜灾害"("你就用这双手,带着贫苦农民和灾害搏斗"),"改造自然"(这双手,"多少次被薄冰刺破了皮肉,多少次被砂礓震裂了虎口"),"组织起来生产"(这双手,"和农民们挽起臂膀,向集体主义的路上逐步走")。

最典型的是同样以富有特点而收入《诗选》的马国昌、李公蕴《飞越青藏高原》。这首诗写中国空军第一次征服了空中禁区,首航西藏成功的故事,也是严格按照事件经过的先后次序记录性描写。首先是飞行命令的下达(下达的次序是:命令传到飞行团,命令下达到飞行员,命令下达到领航员,命令下达到机械员,命令下达到空投员,命令下达到场站……);其次是飞行的经过(起飞,盘旋,爬高);飞行途中的困难(按次序是:气流,云团,风暴,冰雪的袭击;飞机的上升,转弯,躲云,绕出);而后写遇险时机上人员的紧张状态(机械员:两眼紧盯仪表盘;通讯员:和基地电台把话传;领航员:观察地标细打算,万山丛中找航线;飞行员:看准云洞,有时飞到云上边);最后,又是俯冲、下滑、搜索、盘旋,最后才看到了目标:"目标在前面。"这样的诗甚至连事件的细节都未加挑选,连始末次序都未加变动,真正可以称之为现实的实录性再现。它被引起注意和入选,根本原因在于题材的新鲜,因为它描述的是中国以前未曾有过的新奇之事。

罗列现象已经成为普遍的倾向,人们不再注重诗怎样通过诗人心灵再现生活中的情感。感情的要求不再成为要求,似乎就剩下了对情节和故事的偏执的热情。如果是一个会议,诗人的思维习惯不再是透过那一些现象寻求自己独特的感受,而是满足于平列地堆积这个会议的"基本情况"。这样,就出现了诸如郭沫若的《歌颂群英大会》里的这样的诗句:"有集体,有个人,有群众,有党员团员,有男有女,有老有小,有民族的尖端"这样的诗句。另一位诗人为一个会议写了一首诗:《这光亮不是来自天上》(为全国青年社会主义建设积极分子大会歌唱),其中也有类似的句子:"有的人,带着兴奋把郝建秀指给别人;那就是跑在时间前面的王崇伦,有人向他的邻座,用注视的目光。'你看,这不是白毛女',有人向着田华比画……"不仅写会议如此平面罗列,即使是表现生活的景象,也沿用此法。一首《边境小镇的"街日"》:香蕉、椰子带着露水,菠萝堆得高高,木盆和鱼篓里的河鱼、海鱼,然后是百货公司、花布、镯子、项圈、钢笔和书籍,然后再回到街上,有一队卖余粮的队伍通过小街。白天写不完,还写晚上,诗结束的时候:"四面八方还有人群涌来赶晚集。"类似的题材可以举出很多,都是一样的写法,平板地铺开来,罗列生活中的现象,尽量地把生活的样子实录出来。这里又有一首《赶早街》:"一堆堆槟榔,一篓篓青茶,嫩绿的青茶上有轻露一把,刚下山的景颇人摆下一座森林;竹笋、蘑菇、野浆果……外加鹿茸一架。一只手探向鱼篓,一声泼刺,一枚硬币投下:'给几朵缅桂花!'小吃摊前一个农垦工人一抹嘴站起,一碗热米线吃得他呼辣辣。最热闹的要数百货商店了:'同志,要花布!''同志,买盐巴!'……"

在这些诗中,可以看出诗与生活的关系是直接的,生活中的现象可以直接搬入诗中,稍加整理便成为诗句。生活中有意义的事物,直接引入诗中,便成为有价值的诗句。人们不加怀疑地坚信这就是诗歌的现实主义方法,人们自然地排斥了诗的更为广泛的表现现实的方式,他们不知道诗与生活的关系更是一种折光,一种投影,一种经过心灵的再创造,而认为诗的根本道路不是叙述和说明,特别不是表现现象无限制的列举。朱光潜说过:"用死办法很难把诗作好。所谓死办法就是写此人此物此事,眼睛就是看到此人此物此事,黏滞在迹象上,不让心眼儿多开一点窍,多放一点'心花',自己不能触类旁通,也不替读者多留一点触类旁通的余地,始终纠缠在'有限'里,见不出'无限'。"①50年代以后,朱光潜很少对诗发表意见,他的这些话,是针对当时诗歌创作中的相当普遍的"黏滞在迹象上"的倾向说的。

对于文艺反映时代的问题,从提倡写实文学开始便存在。1938年茅盾曾写过一篇短文《所谓时代的反映》②,它回答了当时发出的"普遍的嗟叹"——"近三十年来几次划时代的大运动,文艺上都没有反映"。茅盾认为,"一个运动的本身,可以写,但也不一定要写;譬如投一石子池水中,写石子本身还不及写池水里的水被石子所激起的波动更有意思。一个大事件的本身就是这么一块石子"。写这文章时,抗战方兴,问题又被提了出来。茅盾据此回答说:"现在我们临到民族历史上未曾有过的大时代了。反映呀,反映呀!一叠声催促着作家们。不错,应该反映。但是,以为必须来一部'抗战全史'那样的作品,才算是反映了,那就是谬论。同时,作家们如果也误认了反映的意义只是写'抗战演义',那也非走到牛角尖不止。"

茅盾并不认为当时的文艺不曾反映时代,他的回答是肯定的。他认为几乎所有优秀的新文艺作品全是反映了"五四"等等运动的:"谁能说我们的好作品中的男女人物不带着'五四'、'五卅'等伟大时代的烙印?谁能说我们的好作品中间没有写到'五四'、'五卅'等的伟大运动怎样改变了人与人的关系,又怎样改变了人与生活的关系?难道这不算是'五四'等等大时代在文艺

---

① 朱光潜:《目送归鸿,手挥五弦》,《诗刊》1962年第4期。
② 见《茅盾文艺杂论集》,上海文艺出版社,1981年,第715页。

上得到了反映么？"

这样看来，要求诗写出社会主义革命和社会主义建设的历史是荒唐的，要求诗亦步亦趋地从"三反五反"、"反右斗争"、"反右倾斗争"一直反映到目前的"新长征"、"向四化进军"等层出不穷的社会政治事件、中心任务等，对此做出具体的和细致的反映也是片面和机械的。诗写的是人们心灵的历史，在这一面面各具个性的心灵的镜子里，人们可以窥见那时代的投石所泛起的波涛，诗的任务不在于具体的描写和记载。用这个标准来衡量，则舒婷的《致橡树》，顾城的《远和近》、《一代人》都是那些"石子"引起的波澜，都是时代的回声。

第十章 "体验生活"模式

一、建立生活基地

抒情诗的创作中叙事化带来了某些不成功的倾向,但是,表现社会生活的具体化却是属于"不成功"换来的成绩,为了寻求表现现实的具体性,诗人们在实践中形成了一套完整的和行之有效的体验生活的方法。这种方法便是生活基地的建立。在这方面,李季也是实践最力、经验最丰富的一位。1942年开始,到1947年,李季在陕北的三边(定边、靖边、安边)地区工作——小学教员、县政府秘书、地方石印小报的编辑。《王贵与李香香》以及后来的《三边人》《报信姑娘》等作品,正是他在三边所流的汗水的结晶。三边是他最初的,也是经久不衰的生活基地。李季把它称为"诗的源泉"。进城后,李季被调到中南地区工作,他也像当初在陕北寻找信天游那样,他找到了湖南的盘歌形式,写了一部《菊花石》。这部诗并没有得到预期的成功。也许他的气质是属于北方高原的,他没有把这方面的尝试继续下去。他的心在西北,不久,他重新回到了那里。

三边已经完成了它的历史使命,这点,李季是很清楚的。这个生活基地曾经以乳汁哺育了他,但是,生活已经发生了剧变,生活的重心已经转移。生活对于诗人的召唤,三边已经无法满足。李季从三边出发,不是向着南方,而是向着更远的西北。他很快地找到了新的生活基地:玉门。他很快又熟悉了玉门,而且从那里获得了诗的灵感。

李季从此把三边和玉门并称。他写过一篇题为《我和三边、玉门》的文章，他说："三边和玉门，是我的生活源泉，也是我的诗的源泉"，"回顾这十八年来，我所写的几百首短诗和几部长诗，几乎每一首都和它们有着直接、间接的关系……离开了三边和玉门，我几乎连一行诗也写不出来"。李季的创作情况确也如此，离开这两个生活基地的诗篇，都没有成为他的代表作。

　　从三边到玉门，这是李季生活基地的转移。三边是战争年代的象征，玉门是建设年代的象征，这说明李季的创作在随着生活重心的转移而转移。这个转移证明，他在坚定地按照诗反映生活的原则，确定自己的创作方向。当生活中战争已成为过去，建设正在开始的时候，李季为了寻求创作的发展，他及时地对生活基地作了调整。这说明，李季并不是像他自己说的那样，是一个"很笨的人"，他对生活是十分敏感的，只不过是，他的敏感在另一些方面。诗人拥有比较固定的基地，建立了比较固定的基地之后，紧接着也大体固定了他的创作题材和风格。这个经验的兴起和完成，李季是实践最多也最成功的。当然，也许也由此产生了明显的弊病，正如李季自己说的，以至于离开了三边和玉门，他"几乎写不出诗来"。

　　体验生活这一原则在李季那里发展得最为完善，他完成了一整套体验生活的观念。李季的这种为写诗而体验生活的方法，其内涵是认为诗人深入一个地方，务必使自己成为生活中的一个成员，成为一个确切意义上的本地人，而不是旁观者和客人。"从心里爱着一个地方，把你自己变成一个不折不扣的当地人"，李季总结说，在三边工作时，他不论是在旁人的眼中或是自己心里，都只是一个极为普通的农村干部，不是诗人，而是和老百姓一样的人，并不存在"放下架子"、"打成一片"这样的问题。李季是很为此自豪的。到了写玉门时，他已是专业的作家，而不再是普通的干部了，情况有了变化。但他对此不满，力图改变这状况,针对这种状况重新把自己与生活的关系作了调整。李季说:"我尽力地忘掉自己的作家身份,从一切方面(从工作、生活到思想感情)把自己变成一个和当地所有人一样的'玉门人'。"①他果真这么实行了,而且实行得很好,以至于关心他的人不得不提醒他:"你简直一点儿也不像作家,可不要忘了你的本行。"

以上所述,也许是一个完好的境界,但是,对于诗人来说,忘了作为诗人的特殊使命以及可能使自己独特的艺术个性退化的倾向,以至于在一切方面都"忘了自己"的境界,却未必是完好的。早在1956年,臧克家在为《诗选》写序时批判了王国维《人间词话》中的一段话,即"客观之诗人不可不多阅世,阅世愈深则材料愈丰富,愈变化,《水浒传》、《红楼梦》之作者是也;主观之诗人不必多阅世,阅世愈浅,则性情愈真,李后主是也"。"王国维所说的客观之诗人"指的是叙事类文学的作者,主要是小说,"主观之诗人",则指严格意义上的诗人,王国维把"主观"的帽子送给了诗人,应当说他是很懂诗的一位理论家。诗人不可离开他的时代和人民的生活,但是,诗人追求的不是材料的"丰富"和"变化",他追求的是心灵对于外界事物的感应,他看重的是性情的纯真。诗人应当天真如孩子,一旦诗人的感情老化,作为诗人,他就失去了灵性。王国维这些很有见解的话,不料却遭到臧克家的批判,他断言说:"今天的诗人举手赞成这种论调的恐怕不多了,可是,另一种变相的见解却迷醉了许多人:诗人和小说家不同,不深入生活,走马看花,只要灵感一动,也可以写出好诗来。"

诗人和小说家就是不同,不仅他们在创作的很多方面不同,而且即使在了解生活(或深入生活、体验生活)的方式和要求上

---

① 李季:《我和三边、玉门》,《文艺报》1959年第18期。

也有不同。诗人不能离开生活是对的,但同样,诗人也不能老待在一个地方,而且不断地"深入"下去。诗人的天地不仅应当是宽广的,而且应当是活泼而不黏滞呆板的。诗人可以"蹲"在一地,但诗人更应当走动。臧克家讲的"不入虎穴,焉得虎子"是对的,但是不应理解为诗人只能蹲一个"穴",离开了这个"穴",他就得不到"子"了。诗人可以有"穴",而且应当不只是一个"穴",而是有很多的"穴",也可以是"狡兔三窟"。但诗人不应当总是"入穴"的人,他还应当在原野上奔突,在天空中翱翔。小说家去不了的地方,诗人也应当去,包括天国和地狱。要是把"不入虎穴,焉得虎子"理解为诗人到生活中就可以顺手抓来许多"虎子",这实际上否定了诗歌在抒写人的心灵,着重表现人的精神世界方面的"特异功能"。我们在诗与现实生活关系上的简单和机械的毛病,多半与否定诗的"特异功能"有关。

李季体验生活的经验有利于工农兵方向的贯彻和实行,事实上,当诗人由于对工农兵生活的"不熟不懂",而像李季那样钻进去深入下去,这对于诗歌创作"表现新生活"成绩是显著的。现在需要考察的是,固定生活的基地,从而固定生活的题材乃至诗人的风格,以及为了深入生活而把自己"忘掉",认为把自己完全变成"当地人"以至于在创作过程中忘掉了"自我",而专注于说别人的故事的方式,才是正当的和正确的体验生活和获得诗情的办法,究竟存在不存在的局限,究竟是否完全符合诗歌创作的特殊规律?长期以来,流行的理论对此是深信不疑的。流行的理论一直在这么指导着诗的创作:"怎样才能使诗人从自己的狭小天地中解放出来呢?……他把自己那一分知识分子的小资产阶级的劣根性投入时代的洪炉里给熔化掉,经过千锤百炼的功夫,泯除些个人主义的废料,才是成功坚韧的钢铁。"[1]

---

[1] 劳辛:《读诗随感》,《诗的理论和批评》,上海正风出版社,1950年。

二、冲破局限的努力

　　这些理论引导诗人们投向生活,各自寻找属于各自的生活基地,而且坚韧地固守着这些基地,甚至除了这些固定的题材之外,目不斜视。由于这种理论的倡导,因此出现了一种崭新的局面:出现了一大批按照各种社会分工、各种工种和行业划分的诗人。我们有部队诗人、工人诗人、农民诗人。部队诗人中又按各军种兵种划分,有专写空军的、专写海军的、专写工程兵和坦克兵的。有石油诗人如李季,有煤矿诗人如孙友田,有码头诗人如黄声笑,还有专写汽车工业、纺织工业、钢铁工业的诗人。有专写森林的诗人如傅仇,他几乎也是一位离开了森林就写不出诗来的诗人,许多名诗,都是以森林命名的,如《告别林场》、《伐木声声》、《蓝色的细雨》、《赤桦恋》等等。他写出了很好的森林诗,其中《告别林场》是50年代以来最优秀的诗篇之一。傅仇显然对此十分自豪,他在信中说:"50年代和60年代初期我写的森林诗,已是历史了,只不过留下了几幅森林风景,而且还是伐木工人教我的。森林是鸟儿的摇篮,哺育了奋飞的羽翼。森林是诗歌的摇篮,哺育了《告别林场》、《蓝色的细雨》。"[①]而事实却是,《告别林场》的特点,并不在于临摹一种独特的感受。这点并不能证实"建立基地"或"专业分工"等方式的成功。

　　总的说来,建立新政权以来新诗取得了反映现实生活的胜利。在新的生活里,旧时代的诗人们那种处于"蝉蜕"一般的痛苦是没有了。像何其芳那样,唱惯了旧的调子,理智上要割断,感情上却割不断,由于思想的觉醒而产生了对自己的不满,但又找不到新路的痛苦,在新一代诗人那里,是完全不存在了。(袁水拍在《诗选》序中说的那种"对资产阶级民主革命一向心心相

[①] 摘自傅仇1981年3月21日给本书作者的信。

印，对社会主义革命则有点格格不入，不熟不懂"的人，是指从旧生活中走来的人）以李季、闻捷、贺敬之、郭小川等为例，他们完全没有何其芳那样的矛盾和痛苦，他们一开始就接受了最"纯正"的诗歌社会价值和社会属性的观念。他们对此坚信不移，而且认真地按照革命的要求去实践，像李季那样，甚至完成了一整套实践的经验。

"传统"是从他们那里开始的。在他们那里，做人与做事都不存在矛盾。他们属于新的生活，新的生活也属于他们。又如李季，当他发觉三边的生活和人物，乃至于陕北民歌的形式已经变得过时之后，他立即又去追寻新的生活和新的形式。他们没有那种"格格不入"的感受，他们只是为自己不能更加深入，乃至于不能完全变成实际生活中的"本地人"而遗憾。如李季，他自谓"是一个创作才能不高的人"，"熟悉和认识一件事物，我往往需要比别人多好几倍的时间"，但他没有那种无能为力和无可奈何的心情，他总是笃诚地按照革命的要求去实践，尽管是艰难的，但他也默默地付出努力，终于使自己由三边人变成了玉门人。

当然，他们并不是墨守成规的人。郭小川就是一位顺应生活的发展和诗歌规律而不断改革、以至于被公认为当时最富创造精神的诗人。贺敬之的作品不多，但他写得认真而谨慎，他对诗与生活的关系也作了深入的探讨和多样的实践。《回延安》不同于《桂林山水歌》，《三门峡——梳妆台》不同于《西去列车的窗口》，而《放声歌唱》则是一种前所未有的形式实验。就是李季，他在新时代里也感到了自己的局限，而并不是不加改变地"坚持和固守"。他说："生活向前发展了，当我们还没有来得及研究生活的这种巨大的变化时，我们的描写对象（也是我们的读者对象）——广大人民群众的思想感情，已经发生了根本的变化。过去三边运载大道上的成百成千头毛驴，变成了成队的汽车；过去的二牛抬杠,变成了马拉胶轮大车,变成了拖拉机……这时候,你要用'五谷里数不过豌豆圆,人群里数不过咱可怜;庄稼里数不过麻子光,人群里数不过咱俩凄惶'的民歌调子,来描述这些正在形成中的社会主义新型农民,那会是多么不协调啊!"①

但李季无论如何都不会动摇以诗歌再现现实生活的信念。他不断地在生活中开掘,是他首先倡导了诗人要建立体验生活的基地的思想。开始的时候,他立志做三边人,并且表现三边人,后来,他立志做玉门人并且写玉门人。当他在玉门建立了新的生活基地之后,他的思考随着生活面的扩展而得到了新的开掘。他开始由思考现实而思考历史,而且把作为战争和历史的象征的三边,和作为建设和现实的玉门联系了起来,开始(写《玉门诗抄》第一部)的时候,他并没有清醒地意识到这一点,他只是表现了从战争到建设的过渡,例如《将军》只是讲骑马赶来的将军解放了油矿,并没说明他从哪里来;《厂长》也只讲今天的厂长是过去的团长,他上车的动作让人想起他过去上马的姿势,"看样子他还没有把战斗生活遗忘",也没有说明他在哪里打过仗;《师徒夜话》中徒弟曾经参加解放师傅家乡的战斗,但是师傅的家乡也并没有特意点明。李季收在《玉门诗抄》二集中的《难忘的春天》,是1953年写于三边的,仍然只限于三边,而并没有把三边与玉门联系起来。

到了50年代末,他写《杨高传》时已经明确地把他在三边和玉门生活的积蓄予以打通,把早期创作中的朦胧意识明确地表达了出来。《杨高传》中的主要人物杨高,本是三边的一位褴褛少年,后来参军直至全国解放,一支英雄部队以及杨高这个人物由战争转向石油战线——可以说就是翻身做了主人的王贵与李香香,经过了战争的洗礼,已经参加了社会主义建设。杨高来到

---

① 李季:《热爱生活,大胆创造》,《文艺的学习》1956年第3期。

了玉门，矿区耀眼的灯光里，他想起了三边的穷乡亲以及在战争中牺牲的人，他在新生活中怀念旧日的生活。诗人力图不仅在主人公的经历中，也在他们的思想感情上把不同的两个时代联结起来。于是，在杨高的内心深处产生了这样的联想：今日的铝盔就是昨日的钢盔，今日的工作服就是昨日的军装，他用战争年代的精神带领战士们来从事今日的建设事业。由此也产生了由当时的社会思潮所带给人们思想上的消极的印痕：杨高的思想中也难免存在忽视科学而一味强调"斗争"的影响——具体体现在对被认为有着浓厚的资产阶级思想、并反对在建设中搞群众运动，并且借口尊重科学来打击群众积极性的大队长的斗争上。杨高后来兼任了大队长，他的认识是政治即业务："不要拿科学吓唬人，我们党闹革命就是科学。战争胜利靠群众，要建设也得靠群众工作。科学不是计算尺，搞运动鼓干劲也是科学……"显然，在今天看来，他的这些认识反映了历史性的错误。但李季诗中的这种意图无疑有着重要意义，这种努力，在长诗《向昆仑》中得到了继续，诗中人物老祁是从三边出来的老战士，同样经过战争年代来到了石油战线，这个人物同样地联系了三边——玉门，在诗中有着对于三边的自然风光的由衷歌唱："三边的山呀三边的水，望不尽的柳树丛黄沙滩；说羊群、说骆驼，挖不尽的甘草驮不完的盐。二毛筒子老羊皮袄，彭滩的黄米靖边的荞麦面。"

从上述李季创作的演变所反映的事实，证明了这样一种观点，即像李季这样笃信生活是诗的源泉、诗的使命在于反映生活现实的诗人，也在努力地要求冲破太多局限的生活给诗歌创作所带来的束缚。李季自己说过："有人责备我的作品中所反映的生活面太窄狭了，事实的确如此。但是，这有什么办法啊？也许这正就是我局限性所表现的一个方面吧。"[①]这些话，是在他说

---

① 李季：《我和三边、玉门》，《文艺报》1959年第18期。

了"离开三边、玉门我几乎一句诗也写不出来"之后说的。说明他在坚持一种原则的同时也感到了某种突破的必要。一方面,是写诗要求密切与现实生活的关系,其显著成果之一就是诗具体地反映了生活的面貌,为了保证巩固这一成果,继而提出了深入生活并建立生活基地以求切实有效地反映自己所熟悉的生活——诗已经断绝了写自己的通道,他只能走向写别人的"有意义"的生活。

这样,除了把自己变成他所要写的生活中的人之外,别无出路。于是,有了李季之做石油人写石油诗的实践。李季把三边、玉门联系起来的做法是一种巩固,也是一种冲破。不仅在李季表现石油工人这方面出现了"窄狭",一切这样实践的诗人都存在这种"窄狭"——我们肯定它的某种深入的同时,也肯定它普遍性的"窄狭"。显然,诗人的天地应当更为宽广,认为某一行业的诗人,只能写某一行业的生活的想法实在是幼稚的想法,而这种观念是建立在认为诗应当深入地反映生活这一基本观念上的,这种观念完全地排斥了诗人对于自我和自我的内心世界感应的可能性——这导致写诗的人只能到自己所陌生的世界里去重新"开始"生活。

三、从具体转向抽象

这样一种观念,使得一些失去了"深入生活"可能性的诗人,一般说来,也因而失去了创作诗歌的可能性。没有工农兵生活而只写自己的诗人,不会受到社会的赞同;而没有实际生活体验只是表面化地"表现中心任务"和为政治服务的诗人,却可以不受这种关于脱离生活实际的谴责甚而会得到肯定。这样,就导致了一批诗人满足于只写"任务诗",而且一般说来,只有当他的生活环境有了突然的改变之后,他才能写出富有新意的诗来。以郭沫若为例,他晚年的创作只有"任务诗"。而臧克家,继受到肯定评价的《有的人》之后,似乎只是生病住院写出的《凯旋》获得了新意——"长期受疾病管制,掐着指头数日子,黑夜来了白天去,天花板像一页读腻了的书"。唯有在这时,他有了"灵感"。

新政权成立的第一个十年,诗歌运动的大体趋向是现实主义道路的确定和全面铺开。有三个重要的标志:走向大众,走向陈述,走向浅白。从总体上看,这种趋向是明确的,也有显著的收效。但若从诗的特性上看(诗的特性有异于文学的其他品种)——上述趋向都隐藏着非诗因素。诗是抒情文学的主要品类,它的基点在于抒情而不重陈述,叙述事件对它来说,较之散文要困难得多;主要是抒情的文学,它的基本倾向是内向的,即主要(或擅长于)通过自我的内心的吟咏以表现主观和客观的世界,因而,当它因接近现实伴随而来的脱离内在的主观的想象便成为一种缺陷;浅白的诗自然好读,但好的诗并不等同于浅白,就诗表现世界的手法说,多趋于曲折,因而诗的对象往往是隐藏的和含蓄的,一味地追求明白如话,则自然地少了诗的蕴藉。因而第一个十年的诗歌运动,伴随着巨大的目标之实现而来的也有如下三点流弊:走向大众而忽视个性,走向陈述而抛弃自我,走向浅白而失去意蕴。

当诗人的目光被那些现实生活的实际过程所吸引的时候,事实上已经出现了对于这一创作潮流的突破的要求。这种要求产生在那批生活底蕴很深的更为年轻的一代诗人身上。这些人看到的不再仅仅是现实生活的过程,他们似乎是第一次发现除了过程之外,还有非常丰富的自然环境以及诗人自我对这一切的感受和融解。他们追求二者的融会。

到了50年代中叶,李瑛的创作已经实现了这种突破。他的大量的创作体现了这种突破的实际成绩。李瑛生活在现实的变革之中,他并没有抛弃那些具体的有意义的生活内容,包括生活中的场面和细节。但是,他透过"具体"也开始注意到"抽象"。

他改变了抒情诗过于写实的倾向,他停止了抒情诗叙事化的进程。他仍然坚持再现现实的原则,但他力图摆脱对于故事情节的依赖。他的诗不再是枯燥乏味的事件过程的排列,而是弥漫着他的心灵所感受到的浓厚的美感。例如他写海军的《出港》,不再像过去那些诗人写空军飞机的飞越空中禁区那样的过程罗列,而是极力渲染这种出港的美丽动人的气势。他的目光已经从马达和轮机,从起锚和航行细节中收了回来,而投向了那瑰丽的云彩的变幻,那无数的翎羽和珠串,造出了一片辉煌的宫殿:"云霞扯起无数面旗号,海上铺满了翎羽和珠串,黎明为送我们舰队出港,把水天筑起一片辉煌的宫殿。"在另一首《落呀,落呀,金色的黄昏》诗中,哨兵在海岸巡逻的过程也被诗人果断地省略,突出了沙滩上留下的一串漫长的脚印:"淡了淡了,哨兵的影子,大海就要睡去,闭起嘴唇,我们哨兵警醒地走着,在大地边沿刻出了一道花纹。"在李瑛之前,人们注重的是巡逻过程中对于可疑的迹象的警惕,甚至是特务的抓获的过程等等,而极少注意到那哨兵的脚印在大地边沿刻出的"花纹"——注意诗歌创作可称之为生命的美感。

　　这种注意力的转化说明了抒情诗的进步。这种进步以诗正在逐渐摆脱对于现实过程的琐屑而刻板地摹写为基本标志。这只要通过具体事例的对比便可看出,同是写人民送别子弟兵的诗,张永枚的《别赠》把过程写得很详尽,基本上是按照事件的线索加以排列:"闻说你要离山乡,我一夜没睡稳,老苏区的风俗永难忘,走时得有慰劳品。一想送你嫩子鸡,二想送你山中笋,三想送你糯米粑,四想米酒送一碗。日思夜想心不定,左思右想眼一明:做一双当年红军鞋,送给红军接班人。我取出旧时线,我抬出旧时针,桐油灯星加灯草,大青土布剪八寸。旧时针线拿手上,妈妈又重见旧时景:窗内是妇女做军鞋,窗外的红军欲起程……竹林发白鞋做好,妈妈我赶早来送行,你呀,莫嫌老人手不巧,旧时式样情最深。"李瑛的《哨子响了》也是写告别的,但只用十二行同样写出了这种老妈妈对于战士的热爱。诗的一开始就是:"铺草还了,缸挑满了,哨子响了",也就是一开始就结束了"过程"。老妈妈在"我"的衣襟上钉了一枚纽扣,最后"哨子响过,我站进队里,啊!衣襟上钉上了一颗滚烫的心!"他已不再像张永枚那样地写老妈妈思前想后的过程,做鞋的过程,他大胆地略去那些照搬现实的细节,他不写钉扣子的过程,也不去形容那些心情,他大胆地超脱那种对于事件的形容,他重视这颗纽扣化而为具有象征意义的"一颗滚烫的心",一个象征就把老妈妈的举动和心意表达得简括又含蓄。这是诗的方式。

作为一种进步,抒情诗的终止情节化和叙事化的滑行是重要的迹象。诚然,当何其芳否定那些轻飘飘的"云"而下定决心从此要叽叽喳喳地发议论,情愿要一座茅草的屋顶而不要那些云、以及月亮星星的时候,诗是顺应了时代的潮流的。但是,人们当时并不知道,云也好,月亮和星星也好,并不能完全从诗中赶走,它们同样地可以传达诗人内心的"沉甸甸"的情感。这个事实,已经由诗人的创作得到了证明。在当代诗歌的发展中,1954年公刘发表的《佧佤山组诗》,有一首《西盟的早晨》,其中就有给人以分量感的云的形象:

> 我推开窗子,
> 一朵云飞进来——
> 带着深谷底层的寒气,
> 带着难以捉摸的旭日的光彩。

没有琐碎的过程,没有多余的交代,这首诗的开头一节,就彻底地抛弃了那些流行病般的繁琐的叙述。这诗是表现守卫边疆的兵士的生活的,写的是兵士的站岗,但他完全不写过程,也没有情节,一开始,就是飞进窗子的一朵云。

这首诗在当时的出现引起震动。很清楚,它对那些太过具体的叙述的惯性是一种挑战。而且,它对于迷漫当时诗坛的满足于"务实"的气氛也是一种新的宣告。《西盟的早晨》写哨兵的夜间站哨而迎接了黎明,能够不去琐屑地交待细节,也不写他的夜间的所见所闻,而径直以一朵云来概括,这是一个十分大胆的反抗流俗的举动。生活中的具体事物吸引了人们的全部注意力,除了一些不愿随波逐流的诗人而外,有谁还注意到这平常的早晨飞过来的一朵云呢?但是,这实在是独特环境中的独特的云,它是南方群山中带着繁露和轻霜的潮湿的云,它不是轻飘飘的云,而是充满了水气而显得凝重的云。云朵飘起的深谷,充满了清晨的寒气,而太阳业已出来,透过那氤氲的水气,光线闪烁而富有变化,因而它有着"难以捉摸的光彩"。在这里,士兵的岗位的特殊性不言自明,士兵夜间的辛苦可想而知,略去对于实际情况的拘泥的描摹,而借助于一个独特的意象,象征性地总体地进行概括,这在当时,是颇有创造性的。整个西盟山上的特殊风光,他只用一朵飞进窗子的云,只用他的寒气未消而又通体披着梦幻的光,来为西盟的早晨造型。

四、走向提炼

当时的诗歌过于注重写实而忘了抒情,因为关注于客观的描摹而忽视主观的情感的抒发,一方面是由于诗人们对过去所积累的诗的艺术经验的简单的否定所致,另一方面,也表现了当时诗歌的幼稚和不成熟。当务实的气氛弥漫诗坛的时候,一些敏感的诗人已经看到了它的缺陷:它将阻碍诗歌的发展而立意悄悄地改革。李瑛是这些诗人中一直默默努力的一位,而成绩显著成为异军突起的诗人,则是公刘。公刘解放前写过诗,如《我们是春天的据点》:"和风雨斗争的日子,树林/是春天的据点,和黑暗斗争的日子,火把/是光明的据点。"那时,他并没有具体地写事件的过程。但他也有从不成熟走向成熟的过程,他也曾用诗"记录"过,如1951年的《毛泽东的太阳照猛丁》,1952年的《兵士啊,你们要小心!》。在那里,他的诗的照搬照记现实倾向恐怕比同时代的许多诗人都要"不厌其烦"。但是公刘只用了一两年的时间便结束了这个幼稚的阶段。他已经领悟到诗不能是生活的实录,而是生活的综合,特别是诗人情绪的概括。与写《西盟的早晨》同时,他还有一首《山间小路》:"一条小路在山间蜿蜒,每天我沿着它爬上山巅;这座山是边防阵地的制高点,而我的刺刀则是真正的山尖。"公刘自己认为这最后一句诗是他在边疆生活的全过程凝成的,他《在学习写诗的道路上》说:"如果说,这座山的海拔高度应该加上战士的身躯和他的枪刺的长度乃是一个形象的结论。那么,在导向这个结论之前,就必须有大量的形象'数据',进行反复的形象'归纳';诗,来源于生活,我怎能不信服这一真理。"

来源于生活,来源于现实,这是一致的,区别仅仅在于,公刘没有照搬生活的现象,他在掌握了众多的"数据"的基础上,进行了反复的"归纳"。在强调反映现实的时候,人们自觉地或不自觉地用"实感"来排斥和反对诗人的想象(这种反对即劳辛说的"那理想就是他们虚无缥缈的幻想")。而清醒的诗人没有照这种片面的理论去实践。仅仅满足于临摹现实的诗人,他可以绞尽脑汁去描写战士守卫的山有多么高,他决不会想到把战士的身高和枪刺的长度计算到他所看到的"制高点"上面去。在公刘这种超脱了写实的气氛中,战士和他的枪都融入了高山的形体之中,物和我化而为浑然统一的形象,而全然和那些只见物不见我的诗篇划分了两个时代:诗的幼稚时代和诗的走向成熟的时代。

这些诗篇,也许还作了这样的宣告:那种诗人专门讲述别人的故事的局面已经变化,诗人的自我形象开始成为诗的真正的主人。1956年,也是这位公刘写了《丝》,那是他在上海访问了一系列工厂之后为棉纺厂而写的一首诗。在这首诗中,我们没有看到一台机器,没有烟囱,也听不到马达的声音,更没有棉纺工人操作过程的描写,他没有去写织机的喧闹和纺锭的飞旋。他避开了容易就地写生的机器和车间。这一切都为他所轻视,他注意的不是过程和情节,而是棉纺厂所引发的关于中国的历史文明的联想:"应该写一千首诗,来赞美我们的丝。赞美自古而今采桑的女子,养蚕的女子和织纺的女子。像良心一样干净,像爱情一样缠绵,骑士因披肩而威风凛凛,舞姬因长袖而飘飘欲仙。母亲中国啊,当你披着丝的头巾,走在世界的大街上,吸引了多少行人!但我们的财富又岂仅在于丝?值得自尊的是天才的人民!"除了最后两句留下了时俗影响的痕迹外,其余的诗句:干净的良心,缠绵的爱情,骑士的披肩,舞姬的长袖,这一切,都是从具体的劳动妇女双手纺出的丝的形象引出的。最后,它化而为"披着丝的头巾","走在世界的大街上"的"母亲中国"。在50年代风靡诗坛的写实空气中这种超凡脱俗的形象,确实带给人们以完全新奇之感。

标志着公刘艺术技巧的走向独立的,是他的《上海夜歌(一)》。这是一首写上海这座大城市的诗篇。在这样的大题目面前,那种跟着现实生活后面被动地"实录""实感"的"现实主义",必定会陷于一筹莫展之中。掌握了现实生活提供的"数据"进行过反复归纳的诗人,如同当年一下子抓住了升于深谷的一朵云那样,他一下子抓住了最富特点的上海关上的钟楼,而且站在高处把上海放在夜晚的环境中表现。夜晚当然是白日的结束,他不说白日结束了,而通过钟楼上面的时针和分针,说是巨剪般地"铰碎了白天"。他不再琐碎地描绘上海的夜景,而是只用短短的四行诗对上海作了总体的综合的概括:"夜幕从二十四层高楼上挂下来,如同一幅垂帘;上海立刻打开她的百宝箱,到处珠光闪闪。"不再是刻板的临摹,也不以状物写景的形似为目的,它追求的是表现出上海那种大气魄的雄浑的美。他追求一种立体感,而不是如同过去那样自始至终平面地铺展。在这里,公刘的贡献在于,他的确给当时过于写实的壁垒打开了一个小小的缺口。这一点,被一些理论工作者注意到了,一篇文章指出:"50年代中期公刘同志描写上海的那组诗歌,可以使人有耳目一新之感,就是由于吸取了现代派的某些手法来表现上海这个大工业城市的情调和节奏。"①

仅仅有这一点进展便给人以鼓舞。但以公刘为代表的一批青年诗人的贡献却不仅仅这些,他们尽管未作宣布,却以自己的实践,对创作的实际局限作试探性的突破。例如,他们不再死守"基地",不把自己捆缚在一个"据点"上,他们开始"流动"。"流动"给他们带来了更为开阔的视野,更为丰富的场景,更为活跃的情绪。例如公刘,要是他死守西盟山,他的终点也就是《西盟的早晨》。他跨过了黄河,写《夜半车过黄河》,感到了我们民族"固执而暴躁的父亲"应该有慈祥而谦和的性格;他登上北京的景山,看到了"炊烟相招,鸽哨相邀,半城宫墙半城树"的京都壮丽气象;他到了上海,写出了一些表现工业的节奏和旋律的诗篇。打破了凝固状态的诗人的"流动",能够为造就大诗人创造条件,而死守一点,只会因生活的枯竭而窒息灵感。

这一批诗人他们的确有自己的基点,例如公刘,他的基点是部队,是兵。但他们在打破固定基地的观点局限,兵是公刘画板上的"底色",也可能是绿色,但绝不是单调的绿,而是富有层次的夏天的绿。他们吸收多样的营养,古诗的营养,外国现代诗的营养,民歌的营养(例如公刘、白桦、周良沛、高平、顾工,都是兵,

---

① 刘登翰:《新诗的繁荣和危机》,《新诗的现状和展望》,广西人民出版社,1961年。

但又都受到少数民族诗歌的滋养)。有层次感的绿,使他们的画面呈现出丰富,如同艾青写的:"好像绿色的墨水瓶倒翻了/到处是绿的……到哪儿找这么多的绿:墨绿、浅绿、嫩绿、翠绿、淡绿、粉绿……绿得发黑,绿得出奇;所有的绿集中起来,挤在一起,重叠在一起,静静地交叉在一起。"这种并非单一的,而是综合的和立体的多层次的效果,来自多样的生活体验。有成就的诗人,绝不把自己局限在某一单一的题材上,他们写兵,写工业,写森林,写爱情,更写"我"。

第十一章　颂歌意识形成探源

一、功利性与社会心理

用诗歌来图解政治和琐屑地再现生活,在一段时间被叫做"现实主义"。人们认为唯有按照生活的原样再现生活,才是诗歌与生活关系的合理状态。这种倾向的产生有它的原因,从根本上说,对诗歌的社会价值产生了直接的功利的考虑。或是螺丝钉,或是号角,或是机器,这就是诗的基本价值,不是不应当有这种考虑,而是不应当局限于这种考虑。局限于这种考虑是狭隘的,不局限于这种考虑,则有可能走向宽广。诗歌于人生社会有用,除了实际的教育、认识作用,同样有着审美的作用、娱乐和休息的作用,这些,也属于人们对诗的正当的需求范围。由于有了前述的那些片面的观念,人们以能够在诗中充填进去越来越多的客观现象为满足,人们也以此衡量诗的成绩。除此之外,一种对刚开始的新生活的新鲜与热爱之情,使诗人普遍地产生了近于贪婪的要把一切现象囊括入诗的简单念头,这是一种特殊社会心理的反映。

形成这种倾向与诗歌作者的构成成分的改变也有关系。50年代开始,活跃在诗界最有生气和创造力的诗人,是一批直接由军队中产生或培养出来的人。这些人,有的本身就是军队的士兵,例如李瑛、公刘、白桦、顾工、周良沛、高平、星火;有的是参加了工作的青年知识分子,如邵燕祥、严阵、傅仇、流沙河;有的是曾经到过延安,然后进城,如当时最有影响的几位诗人李季、闻捷、郭小川、贺敬之,他们的诗歌成熟期在 50 年代之后。他们都是创造新世界和新生活的人,对于他们来说,确如前面说到的,他们和新生活新人物没有隔膜感,没有前辈诗人那种未能适应的痛苦。他们的诗歌创作,就是事业在特殊领域中的延伸。在这样的情况下,他们用诗为政治服务和"现实主义"观念的形成,便是十分自然的。

那时候,人们对新生活怀有一种真诚的急迫感,因为在他们的经历里,黑暗的生活曾经带给他们以痛苦和不幸,对照之下,新社会处处充满了美景,到处都是明亮的阳光。"我们拥抱今天这新娘,用花枝来打扮她的新妆"。存在着这样的心理,人们把现实生活加以诗化和理想化则是自然的。何其芳在《讨论宪法草案以后》这首诗中写道:"一个热炕,一碗锅边贴熟的玉蜀黍饼子的香甜,一家大小的欢快的团聚,比起饥饿、寒冷和流离,谁能说不该唱赞美的歌。"对于饱经离乱和饥寒的人,幸福的概念就是"玉蜀黍饼子的香甜"和"一家大小的欢快的团聚",就值得为此献出一首又一首的颂歌。

那时候,人们的思想比现在单纯得多,他们认为新生活一开了头,那光明、欢乐、幸福便是永恒的。他们不会再想到痛苦和黑暗,他们也永别了忧伤。那时,一辆拖拉机的出现,足以引起人们的狂喜。苗得雨在《拖拉机下地》中真诚地歌唱:"从今天,到永远,苦日子永不再归还! 从今天,到永远,幸福日子无边沿!"在 50 年代的诗歌中,到处都是这样欢乐的旋风,诗人们以一种近乎孩子般天真的声音,歌唱着我们将永远告别不幸和悲伤,如凌永宁的《我快乐,我歌唱》:

> 我快乐,我歌唱。
> 打从那一天起,我永别了忧伤。
> 我就整天整天地,
> 放开我紧缩过的心,纵情歌唱。

在50年代的大部分时间,我们可以看到,支配着诗歌创作的,是对于光明的时代和充满希望的新生活的歌颂。从那时开始的那种诗歌明显地为政治服务(具体化为表现中心任务和重大主题)以及随后那种全面地深入地展现新生活图景(如在前两个部分所叙述的)已经有较为充分的理由可以把这段的诗创作概括为诗歌的颂歌时代。颂歌时代的形成是生活本身体现了光明,以及人们对这生活的热爱决定的。当然文艺政治性的加强,诗歌要为政治服务的提倡,都促使颂歌成为50年代诗歌最重要的、最大量的诗歌形式。正是因此,郭小川后来才断言"抒情诗,绝大多数是唱颂歌",说了这话以后,他没忘了赶紧补充,把颂歌和诗歌的为政治服务联系起来:"就是唱颂歌的时候,也应有针对性,这就是阶级斗争。"①这话说在1964年,前半句话,是对颂歌时代的总结,后半句话,已经表现出向着60年代的诗歌表现阶级斗争的重心的转移。

作为颂歌时代的概括性的描写,应当认为是贺敬之的《放声歌唱》的贡献。以一首典型的时代的颂歌而典型地概括了颂歌的时代,这就是《放声歌唱》在当代诗歌中所占有的地位。这首诗的开创性的意义,是逐渐地得到肯定的,当时编选《诗选》的臧克家对此并未引起足够的重视,只用了一句平淡的话作了介绍:"《白毛女》的作者贺敬之,许久见不到他的作品了,为了庆祝党的诞辰三十五周年,他以充沛的热情'放声歌唱'。"臧克家当时还不能对这首诗做出历史性的估量。

的确,1956年7月22日,当《北京日报》以整版的篇幅刊登这首前所未有的气势磅礴的长诗时,中国当代诗歌正在开一代诗风。继《放声歌唱》之后,1958年这位作者又写了歌颂"大跃进"的《东风万里》;1959年他写了《十年颂歌》是献给建国十周

---

① 郭小川:《诗要四化》,《谈诗》,上海文艺出版社,1978年。

年的,继而他写了《向秀丽》、《回答今日的世界》、《雷锋之歌》;打倒"四人帮"后,他写《中国的十月》、《八一之歌》。贺敬之的创作不多,但几乎全为中心任务和重大的政治事件而创作人。在他的观念中,诗人应当不放弃为重大的题材而作歌颂性质的发言。从《放声歌唱》开始,中国当代的政治抒情诗的格局开始形成,而最后完成于《雷锋之歌》。这种形式上把马雅可夫斯基的楼梯诗的外壳赋予以讲究对称美的传统格调、而且适于朗诵的形式,内容上以配合形势重现重大的政治事件的诗,由于一批诗人的全力实践而得到广泛的流行。

二、政治形象化:"诗学"和"政治学"的统一

在我们前面的叙述中,我们讲到诗表现政治以及由此而派生的政治在诗中的庸俗化(标语口号化),也讲到诗表现生活现实,以及由此派生的现实在诗中的庸俗化的写实主义。我们还来不及把这两类现象作新的归纳。其实,正是从那时开始,我们的诗歌在整个50年代已经开始了诗的颂歌时代。这些配合"中心"歌颂"光明"的内容,几乎成为当时诗歌的压倒一切的任务。但是,颂歌这一概念,以完整的定局的形式出现是从《放声歌唱》开始的。贺敬之曾在《贺敬之诗选》自序里对他的颂歌创作作了概括:"我曾用真情实感去歌颂光明事物——我们的党,人民和社会主义祖国。"《放声歌唱》是前此的颂歌实践的集大成,同时,又是一个提高性的发展。说它是"集大成",因为它的内容的庞大足以概括迄今为止的所有的歌颂新生活、人民、革命、政党、领袖、祖国的内容;说它是"提高性的发展"则是由于它密切地配合时事,而且不试图隐蔽政治,它甚至也不是狭义地图解政治,它的工作是把政治形象化,创造出来的是诗的政治,政治的诗。贺敬之把这概括为"诗学"和"政治学"的统一。

颂歌主题的高度发展至此开始以政治抒情诗方式肯定下

来，即在政治抒情诗的形式中达到了总结性的阶段。这种诗尽管宣扬政治，但不停留于照搬政治术语，而是赋予政治以艺术的形象。例如，本意是讲生产的大发展，但把它说成"瀑布和布匹的洪流，又在突破定额的水位"，给原先可能流为抽象的表达内容以跃动的形象，不是呆板的生产在提高，而是生动的洪流在突破水位。又如，本意是讲领导者在为人民的利益日以继夜地工作，但把它写成"在国务院，第二个五年计划的建议书上，正凝结着并肩的人影，和午夜的灯光"，它可以把本来是单调的叙述用令人亲近的方式呈现出来。

在《放声歌唱》里，当时那种拙劣的直接堆砌政治术语和让人物直接喊出口号的现象，都被一幅幅生动可感的画面所取代。它力求避免概念化的宣扬，尽管它仍然使用着那些概念，例如，讲党和人民的密切关系，它说"我们党的心和六万万人民的心，结成的联盟"，联盟就是一个抽象的概念，但这里用心的联盟来替代那些陈旧的叙述方式，便比较生动。用形象化的语言，来表达那些最通常的政治概念，贺敬之的实践对当代诗歌有着深刻的影响。像这样写共产党的形象，在当时千篇一律枯燥的颂诗中是别开生面的：

> 在节日里
> 　我们的党
> 　没有
> 　在酒杯和鲜花的包围中
> 　　醉意沉沉
> 党，
> 正挥汗如雨！
> 　　工作着——
> 在共和国大厦的
> 　建筑架上！

仍然以表现客观生活为诗的责任,但已不再是客观的叙述,诗人不再完全隐藏和回避自己的情感活动,至少,他有选择地(主要是选择那些健康、积极的)充分地表达激情。贺敬之曾经说过:"诗的题材或者也可以这样说,就是一个字:情。写什么都好,都是为着吐出这个情来;而不一定按照事件来分题材的类别,诸如工业化,农业诗等等。"①

这一个诗中的"情"字的提出,当然不是贺敬之的发明,但是,当诗被用来单纯摹写现实成为一种潮流的时候,在以政治题材为基本内容、以表现现实生活为基本任务的诗篇中,让"情"字来挤走那些纯客观的、不动感情的临摹,其意义是重大的。在《放声歌唱》中,诗人不回避自我情感的表达,在歌颂的诗篇中大段地讲"我",在当时也是很特别的。正因为如此,这些颂歌才更加显得有力和可感。关于这个问题,1960年本书作者曾在一篇文章中批评过:"诗中出现'我'字,不应该完全反对的,有时甚至是必需的,它可以代表多数,也可以代表诗人,但如果把自己的'我'架得过高,反使思想格调降低。"②(丁力在《〈回延安〉是充满感情的诗》中认为,诗中的"我"之所以感人,"这是由于诗中的我,是大我,是无产阶级的我,是人民大众的我,所以才能引起读者的共鸣",这一段话的用意,与上面引用的本书作者话的用意,不同之处很明显,这说明当时认识上的巨大差异)

三、传达政治风向的手段

过去那种完全通过客观场面的叙述而间接地表达诗人情感的做法,至少已在《放声歌唱》这类诗中有了改变。原来那种缓慢进展而又连绵不断的叙述方式,在《放声歌唱》中也得到了改

---

① 转引自易征的《真情实感和典型化》,《人民日报》1962年5月26日。
② 谢冕:《论贺敬之的政治抒情诗》,《诗刊》1960年11—22号合刊。

造。事件的进程在贺敬之的诗中被打碎了,诗重新为感情的线索所组织。在这样的诗里,延安窑洞的灯光,井冈山的烽火,大渡河的浪花,或是华北战场的弹雨,都不代表一个个完整的和连续的故事,而只是一块块代表一定内涵的积木,它被诗人所要抒发的激情所重新组织。

诗歌出现了前所未见的斑驳而繁丽的景象,那种跟随事件后面单纯叙述和平面排列的沉闷感消失了,它是纵横交错的,历史和现实,时间和空间都呈现出一种跳动的、不连贯的交叉的状态,这样,当我们读到南昌起义的鲜血在炼钢炉中跳动,长江大桥和黄鹤楼,联合收割机和大雁塔被拼接在一起时,会感到:诗歌的表现方式正在发生变革。诗歌正在从琐碎和太过写实的樊篱中挣脱出来,而趋向于感情的抒发。当然,这类颂歌所抒发的情感是超脱了个人化而趋向于表达共同的情感的。个人在诗中的地位,愈来愈不重要了,重要的是共同的、重大的主题。到了贺敬之手中,一种主要的,成为主导的诗歌格式开始确立,这就是政治抒情诗。这种诗专门表现重大的政治题材。

《放声歌唱》的出现,把当时正在孕育和发展着的——这种孕育和发展的过程,大体可以描写为,抒情诗的领域中,个人的抒情成分的逐渐退化,诗歌的政治色彩的高度强化——抒情诗的根本变革趋于定型和明朗。这种诗体过去少见,如今逐渐成为一种主要的形式。这一形式的出现当然有其现实的依据:社会生活的政治化,以及持续的愈来愈普遍的国内和国际的政治斗争,这一切要求着作为革命机器的一个部件的诗歌充当先导。这就把诗歌的社会作用推向极端化。

这样一来,诗歌与现实的关系又发生了一个巨大的转折,这就是诗歌急剧地促进了它与现实的政治活动的联系,以至于成为传达各项政治风向与信息的经常手段。它可以相当灵敏地对当前发生的重大政治事件做出反映,例如它可以及时对某一政治事件发出"欢呼",如同当时的报纸新闻那样。如1958年7月诗刊刊出《支持阿拉伯各国民族民主独立运动增刊》。这一《增刊》发表的诗,其内容乃至于题目都大同小异:麦辛的《欢呼伊拉克》、力扬的《致伊拉克人民》、楼适夷的《敬礼,伊拉克》、光未然的《齐声欢呼伊拉克》。1958年8月号又有一组"欢呼"诗,八首中有三首题目都几乎相同:林绍纲的《欢呼中苏会议公报》、陈伯吹的《欢呼,中苏会议公报》,只有臧克家的定名为《再欢呼》以示区分。

这就产生了另一种现象:诗歌在大大接近政治的同时,却远离了民众的其他方面的生活,政治热情和政治活动几乎夺去了全部的版面。社会公众的除此以外的生活几乎得不到表现。从政治的内容来看,在50年代,以贺敬之和郭小川为代表的政治抒情诗的确作过激情的呐喊,但是,由于这些有影响的诗人的倡导,政治抒情诗相继成风,以至于不能不在豪迈的言辞和激昂的呼喊之中流露着和扩展着日益明显的浮泛、华而不实的倾向。

四、政治抒情诗定型化及其反思

50年代并不是风平浪静鸟语花香的年代,特别是50年代后期,政治的过失已严重地表现出来,如《中国共产党中央委员会关于建国以来党的若干历史问题的决议》所指出的:1958年由于"急于求成,夸大了主观意志和主观努力的作用,没有经认真的调查研究和试点,就在总路线提出后轻率地发动了'大跃进'运动和农村人民公社运动,使得以高指标,瞎指挥,浮夸风和'共产风'为主要标志的错误严重地泛滥而来","我国国民经济在1959—1961年发生严重困难,国家和人民遭到重大损失"。

但是,现实生活的这些面貌几乎没有在我们的主要诗人的作品中留下痕迹。贺敬之唱的是"东风! 红旗! 朝霞似锦……大道! 青天! 鲜花如云……"他喊着:"大跃进啊——大跃进!……转眼间:马过青山/几道岭/人上高楼/又几层!……"①郭小川唱着"春在人里,人在春里,人和春天融在一道。人儿年青,春也不老。春天来了,人间幸福知多少!"②有的人可能会说,当这些诗人在为现实生活唱着热烈的颂歌的时候,现实生活中正发生着严重的困难和错误,这些诗人怎么能够心安理得地唱着这些无忧无虑的远离生活的歌?诗人的确应当为人民代言,可是,当时发生的一切,连政治家都不能清醒,又怎能苛求于诗人呢?追究责任是没有意义的。

但是当政治抒情诗成为主要形式以后所表露的,的确有值得总结的地方:当它为更多的人所模仿时,这种由表达普遍的激情而转向脱离现实的弱点就更为明显。这种现象正处于萌芽状态时,就有人觉察到了,但是这种觉察被视为异端而受到了压制。1960年1月王亚平在《星星》发表题为《那不是诗歌创作的坚实道路》的文章,是针对政治抒情诗的流行以及走向空泛而发的议论。王亚平说,"写政治抒情诗要富有热情,还得有马列主义理论素养,又有通过具体事物对政策的深刻感受,才是动人心弦的,没有这些,就是虚伪的感情,不真实的诗!同时,我觉得一个初学写诗的同志政治思想修养差,历史知识不够,不应该抢着写毫无把握的政治抒情诗","题材不熟悉,就没有思想基础,只好求之于贫乏的语言。这一切正是严重地违反了创作规律(任何作者都应该写他熟悉的题材)"。这些话,无疑是具有某种预见性的,他说的"贫乏的语言"、"虚伪的感情"其实即指那些诗中作者并无真情实感,也没有纵横交错的综合概括,而只是用空洞词句来掩饰内容的空乏和感情的苍白。王亚平提倡写作者所熟悉的生活而反对一窝蜂地离开自己的实际生活去写那种空洞的

---

① 贺敬之:《十年颂歌》,《诗刊》1959年国庆十周年专号。
② 郭小川:《春暖花开》(1959),《郭小川诗选》,人民文学出版社,1977年。

叫喊,这话颇有道理,因为诗歌领域应是非常宽广的。

但是这些话立即遭到了严厉而迅速的反击,诗刊1960年2月号发表了题为《王亚平反对的是什么?》的批判文章。该文作者认为:"文学艺术是阶级斗争的工具。目前诗歌创作中出现大量的政治抒情诗(歌颂党、歌颂领袖、歌颂各项政治运动的伟大胜利)这正是我们这个时代诗歌创作的特点,是党的文艺政策的伟大胜利。"批判文章捍卫的,其实就是一个时期以来新诗创作中的为政治服务的颂歌的庸俗化现象。

王亚平所说的只是不合时宜的话,他的话并无错误。因为事情刚刚开头,他的话使得热衷于此道者为之懊丧。从那时开始,这类政治抒情诗已经流露出某些不好的苗头,诗歌广泛的社会作用和广阔的题材世界,被理解得狭窄了,由于满足于一般化的豪言壮语而忽视了与现实的联系,事实上,已经埋伏下后来称之为"假、大、空"的巨大危机。

第十二章　对颂歌主潮的质疑

一、看到生活的另一面

如今,诗人对于新生活的不适应情况,已成为过去。当初那种把新的生活一律加以美化和诗化的状况,已相袭成风;另外,那种由生活所激起的新喜悦,认为这是无以复加的美好并将永存下去的单纯感,也开始消失。和现实生活保持密切联系的诗风仍在继续,但是一部分诗人已对诗歌粉饰生活的倾向有了警惕,并且力图改变这种状况。对这种思潮明显的表述,就是一部分诗人对把诗歌创作简单地概括为颂歌的主潮产生了怀疑。他们看到了生活的另一面,这一面也许并非主要,但却并不美好。他们认为真实的诗歌———一种自认为对生活的发展负有责任的诗歌,是不能回避这些生活现象的。

作为对单纯的颂歌的一种反抗,这些诗人试图做出另一种努力,以对生活中的并不那么完美的一面(当时还没有勇气说这是阴暗面)加以批评。这个阶段,诗歌创作中出现了某种思想内容上的(当然也有艺术上的)松动,这有着国内外的因素。在国际上,社会主义阵营中民主化的进程有了明显的发展,在国内,百花齐放方针的提出,以及社会主义运动的深入,使一部分人有可能清醒地认识到现实的发展以及潜藏的和萌芽状态的社会弊端。

由于当时的环境和气氛的影响,在诗歌创作中,对现实生活的批评仍然是吞吞吐吐的,而并非理直气壮的。这种并不理直气壮表现为它主要不采用直接的方式,而采用了曲折和含混的方式。用寓言或隐喻的方式曲折地指出现实生活中的弊端和缺陷加以讽喻和规劝,这就构成了当时咏物诗和寓言诗的流行。这样做的本身已经能够说明很多问题,但是,出乎人们意料的是,它的后果之严重,却说明了更多的问题。这一切,证明了一个事实,即业已形成的政治性的颂歌传统是不容怀疑和动摇的,即使是含蓄和委婉的补充和质疑,也不会轻易被认可。

1957年前后受到批判的诗人中,最突出的是艾青。他在50年代以后的创作上的苦闷很有代表性。艾青曾经热情地召唤过新社会的黎明,在还是黑夜的时候,他发出了《黎明的通知》。新政权成立,他欢呼过人民的《春天》(1950),他在《春姑娘》里写道:"各种各样的鸟,唱出各种各样的歌,每一只鸟都说:'我心里真快乐。'"那时,他也不失那种众人共有的单纯感。他努力使自己跟上当时的潮流,也学着写具体的现实性很强的颂歌,他甚至对拆掉北京的古碑楼写过直接为之叫"好"的诗,就是1955年的《好》:"原来那挡在十字路口的四个碑楼,被工人们呼唤着捶击着拆掉了,我朝着十字路口喊一声'好'!"艾青说,"这真是从我口腔里发出的呼叫"。那时,艾青并不为从此失去了故都的文化遗迹而感到惋惜,他甚至还嘲笑那些留恋旧物的人"听说有人为了这件事哭泣,泪水模糊了他的老花的眼镜;由此可见人的爱好是不一样的,当一些陈旧的东西消失的时候,会引起陈旧的灵魂的暗暗叹息"——在这里,艾青的单纯中也有着某种当时很普遍的习气。艾青力图使自己跟上当时的潮流,他学着写民歌体,学着写叙事的诗,但是他写的长篇叙事诗《藏枪记》(1953)和《黑鳗》(1954)都没有成功。

诗毕竟是抒情的文学,何况艾青又是一位杰出的抒情诗人,要他抛弃个人的声音是很难的。他更不擅长于用诗来描写现实,因而在现实中作了若干试探之后,他又回到了自己所擅长的美的领域中来,他仍然写着他的个性鲜明的诗篇。比如《礁石》(1954):"一个浪,一个浪/无休止地扑过来/每一个浪都在它的脚下/被打成碎沫、散开……它脸上和身上/像刀砍过的一样/但它依然站在那里/含着微笑,看着海洋……"这礁石多么坚强,又是多么骄傲,这里有一种粗犷的美。当然,诗人把自己的灵魂寄托在那不屈的形象中了。这首诗无例外地受到了批判。批判者认为:"礁石中所真正表现的是一个孤傲的,受够打击的,又是那样满不在乎的形象,从表面看来,这是一个脱离了集体、执迷不悟的顽抗的形象,在今天我们的社会里,这个形象意味着什么呢?它决不是党,也决不是人民。"[①]这是一种很特别的逻辑。批判者究竟根据什么判断说这里的礁石的形象不是顽强奋斗和坚韧不拔的精神的表现,而只能是"执迷不悟的顽抗"的形象呢?根据什么能够判断说这形象"决不是党,也决不是人民",那么,它究竟是什么形象呢?退一步说,要是它表达的是一种对于无休止的错误的打击而不轻易顺从的坚强意志的时候,是否因说出了真话而不被允许呢?

艾青写不了那种直接描述事件经过的诗篇,也写不了那种不见诗人自己、只是"歌颂"重大事件的诗篇。但他又真诚地信奉着诗要说真话,因此,他寻找到了可以说出真话的领域,这便是关于国际和平和人民友谊的主题。他取得了预想的成功。他同情被压迫的国家和民族,他对受压迫者施予同情。他唱《怜悯的歌》。那里,在里约热内卢,一个黑人少年把海滩上的下水道的钢管当做了栖身之地。他充满同情地发出询问:"请告诉我你是什么人?在这繁华的都市怎样生存?难道连木片搭的房子也没有?也没有那抚爱你的母亲?"他还代替《一个黑人姑娘在歌唱》:她唱的不是欢乐的情歌,而是给她的白人主人的孩子唱的

---

① 沙鸥:《艾青近作批判》,《诗刊》1957年10月号。

催眠歌:"一个多么舒服,却在不住地哭;一个多么可怜,却要唱欢乐的歌。"他有意地回避写实,而用抽象的笔墨写《在智利的海岬上》。在这首诗中他表达的意愿是:"我们的世界/好像很大/其实很小,在这个世界上/应该生活得好。"

艾青的这种不得已而另觅自己的诗歌天地的做法,依然没有逃脱厄运。一篇批判文章说"这首诗真正是现代派诗风的走私"。关于这样的诗,批判者认为诗人是在"用一种阴暗的眼睛看一些事物,这样,事物在艾青的眼睛中就失去了它的本来的面目。本来是能够和容易被人理解的,就成了不能或难于被人理解了"[1]。批判文章继续揭发:"几年来,他想走一条轻便的路,那就是在主题的选择上,干脆避开了社会主义这个迫切的重要的主题,而选择了他认为不经过脱胎换骨就可以应付自如的如反帝国主义等主题。当然,这样的结果,只会使不健康的情绪继续发展,不可能自行除掉。"[2] 诗歌所能选择的路子越来越少,诗歌的道路变得狭窄了。

面临困窘的诗人,他试图委婉地试探某些未曾碰过的题材,使用的当然也是委婉的方法,他写了《礁石》那样的诗,引来的直接的反响就是认为这是一种"顽抗的形象","诗人的情绪已不正常到题反诗的程度"。这番话是在引用了该诗后四句之后说的。这首诗的初稿曾经到过诗刊编辑部,批判者看到后来被艾青自己删去的四行诗句:"他已听惯不停的咒骂/和巨大的喧吵/等他们疲倦了/自己会消隐。"

生活启示着诗人,认为有必要抒发他的另一面的主题。艾青是这样做了,但他仍然没有采取那种直述其事的方式,而是咏物诗或寓言诗的方式。最著名的是两首散文诗体的寓言诗,一首是《养花人的梦》(1956),一首是《画鸟的猎人》。《画鸟的猎

---

[1][2] 沙鸥:《艾青近作批判》,《诗刊》1957年10月号。

人》:一人想学打猎,拜一位猎人为师,"我很想持枪到树林里去,打到那些我想打的鸟"。猎人教了他,那人"以为只要知道如何打枪就已经能打猎",他到了树林里,还没有举起枪,鸟就飞走了。他很懊悔,回来找猎人,猎人问他:"你是想打那不会飞的鸟么?"那人说:"说实在的,在我想打鸟的时候,要是鸟能不飞该多好。"猎人告诉他回家去可在纸上画鸟,挂在树上打,"你一定会成功"。这人学着打了,仍是打不准,又去找猎人,他说,"可能是鸟画得太小,也可能是距离太远"。最后一段文字是:

> 那猎人沉思了一阵向他说:"对你的决心,我很感动,你回去,把一张大一些的纸挂在树上,朝那纸打——这一次你一定会成功。"
>
> 那人很担忧地问:"还是那个距离么?"
>
> 猎人说:"由你自己决定。"
>
> 那人又问:"那纸上还是画着鸟么?"
>
> 猎人说:"不。"
>
> 那人苦笑了:"那不是打纸么?"
>
> 猎人很严肃地告诉他说:"我的意思是,你先朝着纸只管打,打完了,就在有孔的地方画上鸟,打了几个孔,就画几只鸟——这对你来说,是最有把握的了。"

这样的诗对于当时的诗风有着明显的反叛精神——其实,对于艾青来说,他在《在智利的海岬上》已经表现了这种反叛。可惜艾青没有勇气坚持下去——他与当时诗风表现了截然不同的方向,当时的诗风是崇尚对现实生活的歌颂,包括人们的精神素质的歌颂,有时甚至表现为粉饰。而《画鸟的猎人》则不是,他从另一个方面来抒写诗人的独特思考,而不作异口同声的合唱;其次,当时诗风重在说明和陈述,在事件情节的堆砌之中铺展出明确的思想,而这首诗表明,他反对这么做,他只是提供形象,不作说明,让人自己去想。这样一些明显的反叛精神招来非议是自然的。

但那并不是一般的非议,批判者认为艾青通过《画鸟的猎人》发泄不满,他们认为:"这样的诗,怎能不使人联想到艾青常说的:我们党内有宗派打击。或陈企霞常说的:无反乱肃……等等话呢?这怎能不使人联想到一些人说的,前年批判丁、陈是先有了结论,再来找材料呢?"①这种批判的出发点仍然是为政治服务的观念,当时的看法,诗总是为政治服务的,这首诗不为现实的政治唱颂歌,只能从反面来理解它。于是出现这样的"怎能不使人联想到"。为什么只能作这样的联想,而不允许作别样的联想呢?例如,联想到某些人渴望成功而又渴望举手可得;联想到某些人不是靠自己的努力,而是寻求捷径;联想到某些人喜欢以假想当做实际存在。在这时,那种偏见就出现了,诗,是政治的号角,诗为政治而存在,诗的解释也只能是政治的索引。

人们已经习惯于颂歌的存在,不论是真诚地赞美生活或不真诚地粉饰生活,不论是真诚地为政治服务,或只是唱着虚假的赞美诗,这些,都习惯,而且不会有什么异议,例如前面引用过的,即使是在经济政治形势都很糟糕的时候,那一类甜美的歌都不会引起人们的怀疑,反而会很适应。但是,对颂歌以外或颂歌反向的诗的关切都是异常的。那些不合时宜的诗,都无一幸免地受到了惩罚。这是1957年前后诗歌创作的实际状况。

二、致力于匡正时弊

那时出现了一批思想比较自由、有少数则是力图匡正时弊的作品,其中引人注目的是流沙河的《草木篇》。这是刊登在《星星》创刊号上的一组五首组成的散文诗组。其中一首《白杨》:

---

① 沙鸥:《艾青近作批判》,《诗刊》1957年10月号。

"她，一柄绿光闪闪的长剑，孤零零地立在平原，高指蓝天。也许，一场暴风会把她连根拔去。但，纵然死了吧，她的腰也不肯向谁弯一弯！"还有一首《仙人掌》："她不想用鲜花向主人献媚，遍身披上刺刀。主人把她逐出花园，也不给水喝。在野地里，在沙漠中，她活着，繁殖着儿女。"有一首《梅》："在姐姐妹妹里，她笑得最晚，笑得最美丽。"这组诗当时被认为是突出的，也最严重的右派作品。批判文章认为它是"这一时期用诗的形式向党进攻的第一支毒箭"。[①] 星星指责说，"在我们的社会里，还有什么风暴会摧残正直的白杨"，而且也不承认有什么不肯容纳浑身带刺的仙人掌生存的花园，否认那笑得最后的梅花有在冬天里笑得最晚的价值，甚至否认我们的生活中还有冬天这个季节。文章反问："还有什么冬天需要梅花笑得最后呢？"

《草木篇》在诗前引白居易的"寄言立身者，勿学柔弱"，讲的是处世立身的道理，并不就是政治。但是这些诗本身的价值和影响，远远没有批判者所认为的那么"重大"，它只是一组技巧上相当幼稚，思想内容也不深刻的作品。但他的作者和支持者尽管远非是"浑身带着刺刀"的"仙人掌"，却真的被"放逐"出了花园。以一首平平常常的小诗而遭到雷殛，这的确只能产生在非常的年代。受迫害的不仅是仙人掌，坚强的白杨和纯洁的寒梅也无可逃脱地遭到了被放逐和被砍伐的命运。

为了说明即使是忠实于现实也难以摆脱灾难的命运，流沙河为此保留下来若干充满怀念的诗篇，如得奖作品《故园六咏》，以及《归来》、《赠女友洁》等。《梦西安》从侧面记述了诗人为区区《草木篇》所付出的代价。诗前有一段说明："1957年反右派斗争前夕，我请假去西安避风。我爱西安。我每天到钟楼一带去找《四川日报》看，就像被告人急于看到判决书一样。十五年

[①] 黎之：《反对诗歌创作的不良倾向及反党逆流》，《诗刊》1957年9月号。

以后(那时我靠锯末养口已有整整六年了),一夜梦见西安钟楼,后怅然,成诗一首。因与《草木篇》一案有关,虽然写得丑,也录于下。"

值得探究的是,究竟是什么原因,导致了这样悲剧性的后果?从根本性的原因上看,这场"可悲的误会"在于某些人们破坏了趋向一致而不容置疑的对于生活的模式化的平衡。以受到攻击最严重的《白杨》为例,不少批判都严厉谴责它的"孤零零"的"绿光闪闪的长剑"的形象。他们追问,难道白杨是"孤零零"吗?他们引证说,茅盾的《白杨礼赞》就不是这样写的,它是"一排"而不是"孤零零"的"一根"。再说,为什么是"剑"?而剑又指向何人?为什么不是象征"人类劳力战胜自然"的北方平原上的纯朴的农夫呢?他们认定白杨只能有一种姿态、一个象征、一种性格,若离此而他求,则定然是"仇视"无疑。

艾青的《养花人的梦》也属《草木篇》一类的。一个养花人院中种了几百棵月季,认为只有这样才能每月都看见花。月季的种类很多,开花时候,同一形状的不同颜色的花使他的院子里"呈现了一个单调的热闹"。一天夜里,他做了一个梦,许多花走进了他的院子。所有的花都愁眉泪眼地看着他,他惊讶了。牡丹最先说话,"以我的自尊,决不愿成为你的院子的不速之客,但是今天,众姐妹与我同来,我就来了";牵牛花说,"难道我们长得不美吗";石榴说,"冷淡里面就含有轻蔑";白兰说,"要能体会性格的美";仙人掌说,"只爱温顺的人,本身是软弱的,而我们都具有倔强的灵魂"。所有的花都说出了心里话,最后她们一致地说:"能被理解就是幸福。"月季花也说,其实她们也很寂寞。养花人醒来,心里郁闷。

他想:"花本身是有意志的,而开放正是她们的权利。我已由于偏爱而激起了所有的花的不满。我自己也越来越觉得世界太狭窄了。没有比较,就会使许多概念都模糊起来。有了短的,才能看见长的;有了小的,才能看见大的;有了不好看的,才能看见好看的。从今天起,我的院子应该成为众芳之园。让我们生活得更聪明,让所有的花都在她们自己的季节里开放吧。"

这首散文诗写于1956年7月,寓言世界里的养花人已经从梦境中醒来,他说了这样一席清醒的话。不幸的是,现实世界里的养花人还在沉沉的梦境之中。在一场政治风暴中批判跟着而来,这场醒了的梦自然也难以幸免,批判者认为这是"对于'百花齐放'政策的诽谤",并且说:"养花的人从梦中醒来了,感慨起来,不满于自己的偏爱,说:'我自己也越来越觉得世界太狭窄了。'这句话实际上就是说,诗人觉得他很不自由。这是艾青的'草木篇',其实恶毒不亚于流沙河的。"①

这种批判有些不着边际,《养花人的梦》并不是"诗人觉得他很不自由"从而要求个人自由的诗篇,他要说明的是,不要有单一的爱好,各种花的存在都是供人欣赏的,她们要求被理解被尊重。这当然是对生活发言并提出要求的诗篇,它要求人们的志趣和爱好广泛而不狭窄,它要求人们的情感和怀抱丰富而不单一。它的基本动机在于告诉人们:我们应当生活得更聪明一些。

而事实却是,一些凝固的和僵硬的偏见正在生活中变成重要的,人们正在变得不聪明或不很聪明。1957年前后,诗歌在现实生活面前有一种如同养花人从梦境中醒来的那种醒觉,大体上都是这样要求人们生活得更理智更聪明些。因此他们便表现出某种"与众不同"的意向。他们要求从生活的另一面来观察我们通常看不到的,或不被注意的现实,他们的目的在于使人们能够对生活有一个全面而清醒的估量。他们的"与众不同"在于,他们不仅唱着颂歌,而且也唱着不是颂歌的歌,他们的努力

---

① 徐迟:《艾青能不能为社会主义歌唱》,《诗刊》1957年9月号。

在当时的气氛下,很容易被认为是反颂歌的倾向。从一定的环境中来考察事实的重要性也许正在于此,对于生活中的美好的东西,由衷地为之颂赞,这是自然的,也值得肯定,但这显然不能是诗歌对于生活的唯一的方式,要是变成了唯一,即认为抒情诗主要的就是颂歌,这提法本身将导致虚假。

　　50年代以来诗歌要求诗人对于生活的关切的传统在深入地影响着诗人的创作,这就导致了如同"草木篇"一类的诗歌潮流的出现,它们对生活持规劝的、讽刺的和批评的态度。鉴于当时的形势,它们力求含蓄而曲折,而避免作正面的冲突,这就决定了流沙河的《草木篇》、艾青的《画鸟的猎人》、《养花人的梦》等方式并非个别而是一种潮流。不少写纯粹的抒情诗的诗人,都在打破题材的单一性。公刘是一位对于生活敏感的诗人,他的笔很难在生活的激流面前表现冷漠。他写了一组寓言诗《乌鸦与猪》,乌鸦"脑袋非常小,嘴巴非常大","多一点思想,也就是难以容纳"。她整天说猪是多么黑,猪不服气,要求她也到镜子面前照照,

> 乌鸦毫不在乎地飞过去,
> 可是,猛一照,便破口大骂:
> "这是多么严重的歪曲,
> 难道生活是这样的吗?"

　　"难道生活是这样的吗"? 这是当时批评界的一句口头禅。公刘这样写,无疑会使那些批评家们反感。这寓言诗当然也有局限,乌鸦的形象似乎只是以堂皇的借口来为自己辩护,而实际是不少的批评家却以生活真实的维护者面目出现。还有《刺猬的哲学》,两只刺猬相遇,"绅士一般行礼仪",接着问"夫人公子的健康",而后又"咒骂了一阵天气"。这时北风紧吹,他们都感到了冷,仍然不敢互相靠拢取暖。这两位"哲学家"想出了良好

的主意:"让双方保持一定的距离,既不过分的疏远,也不宜过分的亲密。"这当然讲的是不正常的人情世态,一种刺猬的处世哲学。这当然是悲凉心绪的反映。批判者接踵而至说:"这无论是对于肃反运动,无论是对于今天现实生活中人与人的关系,都是多么别有用心的恶毒的歪曲和诬蔑!"①《公正的狐狸》写狼和羊发生矛盾,狐狸伪装公正,充当调停人,劝说羊抛弃触角,"善良的羊轻信了这番甜言蜜语,狼立即扑上去把他撕个粉碎;为了感谢这头公正的狐狸,狼送给他一条血淋淋的后腿"。这首诗也被当做影射现实政治生活来理解:"在公刘心目中,犯了错误的人(这当然是羊,羊犯了错误!)在别人帮助下(这当然是'公正的狐狸的帮助')放下了对组织的戒备(狼是组织!)坦白承认了错误,这便是轻信了'甜言蜜语',而被'撕得粉碎'。狐狸和狼隐喻的是什么人,就不必指明了。这是多么阴森可怕的灵魂啊!"

诗人们试图对生活做出某种新的反映,但却由于这些小诗而惹来了横祸。批判运动还未结束,几乎所有企图从另一个角度、另一个侧面反映现实生活的诗篇都遭到了批判。据一位当时还年轻的诗人自述,他当时是满怀着天真和真诚的心情以一组寓言诗来反击"右派"的,但却发生了"可悲的误会"。他的"反右派"的诗却被当做了"右派"的诗加以批判。最后,他自己也成了"右派"。丁芒的这一组诗题为《动物园随笔》,其中有一首《豪猪》:"仿佛浑身披剑的武士,剑锋指向每一个人;眼睛里闪着疑忌的光,时刻都在切齿作恨。谁也不能和它接近,即使是它的亲人,它用利剑对着整个世界,自己都不得不在利剑的包围中度过一生。"这首诗被作了如下的批判:就在公刘那首长满毒刺的《刺猬》被批判不久,丁芒就从他的《动物园随笔》里赶出一头《豪猪》来。"在这首诗里,我们可以找到许多右派分子的共同语言,这

---

① 公木:《公刘近作批判》,《诗刊》1958年1月号。

构思,这格调,跟公刘的《刺猬》简直就是双胞胎;更恶毒的是,右派分子骂我们共产党'不相信一切人',丁芒同志使用他的'豪猪'给这句话作了图解,他写道:'谁也不能和它接近,即使是它的亲人','剑锋指向每一个人,眼睛里闪着疑忌的光'。这就是丁芒同志借禽兽来表达自己对党对新社会,对今天人和人际关系的看法"。① 批判者认为《动物园随笔》可以说是《草木篇》的姐妹篇。

三、光明颂中的不谐和音

1957年前后,诗歌在日益发展的生活面前显得较为深沉,仿佛是艾青笔下的养花人从梦中醒来,有了一种朦胧的醒觉。人们对由于生活的深入发展而显露出来的弊病有了发觉,但还不敢正视它。人们弄不清楚——甚至也不相信何以在通天的光明之中竟然出来了这样的暗影。于是,他们只能以非常审慎的态度在美好时代的光明颂中添加进去一些本来是正常的,但在当时却是异常的不谐和音。前面提到的那些关于草木虫鱼的寓言诗即其一例。与其相类的是一些散见各处的讽刺诗,这种讽刺诗与解放前夕出现的马凡陀山歌或解放战争期间出现在中央苏区的快板体讽刺诗不同,后者都是用来讽刺敌人的,而前者是对于干部以及人民自身的讽刺和鞭挞。

1957年创刊的《星星》先后开辟了《玫瑰的刺》和《刺梅花》专栏,是取鲁迅《无花的蔷薇》之意来专门讽刺的。如《星星》第二期发表长风所作两首讽刺诗《我对着金丝雀观看了好久》和《步步高升》。前者写竹笼里的金丝雀无忧无虑地"唱着单调的歌",它总在歌颂自己的生活:"你看我多么活泼","你看我多么快活"——作者说:"可惜我心里都是一连串疑问,不知道究竟应

---

① 王封、易莎:《庸俗的感情,阴暗的心理》,《诗刊》1960年第3期。

该回答些什么。"后者写从当办事员开始的步步高升,一直升到厅长。随着职务的高升,与群众的关系越来越坏。《星星》第三期还刊出余薇野的《某首长的哲学》,揭露某些心胸褊狭,听不进批评的意见而喜欢逢迎拍马的人:"他批评我:偏颇!他反对我:可恶!他顺从我:哈哈,正确;我说这,他说那,这人很自大;我说黑,他说白,这个太恶劣;我说啥,他说啥,哈哈,这人该提拔!"《星星》第五期登出白鸽飞的《泥菩萨》更以尖锐的笔墨讽刺那些无所事事的官僚主义者:"不说什么,不学什么,不明白什么,不表示什么,横竖——缺不了我一份供果。"

这些诗篇,我们只是从它对社会生活的责任方面来介绍它,它是50年代以来诗歌对于社会现实的关切这一传统的发扬。它们本身,说不上有什么重要的成就,从对于社会生活的实质性的批判来看,也并不深刻。它只是表面化地罗列某些现象,它不能满足生活前进的要求,也未能站在生活的前列,喊出要求改善社会生活的弊端的强音。那时极少直接针砭时弊之作,现有的这些寓言诗或讽刺诗至多不过是当时提倡的扩大题材范围的某种努力而已。但即使如此,却因为它毕竟把笔墨从当时清一色的颂歌领域中脱离出来,以及它毕竟揭示出我们社会生活中已经滋长的(可能是萌芽状态的)与我们的奋斗目标不相称的东西,因而,它们的存在弥补了当代诗中那种只有颂歌的缺陷。

短暂的从另一侧面——采取批评方式的——反映生活的诗歌潮流很快就宣告结束。人们回顾这一段历史,感到只是一种试探性的深入,这只是一颗小小的石子,怀着犹豫的心情抛掷出去,但很快就被似乎是很厚的橡皮墙弹了回来。而且这种试探就其方式来说,不仅是十分谨慎的,似乎也是胆怯的——这主要采取了寓言诗(讲的似乎并非人间的故事,似乎只是鸟兽草木)和讽刺诗(也是十分委曲的咏物,例如不倒翁、泥菩萨之类,用曲笔来加以隐喻),但无一例外地遭到批判。这一场政治台风留下的痕迹是明显的,留在诗歌的创作中的痕迹也是明显的。邵燕祥(他也是因为写了若干首讽刺诗而遭遇灾难的)在事隔二十余年之后,说出一些值得我们记住的话:"我没有写过好的讽刺诗,但是我始终认为,讽刺诗是不会因为有人不喜欢就此灭绝的。害怕讽刺,是神经衰弱的表现。"有一个时期,带讽刺性的作品被无限地夸大了。如1979年邵燕祥《献给历史的情歌·后记》里说的:"好像一首讽刺诗就会颠覆了无产阶级专政,马克思列宁主义毛泽东思想或许会被一个相声'说'倒,一张漫画居然可能改变我们国家的社会主义性质,而一篇杂文竟有导致亡党亡国的危险似的,这本身不就是讽刺的材料吗?在文艺领域中害怕讽刺作品,这正是在政治生活中害怕批评、害怕民主的必然反映。"

当时不是采取曲笔来对生活进行批评的诗极少,这种"极少"很可以说明当时的政治气氛。具有代表性的作品是邵燕祥的《贾桂香》。诗人是根据一则报道[①]——一件经过记者调查证实的真事写成的。这则报道讲到:佳木斯园艺示范农场青年女工贾桂香,"因受不住主观主义者和官僚主义者的围剿,在7月29日自杀"。

贾桂香是一个真实的人,她16岁当上了临时工,后来转正成了正式工,入了团,而且当上了生产小队长。对这位年轻姑娘来说,新的生活真的比面前的原野还要开阔,她对未来充满了幻想。"世界上难道还会有烦恼,还会有不幸吗?贾桂香?"她不会想到。可是,在平凡人的平凡生活中,竟然无端地掀起风暴,一张网,没头没脑地罩住了她,她好像陷入了重围,无法挣脱。以一个弱小的女子,她陷入之后,无力挣扎,求助无门。当她被强迫着抬沉重的大箩筐,而终于累倒在潮湿的草地上时,诗人忍不

---

① 见1956年10月11日《黑龙江日报》。

住喊道:"她是我们的同志和姐妹,刚刚二十岁的贾桂香。"她终于自杀身亡。作者说:"我不忍落下这最后一笔,中国不该有这样的夭亡。"

在周围是一片歌功颂德的声音的时候,这首诗敢于在我们面前展示一摊淡淡的血。这是充满了正义感和革命义愤的控诉,控诉那些麻木不仁的小小官僚主义者如何以革命的名义"扼杀了这样的善良的灵魂"。可以说,这是一首大胆触及了生活真实的诗篇,它在一片光明之中看到阴暗的角落,它敢于像歌颂光明那样理直气壮地鞭挞黑暗。我们也正是从这阴暗面的控诉中看到了中国更大更长远的光明。同时,也为它的命运而感到悲哀。贾桂香是夭亡了,诗歌《贾桂香》也夭亡了,诗人希望"中国不应该有这样的夭亡",但这"夭亡"还是发生了;诗人希望不再有第二个贾桂香,但贾桂香并不是唯一的。《贾桂香》创作的初期,诗人也许没有意识到,他无意间给中国诗歌主题的开拓做出了启示:人的主题、人的命运的主题是不是忽略的。即使在崭新的社会制度里,人对人关心、同情和爱护不应当成为罪过,人应当尊重人。

在当时的条件下,邵燕祥写出这样的诗,当然是踩响了地雷,批判者说他射出了"恶毒的子弹","打着攻击官僚主义的幌子,实际上把我们党团的基层组织描写成漆黑一团,对社会主义制度倾泄了深刻的仇恨。……不仅把新社会的人与人之间的关系作了恶毒的歪曲,一切都是畸形的,病态的,黑暗的;……把我们的基层党组织描写成为地狱一般"。[①] 面对这样粗暴的批判,邵燕祥当时没有反击的权利。只是在二十多年之后,他才能够略略表示自己的愤慨。他写下《献给历史的情歌》,他说:"就是这样的逻辑:凡是直接间接对贾桂香之死的事件应该承担责任

[①] 洪永固:《邵燕祥的创作歧途》,《诗刊》1958年3月号。

的人,一律无罪;而揭露、抨击了这个阴暗面,都是罪该万死的。对我们一个年轻的阶级姐妹无端地被迫害致死,义愤填膺,呼吁读者思考这类不该在社会主义制度下发生的事件的根源,'不许再有第二个贾桂香',这就是'站在反动的资产阶级立场上','对我们的社会主义制度发出了反动的叫嚣';那么,如果站在批评家的'无产阶级立场'上,是不是理应一声不响,甚至拍手称快,才算维护'我们的社会主义制度'呢?"

这些话是雄辩的,诗人当年所做的工作,其实不过是抓住我们光明社会中的一个小黑点,把它揭露出来,启发人们的思考,并呼吁把这样的黑点抹掉。他并没有攻击和否定光明,只是攻击和否定黑暗。但是当年连这样的批评都不能允许。这就必然地推迟了我们社会民主化的进程,以至于此后的二十余年里这类事件不断发生。张志新的事件已被谈论得很多,也写得很多了。此刻接触到的是二十多年后的另一个年轻女性的死亡。也许,她就是另一个贾桂香的夭亡。1979年的范熊熊,当然不同于1956年的贾桂香,相同的却是她们是被同样的一双手"扼杀"的。

范熊熊18岁报名到农村插队,没多久就入了党。在农村有多次招工回城的机会,都让给了别人。后来,她母亲因心脏病提前退休,要她回城顶替,她满怀着羞愧谴责自己是行动的矮子,是逃兵。她来到了宁波海洋渔业公司,担任机关党支部的纪律检查委员。她目睹了当时社会一角的阴暗面:1978年12月,渔业公司为扩大渔业基地,经批准向所在临江公社的两个大队征用部分土地,规定应给两个大队的土地征用工,公司的领导采取了非法手段,把七个干部子女、亲属,冒名土地征用工招收进来,其中有省水产局副局长的女儿,有公司一个负责人的孙女,有党委秘书的妻子……他们与征用土地的大队毫无关系。范熊熊为此向上级纪律检查机构揭发了这件事,但她的一切努力都无济于事,她受到了严重的打击。她在日记中写道:"一颗纯净、光洁、诚挚的心,被镂刻得伤痕累累……"有消息传来说,第二批招工又将开始,有人又在积极活动,公司党委书记已经放出口风:"再捞一批,该进还得进!反正坐不了牢。杀不了头,不要胆子太小,顶多做个检讨。"范熊熊看到的结果是:一种坏行为,为相继而来的各种坏行为铺平了道路。在这张无形的"网"面前,她感到冲击的困难,于是,她选择了:投海!

范熊熊下了决心之后,日以继夜地写了许多书信和文字,并且给自己的朋友和亲友留下了礼物,其中有一件礼物是为她的女友新婚准备的。范熊熊还特意给女友留下一点钱,请她代买一只花瓶留在身边,让那花瓶做她的化身,愿那瓶中鲜花作为她的希望,借以慰藉她这个未及绽蕾开花的早逝者。

同当年邵燕祥写《贾桂香》一样,写范熊熊的诗并不多,这里有一首《海之魂》,是徐敬亚写的。诗人一开始就悲愤地喊出他对范熊熊之死的个人最突出的感受:

> 我们的人口太多
> (真的太多!)
> 我,甚至狠心地想过(真不该)
> 让瘟疫把强者选择
> 然而今天
> 只减少了一个
> 我忽然,那么难过……

这是 80 年代的诗。诗,已经从主要是对于客观事件的描述而转向重视主观感情的抒发。在以往,如《贾桂香》的基本方式是诗人对于他所了解的人物的遭遇的再现,例如贾桂香的希望、憧憬以及委屈和悲剧,它都用诗句来加以介绍。这诗的作者已经挣脱了当时流行的那种纯客观的、不动感情的陈述,他在诗节的安排中每隔一段陈述之后,总要加以一个更具主观性的表白,例如"这是怎样的一张网啊,没头没脑网住贾桂香"、"她是我们的同志和姐妹,刚刚二十岁的贾桂香"等等,但基本方式仍然是注重陈述性。而徐敬亚的这首《海之魂》,一开始便是诗人自己的形象,它完全抛弃了事件而提炼出自己的最集中的一股思绪,这思绪是属于诗人自己的,独特的,甚至是由来已久的,只是由于范熊熊的消失而再度引发。平日的郁积便是为人口太多而厌恶、烦恼,甚至想到瘟疫的消灭,但今日却为"减少了一个"而难过,这就表达出这事的不平常来,也表达出诗人思绪的不平常来。它是独特的,别人难以替代的。不再重述那事件,它把事件全都当成读者的已知,读者未知的是诗人自我的感受。它当然也表现范熊熊的自杀,但却不像《贾桂香》写出过程来,例如贾桂香去找青年团的干部,去找场长,到处都是斥责。她只能一死了之。到了这时,诗人才说:"我不忍落下这最后一笔,中国不该有这样的夭亡。"但《海之魂》却把这一切都抽象化了,它不再现范熊熊四处投诉、控告,也不再现她的苦恼和失望,它只是用概括的描写,把这复杂的一切抽象为最单纯的场面,这是她投海之前的情景:

> 她,走到甲板的边缘
> 一堵会走的墙,在后面
> 紧紧地追赶
> 她有过最急迫的声音
> 有一双装得太多的眼睛
> 对于没有听觉的墙
> 雷,还有什么用
> 她紧绷住嘴唇
> 慢慢地关闭了瞳孔
> 她喊过,她喊过呀

> 但没人听,没人听……
> 于是,我的眼前盛开了
> 一朵雪白雪白的浪花
> 报纸……浮出了一层
> 黑色的星星

那么多的营私舞弊,那么多的流言飞语,以至于打击报复,它把这概括为"墙",因为"墙"的势力逼迫着范熊熊以及具有正义感的人们,因而就是"会走的墙"。"最急迫的声音"、"装得太多的眼睛"等等,是从另一面来写范熊熊的思想言行,但这一切,对于"没有听觉的墙",即使是"雷",也毫无作用,她喊过,但没有用。于是,这就是事情结论:我的眼前(仍然回到"我"的感受上来)盛开了一朵雪白的浪花。这便是投海自杀的形象性再现,她的一切凝结为一朵雪白浪花的意象。这已经不是客观的描述了,更重要的是范熊熊的壮烈的死所带给人们的感受的最简洁的概括:"浮出了一层黑色的星星。"这是报纸刊登这则新闻所引起的、"我"透过视觉所表达的内心的激愤与紊乱的直感。

当年因为不能容忍一首《贾桂香》存在,因而就使诗人的希望不再有第二个贾桂香成为泡影。结果是,又出现了范熊熊的"夭亡"。这一切,不能不引人深思,到底是什么样的手"扼杀"了贾桂香和范熊熊? 当然,她们是不同的,贾桂香并不是一个战士,她只是一个纯真的弱女子,而范熊熊的死不是为自己,她采用了特殊手段为真理而抗争。最大的不同也许在于,邵燕祥因写了《贾桂香》而付出沉重的代价,在今天,一般的说来,人们无须为写张志新、范熊熊、遇罗克而付出邵燕祥那样的代价。

四、"现实主义"落下帷幕

50年代后半期从艾青的《画鸟的猎人》、《养花人的梦》开始,流沙河写了《草木篇》,公刘写了《禽兽篇》,直至邵燕祥直述其事的《贾桂香》,当代诗人随着社会生活的发展,以自己更为深刻的认识,试图从颂歌的另一面对生活中的阴影作某些批判性的揭示,以为诗歌关切现实生活的真诚的尝试。但是,这种行动,立即遇到了严厉的挫折,这种试探于是宣告失败。

这一失败的实质是:50年代以来,诗歌在表现新的现实生活方面取得了进展,这个进展表现为"现实主义"创作原则的极端稳固。但是,很快,灰色的粉饰生活,更多的表现为假象的诗,伴随着颂歌主题的兴起而迅速地成为唯一的一股潮流,最后发展成为对生活不加分析的和没有选择的赞颂。这时的某些试探在实际生活中的顿挫,宣告了当时所谓现实主义精神是有限制的,是并不宽广的,它并不曾展示一条"广阔的道路"。新时代所要求、所鼓吹的诗歌在现实生活中的巨大作用,实际上也是并不全面、并不彻底的。例如,时代对成千上万的粉饰生活的作品可以容忍,对在巨大的挫折和痛苦面前说着谎言的诗篇可以容忍,而独独不能容忍哪怕只有一首对于一个普通女工的不幸死去表示同情和抗议的诗,也不能容忍哪怕只是有限的和谨慎的对于社会弊病和官僚主义的讽刺的诗篇。这样,时代标榜的诗歌作为"战斗武器"的作用不能不大大地打上折扣。

1956—1957年是中国诗歌产生巨大转折的年头,当代诗歌业已在诗与现实的关系上做出了重大成绩,以至于诗歌表现现实的具体化和深刻化成为当代诗歌的一个鲜明的特征。这时业已形成了促使诗歌与现实保持密切联系的完整的,同时也是行之有效的经验。但是,当代诗歌在更为全面、更为深入地反映现实的方面遇到了障碍。每当诗歌反映某些实际存在的,但又是令人不悦的现象时,"难道生活是这样的吗"的谴责便随之而来。1956—1959年在社会民主化进程中的诗歌干预生活阴暗面的尝试所遇到的麻烦,造成了巨大的和深远的影响,这影响便是此后一个相当长的时期中诗歌从现实主义道路上的转向。诗歌公然地走向了它所追求的目标的反面,它在现实主义的逆方向上越走越远,最后是"现实主义"不作宣告的落幕。

第三编 "浪漫主义"救援

第十三章 回避真实的生活

一、挫折后的退潮

贺敬之曾经在《十年颂歌》里写过这样的诗句:"东风!红旗!朝霞似锦……大道!青天!鲜花如云……"对于新政权建立十年来的社会生活,这是一种典型的概括,那时的确生活在红旗和鲜花丛中。但是,由于生活的实际内容得到更多的展现,人们对它的认识也愈益深入和趋于全面,那种把社会生活加以无限制的美化的天真烂漫之感,正在逐渐消失。人们在发展着的光明之中看到了萌芽状态的不光明,少数诗人勇敢地面对这个事实。于是出现了颂歌之外的主题,作为对于颂歌的补充。

这种意向直接受到了流行政策的鼓舞。1957年提出的"百花齐放"的方针唤起了人们的热情。诗人严阵对形势作了完全乐观的估计:"凡是能开的花,全在开放;凡是能唱的鸟,全在歌唱。"①杜运燮以《解冻》为题表达了同样的心情:"是花的都在开,有牙的都绽出来,欢呼这爱抚的手,拿出最好的,一切从头创造,过去的已经深埋。"②

总的说来,这一时期的诗歌,它在现实面前的清醒期是短暂的,而且即使是醒悟的诗歌,也仍然是在旧日的轨道上运转。《草木篇》等一类诗歌之所以有点新意,那仍然在于,它企图表现生活的另一些不常被人注意、很少被人谈论的方面。作者写这

---

① 见《诗刊》1957年1月号。
② 见《诗刊》1957年5月号。

类诗,总是感到生活中多了点不该多的东西,少了点不该少的东西,如流沙河说的"有感于情,有结于心",不论是那些缠绕丁香致死而又窥视着另一个目标的"藤",还是在"暴风"面前百折不弯的白杨之剑,不论是公刘的《刺猬》那种"不即不离"的处世哲学,还是丁芒的《豪猪》的自我孤立,都是有感而发,力图匡正时弊的,因而也是忠实于当时提倡的现实主义精神的。

但是这种忠实于现实主义精神的实践一旦触及了生活的真正的弊端,便遇到梗阻。养花人只能永远在梦中,他一旦醒来,从而觉悟到"从今天起,我的院子成为众芳之国,让我们生活得更聪明,让所有的花都在她们自己的季节里开放"的时候,也许就是招来失望的时候。养花人的爱好并没有改变,他仍然钟情于一种类型的月季花。杜运燮因为欢呼过"解冻"而引来了严厉的批判:"'解冻'这个名词并不陌生,半年来右派分子的言论和诗文中就出现了不少。他们把解放后几年来比做'冬天'。他们憎恨新社会,憎恨共产党,认为过去几年来党所领导的社会主义建设和革命,对他们是强大的压力。……杜运燮对此却表现了很大的热情……"

1957年6月公木发表了《鞍山行》。在这首诗里,如同沐浴着共和国初升的阳光的人们一样,他由衷地歌唱着新生活的欢欣:"太阳从密排的街树梢上探过头,满脸淌着大汗向我热烈地招手。花花绿绿喜气洋洋的拥挤的人群,踏着大秧歌的舞步迎面走来。"他的诗通篇都是这样充满着光明、信心和兴奋的情绪,这是由于"修满了两头沉和皮转椅的苦功","结束了黑砚池和蓝墨水的航行",他终于怀揣组织部的介绍信走上了生活的大街,他向自己呼喊:奔向前去,"以你的全部爱情和忠诚",他为自己能够生长在"毛泽东的太阳普照的国度"而感到骄傲和幸福。这首诗和别的一类颂歌不同之处是,在较早的时候,他便在这样大家都写的,而且大体上也都写得一样的颂歌中,添加上了如下八

行诗句:

> 挥起十丈长的铁扫帚,
> 扫掉那一层层的结在记忆中的蜘蛛网,
> 连同那些粘在网上的发霉的尘土,
> 都彻底打扫净光!
>
> 那些由于自私而变矮的人形,
> 那些由于忌妒而歪邪的眼睛,
> 那些由于猜疑和作伪而患梦游症的灵魂……
> 像泼掉一盆泛着肥皂沫的洗脸水,滚它们的吧!

这是在新生活的光明颂中,表示的对旧生活渣滓的批判和扬弃,其用意是非常鲜明、积极的。但是,它却遭到了旧观念的抵制和批判。他们认为诗是反映社会生活的,既然生活已经变得透彻的光明,那在诗中鞭笞阴影便不是善意的。1958年8月号《诗刊》以"读者对去年本刊部分作品的意见"的方式,对此做出了反映,认为这诗"表现了作者对党的不满情绪","读者还责问作者是站在什么立场,把我们党说成那么自私、忌妒、猜疑和作伪,特别是当右派分子正猖狂向党进攻的时候"。这种逻辑就是只能是一片颂扬的声音,生活是不可能有缺点的,要是触犯了这样的禁令,那就是"对党不满"。这种语言和逻辑都是可怕的。

诗歌试图干预生活,但是它无法达到目的。有些诗人因而付出了代价。从1949年开始到现在,诗歌一直是在被指定的现实主义——即诗歌密切地和现实生活保持联系,积极地反映现实生活的发展,并为之鼓吹和鼓动的传统的道路上发展的。它业已形成了一股巨大的潮流,也不妨称之为当代诗歌的主流。事情就发生在现在,这股诗的潮流被一块礁石挡住了,它力图冲过去,但是只溅起了一些浪花。水流还是沿着礁石两边平稳地向前流去,但它的流向和流速已经有了改变,不再是那么浩浩荡荡和笔直的了。

因为触及生活中的陈旧和阴暗,而要付出沉重的代价。这一事实提醒了诗人,这种干预既然不被提倡,只好转而他求。"战歌"的路子在国内的现实生活中未能畅通无阻,打了一个旋涡,再回到熟悉的颂歌的路子上来。1957年以后,是1958年"大跃进"。"大跃进"期间的重大错误,文件已有明确的叙述,大体是:从战争的环境中走出来,当时的领导对于社会主义建设毫无经验,对经济发展的规律以及中国的经济基本情况没有科学的分析与了解,战争的胜利以及经济恢复工作的取得成效,使那些领导人滋长了骄傲情绪,他们急于求成,夸大主观意志,无视客观条件,继提出"多快好省"的总路线之后,立即轻率地提出了"大跃进"和"人民公社"运动,使得以高指标、瞎指挥、浮夸风和"共产风"为主要标志的左倾错误严重泛滥。当时的现实是,国民经济遭到了极大的破坏,几亿人民处于饥饿状态。但这一切,在号称忠于现实主义的诗歌中完全看不到——当现实生活中的弊端已经趋向严重的时刻,诗歌的现实主义传统的发扬,便显得异常微弱。这个时候,反映生活中的实际样子的要求,便退居次要地位,现实主义的原则似乎又被解释为诗歌应当维护现实生活在人民心目中既定观念的原则。这时的诗歌在严肃的生活真相面前显得苍白无力。一些诗歌自动地回避生活中沉重与严酷的画面,转而寻求那种粉饰生活的田园情趣的再现。

二、粉饰生活的逃避

短暂的清醒期过去之后,一部分诗人的确在现实的积郁以及人民的痛苦面前闭上了眼睛,他们在现实面前退却了。1957年的过火斗争所带给人们的心灵的创伤,1958年的左倾狂热所造成的大破坏,这些已经不是个别和局部的阴暗面。但在"光明"的诗篇中都找不到这些,人们不再敢在现实面前"说长道短"。总的趋向是现实生活的真实面貌在诗中看不到了。粗暴的工作作风,加上对于科学的无知所卷起的狂热,在这样的气氛之下,经济的凋敝和生活的艰难,亟待文学的表现,而不幸的是:现实主义的精神却丢失了它的使命感。

本来,诗歌的作用是宽广的,诗歌即使反映生活,也没有必要亦步亦趋地被动地尾随在生活的后面。但50年代以来一直在这么强调二者的紧密关系,而当生活中真正发生了灾难,这种原则却消失了。"回避"是一种基本的趋向。1959年6月号《诗刊》以头条、单栏的显著地位,发表了组诗《江南曲》。当时"大跃进"造成的恶果已经在现实生活中呈现,虽然由于粮食的极度匮缺所造成的严重浮肿病的高潮尚未到来,但现实生活中的危机不仅是存在着,而且已经显露出来了。但这组诗里所反映的却是甜蜜的、超脱的桃花源般的生活。这样的诗,本来就有它的存在的理由,本不值得奇怪。但是它却在这样的时刻,以这样令人注目的强调的方式出现,的确是当时诗歌的一种值得注意的动向。它说明了很多,是一种明显的失望之后的愤激和落寞,也是一种对于旧有原则的背叛。这是《月下的练江》:

> 月下的练江,一条链,
> 白雾里飞出一队小船,
> 它像一群低飞的水鸟,
> 静静地穿过了重叠的茶山。
>
> 船夫们用竹篙抵着河滩,
> 船篷里的火光一闪一闪,
> 船夫啊,天色已经这么晚,
> 为什么还不泊下你的船?

> 船夫捧起江水洗了洗脸,
> 抬手指着隐约的远山:
> 歌声和新茶早把山谷填满,
> 这么好的月光,我怎肯停船?
>
> 船的咿呀声由近而远,
> 江水静了,船影渐渐不见,
> 只有那股茶香久久地留在心上,
> 月下的练江,一条链。

　　这是一种很奇特的现象:生活的现实越是严峻,诗中的意境就越是轻松;生活中充满了"大放卫星"、"敢想敢干"等的浮嚣的声浪,诗中却静如止水——月下的江如一条链,雾气迷茫之中荡出一队小船,如一群水鸟(无声的水鸟)静静穿过重叠的茶山。这首诗的主题仍然是劳动,但它把劳动的主题隐藏在静谧的景色的后面,我们只是从"歌声和新茶早把山谷填满"了解到这些小船是月夜采茶归来。"这么好的月光,我怎肯停船",究竟是生产的要求(新茶"填满"了山谷)还是欣赏的要求("这么好的月光")占据了诗人和船夫的心意?这里,明显地表现出了与1958年"大跃进"民歌截然相反的追求——对于诗自然的美,已经有了新的醒悟,也可以说是,一年之间,至少是一部分诗人已经开始抛弃那种简单和单调的"豪言壮语"。

　　它们之间的差别是明显的。"大跃进"民歌中有一首《月儿弯弯像河船》:"月儿弯弯像河船,千条银蛇水中闪,竹管落水似鹭鸶,不衔鱼虾衔泥丸。"在这里,自然界的美景是不被关注的,月儿弯弯,人们欣赏的并不是它所造成的美景,很快就落到:它像河船,而河船是用来挖泥的。千条银蛇显然是船上的灯火,人们无心去欣赏那月夜的江水是多么的静,人们关心的是"两岸木锨轮番转,多少烂泥上高田"。在这里,生产的兴趣,早已夺走了自然美景的吸引力。著名的《小篷船》,开头展现的也是一片嘈杂而忙乱的夜间劳动的场面,也有江河,也有星星,只是它的情调与《月下的练江》完全不同:"小篷船,装粪来,惊飞水鸟一大片,摇碎满河星,摇出满卤烟。"船儿驶过,水鸟惊飞,河里的星星散乱,而且突然地跑进来"满卤烟",这景色是有意被破坏的零乱和嘈杂。

由《诗刊》刊出《月下的练江》所展示的倾向,的确表现了对于"大跃进"民歌那种浮夸的诗风的批判。它不再热衷,甚至完全不用那种政治化了的词语,它再现生活和自然的美景,它也远离了那场狂热的"革命"。但与此同时,它的确也远离了血淋淋的现实,现实生活的痛苦和伤痕在这里,全被那些优美的描写所取代。这一组诗中还有一首《晚霞》,新安江上"晚霞和落花追着流水",劳动一天的人们回来了:

  妈妈放下肩上的锄头,
  把带来的野花洒上水,
  爸爸拿出雪白的毛巾,
  擦洗着满脸的煤灰。

  从托儿所回来的孩子,
  打扮得像新月一样美,
  她那黑色的发辫上,
  插着一朵红蔷薇。

显然,这是被美化了的生活。这样的诗篇也许可以看做是对于那种豪言壮语的反驳,但是,如同一年前他写"祖国喜事多又多,喜得我心里像滚锅。桌上铺下千张纸,我一口气要写万首歌"或是"祖国跨上千里马,黄金时代来到啦!一夜写出诗万卷,也写不完祖国的新变化"一样,没有人责备昨天的浮夸,也没有人责备今天的虚假——多么严重的饥荒和贫困,这诗却如此加以粉饰:给野花洒水,用雪白的毛巾擦脸上的灰……并没有人问一问:"难道生活是这样的吗?"事实自然提供了这样的论据,这里是安全的。当一条道路走不通,而且碰得鼻青脸肿的时候,人们寻求较为安全的道路来走,这是合乎逻辑的。

三、不可久居的避风港

回避尖锐的生活内容,把生活渲染得美如天堂,对于担惊受怕的诗人,不妨是一条出路。但对于有着现实主义传统的当代诗歌来说,它始终未能成为一种主潮。它只是在一部分诗人那里延续着,没有产生大的影响。没有人大声地赞美,也没有斥责,到了60年代初,"三年困难"时期的最严重的年代,有的诗人仍然唱着这样的一些桃花源里的充满了田园之乐的"仙曲"。这是一首《水乡行》:"水乡的路,水云铺;进庄出庄,一把橹。鱼网作门帘,挂满树;走近才见,有个人家住。要找人,稻花深处;一步步,踏停蛙鼓。蝉声住,水上起夜雾,儿童解缆送客,一手好橹!"[①]在这首诗里,没有时代的印记,也没有现实生活的辛苦和沉重,干脆把以往诗与现实的要求予以抛弃。

这种以回避生活的尖锐内容为特点的诗,给生活贴上一层美丽的外壳,造成一种甜蜜的华靡的风格是大体一致的。例如这样一首《赶场去》:"半山飘着弯弯路,飘出茫茫云,又钻迷迷雾。挑挑担儿雾中去,背篓、竹筐云里出。雾里闪过花头巾,云中隐现蓝衣服。……卖山货的人马翻山谷,丢一串笑声在山谷。"[②]在诗人的笔下,生活中充满了笑声和花头巾,但这只能是人造的"茫茫云"和"迷迷雾",而并非当时的真实。还是这位作

---

① 见《诗刊》1962年2月号。
② 见《诗刊》1962年3月号。

者的《深山笛声》[①]——

> 牧娃挥笛脆声笑,
> 羊群横山滚过崖,
> 唉呦!肥肥的羊儿挤攘攘,
> 我担心会凌空掉下来,
> 可那远去的笛音,
> 飘飘逸逸,
> 越吹越自在。

这些诗句,让人想起古人的"短笛无腔信口吹"。整个画面和情趣都是过去时代的。前面引的《水乡行》,其中的名句"走近才见,有个人家住",其情调也酷似秦观的《秋日》:"菰蒲深处疑无地,忽存人家笑语声。"这种倾向的出现,当然是一种无可奈何的出路。但这条从古人的诗词中讨取灵感,而且刻意地掩饰真实生活的矛盾,表现虚无缥缈的"人间天上"的道路,并不是一条可供更多诗人驰骋的道路。特别是在当代诗歌十分强调与现实生活联系的创作思想支配之下,决定了它只能是一道不可能发展的细流。它没有断绝,但也没有发展。说它没有断绝,是说当诗歌由于反映生活的真实而发生梗阻的时候,诗歌失去了惯常的轨道,这时,这种不着边际的诗风便给它一条求生存的通道——轻飘飘的风花雪月便会应此而生(风花雪月不是不好,而是它所扮演解决危机的角色不好,其实,本来风花雪月也可以是堂堂正正以正面的角色出现在诗的世界的。可是,总是因重视政治而歧视它。而诗若真的触及对于政治的批评,往往会产生触电那样的效果;于是又躲开政治,躲到了风花雪月——被轻视的风花雪月中来!这是十分矛盾而又尴尬的处境)。

[①] 见《诗刊》1957年5月号。

即使是这样一条"风花雪月"的"避风港",仍非久居之所。因为我们的诗歌总是入世的,是鼓励要为现实生活的各种斗争积极服务的。长久的"回避"必然会被认为是脱离政治、为艺术而艺术的倾向,这从根本上讲是不被认可的。这不是解决矛盾的有效的方式,实际上也没有更多的诗人这样做。当代诗歌等待一次大的转折,就是说,当1957年一片批判的浪潮卷过来的时候,诗歌创作向何处去呢?特别是,当时开始的这场批判范围是相当广泛的,以《诗刊》为例,它创刊于1957年1月,正常的和平安的日子大约有半年。1957年7月号,它开始批判"右派"的运动,7月号为《反右派斗争特辑》,臧克家写了"代卷头语"——《让我们用火辣的诗句来发言吧》:耳边响着一片战斗的声音。……这声音,从生活的实感里发出来,从爱护党、爱护社会主义的真挚热情里发出来,它钢鞭一样向右派分子、野心家们呵斥、抽打,毫不容情……诗人们,站起来,站到斗争的前列上来,任何冷淡,客观,不关痛痒,都和诗人的称号不相称。……在解放后的每一次运动里诗人们都是用诗作为武器参加了战斗的。在这次"反右派"的斗争里,诗歌,应该用不着号召自己就会响起来的吧!7月号的《诗刊》,只是不指名的批判,8月号发表《"草木篇"批判》,开始了点名批判的运动。1957年9月号,点名批判艾青,并发表了综合性的批判文章:《反对诗歌创作的不良倾向及反党逆流》,这是一篇综合一段时期以来全国诗歌创作中从政治乃至风格、"情绪"("灰暗情绪")所进行的总的批判。实际上由此掀起了诗歌界的批判运动。这个批判,从1957年下半年开始,一直进行到60年代,从批判"右派分子"的"反党反社会主义",一直延伸到批判卞之琳的诗风。1958年5月《诗刊》,"以我们不喜欢这种诗风"、"奥秘越少越好"等读者来稿方式对卞之琳表现"大跃进"、"十三陵水库土地杂诗"展开批评);以《什么样的思想感情》为题,批判蔡其矫的《川江号子》、《宜昌》等诗"以旧眼光来看我们今天的新生活,呆滞的、冷冰冰的情感来吟咏今天沸腾着建设声浪的城市,对现实形成了歪曲"。这种批判是从认为某些诗篇政治倾向属于"反党、反社会主义"的性质而开始的,结果无限制地扩展开来,在三年之久的不断扩展中,事实上已经扩大到了非政治性的领域。

  事情的发展是富有戏剧性的。这场批判的点名文章是由沙鸥起始的(当然,整个事情非个人所能决定或左右),最后(可能也并非最后)落到了沙鸥的头上,以批判沙鸥而作了阶段性的总结。

  到了1960年5月,批判的锋芒最后指向了1957年最早向《草木篇》以及艾青发起批判的沙鸥身上,周建无的《沙鸥是怎样的一个诗人》指出"他忽而'左',忽而右,忽而主张这个,忽而主张那个,忽而反对这个,忽而反对那个"。文章批判了沙鸥"狭隘的自我表现和陈旧的自我抒情","游山玩水,吟风弄月,有的是闲情逸致,也有的是一个人的暧昧感情"。并且指出沙鸥也写了不少"暴露黑暗"的、用阴暗的眼光看待新社会的讽刺和寓言诗。当然,批判运动并未因而终止。事实上1960年的下半年批评仍在继续,6月号《诗刊》还在批判类似的《〈咏古蓬〉和〈吊屈原〉》。该文指出:"借古喻今或借物喻人来含沙射影,隐晦地发泄其不可告人的反动思想,这种手法并不新鲜。在过去许多次斗争中,我们早已领教过了,而类似同样的手段也不过如此,可见,一切具有反动思想的人早已日暮途穷,他们的'武库'中早已拣不出更多武器,这类武器也早已生锈和不堪一击了。"

  整个局势让中国的诗人们沉思,诗歌为现实服务已经遇到了新的挫折,新诗的发展必须寻求一条新的通道,不然,整个的发展将受到窒息。

第十四章 "浪漫主义"解除新诗的"危机"

一、飘向"天上"的诗歌

　　1957年前后,当代诗歌在现实面前碰壁,这是一个事实,这个事实使诗人对诗歌究竟能够在多大程度上反映(包括干预)生活的真实产生了怀疑。他们在寻求出路。在一个时期内,寻求回避现实生活的矛盾的尖锐性,闭眼不看生活的困难与阴影,一味地在幻影中歌唱当时并不存在的世界,这只在少量的诗人中实践着,而且事实说明它是没有生命的。

　　中国诗歌在当代的发展中,陷入了一个新的困境,这就是理论上要求它密切地配合并服务于现实(特别是现实的政治),但是,当它对社会的弊端进行批评时,它自身的存在却成了问题。它于是转而回避现实,而只在假想的完美世界中存在,而这却是诗歌服务于现实的原则所不容的。从1957年下半年开始,几乎与诗歌领域的"反右"运动开始的同时,一股那时叫做革命的浪漫主义诗潮就开始形成。"浪漫主义"诗潮对于解决新诗在现实面前所产生的困窘与危机起了起死回生的作用。事实上,它给新诗的向前发展开辟了新的前景,它给新诗密切现实生活的传统找到了新的根据,它使新诗在新的政治中有了新结合的可能性。——彷徨中的新诗,因"浪漫主义"的救援忽然面临着柳暗花明又一村的境界。

　　中国当代诗坛的最老资格的诗人郭沫若,在这一股诗潮中仍然开风气之先,如同建国初期他在用诗来图解和配合政治方面开了风气之先一样。1957年11月号《诗刊》(当时正是"反右"高潮)发表了郭沫若为苏联发射第二颗人造卫星而写的《月里嫦娥想回中国》:嫦娥看到了第三个月亮的出现而动起她的"乡愁","我是想再飞回到中国去啊,尽我做中国人的一分责任,我后悔我不应该逃避现实,为逃避后羿而离开人民","飞回中国我想进纺织工厂,成为一个女工是我的理想。或者把我带到那里的乡下,让我去参加一座集体农场,如果参加文工团,我更高兴,表演霓裳羽衣舞,我倒在行!但很遗憾的是我不懂科学,我恐怕不能向科学进军"。

这首《月里嫦娥想回中国》的基本思想是:地上人间的世界变得越来越令人迷恋,使得神仙(这里指的是原先生活在人世的神们,当然也有本来没有人世生活的经历,而羡慕人间的神们)也后悔自己的迷误,而幡然悔悟,要想"再飞回到中国去"。中国新诗的这个"浪漫主义"潮流,大约始于此时。其大致的前提便是:让神话中的人物复活在现实的世界中,特别是复活在今日中国,确认人间的这片土地已经出现了奇迹,这里业已变得比天堂、天国还要美好;而后,这种已经复活的神仙不仅获得了人的意识,特别是获得了当前的政治意识,例如嫦娥,她后悔,不再是李义山诗中的"嫦娥应悔偷灵药,碧海青天夜夜心"里的嫦娥。而是"我后悔我不应该逃避现实离开了人民"。以至于当她预感到将来"回到中国"时她的"落后",便像现实生活中的青年团员那样"表决心":"我要诚心诚意改造我自己,我要努力学习,一点也不厌倦。"甚至于作者也没忘了建国初期那样在诗中"塞进"政治术语和标语口号,例如"我们要努力学习苏联的经验"之类。

1958年1月,毛泽东发表了《蝶恋花》,这首诗开始被认为是"革命浪漫主义"的,随后又被认为是"革命的现实主义和革命的浪漫主义相结合的"。总之,它在当代诗歌的"浪漫主义"的提倡上起了极大的影响。同一个月,当《蝶恋花》在《诗刊》发表时,周扬在《红旗》上发表了《新民歌开拓了诗歌的新道路》一文,传达了毛泽东关于我们的文学应当是革命的现实主义和浪漫主义相结合的意见。周扬认为"这是对全部文学历史的经验的科学概括,是根据当前时代的特点和需要而提出来的一项十分正确的主张,应当成为我们全体文艺工作者共同奋斗的方向"。这里要着重加以剖析的是,所谓的"二革结合"的提倡,实际是一次"浪漫主义"精神的提倡。

二、"大跃进"与共产主义

周扬曾经阐述过:我们处于一个社会主义大革命的时代,劳动人民的物质生产力和精神生产力都获得了空前解放,共产主义精神空前高涨的时代。人民群众在革命和建设斗争中,就是把实践和远大的理想结合在一起的。没有高度的革命浪漫主义精神就不足以表现我们的时代,我们的人民,我们工人阶级的、共产主义的风格。革命的现实主义和浪漫主义相结合的当代的诗歌是一贯提倡的"现实主义"的,目前"二革结合"的主张,实际上意味着和包含着现实主义的不能满足"大跃进时代"的要求,它需要在新形势下加以"改造"或"补充",而其出路就是要求它与"浪漫主义"的结合,"二革结合"的提法其实质就是对于取代或改造现实主义的、即浪漫主义的呼唤。因而周扬认为没有革命浪漫主义就"不足以表现时代的共产主义风格"。

1958年第二期《红旗》上郭沫若发表《浪漫主义和现实主义》一文,继续呼吁诗歌的浪漫主义精神。他为《蝶恋花》的发表而深受鼓舞,认为它的浪漫主义精神在于"这里有革命烈士的灵魂,有神话传说人物,有月里的广寒宫和月桂还酿成了酒,欢乐的眼泪竟可以化作倾盆大雨,时而天上,时而人间,人间天上打成了一片"。他认为诗歌"更喜欢和浪漫主义握手或者拥抱"。他在考虑到这两种主义的结合时,兴奋点是在浪漫主义上面:

"在我个人特别感着心情舒畅的,是毛泽东同志诗词的发表把浪漫主义精神高度地鼓舞了起来,使浪漫主义恢复了名誉。比如我自己,在目前就敢坦白地承认:我是一个浪漫主义者了。"从郭沫若的这番话里,可以反衬出,当代的诗歌是一直在宣传和宣扬现实主义精神,以至于使郭沫若这样典型的浪漫主义者也感到"压抑",而只是到了目前,他才感到了"舒畅"。

1958年8月,茅盾在沈阳一座谈会上发表意见,也肯定地指出"今天我们国家的现实生活,就是有史以来没有过的壮丽的革命浪漫主义的时代"①。在这些文艺界的领导者的意见中,着重点都在提倡浪漫主义。至于他们对"二革结合"的意见,则是五花八门而缺乏科学性和说服力的。例如茅盾就说:"我认为,现实主义和革命浪漫主义结合的问题,也是作家和艺术家先红后专,又红又专,红透专深的问题。"这可以说是十分混乱的。

1958年年初,当反右派的批判运动方兴未艾之际,诗歌由现实主义向浪漫主义转移的信号已经明确地发出了。一方面,是批判的浪潮正在兴起,另一方面,是明确地暗示主潮的"转移"——诗歌不能再在原先的道路上走下去,诗歌应当为共产主义精神的大发扬,为"超英赶美"的、"一天等于二十年"的时代服务,这就是邵荃麟所说的,诗歌应当表现当时的"生产大跃进"中群众的"英雄的共产主义气概",他们的创造性和想象力"充分表现了革命浪漫主义的精神",诗歌应当表现这种"浪漫主义"。而这种"浪漫主义"的提倡,实际是对前此很长时期中宣传并加以大力地贯彻的"现实主义"精神的否定。人们以这种"大跃进时代"的"共产主义英雄气概"来对照以前那局限于事实的爬行的写实精神就觉得是难以容忍的,贺敬之在《漫谈诗的革命浪漫主

---

① 茅盾:《关于革命浪漫主义》,《处女地》1958年8月号。

义》①一文中批判了"小脚婆姨精神",即对于现实的"保守主义态度",他指出:"对现实发展的保守主义态度,大约只能产生自然主义,产生平庸、乏味、灰色的东西,只能写写脚跟下巴掌大片面的'真实',这是和革命浪漫主义精神格格不入的。"

这些言论给了我们一个十分明晰的轮廓,1957年后,诗歌(整个文学)有了一个明确的"转向",即它不再热衷于宣扬现实主义(甚至于把现实主义的某些提倡归结为爬行的写实和自然主义等)。尽管在谈"二革结合"的时候把它作为一种"成分",但业已对它的单独存在的价值产生了怀疑。在"大跃进"的形势下,借"二革结合"的提出,实际上掀起了一个"浪漫主义"的运动。

三、"浪漫主义"合法化

继1957年下半年批判右派以后,仅隔一年,1958年6月的《诗刊》发表了一组文章,这组文章的题目分别为:《我们需要浪漫主义》(晴空)、《略谈我们时代的革命浪漫主义》(治芳)、《幻想的时代》(江雁)。这批文章不再需要现实主义的旗帜来作陪衬,而是以鲜明的和明确的态度鼓吹和提倡当代诗的"浪漫主义"。其中一篇文章特别反驳了苏联文学理论家季摩菲耶夫关于浪漫主义的论点,季摩菲耶夫认为浪漫主义作为一种艺术方法的特征是艺术家以梦想和现实之间的矛盾作为出发点,创作了例外环境中的例外性格,并且使用主观性"叙述"。他还认为浪漫主义不是从现实中而是从作家的想象中提取塑造形象的材料,"它不能吸取生动而发展的现实的色彩"。季摩菲耶夫还认为可以把马克思形容乌托邦主义者的言论强加在浪漫主义者身上。季氏的这些意见,对当时倡导浪漫主义的人是一个刺激。当时的

---

① 见《文艺报》1958年9月号。

基本认识就是,所以提倡浪漫主义,是现实生活发展的必然。当时的生活已经出现或正在出现共产主义的现实,因而,我们的生活不是乌托邦,我们的浪漫主义更不是乌托邦。

《诗刊》的那些文章认为,我们的现实生活已经向我们开启了最有浪漫主义色彩的想象的根据正如江雁在《幻想的时代》里描绘的:"彗星正在打扫宇宙舞厅,云霞绕成飘带;人们到太阳的故居去拜访;奥林匹克在太平洋底下开幕;老人在月里赏桂;孩子们在金星上庆祝他们的节日……"当时的理论正是以这样的"随想"向乌托邦发出号召,要求人们"以急不可待的热情,向人民展示光辉灿烂的未来",以"激起人民对生活的狂热的爱",号召人们"用真正的战斗的乐观主义精神"去"升华人民的感情、性格和愿望",认为在这个"充满幻想的时代",诗应该表现出"时代最大强度的情绪"。

到了1958年10月,文艺批评家马铁丁在题为《用共产主义思想教育读者》中,已经用非常明确的表述断言"共产主义,已经不仅是我们的愿望、理想,而且是现实生活中的客观存在",他认为当时所谓的"开一代诗风",指的就是"在我们的诗歌中体现共产主义的思想感情、共产主义的道德品质、共产主义的冲天干劲"。实际上指的是诗歌对于共产主义的到来的歌颂,诗人的任务在于"把完美的共产主义精神食粮送到读者手里"。

这样,在这些有影响的文艺界领导人以及理论批评权威的描述之下,诗歌由现实主义的轨道转向浪漫主义的轨道已是确定无疑的方针。在这样处于很不冷静的狂热理论的鼓吹之下,于人们感到很大的心理威慑,有些诗人基于他对生活的真诚的认识,怀疑这样的"共产主义",以及这样的"急不可待"的对于现实的"升华"是否正确。但是,他们宁可相信那些理论,而不肯相信自己的眼睛;他们不会轻易谴责那种席卷大地的"共产风",而宁肯谴责自己的保守观念、保守思想,抱怨自己"跟不上时代"。

贺敬之曾经这样以检讨的口吻谈到自己当时的思想状况:"当我在狭小的生活圈子内,脱离了波澜壮阔的现实斗争的时候,当我对斗争的神速前进的步伐发出'这是可能的吗'的疑问的时候,我的激情减少了,我的想象如此贫乏,甚至想写个神话题材也如此没有光彩。"①这就说明,即使他有了"疑问",但是他仍然宁肯把"疑问"投向自己,而不肯把"疑问"投向事实。

四、由"务实"向"务虚"过渡

虽然诗歌创作中的"浪漫主义"潮流也像"大跃进"那样以让人措手不及的迅猛姿态蔓延,但对于习惯了写实轨道的诗歌却有一个"转弯"的过渡。这个过渡是短暂的,因为"大跃进"、"三面红旗"的来势很急,所以这个"转弯"几乎不被人注意就已过去了。但仔细分析一些诗人的作品,却留下这种由"务实"而转向"务虚"的过渡痕迹。

1958年春天,李季作了两篇题为《争论》的诗,争论的本意在于写出工人对于现实的态度,侧重于表现人们当时的精神状态。"争论"的题目是中国究竟是不是贫油国?诗人表示对于中国缺乏油田一类"废话""早已听厌",认为说这种话的人是"眼睛长在脑子后边",并要持这种意见的人"让开道路站在一边"。当然,从1958年到现在,历史的发展证明,中国并不是贫油国,中国也许蕴藏着很丰富的石油资源。但是,当时诗人立论的基点却不是科学的,他声称"我不是石油地质师,口袋里也没有锄头、罗盘",他只是凭着"这顶钢盔帽","我要高声宣布我的预言",这种预言是建立在"对母亲祁连山的信赖"和"石油工人的责任感"上面的。在这里,我们依然看到了李季一贯的对于生活质朴的态度,他总是把诗写得真实,很具体,但是,在那里,我们已经感

---

① 贺敬之:《漫谈诗的革命浪漫主义》,《文艺报》1958年9月号。

受到了那个年代吹来的热风的最初信息。一种唯意志的单凭"热情"的而忽视科学根据的虚夸现象已有端倪。中国没有石油,单凭"信赖"和"责任感"而无视"石油地质师"的"锤头、罗盘"是不好做出预言的,要是作了,这种预言也并不一定代表了事实。当然,情况刚刚开始,还要发展。到了1958年6月他在洮河工地上写的《高山运河颂》中,已经预见到那"流星似的飞船在云端里航行",而且认为"在我们的光亮闪闪的铁铲下,透露着共产主义的黎明"。9月,他在《车过冷湖》这首诗中,已经能够用当时那些典型的语言说出"原油产量直线升,翻它十万八千番"的话来了。

另一位忠实于现实生活的诗人,于1958年年初写了一首反映现实生活的叙事长诗《东风催动黄河浪》。兰州地区的一个汽车修理工厂,看那破旧的厂房、落后的设备,与其说是工厂,不如说更像一座"多少代机器的陈列馆"。他们在长春生产"东风"牌汽车的鼓舞下,也要利用这座修理厂制造出"黄河"牌汽车。要把这样一座修理厂改造为一个汽车制造厂。长诗写的就是三十多个工人日以继夜,废寝忘食,用锉子锉出零件,不用图纸,靠拆掉旧汽车这种原始作坊的工作方法制造汽车的故事。

这个事件产生的背景,就是受到那个不冷静和不切实际的时局伸张的影响的,这就是"'我们十五年要超过英国',这一声春雷从天安门前腾空而起",认为我们已"不能满足过去那小小的成绩","我们是新中国的工人阶级,难道能慢慢地爬到社会主义?"它在"破除迷信、藐视困难、藐视上帝"的口号下,发展为敌视专家意见,不尊重科学分析的偏执态度。在长诗中,工人的冲天干劲的对立面便是那些对现实的可能性提出怀疑的工程技术人员。那些根据科学的可能提出建议和意见的人,变成了受到丑化描写的人物:

有位工程师曾经前来参观,

> 他东瞅、西望、眨巴着眼；
> 说什么就是观世音菩萨下凡，
> 也没有法术叫公鸡下蛋。

因而，他们的工作既不需要工程师，也不需要技术员，他们把一切建设性的冷静的语言都视为"促退"，认为这些人都是阶级的偏见，是"两千度的近视"，并且警告他们"车间不宜久停，当心碰碎了你的近视眼镜"！

这是一首直接描写当年"大跃进"事实的长诗。由于作者一贯的写实精神，使这首诗保留了当时真实的生活面貌，群众的劳动热情，以及那种急不可待达到理想境界的心情，而无视科学的莽撞的心理状态也得到真实的保留。从这些方面来看，不论是在李季还是在闻捷身上，写实的传统仍在发挥着它的作用。但是，那种狂热的"时代精神"正在悄悄地冲击着往日的平静。他们在诗中已经明显地显示出那种不够理智的成分。

但不论怎么说，正如闻捷在诗中写的，"我们是脚踏大地的工人，不是生活在云彩里的神仙"。的确，他们是在写现实生活中的人，而不是在写云彩中的神仙，尽管这时，他们已经幻想着"平步青云"和"一步登天"——人们已经明显地受到了时代所提出的美好理想的鼓舞，他们思想已经在偏离现实的轨道，但毕竟，在这批具有了写实传统的诗人那里，要他们离开地面而腾飞起来却需要一个过程。

到了1958年的下半年，闻捷在那样的形势下，已经能够毫不困难地写出《我们遨游一九七二年》那样充满了奇想的诗来了。从1958年到1972年，是十五年，是当时所谓的十五年超过英国的期限："那时候，祖国该是多么美好！一切达到历史上从未有过的先进水平，——钢铁的山，高过冈底斯山，只有爬山运动员，才能攀上峰顶；石油的海，宽过地中海，亿万井架以百纵队纵横地驰骋；工业的城，超过纽约、伦敦……小麦的身长，棉花的体重,逗得参天杨和花冈石又羡慕又吃惊;牛郎和织女,并肩地站在银河岸上,欢迎乘坐'北京号'宇宙飞船的红领巾……"

那时人们把1972年想得非常的遥远,事实告诉人们,空想并不能代替现实,空话也不能产生钢铁和棉花。像闻捷这样很有成就的诗人,也难免留下了让人发笑的诗篇。而这样的命运,几乎所有的诗人都难以幸免。

第十五章　新民歌对"浪漫主义"潮流的推动

一、共产主义文艺的萌芽

　　1958年"大跃进"民歌的兴起给新诗创作带来巨大的冲击，这种冲击一直延续到1960年郭沫若和周扬联名合编的《红旗歌谣》的出版达到了高潮。"编者的话"指出，这些民歌是"大跃进形势下的一个产物"，它反映了"我国劳动人民在1958年以排山倒海之势在各个战线上做出了惊人的奇迹"。这实际上明确地指出了这些民歌的"浪漫主义"性质："这些新民歌正是表达了我国劳动人民要与天公比高，要向地球开战的壮志雄心。他们唾弃一切妨碍他们前进的旧传统、旧习惯，诗歌和劳动在社会主义、共产主义新思想的基础上重新结合起来。"编者由此得出结论说：新民歌是"群众共产主义文艺的萌芽"。

　　郭沫若和周扬指出了新民歌是"大跃进"形势的产物，就等于指出新民歌产生的基础是虚幻的。当时所产生的许多"奇迹"相当数量是人们的主观幻觉，因而可以认为在"大跃进"的基础上所创作的"大跃进"民歌，在相当程度上是偏离了生活发展的轨道的。这种偏离的重要标志就是：诗歌的抒情主人公由真实的人向着"巨人"——即半人半神的"超人"的过渡；诗歌的环境由现实的世界向着天上的世界即天堂、乐园的过渡。

　　当时有一首很著名的民歌："天上没有玉皇，地上没有龙王，我就是玉皇，我就是龙王，喝令三山五岭开道，我来了！"应当承认这首民歌的确传达出我国人民迅速摆脱落后和贫困生活的真诚愿望。在这点上,它体现了民众的意愿,但它已经显露出明显的局限。说没有鬼神,这是科学的,又说我就是龙王和玉皇(即鬼神)而不说我是人,事实上又反过去承认鬼神比人更有力量。由这里开始,神话、传说、乃至封建时代的人物的名字大量地涌入民歌,真实的人在"向地球开战"、"与天公比高"的现实斗争中逐渐地让位于那些虚幻的巨人,有一首题为《赞群英》的民歌,说今天的群英——应当说,这是"共产主义的英雄"——的力量相当或高明于古人:"青年劲头赛赵云,壮年力气赛武松,少年儿童像罗成,老年干活似黄忠,干部计策胜孔明,妇女赛过穆桂英。"换一句话说,今天的力量即便是非常巨大的,它的可比的对象也只是过去时代的、乃至传说神话中的人物而已。

现实中的人逐渐地变成了超现实的人,人的改造自然建立新生活的活动也被描写成仿佛发生在另一个星球上的神话。例如山东民歌《明天要去闹天宫》:"要和神仙比高低,喊声冲上九重霄,硬石头上种五谷,白云上面栽仙桃。太阳出海大吃惊,吓得虎狼到处逃,明天要去闹天宫,夺取天河浇仙桃。"[①]神仙在哪里?人又怎么和他"比高低"?即使把神仙"比"过了又能说明什么?这是"虚"的,是纯粹的"空话"。

当时的所谓壮志豪情多半是这样的"虚空","硬石头上种五谷,白云上面栽仙桃",这样的事情断然不会发生在正常的生活秩序之中,事情发展到了非要在"硬石头上"种五谷的地步,可见离开正常的生活和正常的理智有多远!至于这种"豪迈的"劳动要达到什么结果,"夺取天河浇仙桃"只能是发生在天上的事件,而与现实生活并不相干。但是在当年,这一切被形容为它是现实生活"大跃进"的真实反映!一首本意在歌颂的诗歌如今读起

---

① 见《红旗歌谣》,作家出版社,1960年,第86页。

来,却成了尖锐的讽刺性的诗篇:"奶奶说神话,社长讲规划,规划像神话,奶奶笑眼看庄稼。"①

二、过程和细节被忽略

当年的很多规划都像奶奶嘴上的神话!即使是比较写实的作品,它所表达的内容也远离实际的生活。四川民歌《大山被搬走》:"山歌一声吼,万人齐动手,两铲儿锄头,大山被搬走。"过去读这类作品,往往会被"万人齐动手"吸引了全部注意力,以为它表现了那个年代万众一心改变贫穷面貌的气概,但人们往往没有注意到,那种过去被诗歌加以反复强调,细致刻画的劳动过程,却在这里被写得非常草率和马虎,它只是漫不经心地把那个艰难的过程抽象化和简单化。这表现便是:"两铲三锄头,大山被搬走。"它表明:改变现实生活的过程(这个过程应当是很具体的)正在变得不重要,而重要的,似乎只剩下那种"气概",而这种气概是绝对抽象的。当时大量流行这类所谓力大无比的、迅速改观的劳动场面:"一铲能铲千层岭,一担能挑两座山,一炮能翻万丈崖,一钻能通九道湾,两只巨手提江河,霎时挂在高山尖。"

人的劳动力量和劳动过程被有意地忽略了,现实中的人变成非现实的神。无限夸大的力量,反而促使人的力量的抽象化。为了说各种各样的大话,以致到了漫无边际的程度,例如有首诗说:"一脚把地球踢翻。"丁力写文章反问过:"我不知道作者为什么要把地球踢倒?要是真的踢翻了,人民置身于何地呢?"那时在诗中随意地说大话,比赛着发狂已经成了一种风气,认真对待是不会有答案的。

---

① 叶来:《神话》,《诗刊》1958年10月号。

三、无节制的夸张和狂想

大话的发展也有过程。开始只是夸张地描写那丰收的场景,如"牛车拉,运输忙,麦堆赛过大山岗,老汉望麦头仰上,草帽落在麦场上",这场面与现实生活的实际还相去不远。到了后来,发展到写单棵的麦子有多高:"我闭着气跳三跳,还没摸着麦梢梢。"这麦子已经高出了正常的程度,但是意犹未尽,在一股比赛谁更能说大话的潮流鼓动下,达到无以复加的地步:"麦秸粗得像大缸,青芒尖尖到天上,一片麦壳一片瓦,一粒麦子三天粮。秸当柱,芒当梁,麦壳当瓦盖楼房。楼房顶上写大字,社会主义大天堂。"当时这样的"民歌"比比皆是,由这样的一阵微风就能吹倒的麦秸盖起来的"社会主义大天堂",简直成了具有讽刺意味的历史陈列。

不幸的是,这种现象并不是个别的,而是普遍的争着以不近情理的大话来装饰自己的诗句。《诗刊》到了后来,甚至以署名的方式来正式发表这类诗歌。1958年10月号高炉铁写的一组《丰收谣》甚至发展到"扯电缆,上南山,拎着电锯割稻秆"。还有《架起梯子收黄豆》:"公社窝瓜可作房,用这房来开工厂。筑转炉,炼纯钢,钢锭垛了九间房,还有一间没啥用,引来银河开澡堂。"

当时由于领导人的大力提倡,加上习以为常的把领导人的意见当成发展文艺和诗歌的方向性的指示,再加上当时具有鲜明倾向性的关于诗歌发展问题讨论的引导,这种"浪漫主义"的亦即非现实的潮流已经以压倒一切的气势席卷整个诗坛。几乎没有一个人能够不受这股浪潮的影响,或被迫缄口不语,或无可奈何地顺应时势,或并不心甘情愿地"改了洋腔唱土调"。当然,也有正中宿愿,得心应手的。这个时期的创作形势,蔡其矫曾在《自由诗向何处去?》(1979年5月)一文中作了如下的描述:(50

年代)"后来民歌被大力鼓吹,谁都无法抗拒,豪言壮语开始盛行,稍为涉及生活中的矛盾和困难都站不住。晴朗的天,也不是没有乌云了。这还不是丰盛的年头,生活中还缺乏许多东西。是要花费相当的代价以后,才能逐渐明白这个真实。"即使是蔡其矫的这些显得冷静的叙述,也是过了二十余年之后才能够发表。

四、在创作中实践理论主张

而当时的情况却不是后来蔡其矫所描述的那样,而是一种相当普泛的接受和响应。相当多的人认为浪漫主义(或称"二革结合")是一种应予大力倡导的最好的方法。诗人们不甘心使自己的诗成为没有理想的爬行的现实主义或自然主义,但又苦于不知道如何来增强自己诗中的浪漫主义的成分。于是,只好用神话中的人物或情调外在地来渲染自己的诗风。有时是在自己原先是反映现实的诗中"引进"若干个神话人物以渲染那种"非现实"的"幻想"的色彩。例如前面引用过的闻捷的长诗《东风催动黄河浪》中有一个"非正式会议"的情节:工人们为了"大跃进",自动地聚集起来,开会商讨用双手制造汽车的事情。在那个"会议"的真实场面中混进来许多传奇小说的人物故事,使得原先也许是生活气息很强的场面变成一个"虚假"的和矫揉造作的表演——工人们一个个发言都是装腔作势的:

"别小看我们自己的力量,瓦岗寨上是兵强马壮,少几个秦叔宝没有关系,我们有的是罗成小将。"

"别看我们只有三十六个人,这不正是梁山的三十六天罡?我们文有智多星,武有花和尚,还愁搞不出什么名堂。"

诗人以为只有这样写,才是浪漫主义的和具有"大跃进"时代气息的。这个时代所遗留给诗歌的痕迹,许多很有成就的诗人都难以幸免。例如郭小川的《朗诵会上的一段奇闻》：在大理石筑成的礼堂里，"如同神仙的花园"，金红色的帷幕开启，一个眉目清秀的少年朗诵大跃进民歌《铁镢头，二斤半》。接着，有人看见，"水晶宫里，浪涛翻，龙王脸色发青"，叫着"此仇不报，心不甘"，于是环境大变，时间倒退了四十年，阴云惨雾。最后又回到民歌的意境中来："学习愚公移山，拼命苦战十年。"真真假假，虚虚实实，人们当时以为，这就是"浪漫主义"。郭小川还有一首《县委书记的浪漫主义》其"浪漫主义"的理念大体与此相似。

在这种指导思想的影响下，有的诗人的创作，明明是对于现实劳动生活的描写，是改造大自然的斗争的场面，却一定要用"神话"来改造，使之蒙上了一层非真实的迷雾，而场面本身的真实性也随之失去。沙鸥的《龙王偷看拦河坝》是表现1958年十三陵水库工地劳动场面的一首诗。诗的中间大段，基本上是十三陵劳动现场的景象："十三陵，景色变，东西山头看不见，拦河大坝挡着路，好比大山被腰斩。只听机器轰隆响，只见人马千千万。小斗车，如长蛇，条条直奔大坝前……"但是诗人觉得只有这些笔墨并不能体现出诗的浪漫主义的色彩，于是他也请了当时民歌中曾经出现的龙王来客串，开头加上"龙王出了水晶殿，急忙上天脚步乱，拨开云头向下瞧，大吃一惊直冒汗"，结尾加上"龙王挥泪叹三声，只怪自己走得慢……从此群龙困水库，万箭穿心不敢看……"可以看出这里的"龙王"并不是诗人固有的人物和情节，而是诗人"请"来给自己的诗增添一些"浪漫主义"色彩的。

1958年严辰发表组诗《电龙江》，其中《神话》一首，其实是现实中的故事而不是神话，诗人却有意地把从事地层钻探的工作，作了非现实的"改造"："浪花朵朵在飞溅，黑龙的鳞甲一片片，波涛滚滚三千里，黑龙翻身飞上天，英雄武艺世无双，手执钢剑闪银光，一剑斩了秃尾龙，子孙万代乐洋洋。"他写冰天雪地之中的"爬犁队",也要借用当时民歌中的形象:"远处游过来一条龙,一张张爬犁钻出了水晶宫。"当时的创作正是如此,似乎离开了龙王和水晶宫,诗中就没有了理想和浪漫主义。

有一部分诗人并不满足于通过神话故事中的人物情节以加强诗歌的浪漫主义精神,他们直接地采用民歌中流行的那种无限地夸大描写对象的方式,也学着写起这种充分幻想的新民歌。例如丁力就发表过《六颗"卫星"》,①这六颗"卫星"分别为《麦"卫星"》、《高粱"卫星"》、《棉花"卫星"》、《花生"卫星"》和《水稻"卫星"》。每题一首,例如《水稻"卫星"》就写了如今大家都引为笑谈的画面:"几个小孩上去玩,阵阵笑声冲云霄,坐着如坐弹簧椅,站起像站棉花包,一蹦就是三尺高。"《花生"卫星"》写:"福建花生收得多,亩产堆成山几座,它们生在海防线,颗颗长得像炮弹。"

从总的情况看,当时的所谓浪漫主义的诗歌,其基本倾向是违背生活真实的虚假。产生虚假的原因,一种是由于它确实是某种程度的生活的反映,但是生活本身是离开了常规的和变态的,再加上艺术方法上的单调的模仿和重复,表现出来的只能是远离生活真实的矫情。在狂热情绪的驱使下,人们习惯于用巨大的形象以表现巨大的力量,以为这就是一切的目的,甚至很少去冷静地问一问:为什么?如前面说的"一脚把地球踢翻",明知"踢翻"并不可能,也从不去想想这样做究竟是为了什么。狂热情绪驱使人们远离科学而一味蛮干,例如一首民歌讲"哪里飞来一座山?不是山来不是山,铲来草皮十万担",其实讲的是农业"大跃进"中没有肥料,想尽办法去铲草皮做肥料,这里出现是一座由"十万担草皮"垒成的山。究竟这是一件好事还是坏事?人们都来不及冷静地思考。再如前面引用过的,为什么一定要在"硬石头上种五谷"?1958 年的时候,耕地还没有目前这么紧

---

① 见《诗刊》1958 年 9 月号。

张,即使是目前,人口暴涨,我们仍然用不着一定要把五谷种在"硬石头"上,何况当年!

刘文玉登在1958年的《辽宁日报》上的《新媳妇上阵》,后被当做优秀诗作选入了1958年《诗选》。写的是一个新媳妇,没进洞房,"一夜走了百里路"来到水库工地劳动。一对年青夫妇愿意把自己的新房让给新媳妇住,她红着脸拒绝了,理由是"来修水库不是来过家",这一夜,"他俩分别住在席棚下"。新媳妇认为这席棚就好比是他们的新婚洞房:"席棚下,新房大,新媳妇对着蓝天吟诗话:蓝天是我的缎子被,巧云是我绣的花,攀倒高山做枕头,春风为我把幔帐拉!水库是我的梳妆镜,白杨是我的脸盆架,龙王爷为我打洗脸水,龙王娘娘为我来戴花……"

在那个时代,新媳妇不进洞房而远走百里参加劳动是真实的故事,但是这事件本身却是生活的被扭曲。人们的正常生活秩序被打乱了,这里所抒发的豪情的背后是失去正常生活的悲哀,而并不是欢乐。这位失去了新婚欢乐的新媳妇,只能对着空旷的蓝天抒发她的"亲情",通过"想念"来体会新婚生活的乐趣。即使如此,这位新媳妇所"假想"的婚后幸福生活:"龙王(这是又请来了龙王!)为我打洗脸水,龙王娘娘为我来戴花……"也是不很健康的非劳动人民的生活趣味。过于窘迫的不正常的集体生活,加上超常的劳动强度,人们为一种不知道结果的"理想"而苦干着,他们也只能在这些"理想"中得到精神上的满足,但在那些起劲地空谈"共产主义"的日子里,人们的精神并不满足,他们觉得应该驱使这个一贯作恶的龙王,于是便像有钱人家使唤下人(打洗脸水、戴花等等)那样来使唤这些实际上并不存在的人物。除此以外,他们并不能得到更多的启示!因为我们生活在一个物质和精神都十分贫乏的社会中。

五、浪潮推动着走向虚空

这股浪潮推动着诗歌远离生活而大步地走向虚空。于是，人们纷纷抛弃对于现实题材的迷恋，他们也不去体察（如同前几年所提倡的那样）生活的积极面和消极面，甚至也纷纷抛弃了自己过去所引为自豪的"生活根据地"。或者是，即使回到了那个"根据地"，他们也很少能够看到或很少愿意去看那些活生生的现实生活图景。

应当公平地说，李季是一位对生活十分诚实的诗人，他一再说自己"笨拙"，是一个离开了自己的亲身体验和工作过的地方就很难写出诗来的"本色演员"一样的人物。但在那样的年代里，即使是想象力相对"贫弱"而写实地对待生活的李季，当他重新回到了玉门和三边，也要面对着前面提到的那一番并不冷静的"争论"。1958年"大跃进"中，李季与当地干部以诗赠答，他写了《祝丰收》、《再祝丰收》。在《祝丰收》中他讲"河西本是聚宝盆，高产千斤力未尽"，"愿在明年端阳节，喜闻捷报五千斤"，"敢问河西众英雄，小麦何时上五千"。这诗写于1958年端阳节，到了8月，他在《再祝丰收》中不再提高产五千斤，而是"村村都有钢铁厂，亩亩都是万斤田"了。当李季了解到河西走廊地区小麦亩产"跃进"到一千斤的时候，这是切近于实际的，但当他向河西的干部们提出亩产五千斤（即增长五倍）时就已经远离了生活的实际了。数月之后，他竟然提出了十倍数——亩产万斤。可见，这个老实的现实主义者也难免被热病所传染。

有的诗人，一直坚持着现实主义的创作，到了这个"浪漫主义时代"，其创作也发生了急剧变化。例如李冰，他写过《赵巧儿》这是一首如同《漳河水》那样的叙事长诗。一个穷家女儿赵巧儿被地主逼债，被迫嫁给了丑八怪一样的地主儿子，婚后五年，受尽折磨，直至解放翻身。这是一个真实的血泪浸成的故事,一个人间女儿,她的幸福的失落和获得,她的辛酸凄苦的生活和解放的欢欣,有血有肉,喜怒哀乐,都是动人的故事。如长诗写赵巧儿妻子不像妻子,女奴不像女奴的生活,就十分感人:"半夜三更没月亮,巧儿进家上了炕,眼泪汪汪睡不着,好比躺在葛针上;对面卧着个活妖怪,好人怎跟鬼作伴?……活妖怪你半夜咽了气,天明我就走出去。"

1956年,他又写了一部长诗《刘胡兰》,叙述的是一位女英雄的真实故事,也是一首充满了普通人的情感的诗。这里的刘胡兰没有失去正常人的生活的情趣,也没有回避刘胡兰特殊的经历和遭遇所带来的痛苦和欢乐。不到当共产党员的年龄,就因为斗争的需要而被提前吸收入党——区委书记对她说:"闺女啊,咱村里没有一个女党员,就像缺少一支火把。你顾不得做那儿童团员啦,批准你把这党员的名额提早补上吧。"她带领妇女们与地主、与村里的落后意识作斗争,人家欺侮她年纪小,回家来,她就悄悄地哭:

> 就如同头一次背那大捆麦秸,
> 险些把你压倒;
> 就好像头一次去野外割草,
> 把手指也砍破了。
> 如今,
> 这比那一切都要艰难,
> 你担负的比你的年岁要大多少。

艰难的年代里,一个孩子承担了与她的年龄不相适应的重担,以至于为之牺牲了生命。刘胡兰是一个平常的人,她没有像后来那些英雄总被写成了神仙。现实主义的创作原则在制约,使人物没有丧失人的正常的情感,包括爱情,这是像刘胡兰这样被广泛宣传的英雄人物少有的现象,但是李冰没有回避它。在战火纷飞的年月中,在恶劣的敌我交错的游击区,刘胡兰精心地护理着一位受伤的八路军连长,他们发展着与周围环境也与刘胡兰年龄并不相称的爱情。开始的时候,刘胡兰在敌人的搜捕面前挺身保护了这位八路军,她回答敌人的盘问:"他是我的亲女婿。"随后,诗人以细腻的笔墨写了这位既是少女,又是英雄的内心的复杂情感,写她悄悄萌动的朦胧的爱情。她对她眼前这个男人有着自然的亲切感,希望亲近他——

　　和他在一起,
　　能认多少字?能唱多少歌?
　　为什么那么快乐又欢喜?
　　和他在一起,
　　好像多长两只手臂啊,
　　世界上没有什么叫人恐惧。

　　当连长伤好要回队时,刘胡兰要求用自己纺线换来的白面亲手给他包饺子送行,还有当妈妈盘问"他是谁"时,少女的慌乱的心情等等,都十分的真实动人。
　　总之,从赵巧儿到刘胡兰,李冰笔下的女主人公都没有失去现实生活中的真人的故事。赵巧儿和刘胡兰体现了中国40年代劳动妇女由受苦受难的奴隶而成为革命战士、由蒙昧而未曾觉醒的状态成为一名自觉的革命者的过程。赵巧儿是从旧的生活中走来的女性,她身上带有更多的泪痕与血迹,身受的苦难,使她在外力的影响下有了斗争的觉醒,使她能够把个人的命运和集体的命运联系起来,并且使她了解到应该怎样争取新的生活。但巧儿并不是无产阶级的先锋,她没有被无限地拔高而变得无限高大起来。她有自己的思想以及觉悟,她当年鼓动自己的同辈人参军,口号只是:"捉住蒋介石完了战,咱们光吃烙饼炒鸡蛋。"恰恰是这些笔墨显示了现实主义的雄伟的力量。作为一个受尽折磨的贫苦农民的女儿,她得到了翻身之后,她有了新的理想,也许这就是:烙饼加炒蛋。她想不到科学、电气化,也不会想象共产主义的远景。而刘胡兰却不是饱经摧残仍然昂起头来的小花,她已经是一棵幼小而挺拔的松树,她是巧儿形象的发展和补充。如前所述,她仍然带着没有灵光的真实,她是活人,是一个又会带领姑娘、媳妇进行斗争,又会悄悄地哭泣,会恨也会朦胧地爱的农村少女。巧儿加上刘胡兰,完成了战火纷飞的40年代劳动妇女走过的路途。

但即使是这样一位比较坚持着用写实的笔墨刻画现实故事的诗人,在1958年以后全方位的向着浪漫主义的转移中,也不能不跟随着当时的潮流作相应的调整。李冰在1961年开始创作,1963年出版了另一首诗《巫山神女》,他已经不再写人间的人物和故事,他跑到神话传说中寻找他的题材。

第十六章 虚假的巨人时代

一、"理想"和"激情"的伪饰

50年代过去,60年代开始,整个形势要求于诗人的,是要他们去歌颂当时已经蓬勃兴起的"共产主义精神",去写那些当时大家都坚信不移的"理想",去写那些实现这一"理想"的半人半神的巨人(或"大我")。这一点,已经由新民歌所显示的特点得到了明确的提示,劳动的细节和过程是不重要的,从事劳动的人的形象是不清晰的,犹如云雾中的仙人。只要这样的人一出现,多大的山也能搬走,环境立刻就改变模样。

在这样的"理想"和"激情"的伪饰之下,当时潜藏着的,或者已经暴露的困难一起受到了轻视,生活的弱点和弊病已经显露,但是,人们还在一味地蛮干,一味地喊着豪言壮语,现实主义的精神丧失殆尽。诗人们已经不再热衷于到现实生活中去找那些用旧生活的血泪浸泡过的、今天又在新生活中体味到甜蜜和苦涩的真实的人的故事,也不再热衷于表现他们用自己的汗水创造社会财富,或是用组织起来的力量去战胜自然和人类的恶势力以争取自身生存的过程。而是如同李冰在三部以女性为主人公的长诗所体现的趋势,先后扬弃了赵巧儿——刘胡兰真实的人和故事,而选择了传说中的巫山神女的瑶姬作为60年代女性形象的再现。

这就清晰地画出了这样一条曲线:由实际的人间受苦的姐妹到虚幻的仙女,由大地上的争斗到幻想中的神女下嫁以献身于地上乐园的伟业。这恰恰印证了那个年代我们在精神上所加以追求的东西。李冰的创作的确生动地画出了由"现实主义"向着"浪漫主义"的全方位的转移。

诗中的神女瑶姬是西王母的第二十三女,她不满意瑶池中那种高贵的生活,她向往人间,立志要改变人间的面貌。因此,她放弃了一切享受,而追求一种贫苦的生活:"那星星项链我不想戴,等到早摘下满天星星来,编一串项链给长江戴。"最后,她变成了神女峰,永远留在人间。"巫山神女"写的是改造自然实现人间乐园的理想,从总体上看,是与当时"大跃进"精神相吻合。它完全回避了现实生活的真实状况,而只是抽象地谈论不贪富贵、安逸,热爱人间以至于崇高的献身精神。我们看到的仍然只是神话中的人物和故事,而看不到现实社会的"跃进",以及这个"跃进"的产生和它所带来的弊端。因而,尽管它也试图影射现实,但是由于它回避社会中实质性的东西,而使我们觉得,它是与现实生活无关的。

那么,上述这个创作情况,是不是个别诗人的偶然的和个别的现象呢?不是。这是带有普遍的倾向的现象。即以李冰本人来说,与写"巫山神女"这首长诗的同时,他还写了一系列关于长江的短抒情诗。在这些诗中,他所看到的长江大都是云雾缭绕的充满"仙气"的环境。他仍然热衷于从现实的生活中去寻觅那年代久远的神话中的虚无缥缈的人物。例如《兵书宝剑峡》,他写大禹治水以后留下的话:"我只能导流开三峡,再无力量聚洪波。"于是他留下了书和剑,并且预言:"万年后,英雄出,巨人来,断江斩波交给他。"诗人一再复沓的"巨人在哪里?大风找,闪电寻,雷声唤,万代不歇寻找他";"长江浪,东西奔,南北闯,……万年一日寻找他"。这个"他"是单数的,并不是通常听说的"人民",而是高于普通人民之上的"巨人"。最后说:"长江终于找见他,祖国终久找到他,听,听,东风万里歌唱他,看看,看,勘探大队高呼他伟大的名字进三峡。"

这首诗传达给了我们明确的信息:诗人所关注的题材,是万年之前的神话,神话中的人物大禹,以及神话留下来的遗迹兵书、宝剑,诗人所歌颂的不再是"凡人",而是人们"万代不歇""万年一日"寻找的"巨人"的有着"伟大名字"的"他"。那个把神话中的大禹所未竟的"聚洪波"的伟大事业最后加以实现的,不是别人,而是千呼万唤的这个"巨人"。这样的主题,在这批诗歌中一再重复,是一个主旋律。《夔门开》一诗,讲"夔门开,巨人来……瞿塘奇险谁放过,不是英雄不开门"。这个英雄使"滚滚长江化作雄兵三千万,紧跟随,听调动"。《秭归歌》痛悼屈原之死,然后大江狂呼"伟大的诗人还给我",而后,"一声'起宏图',气磅礴,吞山河。他来了,我们伟大的领袖,祖国伟大的诗人他来到,从此过"。

在滚滚长江之上,诗人看到的是天上的神女,一万年才能盼到的"巨人"。巨人出,夔门才能开,巨人出,大禹的未竟之功才能实现。而在那里,人间的主人看不见了,现实的艰难困苦和污秽的沉淀也看不见了,有的只是对于神圣的长久的期待和最初的膜拜。这组写于长江之上的诗篇,照理说,应当有生动的现实的自然风光的映照的,但是,在这里,这一切都变得无关宏旨。1961年11月中旬诗人乘轮夜渡长江,那时天正下雨,他写了《夜雨波涛时》:"西风吼,浪里走。胸中长江不倒流,此刻有舵手。"这是一首诗的后半。(另一半为:"西风吼,冷雨愁!天外惊涛趋黑来,满舵破逆流。")舟行江中,风狂浪大,但是那些具体的自然景色在诗中都变得不重要了,淡化了。而西风,冷雨,天外惊涛,都不是长江所特有的风物,活跃在这些一般化的形象之中的,是某种政治含义的概念,只有这种概念是具体的。"实际的长江"不重要了,形象模糊了,而"胸中长江"却得到了鲜明的强调。"满舵破逆流"只是影射和暗示着当时的形势,而并不是限于现实风物的描摹,"此刻有舵手"和前面所讲的"巨人"是同义词,是概念上的而非实际的长江舵工。

在当代诗歌中,李冰的创作一直没有被引起太多的注意,但是他的创作的确是典型的,他能够典型地说明着诗歌运用形象所表达的追求的迁异。他也许是一个十分敏感的诗人,他能够很快地感受到各种因素的变化而迅速地变化着自己的创作追求。在60年代初期,能够迅速把笔墨从具体的写实的领域转化到抽象的神话的领域,而且,几乎同时地又从神话中的仙女迅速地把笔墨转化到对于不是复数的"巨人"、而是单数的"巨人"的歌颂,把"大跃进"民歌中的半人半神的"巨人"转化为真正的"神"的,他恐怕是一位开风气之先的诗人。

二、鼓点变音

当然,这种风气并不是任何一个人所能造成的,它是一个时代的长期积累,到了一个时期的"突发",而我们这里所叙述的诗人不过是较早地有了感应而已。作为一种潮流的转换的考察,还有一位当代的诗人田间的创作可供证明。应当承认,当年闻一多在《时代的鼓手》称赞田间为"时代的鼓手",是由于他那"一句句朴质、干脆、真诚的话"、"简短而坚实的句子,就是一声声的鼓点"。闻一多在《时代的鼓手》指出田间抗战的诗,"它所成就的那点,却是诗的先决条件——那便是生活欲,积极的,绝对的生活欲。它摆脱了一切诗艺的传统手法,不排解,也不粉饰,不抚慰,也不麻醉,它不是捧着你在幻想中上升的迷魂音乐"。

闻一多在1943年说的这番话,其实质在于充分肯定田间创作的对于生活的真诚和真实的态度。那象征原始的男性的粗犷情调的鼓的声音,与那个民族存亡关头的时代精神完全合拍,能够传达出人民对现实的态度与对将来的渴求。它的对立面就是闻一多所指出的那种旨在排解、粉饰、抚慰、麻醉的"捧着你在幻想中上升的迷魂音乐"。不幸的是,田间逐渐地走向了自己的反面,逐渐地使自己的声音脱离了对于现实的质朴、干脆和真诚的态度而沉湎于"幻想"中。

他几乎完全地调转过去,向着与闻一多当年所肯定的完全相背的方向,大幅度地使自己的诗情脱离开生活的轨道,随意地(即不受生活的任何约束地)变换着自己的象征性的形象。这种随意性的形象以至于发展到随心所欲的地步,一个形象,一会儿用来说明这个,一会儿又用来隐喻那个,不断地重复,也不断地变换。

这种现象,从50年代初期就已开始,1958年以后日甚一日,他不再潜心于对生活和民众情感的体验。他表现了一种近乎短视的固执。当时许多读者、批评家都表示了对田间创作的忧虑,但他相当的自信,他《写在"给战斗者"的末页》里说:"好些年来,我常常在两种读者之间,来对照和分析他们的看法。他们好像站在两极,意见、趣味及论断,是那样的分歧,像是两个世界上的人。而我是一边倒的。(决不迎合某些人的口味,他们不读我的诗也罢,不发表我的诗也罢。我可以把诗写到墙上去)"田间说这些话,充满了愤激之情,把持批评意见的人看成了"群众"以外的人而不予"重视"。

他的确没有想到,他正在走着相反的路,走着与他自己曾经宣称过的原则相反的路。这些原则,如"我愿意做最艰巨的工作,不愿意在每一首诗里,偷偷地放上几个美丽的字眼,来表示自己的立场和倾向";"不做这些艰苦的工作,梦想在空中建筑一些楼阁,只是空想罢了","我总是希望自己写作的每一个字,每一句话,不成为废品,不加上一粒灰尘";"我接触过的事物,我才肯写它"。这些原则,集中起来看,就是忠于生活真实的原则。

三、无根的想象

但是,田间逐渐地背弃了这些,不是他重新发表了什么别的宣言,而是他的创作实际表明,他不再重视客观的实际生活对于诗的形象的制约。他总是热衷于无限制地升华,扩展诗的含义,他不再重视"接触"客观生活,更不重视从"接触过的事物"中提炼自己的形象。他挥霍那些随手拈来的形象,而不去追究它凭借了什么样的必然联系而有了那些升华和扩展的丰硕的含义。诗人在草原上遇见一位勘探队的姑娘,他说这位少女"如同是一支火焰","你的手是一把钥匙,把草原的门打开了","在一座高峰之上,你的彩衫在飘扬,像一道长虹照着草原"。最后,他说:"在草原高高的塔顶上,啊,少女,你是太阳!"可以看出,田间眼中、笔下的少女已经不是具体的女勘探队员,而是可以如同"云雀"那样到处飞翔,无处不在的云中的女神。

这些人物没有特定的个性,诗人甚至让人们看不清她的容貌,她是超凡入圣的抽象的"人"。也许田间真的遇见过一位少女,但这里所表现的、所赋予具体对象的含义,早已超过了他所遇见的那实体。可以说,由于田间的"浪漫主义"的随想,他早已抛弃了他的出发点和立足点的"少女"。他已经由"具体"无限地衍化为"抽象"。

由于田间已经相当自信地执著于自己的追求,因而他的诗中出现的形象,甚至显示出不可捉摸的神秘色彩,尤为让人惊异的是,他的这些比喻性的形象,可以随心所欲套用、重复和变换,其基本特点就是这些形象和他所表现的对象之间没有现实的和实在的关系。以树为例,诗人说祖国"她像一棵果树,从碧海中间上升",而抽象的"仇恨"同样可以"长成大树"。同时,诗人又说,领袖的手好像是昆仑山上"一棵最高的大树"。要是说,领袖挥起巨手可以如此夸张地比喻的话,那么接着而来的土改和解放战争是"树干比天空还高"的一棵树,就让人有些眼花缭乱了。诗人没有停止他的想象,还在"发展"他的形象,赶车人石不烂"好比一棵大树",而他的女儿蓝妮,也是树,她是棵"苦树"。诗人的想象力让人们难以跟上,如他写英雄纪念碑是伏在祖国心脏的雄鹰,讲因帝国主义对中国的侵略而产生的人民的仇恨会"变成鸟飞上了树",都让人不好揣摩。

鸟的形象也如此,仇恨既然可以变成大树,当然也可以变成树上的鸟,人造卫星也是,是云彩中欢叫的"神鸟"。天上飞的可以是鸟,地上跑的照样可以是鸟,拖拉机是地上奔驰的"飞鸟",金娃是火中的山鹰,金娃的女友蓝妮也是雷雨中的俊鸟,前面说到石不烂和蓝妮都是树,现在又却是鸟,石不烂赶的车是"一只幸福的鸟",而赶车人石不烂同样可以是"扑着翅膀"的布谷鸟。"长城三杰"之一的史明伟牺牲之后,变成了"金鸟",和这金鸟同样在天边飞翔的,还有更大的鸟,它"名叫共产主义",而诗人本人表示也极其愿意变成一只"火鸟"。

像树和鸟这样的"形象体系",同样可以举出许多。无数的"星",无数的"彩霞"、"仙女""旗杆"乃至海棠和苹果。例如海棠的形象,他于1959年写了一首题为《海棠歌》:"折下一枝红海棠,站在树旁来歌唱:海棠,海棠,你像一颗红印章,握在社员手上。"在《赶车传》中,他又以《海棠》作为第六部之十六章的诗题。海棠之名不知寓含何意,只是写到一个外国友人,他坐上车子以后,"手上摇着红海棠",已经不是红印章,而是别的什么东西了。不是说具体的物体只准比喻固定的某事某物,而是说他太随便,那折下的一枝海棠,何以就想到了"红印章"呢?那么,圆圆的海棠果,或粉红的海棠花和一颗印章有什么想象的联系呢?要是红色,那么,山楂果以及许多红色的东西,不是都运用得上?何必一定是"海棠"?有时,他的诗中出现的联想是莫名其妙的,甚至显得是怪异的,如在《金不换》中蓝妮"好似一盘大琴台,它有绝妙的琴弦",又"好比民歌一卷"。时而用在这里,时而用在那里,时而代表这个,时而代表那个,行云流水,居无定所。这只能说明,他造成这些形象是不费思索的,因为他不受客观事物的约束,他的随意性就是飘离了现实的"浪漫主义情调"。

第十七章　从写实向着虚幻的全方位转移

一、飘离的抽象

最能说明这种"飘离"的是田间的鸿篇巨制《赶车传》,这部连续性的长诗组由七部长诗组成,共计一万七千余行。这么宏大的篇幅,在现当代诗歌创作中是少见的。《赶车传》的第一部和以后几部创作年代至少相隔十三年,《赶车传》第一部发表于1946年,《赶车传》第二部《蓝妮》创作于1959年,第七部《乐园歌》创作于1961年。所以《赶车后传》都是1958年"大跃进"以后的产物,《赶车传》第一部则是解放战争中的产物,是1942年《在延安文艺座谈会上的讲话》发表以后整个的文艺走向工农大众的潮流的组成部分。这样前后《赶车传》就给我们提供了对比的机会。

尽管田间在回顾《赶车传》的创作时,力图说明《赶车传》前后的创作思想是一致的,即受到"浪漫主义"的启示并且赋予《赶车传》以象征性的构思的。他说过,1947年晋察冀边区某村,周围数十里以内,流传着一个"五不了碑"的神话。说是有一天傍晚,在临近敌区的地方,突然出现一个美丽的村庄,村里升起万丈红光,人们向这座村庄跑去,那红光和村庄却不见了,只看到一块石碑,上面刻着五行字:"一、中央军长不了。二、八路军走不了。三、大户富不了。四、穷人穷不了。五、好人死不了。"田间《赶车传》上卷后记里写道:"当时我在雁北地方党委会工作,和产生这个传说的地方,相隔不远,听到这个神话,自然引起深思。这个神话道出了人民的勇气、理想和信心,富有革命浪漫主义的气息。它鼓舞了人们。他们时刻盼望着,在自己身边,有一座人间乐园。神话中传说的,红光万丈和美丽的村庄,这不就是他们所想望的乐园么?我想是的。那一座石碑,上面刻着八路军的名字,这不就是说,中国的天堂,20世纪的乐园,是由共产党领导把它建设起来么?我说是的。"

田间想把这些话用来说明他创作全套《赶车传》的构思的缘由,但是,这段话中所用的材料并不能说明赶车前传。因为第一部1946年发表于张家口,而那"五不了碑"的故事发生在1947年。当然,在《赶车传》的最初构思中,石不烂所赶的车子,是有着浓厚的象征意味的,田间自己在1959年的《红日》里说过:"这车子,就是这个时代的一个象征。这车子,在党的指引下,它在飞腾前进。"《赶车传》开头就说,"天下受苦人是一家,命相同,路相同,要赶一挂车,走翻身的大路",后来又说,"翻身有两宝,两宝叫什么?名叫智和勇;智勇两分开,翻身翻进沟,智勇两相会,好比树上鸟,两翅一拍开,山水都能过"。从最初的构思上,他已经有了游离于具体而追求抽象概括的意向,但是,整个浪漫情调的渲染和追求却是后传的写作特色。

前传的艺术构思,基本上仍然是向着当时所提倡的现实主义方向前进。前传的人物身世、性格以及斗争的曲折、进展,都是十分具体和切实的。例如地主朱桂棠觊觎石不烂的闺女蓝妮,要她去顶欠债,石不烂官司失败,只得把闺女送去,女儿痛哭,石不烂也有非常真实的沉痛和言语:"我卖了人,我卖不了心,我卖了闺女,我卖不了冤仇……你虽到虎口,救下人三口,蓝妮,蓝妮啊,爹也知道,你到朱家去,就算人死了,你在墓里做活鬼,爹在坟墓外边,给你烧香磕头。"石不烂赶着车把女儿送到朱家大屋,地主朱桂棠见送人来了,"见人哭,面子上过不去",便假惺惺地骂"石不烂,石不烂,你眼睛好瞎,好道你不走,偏要走歪路,租种地不打租,拿闺女欺侮我……"这里,充满了生活气息,朱桂棠装出一副虚伪的面孔。石不烂也没有那种哭啼啼的哀求、屈辱之相,而是借骂蓝妮骂地主:"知道你配不过,你偏做这个梦,癞蛤蟆想吃天鹅肉。"

这首长诗的基本情节是,穷人辛苦劳碌却仍然欠下累累债务,女性的卑下的命运使蓝妮不得不以她的青春和肉体作代价以营救全家人的生命。地主的虚伪,父亲对于女儿的哀求……都充分地表现了现实生活的逻辑的力量,一切都是具体而切实的,因而也是明晰可信的。但是作为1958年以后的精神产品的《赶车后传》,情况就有了一个根本的改变,这种改变,说明田间从最初听到"五不了碑"的传说,感受到"富有浪漫主义气息"起,他就有了对这种"气息"的朦胧的追求。他大胆地运用象征性的形象,并一再明确地要求自己不在诗中详尽地叙述过程("石不烂……是在成长的过程中。我不便在诗歌中详尽地叙述这个过程"),也"不想把各个细节说得十分详尽","我已尽量压缩来写的"。这些,都说明,田间的创作在逐渐地向着与闻一多所肯定的所相反的方向转化,在他身上,50年代以来所形成的诗歌反映现实的传统观念已经得到了大幅度、大规模的扬弃。

二、心造的幻影

到了1958年"大跃进",田间的那种渐变的过程缩短了,爆发而为一个突变。这就是,他确认"五不了碑"所预告的"有一座人间乐园"已经降临,而且已经实现。他说:"现在车子已赶到乐园","这一座乐园,就是社会主义和未来的共产主义,就是人民公社。"他叙述自己长期构想的《赶车后传》创作,其成熟时期就是1958年。他说:"等到人民公社成立以后,我的想法越来越明确,我在南水泉的时候,就开始动笔了。"他的诗思在那种形势下显得十分的通畅和敏捷。从1959年3月起,他以每月一部的速度分别完成了《蓝妮》、《石不烂》、《毛主席》(二、三、四)三部长诗,于1961年4月完成了七部的最后三部的创作,即《金娃》、《金不换》和《乐园歌》。这充分说明,他的创作激情是受当时那个形势鼓舞的。

田间这个时期的创作,不仅包括《赶车后传》,也包括其他的短篇抒情诗在内,最主要的一个特点就是,他不再以现实的社会生活作为诗的反映对象,而是以生活中的假象——也就是只是在人们观念中产生的、根本不可能实现、实际生活也并不存在的幻觉作为对象来歌颂。他已经放弃了对于实际生活的体察和再现,他再也看不到生活的实际状况,以及他所热爱的民众的真实的处境和情感,他在自己的心造的幻影中(当然也是人云亦云的),确认"车子"已赶到了——人间"乐园"。他把现实生活看成是天上人间,那是神话世界,"湖里映着树影",园里响着钟声,传说中的"金鸟"已经降临地面,他为此不胜惊喜,于是,在《金不换》里写道:

> 这究竟是什么地方,
> 莫非是伊甸园?
> 这就是我的祖国,
> 它比伊甸园更美。

在《金不换》(《赶车传》第六部)中诗人直截了当地宣告,"我们这个大时代,是一个新的神话",而且告诉人们:"不用去访桃花源,桃花源已在身边。"诗人来到这里,也"仿佛在世外桃源,仿佛来游仙境,自己变成了神仙"。党的女儿蓝妮——那个被石不烂赶着车子送到地主家里去的蓝妮,如今也变成了天上的人,她是"五谷的姐妹",她"怀中满满是花蕊"。一座宫殿,立在她的身边,诗人不禁赞美说:"劳动人是园中仙。"

到了赶车的第七部《乐园歌》,这种天上人间的歌颂到了高潮,仿佛是另一曲"欢乐颂"。出现了神仙一样的老人,他吟罢诗句,要到天河上去:"老人走出果林,来到白云深处,他那满头的白发,那飘飘的长丝,他像白鹤似的,骑着白云驾着雾。"——这多么像《封神演义》中南极仙翁之类的神仙!——有采红人向老人问路,老人回答的也是神仙的语言:"天河岸上采药去,要采那灵芝草,还想去采桂树";"姐妹湖里有金船,坐着金船到对岸,……今年高粱长得大,长到天空织女家,织女探头窗外望,撞了一头高粱花";"星星也挂在窗口,向我们报了户口……"说这些"仙话"——"老人抬头一望,空中开着红花,一片火红火红,像是红玫瑰一朵。白鹤快快飞去,这里能通往天河。"

关于这里所叙述的一切,田间坚持认为他写的是现实的事。他说:"现在故事的主要地点,是在长城附近的一个地区,一个县城,一座高山旁边。第四部我写到延安、黄河和西柏坡,因为这几个具有历史意义的地方,和当时的斗争有重要的关系。石不烂在寻找人间乐园的途程中,所经历的地方当然是很多的,所经历的斗争自然也是不少的,因为篇幅关系,我没有一一记述。"但是,不管怎么说,我们看到的是一座臆造的天堂,那里的人物是仙人而不是真人。

现在来听《乐园颂》的结尾,这是田间式的"欢乐颂",但也可能是一曲云中的仙乐:

乐园的三个姐妹,
一个手上花一朵。
蓝妮把一朵红花,
插在岩石之上。
黑妮把一朵白花,
插在天池之上。
金花把一朵金花,
插在蓝天之上。

>   ……
>   新的歌更新的歌,
>   红鹰要来背上,
>   他背上父亲唱的歌,
>   他背上母亲唱的歌
>   一支号角一挂车,
>   去攀折美丽的桂树,
>   他更
>   向灿烂的星空飞去!
>   向乐园的最高顶飞去!

当然,人们也可以不必过于责备诗人的幻想,因为那个时代的诗人是不能离开那个时代的现实生活的。那时,不只是诗人本身,就连从上到下的许多人都被这种虚幻的"现实"所激动着。因为,当时就确认是"一天等于二十年"的共产主义很快就要实现或竟然已经实现,认为这是浪漫主义时代。

但是,人们要是仔细地考察一下田间的创作,的确可以发现,不仅是由于当时时代的整个气氛的影响,就其局部来说,在50年代以来被诗人们所充分重视的现实生活的进展和发展过程,被诗人严重地忽视了。在田间的作品中,人物形象是模糊的,多半总是人仙不辨的飘在半空的形象,是一种虚虚实实,真真假假的形象。而故事的情节则是破碎的,或者说,作为叙事诗,几乎找不出一条情节发展的脉络来。特别是那些人赶车通往乐园的过程——这在过去曾是非常重视的诗的责任之所在也被粗疏地忽略了。例如在《金不换》讲实现高级社非常的轻而易举:"车子赶到高级社,轰隆一声换了人。"这就是对于改天换地的巨变的描写。而农民征服自然的斗争,也被写得非常草率:"劈山迎来红日,筑堤拦住河水,擒来一个老龙王,捉来一条闪电","你是一座金山,金山上石头不烂;再把石门打开,车子赶进乐园"。这样的一些描写,对比第一部中石不烂把女儿装上大车,赶进朱桂棠家里,以及在那里各人的心理状态、语言动作的描写来说,就显得过于抽象和过于简略了。

诗人说自己的激情产生于1958年的"大跃进"年代,但即使是对1958年的描写,也是很不具体而甚为虚空而不实际的,为了掩饰作者对客观事物变化认识的贫乏,《金不换》里他搬动了许多随意性的形象来填补这些空白:"好呀1958年,好呀丰年的景象,石头村摇身一变,化作一个美姑娘。登上一座金桥,骑在金牛背上,果林像一把宝伞,擎在她的手上。""石头村"是怎么变的?他不写,他只是说"摇身一变",出来就是一位"美姑娘",美姑娘怎么美,他也不写。他就用一连串抽象的比喻,如登金桥,骑金牛,手里举着宝伞等,用这样的一些浮华的形象来说明石头村在1958年里的"巨变"。

所以,从现实来反映生活实际的角度看,在田间的这一时期的创作中,充斥着对主观臆想的人间乐园、地上天堂的繁缛的渲染,而现实生活的真实色彩,已经被他的这些虚幻的笔墨剥落得不可辨认。我们甚至听不到"大跃进"年代那狂热的呼喊,更看不到在这表面的热烈背后暗藏的危机,田间由于离开了现实社会生活的土地而只是沉湎于他自己臆造的天国之中,他无法弥合这些形象与生活真实之间的断裂层。于是我们读他的作品,感受到的也是这样一座没有矛盾、没有纷扰,更没有任何阴影的透明而洁净的水晶宫,琼楼玉宇般的世界。"不用去访桃花源,桃花源已在身边",这是一个纯粹的神话世界,生活在这座乐园里的人,个个都飘飘欲仙。蓝妮"好似月中丹桂","劳动王国一女仙";金娃宣布要"做个云中人"。诗人也宣布"诗是阶级一颗星,皎皎挂在高山顶,揩净长城千里沙,点起碧空万盏灯"。这是绝对净化的彻底光明的天空,是神仙世界。

三、空想时代的艺术

田间的创作当然是一个极端的典型,这些诗篇的出现并不偶然,它们是整个空想和狂热时代的必然产物。他的创作典型地概括了诗歌创作根本的转变,这就是由写实而转向虚幻的全方位的转移。诗歌经过了在现实的世界里一番痛苦的挣扎之后,找到了一个"理想"的同样是"宽广"的世界——一个并不存在的世界。

1942年以后,随着《在延安文艺座谈会上的讲话》的提倡,以及革命运动的深入,中国新诗体现了一个以写普通劳动群众翻身解放的变革为主题的时代。真实的充满血泪的故事,普通人的痛苦抗争的经历,个人投身到集体的奋斗中所获得的力量,透过这些,我们看到了一个巨大变迁的时代。李季的《王贵与李香香》,阮章竞的《漳河水》,张志民的《死不着》、《王九诉苦》,田间的《赶车传》第一部,李冰的《赵巧儿》均属此类。但是,随着"浪漫主义"潮流的兴起,以李冰的《巫山神女》和田间的《赶车后传》的出现为标志,事实作了这样的宣布:诗歌的兴奋点已经转移,"史诗时代"已经结束。

在整个当代诗歌的发展中,不论诗歌演变的潮流如何,有时重在写实,有时重在表达理想;有时可以亦步亦趋地追随生活,有时则完全沉浸在并不存在的幻境中。但是,诗歌难以摆脱对于当代政治的依附状态,当人们用诗歌写实的时候,人们是想以此表示自己的不曾脱离对于现实政治的热情;当诗歌离开现实的土地去作神话世界的逍遥游时,从根本上说,人们是在用远离生活的方式在另一状态下图解现行的政治,为那些现行政治观念的形象化作艰苦的努力。李冰写《巫山神女》,意在歌颂当时的改造自然的斗争(是对"大跃进"的现实的折射),试图说明:人间已经变成了天上,巫山比瑶池更为可爱。田间写《赶车后传》,

可以说是意在解释"人民公社是天堂"七个字,目的在于用精神上的幻影,为现实的政治目标服务,用众多的形象来图解那些既定的观念。

正是由于诗人紧密地配合着概念的变异?因此,他们诗中的形象也就频繁地变异。由于他们不断引进新概念,因而造成了形象体系紊乱的局面。田间于1961年写成的《赶车传》第六部有"毛主席著作无价宝,搭起这座通天桥,打开书来红旗飘","水啊农业的命脉"。在生活面前,诗人已经失去了真知灼见,他自己不会思考,也不会判断,他不是独立的。因而,他无法讲出生活的真相,他只能跟随着各种各样的口号和概念的提出,用自己的诗句对此加以诠释。1959年,他用力地歌颂天堂在地面的实现,到了1962年年底提出阶级斗争的观念,他只好"吸收"这个思想,但又无力改变原有的观念,于是出现了形象的"混杂""杂糅"。以《海棠歌》一诗为例,此诗写于1959年,正是"大跃进"之后一片没有矛盾和纷争的光明世界,《海棠歌》唱出了"飞桥、高架、天梯、向上"的乐观的歌,并且说:"人说公社是天堂。我说公社胜天堂;"表现的是那时的狂热情绪。但此诗改于1964年,于是又杂糅进阶级斗争的内容,"天堂"上面终于出现了斗争的意向:"你像一颗红印章,捏在社员的手上……不能让牛鬼蛇神,偷去我们的红印章。"由于离开了生活的实际,诗句变成了不同时期不同政治观念的演绎。

要是拿田间和艾青相比,田间没有艾青那样地被生活所驱逐,他是幸运的。但是,正因为田间处在曲折而多变的生活潮流之中,他作为诗人的存在,很难回避现实生活向他提出的各种要求,诗人也要不断地适应和反映它。田间发展着,"跟随时代"前进着,他写着各式各样的诗,一会儿配合这个,一会儿配合那个,同一首诗可以是天堂,又可以是天堂上面的阶级斗争。田间在这样的不断适应中,使自己丧失了独立的见解。从这点上看,田间是不幸的。

　　而艾青由于长期的封闭,他并没有像田间那样可以从"现实主义"变成"浪漫主义"。艾青封闭着,他被封闭的时候,是一个现实主义者。"冬眠"了将近二十年,醒来时,仍然是一个现实主义者。而田间却变化再三。艾青曾经变做"化石",却正如他的诗说的,经过了多少亿年,地质勘探队员,在岩层里发现的,依然栩栩如生(鱼化石)。当他被发现,立即有了新鲜的生命,他唱出的歌依然是那样新鲜而富有生命力:"活着就要斗争,在斗争中前进,即使死亡,能量也要发挥干净。"田间没有成为"化石",他不断地运动着,却失去了自己的生命。这也许不是田间一人的不幸,我们将以此来进行总结,希望当我们生活着并运动着的时候,减少一些可以避免的错误。

第十八章 诗歌注重精神的演绎

一、美感重被召唤

50年代后期,"大跃进"的狂热过后,进入60年代,便是通常讲的"困难时期"。当时形势是严重的,这种严重的形势,迫使人们冷静下来,针对前几年的大破坏开始调整方针。全国都处于休养生息的状态,以战胜普遍的营养缺乏。杰出通论所讲的那条规律以外的"规律",有更为迫切的事情要管,暂时还无暇顾及诗歌,这反而给诗歌的发展带来了虽然是短暂的、但却是良好的气氛。这就开始了前面提到的30年中的第二个繁荣期(1961—1963)。这第二个时期恰好就是领导层开始认识到"大跃进"造成的严重后果,并且决心加以纠正的那段时间。1960年冬天,开始纠正农村工作中的"左"倾错误,并且决定对国民经济实行"调整、巩固、充实、提高"。由于实行了一系列的措施,严重的形势迅速地有了回转。

政治形势的稳定和认识的趋于冷静,给诗歌艺术的繁荣提供了保证。一方面,狂热之后的冷静使人们有机会回顾前些年的过失,从而产生了审慎的和实际的对于现实的态度。那种沉湎于不着边际的梦幻曲,人们已不再唱它;那种肤浅的"巨大"的"浪漫主义"形象,人们也失去了兴趣。诗歌的形象已经从遥远的天边回到了人间。另一方面,正是由于严重的失误(从政治上到艺术上的)而产生了不敢再轻举妄动的心理状态,使诗歌艺术获得了一个喘息的时机。政治上相对安定,对于艺术的干预开始减少,诗歌便会按照自身规律而"启动",诗歌艺术的灵魂重新得到召唤。政治要求于诗的少了,艺术要求于诗的就必然增多。诗作为一种艺术而不是作为政治的变形的观念重新回到诗人中来。

诗歌作为艺术,要求艺术地再现现实生活,而不是如同前几年那样作天上的遨游,从云端回到现实的生活中来。当代两位最主要的诗人,在这个时期都写出了30年中最优秀的诗篇。贺敬之继《放声歌唱》之后的三篇重要的作品均诞生于此时:首先是《桂林山水歌》,篇末自注:"1959年7月作,1961年8月整理";而后是《西去列车的窗口》和《雷锋之歌》,均作于1963年。尤为值得重视的是《桂林山水歌》。曾传闻说,贺敬之本人并不喜欢此诗,贺本人对此亦不否认。这种不喜欢是有原因的,贺敬之是位政治性很强的诗人,他50年代以后的作品几乎全为重大题材而作,所以说,不是重大题材,他不写诗。《桂林山水歌》尽管仍然摆脱不了贺敬之式的强烈政治性(它仍然是借山水以表现时代),但它毕竟是唯一的一次纯粹由于自然风景的触发而产生诗情,而且他是那样忘情地陶醉于桂林美丽的山水之中。这种因山水而忘情的情况,在贺敬之,几乎也是绝无仅有的。这一切,当诗人处于事后冷静回想时,引起自己的不满是可以理解的。但正是这一点,为我们提供了最有力的艺术重新得到召唤的证明。不必对全诗做出分析,只要读一读开始四句,便有充分的启示:

> 云中的神啊,雾中的仙,
> 神姿仙态桂林的山!
> 情一样深啊,梦一样美,
> 如情似梦漓江的水!

仅仅是"如情似梦"中"情、梦"两个字的使用,我们便可感受到一种艺术和美重新得到尊重的最初的气息。贺敬之的政治抒情诗以形象鲜明、气势雄伟、富有时代感而著称,它的长处不是对于具体某物的细致描绘,它的长处是巨大的概括力。不是创造性的对于现实特征的捕捉,也不是艺术上精雕细镂,这些并不是他所追求的。这里不同,这里体现着一种语不惊人死不休的气概,有一种在艺术上超越前人的抱负。

写桂林山水,似乎到了唐代的韩愈手里,已经到了极限,无以超越了,韩愈在《道桂州严大夫》中有两句被人叹为观止的名句:"江作青罗带,山如碧玉簪。"他用青罗带来形容漓江的水,用碧玉簪来形容桂林的山,两件女性的饰物,写尽了桂林山水柔美的风情。衣带如水,碧髻似簪,桂林仿佛就是一位古装的柔美的女性,迎风临水站在我们面前。

当贺敬之着手"整理"这篇1959年的旧稿时,他面对着一种十分有利的气氛,这种气氛鼓励他至少可以无顾虑地去作超越前人的艺术追求。他可以有充裕的可能在前人没有涉及的领域探索新的美。他没有在青罗带和碧玉簪的光辉面前气馁。他不再拘泥于以实比实,而采用以虚喻实的办法。桂林的山,不再是妇女发间俏丽的碧玉簪,而变成了云中的神、雾中的仙;漓江的水,也不再是妇女腰间柔软飘拂的青罗带,而变成了深的情、美的梦。神仙是谁都没有见过的,但是云雾之中影影绰绰出现的仙女的形象,却能够唤起人们捉摸不定的美感。情是什么样,梦又是什么样,这也是不确定的,悠悠流过的、深得发黑的漓江水,留给人们的印象是难以具体描述的,青罗带也只能传达出美感的一部分。贺敬之抛弃了习见的方式,他让我们看到的不是漓江水的具体的样子,而是启发我们去想象那最深沉的情爱和最美丽的梦境。虚写的结果,反而获得了最具体的效果,神姿仙态也好,如情似梦也好,都没有如实地描写山水,这只是启发你的想象。神仙有多么优美的姿态,桂林的山就有多么优美的姿态;

情爱和梦境有多么深沉多么美好,漓江的水就有多么深情多么美好。正如雨果说的,"想象就是深度"。

二、瞬间的彩虹

在长久的写实图形的传统气氛之中,在刚刚过去的稀奇古怪的浪漫主义巨大形象泛滥的时刻,这首《桂林山水歌》的出现确是一种美的归来的征兆。尽管这种征兆像是雨后的彩虹,只是一种短暂的存在,但是却留下了美丽的印象。《雷锋之歌》和《西去列车的窗口》出现在这个短暂繁荣的收尾期,已经明显地打上了当时政治气氛的印记,但是艺术上的、精神上的追求也打上了印记,这两首诗同样取得了超越过去的最好成绩。

在这个时期,郭小川同样写出了他一生中的最优秀的诗篇。长句型的诗,如《厦门风姿》(1961)、《甘蔗林—青纱帐》、《青纱帐—甘蔗林》(1962),《秋歌》一、二、三(1962);短句型的诗,如组诗《林区三唱》的《祝酒歌》、《大风雪歌》和《青松歌》(1963)。短短的前后三年中,他为自己赢得了值得称道的成就。郭小川是一位清醒的美的追求者,虽然他和贺敬之一样,毕生实践着斗争的文学和斗争的诗歌,同样是政治使命感很强烈的诗人。但他也始终处于艺术竞技状态之中。这种艺术上的不满足感在进入60年代这一繁荣期,得到了新的爆发。

1959年,当他着手编选十年自选集《月下集》时,正是他的创作获得盛誉,由不引人注目一跃而为当代重要歌手的时候,他发出了真诚的不满的呼声,他对前此那种在高昂的政治气氛中"情不自禁地以一个宣传鼓动员的姿态,写下一行行政治性的句子"的创作实践由衷地失望。他说:"这期间,我写的诗大部分实在不成样子","我往往非常不安。我能够总是让这淡而无味的东西去败坏读者的胃口吗?"当整个诗坛仍然处于一种忽视艺术的政治狂热中的时候,郭小川发出的是与当时气氛很不和谐的提高艺术性的呼声。"文学毕竟是文学,这里需要很多很多新颖而独特的东西";他说:"我是越来越感到不满足了,写不下去了,非得探索新的出路不可了。"

郭小川没有空发议论。果然,进入60年代,他用崭新的诗歌艺术刷新了自己的纪录。以《厦门风姿》、《甘蔗林—青纱帐》为代表的一系列作品的出现,如同当年《致青年公民》的出现一样,同样地代表了一个时代的新诗风。以《甘蔗林—青纱帐》的开头为例:

> 南方的甘蔗林哪,南方的甘蔗林!
> 你为什么这样香甜,又为什么那样严峻?
> 北方的青纱帐啊,北方的青纱帐!
> 你为什么那样遥远,又为什么这样亲近?
>
> 我们的青纱帐哟,跟甘蔗林一样地布满浓荫,
> 那随风摆动的长叶啊,也一样地鸣奏嘹亮的琴音;
> 我们的青纱帐哟,跟甘蔗林一样地脉脉情深,
> 那载着阳光的露珠啊,也一样地照亮大地的清晨。

不再是单纯的对于现实的摹写,也没有浮泛的政治空喊,从现实的感受出发,他力图表现出把不同的对象和不同的时空组合在一起以构成一种既香甜又严峻,既遥远又亲近的错综复杂的情绪。他赋予眼前的甘蔗林和往昔的青纱帐以象征的意味,美好今日与艰难年代的自然对比,从中概括出一种如他这样从战争年代来到和平时期的人的情怀,一种50年代的自豪与深沉之感。在这里,甘蔗林里的浓荫和"载着阳光的露珠"已经杜绝了空洞的说教。诗的技艺不再是不重要的了,尽管这仍然是抒发政治激情的诗篇,却笼罩着浓郁的艺术气氛。诗作为艺术,从这里开始,能够堂堂皇皇出现在现实生活中。

对于这种气氛,未曾淡忘于诗的艺术的人们,好似久经饥饿,一旦得到食物,往往倍觉贪馋,易于对久违的艺术表现生活倾注极大的热情,他们总想把生活彩饰起来,而不论现实的存在仍然是荒芜的和灰色的。他们把生活理想化,按照自己想象的逻辑给以华丽的外衣,这样做,在缺乏营养的年代尚未过去的时候,正是为了自我满足和慰藉他人。

但是,在他们华美的笔下,总是显示出不易让人相信的气氛。如沙白写的《水乡行》(1961):"水乡的路,水云铺。进庄出庄,一把橹。……要找人,稻海深处;一步步,踏停蛙鼓……"诗人的本意在于写出生活的美好,竭力画出一幅太平盛世的景象。但是,经过大的破坏之后,短时间内并没有出现"国泰民安"的太平景象,自然的风景也没有这么迷人。那时"左倾错误在经济工作的指导思想上并未得到彻底纠正",现实生活里,还埋藏着不安定的因素。诗人显然是由于不甘久远的衰败,而主观地要给生活添加一些明亮的色彩。张志民的《西行剪影》在他的诗歌创作中,也是有纪念意义的作品。从《王九诉苦》一类的凄冷沉重到《西行剪影》一类的艳丽轻松,是一个重大的转折。而且,后者明显地受到了旧诗词的滋养,这对于一贯借鉴民歌的作者是一个突破的进展:例如他的《南疆路》:"南疆路啊长无尽,条条彩带上昆仑。牛一群,羊一群。……水里蛙声唱流水,一曲莺歌入枣林。迎风听琴鼓,举首望新村。花阵阵,柳纷纷。谁把长虹河边挂,翻身女儿浣红裙……"总的来说,由于长久的干涸,诗风在转向华美。但由于缺乏坚实的依据,所以,总有点"强颜欢笑"之感。被过分美化的现实犹如海市蜃楼,那种空虚感是"先天性"的。这是些"无根"的诗,经历过艰难的人们的思想情感,在这些被涂抹得过于艳丽的色彩面前,失去了它的自然和真实的形象。民众此刻的所思所想,也得不到真切的表达。因而,60年代初期艺术上的成熟,并不意味着诗歌找到了它的出路。

三、填补"大跃进"留下的热情的空白

1958年开始的当代诗歌的对于现实态度的转移是根本性的,它不再以反映现实,表现生活的过程为基点,而转向了表现"激情"的"浪漫主义"的"精神"。这变得比一切都重要,"激情"的燃烧可以产生一切,而不是先前那样的专注于事物的客观变化。诗歌在1958年变得近于偏执的随心所欲,充满了主观性(而不是先前的客观性)。"人有多大胆,地有多大产"一类的"哲学"仍在支配着诗的逻辑,人们依然充满了随时随地都能创造人间奇迹的狂热。但是这种狂热在"天堂"的轰毁面前冷却了下来。

这对于诗歌的发展是一种痛苦的折磨,但一个潮流既已开始,尽管遇到了挫折,但河道却不会因而改流。它只能在原有的河岸上寻求出路。而事实也是如此,长期以来形成的"左"的观念并不因1958年"大跃进"的挫折而得到改正。它仍然发展,在特定时期甚至愈演愈烈。

对于诗歌来说,狂热虽然退去,但处于昂奋状态的"激情"的潮流,需要找到新的"洪口",不然就要冲决堤坝。

正如1957年以后新诗面临着向前发展的困境时,是"大跃进"解救了它一样,如今,仍然是当时的政治形势解决了新诗艺术面临的难题。这种解救就是,那时提出了阶级斗争要年年讲,月月讲,天天讲。当时的形势是,一方面政府提出了调整的方针,用果断的措施以阻止经济向更坏的方面发展。几乎与此同时,更为极端地提出阶级斗争越来越激烈和世界革命的观念。"斗争的主题"闯入彷徨新诗之中,它填补了空虚,使新诗获得了起死回生的转机,新诗因这种"斗争"而获得了新生命,这个现象,有人把它概括为"60年代的战歌传统"。

四、重视精神价值

这一诗歌现象,从积极的方面讲,在国内经济建设由于方针的失误而造成重大的损失,以及国际上的某些威胁行为所造成的重大压力面前,身心疲惫的人民须用自立自强的信念以振奋精神。这时候,积极昂奋、乐观向上的诗篇成为迫切的客观需要。"雷锋"主题于是应运而生,这位平凡而普通的人,他乐于助人,严以律己,用一种感恩的和克制自持的力量,力图使自己成为更加纯粹的人。他的出现不仅在实际生活中,而且也在诗中引起了一阵持续很久的热潮。

1963年,对于当代发生的重大事件总是十分敏感的贺敬之以雷锋为题写出了长篇抒情诗。在这里,雷锋作为一位具体的普通战士的形象依然存在,但是诗人专注的却是雷锋作为精神力量的存在。他不再关注于雷锋这个普通农家孩子的短暂一生,而只是充分重视由雷锋所能引发而来的"雷锋精神"。作为一种主题,如同旧日歌唱刘胡兰式人物的写实一类,人物赞的方式已经消失,而借具体人物以歌颂一个革命观念的兴趣正变得浓厚起来。诗人们习惯于在这些观念上倾注他的激情。《雷锋之歌》,或是更多的关于雷锋的歌,已不再是英雄史诗的叙事主题,而是抒情主题,寄托着革命激情的抒情诗的主题。《雷锋之歌》尽管可能比一般的叙事诗还要长,但终究只是一首抒情诗。这是当代诗歌的一个特异现象。

对于精神贫乏的现实,雷锋的出现当然是一片红光。在相当长的时间,人们一致认为《雷锋之歌》的成功,在于它通过对一个英雄战士的歌颂,歌颂了我们所生活的时代的风格和精神,这无疑是正确的。《雷锋之歌》直至今天仍然保存了它的魅力,它概括了整整一个时代的风貌。

但当我们把一个具体的诗歌现象放在整个历史的发展中加

以考察,我们便会发现它的全部优点也隐藏在时代给予的局限之中。一个评论家在论及《雷锋之歌》时说,诗人为自己规定了一个艰巨的任务:从纵深方面充分地发掘雷锋精神的时代意义……他在"向雷锋同志学习"中探求伟大的精神力量,是在"永不生锈的螺丝钉"上找共产主义的诗意[①]。还有一个批评家指出,这首诗"不仅揭示了雷锋的生命的真正价值和意义,也深刻地表现了我们高昂的、朝气勃勃的革命时代精神。……诗人写雷锋的成长过程,完全摆脱了一般的呆板叙述的方法,而且经过提炼使之升华为更富于诗意的形象。"[②]上述所指出的都符合于这首长诗的实际,它是优点,但也呈现着弱点,原因在于,它是雷锋,但又不会是雷锋,雷锋平凡的一生给人启示,但不可能给人这么多的启示。"面对整个世界,我在注视。从过去,到未来,我在倾听……"似乎雷锋的出现,能"给历史以回答":人应该这样生,路应该这样行。诗是尊重联想的,它允许引申和由此及彼的延伸。但问题在于,雷锋这一具体的年青战士形象能否负荷得了这么多的内涵?要他承担"从过去到未来的"的大启示,以及要他作为一个举世震惊的能够发出"如此巨大能量热核反应"的"装置",他是否能够胜任?

  这只是一个优秀诗篇所提供的事例,它代表了一个时期诗歌的倾向。人们以极其迫切的心情寻求那些"恰当"的"对象",以使它能够包含(办法是"装填"和"镶嵌")更大的和更多的时代精神。起初,大家都有极良好的动机,都力图使诗歌超脱于过去那种爬行的和"鼠目寸光"的写实的倾向,而力图"发掘"蕴涵在那些普通事物中的革命哲理和革命精神。这些趋势,都由当代最有影响的诗人开始作艰苦的寻求。

[①] 阎纲:《雷锋——唱不尽的歌》,《诗刊》1963年8月号。
[②] 陶阳:《读"雷锋之歌"》,《文艺报》1963年第6期。

郭小川写于1961年的《乡村大道》,的确为我们开拓了一个崭新的诗的境界。一条普通的乡村大道,在诗人的笔下,却幻变为寓意深刻的包含有丰富哲理的人生道路。乡村大道,它像险峻的黄河,常常会有"突起的风波",它又像干涸的河道,石头和乱草全使旅人受尽"颠簸":

> 乡村大道,我爱你的长远和宽阔,
> 也不能不爱你的险峻和你那突起的风波
> 如果只会在花砖地上旋舞,那还算什么伟大的生活!

这是一条概念中的、抽象的路,而不是一条实际的、具体的路。诗人只是借路,"装填"进去他对生活的暗示和思考,而不是如同50年代诗人们所崇尚的那样,路就是路,就是一条你我曾经走过的路,或者就是母亲送子参军走过的路。例如蓝曼的《送》,其实写的就是很具体的一条路:儿子应征入伍,母亲默默送他,他们走过村外的路,这里,种了一排幼树,幼树过去是一畦畦的菜园,他们上了小桥,桥下一道清流,走近一道土岗,那里有一个个坟地,"娘望了望坟地,心里的话啊,始终没有开口"。他们每走过小路的一个地点,母亲总想起他们一家的遭遇,具体的地点,引起具体的回忆,其中如这样的描写,都是很具体,很实在,很忠实于现实的。这是母亲经过长了一排幼树的小路边时心中想的:"他爹给地主当长工,这条路磨穿了千双鞋,每寸土上都有他爹的汗,不管三伏的太阳晒,不管三九的北风寒,挂起锄头又拿起镰,放下犁杖又扛起锹。"路走到尽头,回忆也到了尽头。最后是他爹受苦受累凄冷的死:"装殓只用一张席了,和一床仅剩的破被。"

这样的诗是典型的50年代的风格,这里交织着昨日未能忘却的痛苦,以及今日无尽的幸福感和责任感。路就是生活的路和历史的路,它并没有被装进去更多的含义。到了60年代,对于"浪漫主义"的向往和实践已经代替对于现实的忠实,它热衷的是让诗歌能通过具体的场景装进去更多的革命激情和更多的时代精神。它的基本方式不再是亦步亦趋地摹写,而是借助那具体现象的袋子,张开口,让它装填着和镶嵌进去更多的理念,而后,借助一点物象的"启示"放开来,对这些能够引起联想的物象进行不加限制的扩展。先前的那些忠于生活的原则,已经变得无足轻重了,人们格外珍惜的是先行的或现成的观念,为此而去寻找适当的对象。一旦找到,就奋力在上面"发掘"精神。

第十九章　迈向极端的颂歌时代

一、缝隙里的繁盛

当60年代诗歌走向短暂繁荣期时,它本身所包含的隐患也在发展。这个短暂繁荣期,可以说是因政治有更为重要的关注而无暇顾及诗歌留下的缝隙。而诗歌系依靠艺术自身的惯性运动而造出的。因而当政治再度返回诗歌时,诗人们对于艺术的追求也随之趋于消隐。到了"阶级斗争"高潮到来的时候,先前那种对于生活中感受自然美的情调,诸如带着露珠的甘蔗的长叶,红了半空的凤凰木,如情似梦的漓江碧水,南疆路上那五彩斑斓的画面……人们在美好的自然面前的浓郁的情趣,立即荡然无存。时间前后相隔不过两三年,但那分悠闲地欣赏自然风景而不作太多的比附的情趣业已失去。那种对于前线城市"山林一般的幽美"、"仙境一般的明静",那种关于"满树繁花、一街灯火、四海长风"的抒情情趣正在消失。

这时眼前要是出现一根竹子,那一定是作为武器的竹矛,诗人由衷地讴歌战神手中的无坚不摧的利器:"我们革命的人民,不将碧绿的竹做哀怨的箫笛!"到了1963年,即使在诗人眼前出现了优美高洁的青松,但传统的抒情诗的情调已经被忘却,青松变成充满斗争信念的"战神",他唱的是一曲"战歌":

　　一切邪恶啊,
　　莫想把青松凌辱!
　　松树啊,

> 似战鼓,
> 松针哟,
> 如铁杵。
>
> 一切仇敌啊,
> 休想使青松屈服!
> 每片松林哟,
> 都是武库;
> 每座山头哟,
> 都是碉堡。

松林犹如武库,山头宛若碉堡,松涛几乎唤不起什么美丽的联想,而只是悲壮的"战鼓"。最为让人震惊的笔墨却是:"松针哟,如铁杵",不再是"铁杵变成针",而是针变成了铁杵!这就是郭小川写于1963年的《青松歌》里的形象:闲适的心情(尽管可能是强作的笑意)正在被紧迫的斗争意识所代替;优美的形象,即使青绿闪光如松针,仿佛全是绿光闪闪的短剑。

二、战神代替美神

出现于1963年的《黄山松》(张万舒)是一首短抒情诗,它的出现几乎是一种庄严的宣告,人们的美的观念正在出现重大的改变。作为黄山奇松的动人形象正在消失,代之而起的是充满了斗争意识的"艰苦奋战"、"不屈不挠"的英雄造型:雷霆和风暴不能征服它,它"劈不歪,砍不动,轰不倒"!

> 不怕山谷里阴风的夹袭,
> 你双臂一抖,抗得准,击得巧,
> 更不怕高山雪冷寒彻骨,
> 你折断了霜剑,扭弯了冰刀!

郭小川的"青松"诞生在大兴安岭，而张万舒的"青松"却在江南风景胜地的黄山。它们不约而同地具有了共同的性格，或者是从传统的坚贞高洁的隐士变成了一个顽强奋斗不息的时代的斗士。如同郭小川把松针变成了短剑一样，张万舒把翠绿的迎客松变成了火红的战旗：

　　看！在这碧紫透红的群峰之上，
　　你像昂扬的战旗在呼啦啦地飘。

大概就是从这时开始，诗歌不仅已经摆脱了写事状物的太过具体的羁绊，而走向更为丰富的寄托——这种寄托多半是政治性的。对于《黄山松》来说，松树本身的形状色泽已经不是重要的，（例如"碧紫透红"的只是"群峰"，而"昂扬的战旗"却移花接木式地似乎把碧绿的松树"幻化"成了火红！）此时松树只是表达某种精神力量的媒介，它寻求通过具体物象作更广泛、更深远的抽象概括。

　　那时出现的抒情诗，不论写景咏物，大致都表示了这样一种共同的倾向，它们已经全然抛弃了琐屑的描写，而寻求广阔的胸襟、豪放的气度，总是始终昂扬的精神。仿佛这才足以表现当代的斗争意志和革命精神。

　　习惯成了自然，人们不再像过去那样为诗中表现的"哪里新修一条铁路，哪里新盖一座工厂"这样的内容而激动，人们热衷于通过生活中的平凡普通的现象加以发挥，提高概括而为某种革命精神的宣扬——这正是"浪漫主义"精神从"共产风"的肤浅幼稚走向高级的标志。人们不再把眼光盯住那些日新月异变化着和出现着的广大世界，而是把眼光盯住了哪怕是一方砚台（他可以让砚台聚集四海的风云、五洲的波浪）、一根灯芯（他可以让这一根灯芯燃起遍世界的革命火炬），甚至是一粒雨花石，也可以概括整个时代的革命精神与激情。例如，雨花台下的一颗普通的石子——

  它会在月下花前,
  宴罢舞后,
  以雨花石的名义
    提醒一句!
  它会在雨中雾中
  风里浪里,
  以雨花石的名义,
  坚定斗志!
  它会给远方
    贫民窟的窗口
      送一抹东方的晨曦;
  它会给丛林中
    行进的游击队
      点一支烧穿夜幕的火炬……①

三、革命激情的寄托

  过程显得不重要了,细节也不必考究,重要的是革命思想和激情的寄托。往往只是从具体对象的特征出发,去作"重大主题"的联想。这类诗篇,各种题材都有,昔日用来表现新生活新气象的题目,如今悄悄地都被用来表现新精神、新概念。很快,"惊蛰"作为一个节气而不再是节气,而是体现时代精神的"精神"如高缨的《惊蛰》:"十万里江山,十万里锦屏,十万里高亢歌声,漫漫四海来呼应!惊得牛鬼蛇神,胆裂心崩!""钢"也不再是金属,同样变成了无所不在的"精神":"钢啊,钢!一身豪气一身

---

  ① 沙白:《递上一枚雨花石》,人民文学出版社,1963年。

光,巍然战斗在火热的前线上。"

这种富有寓意的引申是无边际的,开始的时候,人们为这种巨大的新奇形象而产生某种新鲜之感,例如,一个锻打车间,高不过十尺,宽不过丈把,却联系上世界上的雷电与云霞:"锻的是旗帜,打的是天下。"又如有一首诗写某个偏僻地方的列宁公园,"列宁公园有多大?""东起平壤、河内、西到柏林、华沙!"都显露出一种共同的趋向:以小喻大,以实涵虚,以有限概括无限,那时人们都喜爱的语言和方式就是"浮想联翩"。

人们习惯于把这叫做"发掘",其实,是"装填"而不是"发掘"。在这样的风气下,一时间出现了咏物诗的热潮。这种诗工业题材的尤多,诗人们纷纷到自己的工厂、车间去寻找可以装填进去理念的客观物象。于是,对着一座常见的加热炉,可以写出一篇《加热炉之歌》:"每当我打开炉门,火辣辣扑面而来,一股热气,那飞舞着刀剑的搏斗,在加热炉里此伏彼起,那弥漫着烟火的冲杀,在加热炉中经久不息。"这种联想,显然是由加热炉工作的性质和状态引申出来的。最后,一般的都有一个"点题"的"升华":

> 当今的地球啊,
> 正在进行这么一番热处理!

加热炉大概是对各种部件进行热处理的,由加热炉工作的状态恰好与当时宣扬的阶级斗争观念相会合,于是出现了"飞舞刀剑的搏斗和弥漫着烟火的冲杀"的联想。结语当然是一种革命精神的提高,整个地球都被放进了加热炉进行"热处理",当然正好响应了"国际阶级斗争"和"世界革命"的观念。

各个工种都可以按照这种模式找到自己宣扬激情的机会。

例如浇铸工,就可以写《浇铸者》①浇铸过长江大桥的梁,人民大会堂的柱,淮河大坝的闸,宝成铁路的轴,如此等等,至此引申为"多少钢铁,巩固祖国基础"。显然这样的联想还不够豪迈——即还不曾把高昂的和重大的思想装进去,于是,它喊:"但是啊,咱心里不满足,抬头望世界,火熊熊,火呼呼……毛泽东教育的人民,怎能够,把天下的朋友丢脑后?""世界革命"的主题在这样的转折下出现了。诗人的联想得到尽情的发挥,它紧紧扣题:"砸断手铐脚链,还要多少大锤?劈开黑牢铁门,还要多少钢斧?拨散满天阴霾,还要多少利剑?……"于是,最后又再"点题",喊出了最强音:

　　啊,咱们浇铸,
　　咱们浇铸,
　　手握把柄永不丢,
　　闪光的思想永不锈。

当时的所谓表现"激情",其实这种激情多半是那些并不属于诗人创造的现成观念的装饰。用巨大的形象或不加制约的联想加以夸张,造成"气势"。这类诗读得多了就会感到一种普遍的趋势,就是它是在新的时代条件下图解政治观念的产物。所谓"六十年代的战歌传统",其实就是国内和国际的阶级斗争的新的号筒。而它的基本方式就是由某一具体的对象出发,去作已知目的的"发挥"、"引申",以对观念的解释为目的。

当时许多动人的诗篇大多数以这种方式写成。陆棨的《重返杨柳村》的基本构思就是如此。十三年前土改,杨柳村中没有杨柳,阶级敌人的破坏也无法赶走我们。我们在村中"扎下来",土改完成"临行插下柳一排"。十二年过去了,"柳成荫,我又

---

① 见《诗刊》1964年第5期。

来","今日柳荫中,当年斗争台",抚今追昔,懂得恨,也懂得爱。目的在于借杨柳村的形象来概括阶级斗争的历史,"念念不忘阶级斗争":只要敌人还存在,永做村中一棵柳,风里浪里长成材。

四、阶级斗争观念的装填

许多人都这样写诗,都不约而同地用种种演化出来的联想去诠释阶级斗争的观念,60年代张志民写过很有名的一首诗《擂台》,①诗人来岭南,认识了南方到处都有的榕树,由榕树的形象引起应当如何"描画"的议题:碧玉山,翡翠塔,遮阳伞,藤萝架,都被诗人否定了:"它不像藤萝不像伞,不像玉山不像塔"——

> 它是部
> 　　千年的农村史,
> 　　一座擂台当街搭……

这种联想是从榕树的形状,以及南方村庄的活动中心往往是在榕树荫下这一现象出发的。这个观念确立之后,诗人就要竭力地发挥这一形象的"作用",即所谓的"发掘"——其实是装进去他所把握的阶级斗争史的观念。因为他要装的东西太多,南方的榕树下概括不了,为了适应内容的要求,又有意地模糊榕树的形象,不使这一树种太过确定,因此,他说,"擂台啊,擂台!多少年啊——多少代!在南国的榕树下,不,也许是,在北方——榆树前,在草原——的毡房外……",就在这些已经飘浮起来的大树下,驻扎过陈胜的千军万马,飘扬过宋景诗的起义大旗,武松奔往梁山,在树下喝过烈酒,鲁智深在这里拳打镇关西。紧接着诗人又按照"没有共产党的领导,农民的反抗和革命不会

---

① 见《诗刊》1963年。

成功"的观念,写"洪秀全的大刀没能砍倒李霸天家的旗杆,'太平军'的火炮没能轰倒黄世仁家的大墙",引渡到秋收暴动的红旗,井冈山上的火光。最后结论是:斗争啊,斗争,昨天,从斗争中去!今天,从斗争中来!榕树下呀——大舞台,没有一天,冷场,空台。并且批判了今天擂台上已经风平浪静的"阶级斗争熄灭论"的观点。

60年代初期短暂的诗歌繁荣有其历史的必然,在当时内忧外患的形势下,经历过严重挫折的人民急需精神上的振奋,于是阶级斗争的战歌挟带着革命精神的奋起,成了疗救精神委靡的药物。如今保留下来的当时的名篇,大体都是这样一个共同的斗争的主题。沙白的《递上一枚雨花石》[①],通过一枚雨花石,讲"二十二年,阶级对阶级,一场决战;二十二年,刀尖对刀尖,炮火硝烟",号召朋友同志来到雨花台下读一本打开的书:"关于人民,关于阶级,关于斗争,关于历史。"忆明珠的《跪石人辞》(1964)讲的是"一块受难的石头,一块会流泪的石头,一块有名有姓的石头"的屈辱的历史。结论是"与其叫石头也变成奴隶,宁愿拿石头跟敌人搏斗"。陆棨的《重返杨柳村》(1963);郭小川的《甘蔗林—青纱帐》、《秋歌》,贺敬之的《西去列车的窗口》、《雷锋之歌》,张万舒的《黄山松》、《日出》(1963),张天民的《爱情的故事》(1964),徐荣街、钱祖承的《接班人之歌》,这些诗篇,完全抛弃了那种虚幻的天国的歌唱,而是以历史的和现实的斗争作为材料,较前充实多了。从艺术上讲,经过了"浪漫主义"实践的郭小川,加上适宜的重视艺术的气氛,其诗歌艺术上的成就,也达到了一定的高度。但是不论思想或是艺术,60年代初期的新诗创作都存在无可否认的缺陷。

---

① 沙白:《递上一枚雨花石》,人民文学出版社,1963年。

五、虚幻的主题,假想的斗争

从思想内容上看,压倒一切的几乎成为基本主题的阶级斗争和世界革命的观念,是"左"倾观念的产物,阶级斗争越来越激烈的错误观点,以及国际共运中的对修正主义的批判,是这些诗歌的理论根据,而这种根据是不成立的。这就影响了对这时期诗歌基本主题的估价,从根本上讲它不符合实际。它的主题建立在被无限夸大了的现实的基础上,因此它就具有违背现实的性质。从另一方面讲,即使这些诗歌的主题是真实的,但是它充其量只不过是表现了现实的一个方面,而当时的现实生活仍然是相当严酷的,很多的矛盾潜藏着,包括潜藏着随后产生"文化大革命"的那些严重的因素。但是,在我们的诗中看不到这些,我们所看到的只是取代了心造的幻影的天上人间地上乐园之后的,仍然是被夸大了的现实、假想的斗争。看到的只是在时代精神的保护伞下对于一个并不正确的概念的无穷尽的演绎。

从艺术上看,服务于此种被夸大了的、甚至是臆造的阶级斗争的,是一种被夸大了的虚张声势的艺术表现。如前所述,这个时期诗创作已经形成了一种模式,即从一个既定的结论(这种结论是众所周知的,而且是毫无个人特色的,也并不需要个人加以思考)出发,去寻找一个足以装填进去的物象。一旦精神找到了外壳,便随心所欲地大加发挥,极力地铺排。这就形成了这样一种风气:小小的物象,大大的精神,有限的内容,无尽的发挥。眼前的甘蔗林心中的青纱帐,由此概括整个历史的过程,一个列车的窗口,装进去两代革命者的精神遗传,一棵黄山松,代表了中国人的坚毅刚强。这在当时,都是良好的动机,但是一种左的"浪漫主义"的情调并未得到根除,夸夸其谈成为一种习惯势力,侵入到诗歌艺术中来。往往诗人所掌握的只是他所碰见的一个小小的对象,却要求它成为一种特殊的"装置",发出热核反应般的巨大的精神力量。这样,就使艺术滋长了浮泛的空气,形象干瘪,却要虚张声势,仿佛是无与伦比的博大。反复的铺排,连绵不绝的形容,用这来掩饰它内在的虚空。这个时期艺术上的一个重要迹象——新赋体诗的盛行,不能与此无关。

集中地体现了这一特点的是诗集《竹矛》(均系 1962—1963 年所作),十五首都是这样的长句,大量排比的新赋体诗。《竹矛》一首,以普通的"竹矛"起兴,确认它是"伟大的历史画笔",用它来画出"时代的足迹",如:

> 黄河的浊浪洗过你血染的红缨,
> 巴山的夜雨润过你翠绿的新漆,
> 你听过大渡河那雷鸣般的涛音,
> 你看过五指山那彩绸似的红霞。
> 绿缎般的湘江中你撑过竹筏,
> 怒云似的秦岭上你举过大旗,
> 雪山宿营曾用你架过帐篷,
> 草地行军曾用你担过行李。
>
> 烟尘滚滚,你迎过长江的早霞,
> 黄沙漫漫,你送过戈壁的落日,
> 马鸣萧萧,你驰过中原的霜晨,
> 鼓角阵阵,你卷过南国的日夕!

这样的诗句,用在别的物象上面也是适合的,例如,既可用在竹矛上,当然也可以用在大刀、红缨枪、步枪等等上。无休止地把众所周知的史料,作为华丽工整的对仗句子"装填"到小小的"竹矛"中去,看起来气势磅礴,飞腾千里,但是内容是空虚的。通篇近百行,只讲了一句话:"竹矛是中国革命的象征。"特别是,诗人没有自己的见解,这里除了字面上的花样之外,诗人自己并无创造,特别是从思想上没有提供新鲜的东西。这个现象便相当的可怕:隐藏在非凡气势后面的是思想的贫乏(失去个性的贫乏)。

几乎连绵不断的"左"倾潮流冲击着社会生活,也冲击着诗。以诗歌的情况看,由于政治的放松而赢得了前后不到三年的喘息机会,从而造成了短暂的、但却是少有的艺术繁荣。其实,就在这个繁荣的兴起以及繁荣的形成背后,一种不安定的因素已经酝酿并形成着,1963年的优秀诗篇,几乎全是表现国内国际的阶级斗争的内容,这本身就是值得怀疑的现实:对阶级斗争的估计是否符合事实?诗是不是应该放弃其余一切的关注而专注于解释现行政治的中心观念?

同时,这些优秀的以"阶级斗争"为主题的诗篇,几乎毫无例外地回避了生活的真实状况。严阵写于1963年的《淮河评论》是表现淮河一带的农村生活的,他写:"多少大风曾卷起你遥远的尘沙,多少苦霜曾打落你满树的花蕾,多少烈日曾烙焦你六月的禾苗,多少洪峰曾冲去你八月的谷堆!"他只讲造成淮河现实生活困难的只是"狂风恶浪"、"狂风暴雨"等自然灾害而绝不谈"人"——人的指导思想的错误所造成的恶果。后来,一晃而过,抽象地讲"把天大困难在手心捏碎",而完全回避了对于现实的"评论"。《淮河评论》——只评无知的天地,而不评有知、有记忆、会思考的人。它回避当代生活极其错杂的矛盾,而且又心平气和地写起对于现实的赞美诗:"啊,举目远眺,到处桃红柳翠,红旗紫霞。蓝天白云,青山绿水!啊,洗耳恭听,新曲莺莺满嘴,车响马嘶。"这种回避现实而徒作概念铺排——一个命题本来用几句极精练的话就能讲清的,却总要这样的大场面——的风气,到了60年代后期已形成巨大的潮流。

1957年的过火斗争,1958年的共产风狂热,人们还没有来得及从令人头晕的政治旋涡中弄清是怎么回事,就陷入了饥饿和浮肿。这时候,一方面意识到要纠正经济领域的左的错误,一方面又在庐山会议上开展了与之相违背的"反左倾"斗争。这次错误斗争,助长了本来就严重的左倾错误,"在政治上使党内从中央到基层的民主生活遭到严重损害,在经济上打断了纠正左倾错误的进程"。这样,一个浪潮连着一个浪潮,接着是阶级斗争愈演愈烈的观点的提出和贯彻,以及由于政治上的不稳定浮动起一股巨大的几乎无以抗拒的现代迷信运动。这一切,都给60年代后半期的诗歌带来极为重大的影响,由此开始的"文化大革命"十年——一般称为"灾难的十年",在诗中,一切正常的生活都得不到表现,诗歌可以说已经死亡。唯一活着的,也许就是对于特定个人的颂歌。

六、新时代的庙堂文学

这时候,政治抒情诗已经演化而为凝固的类似庙堂文学的颂诗。诗的形式也发生急剧的变化,即语言的空前华靡浓艳以及高度的程式化、贫乏化,形式上由60年代初期兴起的赋体诗而转变为极为讲究、对仗工整的骈偶化。"东风"一定对"红日","千帆竞发"一定对"万炮齐鸣","雨游青松翠"一定对"霜打红梅俏",成系统的排偶句构成了一篇篇堂皇的现代迷信的颂诗,这就是当时仅存的诗歌——很难说这是新诗,它的文体是不今不古半文半白的——

中南海明灯掣闪电,
北京城号角卷狂飙,
革命的轰天雷,隆隆作响,
战斗的导火索,嗤嗤引爆。

史诗千章,在您的阳光照耀下大放异彩,

> 铁流万里,在您的旗帜指引下高歌奏凯。
>
> 莺歌燕舞,山花烂漫,春光中奔涌多少欢腾的金泉,
> 惊雷震天,狂涛拍岸,风景里飞出多少矫健的海燕。

都是对偶句,更为严重的不是形式而是内容,把个人写成了神。个人的出场,仿佛是神的降临,"豁然间,云蒸霞蔚,满天异彩;一霎时,万象生辉,遍地花开","您一个号令,万里长空,风雷滚动;您一挥巨手,祖国大地,春潮澎湃"。而且他还能够呼风唤雨驱邪镇妖:"乌云压顶,你呼唤霹雳驱阴霾,妖雾迷漫,你浪卷疾风落尘埃。"

这种内容的空虚和形式的华靡的结合,在中国文学史上,六朝文学与之略近。建安风骨已经过去,那时政治上的黑暗腐败以及知识分子逃避现实的情绪,产生了崇尚空谈的玄言诗。文学史讲:"西晋后期以至东晋,由于玄风盛行,诗歌成了唯心主义的讲义。"在文体上,则是骈体文大兴。

这便是当代诗歌"浪漫主义"时代的终结。"浪漫主义"救援的结果,是救援者自身的消失。这个终结的标志,无非为内容、形式二端。内容上,由人为的被不适当夸大了的"阶级斗争"迈向真实性的完全消失,落后导向现代迷信的颂歌。形式上,由崇尚艺术而发展起来的新赋体诗转而为颂诗内容的新骈体文,最后导向新的庙堂文学。

后 记

  1980年南宁诗会以后,我在《光明日报》发表短文《在新的崛起面前》。这篇小文章竟然引起轩然大波,有连续数年的批判,其中包括"资产阶级自由化"和"清除精神污染",名目都是很吓人的。

  但我并不因此停止我的思考。我坚持对新诗发展历史的反思。80年代初期,直至1986年,我先后给北京大学和华侨大学的八届研究生和本科生讲过"当代诗歌研究"。当时的讲稿都只是草稿,很杂乱的,讲过,就压在了抽屉里。

  近来有机会找出来重读一遍,觉得当年的考虑参考了很多资料,特别是批判性的视点,还是有一些意义的。这样,在两位青年的帮助下,原先芜杂的草稿,居然被编排得有点样子了。

  基本保留原来的样子,只是去掉了一些让人厌恶的当时流行的词汇。80年代是值得纪念的,人们用激情反思过去,也用激情瞻望未来,生活过得很充实,不若现时的浮嚣。这一本札记,保留了我不平静的思想的踪迹,也是值得纪念的。

谢 冕
1997年秋于北京大学

2000

新世纪的新期待[*]

要是从19世纪末的文学改良运动算起,中国为改变古典文学模式而进行的新文学试验,已经进行了一百多年。以一百年为期进行一种具有明确目的的试验,付出的时间不能说是短暂的。刚刚过去的20世纪,对于人类社会而言,是留下了许多遗憾,例如两次大规模的世界战争,以及人类对于地球的掠夺性的破坏就是。却也有非常迅疾的进步,特别是在科技领域方面。与之相比,社会科学的情况就要逊色得多。而在文学方面,情况就更为特殊了——与19世纪相比较,20世纪是很少大师、甚至是没有大师的世纪。

说到中国文学,20世纪初叶曾有过一个开天辟地的辉煌。出现了至今尚令我们为之感到骄傲的鲁迅及其同代人,他们是中国新文学的伟大创造者。中国文学在以往的一个世纪中积累了丰富的经验。这些经验使人们认识到文学的本质是自由:自由地寻找文学表达的内容,社会的和个人的,物质的和精神的;同时也自由地选择表达的方式,具体的和抽象的,写实的和幻想的。而且,特别重要的是,文学在上一个世纪的最初那段时日里,从来也没有脱离过它对中国社会的自觉承担——不论是启蒙的动机,或者是救亡的意愿,它总以充沛的激情,寻求以文学的方式参与社会的改造,以求最终有益于世道人心。

---

[*] 此文刊于《中国文化研究》2000年春之卷。据此编入。

中国文学在它的世纪行进中,始终谋求与中国特殊的社会环境相和谐。在不断调适的过程中,有时因过重的负荷而使文学丧失了自身的特性,有时则是由于文学以外的动机与目的,而使文学受到过分的挤压,其结果则是使文学在某一时期名存而实亡。这就是文学在社会意识形态中的变徙和偏离。中国文学在上一个世纪中所产生的变异,已成为中国文学的世纪隐痛。它已融入文学的历史遗产之中。记忆于是成为财富。

　　二十世纪的大部分时间,客观的和主观的干扰纷至沓来,使中国文学失去了可供生长的正常环境。灾难性的社会悲剧结束以后,中国作家拥有了他们梦想的创作自由。在上一个世纪最后一个时段,由于政治氛围的相对轻松,作家在传统意识的驱动下,自觉地应和了时代开放的大趋势,抚摩伤痕、反思历史、洋溢着批判的激情。文学的确是有了长足的发展。在民众的心目中,文学不再虚假,文学也不再与平常人的平常生活无关。文学也因而赢得了社会的共震与民众心灵的共鸣。被称为新时期文学的这段文学历史,于是成为政治动乱结束之后的盛大的文学狂欢节。

　　市场经济激活了长时间停滞的中国社会,也给文学带来了大幅度的自由。市场使文学摆脱了计划运行的轨道,而进入了新的运行机制。解放了的文学仿佛是穿上了魔鞋,开始了疯狂的、没有尽头的旋转。市场给文学带来了无限的机会,却也给文学带来了无限的挑战。以往被政治浸漫的文学,如今又被金钱和欲望所浸漫。摆脱了原先的意识形态笼罩的文学,如今又被一种新的、更为强大的、也更具诱惑力的意识形态所笼罩。当今无可避讳的事实是:极端的个人化的写作趋势,使文学变得自私了;市场的诱惑也使文学家变得更为急功近利了;大面积进入私人空间以及满足于一次性消费的写作,因其脱离了公共的关怀而最终也失去了公众的热情。

自由曾经是中国作家的梦想,曾经失去而一旦拥有,对于自由的把握便成了新问题。中国文学这只飞出樊笼的鸟,在新的天空里究竟如何飞翔?这就是我们在新世纪的新期待。

2000年1月1日于北京大学畅春园

新诗与新的百年*

说到中国新诗的历史，不妨把19世纪末那场不成功的"诗界革命"也算在内。那一个改良主义的诗歌"革命"，其初衷是和五四以后的新诗革命相一致的——同样是感到了旧诗对于新时代的不适应，感到了旧诗和现代人的思想情感的隔膜，它们都着眼于使诗的语言更接近人们日常生活所用的语言，即所谓的"我手写我口"。不过是，诗界改良运动的先行者，他们由于自身的局限，最终未能实现中国诗的现代革新。这一历史性的使命，在中国新诗的第一代诗人那里才得以完成。

上述那种使诗接近于民众最初始的动机，营造了笼罩全部新诗历史的独特的审美理想：力求使诗切近现实的社会人生，力求使诗的艺术更加接近民众的趣味——中国诗歌在它的历史运行中，从来都着眼于有益于人心的建设和环境的改善。这种把诗歌的创造和传播，紧紧联系于中国实际、以及诗歌艺术的现代更新的实践，于是成为了中国新诗的传统。

近百年来的几代中国诗人，都以自己的心力与精诚贡献于这个传统。同样，我们的所有成就和所有问题，也都可以从这种实践中找到原因。五四初期新诗的实践，在诗的生命力得到充盈的和鲜活的显示的同时，由于极端的反格律的倾向和过分的追求接近口语的结果，导致诗意淡漠和结构散漫，而使新诗较之旧诗相对地难于记诵。随后一批人致力于新诗"创格"的倡导，

---

* 此文刊于《诗探索》2000年第1—2辑。据此编入。

一段时间里,新体的格律诗有了较为认真的实践。但二十年代后期开始的新诗革命化的大趋势,以及三十年代后期的救亡运动的兴起,诗的社会鼓动性得到张扬,而诗的审美性却也相对地受到了忽视。就连原先主张"三美"的闻一多也转而推崇时代的"鼓点",这原是自然而然的。新诗因其与时代精神的紧密契合,而在发展中赢得了声誉。

中国新诗大体上就在这样的思想/艺术、社会/审美、政治/诗之间辗转迂回地行进着。在近百年的实践中,几乎每一个时代都出现了能够代表那一时代精神的杰出诗人。但这些诗人又都带有那一时代的明显局限。20世纪80年代的中国诗人,终于在对于动乱时代的清算中获得了新的诗歌美学的觉醒。在那一个时段里,诗歌在告别旧时代、迎接新时代、在处理社会意识与诗美矛盾与和谐之间达到了一种充分谅解和亲和的境界。90年代的市场经济无情地冲击了这种和谐;多元生态的形成,加速了诗歌共有的信仰与理念的解体。局面呈现出空前的驳杂和纷繁。中国新诗在一片激烈的争吵中告别了20世纪。

从诗界革命到新诗革命,从革命新诗到诗的一体化时代,再从新诗潮到后新诗潮,中国诗史上这个告别旧诗创造新诗的实验,已经经历了一百年。现在已进入另一个一百年。时序的转换总意味着事情从幼稚到成熟的过程。我们可以原谅黄遵宪以新词入旧体试验的失败,也可以原谅胡适"放大了脚"的"尝试"的不彻底,回首往事,我们痛感诗的政治化带来的危害,并断然拒绝它的依然存在的潜在影响,但毕竟一百年已经过去。以一百年为期的新诗试验,如今应该是到了它的收获季节了!

在进入新的百年的时候,新诗理应在它悲壮而又辉煌的曲折历史中获得深厚的启迪;理应在中国悠久的诗歌遗产和现实的艰苦实践中获得丰富的经验,在处理传统承继和现代更新方面,以及在处理外来经验和本土资源方面,特别是在吸收和扬弃、融汇和排斥、承继传统诗人追求理想和光大人文精神等方面,理应有更为成熟的表现。但是,应该进入成熟期的新诗,却依然没有表现出它的成熟来。

人们对进入新世纪的中国新诗,无疑怀有新的期待——期待着重新塑造诗人作为社会良知和标举理想旗帜的形象,也期待中国所有的诗人不媚俗而始终坚守至美的诗家园。少一些意气的纷争,多一些切实的实践,为诗歌艺术的精益求精而不懈地创造性地贡献出自己的才智。

2000年1月6日于北京大学畅春园

郭小川的意义[*]

郭小川是中国当代一位杰出的诗人。和历史上任何一位杰出诗人一样,他的创作灵感来自对于他所生活的时代的真实感受和独特的情感经历,他的诗也因而成为那一时代精神的体现者。20世纪50年代是郭小川创作的成熟期,并由此走向高潮。我们回顾历史不难发现,正是郭小川以他最初的昂扬蓬勃的歌唱,传达了那个从衰败走向新生的新时代的乐观激情。一曲《向困难进军》传出了那个万象更新时代的典型的声音。郭小川于是成为中国诗歌史上的颂歌时代和政治抒情诗创作的最具代表性的诗人。

作为诗人,郭小川的意义不仅仅在于他对他所亲历的现实生活以及特定的时代精神的独特把握,和同时代的诗人相比,还在于他具有更大的超越性。在那个思想和艺术都推行标准化的特殊时代,郭小川保持了诗人最可贵的独立精神。在统一的意志和理念受到推崇的年代里,进行独立的思考并通过独特的艺术予以表达的创造性劳动,其所要付出的代价,是后人难以想象的。郭小川在那个年代里,堪称是一位艰难坚持的强者。

在《白雪的赞歌》中,他深入了没有爱情时代的爱情禁区,甚至踩上了那时可称为异端的"第三者"题材的雷区;在《深深的山谷》中,他的思考进入了严酷环境和严格纪律约束下,知识分子的内心苦闷乃至因渴望自由而绝望的悲剧主题;在《一个和八

---

[*] 此文刊于2000年2月16日《中华读书报》。据此编入。

个》中,他甚至无所畏惧地把笔触伸向了当日令人望而生畏的人性的领域;特别是那首受到公开批判的《望星空》,在那里,诗人面对浩瀚的星空,纯真的心灵无意间触及了宇宙久远、人生短暂的文学最具魅力的永恒话题。这些,远不是这位诗人创作的全部。但仅就上述这些话题的其中任何一项,当日都可以使诗人遭到雷殛。而生在那个严酷年代的郭小川,却似一个极地的探险者,坦然面对那一切可能的降临的灾难。

郭小川创作最重要的那些年代,也是中国诗歌艺术走向严重的单调划一的年代。但是自50年代至60年代,郭小川的创作却与那个时代的整体状态构成极大的反差。50年代他首写旨在政治鼓动的"楼梯诗"获得了成功,四方传诵,影响甚大。但他并不就此止步,以此为起点,从五四新诗传统,从民歌,也从古典诗词歌赋,广泛吸收各种艺术养分,用来丰富自己的创作。在这个期间,他多方尝试,屡写屡变,屡变屡新。时而短句,时而铺排,时而简洁,时而繁丽。从《林区三唱》、《将军三部曲》到《厦门风姿》、《甘蔗林—青纱帐》,在艺术贫瘠而停滞的年代,他创造了一种奇迹——他的充满活力的艺术创新,在灰暗的底色上画出了一道活泼鲜丽的风景。

郭小川是在中国革命环境中成长起来的诗人。他的修养与气质均与这个他视为神圣的事业有关。他对中国革命的倾心和真诚,已经成为他的诗歌的灵魂。这从他的所有诗歌中(包括那些曾被目为"毒草"的诗)均可感受到。他从来未曾改变过这种信念,直至生命的最后一刻。从这点看,郭小川是真诚而单纯的。但正由于他是真诚而单纯的诗人,从诗出发,他当然会感到当日诗歌的严重匮缺。诗歌能离开艺术的多样性吗?诗歌能不涉及人的情感的丰富性吗?这些疑问,催使他在危险的岁月对诗歌艺术作危险的探寻。

在思想禁锢的年代,创新意味着违逆甚至"背叛"。接连不断的"批判"不仅给他带来伤害,而且造成心灵的隐痛。于是,单纯的诗人在单纯的年代就变得并不单纯了。围绕郭小川诗歌的诸多争议和批判现在已成了历史。在现在看来,一切是那样的清楚明白,但在当日,却是扑不去、理不清的疑团迷雾。好在历史翻开了新的一页,郭小川就是这样给我们提供了关于文学和诗的历史思考的沉重话题。他的苦难给我们以启迪,如今已成了我们的财富。

郭小川欢乐地迎接了中国社会的新生,他以优美而动人的诗歌颂赞过他曾经为之奋斗的新生的社会,后来他又被痛苦地推入深渊。直至那个难忘的秋天的胜利带来了狂喜,他又在那场狂喜到来的时候消失在狂喜的烈焰之中。他没能和我们一道分享他毕生向往的思想、艺术自由的权力。有许多死亡是自然而然的,但看到了胜利而未能享有胜利的死亡,却始终让人伤怀。

2000年1月12日急就于北京大学畅春园

建设的文学批评[*]

一个旧的一百年结束了,一个新的一百年正在开始。在过去的一百年中,中国社会经历了重大的变化:有许多的奋斗和牺牲,也有许多的前进和挫折,走过许多弯路,也创造了许多辉煌。在这个一百年中,旧的社会制度宣告解体,新的社会制度宣告诞生。长期的战乱在本世纪的最后阶段终于结束,中国开始了和平建设的新时代。二十世纪中国的这一百年,在中国数千年的历史上,也称得上是非常重要的、值得纪念的一百年。

这一百年的文学也和这一百年的历史一样,走过了相当漫长的、艰难曲折的道路。文学在处理救亡与启蒙的关系上,在处理思想与艺术、意识形态与审美创造的关系上,也在处理个人与集体、多样性与个别性的关系上,在它的历史行进中曾经产生过许多偏离。文学批评在解决这些问题方面,在很多时候往往采取了行政性的、甚至是粗暴的和强制的方式。这种方式极大地伤害了文学的发展,它造成了许多悲剧,留下了世纪的文学隐痛。

百年与千年际会时刻,最引人反思与回顾。以往的一百年,几代文学家对中国新文学的建设倾注了全部的热情,创造了许多值得纪念的成果,却也因处理不当造成了许多令人痛心的遗憾——任何良善的解释都不能掩盖它的破坏性的后果。这些教训如今已成了历史的财富,它永远启示着我们不可重复前人的

---

* 此文据文稿编入。

错误,它引导我们向破坏性的文学思维告别。

世界是千差万别的,人的情感空间更是浩瀚而无比地丰富的。建立在个人的无限创造性基础上的文学,试图用一种统一的标准予以人为的整饬,事实证明是不可行的。首先必须承认文学信仰和主张的差别,其次必须承认有差别就会有分歧,而解决文学分歧的方式,只能采取和通过自由的、平等的、特别是学理性的讨论和争论,而不是"大批判"或无情打击和斗争的方式。文学的发展和生机可能就在争论中。但这种争论必须是建设性的,即有着良好的动机、并有着适当的方式的。

与新文学同步产生并发展的新的文学批评,也已走过了近百年的路程,如今应该是到了它成熟的时候了。吸取以往的教训,避免历史失误的重蹈,在文学的百年实践的基础上,弃取失败的经验,总结成功的经验,以建设性的目光和态度面对中国文学的全部丰富性,让中国文学在新的世纪里有一种新姿态。这就是中国文学批评在新世纪的最好的选择。

2000年1月17日于北京大学畅春园

特别的蔡其矫[*]

在中国新诗界,蔡其矫是一位很特别的人物。其实,他的为人,说平淡也平淡——他是一个随和、洒脱甚至有些散淡的人;而他的经历,说奇兀也奇兀——他是印尼华侨,早年从国外回来参加抗日战争,成为革命者。但是他的命运多舛,在相当长的岁月里,他屡遭批判。甚至到今日,尽管他的诗歌创作作成就卓著,世人皆知,却依然徘徊于"边缘",始终是一位"面目模糊"的、容易引起争议的人物。

早年的蔡其矫,为神圣的使命所召唤,从蕉风椰雨的热带的国度,横渡马六甲海峡,经新加坡、缅甸,历尽艰苦,终于汇入了抗战的洪流。他被中国革命的壮丽景色所吸引,如使徒之奔往圣地。辗转曲折到了延安,再由延安行程三千余里,到了晋察冀根据地。这些经历不可谓不奇。《肉搏》与其说是一首诗,不如说是一尊让人惊心动魄的悲壮的雕塑。而《兵车在急雨中前进》和《炮队》,则是充满动感的战神驾着战车隆隆前进的连续性的画面。这些发自四十年代的激越的声音,都是作为革命者的诗人蔡其矫的最好证明。

但蔡其矫又不是一般意义上的此类诗人。在那些崇尚集体意识而漠视个性的年代,他对艺术的忠诚以及对美的倾心,因个性化的创造性的坚持和突现,而使他的存在显得格外突出。他无疑是保持了纯粹性最多的一位诗人。因为保持得最多,所以他又成为距离这一庄严称谓以及它所拥有的品质最接近的一位诗人。正是由于

---

* 此文刊于《香港文学》2001年11月号,题为《诗人蔡其矫》。据此编入。

这些原因,给他的人生增添了许多灾难性的、甚至有点传奇的色彩。从这个意义上看,这位诗人的经历又是很不平常的。

蔡其矫幼年即受到中国古典诗文的熏陶,有很高的古典文学的修养,他特别喜爱李白和苏轼的狂放和浪漫。后来读到英文版的惠特曼的《草叶集》,受到极大的启示,认为是找到了适合的诗的方式。他对惠特曼的创作和生平有过专门的研究,并得到公木先生的肯定。后来又从惠特曼转向聂鲁达,译过聂鲁达的诗。广泛的阅读使他能够博采众长,但他的审美追求倾向于自由洒脱一路。

从蔡其矫的生平和创作的情况看,展现在我们面前的,是一位一手举剑,一手举着玫瑰的典型的、传统诗人的形象。他一生追求真理和进步,有维护公正和正义而歌唱的激情;他又渴望自由,解放个性,怡情山水,淡薄名利,一生乐于名山大川间的壮游。由于钟情爱与美的女神,而与当时的整体氛围相悖,他于是久不见容于"主流"诗界。但他依然我行我素,在严酷的年代里,写着自以为是的诗。这种坚持体现了作为一个诗人的最重要的品质,也为蔡其矫赢得了历时愈久愈确定的诗名。

五十年代以后诗歌创作的环境,有着异乎寻常的严重。蔡其矫在那个年代里,依然按照自己的意愿进行创作,当然也需要付出沉重的代价。短暂的"百花时代"过去以后,1957年正是山雨欲来的严重时刻。这一年,他被大海浩瀚所激动,写了许多关于海洋的诗。他几乎不顾当日眼前耳畔正在生发的激烈风云,仍然一味地沉浸于爱与美的讴歌之中。这一年他写《红豆》,诗的最后高呼:"星辰万岁!少女万岁!爱情和青春万岁!"在当时,别说写了,就是读到这样的诗句,也会让人紧张得心惊肉跳的。同年写《相思树梦见石榴花》,说那梦永远无声,"为的是怕花早谢,怕树悲伤",这一种柔情蜜意也与那时代的气氛不和谐。

反右派的1957年,这一年漫山遍野的苦雨凄风,似乎没有进入诗人的眼帘。他依然故我,按照他的所思所想写他的所见所闻。特别是那一首《雾中汉水》,写"艰难上升的早晨的红日,不忍心看这痛苦的跋涉,用雾巾遮住颜脸,向江上洒下斑斑红泪"。在那个政治情绪高昂的年代,他以特有的"低沉"的声音,表达了作为纯粹诗人的高贵品质。

堪称是《雾中汉水》的姐妹篇的《川江号子》,写于1958年。"大跃进"的狂热年代,在他的诗中,却是一阵又一阵的"碎裂人心的呼号",是"悲歌的回声在震荡",是几千年无人倾听的静默。在那样的年代写这样的诗,也许需要的不再是才华,更重要的是良知。据说那也是一个"诗歌大跃进"的年代,但那年代的风行一时的诗,都随着岁月流失得无影无踪了。而蔡其矫这首当年被激烈攻击的诗篇,却被保留了下来。历史是公正的,时间最有耐心,不应当丧失的东西,经过时间的考验,终将补偿那丧失。

此刻我们面对的,就是这样一位特别的诗人。他始终面带微笑,对着那无边的苦难。即使是在非常丑陋的年月,他的诗中也会有美好的花朵和灿烂的笑容。他把身外的一切看得淡漠,而美高于一切!他不停地行走着,独自一人,宿雨栖风,置一切尘嚣于度外,尽情享受那自然人间的美景、美情。生命不觉间进入晚景,而他的青春依旧。面对历尽沧桑的诗人,面对至今依然勃发着无限生机和创造力的青春生命,人们不禁要惊叹这一个特别的蔡其矫。

晋江曾阅先生致力于蔡其矫年谱的写作,始于九十年代初,迄今已近十载。初稿成时曾呈公木先生阅,先生热情为作长序,记述蔡其矫先生事略及与蔡先生之交往甚详。公木先生今已作古,唯留嘉文以飨后人。曾阅先生着手年谱写作之初,即与我有约,希望在公木先生序后,再由我作一短序,我答应了。现在年谱付梓在即,就等着我来践约了。聊为千言,缀于公木先生文后,以表我对诗人蔡其矫的敬意。

2000年1月24日于北京大学畅春园

我读《秦相李斯》

近来"戏说"或"准戏说"历史人物的影视作品甚多,这些作品随意地、面团般地揉搓那些历史的或非历史的材料,按照市场的意愿编造假故事,使"历史"成为流行的快餐文化。这些游戏性的作品,使那些对历史怀有敬怵之心的人对之退避三舍。有些貌似正经的历史连续剧,很是火爆了一时,但事后一想:难道那个皇帝或那个大人物是那样的吗?觉得当时是受了愚弄。

我很赞成所有的历史都是现代史的说法。因为历史毕竟都是后人写的,总是后人加入和表达的结果。但这毕竟和游戏不同,既然涉及历史,就不能与史实无关,更不能与严肃的思考无关。我不排斥、甚至很鼓励通过历史人物的言行来启发今人的那类再创作,但这一切也必须以尊重历史为前提。人们所有的努力都在于以史为鉴、用曾经发生过的人和事的经验,以促进今日的发展。但所谓的"绝对忠实"的说法毕竟是令人生疑的。

我曾经读过一些以古喻今的作品。那些作品借古代的材料,意在暗示现实的寄托和关怀。这些作品绝非目下流行的那种"戏说"可比,它意含警示而非旨在娱乐,其着笔与用心均是严肃的。但那类作品毕竟所指太明,现实感强了,而真实感却有一定的磨失,也就是少了一些"古趣"。这大概也就是美中不足吧。

我是怀着对当前的某些作品的失望之后的期待来读《秦相李斯》的。阅读之前也还有一些担心,首先是,我感到秦距离现

---

* 此文刊于 2000 年 3 月 2 日《光明日报》。据此编入。

时是很久远的年代,而李斯也只是在那些并不好读的《史记》之类书中存在着,那也是非常古旧的人物故事了。记得前些时有过与这年代差不多的电视连续剧上映,传媒花了很多的力量加以推荐,其结果是人们对此非常的冷淡。那么,现在这《秦相李斯》能引发我阅读的兴味吗?我读此书找不到完整的时间,是在琐碎事务的夹缝中断续地把它读完的。其结果令我大出意外——书很好读,每次都能接着上次的情节往下读,而且真的吸引了我。作为一个普通的读者,我以为小说首先必须"好看"。钱宁的书给我的第一个印象,就是这是很"好看"的一本书。

李斯这个人物,他的不甘于平凡用尽心机而后的发迹,贵极人臣以及最后的覆亡,让人不仅看到了一个活生生的人的一生,而且看到了一个谋略过人的枭雄既轰轰烈烈、又让人感慨的极不平凡的人的一生。尽管作为一个曾经生活在远古的人,他的生存与我们相隔遥远,但由于作者有效的工作,使我们和书中人的时空距离一下子缩短了。我们通过对李斯活动的环境的描述,不仅了解到战国到秦这一时段的中国社会的情势,秦国的成功和它的覆灭的历史经验,而且也从荀况、韩非、范雎、赵高,特别是李斯这些人的行止中,得到关于人生的诸多启迪。

这是一本丰富的书,这又是一本我称之为的"好看"的书。我认为它的"好看"除了人物故事动人之外,更在于作者叙述古人古事,用的是现代鲜活的语言,语言缩短了我们和历史的距离。本书情节进行中时加适当引文,也有一些当日用语,这些举措不仅不损害我们的阅读,而且加重了环境的烘托,使人仿佛置身于当时。但主体却是今人的眼光和今人的思索。这就弥平了那些因年代太遥远而容易产生的隔膜感。作者的语言清丽畅达,时有并不刻意而为的诙谐,把时下流行的一些语汇从古人的口中或叙述者的口中道出,有时让人会心一笑,有时则让人忍俊不禁。这的确增加了本书的魅力。

我常叹有些书讲一些时事或旧事,往往立志警世之心过切也过直,常事与愿违,即所谓欲速则不达。本书作者钱宁自谓,他写作"不存寓教之心,只有自娱之意"。因为看重一个"娱"字,所以他的书也因而达到了"娱人"的目的。这也许就是我所感到的阅读的兴味吧!我以为作者的这种不居高临下的"平常心",是小说成功的第一经验。当然,所谓"不存"并非真的无有。钱宁只是有点得意地讲他的故事,而听众却从中得到了教益:关于历史,关于人生,关于德行,关于成败……

2000年1月29日于北京大学畅春园

反思当代文学批评[*]

中国的文学发展已进入新的时代。它已告别了以往那种封闭与禁锢的状态,获得了从描写内容到表现形式的一定的自由度。从20世纪80年代初期到20世纪终结这段时间,中国文学的繁荣与进步有目共睹。文学批评在这个时期也有同步的发展。文学批评在文革动乱结束以后,担负起文学界拨乱反正的任务,在新时期文学的繁荣发展中起了关键的作用。这点,只要是不健忘的人都会记得。

这个时期的中国文学批评,摈弃了以往呈主流状态的"大批判"的和教条的模式,而开始了文学批评的新时期。它在引进新的文学批评观念形态方面,也在恢复文学批评的纯洁性方面,都有了一个新的开始。令人厌恶的破坏性的批评风气,已受到大多数人的唾弃。80年代后期,随着市场经济的推进,文学观念随之产生了非常丰富的变化。过去共同遵行的文学理念宣告解体,不仅是文学创作,也包括文学批评,都在各行其是的无序状态中实现了中国文学的多元格局。

在以往相当长的时间里,严格的行政指令对中国文学实行着计划性的管制。被统一管制的文学,当然谈不上有什么创作自由。在现今的多元秩序中,文学能够按照作家各自的意愿和审美理想、而不必听从他人的指令进行创作,这正是文学的希望所在,值得文学界所有的人们珍惜。目前摆在文学批评界的问

---

* 此文据文稿编入。

题是,我们应当如何把握并使用这种时代赋予我们的权力,使之有效地对中国文学的发展产生积极的影响。

我以为至关重要的是,当前的文学批评首先应对中国社会实行改革、特别是90年代以来文学发展的态势进行反思:文学在那一些方面有了前进,那一些方面有了失误?文学在向着个人化写作的推进中获得成就的同时,是否产生了与现实关怀的疏离?在广泛借鉴外国经验的同时,是否忽视了中国传统的批判性吸收?特别是,文学在丰富它的表现手法的同时,是否放弃了对于意义、深度和价值的追求?——面对已经到来的21世纪,中国文学批评界急需严肃的反省。

2000年1月31日于北京大学

写作要突出特点*

孙丁玲同学的这篇文章是写北京大学的,因为写到了我现在工作的学校,所以读起来很亲切。文中所写北大诸景,如李大钊像、蔡元培像、图书馆、未名湖的湖水和湖畔的塔,都写得真切生动。特别是写那一座博雅塔,说它最初并没有特别象征的意义,它很朴实——"而朴实的东西常常因为它的朴实而获得超凡脱俗的美感,从而保持一种持重的潇洒",这笔墨,已超出一般状物写景的范围,而具有一些哲理的思考了。

孙丁玲的文笔不错,有些描写在用词遣字上很考究。如文中写参观李大钊像后,"先是绿草如茵,而后树林扑面而来"——树林原先是静止地站立在那里的,现在却自己迎面扑来了。接着写沿小径前行,"便看见一泓湖水突然就铺在眼前",这里的"铺"字用得很传神,仍然是让本来静止的事物充满动感。还有一段文字更为精彩:"北大有许多的水面,一大片一大片荷叶挤满整个池子,又有毯子一样的绿萍衬在底下,热闹得没有一点水的空隙"。这样的描写,让人觉得所有的景物都是有生命的,一切的自然景色都在充满活力地行走着、甚至互相拥挤着。这种描写的背后,是一种对于生命的感知和热爱,是无言之言。

文章的后半,从北大如诗如画的自然景物,转向北大丰硕奇伟的人文景观。由"北大是一首诗,很复杂的诗",说到"北大也是一部历史,一部丰厚的近代史",文章的转折显得自然顺畅。

---

* 此文据文稿编入。

联系到作者本身,她谦虚地说,"对于这里,我不感奢求什么,也许对于我是遥不可及的。然而我会深深地记住它,很恬静地回忆它,而它在我记忆中所散发的芬芳是永不褪色(评者注:芬芳不会"褪色",改为"消失"较妥)的"。这些文字,也质朴真诚,读之令人欣悦。

《北大印象》是从雨中游览北大开始的:"雨下得不大,可是很细很密","没有伞,但我一样地冲了进去"。应该说,写雨中的湖水、草坪、茂密的树丛,树的枝叶间的晶莹的水珠,以及若有若无的塔影,是很有特点的。可惜的是,作者在写作的过程中把雨中的种种景色给忘了。在她随后的描写中几乎都与雨景无关。这样一来,这篇《北大印象》也只是一篇一般的印象记,而不是一篇独特的印象记。不妨想象一下,要是作者紧紧围绕雨中访问的所见所闻来写,会造成多么独特的一篇文字!

在我们生活的世界中,许多人物风景是大家都看到并体会到的。而有些经历则未必,是我们的独有。例如大家都访问北大,而雨中的访问则可能仅仅为我所有。而雨中的访问,当日的同行者中也会有共同的感受,我则抓住我的"独有",再辅以必要的写作技巧,就会造出一篇独特的文字来。请记住,写文章一定要突出你独特的感受。

2000 年 1 月 31 日于北京大学畅春园

我所认识的高准先生[*]

我在台湾有很多朋友,特别是诗歌界的朋友。他们持有各种各样的诗歌主张,有的很"现代",有的很"乡土",有的兼而有之,既是"现代"的,又是"乡土"的。尽管他们之间存在着重大的差异和矛盾,但他们都是我的朋友。

我认为一个民族诗歌的健康生态,应当是自由的、开放的,因而绝对地必须是多样的。以一种强势诗歌的形态试图来统一全部诗歌的意愿是不可取的。岂只是诗,其实对所有的文学样式来说,都无不如此。任何一种文学,一旦被一个共同的标准所"统一",那就是文学的灾难。这在大陆文学和诗歌某一历史阶段的发展中,曾经有过沉重的教训。因此,只有在一种宽松的和宽容的气氛中,最好是在有着良好动机和适当方式的对话状态中,诗歌和文学才能取得进步和发展。

诗人从来都是独语者。诗人们生活在自己的世界里,他们说着各自的话,这种各自的独语集合在一起,就构成了众声喧哗。有的诗人孤军自守,有的诗人博采众长,他们之中有涵容兼收,也有水火不容,这一切,都是诗人的自由,别人是无需干涉的。我很珍惜这种混合着诸多声音的、由多声部组成的诗歌环境。正是在这样的环境中,诗歌通过彼此对峙、排斥、比较,达到互渗和吸收,变得更为成熟了。所有的艺术,都是在这样的环境中悄悄地生长着和发展着。

---

[*] 此文据文稿编入。

正是基于以上的认识,我亲近了这些个性各异的、甚至是彼此对立的各式各样的朋友。不论他们的诗歌立场和诗歌理想的差别有多大,我尊重他们的劳绩,景仰他们的品格,并分享他们创作的欢愉。我也从与他们的交往中受到启迪和获得教益,从而也增进了友谊。

在中国当代诗歌的发展中,有一个相当长的时间,大陆的诗歌创作因来自诗歌之外的干扰而受到伤害。那一阶段的诗歌所形成的单调和枯竭是有目共睹的。我常感慨,幸好有了海峡对岸诗界同人的努力,是他们以丰硕的创作实绩,弥补了这一时期大陆诗歌的缺憾——这里我指的是,50—60年代台湾诗界的大探索和大论争所促成的诗歌繁荣的局面。正是由于这一部分中国诗人的劳绩,才使中国当代诗史达到了一种因互补而造成的较为圆满境界。现在反顾那一段历史,真应该感谢那场激动人心的"现代诗论战"。此刻我要谈论的高准先生,就是我的诸多诗歌朋友中的一位,而且也是当年参与"现代诗论战"立论奇警的一位。不管台湾的诗友当年以及现在如何看待那时的论战,以我个人的意见,不论各人的持论如何,那一场论战对中国诗歌的发展其效果是积极的。

说起我和高准先生的交往,那已是将近二十年前的旧事了。那是1981年的秋天,我的一位同事赴美讲学,在伯克莱与高准先生相识。他托另一位回国的同事带回了《葵心集》并向我作了郑重的介绍。这是我第一次读到来自台湾的诗集。那时两岸文友的沟通尚多梗阻,三十多年的隔离使彼此都缺乏了解。尽管当日大陆已出了一本《台湾诗选》,但该书并不能给人以较为全面的知识。我清楚地记得读《葵心集》的最初的感受。那是一种惊喜——我惊喜于我面对的居然是一位虽未谋面、却仿佛是相识已久的中国诗人写的一本中国诗集!我没有想到,经历了这么长久的阻隔和政治和意识形态的差异,而在这本诗集中却依然保留了这么多中国人共有的精神和共同的美感！

两个月后，《葵心集》的作者突破种种困难，实现了台湾诗人对大陆的首次访问。也即在此时，在毕朔望先生的安排下，我和高准先生有了第一次的会晤。那次会晤我们都谈了些什么，我已记不清了，但那种亲切的没有隔阂的气氛，至今还记得。说来惭愧，那时我对台湾文学界和诗歌界的情况，可说是一无所知。那时的大陆朋友，包括我本人在内，对于那对中国文学影响巨大的"现代诗论战"、"乡土文学论战"、以及"钓鱼岛事件"等等，或是未曾闻知，或是即使知道也不甚了了。而对高准先生访问大陆之举事前事后所经历的一切，我只是在高准先生返回台湾之后，从媒体的介绍中方有所知晓。我因有幸结识这位比我年轻的有胆有识的朋友而高兴。

至于高准先生在历次文学论争中所持的立场和观点，我相信那是在一个非常复杂的背景下产生的，高先生的立论以及与高先生相对立的朋友们的立论，因为我不曾身历其境，我只能持一种审慎的、彼此尊重的态度而不敢枉下评论。但不论如何，高准先生立论不随众，临事不畏惧，以一个特立独行的勇者的形象出现在我们的面前，是让人敬重的。一般说来，平和的意见易于实行，而与众不同的尖锐的意见则难于被认可。高准先生有一首题为《异端》的诗，展示了一种对抗世疾俗的孤独者的礼赞。这样的一些独来独往的孤独者，是许由、巢父，是伯夷、叔齐，他们"倔强的生存，傲然的寂落"，既是狂傲不羁的，但又是非常传统的，这亦可视为是诗人的自况。

高准先生在赴美参加爱荷华的会议、突破障碍首访大陆以及最终返回台湾的经历，特别是他在实现访问大陆之时对记者的谈话："我是中国人，中国本来就是我的。我不承认任何人有权阻挠我走遍中国的土地"，他还声称要以中国人（而不是持外国护照）的身份堂堂正正地去大陆，再堂堂正正地回台湾。他的这些谈话,我是在与他分手之后方才得知的。高准先生的这些言行,在当日那种禁肃的氛围中说出,可谓石破天惊,实为非易。

高准先生的人品和诗品是一致的。他在诗中写的,就在生活中实行。作为诗人,我特别看重他的诗中所展现的祖国情怀、他对中华文明的敬重和自豪,我认为这体现一位优秀诗人最重要的品质。他的诗中洋溢着非常可贵的中国精神。这种中国精神是一种对中华文化的综合与积淀所构成。它不为短暂的时空所拘限而绵延于数千年的历史长河中。终于化而为滋润心灵的琼浆。

他的最重要的一首诗,是《中国万岁交响曲》。在那里,他热情地讴歌燕赵风云、江南春水,礼赞菊花和兰蕙,中华大地的南北西东:"那是我光荣的祖国之所在,五千年创造与奋斗的家园。"这是一位爱国爱乡的诗人,他写《诗魂》,写《念故乡》,写莺飞时节的江南,写长安城头的那一轮月亮,写清明时节的汴梁。在未曾访问大陆之时,他就写了梦登长城、梦谒中山陵等诗,中华祖邦,原是他梦魂牵绕的所在。

作为文学的一个种类,抒情性是诗的最重要的品质:诗缘情而绮靡。动人的挚情,加上恰当的艺术表达,诗的成功就有了根本的保证。高准的诗,除了表达爱国激情之外,他在表现亲情和爱情方面,也是非常动人的。那里有一束鲜红的五月的玫瑰,那里还有遍野的百合花的繁星装点着七月的银河。它们是美丽而高雅的:门德尔松的芳香、施特劳斯的清新、华格纳的富丽、舒伯特的空灵。这些玫瑰和百合的诗篇,虽然写作的时间距今已远,却依然鲜艳如初。

除了爱情,还有亲情,近作《回家的路上》,写在送父亲葬后的归途:仿佛仍一起在回家的路上,再没有声声的叮咛在耳畔。一种痛失亲人的空漠充填了诗的所有空间。我以为,一个诗人只要能够接近并表现好这个"情"字,作为诗人就是无愧的。何况,高准先生不仅成功地表现了那些美好的、隐秘的个人性的情感世界,而且,他还以他独有的大手笔和大视野,完成了对于中华祖邦的悠久历史和灿烂文明的尽情讴歌。1996年诗人登上了帕米尔高原,望四野苍茫,赋《命运》一诗曰:

> 总是走在迢遥的路上
> 前程总是无尽的远山
> 茫茫旷野是那么寂寞
> 莽苍苍只有风的呼唤

这里很有登高台而心绪浩茫的悲慨。跨越岁月的无数险阻,经历人生的诸多苦难,和那些古往今来的优秀诗人一样,我们的诗人在伟大的大自然面前,是感到了生命的真谛在于行进,不停地行进,作为人,我们总是走在无尽的路上。

高准先生平生作诗极严肃,他并不追求数量,而且,举凡用词遣句无不斟酌再三,从他的诗集中可以看到,一些重要的诗作,他总是一改再改,直至满意为止。这次他要出版他的"诗集全编"希望我能为之写些文字。有感于我和高先生的多年友谊,也有感于他对中国新诗的发展所作出的贡献,不揣浅陋,写了以上这些感想,以表达我对高准先生的敬意。

2000年2月4日,中国农历己卯除夜,于北京大学畅春园

《20世纪灯谜精选》序*

灯谜的历史相当久远,最早可以追溯到春秋左传的记载,属于隐语一类。汉魏六朝有所谓的离合,也是一种隐语。《文心雕龙》讲:"隐语之用,披于纪传,大则兴治济身,其次则弼违晓惑。"可见古人用这种方式,大都意在诘谏,有着严肃的动机。这倒使人想起中国的诗歌历史来,最初也是心存讽谏,或者诗的本意未必而被作如此的解释,总之,也是有着严肃的动机。此类隐语,到了后来,渐开谐谑的风气,也就加入了娱乐的功能。这是近代灯谜的始端。

谜语的称谓,见于刘勰的《文心雕龙》《谐隐》篇:"自魏代以来,颇非俳优,而君子嘲隐,化为谜语。"在当时,刘勰就已对这一文体的性质和特征作了相当精到的叙述:"谜也者,回互其辞使昏迷也,或体目文字,或图象品物,纤巧以弄思,浅察以炫辞,义欲婉而正,辞欲隐而显。"就是说,这一文体的特点是把要说明的意思隐藏起来,故设圈套,让你探究其含义,从中得到教益或得到乐趣。此类谐隐因为与文学和诗歌有极密切的关系,故古人把它列为一种文体。它是光辉的中华文化、也是中国传统艺术的一个部分。

中国文化中谜语的传统由来已久,称灯谜则是近代以来的事。看来,这可能与商业的发达和商市的兴起有关。就是说,那时的商家为了促销,往往利用民间的节庆活动,把谜语搬到了灯

---

* 此文刊于2001年4月9日《中国妇女报》,题为《灯谜讨源》。据此编入。

彩上面以吸引群众。这样,谜与灯就有了自然的结合。把谜语从内室搬到了街市,在火树银花、流光溢彩的背景中使之得到生动形象的呈现,借以吸引更多的民众,这是何等聪明的举措!到了现在,谜语的称谓已逐渐地被灯谜所代替了。现在,不管那谜语是否和灯相联系,均叫灯谜。而谜语的指称则依旧运用于学术性的表述中。

灯谜是中国文化中的瑰宝。它的深厚背景是中国文学传统中的那些最精华的部分,它的创作往往取材于著名的文史名篇,那些脍炙人口的诗词佳句,更是它取之不竭的源泉。历史上许多著名的文人学者,在这个领域留下了许多精彩的作品。让人们在接近他们的作品的同时感受他们的智慧,在娱乐的同时受到文雅的熏陶。举例说,近代学者俞樾有一灯谜,文曰:"某山某水,吾童子时所钓游也",谜底是药名"熟地"。此谜有很深的文人气,很高雅。但灯谜并不停留在文人圈中,它又是民间的,它容纳了非常丰富的民间的智慧。民间的口语、俗话以及戏谑性质的歌谣,也是它们的素材。它和世俗社会以及平民生活又保持着最密切的联系。因此可以认为,灯谜是高雅文化和民俗文化的完美结合。

灯谜从最初的意在委曲地表达严肃内容的隐语,到后来戏谑成分的加入,终于使这一文化形态更为成熟并得到完善。要是没有娱乐成分的加入,灯谜也很难走向民间。不能与民间相结合的艺术形态是缺乏生命力的,当然,也难以得到长久的流传。灯谜真的称得上是一种雅俗共赏的文化。它以明确的娱乐性吸引着广大群众的参与,它又通过这种参与提高参与者。灯谜的空间是开放的。它以浓厚的趣味性吸引着公众,这些公众不是被要求,而是自觉地投身于这种预设的智力测试之中。在这里,灯谜的设计者和猜谜者是平等的。所以这是一个自娱与娱人相结合的艺术方式。

它是一种游戏,却是一种品位高尚的游戏。然而,与其说是游戏,却不如称之为智力和知识的竞赛。人们在让猜与被猜之间,存在着一种智慧的抗衡。灯谜的创造者在那里调动他的知识积累,来自唐诗、宋词,来自《史记》、《论语》,也来自《西厢记》和《红楼梦》,目的是为了难倒那些猜谜者;而那些心甘情愿地落入这圈套的人,他们也同样地调动他们的知识积累——当然,仅有知识还不够,必须机智,而且必须掌握猜谜的规律。设计者因能难倒猜谜者而在那里发出狡黠的微笑,而猜谜者一旦破译了设计者的隐语,更是得到心理上的满足。要说这是一种游戏,这游戏却是那样的高雅而不俗。这它不像别的一些竞赛,这里的胜利是共享的。这,也许就是灯谜历久不衰的秘密吧!

南阳刘二安先生从事灯谜的研究和整理工作多年,成就卓著,享誉海内外。刘先生还是灯谜活动的积极组织者和参与者,他有效地组织过规模不小的灯谜赛事,本人也曾在若干全国性的灯谜大赛中获奖。这次他在以往研究的基础上选择整理,编成这部规模宏大的《20世纪灯谜精选》,以为已经过去的20世纪留下一个纪念,这可谓是中国灯谜史上的一件大事,刘先生堪称是中国灯谜事业一位功臣。

早在刘二安先生策划此书之初,他就与我有约,希望我能为这部大书写一序文。我虽然对灯谜素无研究,但还是愉快地应承了。这是由于我和刘先生之间有过一段永远难忘的、铭心刻骨的、充满友情的旧事。

那是距今近二十年前的一个经历,一个寒意肃飒的年代,当时我因一篇短文获罪。窗外风浪迭起,我则寂寞索居于京城郊野。某日,一件小小的包裹寄来。打开一看,是一方红绸裹着的印章。印章的四壁刻文是:"不惜丹心护国色,敢将正气壮诗魂。谢冕吾师大雅教正。癸亥孟冬相洲二安撰句,涵华赠石,片石山庄主人刊字。文曰光风霁月,集我乡出土之龟契文字也。"

在寄这方印章的同时,刘先生还附有七律一首:"未曾立雪到程门,已见风摧蔚秀园。不惜丹心护国色,敢将正气壮花魂。桃源知有垂髫乐,人境岂无车马喧。南北西东竟崛起,光风霁月百花繁。"那时我并不认识这些撰文、赠石和刊字的朋友,但却被这种危难之际无所畏惧的友谊所感动。他们对我的赞许我是不敢当的,但我珍惜这一切。这方印章,以及包印章的红绸、和题写那首七律的一张小纸,都被完好地保存到今天。当年撰诗的作者,就是此刻《20世纪灯谜精选》的编选者刘二安。读者诸君,你们读到我的这些文字,就会原谅我为什么并不研究灯谜而敢于写这篇序言的行为了!

2000年2月5日龙年新正,于北京大学畅春园

我所知道的中文系的传统[*]

京师大学堂的成立到现在是一百年,而中文系的历史则是九十年。京师大学堂酝酿期间,原议设道、政、农、工、商等十科,因为戊戌变法的失败,实际只办了诗、书、易、礼四堂,以及春秋两堂,而且每堂不过十余人。当时的学校规模不大,更重要的是,它的性质仍和旧时的书院无异,毕业生仍授贡生、举人、进士等头衔。基本上是换汤不换药的。直至1910年实行改制,始设经、法、文、格致、农、工、商等七科,才有了新式大学的雏形。现在的北大中文系就是这次改革的产物。

北大是包罗万象的,中文系也如此。并包而兼容,驳杂而丰富,不歧视,不排他,让诸种学说在这里平等地对话、自由地竞争,形成一种百家争鸣、共同发展的生动局面。这就是北大、也是北大中文系的特点。这特点的形成,有赖于北大的历任校长、特别是蔡元培校长的鼎力倡导。就中文系而言,它在历史发展的每一个阶段,都注意吸收新派和旧派的各式学者加盟中文系的建设。各种学术主张的学者集中在一个系,在比较、对峙、论辩、交融的热烈氛围中,造就了中文系历久不衰的学术优势。在庆祝系庆九十周年的时候,我们当然不会忘记并决心保持和光大这一珍贵的历史遗产。

北大中文系有自己的学术传统。就研究领域而言,它是古今并重,中西交汇的;就学术风气而言,它是既注重考据实证,又

---

[*] 此文据文稿编入。

注重发明创新的。中文系有严谨求实的传统,更有鼓吹新学,站立在学术的前沿引领新潮、开风气之先的传统。

早在五四时期,以当日一批国学教授为中坚的北大学者,在这个反对旧文化、提倡新文化,反对旧文学、提倡新文学的伟大运动中,起了极起重要的作用。1918年1月北大的六位教授陈独秀、胡适、钱玄同、沈尹默、李大钊、刘复就接办了创刊于1915年的《青年杂志》并更名为《新青年》。从那时开始,《新青年》就成为倡导并推动新文化运动的重要阵地。紧接着,1918年冬,陈独秀等又办了《每周评论》。北大学生傅斯年、罗家伦、汪敬熙等创办了《新潮》月刊。上述这些刊物,是当日中国新文化运动的旗帜。

北大中文系从它建系之日起,就把目光投向了中国学术、文化、和文学的实际——这包括学术研究、典籍整理、理论建设以及文学创作等方面。当日北大师生的学术视野,甚至延展到范围广阔的语言文字和民俗文化的领域,如文字的拉丁化以及民间歌谣、故事和谜语的研究等。他们对中国文化的关怀可说是全方位的覆盖。这种关怀不仅表示北大师生的胸襟,而且表示他们作为新型学者的品质。

中文系是做学问的地方。做学问当然来不得虚假和轻浮,不仅要求深,而且要求实。但却也不是埋头书本,囿于自以为高深、实际上是狭小的天地。说到学术本身,研究工作的深广及其取得创造性的成果,也并不意味着它必然与现实的理论批评以及创作实践的脱节。毫无疑问,今天我们在纪念中文系系庆的时候,应当发扬光大中文系师生严谨求实的学风,创造求新的学风,而且更要发扬光大这种对于中国学术文化现实的专注和投入的精神。

2000年2月5日,旧历庚辰新正,于北京大学畅春园

南方的爱情故事[*]

方明是真纯的,她的诗也真纯。都说女性的内心丰富且难以捉摸,特别是年轻的女性。但方明不是,她的诗就如她的名字,是明净剔透的。不是方明的内心世界不丰富,也不是说,她的诗未曾到达丰富,而仅仅是说,方明能把丰富表现得极单纯、极简洁。在另外的场合我曾说过,不成熟的诗人往往会把本来极简单的东西弄成极复杂,而成熟的诗人却能以极简洁表达极丰富。在这点上,方明是做到了。

方明不仅纯真,而且率性:要爱就爱成"一种醉意",说痛苦就把那"南方的孤独"表达到极致。写诗当然要讲究技巧,但有技巧而让人看不出来,方是上乘。作为好诗的第一要素是真性情,而表现这种真性情的最佳境界则是自然,也就是人们经常说的:天然去雕饰——是一种让人觉察不出的艺术用心。"既然我是你选中的夏天,就让盛开的洁白,昼夜飘香在六月的日子","今夜秋色清冷,今夜与你告别——你匆匆带走的,是一秋牵挂的风雨",这些诗句,在没有什么装饰的背后,有着浓郁的意蕴。

方明写了很多诗,千言万语,写的只是一个"情"字。方明是为情而活着,为情而写诗的。当然,方明的生活内容很丰富,她学习、思考、也做着她的很有成就的、文学以外的事业,但那些都只是方明的"散文"。而方明的无比绚烂的"诗"的天空,只留给她那轰轰烈烈的、生生死死的"情"字去占领。已经出版的《一种

---

[*] 此文刊于《新诗人》2000年第1期。据此编入。

醉意》,和现在这一本《南方的孤独》,都是一些情感的私语和咏叹。这难道是她的"窄狭"?显然不是。方明未曾言明,但她确是把握了诗的最重要的品质。诗的确可以表现很多内容,但人们往往不知,有些方面的内容是诗所不擅长表现的,例如叙述事件的过程。所以我总是把叙事诗列为诗的"别体"。方明把诗的领地让给了情感的领域,而把许多的"散文"留给了琐碎的生活,或是表现它,或是不表现它。

当然,方明在这样做的时候,也许是特别看中了诗对于人的心灵的价值。纷繁的社交场合,金钱和欲望如看不见的气息,弥散在所有的空间。在这样的时刻,作为诗人,她特别需要诗对于心灵的抚慰和召唤。正是由于诗的这种占领,她在纷繁之中保持了内心的纯真、明净和高贵。而我们,作为读者,我们通过这种阅读,获得了关于人间美好情感的共享和认知——它的生成和拥有所带来的欢愉,它的挫折和失落所带来的悲伤。不论是欢愉抑是悲伤,当我们窥及一位年青女性的隐秘内心,获得的都是一种美丽,欢悦的美丽和凄楚的美丽。

方明的确给我们提供了一幅爱情之歌的美好画卷。从《一种醉意》到《南方的孤独》让我们看到了一位为情而生,为情而苦的南方女性丰富而缠绵的内心世界。初恋的喜悦,发生在杏花春雨江南的五月的故事;蜜月的和非蜜月的幸福,离别的痛苦,刻骨铭心的思念,以及失落之后的顿悟。方明把一位纯情女性热恋中的痴和醉、以及梦醒后的疼痛,都表现得极动情;当爱情毁于一种残忍,疼痛的感觉就堆积在心的断崖上,"那天空有多少雨水,这女人就有多少泪水"。

要是说,《一种醉意》和"五月的日记"传达了青春曼妙的爱情故事,那么,《南方的孤独》的大部分篇章便是一位爱情经受挫折后、成熟女性的心路历程的诗意表达。"向孤独致意,喊女人万岁","是好女人就该学会美丽的独舞,成就在如烟般消失的生之舞台"。这样,作为读者,我们和诗人便共同经历并领略了人生情感的全部丰富性。而这一切,都来自一位女性的真实的情感经历,我们分享了她的欢乐,我们也和这位她自称为的"不可救药的女人"一道经受着痛苦。

中国的江南是燕子呢喃杨柳摇曳的故乡,那里的多水分的湿润的季节里,生长着缠绵而凄迷的爱情故事。方明是属于那里的。她是清清爽爽的多情的河网地区造就的清清爽爽的多情的江南女子。她的甜蜜的沉醉,曾经感动过我们,如今她的带有几丝凄楚的倾诉,更给我们的心灵以震颤。

方明的很多诗,都只是写给自己以及自己以外的个别人读的。我们如今从这种发表中分享了这种感动——那里曾经发生的一切,正在发生的一切,不论是曾经的痴和醉,不论是如今的憾和悔,那些甜甜的、涩涩的一切,都给人以美感。在诸多的意象的背后,让人想起南方,想起南方的女子,南方的爱情。

2000年3月3日于北京大学畅春园

澳门文学研究的新成就[*]
——评郑炜明著《澳门文学发展历程初探》

澳门社会的发展有一段相当长的不平常的历史。澳门文学在以往的长达四个世纪的发展中,受到这一特定历史时空的约定,也形成了它的有异于中国其他地区的特点。对澳门自公元十六世纪中叶以迄于今的文学加以研究和总结,不仅对中国文学的深厚博大的积蕴有更为深入切实的了解,特别是对存在于特殊环境中的中国文学的丰富性和多样性的了解是必要的,而且,对于研究东西方文化、文学如何在它的历史性运行中通过交流互渗进而造成融汇互补更有其深远的意义。

中国的文学研究自进入新时期以来,在观念和方法上有了全面且跨度很大的更新,在学术空间的展开方面,也有了充分的推进。其中最引人注目的,就是重视了中国大陆以外的长期处于隔离状态的台湾、香港和澳门的文学的历史沿革和发展态势的了解与研究。这就是我指称为之的"大中国文学"的学术研究理路。台湾文学史和香港文学史,甚至这些地区的各体文学史,近年来都有人在做,澳门文学的研究也有积极的开展。现在这本《澳门文学发展历程初探》在千禧之年的出版,可说是澳门文学研究进入新阶段的一束报春花。

郑炜明博士长期生活和工作在澳门,是一位才识兼备的青年学者。这一本《澳门文学发展历程初探》,对澳门文学的历史

---

[*] 此文据文稿编入。

作了清晰的梳理,对其性质和特征也作了客观科学的界定和描述,它的理论价值和所具有的开创意义是肯定的。前面说到,澳门文学的生长和发展,与澳门这一地区所处的特殊环境有关。这种"有关",要而言之,首先是,澳门是一个港口。它面对海洋,背倚大陆,它既是商业和交通的港口,也是文学和文化交流的港口。既是港口,则是商贸及各业人员来往频繁的地方,即在文化上也表现为具有很大的流动性。再就是,澳门作为中国的领土又曾沦为葡萄牙殖民地的这种身份,构成了澳门文学的另一特点:中国文化是这里的根,但又在数百年中受到西方文化、特别是葡萄牙文化的影响,这种东西方文化和文学的交流和融汇,造成了澳门文学有异于其他地区文学的特殊气象。

文学发展的流动性,以及中华文化在它的发展中的稳定性,它对于西方文化的吸收和改造所造成的积极结果,构成了中国文学一道独特的风景。本书的写作,可说是紧紧围绕着上述有异与中国本土以及其它地区的特点而展开的。论及文学的流动性,香港也有,但香港地面较大、也有相对的稳定性,而澳门则给人以始终总在流动的感觉。基于这样的文学特性,本书作者在界定何谓澳门文学方面,就写作的语文、作者的身份、作品涉及的内容以及发表与出版等几个方面,提出了自己的标准。这方面的见解具有一定的建设性。

随着中国社会的开放,和对外交流的加强,澳门文学的研究在近二十年间有了很大的进步。但对之进行全方位的、多侧面的、系统的考察尚不多见。澳门以外的学者的加入,给这一领域增添了新的气象,但由于多年中断,使这种研究有"隔"的感觉。现在这本《澳门文学发展历程初探》是澳门学者写的,而且作者本身在很大程度上还是澳门当代文学的见证人和参与者,因此,读起来并没有那种单从资料出发的著作所具有的隔膜感。本书这种给人以亲切感的气氛,特别是在叙述八十年代以来这一时段的文学活动和文学刊物方面,表现得更为突出。其中如《澳门笔会》、"澳门日报镜海时期"等的叙述,都给人以"现场"的感觉。

本书非常重视史料的收集与整理的工作。作者运用传统史料学的方式,考订了诸多重要的文学现象。其中如从对妈祖阁赵同义刻诗的作者的时代与身份的考证,追述了澳门本地人从事文学创作的最早年代,读之给人以深刻的印象。论文还引用了作者个人发现与收藏的史料,如四十年代出版的刊物《艺峰》、《迅雷》等,显得弥为珍贵。本书对最早与澳门有关联的作家作品,也有相当精细的考订,特别是在中国现代文学领域,如最早的现代小说、诗、散文等,其间涉及郁达夫的小说《过去》、闻一多的诗《七子之歌》、冯骚的散文《舱中之夜》等。

从澳门文学作者的流动性、以及澳门文学的多元性特点出发,本书在论述离岸文学、土生文学、澳门的葡语文学、以及澳门的其他外语文学等,不仅表现出巨大的涵盖面,而且还表现出一定的创造性。上述这些内容过去一些著作曾有涉及,但多语焉不详,也不够系统。郑炜明的叙述建立在扎实的史料基础上,为我们展开了充满地域特色的澳门文学的丰富景观。这个工作应当说是具有开拓性的意义。

郑炜明勤学敏思,学问也做得扎实,是一位很有追求的青年学者。我早在八十年代就与他相识,读了他的不少诗作,后来又接触到他的学术著作,觉得他的学术视野开阔,有很多独立见解,印象一直很好。1999年12月20日,我受中央民族大学之聘,担任他的博士论文答辩委员会主席。委员会由五名各方专家组成,大家严格审查了他的论文,并对此作出积极的评价。论文答辩的进行是民主的、公开的、也是透明的。论文答辩举行日,适值澳门回归大典,各位委员均真诚地向这位来自澳门的年轻学者致以由衷的祝贺。这对我本人也是一个难忘的经历。

2000年3月11日于北京大学畅春园

学问和思想[*]

这一套书的作者,都是获得博士学位的青年学者。他们中有的是我的学生,有的论起辈分,也算是我的学生。这点,我是有点占便宜了。不是我好为人师,只是因为我的身份是老师,而且我的岁数比他们大,所以他们只能是学生。但他们都是我的朋友,而且,都是我的学业有成的年轻的同行。所以,能够充当这套书的主编,在我不仅感到荣幸,而且很是亲切。

文革动乱结束之后,我国的教育事业逐步走上正规。七十年代末恢复高考,八十年代初恢复学位制度。于是有了最早的一批我国自己培养的硕士和博士。本丛书的作者,就是从那时开始在不同时段里获得博士学位的青年有志之士。他们分别来自北京大学、武汉大学、北京师范大学和中国社会科学院,这些都是中国最具权威性的高等学校和学术机构。这些作者在他们各自的研究领域中,如今都已是具有一定影响力的专家了。我当然是很高兴的。

古今做学问的,大抵沿着两种路线走。一种人以史证见长,他们博闻强记,谙熟典籍史料,对诸家学说有周到的了解和考研。他们有很强的综合能力,而且能够为前人补正甚至指谬。这大抵就是平常说的"我注六经"类。另一种人以发明见长,他们思维敏捷,敢立论,重创新。这种人充满智慧,往往出语惊人,发前人所未发。这也许就是所谓的"六经注我"类。对前一种

---

* 此文据文稿编入。

人,我特别佩服他们锲而不舍的毅力和尊重事实的科学态度。对后一种人,我佩服他们的独立思考的精神和光华逼人的才气。

当然,最好是二者兼而有之,即既重视史料的收集、整理和考订,又能够在事实基础上有创造性的发挥。但这种"全才"毕竟是很少的。就以后一种人来说,如若对"六经"毫无所知,那又用什么来"注我"呢?所以,离开艰苦学习和积累的所谓"创造",是非常靠不住的。我常感叹目下那些华而不实的风气之误人,应当看到,一些浮躁之风正在毒害我们那些急功近利的学界同人。因此,我以为,不管你倾向于何种做学问的路径,首先必须作好打基础的事。所谓"学问",第一要义就是要"学"、要"问",首先是要读"六经",而后才谈得上"我注"或是"注我"。

本丛书的几位作者,他们从事的学科,大都集中在文艺学和中国现当代文学这些领域。因为均切近于实际的学问,其间虽也有考据或文献学方面的工作要做,但总的看来涉及的和可供发挥之处并不多。故他们的治学风格多趋向于智慧与文采的发扬。即使如此,他们的情况也有不同,有的严谨,有的洒脱,有的激烈,有的风趣,有的有时也难免有失之空疏的弊端。但总的看来,并没有传染上时下流行的那种令人生厌的浮华浅薄的风气。

这套书所收多近于学术随笔一类文字,太过专门的学术论文未予收录。这些作者立足于中国的社会现实,直面鲜活的文化状态和文学潮流。他们把文学发展的动态,放置在深厚的历史背景中加以考察。他们的学术活动,其最鲜明的特点是对当代的人文状态的充分关切。这是这些青年学者最为感人的学术品质,他们的确无愧于培养他们的那些学校和学术机构。

做学问最忌的是不着边际的空泛,是虚无缥缈的高谈阔论。本丛书的作者的专业是文学,文学较之其他学科具有更多的审美性和精神取向,相对于生活的物质性方面显得是有点"漂浮"的。因此,对从事文学研究的人来说,始终保持和社会现实和文学现实的密切联系,对不断发展变革中的社会、文化、文学实际保持着精英意识的关怀和投入精神,是体现作为人文学者的胸襟、涵养和品质的最重要的条件。令人欣慰的是,本丛书的作者们的行事,大体上也都未背离上述这些条件。

本丛书的名称是"博士思想文丛",我很欣赏这个名字。博士们是研究学问的,这个题目把学问和思想联系了起来,是很有见地的。做学问而缺乏思想,做的只是死学问。一个有作为的人文学者,对社会的历史和现实的各个层面进行积极的思考是应有之义。说他们是以文为生还不够,极而言之,他们是以思考为生。思考是精神层面的东西,但建设性的思考必将化为积极的物质力量,从而对社会的发展起促进作用。我始终认为,一个人文学者是不应该与世隔绝的,他们的思考必须社会兴衰、万家忧乐息息相关,并将这种投入和关怀转化为锐利的思想穿透力。

前些年有人呼吁作家的学者化,究竟多少人在响应、多少人在实行,究竟取得了什么样的成果,都很难说。今天我还想再补充一条,这便是对学者的要求——他们应该同时是一位思想者。在这个平庸的年代,这种想法也许会招来窃笑,只好由他去了。但当我面对着这一套充满人文关怀的著作,打开书页,为它那喷薄而出的锐利的思想力和批判精神所感动的顷刻间,使我对自己的这些想法顿然有了某种自信。

2000年3月11日于北京大学畅春园

给《中国文化研究》的题词[*]

　　中国文化需要发扬光大,要达到此目的,不是通过所谓的"保全国粹",而是以开放的姿态,吸纳世界文化之精粹,尤其是世界文化在现代的新发展的经验,以滋荣并壮大自己。

　　中国传统并非无懈可击的"全优",它的负面价值,特别是在造成"国民性"方面的消极影响,已为上一个世纪之交的先觉者所洞悉。他们当日所进行的有力的批判,至今尚令人为之气壮。

　　我以为谈论文化孰优孰劣没有意义。主张或预言由那一种文化来主宰世界,不仅未必适宜,而且未必是好事。世界是多元的,需要由多彩的文化来装扮它。文化是在竞争中发展的。重要的是,我们必须认识自己,既看到长处,也看到短处,特别是看到传统文化中那些非精华的部分,是怎样地压抑和桎梏了我们民族的创造力的。

---

* 此文据文稿编入。

给中文系 1955 级同学的约稿信[*]

亲爱的同学们,为了纪念和庆祝我级同学入学 45 周年和毕业 40 周年,我们想如同当年毕业时那样出一本"纪念册"。这次是要大家都动手,出一本散文、随笔一类的书。书名暂定为《难忘的岁月》。是从林庚先生的诗句"那难忘的岁月,仿佛是无言之美"中引出来的。内容是忆旧和怀旧的,同窗之谊,师生之情,相聚的乐,离别的苦,趣闻、逸事、抒情、叙事、深情的怀想、善意的调侃——一切一切,都听凭你的发挥。字数不限,可短可长,大约以三千字以内为宜。请各同学接到本通知即动手写作,希望能在六月底以前寄到谢冕处(北大中文系,100871)。

此书现正在联系出版社。同学中若有什么建议或提供出版线索的,请及时告知费振刚或谢冕。毕业 40 周年聚会在即,而经费尚无着落。出书是想得到一些稿费以应急用。此种苦情,只有我等心中明白。

北京大学中文系 1955 级留校同学
2000 年 3 月 19 日

---

[*] 此文据文稿编入。

底层生活的关怀[*]

"无产者写作"的命名不妥。从报告人列举的一些作者来看,大都和传统意义的"无产者"不沾边。"无产者"这个指称,在以往的理论表述中(我指的是在中国被变异的"革命理论"的表述中),它原有的神圣感已被抽空。如今再用,有一种让人摸不到头脑甚至还有一种异样的感觉。

但我还是赞成报告人所持的立场及其立论的前提。即认为近二十年来我们在对社会历史的反思中有一种偏离:我们在对文学异化的批判中,把原先革命文学对劳动及劳动者的同情和敬意——这种同情和敬意的核心,表现为文学对生活底层的关怀——但这种可贵的品质在历史的反思中被轻易地抹掉了。

文学表现的重心开始了新的一轮转移和颠倒。市场经济的兴起把原先被批判和被否定的人物及其故事推到了前台。这种"新"文学带来了"新人"的形象,他们是企业家、总经理、银行家、经纪人、公关小姐,以及为数众多的白领阶层。高级宾馆,别墅和名车,钗光鬓影,觥筹交错,这是这些作品中常见的场面。把这些人的豪华生活方式加以展现,一方面当然能够满足那些"高贵者"的虚容心和表现欲,而更主要的方面则是,它能在更大程度上和更广的范围内给那些"卑贱者"以精神上的满足——他们在现实中未能拥有的、却在虚幻的世界中实现。

就这样,获得了自由的文学轻易地把这种自由转向了物欲

---

[*] 此文据文稿编入。

和金钱。文学的表现重心也由过去的底层转向了高层。灯红酒绿的都市于是成为了文学家驰骋笔力的主要舞台。受冷落的当然是那些贫穷、偏僻的乡村,和乡村里那些温饱尚成问题的农民,以及那些失业的城市居民,那些游走在城乡结合部的朝不虑夕的人们。这些人曾经是过去文学的宠儿,而现在,却极少得到文学的关怀。这不能不是当今文学的失重和不应有的倾斜。

我就是在这样的背景下认同了报告者的激情和悲悯之心,但我还是不能认同它的陈旧的命名。

2000年3月24日于北京大学畅春园

被挤压的文学批评*

当前的文学批评正在受到来自各个方面的挤压。这些挤压构成了文学批评的生存危机。危机首先来自文学批评对于自身的取消。这种取消是致命的:第一是取消了"文学",第二是取消了"批评"。批评的文学性正在受到有意或无意的伤害,文学被泛化了,泛化成无边无际的"文化"或是别的什么。作品中的文学性被冷淡,一些批评家的眼里甚至没有文本,或者是即使看到了文本,那也只是利用它来说自己的话。最终是导致对文学审美性的消解。

更为严重的是批评能力的丧失。批评正在被有形无形的手控制着,这些手要批评说什么,批评就只能说什么。尽管聊可安慰的是,在这里,"文学"尚是依稀可辨的,但却失去了自立的品性。它已被各式各样的交换所变异而表现为依附状态:或是依附于权力,或是依附于金钱,或是依附于"人情"。总之,总是以独立性的丧失为代价的一种依附。被挤压和被依附,使文学批评丧失了它最后的一点严肃性。这样,既无"文学"、又无"批评"的文学批评,当然是名存实亡了。

但问题的严重性远不止于此,市场对于文学批评的戕害几乎是致命的。无所不在的商业运作是一张巨大的网,而文学批评几乎无可逃脱地成为网中的猎物。那些冒名顶替的"文学批

---

* 此文据文稿编入。

评"假货,正在假借批评的名义,行市场炒作之实。它们苦心孤诣地寻找那些为读者所注目的对象,进行哗众取宠的袭击。它们随心所欲地"改写"文学的历史,以造成耸人听闻的效果。有的批评,则是明确无误的包装和自我包装,当然是为了"促销"。凡此等等,使本来由于各种挤压而显得狭小的空间,更显出一种被强占的情景。

上面那些对于文学批评状态的简单描写,让人痛感严肃、纯正的文学批评在当前的缺失。举世滔滔,益发感到坚持精神的可贵。因此,特别寄希望于学界中人,以一种反思的精神总结以往的失误,更以独立不移的、讲求学理的精神进行文学批评的建设。让人们相信文学是不会死亡的,文学批评也是不会死亡的。

2000年3月30日于北京大学畅春园

颐和园西堤东望[*]

记得多年以前读到一篇文章,文中谈到从飞机上向下俯瞰,北京城是被垃圾包围中的一座"盆景"。文章谈的是环境保护的问题,说的是城市四围的垃圾堆放场在不断增多、也在不断增高,故宫、北海、颐和园等等都已成了垃圾堆中的"盆景"了。统计数字我已忘记了,但它的确是从具体的材料出发来谈垃圾对于城市的掩埋的。当时读了,真有点触目惊心的感觉。

最近在电视上了解到,那条位于颐和园和圆明园之间、流经北大、清华校区的万泉河,自从前些年修浚后,现在正重新变成一条臭水沟。北大的未名湖和朗润园水面因而也被污染。传媒上还看到,去岁刚修成的昆玉河,沿岸的居民正在往河里泼脏水、倒垃圾。沿河那些优美的彩灯,正在受到卑鄙的人为的破坏。这些消息真让人不安。然而,让人不安的又岂只这些?

日前偷闲,漫步入颐和园。过排云门,抵清宴舫,登玉带桥。蓦然间发觉西堤的柳绿了,桃也红了,不禁为刹那出现的春天而欢喜。因为是早春三月,树木刚刚发芽,故视界甚宽。令人意想不到的是,周围的景色有大变易——从西堤东望,黑压压地陡然间现出了一片楼宇。从位置上看,那只能是现今名满天下的中关村科技园区地面。其中最高的一座楼,是去年落成的北大资源集团的太平洋电子城。关于这座楼,我已在一篇涉及未名湖的文中谈到,此处不赘。这里要讲的是:城市正在无情地吞噬着园林!这一群丑陋的不速之客,正在侵犯和破坏着作为世界文

---

[*] 此文刊于《北京观察》2000年第11期。据此编入。

化遗产的中国夏宫的自然景观!

这样的情景,我过去在青岛见过,也在杭州和别的城市见过。记得那年在青岛,从栈桥回望,东边是著名的"八大关"一线,那里景色宜人,是一派西式的古典建筑,非常的典雅高贵。明眼人一看就知道,那是当年德国人造的,代表着优秀超拔的欧陆传统文明。尽管年代久远,而风情依旧。往西看就大不一样了,是铺天盖地的一片很丑陋的建筑群。那是灰的、黑的、苍白的一群,是一种无所畏惧的对于优美高雅的挑战。据人说,那是一个叫做什么基地的拙劣而粗俗的建筑,当然是二十世纪五十年代以后的"杰作"了。杭州的西湖边,也有这样黑压压、灰扑扑的一片!那些拙劣的楼房,对于"断桥残雪"和"苏堤春晓"一类的诗意,同样意味着粗暴的戕害!

现在轮到颐和园了。要是说,前面所说的那些现象是可以原谅的话——因为它毕竟发生在一个因无知而无畏、以愚昧蔑视文明的时代——那么,到了全世界都因自然生态的人为毁灭而痛心的世纪末,这种发生在首善之区、而且更是首善之地的颐和园风景区——中关村高科技区的这种平地之上的"崛起",就是很难让人理解的了。须知,这些楼群一旦盖起,对于这一带自然景观就是不可更改的!那么,我们究竟能以何等有效的措施,制止这种"文明"的和"发展"的而实际是可怕的破坏呢?

从颐和园的西堤东望,那里一溜铺开了巍峨的宫墙,宫墙上端,摇曳的杨柳的间隙中,涌出了一片丑陋的建筑物。这事发生在二十世纪即将结束、新世纪即将来临的时刻,而且是以发展和建设的名义进行的!这是这座古老都城的一道最新的伤痕——一道永远也无法平复的流血的伤痕!上一个世纪侵略者罪恶火焰中的幸存者,怎么也不会想到这无形的、而且又是"善意"的自戕!

2000 年 3 月 31 日于北京大学畅春园

湖畔的"新风景"*

八十年代后期,有一阵风传严家炎将出任北大副校长。我和严家炎很熟悉,常开玩笑。私下里戏言,希望他"上任"后完成"三项任务"。其中两项意在"破坏",一项则着意于建设。三项中的其余两项这里略去不表,单说那剩下的属于"破坏"的一项,这就是:"拆去未名湖边那只冒烟的大烟囱"。严先生很开明,欣然应之。可惜他官运欠佳,毕竟没当上那官,落了个逍遥。而对我"交给"的"任务",则每次谈起总是会心一笑——当然是悬置起来了。

不知者以为我是在小题大作。大凡到过未名湖的人都知道,那冲天而起的锅炉房丑陋的烟囱,几十年来给诗般的湖光塔影留下了多大的遗憾!每次兴匆匆地举起照相机,对准那湖边的塔,同时进入那镜头的总有那可恶的烟囱,真是杀风景。幸而北大毕竟还有一些洞明世事的人。终于把拆除烟囱之事,引入了北大百年庆典的准备工作而进入了倒计时。

随着校庆日的临近,那只丑八怪般的烟囱也在一天比一天地矮了下去。终于在1998年"五四"到来之前彻底地从未名湖边消失了。这在我,简直比校庆本身更值得庆祝。老北大是有很多痼疾,但却也时不时有让人意想不到的闪光的壮举。现在的"拆烟囱"就是壮举之一。

记得校庆九十周年时,那如今变成了花坛的两处勇敢的"破

---

* 此文刊于2000年10月27日《济南日报》。据此编入。

坏",就让人心存感激,且为她的勇气骄傲——北大毕竟是北大。现在轮到这只烟囱了。这拆除之事着实很让我兴奋了一阵。那些日子我几乎每天都到湖边去一趟,我关心这项工程的进展。开始是狐疑:果真要拆了? 后来则是证实,接着,就巴不得早日从我们的眼前彻底消失!

世上有些事,增添意味着一种建设。有些事,增添却是一种破坏。在通常的情况下,减少并非好事,而在一些特殊的场合,减少却有了建设的意义。例如此刻我们谈论的未名湖,秀丽的湖若没有同样秀丽的塔来映衬,那景色未免平平。所以塔对于湖的增添,就意味着建设。而此刻从湖边消失了的烟囱,它的减少却不止不是破坏而是一种真正意义上的建设了。

说到这所校园,被谑称为的"一塌糊涂"——即一塔、一湖、一图(图书馆)的"三大件"乃是北大的骄傲。塔和湖是自然景观,而图书馆则是人文景观。想当初那设计、修建这园林的人,我们不能不佩服他的审美眼光。不妨设想一下,要是只有那湖,没有那塔,没有那湖畔茂密的树丛,那会是多么单调而平淡的景物! 设计师在设计这座园林时,硬是"就地取材"把通州的燃灯塔"搬"到了燕园。终于造成了这中外闻名的佳丽风景——它用塔来映衬那湖,又让湖光倒映那塔影,这塔影不仅暗示着湖的存在,而是由于二者的相互映衬顿然间增添了这湖畔的漪丽。千种眷念,万种风情,都在这一湖一塔的依恋中得到表白。

可以设想——那还是不久之前的事实——在那娟秀的博雅塔旁兀然升起一支又粗又大又蠢又黑的甚至比它还高的烟囱,那是怎样可怖的情景! 幸好那可怖的镜头已永远地消失了。然而,这里要说的是,一个遗憾好不容易消失了,而新的遗憾却在产生之中。这让人想到在我们的国度,愚蠢之于聪明,也许更具有生长和繁殖的环境和条件。不幸的是那种破坏性的增添并没有成为过去。百年校庆的盛典刚刚过去一年,也就是那塔边的烟囱刚刚拆去一年,几乎是在原先站立烟囱的地方,新出现的"风景"立即填补了当年那烟囱留出的位置——它不是烟囱,却可能比烟囱更丑陋!

博雅塔边新凸现的是叫做"太平洋大厦"的摩天的建筑物——它再次无情地破坏湖光塔影的美妙风情!据说制造这"新景点"的不是外人,而是未名湖的主人。而且据说在此楼将建未建之时,有关方面曾因它的高度(不是从审美的角度)向北大提出交涉。终因某些人的坚持而无效。这的确让人心生悲哀,北大毕竟还是北大,北大有拆烟囱的人,北大更有重新修建烟囱、或烟囱一类的丑陋的建筑物的人。这所古老大学的确不乏智者,似乎更不乏愚者!

此刻站在未名湖边,望那白云飘游的高塔矗立之处,在烟囱消失了的地方,硬是"毫无愧色"地站起了叫做"太平洋"的丑陋的楼房!它无情地又一次改写了未名湖秀丽的风物。事情应当是到此为止了吧,然而,谁敢保证继"太平洋"之后还有什么惊人的"壮举"呢!谁也无法预见,随着中关村科技园区的建设,难保没有更"堂皇"的闯入者加入"太平洋"的行列,继续改写未名湖滨的景物,直至那湖光塔影在人们视线中最后消失。

2000年4月10日于北京大学畅春园

林庚的诗歌精神[*]

　　林庚先生是中国文学史家,是中国古代文学的教授,他又是一位诗人。林庚先生对古代诗歌有深刻的研究,应当说,他是非常了解中国古典诗歌的究竟的人。尽管有材料说,林先生会写很不错的旧体诗词,但自从从事新诗的写作以来,他是从不写旧诗的。他是一位始终如一的、真真切切的现代诗人!深厚的古典诗歌造诣与真切的现代诗实践,这构成了林庚先生的特殊魅力。

　　中国的古代文学研究,已是一门很成熟的学科,出现了许多卓有成就的专家。近世以来这方面的研究,对文学与社会政治经济的连接,特别是在时代背景下考察文学发展的外部规律方面,取得了重大的进展。至于文学和诗歌的艺术规律的探讨,则更多地表现为对于作品主题思想的抽象和概括,而对于诗歌深层的审美价值的探究,则往往是浅尝即止的。林庚先生不同,即使是在思想非常禁锢的时代,他也是一位敢于谈论艺术、而且敢于表达自己独立见解的学者。

　　林庚先生的诗歌研究是全面的。从大的方面讲,他非常重视诗歌艺术风格与时代精神的密切关联。他对一个时代诗歌的总体精神有许多精彩独到的概括和把握。如他用"建安风骨"和"盛唐气象"来概括产生那些诗歌的时代之艺术精神和艺术性格,便是极有个性的和极有创造性的表达和阐释。他认为建安

---

[*] 此文刊于《文学前沿》2000年第2期。据此编入。

是一个思想解放的时代，也是艺术解放的时代。至于盛唐诗歌，在林先生那里更有美轮美奂的热情描写。林先生在做这些历史性的巨大总结的时候，不仅是投入他对于诗的特殊领悟力，充分地展示他的审美理想和艺术信仰，而且融入了他健旺的生命力。

林庚先生对古典诗歌的艺术把握，不仅重视精神层面的诗与时代气质的联系，而且也重视诗体在各个不同时代的变迁，并深入到语言结构和节奏感，以及诗的气韵生成等层面。林先生在关于古典诗歌从楚辞到唐诗的研究方面，有很多惊人的发现和独到的总结。例如，他对从"二字尾"到"三字尾"演变中分析出由于新节奏的出现所带给诗的创新意义，他关于诗的语言形式的成熟、以及诗的语言诗化的过程对于诗的发展的决定性影响等，都是一些极富启发性的理论发现。"五言诗的带来了建安时代的高峰，而更高峰则要到七言诗也继之成熟的唐诗的黄金时代"，林先生认为，这种成熟的进程是诗的语言诗化的进程带来的。

林庚先生关于中国古典诗歌的研究成果，丰富了中国文学研究的成果。在中国诗人中，像林先生这样既对古典诗歌有深刻的研究，又始终坚持新诗写作的人是很少的。在新诗与旧诗之间，林先生保持了一种别人少有的独特的姿态：一方面，是非常深入地探究旧诗的发展规律，从时代精神到艺术流变、甚至是某一个诗人的某一首诗、某一首诗的某一个词的阐释；另一方面，数十年来他又一以贯之地坚持新诗的写作，而且坚持他的新体格律诗的试验和实践。

林先生的"九言体"是中国新诗持续最久的一种诗体实践。不管诗界的潮流有多么频繁的变化，林庚先生始终坚定地站在他自己选择的地方。林先生不仅不写旧诗，而且不写他的"九言体"以外的新诗——当然除了早年的自由体创作之外。我们不妨把这种以九言为基本调式的诗体称为"林庚体"。林先生格律诗的主张积极地推动着新诗的建设。它是新诗,因为它立足于以现代汉语来写作,而且表达的是现代人的思想情感,它是对于五四新诗传统的坚定维护。但是,林先生这种关于格律诗的坚定态度,却是针对着早期新诗"散漫无章"弊端的反驳。而关于"林庚体"这一切构想的资源,从节奏、章节、到神韵,却是来源于他对古典诗的悉心研究,可以说是得其神启的。从这个意义上看,林先生作为一个新派人物,却没有人们容易患的文化上虚无主义的毛病。

林庚先生是一位绝对地不守旧的现代诗人。但他又是深入旧诗的"虎穴"取得足以滋养新诗的"虎子"的"盗宝者"。我常感叹世上奢言古为今用者甚多,而付诸实行且见到成效者甚少,像林先生这样深入到古典的精髓中去,而又不陷入其中,探得那些至宝,切切实实地将那些古典的精华用以建设他所钟情的新诗的,几乎是绝无仅有的特例了。中国旧诗是一座取之不尽的宝藏,对于中国文人来说,更是一种永恒的诱惑。许多原先写新诗的人,而且是原先甚至到底也不懂旧诗的人,到了后来都很自然地"皈依"了旧诗,写起了自以为是的既不合平仄、更不合诗律的"旧诗"来。而林先生决不,他是深知旧诗、而且完全有条件写好旧诗的,但他没有随众,始终坚持着他独立的艺术精神!

在这里,我看到的就不仅是题目所标出的——"林庚的诗歌精神",而是"林庚的人格精神"了。

2000年4月13日于北京大学中文系

文学的"重大主题"*

题材有大小，主题有轻重，这是文学创作的事实，也是文学批评赖以进行的依据。文学表现世上的千情百态，其间有大事件，也有小人物，有家园的兴衰，也有一己的忧乐，驳杂而烦屑，林林总总，构成了人生的、也是文学的繁丽画图。在这里，原也没有什么大小、轻重，乃至高低、贵贱的区分。

事情的变化可能是与进步的文学理念、特别是阶级斗争观念的引入有关。表现阶级斗争是文学的重大主题，在阶级斗争中处于主导位置的被剥削者，是重大主题中的主要的和正面的人物。以此逻辑类推，则除此以外的一切，均是非重大的和不重要的。这样，文学对它所表现的内容、以及由内容概括出来的主题，就有了明确的臧否：表现什么主题，不仅体现着重点，而且体现着价值。

"文革"前后掀起轩然大波的反"题材决定论"批判，就是针对那些对文学的"题材决定意义"、从而构成了"重大主题"的特别地位的怀疑和不满而进行的整肃。它传达的明确的信息依然是，题材决定意义，重大主题决定重大意义。在这个基础上整合出来的"重大主题论"，是文学发展的必须。这是对重大主题论的坚定重申：写什么题材在文学创作中是一个不容讨论的问题，在文学创作中，写什么题材是决定性的，重大主题是文学家进行活动的理所当然的追求并应予以实现的目标。

---

* 此文据文稿编入。

重大主题是革命文学理念的核心。这个风气改变了新文学的历史流向。从二十年代后期开始,直至七十年代后期,重大主题的实践支配了长达半个世纪的中国文学。言文学创作则必然是表现重大主题,舍此无他。"文革"是这种文学实践的极端化。

但文学毕竟是不能如此存在的。文学世界是由大大小小各式各样的材料所构成。正因为它容纳了大,也容纳了小,故形成了一种自然和谐的合理生态。主题的确有大小之分,但却难以大小论成败,更不能以大小定高低。大主题而没有坚实的的根基,其在艺术上则毫无价值可言。文学表现的内容若断然排斥了除了"大主题"之外的一切,举目所见尽是所谓的"重大",那可能是一场灾难。

从这个意义上看,人们鄙夷并摈弃大而无当的重大主题的倡导是合理的。但反过来说,重大主题不时兴了,来个非重大主题、甚至是"小主题"的一统天下,却也并非文学的幸运。不难设想,若我们的文学失去了对于厚重的、深刻的关怀,只剩下"小女人"、小摆设、小圈子,那也是非常可怕的情景。而当前,最堪忧虑的正是后者——明确地说,我们应当警惕"小"的流行病。

2000年4月22日于北京大学畅春园

西郊夜话[*]

说起我的经历,非常简单:二十三岁以前在家乡福建,二十三岁以后在北京;在北京的所有时间,在西郊海淀。算起来,我居家京城西郊,成为海淀区的公民,已是近半个世纪的事了。北京西郊是文化区,这里集中了十数百所全国乃至世界都很有名气的高等学府和学术机构。都说中关村一带是京城藏龙卧虎之地,这里确是人才的密集区。在熙熙攘攘的人群中,擦肩而过的可能就是名满天下的人物。

这里还是京城最负盛名的园林风景区,明清以来的皇家园林,所谓的"三山五园"都集中在这里。从玉渊潭、万寿寺逶迤西行,这一路是昆明湖、玉泉山、圆明园——,那一路是,戒台寺、潭柘寺、八大处——。这里的文化氛围是让人羡慕的。波光潋滟中的老槐新柳,山色隐约中的绿瓦红墙。遥想当年,那一代又一代的名士风流,饮宴在这里,歌吹在这里,是何等的胸襟和气度!我是多么幸运,从青年时代起,就生活在它的怀抱中。

秋枫夏荷,花朝月夕,满眼的湖光山色,满耳的笙歌弦诵。这里诗化的环境也诗化了我的生活。从当学生的时候起,我就在这里某一扇临水的窗下,伴着现时已经绝响的彻夜的蛙唱,读书、作文、并思考。后来,当然也经历了几代中国知识分子都经历过的离乱和灾祸,但生活终究还是恢复了它的常态。尽管十里蛙鸣的景象已永远地消失了,但我依旧在这里读书、作文、并

---

[*] 此文为《西郊夜话》写的自序,刊于 2000 年 7 月 4 日《北京青年报》。据此编入。

思考。时光易逝,让人惊心,不觉间送走了人生最美好的年华,不觉间已是夕光灿烂的时节,而我读书依旧,作文依旧,思考依旧。伴我的依然是圆明园的沉重,香山的潇洒,未名湖的清丽!

我在北京西郊的数十年生活,平淡、简单、也实在。我没有什么特殊的爱好,茶是喝的,酒只是陪朋友喝,烟则决不沾唇。做些运动,也只是简单的跑跑步而已。最近有位年青的朋友送我一只网球拍,她要教我打网球,可惜至今还没有开拍。至于游泳、滑冰等等,看来今生是无望学会了。于是平生所能做的只是写些文章。后来,当这种爱好成了职业,没完没了的,也让人心烦。这是职业病。只是有一件,是乐此不疲的,那就是在家里接待朋友和学生,无拘束地谈天说地。

这种聚会多半是在公余、课余,结束一天的紧张之后,在夜晚柔和的灯光之下进行的。多半是无主题的,说到那里算那里,从国家大事、社会新闻、到身边趣事。年龄不分大小,身份没有高低,言谈无涉正误,在外界感到是遥不可及的言论自由,却在这一方陋室之中轻易地实现了。当然,我们的职业是文学,所以,文学还是这里的基本话题。夜阑人静,四围花气袭人,斗室之中,茶香四溢,谈兴正浓。

这就是我的"西郊夜话",是我在京城西郊诗意生活的最富诗意的内容。为此我付出了生涯中最重要的时光,它是我永远钟情的记忆。这些谈话,随意而散漫,有时是妙语连珠,有时是深刻睿智。或逝水无痕,或余音绕梁,如今都成了挥之不去的记忆。夜阑了,客散了,我静了下来,灯下把笔,将那些有趣的言说和碰撞变成了文字,再变成铅字印成的东西,这就是所谓的文章了。

我平生不甚用功,做文章也是随心所欲,不忍过于苦了自己。唯有这夜阑人静之后的这种写作才是惬意的,也说得上是"认真"的。这些文字,虽有一定的学术性,却说不上是论文;虽有一定的随意性,却也说不上是散文,不好分类,就算是学术随笔吧。

2000年4月22日于北京大学畅春园

值得称赞的治学态度[*]

社会上的各行各业,能取得成功的,原因很多,取决于许多主、客观条件。但起决定作用的,则是主观因素。主观因素中,勤奋是第一位的。拿做学问来说,所谓敬业,就是对学问要有敬怵之心,踏踏实实,勤勤恳恳,不虚妄,也不讨巧,知是知,不知是不知,知多少是多少,不掺假,也不伪饰。做学问者能如此,距离成功的目标,就走了近半的路程了。才华是重要的,悟性加上才华,往往能使研究者在激烈的竞争中脱颖而出,展现他出类拔萃的素质。但这些先天性的条件必须有勤奋做基础。人要不用功,不勤学多思,不强闻博记,不去作长期的、艰难的积累,再了不起的天才到头来也会是一事无成。

我的这些话,可谓是了无新意,很陈旧,但却是我毕生问学、求学、治学的体会,也是我在人生旅途上多方观察的心得。这些大家都知道的可说可不说的话,现在在这里郑重地重复说出,是在我读了郑振伟的论文集之后的有感而发。我认为郑振伟就是我上面所肯定的那种老实做学问的人。他当然不缺乏才华,他原是一位充盈着智慧的年轻学者,但是,在他身上最动人的品质,却是除了才智之外的那种毫不含糊的、扎扎实实的做学问的精神。

认识郑振伟是在岭南大学(那时还叫岭南学院)的现代中文文学研究中心。当时我应邀在那里做研究。郑振伟是中心的一

---

[*] 此文据文稿编入。

位成员,他一面工作,一面在读香港大学的博士学位。我在香港的三个月学术访问,受到中心主任梁锡华教授的亲切关怀,在生活安排和研究资料等方面,更得到郑振伟周到而热心的帮助。这位年轻人的敬业精神,当时就给我以深刻的印象。为了中心的行政工作,他几乎付出了所有的时间和精力——编刊物,编书,协助中心主任做学术组织工作,事无巨细,他总是全力以赴。在港岛金马伦半山那座美丽的校园里,我和郑振伟有着长达数月的相处,就这样建立起了我们忘年的友谊。

这次郑振伟多年写成的文学研究论文要结集出版,索序于我。为了庆贺他的研究成果,也为了回应他对我的信任,我很高兴地接受了这个任务。郑振伟这本文集,共收论文十余篇。从篇数看,数量并不算多,但涉及的方面却相当广泛:从儿童文学到旅游散文,从女性写作到史料考证,文集展示了广泛的学术覆盖面——小说、散文、诗歌批评、儿童文学、女性文学以及文学史研究和史料学研究。对比时下学界文章越写越长,书越出越厚的风气,郑振伟这本书是不甚起眼的。但我却很看重它。究其原因,主要是由于作者面对学术研究的那种让人起敬的严肃精神。这本书中的每一篇都写得非常认真,没有一个题目不是精心准备、周密思考的结果——他总是把研究学问当成一种很庄严的事来做。

在郑振伟的文章中,看不到丝毫的敷衍从事的痕迹。他熟读文本,对其中细节条分缕析,再佐以理论的说明。从每一篇论文来看,题目并不大,都是就某一具体作品或某一具体问题进行研究。这在一般人那里很可能是就事论事的,即就这一题目做开去,而不涉及或甚少涉及其他的地方,他却从不含糊。他总是以做大文章的办法来做自己确定的"小"题目——这原是吃力不讨好的,但他却执意地毫不动摇地做下去。以关于何紫的儿童小说的研究为例,他通读作者的四部小说,近二百篇。对每部小说的写作、出版、乃至再版的时间和出版社,都作了认真的考订。论文谈论的是何紫的儿童小说,但他却把论述放置在作者全部创作活动的背景中,乃至于整个的香港文学的背景中考察。这种以全面占有资料为前提,再从四围向着论题的核心逼近的方法,是郑振伟一以贯之的作风。

这种"笨"功夫是"聪明人"不屑于做的,但却是郑振伟一贯的追求。这种治学态度不是个别的和偶然的,它体现在研究的全部和全过程。文集中的所有的篇章都可以说明这一点。一个题目在手,他总是由局部涉及全体,做的是具体的题目,而所下的工夫却是全方位的。例如,讨论的是黄国彬的旅游散文,而且讨论的是这类散文的崇高感,应该是具体而又具体的了,可是他却为此付出了全部的气力。从散文的文体特点入手,切入到旅游散文,而后具体论述黄国彬的旅游散文。他写文章极少就事论事,总是从大的方面撒网,再慢慢收缩,直抵目标。在论及崇高感时,先后列举郎加纳斯、伯克、康德、车尔尼雪夫斯基、巴希等人对崇高美学的论述,用以阐析黄国彬旅游散文的哲学意蕴。这样的特点,在他的文集中到处可见,例如关于小说《女娲石》的剖析,涉及中国传统小说观念、女性启蒙、小说救国论、晚清的社会情势,以及女子教育等等非常广泛的内容。

《郑振铎前期的文学观》一文是作者的硕士论文,虽然谈的是郑振铎前期的文学思想,但依然是从总体上入手,对他的文学活动进行全面的考察。新文学的背景,文学研究会的背景,早期介绍的文学理论,文学的四个要素说及其与文齐斯德的《文学评论之原理》之间的"孵化"关系等,都是十分剀切的论析。从这些文章的写作,可以看到郑振伟有着充分的学术准备,也受到很好的学术训练。论文的注释相当详尽,涉及的人物的生卒时间、著作的出版时间、以及外文人名的标明等,均可看出他治学的严谨和规范性。这些是最令我感到欣慰的地方。

当然,对一位年轻学者来说,他也存在着一些不足和弱点。这就是,他在治学上的扎实有余、而在文思的展开上则显得不够灵动。在论述方面,有时也觉得失之拘谨。如何在广泛占有材料的基础上有更多的独创性的发挥,我以为这将是郑振伟的学术研究进入新境界、取得新进展的关键。

2000年4月24日于北京大学畅春园

艺术和文学是近亲[*]

我曾向北大读博士学位的学生们说过,希望学文学的人也懂点艺术。现在,在这里,我要向美术系的同学们说,希望学美术的人,也要学点文学。我想我这话不仅适用于学美术的学生,应该也适用于学音乐的、学戏剧的、学戏曲的、学电影的、学雕塑的、学舞蹈的、乃至学建筑的学生。这原因很简单,因为文学和艺术是近亲的关系。

从道理上讲,文学和意识形态的各个部门,如政治、法律、道德、宗教等都有很密切的关系,它们作为经济基础的上层建筑,共同作用于人类的精神和灵魂。但它们之间的关系,远不如文学和艺术各部门的关系来得亲密。打个比方说,前者是亲戚,而后者则是血缘。文学和艺术都用形象说话(尽管它们说话的手段和方式各不相同),它们都以审美的方式面对世界,而且最终均以作用于人的精神和灵魂为指归。

文学和艺术尽管面貌各异,但它们的血脉相通则为人所共识。我对画事所知不多,不敢妄谈。但我却知道在郑板桥那里,他的诗、文、书、画是齐名而互补的,他是画家,又是诗人和散文家,还是名满天下的书法家。我在李可染的水墨画中读到了韵味深长的山水诗。我在齐白石的画幅中发现了中国文人的情趣和品格。

学习艺术的人在掌握了这门艺术的基本技艺之后——这对

---

[*] 此文据文稿编入。

所有学艺的人都是基础和起点——文学知识的拥有对于他未来的发展就是决定性的。一个艺术家的文学修养的高低深浅不仅影响着他的作品的风格和韵致,而且影响着他的作品的境界和品位。一个成熟的艺术家,不能只是娴熟的技巧家。当他的创作涉及个人风格的形成和全面展示时,艺术家的学养和阅历的积淀便是非常重要的因素。在这时,文学便会悄悄地施展它的魔力。举例说,张艺谋电影的成功,当然与他对电影艺术的创造性把握有关,我却更为肯定他受益于熟知当代文学创作的事实。

当然,艺术也会对文学产生影响,它们的渗透和融汇是双向的。在这里,由于我的职业的习惯,只是特别强调了文学对艺术各门类的影响而已。

我寄望于各位的是,在努力向着神圣的艺术殿堂攀登的时候,别忘了从缪斯那里获得爱与美的滋润与神启。

2000年4月30日于北京大学中文系

《西郊夜话》后记[*]

按照这套丛书的稿约,这本书应是一个自选本。如同当年为湖南文艺出版社编《谢冕文学评论选》那样,我没有这样做。这本《西郊夜话》基本上是近年写的学术随笔的合集。个别的文章写得要早一些,但绝大多数是最近几年的作品。这是我的习惯:不喜欢一稿多投,也不喜欢一文多载。如果这集子中有与它处重复的,那可能是一种疏漏,也是个别的。

这几年,我治学写作多半身不由己。许多完整的时间都被切割成零碎了。我应付着各种各样的、肯定是不甚情愿、但又是非做不可的文字方面的事。这些事在其他人那里可能被谢绝,我却为这些事付出了时间。人与人是不尽相同的,别人可以做到的事,我做不到。这只能自叹了!

我在做这些事的时候,开始是痛苦的,继而想到我的工作可能给朋友带来一份欢喜,于是我的内心也就欢喜起来了。但无可挽回的是,原先应当用来做更完整的事的时间,却被切割成碎片随风飘散了。我把散落在各个角落的碎片拣拾起来,就成了现在这样一本书。可以想见,这样的书是不会有什么价值的。由于是零碎,也许从中可以看到我的零碎的思想,这也许就是一种价值。这是我为自己编这样的书找合法性,但愿能得到读者的谅解。

从主编约稿至今,时间已过了一年多。许多比我更忙的朋

---

[*] 此文据文稿编入。

友,都交稿在我的前面。我是远远地落后了,现在交出的仍然是粗头乱发的东西,很抱歉。

2000年5月1日于北京大学畅春园

革命文学再评价[*]

从文学革命到革命文学似乎只是一步的跨越,但对中国现代文学的影响却是无可比拟的巨大。中国新文学革命由于革命文学的出现而改变了历史的行程。这种改变,质而言之就是文学的价值由当初的不定的多元的判断,转而为如今确定的基本是一元的判断。阶级观念的引入,把文学的意义定位在为受压迫的群体服务的基点上。与此相谐的是进步的、革命的文学,与此相背的是落后的、甚至是反动的文学。

中国社会在历史的行进中复杂而多变。革命文学的含义,也在这种行进中随着社会的变化而变化着它的名称,而其实质则是相对稳定的。大体说来,革命文学之后是左翼文学,稍后的两个口号的论争,也多半是在此范围内进行。之后是著名的工农兵文学,它使革命文学以更为确定的方式在中国文学中大面积地推进。在革命文学的诸形态中,工农兵文学的实践最有力,时间跨度最长,影响最深广。与此相关,它的负面效应也最大,主要是,这种文学形态把原先适应于特殊环境和特殊年代的局部的、策略性的措施作了战略性的、全方位的推广。

文学的职能在于把纷繁的大千世界给予形象化的、想象性的改造,因而它的本质是丰富的杂呈。而革命文学旨在以阶级的划分倡导一种"纯粹"的文学形态,其结果是把文学的性质简

---

   * 此文据文稿编入。

单化了。更为不幸的是,文学的倡导者一旦拥有权力,当它以强制的方式推进这种文学规范——其目标在于消弭文学的多样性使之归于"革命"的单一性时,文学的灾难就是不可避免的了。

2000年5月1日于北京大学中文系

人类文明史的辉煌[*]

拥有一部《人类文明史图鉴》是我在新千年到来时的最大的快乐,我把这看作是新世纪给予我的最隆重的馈赠。这部图文并茂的、总数达 24 巨册的大书,充分地体现着人类史研究的实绩,更充分地体现着印刷出版业的实绩。对此,我们应该向组织出版该书的美国时代生活公司致敬,也应该向经受权在中国翻译出版这一巨著的吉林人民出版社和吉林美术出版社致敬。当然,更应该感谢的是那些为数众多的、为此付出知识和智慧的人类学家、考古学家、历史学家、文献学家以及编辑家们。人们感谢他们,是由于经由他们卓越的劳作,使我们得以在斗室之中、以有限的时间非常浓缩地、同时又是非常形象地获得了人类从诞生到创造现代文明的历史进程的丰富知识。

图片、表格、准确的统计、加上简明生动的文字,造就了这部书的厚重感和独特的魅力。这是一部以其精炼畅达而让人感到亲切的书,但它又是建立在严格的科学和知识的基础上,具有极高学术价值的书。从它的效用看,是普及的,而从它的水平和质量看,又是提高的。这是一本对普通读者和对专业人员都是同样有用的书,它称得上是真正的雅俗共赏。人们阅读此书,得到的不仅是关于人类为建立文明社会所付出的艰辛和智慧的常识,由于它的深重的学术含量,以及它所展开的宏大深远的时空,使它在更为宏阔的背景上给人以有益的启示和郑重的思考。

---

[*] 此文刊于 2000 年 5 月 17 日《中华读书报》。据此编入。

图鉴的第一本是《人类的黎明》。那里最初出现的是一幅树栖哺乳动物的骨骼化石,图片清晰而生动。文字说明:"这是一种灵长类动物,从它们当中,进化出了第一批猿类动物,那是在2000万年前发生的事情。"这是人类的前身,多么漫长而艰难的行进!接着我们看到了一批造型粗拙却非常生动的女性石雕,丰满的乳房,突出的臀部,说明:这些"虽在比例上被夸张化,但在女性的解剖学上保持着严格的一致性的小雕像分布在亚欧大陆的大部分地区,它们证实着制作者所经验的敬畏和神秘的情感。"这些作者生活在公元前35000年至公元前8000年之间。这就是人类由对自身的感受而朦胧地接近艺术再现的初始期。图片加上解释,让我们能以非常快速的节奏接近我们所未知的知识和真理。

当然,我们通过这种阅读获得的不仅是常识的充实,对于一些较高层次的阅读者,这部图鉴更能给人以深度的启发性的思考。"晚期智人在非洲出现后,不到10万年的光景,已经成功地征服了地球的大部分地方。他们的征服在很多地方都表现为残暴的统治。他们从最初的防卫无力的自然界牺牲品,发展到肆无忌惮的自然界毁灭者。在他们过去搜索腐尸或设法杀死离群的野兽的地方,如今他们成群地把野兽驱赶进死亡境地,而且并不很费力。"这一段文字中,作者漫不经心地用了"残暴"、"毁灭"、"征服"等字眼,就自然地诱人陷入沉思:作为地球上最智慧的动物,他们长期的为所欲为,虐杀生灵、毁坏森林、暴殄天物,如今面对着这个"美好"的、而实质是残破的星球,是否应该有一种沉痛的自责?

图鉴以非常丰富的资料印证了在漫长的历史进程中,世界各个角落、各种民族为创建人类文明所进行的智慧的劳动和创造。亚历山大大帝的远征,古罗马帝国的辉煌,阿育王建立的东方霸业。在这些篇页中,我们看到了万神殿的超凡入圣的穹窿,绮丽辉煌的自由广场,孔雀王朝时期佛塔上的精美的雕刻。《崛起的帝国》记载的是公元前400年到公元200年的人类文明,在这里,图鉴单列"昌盛的中国"讲述此一时期令人向往的东方文明。"在罗马世界的遥远的东方,在帕提亚领土、恒河平原及中亚草原之外,还有一个民族,即中国人正在创造着他们自己的帝国。在亚历山大帝国解体和罗马走上顶峰之前的帝国时代,中国人的帝国一度是世界上最庞大的帝国,尽管西方世界里几乎没有人知道它。"本书以优美的文字叙述了秦、汉帝国的强盛:长城、兵马俑、儒家思想、让人惊叹的古代发明,以及造型鲜活的说书俑。祖先的光荣激励着我们。我们也感谢图鉴作者对于东方文明的重视和理解。

历史的辉煌能使后人因自豪而感到责任。历史的错失和灾难也给予后人以警醒。图鉴第16册是《革命之风》,叙述的时段为公元1700—1800这一百年。这一百年间发生的大事有普鲁士的崛起,有激动人心的美国独立战争和法国大革命。在这里,我们可以看到当日威尼斯的繁荣和佛罗伦萨的奢华,可以看到起草独立纲领的壮丽的场面,也可以看到断头台和1793年的大恐怖。历史就是这样既使人感到光荣,又使人感到沉重。它因人类的勇敢和智慧而前进,它又因人类的与生俱来的弱点而停滞乃至后退,历史在弯曲地行进着,从远古到今日。

《人类文明史图鉴》是一部历史大书,更是一部人生大书。它不仅给人以知识,而且给人以智慧。它将引导人类以理性的精神,以聪智的态度面对世界的困境——从昨天走到今天,再从今天走向明天。这个道路是弯曲的,但无疑是向前的。

2000年5月12日于北京大学中文系

无处可栖的生灵[*]

最近读到一本书,讲述动物故事的书。那里讲,在印度洋某岛上的叫做红蟹的小生命,它们为了繁衍后代,每年要从热带雨林向着海洋举行一次庄严而悲壮的朝圣般的大迁徙。说是庄严,是指所有的成员都以一往无前的、前赴后继的气势向着它们的目的地进军。这些红蟹在翻越一条公路和一条铁路时,为了应付赤道上致命的炎热和无情的车轮和铁轨的碾压,往往尸骨如山。但它们还是踩着(其实是"翻越")同伴的尸体义无返顾地前行!

这些残酷碾压小生命的公路和铁路正是人类的"杰作"。在人类未曾到来或到来了而未曾修建这些残害生命的道路之前,这些红蟹们,还有和它们同样是上帝创造的生灵们,它们原是自由自在的。这里的大地和水域、青草和树木,都属于它们。是人类为了他们自己的利益,把这些原是共享的世界独占了。人类的这种行径,使得那些红蟹不得不以数十倍于生者的牺牲,去从事这种惨烈的大进军。而屠杀这些生命的是人类制造的形形色色的车轮以及那些烫得冒烟的铁轨和沥青路。

上面说的只是小小的蟹类的厄运。事实上,世界上的万千物种正是在人类的这种无所顾忌的侵略之下遭受了毁灭的命运。我听到一只活了四百年的古龟被贩杀的消息。我看到沙漠深处那些藏羚羊血肉模糊的尸骨。某个城市的某处,那些被贩

---

[*] 此文刊于 2000 年 10 月 15 日《重庆晚报》。据此编入。

卖的黑熊一方面被提取胆汁一方面被展出参观。那些华南虎，那些东北虎，那些孟加拉虎，在人类的追杀之下已经或正濒临灭绝。在中国的北方，那些丹顶鹤静谧而洁净的栖居地正在"开发旅游资源"的名义下面临日益逼近的喧闹和污染。那些见利忘义的人们，为了赚钱，在这些丹顶鹤的保护区修建横穿公路，为了"配套"还要修建旅馆和其他旅游设施。很清楚，随着那些旅游者的到来，这里自然界固有的宁静将最后地失去，人们抛洒的废弃物将最后地破坏这里的洁净。要是这一切得不到制止，那么，那些可爱的丹顶鹤最终也将被迫离开这片栖止地。

　　大地上的走兽，天空中的飞禽，它们为了躲避人类的淫威而被迫流徙。它们中的许多物种已从世界上永远地消失了。而人类却依然狂醉于自己的"胜利"。人类肆意破坏和掠夺这个美丽的星球已使它百孔千疮。人类为了自身的利益随意地扑杀和灭绝大地上的生灵，最终使自己变成了孤家寡人。这一切导致的结果是非常清楚的，那就是，人类是在为自己挖掘坟墓。

　　　　　　　　　2000年5月12日于北京大学畅春园

在图宾根大学的讲话[*]

闻一多先生遇难的时候,我还是一个少年。但他的牺牲给我的心灵以震撼。我来不及理解他的博大精深的学说,也来不及理解他的丰富伟美的人生。但我能够理解他对邪恶和强权的抗争,因为我和他生活在同一片天空下、同一片大地上,共同体验着濒临绝望的感受。他的那篇最后的讲演,是一篇向着黑暗宣战的檄文。闻一多的死深深地打动了我这个少年的心。在我有限的知识中,知道岳飞,知道文天祥,知道中国历史上千千万万为国家、为民众、为自己的理想义无返顾地赴死的英烈,我认定闻一多就是他们中毫无愧色的一位。

那时闻一多先生给予我的启发还不是诗和学术,而是他的人生追求和理想精神——他认定了一个真理,明知前面是火海刀山,他也毫不犹豫地向前走去。他就是这样在黎明到来前的最黑暗的时刻,把鲜血洒在了昆明街头。他的献身精神感动了我,使我知道什么样的人生是庄严的和崇高的。后来我年龄渐长,懂得东西也多了,才知道作为诗人、艺术家和学者的闻一多,才知道他的伟大的创造精神和海洋般的渊博。

人的一生是很短暂的,至多不过百年。但人为着未来的创造却要付出大约人生全过程的三分之一的时间做准备,这就是学识和经验的积累和训练。待得拥有创造的可能时,人生的极

---

* 此文据文稿编入。

限也快要到了,这是作为人谁也无法逃避的悲剧命运。闻一多创造了生命的奇迹。他把生命精练化了,他的勤奋和智慧,使他在刚及中年时,便在所涉及的领域都造出了让人惊叹的成绩,而且都体现为到达极限的状态。更为让人惊奇的是,他涉及的范围竟是那样地广泛!

最早出现的是诗人的形象。从《红烛》到《死水》,闻一多创造了当时是、现在依然是的新诗创作的经典性的作品。他的建设性的新诗理论不仅极大地影响了"新月派"的创作,而且也极大地影响了中国新诗的创作,特别是建立新诗格律的理论的提出,至今也仍然是未曾过时的理论命题。数十年后的今天,在回望中国文学百年的各种评选中,《死水》始终列名于为数不多的得分最多的佳作的行列,这是历史对于闻一多贡献的肯定。

接着我们看到了作为学者的闻一多。易经、诗经、楚辞、庄子、乐府,更有唐诗;古代神话、古文字学、音韵学、民俗学……从中国文学到中国文化,很少有闻先生未曾涉猎的领域。更让人吃惊的是,闻先生还是一位艺术家。他画过素描,设计过书籍封面,还有戏剧布景。徐志摩描写过的闻先生早年的居室的特殊布置,加金边的纯黑色的四墙,体现了作为诗人的艺术家情怀,更是一段文坛佳话。

郭沫若曾经这样评价过闻一多:"他的智慧若用在自然科学方面则是爱迪生、牛顿那样的人物。"这是对他的智力所能达到的一种评价。闻先生把他的智力用在艺术、诗和人文科学方面了,他达到了一般人难以达到的境界。他完成了一个全面的人:诗人和学者的统一、艺术家和爱国者的统一,质而言之,是学问和做人的统一。

闻一多做学问到达了一个高境界,做人也到达了一个高境界。他做学问,到底也是为了做人。做学问的最终,也旨在改善人生,改造社会,使人类向着文明进步的方向发展。闻一多完成了一个全面的人。他用生命写就一本大书。我们读这本大书,始终是在仰望一座高峰,这是我们用毕生的精力也无法到达的高峰。

2000年5月18夜23时赴德前夕于北京大学

中国新诗史上的闻一多*
——纪念闻一多先生诞辰100周年

一

闻一多的名字是和20世纪中国重大的社会、学术事件联系在一起的。他的生命很短暂,但他的生命又是不朽。他的精神已化为无形的血液,融入了中国人的心灵。历史匆匆地走过,许多名字消失了,而他作为最优秀的中国人中的一个名字,却长留于人们的记忆之中。

闻一多是五四新文化运动的参与者,也是作为五四运动的产物之一的中国新诗的最早实践者。他的新诗创作始于1920年,是在清华园的课堂上的一篇作业。在中国新诗史上,他以《红烛》、《死水》两部诗集奠定了影响整个新诗历史的诗人的特殊地位。闻一多是一位一开始创作就以成熟诗人面目出现的一位独特的诗人。

朱自清主编的《中国新文学大系·诗集》,收录了闻一多的诗共29首,在全部入选诗人中列名第一,次为郭沫若,25首,再次为李金发,19首。可见,在新诗的第一个十年的总结中,他的地位是非常突出的。朱自清对他的评价是,"他作诗有点像李贺的雕镂而出,是靠理智的控制比情感的驱遣多些"。朱自清的评语道出了闻一多与当日诗人的最大不同之处。不是说闻一多的

---

* 此文刊于《香港文学》2001年5月号。据此编入。

诗不重视情感,而是说他会自觉地以艺术性的要求来控制易于泛滥的情感。在新诗的创始期,一个普遍性的倾向就是对情绪表达的缺乏控制和流于浅露。

闻一多始终以成功的诗人留在人们的记忆中。这种积极的评价不仅是在新诗的发轫期如此,即使是在世纪末的总结中,闻一多依然没有被历史的严格筛选所忽略。1999年由人民文学出版社主持的经专家无记名投票评选的"百年百部中国文学作品",闻一多的《死水》不仅名列前茅,而且是和鲁迅的《呐喊》等少数获得全票的作品之一。这正是历史对于他的诗歌创作的肯定。

在新诗建设的初始阶段,人们关注的是新诗如何与旧诗脱轨,而整体的趋向则是欧化。这是从梁实秋那里就开始强调的,认为新诗就是"用中文写的外国诗",此论虽然接近于当时的事实、却是属于比较极端的观点。朱自清在评述梁实秋等人的诗歌主张时,说他们要在中国诗里"装进外国式的诗意","他们要创造中国的新诗,但不知不觉写成西洋诗了",是很准确的论断。而上述主张在当时,却几乎是一种主导性的观点和实践。

闻一多是难得的不免违时但却保持了清醒见解的一位,而这正是他的成熟之处。当郭沫若的《女神》出现,在一片赞扬之声中,闻一多发表了独特的、较为全面的意见。即他一方面认为新诗应有"时代精神",另一方面,则应有"地方特色"(这一点,近来多以"民族特色"称之)。他认为新诗人要时时不忘"今时",也不要忘了"此地"。所谓"今时"即指诗的现代性,所谓"此地"即指诗的本土性,他的这种"两不忘"的观点是很全面的。闻一多认为,惟有这样,"我们的作品自既不同于今日以前的旧艺术,又不同于中国以外的洋艺术"。他认为,这正是诗人具有"自创力"的必要因素。

闻一多的诗观是现代的,即在当日也是很前卫的。他在《女神之时代精神》这篇论文的开头一段,便是对于郭沫若作品的时代性的充分肯定:"若讲新诗,郭沫若君的诗才配称新呢,不独艺术上他的作品与旧诗词相去最远,最要紧的是他的精神完全是时代的精神——二十世纪的时代的精神。有人讲文艺作品是时代的产儿,《女神》真不愧为时代的一个肖子。"新诗是新时代的产物。新诗的创作若是失去了与诞生它的时代的关联,那就失去了它的根本的品质。闻一多当时就非常看重这一点,他认为郭沫若的诗的精髓是体现了二十世纪的动的时代精神。

闻一多是成熟的。他站在新诗变革的前沿推动中国诗的革新,但又保持了冷静的不随波逐流的态度。他阐述了新诗的"新",即认为"不但新于中国固有的诗,而且新于西方固有的诗"。这种见解与时论相比更胜出一筹,当时只注意新诗要有异于旧诗,而并不注重"中诗"与"西诗"的区别。他为新诗指出了一种理想的境界:"它不要作纯粹的本地诗,但还要保存本地的色彩,它不要作纯粹的外洋诗,但又要尽量地吸收外洋诗的长处。"以上这些见解出自早期论文《女神之地方特色》。不难发现,直至今日还在纠缠并困扰中国诗界的中国和西方的关系的问题,早在新诗草创期,闻一多就作出了非常辨证的论述。

在五四当时,谈西化是不会有风险的,而谈"本地化"则难免有保守之嫌。闻一多一开始就大量地引进和创造"本地化"的意象入诗。这在新诗早期的创作中,是非常引人注目的现象。这表明,闻一多不仅在理论上如此倡导,而且也在创作上这么实行,他是言行一致的。朱自清说闻一多"喜欢用别的新诗人用不到的中国典故,最为繁丽"。"别的诗人用不到的",这话说得深刻。那时大家都忙着创新,认为越是西化,就越是有创造性。且不说李金发一路完全以西式的表达为时尚的那些诗人,就是在郭沫若的诗集《女神》那些表达了传统性意蕴的诗中,也时常夹杂着一些外国文字,更不用说李金发那一路以西化为重的诗人了。这在当时不仅是时尚的、也是相当普遍的现象。尽管它给新诗带来了现代的和国际性的气氛。但今日看来,却感到这种外国文字的加入对诗的整体性是一种不和谐。

闻一多的好处是不随众。他有自己的见解和追求,他是一个想到了就行动的人。以诗集《红烛》为例,红烛就是充分本土化的。不论是燃烧的红烛还是流泪的红烛,我们都能联想到中国文学、特别是中国诗中的那些传统的意象。而且我们从"匠人造了你,原是为烧的,既已烧着,又何苦伤心流泪"中,看到了它和"蜡炬成灰泪始干"的内在联系,又看到了它对于传统意蕴的现在延伸。至于"伤心流泪你的果,创造光明你的因",以及结句的"莫问收获,但问耕耘",更体现着诗人赋予传统意象的积极的现代精神的努力。闻一多是现代的,闻一多又是"保守"的。

以上的叙述只想证明一点,作为一本诗集的序诗,而且是作为出现在读者面前的第一首诗,闻一多的"红烛"是一个郑重的声明:这位现代诗人的创作既注重"今时"、又注重"此地",二者有着完美的结合。闻一多从一开始就进行着与众不同的艺术实践。他是要通过本土化的意象的营造,在新诗的现代形式上注入当时被忽略的中国精神。他是那时为数不多的最清醒的一位实践者,因而也是一位名副其实的创造者。

他和那时的新诗实践者一起,在推进新诗的现代化上,在否定并改造旧诗、创立以白话为形式的新诗的建设上,他们的目标是一致的。但又和当时的多数新诗人不同,这就是他不是一味地对旧的进行破坏,他又在这种破坏的同时寻找承继和吸收的可能性。他在从事新诗建设的最初一刻,就认定了既不同于中国的传统诗又不同于西方现代诗的、既扬弃又继承的二者相结合的诗歌观念。

从《红烛》开始,闻一多就以创新的精神营构着中国最早的一批具有浓厚的中国传统文化含量和诗学义蕴的新诗作品。这种功效的取得,得益于他的在新诗中引进中国意象的努力。《李白之死》是闻一多最早创作的一首长诗。它取材于美丽的来自中国民间具有幻想性的传说,却又对李白作了现代的阐释。他通过李白的狂与醉来表现诗人的孤独感,即通过"传统"以体现"现代"。《剑匣》也是早期的作品,也是一首借助历史故事展现闻一多既热爱传统又试图背叛传统的交织着复杂性的长诗。神蟒的梵象、鼓瑟的巫师、雷纹镶嵌的香炉、篆烟、荷瓣、琥珀和翡翠,他以这些非常本土化的意象,表达一个非常现代的"死"的主题。

从《红烛》到《死水》,闻一多始终不渝地致力于这种既现代又传统的诗的创作。《红荷之魂》、《孤雁》、《忆菊》都是这样的作品。在《忆菊》中,诗人把这中国之花放置在异常浓郁的中国式的氛围中:守着酒壶的菊花,陪着螯盏的菊花,插在长颈的虾青瓷瓶里的菊花,檐前、阶下、篱畔、圃心,将放、未放、半放的"有历史,有风俗的花","四千年华胄的名花"。到了《死水》,这中国式的意象更密集了。"从鹅黄到古铜色的菊花,记着我的粮食是一壶苦茶","青松和大海,鸦背驮着夕阳",即使是在那泛不起半点涟漪的"死水"里,我们也看到了浓郁的中国情调。

在新诗的草创期,闻一多以一系列本土性的意象入诗,从而展现时代的内在精神。一方面,贮存了让人惊叹的五千年的古老文明,一方面,又融入了现实的焦虑,他的诗,是爱与恨、希望与失望、现实与历史交织的诗意图卷。这在闻一多并非是一种偶然,而是一种刻意的实践。从这点说,他冒着可能被目为守旧人物的危险,而进行着自己独立的追求。要是闻一多的创作仅仅止步于此,那至多只是一种古典意象的"搬家"。但他作为现代诗人,作为五四新文化运动的坚定捍卫者和实践者,他有确定无疑的新锐立场:他致力于不抛离传统的革新,他用这种充分中国式的手法,传达出他对于诗意变革的关怀。

这种关怀成为闻一多贯彻始终的诗学追求,不妨称之为古典性的现代和现代性的古典的结合。以《死水》这首最具代表性的作品为例,即使在这首表达爱极而恨的、寓有强烈批判性的诗中,我们依然可以看到诗人并没有放弃对现代精神予以古典化的意图。在并不美丽的"死水"里依然有着"美丽"的展示。我们看到富有强烈的传统色彩的翡翠、云霞、桃花和罗绮——传统的审美意象,装点着那些并非美的所在的、让人作呕的丑陋。

二

中国新诗的创始和建立,是在一派批判和否定的氛围中进行的。那时人们倾心于对旧事物的破坏,为了创造新型的诗歌,诗人们忙着和旧诗划清界限,忙着在自己的诗里排除"旧词调"的哪怕一点点的痕迹。在此种背景下出现了早期的白话诗。这是一种非常接近口语的、浅淡而又很散漫的方式写成的自由诗。人们当时并不知道,当这种诗风形成之日,也是新诗埋下它的弊端之时。直至今天人们对新诗的不满和指责,例如"散漫"、"没有规律"、"不上口"、"不好记诵"等等,都是当日的"尝试"中留下的"病根"。

新诗史上的闻一多之所以独特,就在于他在新诗草创之初就有了对于这一新诞生的文体的清醒的预见。这就说到了他的关于新诗艺术性方面的批评和主张。俞平伯的《冬夜》是最早出版的新诗集之一。闻一多的《冬夜评论》也是最早评论《冬夜》的一篇长文。闻一多自述,他作此文"评的是《冬夜》,实亦可三隅反",是意在以《冬夜》为实例,评论当时已出现的那批作品的。闻评《冬夜》,首从"音节"谈起,肯定"凝练、绵密、婉细是他的音节特色","俞君能熔铸词曲的音节于其诗中,这是一件极合艺术原则的事"。在此文中他捎带批评了胡适在自由诗创作中对于音节的主张,并且尖锐地针对当时的极端认识,指出:"我们若根本地不承认带词曲气味的音节为美,我们只有两条路可走;甘心作坏诗——没有音节的诗,或用别国的文字作诗。"这说明在大家都忙于"创新"之时,他就非常关注新诗的艺术问题。他的上述意见是很有针对性的,即指向了以胡适为代表的那种急切地要与"旧词调"划清界限的主张。新诗的建立,伴随着对于旧诗的批判和否定的意愿。极而言之,就是所谓的要把诗做得"不像诗"——即"不像"旧诗,这就首先指向了对"旧词调"的清除。

新诗建设的长期的目标是运载工具的口语化,即取消文言而采用白话写诗。而在近期的追求,即是上述那种基于破坏的意愿的要把诗写得"不像诗",它的目标使诗更像"说话"。所谓的"不像诗",其实就是不像传统的旧诗。这样,"旧词调"就成了首当其冲的"革命对象"了。现在的问题是,一旦去掉了传统的那一套,用什么来替代它?这是当时很少人去想的。那时多数的诗人都把注意力集中于如何通过新的运载工具来传达新的思想内容上,而很少考虑细致的艺术性问题。闻一多与人不同,他一开始就关注新诗的艺术表现问题。《冬夜评论》的首从音节分析开始,继及章句用词等,就表现出对于艺术性的极大关怀。

1926年发表于北平晨报副刊的《诗的格律》,标志着闻一多对于新诗艺术思考的走向成熟的阶段。他从早期对于新诗先天性缺陷的警觉开始,这时转向了新诗的理论建设。当人们还沉浸在自由的狂欢之时,他提出对于自由的约束。这无疑是针对新诗的散漫无章的弊端而发的。在这篇纲领性的文字里,他以下棋来比喻做诗,认为"棋不能废除规矩,诗也就不能废除格律","游戏的趣味是要在一种规定的格律之内出奇制胜。做诗的趣味也是一样的。假如诗可以不要格律,做诗岂不比下棋、打球、打麻将还容易吗?"在这个意义上,他提出著名的"带着脚镣跳舞"的主张。

冷静地看来,闻一多关于格律的主张难免有点绝对化。因为事实上即使是不用格律的诗,也有写得好的。公允地说,是诗体的解放给中国诗带来了新的生机和希望,白话新诗开创了中国诗歌的新时代,这是有目共睹的事实。但是,大量的非格律化倾向,的确也给新诗带来了一些与受众欣赏相脱节的问题。这在新诗草创之初,当大家都在忙于作新的试验的时候,他警觉到这种"新"带来的问题,这是要有一点勇气的。《冬夜评论》、《女神之时代精神》、《女神之地方特色》等一系列理论著述的贡献在于,闻一多在大家都着意于对传统的否定、以及以欧化为新诗建设的主要参照的时候,开始了另一种思路的思考。闻一多在强调新诗的现代精神的同时,也强调了新诗的本土特色。这其实就是诗的现代性与诗的传统性的结合的问题,用闻一多的话来说,就是"今时"与"此地"结合的问题。

《诗的格律》的发表,意味着闻一多诗论更为完备和更加成熟的一种升华。在新诗的理论建设中,闻一多的贡献在于,他把新诗从早期的"白话的诗"的追求,进展而为现在的"美的诗"的追求。在新诗的初期,新诗建设的目标是推翻文言的诗、建设白话的诗;那么,以闻一多《诗的格律》的发表为标志,则是从对于"不美"的诗的否定,进到对于"美"的诗的肯定。在初期,人们关注的是如何把诗做得"不像诗",那时的一种明确的意向是宁可牺牲美而要坚持白话的革命。而现在,则是在坚持用白话写诗的前提下对于诗美的重新关注。即,在追求"不像诗"的同时,也追求"更像诗"。这在新诗的历史发展中是非常重大的转进。

建设一种美的诗,可以说是闻一多诗论的灵魂。在这里,闻一多给已经"放大了脚"的、解放了的新诗"重新"带上了脚镣——他强调的是"带着脚镣跳舞"。这里的从"不像诗"到"像诗",从诗的"自由"到诗的"不自由"的转移,是很难能用"进步"或"保守"来论的。应该说,对于新建立的中国诗而言,解放是一种前进,而对于解放带来的失衡的纠正、或者说约束也是一种前进。对于尚在试验的新诗而言,如郭沫若强调的"诗是写出来的",是合理的,而纠正以为"写"即意味着对于艺术表现的忽视,如闻一多这时强调的"诗是做出来的",也是合理的。但一个不争的事实已被闻一多注意到了,这就是:新诗从开创之初就先天地存在着因诗体解放的强调,而普遍存在着忽视诗美本质的隐患。

闻一多在这种主流掩盖下普遍忽视的初始,及时地提出了旨在匡正新诗偏离的建设性的理念和方案,这在当时就是胆略和智慧的表现。从早期的思考开始,到《诗的格律》的发表,可以说,他对于新诗建设的意见已现出整体性的成熟的框架。这就是,从音节的研究开始,逐步深入到音尺、平仄、韵脚等,属于听觉方面的诸因素;再就是对于词汇和藻饰、形容方面的研究,以及关于诗句和章节的安排,这些是属于视觉方面的诸因素。至此,闻一多完成了他关于新诗艺术设计的总体构想:即诗的艺术美是多方综合的整体美,其中包括音乐美、绘画美和建筑美。他的这些主张的背后是对于新诗初始期的平面化和散漫化的匡正。

很明显,格律化主张是基于自由化的失误和弊端,而音乐美、绘画美、建筑美"三美"论的主张的提出,是有感于新诗普遍的轻忽诗美的事实。而当闻一多作这些思考时,新诗的兴奋点还在对于旧诗秩序的破坏上。因此这种"反"潮流是要有勇气的。当然,当日闻一多的这些思考,也存在着对于自由诗业已取得的成就估计不足的缺憾,他提出的主张中也有不兼容的、排他性的倾向。显然,他当时还未能形成新诗多元并存的理念。

三

从创作《红烛》开始,闻一多就把自己的生命融入诗中。他的最动人的诗情,是对人民和祖国的大爱。这点,很早就被朱自清注意到了,朱自清给予闻一多以很高的评价,说他"又是个爱国诗人,而且几乎可以说是唯一的爱国诗人"。在早期的《初夏一夜的印象》中,他就有对于战争的控诉和对民众苦难的同情。人们还为《太阳吟》中那种对于祖国的思念之情所感动。到了"死水"时期,这种对于现实的关怀和对于祖国的爱,就发挥到一种近于极致的状态。"死水"之所以能获得几代读者历久不衰的热情,就在于它所展示的爱国之情更为深挚,和民众忧乐的联系更为密切,特别是诗人为这些诗的内涵找到了一种比较稳定而优美的表现形式所致。

在中国新诗史上,很少有像《死水》这样,在一本诗集中集中了这么多可以众口相传的名篇,而且,这么多的名篇中又积聚了这么多的名句。《口供》里不仅有深挚的爱,还有无情的自我批判;《死水》里有对于丑陋现实的尖锐否定以及辛辣的讽刺;而在《静夜》时刻,则有因"四邻的呻吟"、"战壕里的痉挛"以及"疯人啮着病榻"的苦痛的感知而不能禁止自己的"心跳"。这种心跳的感觉,充盈在从《红烛》到《死水》的所有篇页之中,也充盈在他的生命的所有时刻,直至被卑鄙的枪击所暗算而猝倒在昆明街头!

闻一多是一位始终对艺术怀有神圣感的诗人,他视诗为庄严的至善至美之物。在早期,他敏感到了在新诗变革途中诗美的流失,于是号召格律的重建,擎起了创造美诗的旗帜。这种号召在新月派诗人的创作中,得到了较为切实的实行,也曾引发较多的驳难。但今天反观闻一多的主张,的确有针砭时弊的良好动机和效果。他的新诗"三美"的倡导,作为理论的提出,能够在一批诗人中得以实行,而且一时成为风尚,也是新诗历史上少有的事例。

但中国社会的现实缺乏给艺术以平和宁静的发展环境。起于四野的战烟,搅乱了新月诗人们憧憬的纯美的宁静。对于爱国、爱民甚于爱诗、爱美的闻一多,社会和国家的危难不可能不给他原先的诗歌观念以冲击。在此种处境中的闻一多,他顺应时世而自觉地调整自己的诗观,自是自然而应有之理。事实上,在新诗初创的十年蜜月期结束之后,闻一多就对自己的诗论开始了积极的调整。他在给臧克家的《烙印》所写的序中,就强调诗人对于生活的责任,强调诗人要表现一种"极顶真的生活的意义",要表现那种"嚼着苦汁营生"的经验,"我们只要生活,生活磨出来的力"。在诗集《三盘鼓》序中,他更提出诗的使命在于给民族的危机以"药石和鞭策",而且还希望"加强药石性的猛和鞭策性的力"。

抗战事兴,国势艰危,漫长的外战之后是内战,闻一多被深重的民族的苦难所召唤。一方面,他义无返顾地投入了以正义反抗邪恶的斗争,一方面,他对代表这种信念的诗的实践给予了更多的关注。也即在此时,他不再对那种美轮美奂的精致投以热情——那曾经是他的一个纯美的艺术圣殿里的梦,他似乎更愿意聆听那来自原野的质朴的、原始的声音,这就是他此刻所期待的鼓声,以及击打这鼓声的"时代的鼓手"。

精通艺术的闻一多重视诗与音乐的亲密关系,认为诗与音乐一向是平行发展的。"正如从敲击乐器到管弦乐器是韵律的音乐发展到旋律的音乐,从三四言到五七言也是韵律的诗发展到旋律的诗。音乐也好,诗也好,就声律说,这是进步。可痛惜的是,声律进步的代价是情绪的萎靡"。(《时代的鼓手》)在抗争的年代,人们需要鼓点的激励。他认为管弦是太精致了,对于粗犷的、苦难的时代,脆弱的感情意味着生命的疲困,如若管弦的情绪代替了鼓的情绪,其结果只能是"靡靡之音"的弥散。

正是在这样的背景下,他听到了来自遥远地方的鼓声。这就是被他称之为"时代的鼓手"的田间的诗。他是把田间的诗放置在新诗的历史中予以考察的:"单从新诗的历史,打头不是没有一阵朴质而健康的鼓的声律与情绪,接着依然是靡靡之音的传统,在舶来品的商标的伪装之下,支配了不少的年月",这里有他对历史的沉重的反思。他对田间的评价是有别于以往的全新的理念:"简短而坚实的句子,就是一声声的鼓点,单调,但是响亮而沉重,打入你耳中,打在你心上,你说这不是诗,因为你的耳朵太熟悉于弦外之音那一套,你的耳朵太细了。"(《时代的鼓手》)

闻一多是从"非艺术"的角度进入田间这一全新的诗歌视野的。指出田间的诗,"它所成就的那点,却是诗的先决条件——那便是生活欲,积极的、绝对的生活欲。它摆脱了一切诗艺的传统手法不排解,也不粉饰,不抚慰,也不麻醉,它不是那种捧着你在幻想中上升的迷魂音乐。它只是一片沉着的鼓声,鼓舞你爱,鼓动你恨,鼓励你活着,用最高限度的热与力活着,在这大地上"。他不再迷恋那空中的梵音,而是热情地拥抱那大地上的血与火,聆听那来自深深的地层中的沉重的鼓声。

闻一多的诗观有了一个大的整合,但并非突然而至的变化。早在"死水"时期,即他在构筑他的诗的由平面而立体的美的宫殿的同时,在那些诗篇中,就跳动着与周围世界密切关联的诗心。《飞毛腿》、《荒村》、《天安门》这些诗中洋溢着对劳动者的同情和对现实苦难的关切。在《静夜》里,他断然拒绝了"墙内尺方的和平"的诱惑——"我的世界还有更辽阔的边境。这四墙既隔不断战争的喧嚣,你有什么方法禁止我的心跳?"所以,这些在艰难时世中的新抉择,与其说这是闻一多的"转变",不如说更是闻一多的前进。

艺术在冷酷的环境里也变得冷酷了。当周围变得连活下去也成了问题的时候,更为重要的东西就替代了艺术的位置。这就是闻一多在来自生活前沿的鼓点里得到的启示。他用"生活欲"这样的概念来表达和概括这种启示。真实的生活在这里代替了艺术原先的位置。闻一多确定无疑地宣告:"这是一个需要鼓手的时代,让我们期待着更多的时代的鼓手出现,至于琴师,乃是第二步的需要,而且目前我们有的是绝妙的琴师。"他在时代的启示下,在艰难的年代重新确定了第一、第二需要的排序。这就是站立在时代前列的诗人闻一多。

2000年4月6日初稿于北京大学
2000年5月19日定稿于图宾根大学

郭沫若的生平和《女神》的时代背景*

郭沫若(1892—1978),现代诗人、剧作家、考古学家和历史学家。他的第一部诗集《女神》,是中国新文学史最重要的作品之一,也是中国新诗的奠基之作。《女神》代表了五四狂飙突进的时代精神,是这个时期体现中国人追求理想进步的浪漫主义激情的最具代表性作品。

郭沫若,1892年11月16日诞生于四川省乐山县沙湾镇一个地主兼商人的家庭。原名郭开贞,郭鼎堂,笔名沫若。幼年受家塾教育。早年参加四川保路运动,1913年赴日,考进东京第一高等学校预科,次年转入冈山第六高等学校。1918年升入九州帝国大学医科。这时期先后接触泰戈尔、歌德、海涅、惠特曼等人的作品,哲学上受泛神论的影响。他在《我的作诗的经过》中说:这时期"对于泛神论的思想感受着莫大的牵引"。五四时期,他还接触过康德、尼采的学说,弗洛依德的精神分析学说和厨川白村的文艺理论、以及当时甚为流行的新罗曼派等的影响。这些影响使郭沫若的前期思想呈现出非常复杂的状态。

1919年五四运动爆发。身居日本的郭沫若受到极大的震动。这年开始在上海《时事新报》的《学灯》上发表新诗。这时他由追随泰戈尔转而迷上了惠特曼。1919年下半年和1920年上半年,是郭沫若新诗创作的"火山喷发期",《凤凰涅槃》、《地球,我的母亲》、《天狗》、《炉中煤》等名篇,都是这个时期的作品。

---

* 此文据文稿编入。

1921年8月,诗集《女神》由泰东书局出版,收诗五十余首。1921年6月,与成仿吾、郁达夫等成立创造社,1922年3月《创造季刊》问世。

1921年4月,郭沫若放弃医学,与成仿吾一同回到上海。国内的现实令他失望,同年9月复返日本求学。诗集《星空》体现了这一时期内心苦闷而又渴望奋斗的心路历程。1926年参加北伐,先后任革命军政治部秘书长、政治部副主任等职。

《女神》是在五四精神的感召下写成的作品。正是由于这个追求光明理想和崇尚个性解放的时代,使郭沫若的诗长上了腾飞的翅膀。《女神》的诗风雄浑而豪放,充满了爱国的激情。郭沫若自言:"五四以后的中国,在我的心目中就像一位很葱俊的有进取气象的姑娘,她简直就和我的爱人一样。"(《创造十年》)《女神》是中国新诗的纪念碑式的作品,它以深刻丰富的思想内涵、气势豪雄的自由体式、以及充满浪漫精神的艺术风格,开创了一代诗风。

现实人生的关怀[*]

　　文学到底是维系着人生的,它总是人生的直接的或间接的、具象的或抽象的画图。因此,不论是直面世俗,还是涉及高雅的精神层面,从风花雪月到虫鱼草木,文学在讲什么,也可以说文学在关怀什么。说文学什么也不为,这话便意味着虚妄。文学是有所为的,它或者关怀着现世的一切,或者关怀着虚幻的、"不存在"的一切。

　　这原是一些属于常识性的话题,到如今为何却成了问题了呢?这说起来倒是有些绕口。先说"现实"这词,在现代文学中其词义是很含混的,从现实的人生到现实的政治,都是一种"现实"。有一段时间,在文学中所谓现实其实就是政治,至于说到政治,就涵盖了甚至吞噬了全部的现实。"现实"的声誉并不好。因此说到文学与现实的关系时,总有一种被政治篡夺或被奴役的感觉。

　　其实,文学并不因为曾经被替代而与政治无涉。历史上许多杰出的作家、艺术家和诗人都因其投身于或表现了进步的事业而赢得了荣誉。只是在中国,在中国的某一个特殊的年代,由于政治施加了威权而使文学沦为附庸以至于最后的丧失。这经历犹如一场噩梦迄今尚给人以惊悸。于是,偶一谈到文学的现实关怀等话题,人们便有杯弓蛇影之感,这原也可以理解。毋庸讳言,若言及文学的现实性,对于现实政治的关怀不应是题外之

---

[*] 此文刊于 2000 年 10 月 16 日《解放日报》。据此编入。

旨,这是非常自然的。

我们在当今的文学形势下,之所以重提"现实关怀"这一"古老"的命题,是有感于时下文学的严重缺失。从"表现自我"到私秘化写作,文学在回返内心的过程中,有了对于外界的重大遗忘。失去重大关怀的文学满足于自我抚摩和自我陶醉,它们不再关心自己之外的任何的人和事。文学变得非常地自私,文学也因而失去了重量。

重提文学的现实关怀并不是要文学回到过去,也不是要文学不再表现自我。只是希望有了重大缺失的文学,弥补那种缺失。只是希望走向内心和私人空间的文学,同时也不要忘了自己生存的世界。

2000 年 6 月 20 日于北京大学中文系

开花或不开花的年代[*]

那年代原是很复杂的,只是我们把它看单纯了,因为那时的我们很单纯。五十年代是我们青春灿烂的季节。那时我们从浓重的阴影中走出来,走到了明晃晃的阳光下——中国人从来没有感受到如此明亮、如此温暖的阳光了!战争的硝烟已经消散,包括朝鲜半岛上的那些让人惊怖的炸弹爆裂的声音也变得遥远了。这一切都告诉我们:新的生活开始了,和平建设的年代开始了。

那一年,我结束了六年的军旅生活复员回到家乡。仿佛是冥冥之中听到了命运的召唤,回到家乡的第一件事,便是准备高考。我借来了全部的高中课本,从四月到七月,我通过自习补完了因战争而中断的高中课程。我要进行我人生的又一个重要的选择(第一个选择便是在光明与黑暗际会的时刻,为着追求一种理想,我自觉地迎接了对生命的庄严考验)——我听到了北大对我的心灵的呼唤。

我的选择北大毫不犹豫的,是一种坚定的、无可替代的"唯一"。我在报考的申请表上填写的志愿也表明了这种坚定:第一是北大,第二是北大,第三还是北大。这并非我有什么非凡的自信,这只是表明,我宁可冒着落选的危险而立下了非凡的决心。我不可能选择母亲,但我可以选择北大——那时我就认定了,北大是我精神之母!

---

[*] 此文刊于《山花》2000年第10期,后收入《每一天都很平常》。据此编入。

正是这一年,我和我的同学们怀着共同的信念和理想,怀着建设新社会的宏大心愿,从中国的四面八方向着我们心中的圣地北京大学进发。那时我们是那样地年轻。年纪稍大的是像我这样的"调干生",是工作过的,也才二十三四的光景。更多的同学是应届高中毕业生,是十七、十八的年纪。青春年少,意气如虹,我们正是开花的季节。

尽管我们对即将开始的生活一无所知,但我们到底被那时代鲜丽而充满朝气的口号迷住了。就这样,我们这些如花的生命便集结在"向科学进军"的旗帜下,从此开始了我们的二十世纪五十年代的理想主义的"进军"。

我们的大学生活是紧张而单纯的。排得满满的课表,迫使我们进行着所谓的宿舍—饭厅—图书馆的"三点一线"的"运动"。从宿舍出来就进饭厅,吃完饭就上图书馆,而后又是饭厅,而后又是宿舍。在这三点之间,显然还有无数的点,那就是课堂。北大的课堂是安排在各个不同的教室楼里的,我们得在课间休息的间隙里进行穿梭式从这一课堂到那一课堂间的奔走。校园很大,教室楼之间的距离也大,那时自行车是奢侈品,只为极少数的一些"贵族"同学所拥有,于是,绝大多数的人,只能在限定的时间里作这样长距离的"竞走"或"竞跑",以此来完成不同课堂的转换。

我们进校时院系调整已经完成。我们面对的是一个让人眩目的、阵容非常强大的师资队伍。那时的北大中文系集中了全国最知名、也是最有实力的一批老师。年长的如游国恩、浦江清、王力、魏建功先生等,也只是五六十岁光景,我们的老师当时正当盛年,而学问已臻至境。给我们讲授中国文学史的有游国恩、林庚、吴组缃、季镇淮、王瑶等先生。杨晦先生讲古代文艺美学中的"九鼎",我们似懂非懂却非常着迷。朱家玉先生讲民间文学,让我们认识了非文字书写的另一个神秘的世界。此外,还有许多文学、语言方面的专题课,如《文心雕龙》《红楼梦》等,都是一些名家来讲学。那时学校对我们的要求很严,除了中国文学,还要学西方文学史、苏俄文学史、以及东方文学等,虽然都是初步的,但却让我们全方位地领略了文学世界的丰富和辉煌。

文学以外,系主任杨晦先生强调文学与语言的"有机联系",请几乎所有的语言教授给我们上语言课,其中如王力先生的古汉语,周祖谟先生的现代汉语,高名凯先生的普通语言学,岑麒祥先生的语言学理论,魏建功先生的音韵学,袁家骅先生的汉语方言学等。除此之外,还有哲学、逻辑学、中国通史、联共党史等等。我们被这些排得满满的课程压得喘不过气来,不免啧有烦言。记得孙绍振还画过漫画,讽刺过杨晦先生的"有机联系"——他在文学和语言之间,画上了一只大公鸡(有"鸡"联系)!那当然是顽童之举,却也表达了当日师生之间无拘束的亲密。

数十年后的今天,回想往事,想起那密密麻麻的课程表,想起那重重的、厚厚的书包,想起那无休无止的、让人心悸的考试,那一切让人寝食难安的烦心的艰难,如今都化作了一缕透心的甘甜!正是由于当年那种近于强制式的基本理论、基础知识、基本技能的训练,正是由于当日这种严格要求打下的坚实的基础,才积累了我们日后赖以发展的条件与前提。

名校、名系、再加上名师,我们是多么幸运!五十年代的中国还很贫穷,但国家按照我们各自的经济条件,给了我们不同的奖学金,三元、五元不等,特殊困难还有特殊补助。应该说,生活是有保障的。现在,一切都为我们准备好了,就看我们的努力了。我们毫不犹豫地接受了时代为我们安排的一切:五分制、口头考试、三好生、五好班、莫斯科大学模式,以及俄文成为必修的、也是唯一的外语;而在文体方面,则有三级运动员考试,露天电影,以及友谊舞的普及等。也正是在这样的舞会上,我认识了一些后来刻骨铭心的朋友。

生活在平静而又热烈中进行。我们很快就迎接了入学后的第一次考试。记得其中一门考试是《普通语言学》。庄严的会场，洁白的台布，高名凯教授坐在桌子的那一面，我坐在他的对面。抽题，抽的是"语言和思维的关系"。耐心的提示，结结巴巴的回答，那真是一个苦难的历程。而实际上，我对这个题并没有弄清楚，我的脑子是一团迷雾。高先生是慈祥而宽容的，他给了我五分——看得出来，他有些勉强，他知道其中我有未曾道透的关节。朱家玉先生的民间文学我就是背讲义，居然也得了五分！那时我们在争取评五好班，其中一个条件就是要求全班每人各科全五分——这当然是很苛刻的，但我们还是无条件地接受了。因此考试的压力是双重的，争五分不仅是为了自己，更是为了集体！

正是在这样教育"一边倒"的体制下、甚至还有着不重也不轻的教条主义气息的氛围里，在近于强制性的"充填"中，我们的知识和学业得到了充实和成长。数十年后回首往事，我从内心深处真心地感谢当日学校为我们所作的安排。我们年级的所有同学后来在各自的业务中和岗位上，要是作出了一些成绩或受到了一些好评，一定都会不约而同地想到、并感激于那个向科学进军的年代，感激严格要求我们的师长，感激那一串串长长的书单、一场场惊心动魄的考试。正是那一切，给我们打下了日后发展的坚实基础。

1955年的除夕，我们迎接来北大后的第一个新年。那一个夜晚大膳厅灯火辉煌，盛大的新年舞会在进行。当除夕的钟声响过，马寅初校长带着微醺走上讲台，向大家祝贺新年。简短的祝词过后，舞会继续进行，从午夜直至凌晨。那个夜晚，第一教室楼也是彻夜开放，不知出自何人的构想，那里的每一间教室，都办起了各色小吃。我们在贫穷的年代里，居然过了一个奢侈的新年！

这样的新年彻夜狂欢,也许还进行过一次,那也只能是最后的一次。1956年是所谓的"百花时代",那时有过虽然是短暂的、但却非常动人的言论自由的情景。但春天很快就过去了,百花凋谢在1957年的早春时节。那时我们少不更事,我们单纯的心灵还沉浸在暖春的抚慰里,可是天边已隐隐地响起了雷声。那年我和同学们办大学生自己的文学刊物《红楼》。该刊的创刊号于1957年1月出版,鬼遣神差地竟选用了一幅题为"山雨欲来风满楼"的国画做封面。那可是句谶语。刊物出了不几个月,"反右派斗争"的"山雨"就真的铺天盖地地卷过来了!

进入五十年代以后,各种大批判和政治运动其实就没有间断过,但因为我们年小,涉世不深,许多事牵扯不进去,那感觉毕竟是"隔"的。现在不同了,"斗争"就发生在我们身边,甚至就在我们身上。眼看那些很有才华的师友一个个地被划成"右派",在我们,此刻真是一种说不清、道不明的内心流血、欲哭无泪的被"煎熬"和"切割"的感受。

1957年5月19日,那天的阳光格外明媚,好像是周末,《红楼》同人相约游颐和园。正是同学少年,才华横溢,英气逼人,天真烂漫的时刻。大概是在排云殿的前面吧,我怀抱吉他,周围是我亲爱的文友,大家簇拥着、天真地欢笑着。同行中唯一的女同学林昭摄下了这个可说是充满时代色彩的、但却是悲剧性的画面。当天晚上、同游颐和园的诗人张元勋和另一位也是中文系同学的诗人沈泽宜,联名在大膳厅东墙上贴出那首后来被称为"右派进攻"的"号角"的诗:《是时候了》。也就是从这一个夜晚开始,"红楼"出现了裂痕并由此导致最后的"坍塌"。

在那些时日,我读着那些充满独立思想的大字报,内中那些堪为时代前驱的思考,令我内心既感到兴奋又感到惊恐。正统的教育和由此形成的思维受到了质问和挑战,这给我以大厦塌陷的感觉;从中学时代开始接触到的那些西方近代文明和基督教文化的影响,又诱使我接近并欣赏那些"异端"思想。一方面,我既无力背叛我当日所服膺的信念和理想,另一方面,我又无法摆脱我所憧憬的西方那些民主、自由、平等、博爱思想影响对我的诱惑。

我响应号召违心地批判那些"右派分子"——他们是我私心倾慕的同学和朋友,为他们的才华、智慧和抗争的勇气;与此同时,我所批判的也正是我灵魂深处所感到接近的,我正是在这样充满内心苦闷和极度矛盾中,并不情愿却又不由自己地被推进了那个斗争的大旋涡。出于自我保护或为了表明"坚定",我"自觉"地、更确切地说是违心地做了我当日所要求我做的和我所能做的。以我当时的状态和心境,可以想象我的这些言行肯定是无力甚而让人失望的,而我却必须这么做下去。眼看周围那些有善思考而才华横溢的师友,一个个被打成了"另类"。我夜难成寐,内心经受着羞愧交加的煎熬。

给人希望的春天就这么幻灭了,我们的花季是悲哀而终于凋零的。它粉碎了一年前进入这座校园时的关于春天的梦想,它提醒我们,在通往理想的路上,并不全是由鲜花所铺成。春天也会有电闪雷鸣,也会有急雨暴风。而生活就是在这样并不平坦的、甚至是充满苦难的路上的行进。在不开花的日子里,我们因忧患而成长。

不错,我们是很勤奋,也是很聪慧的一群。时代为我们准备的一切,有鲜花的灿烂,也有荆棘的严酷,我们以感激的心情领受了。我们行走,当朋友星散,独自行走于崎岖路上,也许是一边流泪,也许是一边流血,但我们活着,而且我们成熟。如今回望那当日的欢笑和痛苦,我们无言,惟有感谢。感谢多情的岁月,感谢无情的岁月,感谢幸福,也感谢苦难。

2000年7月7日于北京大学,
为1955级入学45周年、毕业40周年而作

附录一:关于《难忘的岁月》的情况通报

亲爱的同学们,1955级隆重的毕业40周年纪念会召开在即,我受1955级在校同学的委托,现在特向各同学通报《难忘的岁月》集稿及编辑、出版的有关情况。

自从约稿信发出至7月18日止,各方来稿十分踊跃。目前已收到来稿35篇,他们是:吴同瑞、杨东、赖林嵩、孙幼军、吴秋滨、戴钦祥、曹鼎、于石(润泽)、陈启彤、孙维章、黄修已、张炯、刘彦成、黄衍伯、李尊美、邓美宣、李坦然、曾景忠、陈玄荣、张少康、李世凯、史有为、李汉秋、陈铁民、孙乃沅、张厚余、李景华、张越、朱一清、李永祜、谢冕、任彦芳、吴重阳、孙静、鲁国尧。来稿已占我级同学总数的三分之一强。鉴于此种情况,我们还是坚持希望每人都动笔,希望来个"全家福"。为此,再次发出呼吁:还没有动笔的同学请立即动笔,我们等着。

本书出版已得到北大出版社的大力支持,他们答应在不付稿酬的条件下,接受本书的出版。在目前,这可能是最好的结果了。为此我们衷心感谢母校出版社的鼎力相助。现在的问题是,在最短的时间内,得到同学们的稿件。

谢冕谨启,2000年7月19日

附录二:散文随笔集《难忘的岁月》说明

高秀芹

这是一本散文随笔集,由谢冕主编。书名出自林庚先生的诗句:"那难忘的岁月,仿佛是无言之美。"作者都是当年北京大学中文系1955级的同学。今年是55级同学入学45周年和毕业40周年的纪念日。55级同学拟再次聚会于母校。为使这种聚会富有意义,同学们商定出此书以示庆祝。

北大中文系1955级是以集体编写《中国文学史》出名的班集体。他们中高密度地产生了许多较有影响的专家、学者和作家,这些人在文学史研究、文学批评、语言学研究、也在教学和行政工作、以及文学创作等方面产生影响。有人称之为"55级现象"。

他们在校期间,经历了"向科学进军"、"大跃进"、反右、"学术批判"、集体科研、下乡下厂劳动等非常丰富的生活。他们毕业离校之后又经历了"文革"、下放、干校劳动、以及新时期以来的一切一切。他们的经历是丰富的,他们的写作已不仅是个人的行为。他们的作品将让我们窥见一个充满血泪的、异常复杂的时代。他们的成长道路,他们的成就与局限,都将给今天的年青人以启示。

这是一本美文集。因为它们的作者都是学业有成的各方面的、特别是文学方面的专家。这些人的文笔和写作技巧是可信赖的。

为《新诗人》写几句*

诗人原不应分新旧。新诗人有他的锐气,"旧"诗人有他的练达。新,未必真有新意,而旧,未必真成了"旧物"。更有,从来的新未必不如旧,而被那些一意追新的人所鄙薄的"旧",却很可能是永难抵达的高峰。

但从根本上说,所有的诗人都应当是"新"诗人。世界是发展的,艺术是革新的,惟有新变方能保持恒久的生命力,这是常理。那么,我所寄望于所有诗人的,就是希望他们永远是新诗人。

2000年7月10日于北京大学中文系

---

* 此文据文稿收入。

福清城里有座小楼[*]

福清城里有一座西式院落，两层楼的红色砖房，有晒台和明亮的窗子。东南海滨灿烂的阳光下，那院中生长着许多亚热带的花木。我记得有几株木瓜，还有浓密地斜倚墙上的三角梅。那是很静谧也很清雅的一所院子。

那时八十三师师部从莆田的黄石镇进驻福清，由辛波队长领导的八十三师文艺工作队也就随着搬到了这里。辛波队长是个很爱惜人才也很懂业务的领导人，他知道文工队发展的关键，在于要有不断提供演出的新节目。而新节目的产生，则有赖于生产制作的人。为此，他决定成立编导组。所谓编，即指节目诸如歌剧、话剧、演唱小品，以及歌曲等的创作和编制；所谓导，就是把这些创作出来的节目由导演主持排练、直至正式演出。剧目生产的环节抓好了，文工队就能够生存下去。

所以，自从大部人员参加闽北土改归来之后，八十三师文工队经过调整，辛波队长就开始组建了这个编导组。编导组人员不多，约八九人，大约相当于一个小队（班）的建制。但它的地位却很特殊，是直属队部的，相当于一个分队（排）的级别。由此可见，辛队长对这一举措的重视。他任命江平为组长，任命我为副组长。编导组的驻地便是这座漂亮而幽雅的洋楼。

我们在黄石镇的时候住的是民房，条件很简陋。现在搬到城里来了，条件已经很好。而编导组则更见特殊，整整占了一座

---

[*] 此文刊于《山花》2000年第10期。据此编入。

楼。(记得此房好像没有房东,若有,也是我们占了二楼的整整一层,房东住楼下)。楼上的四围是房间,中间是一个大厅。房间住人,大厅供开会或其它公共活动用。

这编导组很像是现在常说的某一单位的专家组,它就是我们这个小小的文艺团体的"专家组"。成员中除了我以外,参军前的身份都是大学生,而且都是学戏剧或艺术的大学生,因此总体的年龄偏大。当然我也是例外,那时我只是中学生。那时的文工队人员参差不齐,有上海解放后入伍的大学生,也有从国民党部队接收下来的专业人员,绝大多数则是福州参军的中学生,以及为数还不算少的一些小学生。全部文工队的人,看着这个新组建的编导组——它把全队的"专家"都集中到一起来了,大家当然都是仰视着的。我至今也弄不清楚,辛队长为何派我这样的"小"知识分子,去领导那些"大"知识分子?

组长江平是上海人,他是学戏剧的,是一个出色的导演,也是一个素质很好的演员。他谦和宽容,是个老大哥式的众望所归的人物。组员有王增欣、陈艰、林孝铭、张及、林耀邦等,这些人多半会编、会导、还会演。王增欣和陈艰都是很棒的男低音。王增欣多才多艺,会拉小提琴,会作曲,会演戏,而且经常还有一些让人神往的、在那时也是相当大胆的浪漫故事。后来演《赤叶河》,有一段唱词很悲苦,需要用一种适合的乐器来伴奏,王增欣独自琢磨,拣了一支钢锯,居然发明并学会了"锯琴"。陈艰被公认为是文工队中的"怪才",他和王增欣一样,都长着个大脑袋,天生地是爱因斯坦式的人物。此人兴趣广泛,学问很大,做文艺方面的事对他真是屈才,他的专长在自然科学,有许多的奇思异想。他经常夜里跑到野地里去,挖了骷髅回来,吓的队里那些小女孩们四处逃窜。

总的说来,编导组里的人都有些"怪",至少在那些年小的队员眼里是这样。他们的经历和思想都有些复杂,而且还都有些

"不屑与谈"的高傲,是有些与众不同的地方。他们都是受辛队长重视的文工队里的"大人物",是那些福州参军的中学生和小学生仰慕的对象。

在这些"大人物"之中,还有一位更特殊的人物,他不在编导组的编制而实际上却和编导组保持着极密切的联系,此人就是关尔佳。他那时的职务是戏剧干事,是住在队部的。但他的大部分时间,都和我们在一起。也许是由于经历和年龄都接近,也许是由于这位解放前上海戏剧学院的大学生,和编导组里的人趣味和修养都相同,总之,住在队部的关尔佳,是我们这座小楼的常客。他生性散漫,不拘小节,却得到辛队长的"庇护",为此颇引起那些小朋友们的不满。即此一端,也可看出队长辛波的领导风格——他是一位深知知识分子的特点而又善于发挥他们的长处的领导人。这样的人,在当日军中,是很少有的。关尔佳出身满族世家,讲着一口极标准的京腔。他是文工队最有威望的导演。经他的手,先后导演过《白毛女》、《赤叶河》等大型多幕歌剧,以及许多自编自排的独幕剧、大联唱等节目,使小小的文工队很是风光了一阵。

除了关尔佳之外,常来小楼作客的,是女生分队的分队长李欣。李欣是山东姑娘,白皙、清秀、细挑的个子,北方人的豪爽之气,再加上一身戎装,有一种独特的魅力。她也是敢于单独拜访小楼的唯一的女性。这也许是由于她是分队长、也许是由于她是"老革命"——那时山东参军的已经是老资格了——的身份。至于各个分队里的那些小姑娘们,尽管她们很漂亮,也很聪慧活泼,但她们很少有单独来访小楼的勇气,可能小小的王良琳是一个例外。

在小楼的那些日子,我忘了自己都曾经做了些什么。我那时浑浑噩噩,想写些什么,却又写不出来。当时我没意识到,数十年后的今天,我回首往事,知道那时我正经历着新旧文艺思想冲突所带来的折磨。我的中学时代受到的是英国式的西方教育,而文学理念则主要来自五四的新文学创作。而这一切,在当时都受到了质疑和否定。文艺在五十年代的中国,特别是在军中,它的服务对象和创作原则是被严格规定了的。我除了按照那种规定去写,别无出路。而我的思想情感、以及表达思想情感的方式,与那一切都是格格不入的。那时我有无处可诉的内心苦闷。

所幸小楼惬意的日子并没有持续多久。前方形势的紧张,迫使文工队要做进一步的整编。编导组解散了,各分队的人员也都裁减。许多人都离开了竟日里笙歌弦诵的文工队,离开了知人善任的、堪称为知识分子的知心朋友的辛波队长。也就是此时,我也告别了我的文工队的朋友们,告别了编导组的"怪才"们。当我独自一人背着背包,向着茫茫的大海走去的时候,心中对那座让人梦想,让人怀念的院中长着木瓜树、墙上斜倚着三角梅的亲爱的小楼,真的还是十分的留恋呢!

2000年7月14日于北京大学中文系,
为纪念五十年前八十三师文工队的友谊而作。

传统不会过时^{*}

传统太丰富了,中国的传统,世界的传统,古代的传统,现代的传统,都是值得我们十分珍惜的遗产。我们无可选择地置身于传统之中,衍成智慧和文明的发展。它是源流,是永无阻断的长流水。传统之水从历史流向今日,并经由今日向着明日,向着永远。这些道理,从抽象的意义上讲,一般不会有异议。但在涉及具体的文学史事实的诠释、以及实际的文学价值的判断时,观念的差异却是非常大的。

在我看来,每一个民族的文化传统有它的恒定性。正是这种恒定性对这一传统的性质加以规定。但传统又是变化发展的。每个时代都以自己的创造加入其中,而固有的传统又会在时空的转换中产生变动和位移。把传统视为凝固的和一成不变的,显然是迂阔之见。许多名为"反传统"的意图和行动,其实都是加入、变革传统的另一种表达。那些激进的反传统者,他们在如此从事或如此张扬之时,必然都以承认和肯定那个"隐身人"为前提的。他们的激进姿态,正是基于一种被承认的期待和焦虑的外现。

在中国文学新时期的初始,由于长期自我幽闭的闸门的开启,由于历史歧误所产生的纠偏的愿望,面对着纷至沓来的西方思潮,学界再度掀起批判传统的热情。但这并不意味着对传统价值的根本否定。那时批判的锋芒所指,是"文革"中对传统中

---

* 此文据文稿编入。

的消极因素的无节制的张扬。而与此同时,舆论并没有否定中国优秀的古代文学的传统特别是五四新文学的传统对于建设新时期文学的意义。

新时期开始的文学探索,最后导致文学产生了划时代的重大变化。但在这些变化的间隙里,我们也发现某些令人不安的迹象。例如,由于审美范畴中"丑"的价值受到开掘,风气所及,许多抒情文学特别是在诗中,美受到了极大的忽视,在有些场合,美甚至受到冷落。那么,传统文艺学中的审美的观念是否过时了?再如,当今的许多小说不再重视人物形象的塑造,有一些作家写过许多的作品,但就是没有一个可以让人记住的形象。那么,传统文艺学中的典型的概念,是否也应该被屏弃?

我们现在的问题是,文艺的创新,是否必定意味着对于旧有的一切的决裂?我们要问,文艺的发展是不是一定呈现为线性的、非此即彼的状态?在现在,重新提出对于传统宝库中的价值的审视,这种"反观"是否一定隐含着保守力量的反扑?令人感到不安的是,我们当前的前进,是以对于传统的忽视甚至无视为代价的。

2000年7月17日于北京大学中文系

序董之林[*]

中国现代文学自五四发轫至今,其间产生了许多变化。这些变化有文学自身的原因,更有社会的原因。从根底上探讨,是产生这一文学形态的社会环境,促使着文学作适应环境的这样或那样的抉择。文学的变化就这样不可避免地发生了。这种变化从表面上看,是文学圈中的人做的,但他们的背后,却站立着一个巨大的隐身的提线人——这就是独特而多变的中国社会。

我在许多场合都讲过五四新文学运动的基本表现形态,以及这种形态在历史发展过程中的转变。对这种转变的简约的表述就是:文学革命——革命文学——工农兵文学这样一个线性的发展轨迹。从文学革命到革命文学,再从革命文学到工农兵文学,这些文学形态各具特质,但又有内在的关联。这个文学运动的规律以及对这一规律的命名,现在已为越来越多的人们所认同,除了具体评价的差异外,大体上已经没有大的争论了。但是,对这种变化的形成及其过程的研究以及理论性的总结,则远远落后于已发生的事实。

五四新文学革命的性质,在它诞生之后不久,就发生了颇大的歧变。究其根由,则是文学思潮受到了社会思潮的影响和鼓励。这既与中国文学具体的生存状态有关,也与当日世界总的潮流有关。第一次世界大战以后,世界工人运动的兴起以及左翼理论的广泛传播,极大地鼓舞了一直被内外危机所笼罩的中国社

---

[*] 此文据文稿编入。

会。敏感的中国知识分子和文学家,成为接受并积极推进这一思潮的先行者。于是开始了改变五四新文学运动历史的实践。

中国文学对于激进思潮的认同,当然与近代以来改变中国之命运的总体追求有密切的关系。这就是说,不论上述那种改变导致了什么样的后果,对于中国人来说,它总是可以理解的——它总与改革旧文学的与世隔绝状态,总与增进中国文学在建设新文化、新思想、新道德最后以改进国民素质的初衷有关。通过文学达到新民强国的功利性,使中国文学几乎是先天性地敏感、亲近并乐于接受那些新进思潮。

社会与文学的因素产生了一种合力,它推动着中国文学的革命化进程。这是一种必然。甚至可以说,自新文学孕育的初期开始,就已埋下了日后这种演进的基因。这是一种长时间的、渐进的、同时也是缓慢的运动形态,它可以上溯到文学研究会的为人生的文学理念、转型后的创造社的革命文学倡导、左联和左翼文化运动、文学大众化的实践、以及工农兵方向的提出等。中国新文学就这样一步步走向了后来我们看到的那种为中国所特有的、稳定的、也是相当固化的、越来越走向"统一"的文学形态。

对中国现代文学所产生的这种变异,在"文革"前的叙述中,几乎无例外地均持肯定的评价,而在"文革"后的叙述中,则几乎又采取了完全相反的判断。而不论评价产生了何等变化,普遍缺乏的是,把中国文学的这种衍变放置于具体的社会背景之中,并予以与近代以来的文学追求相联系的辨析。上述那种研究的通病是,受当时流行的观念影响过深,易于从单纯的政治层面作绝对的肯定或绝对的否定的判断,而往往忽略对文学现象作具体切实的分析。

在诸多的忽略中,最大的忽略则是不重视、甚而轻视对本世纪五十年代文学的研究。学术界对中国文学这一特定阶段的研究往往失之笼统。开始是无例外的对"新方向、新人物、新故事"的大事颂扬。后来则经历了连续两次重大的否定:一次是"文革"中对五十年代文学一律谥之为"黑线"——持否定论者嫌这一阶段文学不"革命";再一次是"文革"后对它的批判,又认为这一阶段文学太"革命"了,它们与封闭、僵硬、教条几乎是同义词。一次绝对的肯定,两次绝对的否定,历史似乎因此而有了定论。其实不然。由于这一切是以很少触及事实的、推想式的概括为基础的,因而是缺乏说服力的。

五十年代的文学现象是一种历史发展的结果。它直接继承了四十年代初期确定的工农兵文学的全部理念,并且在理论上有更为完备和系统化的表述。用工农兵喜见乐闻的形式来表现新的时代和新的人物,在当时已是不言而喻的定理。它业已形成一个确定的目标,以及到达这一目标所需要的策略和手段。而所有的问题似乎只在于把这理论付诸实践。五十年代在文学创作的实践方面,也是一个值得重视的时段。强大的行政力量有可能通过开展社会性的"运动"或"准运动"的方式推进它的文学理想。这种推进业已取得成效,有时表现为正面的,更多的时候则表现为负面的。

与此同时,五十年代文学还是文革文学的准备,而这一切,又是在为以后的新时期文学作更大、更长远的准备。从这些意义上来看,无论是从正方还是从反方,我们都不应忽视了对于五十年代文学的研究。

正是从上述这样的前提上,我充分肯定董之林这部著作的价值。关于五十年代小说的研究,如同关于五十年代文学的研究一样,是始终被学术界忽略的一角。而在这种忽略中,却有无数的由欢乐和痛苦的经历和实践所凝结的经验被遮蔽,因此,这种忽略乃是精神财富的流失。董之林在本书的开头就说,她考虑到"这个时期的小说在冷战结束后被忽略的命运",导致人们忽视了其中被浓缩的"当代文学史研究中值得认真清理的问题"。可以看出她的这些认识和出发点,是与我在本文开始时的思考相一致的。

董之林的工作不仅在于指出五十年代文学这一文学史的"遗迹"所可能蕴藏的不可忽视的价值,她的贡献还在于通过文本的具体阅读和研究开掘出埋藏其中的丰富性。董之林从宏观的角度入手,把五十年代最重要的小说创作现象作总体的把握,指出那一时期文学所共同拥有的浪漫气质,它"曾以高昂的理想和热情激励着当时的社会,塑造了一代青年的人生,并构成现代文学向当代演化过程中的历史环节"。作者据此认为,"这是一个无法跨越的文学时代"。

对于五十年代文学的判断,曾经流行过相当普遍的"断裂"说。董之林的研究对此持审慎的态度。她认为五十年代是"时间链条上的中间环节",这个时间环节"包含着大量丰富的、却又是特定的历史、政治、和文化内容","它既是二十世纪现代化进程中一个不可忽视的单位,在时间的流程上,它是五四新文化运动通向八十年代改革开放潮流的必经时段;同时在空间意义上又具有鲜明的本土特征"。她特别重视不同文学阶段之间的内在联系——尽管它们之间在表象上可能存在着差异,她透过这种差异寻找表面的裂痕中的与传统相关的连接点。

事实也是如此,五十年代文学对于左翼文学传统而言,并没有断裂,它一直延续着既有的路线发展而不曾中断。又如上文说到的文学的理想性,这一时段文学依然继承了五四传统中改造现实生活的激情,只不过是,随着时代的变迁,文学中的浪漫情怀有了新的内涵。本书作者注意到,那个时段文学中的确存在着伪理想与伪崇高的事实,但同时也提醒人们,不能因为有这样的现象而轻易否定它的整体价值——精神与文化的转型与承接中存在着的极为复杂的纠葛与杂糅的事实。

本书作者十分重视五十年代文学的独特性,她用"青春气韵、英雄理想、浪漫情怀"来概括这种独特性。但她并不认为这种现象是突如其来的。她注意到历史叙述中的"当代因素",她也注意到文学因时代变迁而可能发生的"记忆封存"。作为研究者,她要在人们普遍的忽略与忘却中,追溯这些文学现象与文学历史的文化联系,董之林此刻所做的工作乃是一种历史的探索与记忆的开掘。

她的研究是具体的。她立论于广泛的资料的积累和文本的阅读之上。为了清理出这一阶段小说创作的实绩,并分别给予适当的评判。于是有了她对这些文学现象的归纳和命名,"青春体小说"即是其中之一,除此之外,她还以"乡土情结小说"、"诗化小说"、"英雄传奇小说"、"史诗类小说"等对这一时期的小说创作作了独特的概括和全面的覆盖。董之林的这些工作,对于这一段曾经被忽视、甚至是被偏见歧视的文学史的研究,乃是一个不容忽视的积极的贡献。

我特别欣赏董之林在叙述这段易于使人激动的文学时所持的冷静、客观、平实的立场和姿态。我以为这样的态度对于文学研究者,是非常需要的。因为这段文学与现实的政治有极为密切的联系,人们往往把某种可以理解的情绪带进研究中来,这就会在一定程度上影响到分析判断的学理性,易于忽略那些包裹在纷繁的事象下面的有益的启示。在一般的情况下,由于对政治层面的特别关注而忽略其间所可能蕴涵的文学价值的偏向,是一种常见的现象。

"一个浪漫清纯的时代已归于历史,而五十年代小说却将这理想飞扬的时刻以特有的方式记载下来,成为中国文化遗产中的一笔别具青春蕴涵诗意的精神财富。"我欣然同意上述这一论断,我坚信本书作者以及更多的同道者对中国这一特定时期文学的研究视点,对开拓文学研究的思路,对更新当代文学史的叙述方式,将提供新的、有益的启示。

2000 年 8 月 1 日于北京大学中文系

世纪的约会[*]
——在北京大学中文系1955级毕业四十周年庆祝会上的致辞

尊敬的老师,亲爱的同学:

十年前我们在这里相约,为了庆祝我级同学毕业四十周年,我们将于十年后的今日重聚于燕园。现在正是二十世纪与二十一世纪交替的时刻,我们没有食言,终于从祖国的四面八方,来赴这个庄严的世纪之约。青山依旧,秋花满眼,同学年少,青春不老。在此,我仅代表在校工作的同学,向你们致以最诚挚的问候!

感谢林庚先生、王学珍先生、张学书先生、冯钟芸先生、林焘先生、吕德申先生、吴小如先生、陆颖华先生、崔庚昌先生、蔡明辉先生、唐沅先生,以及中文系主任温儒敏教授参加我们的庆祝会。今年是林庚先生的九十华诞,我们用九十九朵红玫瑰向我们衷心爱戴的林庚老师致以迟到的生日祝福!

中文系1955级一百多位同学于四十五年前入校,于四十年前毕业。我们在一起共同生活和学习的日子,一共只有五年。我们相处的那些日子是单纯的,但并不完全单纯;我们相处的那些日子是快乐的,但又并不全是快乐。在此期间,有的同学受到了伤害。这种伤害甚至影响了这些同学的一生。有的同学虽然未曾受到伤害,但因为时代的严酷,也因为自己的幼稚和天真,也不无愧疚地留下了遗憾。因此可以说,我们中所有的人的心

---

[*] 此文据文稿编入。

灵,都留下了创伤。

但奇怪的是,我们的友谊依然久而弥坚,我们的思念依然久而弥切。岁月让人惊心。四十年和四十五年的日子,飞一般地从我们的身边消失了,而我们总在寻找机会,每隔一段年月总要聚会一次。1955级仿佛是一个奇妙的气场,有一种无形的力量,维系着我们这些曾经受伤的心灵。它磁石般地吸引着这个集体所有的成员,跨越悠远的时空,三十年、四十年、(甚至从现在开始往后推算的五十年),不远千里、甚至万里前来相会。从这点看,我们几乎是在创造一种情感世界的奇迹。

我们成功地驾御着属于我们的时间和经验。显然,我们具备一种其他人、其他集体难以具备的特殊的能力。我们会对时间留下的一切进行有效的处理。我们在不能遗忘的经历中,对那些不快乐的往事,作了某种有意的疏忽和悬置。我们刻意地"遗忘"了一些非常重要的细节乃至事件,淡化它、轻忽它、乃至对它按了"删除键",而单单留下了超乎一切痛苦的那些纯真的美好的记忆——不是所有的记忆都美丽,而是只保留那些美丽的。

这种处理历史经验的能力,构成了这个集体的特殊魅力,所谓的向心力或凝聚力,均由此而来。一个能够剔除不愉悦的昨日,而始终以愉悦的心情面向今日和明日的集体,是值得自豪的。我探究1955级这个"气场"形成的奥秘,我找到了这个集体的这一特殊的超越琐细、把握整体的能力。它体现了一种境界、一种精神、一种品质,这就是这个永远年轻,永远充满青春活力的集体。它是雍容的、大度的、也是超凡脱俗的。当我们终于了解了我们所从属的这一集体的性格的隐秘,我们真地为此感到了骄傲与自豪。

2000年8月17日于北京大学中文系
"难忘的岁月世纪的约会"纪念会上

难忘的岁月[*]

这本《难忘的岁月》是北京大学中文系一九五五级同学为纪念入学四十五周年和毕业四十周年而写的散文随笔集。文集的名字取自林庚先生为我级毕业三十周年所题的诗句:"那难忘的岁月,仿佛是无言之美。"自题字至今,也是十年前的旧事了。

寒来暑往,斗转星移,许多快乐的和不快乐的、单纯的和不单纯的日子,都飞一般地从我们的身边消失了。当年那些意气如虹的青年才俊,如今都毫无例外地进入了秋花灿烂、夕光满眼的人生境界。回望逝去的那些时日,我们有难以言说的思绪:欢乐和痛苦、纯真和复杂、获得和失落、自责和醒悟……因为都是发生在青春期的故事,又都与我们所生活的时代息息相关,它们是我们曾经年轻的见证。也许是一种理想,也许是一份追求,如今都成了挥之不去的怀想。一切都是无以言说的,一切都是难忘的,一切因为保留了青春的记忆,也因而都是美丽的。

这是我级同学的又一本"毕业纪念册"。记得四十年前,即一九六零年我们毕业时,曾出过一本"纪念册",书名就叫《战斗的集体》。当年我应同学之托,曾在扉页上题写了由当时流行的词句拼成的"题词"。这些题词如今已没有多少意义了,但在那些充分意识形态化的缝隙中,依然保留了我们当年的赤诚和天真。其中依稀可辨的是那个时代青年人特有的稚朴和单纯。

---

[*] 此文刊于2001年8月6日《羊城晚报》,后收入《红楼钟声燕园柳》。据《羊城晚报》编入。

那是一个充满激情的时代。我们响应了"战斗"的号召,而且无保留地投身于一场又一场的"战斗"之中。至于为何战斗?跟谁战斗?那仿佛是不辨自明、不言而喻、也无须深究的。不是说要做"驯服的工具"么?"工具"的任务就是"做",而不是、也不必"问"的!有的人要问,于是就问出毛病来了。那些要我们与之战斗的对象,开始是遥远的和模糊的,后来就近切而具体了。最初是那些我们心仪而仰望的人物,我们虽有疑虑,但毕竟因相隔遥远而没有切肤之痛。再后来,战斗就延伸到了我们的身边,那斗争的对象就是我们的同学、朋友和老师了,那是一种天塌地陷的、心灵撕裂的震撼!

我们中的人,于是有的成了斗争者,有的成了被斗争者,有的开始是斗争者,后来又成了被斗争者。原先友爱和睦的一群,现在不仅是被斗争者受到了伤害,而那些奉命"战斗"的人也无一不受到了伤害——数十年回首往事的愧疚和自责,也是一种噩梦般的经历。但那一切毕竟是发生在异常的年代,而且那令人心酸的岁月,毕竟也已成了永不可再的往事。那些损害与被损害的一切,已经消失在茫茫的风烟之中,而在特殊岁月中结成的友谊、那比同胞兄弟还要深刻的同窗之情,却久而弥坚,成为我们人生之旅的永远。

至于把我们全年级一百多颗心灵紧紧地凝结在一起的,则是"大跃进"年代的那次"拔白旗、插红旗"的集体科研的活动。它使我们这个受到政治运动伤害的年级,意外地在一个新的集体行动中,得到了一次拯救。那时我们被告知,当日所有的文学史著作都有问题,因为它们都不是用无产阶级的观点写成的。不知是受到了暗示,还是接受了直接的号召,我们忽发奇想,要用当时流行的"大跃进"精神,在一个暑假里,通过集体协作的方式,编写出一部"红色文学史"。而我们挑战的对象,就是当日教我育我的老师们——他们是"白旗",而我们毫无疑问地是"红旗"。

那时我们是多么的卤莽,又是多么的狂妄。用现在流行的话来形容当日的我们,可真的是:"无知者无畏!"可未曾想到的是,一次幼稚的行动,却意外地造就了一个成熟的集体。那时我们并没有意识到,我们是在用一种精神补偿我们的过失。在一个充盈着破坏性思维和行动的年代里,我们不自觉地采用了当时通行的方式,实现了一个有悖于世的建设性的目标。这个集体的编写活动,逼使我们在最短的时间里,阅读并掌握了大量的资料。不仅是阅读和积累,而且由于充分的讨论和交流,使个人的思考和众人的智慧得到融合,并由此产生了一种奇妙的效果。

集体的讨论和个人的写作,使独立的学术精神在集体性的协作中不仅被激发而且被保护。事实上,由于深入到学术研究的内部,加深了我们对学术内在规律的了解,我们已经感到了自己的匮缺与无知。这样,我们在令人晕眩的热昏的一九五八年之后的第一个行动,就是向着这个所谓的"大跃进"精神的告别。我们立即开始对我们的集体写作,进行全面的扩充和修改。而且,很快地,我们就基本上改变了先前那些的偏激的看法——我们的修改工作,是在有关老师的参与和指导下进行的。

文学事业那时曾被大量地描写为是集体的事业,而且,似乎只能在集体性的行动中它方能得到发展。那时代显然排斥甚至仇视个人的创造性,统统谥之为"个人主义"。然而,事实上文学的生产是建立在个人性的基础之上的,个人的体验和感悟,个人的积累和思考,最后则是个人的独创性劳作。这在现今已是不争的事实了,可在当年,却是一种异端的言说。我们当年的集体行动,正是立足于批判个人、尊崇集体的前提之上的,有着鲜明的时代色彩。我们的行动因为迎合了那个时代的提倡,而得到了社会的支持和认可。我们正是在这种特殊的关爱之下,一时成为集体科研的"明星"。但我们的工作理应受到历史的质疑。那种以批判和取消个性为前提的、急功近利的、速成的,而且是以非此即彼的极端思辨为前提的"集体科研",并不是一种可堪普遍提倡和普及的方向。

但我们当日为达到这个目的所展现的那种精神,却不意之间成为了我们永远的记忆和骄傲,也成为了联系这个由一百多人结成的集体的心灵纽带。热情的投入,充分的协作,紧张的工作,建立在个人独立思考之上的互补和交流,为着创造集体荣誉的无私奉献。所有这一切,都记载着这个集体的特殊精神历程。也就是在这样的环境中,我们结成了足以抵抗恶劣的时代病的侵害,以及消弭因历史的严酷而造成的情感裂隙的、时光难以磨损的永恒的友谊。我们终于能够超越那些一般人难以超越的由种种社会原因造成的嫌隙和藩篱,而在心灵中保存了一片澄澈透明的天空。

我们曾经生活在自由的年代。后来,这种自由消失了,我们又无可选择地生活在并不自由的年代。我们曾经有过一颗自负的、充满才气的、甚至是狂傲的心灵,后来,这种心气因有悖于世而受到了压抑。我们曾经无忧无虑地歌唱过,后来,因为周围有太多的哀愁而噤声!如今,时光过了将近半个世纪,我们终于迎到了一个可以重新展现我们的个性的时代。虽然我们已遗憾地进入了秋光满眼的人生境界,我们依然珍惜这天意的垂怜——这本散文随笔的写作,正是我们寻找青春足迹和重温青春心境的一次集体性的努力。

2000 年 8 月 17 日—8 月 19 日作于北京大学

治学的根本是勤奋*
——在北京大学中文系2000年迎新会上的讲话

同学们：进入九十年代以来，我们的口头都经常挂着"百年中国"或"百年文学"一类的话题，那时讲这些话总是感到是有点遥远。随着本世纪最后一些日子的消失，此时此刻，我若是这样对你们说，你们是在二十世纪的最后一个夏季结束了中学生活，又是在二十世纪的最后一个秋季开始了人生最可纪念的大学生活，因此，你们是以青春的姿态跨越世纪的一代人，这就是非常平实真切的一句话了。

我算了一下，你们中的绝大多数人都诞生于八十年代。对此，我想说的是，你们又是非常幸运的一代人，你们生逢其时，你们生活在和平建设的时期。和平，曾经是世代中国人的梦想。我们的先人曾为此进行过不懈的奋斗和抗争，但多半只能在战乱中终其一生。而你们却轻易地拥有了，这不仅让人羡慕，而且让人心生嫉妒。

我们这一代人也曾经年轻过，记得四十多年前当我们跨进这所大学的时候，也有过一句非常响亮的口号，叫做"向科学进军"。但和平宁静的大学生活刚刚过了两年，无情的、人为的斗争就开始了。这使得如花的岁月，如花的心灵蒙上了阴影。我们珍惜大学时代的友情，但却难以磨去那时代加在我们身心的伤痕。因此，和平宁静的生活对于我们到底只是永远难以实现

---

* 此文刊于《求学》月刊2001年第9期。据此编入。

的梦。

现在轮到你们了,时代为你们提供了向着神圣的学术殿堂举行庄严而崇高的勇猛进军的充裕的条件,一切都看你们自己的努力了。中国人已经半个世纪没有听到炮声了,你们诞生以来的二十年,是生活在鲜花与歌声的包围之中的。和平是一曲美妙的音乐,但安定舒适的生活也容易让人慵懒和懈怠,从而消磨了进取心和创造力,这是每一个生活在和平环境中的人不能不加以警惕的。从另一方面看,当前这种高度物质化的环境,也会引诱一些人沉溺其中。他们往往迷恋物质而轻忽精神,而我则坚定地认为,一个放弃了人文精神的学界和缺乏文化素质的社会,不可能是健全的。

昨天我去了一趟三角地,看那里公布的"状元榜"。如同往年一样,文科考生中获得该地区最高分的同学,纷纷涌向了经济、法律、外语等学科。曾经是高朋满座的中文系,这种冷落已经不是一年两年的事了。我绝对没有轻视那些学科的意思,但我从中看出了当代的时尚,大家都变得实际了。你们是最坚定的考生!在社会性的普遍的轻视中,你们的这种坚定是非常可贵的,为此,我要特别地感谢你们这种选择。

稍后会有一些老师将向你们介绍中文系的各个专业。你们在这种介绍中将会了解到中文系的使命和任务。在此,我只能笼统地告诉你们,中文系是一个与社会的文化建设有关的学系。语言的研究、古籍的整理、文学的创作与批评,这些方面的工作对于一个社会的健康发展,其影响是无形的和并非直接的、但却是非常必须的。它也有实用的功能,但更多地却是文化层面的和精神层面的。

当今社会,文学的世俗化和娱乐化,语言使用中的混乱和全社会语言水平的下降,国学基础的削弱和衰落,都在影响着社会的文明程度和国民的素质。它最终将抵消物质建设的成果而使这个民族在世界竞争中不具竞争力。这些话绝不是危言耸听，对马寅初先生人口论的批判所造成的苦果，就是我们都不陌生的一例。这些看法要是在全社会不能达成共识，至少首先必须在中文系师生中引起重视。

我相信能够考进北大的都不是一般的青年，你们所具有的优秀性无可置疑。但我依然不相信有所谓的神童，我只相信勤奋。人的智商各异、天赋不同，天才是有的。但天才而弃绝勤奋，再了不起的天才也不会成功。中学教育只是人生的第一课，它的知识要求只是作为一个社会的人最基本的要求。到了大学，就是初步的专业化了。我相信所有的知识都只能一点一滴地积累。有一个当下被谈论得很多、出版了小说的中学生，中考数理化三科成绩加起来只有八十分，1999年有七门功课不及格，这样的学生再叫他做神童，简直是误人子弟。

我相信在座同学中不乏会写一手好文章的，我仍然希望你们按照中文系的教学要求，一步一个脚印地往前走。我记得我们的老系主任杨晦先生当年对我们的批评，他的话在当年我们并不理解，几十年后仔细回想，才发现是至理名言。他强调文学和语言的"有机联系"，其实是在强调中文系学生的宽基础，是在强调学科之间的内在联系；他告诫我们不要急于成名，不要学姚文元和某某某那样弄一些"野草闲花"；他给我们中做作家梦的同学泼冷水，"中文系不培养作家"，要他们"上套"，他是在语重心长地要我们打下坚实的学业基础，而不要急功近利。

我从网上看到一个材料，是哈佛大学文理学院院长亨利·罗索夫斯基谈现代社会中有教养的人所应具备的五个条件，这就是：一、能够清楚和有效地进行思考和写作；二、对某些知识领域有一定深度的知识；三、对认识和理解宇宙、社会和我们自身的方法有一定的判断鉴别的能力，因此，他应该对物理学和生物学的计量和实验方法，对现代社会的运行和发展进行调查所需要的历史知识和定量技术、对过去的学术、文学和艺术上的重大成就、对人类在宗教和哲学上的主要观念,都有一定的知识;四、懂得并思考过伦理道德问题,进行道德选择时有作出正确判断的能力;五、对我们时代的其他文化(不同的文明、地域与国家)不应该是狭隘无知的人。

这五条条件还只是对现代社会"有教养的人"的普泛的要求。对于作为就要到来的新世纪的人的最起码的要求尚且如此,何况是你们这些未来世纪的建设者呢!当今时代有很多的浮躁,有很多的肤浅,我希望你们切实杜绝这些流行病。我希望作为二十一世纪第一代大学生的你们,都有一个切实而宽广的胸襟。我希望你们大家经过一个时期的训练,都将拥有广阔的而不是窄狭的、深厚的而不是肤浅的、扎实的而不是浮华的学业基础。这也就是现任系主任温儒敏先生多次强调的"守正创新"建系思想中的"守正"的真义。只有符合了和做到了上述那一切,而后,我们方可谈"创新"。

我就用这些话欢迎你们的到来。祝你们学业有成。谢谢!

2000 年 9 月 6 日于北京大学理科楼群 207 教室

适民先生的诗[*]

读适民先生的诗,第一个印象就是亲切感。觉得他的诗和我们没有距离,它离我们很近。这里所说的近,不仅指它的艺术方式,而更重要的是指它的内涵。在艺术方式方面,适民的诗最鲜明的特点是它的口语化。它的诗没有故弄玄虚的地方,用的是我们通常用的语言。平实清丽是它的基本特色,质朴而不乏文采,浅近而不乏深度。当前有人写诗,"深刻"到了"深奥"的程度,有一种拒人千里的感觉,他们做不出深入浅出的诗。我主张诗歌风格的多种多样,我认为诗歌园地是由各式各样的诗人构成的,有的诗含蓄精练,有的诗艳丽多彩,只要内容实在而不虚幻,都会受到读者的喜欢。读者拒绝的是矫揉造作的诗。

我坚持认为,惟有成熟的诗人才能化繁复为简洁,以平淡涵容深邃。适民正是这样的诗人。目有所见,耳有所闻,感动于心,发而为诗。以平常话写平常心,在平常的表达中深蕴着不平常的思绪和情感,我以为这正是诗人适民独特的艺术追求。他也在这种追求中形成了自己的艺术风格。

适民在《以诗论诗》中说,"真情为首义,虚假为大敌,若无真实感,好诗不可期";又说,"万物有生机,时代有新意,字句须斟酌,凡俗出神奇"。这些诗论揭示出诗人述事言情均以真情实感为前提——这些真情实感源于活生生的世间万象。他是断然排斥虚假的,但他又是非常讲究诗的艺术表达的。所以,他讲"字句须斟酌",正因为他这样讲究了,所以能做到"凡俗出神奇"。

---

[*] 此文刊于 2000 年 10 月 11 日《中华读书报》。据此编入。

讲的是"凡俗"之事,读者却从中看到了"神奇"。

适民诗歌创作的深厚内涵,是与他的诗歌理想相联系的。在《致何紫》中,他表达决心"走自己的路","决不无病呻吟"。可见,他是以充实精进的内在表现力为诗的目标的。前面说到,他的诗的平实特点首先是表现在内涵上,就是说,他总是用诗来表达他的人生关怀。他讲自己"写诗也算用心","用心"二字,看似平常,实则非常。说的是他要用诗的形式来实现诗人普遍的现实关怀:"用我们的火,去点燃千千万万堆火;用我们的心,去发现千千万万颗心。"

通读《适民诗选》,可以在不同时段的诗中发现"旗"的意象。这出现在不同时段里的旗,表达的是诗人相同的人生理想。这就是对世界和平、人类友爱的祈祷,对家园和祖邦的祝愿。从大的方面讲,是报国之志的表达:"烟火很美,人儿更美,但要矢志,在国家危难时,挺身起来保卫";从小的方面讲,是对个人确定的目标的坚定追求,他以《每一天都是一个新的起点》为题写道:"无论是对国家还是民族,无论是对家庭还是个人","每一天都是一个新的起点,每一天都要迈步向前"。"坚持前行,坚持耕耘,人生的征途上,我们有铁的癖性",他的诗,是他持恒努力的人生信念的诗性写照。

读适民的诗,我们往往能从貌似平淡中得到深刻的启示。一种看来非常平实的哲理,却是诗人毕生经验的结晶。例如他多次强调的"终点即起点"的思想,正是建立在诗人全部的人生理念之上的。给我留下深刻印象的还有他对大自然、特别是对生养他的新、马大地的山野丛林深深的爱恋。在他的笔下,临近赤道的热带雨林,那里拂晓时节夹带着雷声的豪雨,都是非常动人的。值得特别珍惜的是,他在这些风物的描写中,依然寄托了他人生的坚定信念:"我深知,雷雨过后,干旱将会退位,荒山也会恢复满身的苍翠。"

2000 年 9 月 19 日于北京大学中文系

花和剑的歌唱[*]

——读谢春池的《厦门：永远的恋歌》

数年前，我曾在一篇文章中评过谢春池的抒情诗："他坚持他的所思所想。他愿意看到他的海的硬质和凄迷中的突进和活力。整个二十世纪八十年代，诗情为中国结束苦难之后的沉郁所支配。他在冬天的海的意象中有着特定的时代的擦痕，但它又仅仅是诗人自有的创造：为严寒和冰雪所封冻的海始终充满了强悍和活力。他使一片灰色之中跳起鲜丽的珊瑚红。这个性的闪亮体现了时代整体氛围之中的自我坚持的毅力。海在冬天的风中歌唱，以及宁可失眠于长夜而不愿低声哭泣所体现的力的底蕴，便是此刻我们感到的诗人在特定时代中的完成。"

那时我把谢春池人届中年而走向成熟的抒情，定位为"低音的辉煌"。从那时到现在，他的诗创作一直保持了固有的特色，这就是激情中沉淀着理性的光辉，饱满酣畅的抒情而又不失沉着深刻。他虽僻处东南一隅，但他的抒情诗写作在这一代诗人中，一直保持着突出的位置。既接纳潮流的更新又承继传统的优长，这种诗性接续的特殊地位使他在同辈诗人中成为拥有实力的一位。

面对着现今这一部抒情长诗的出现，也可以说，谢春池此前的一切创作实践，他在抒情诗方面所进行的探索和他所已经到达的，正是为了今日我们给予我们惊喜的这一创作新成就的诞

---

[*] 此文据文稿编入。

生做准备。谢春池以前创作了诸多的抒情短章,这些短章中有许多关于爱情,关于友谊,关于社会,关于人生的吟唱;从一个人的成长,到一个家族的繁衍生息,从社会的变态到社会的转型。还有,这里特殊的自然景观,海浪和鲜花,美丽的岛屿和白鹭。这一切的展现,以及它们之间的碰撞和交汇,重叠和融合,都是在为今日这一曲世纪末的长歌孕育着思想和艺术的胚胎。

长诗《厦门:永远的恋歌》完稿并出版于1999年。它虽是应一个盛大的节日的召唤而写作的,但却不同于一般的应景之作。它是作者生活体验的升华和生命跋涉中的心血的结晶。长诗的扉页上有一段题词:"一部关于祖国、关于一座城市、关于与共和国同龄的一代人的长诗。"祖国、城市、一代人、也许再加上一个我,构成了一个浑然的复合体。诗人把一生最深情的恋歌,献给了这个复合体。这段题词可以看作是为长诗的立意与构思做提示。他是通过对一座城市昔日的沧桑与今日的生机的悲欢交织的吟唱,概括出近代以来这个饱经忧患的国度从苦难到新生的艰难历程。

值得特别强调的是,长诗在做这样历史性的叙述的时候,始终伴随着一代人的诞生、成长的同样悲喜交加的行进的主题。特别是他们与城市、与共和国一道成长的丰富而深邃的精神历程的描述。在以往同类的抒情长诗的创作中,因为抒情的中心侧重于政治,于是普遍有了对于个人存在及其经历的轻忽乃至于无视。即使是那些涉及个人的吟唱时,那"个人"也往往只是一种抽象的存在,或者只是某种理念的承载物。而这首长诗不同,它所涉及的一代人和个人,都是非常具体的,也是非常真实的。他或他们如何在炮火下上学,如何在身体发育时忍受空前的大饥饿,以及在渴望知识的年龄如何面对无书可读的窘困,都让人仿佛亲历般地重新回返那些逝去的岁月。

这部称之为"永远的恋歌"的诗的主题是宏大的。但在这里我们没有看到豪言壮语的堆积,也没有那种因其宏大而显得遥远和陌生的通常感受。相反,却是感到十分亲切,甚至是十分亲近的。长诗当然无意于隐藏它的立意和它所追求政治性的效果,但又的确把作为抒情主人公的"我"与它所讴歌的这座城市的关系,写成了与个人生命有关的主题。那城市既是母亲,又像是女友和情人。它的存在与个人的生命建立了一种生命激情的互动。

特别动人的是它的开篇,那种存在于外部世界亦即城市的自在魅力,它的无所不在的生机,发出了对于生命激情的召唤。"花园一般的城市,浪潮一般的岁月",诗人把这视为"不可抗拒的爱"。这种爱把诗人自身"本欲停歇的呼唤"重新发出"前所未有的响亮",而且,将那种"本欲委顿的生机","又复活几度深绿"。这些描写,意在强调一种极爱可使生命重新勃发生机。它仿佛是一种神启,却又完全是人间的:某一个子夜,有一道强光射来,将黑暗屏除两边,"我"被深深吸纳,"仿佛回到伟大母体深处",一种旷古的狂喜融入了肌肤、骨骼、甚至每一个细胞,是"很紧很紧的拥抱,很深很深的亲吻,很柔很柔的抚摸"。这里写的是"我"被再度融入"这块土地"的感受,不仅是人间的,而且也是人性的。

指出这一点很重要。以往这类抒情诗的写作中,人只是一种"代言的工具",目标是在宣扬某种理念,人在那里充其量只是到达那种效果的中间物。一种必然的拒斥造成了这类诗的不真的或空泛的印象,原因即在于它们摒弃了作为诗的最具本质特征的一点,这就是在那些诗中极度膨胀的意识形态的欲望,断然排斥了个人性的内心经历,在抒情主人公与抒情对象之间甚至也缺乏那种由人性的温馨所造出的亲切感。虽然有阔大的场面、壮丽的描写,但由于缺乏人情味而益发使那一切变得空漠甚至冰冷。

在谢春池关于城市的抒情中,要说他是在把城市人化了,让人感到它是自己的至亲至爱,那还不是它的独到之处。他在这种抒情之中融进了与个人生命紧密相关的一切,这座美丽的城市是如此牵动着作者的心。东南沿海碧绿的海面上,在白鹭翻飞的地方,在凤凰木艳丽的花丛下,那里浮现着一座美丽的岛,那里有本诗抒情主人公的童年、少年、青年和中年所经历的一切,这是与他的欢乐、哀愁、忧患和苦难相联系的一切。重要的是,不仅仅在于它展现了个体的生命历程,而在于这一切又是与它的抒情对象、即岛与城市乃至给予他以新生命的大时代相联系。一切都和作为抒情主人公的我的丰富的情感世界和复杂的人生体悟融成了不可分离的一体。

请读这样的句子:"我这大半生总在赞美崇高,我决意一生都抨击邪恶。社会一旦黑暗,光明的到来不可避免,四十年代最后几个冬天特别寒冷,春天当然不太遥远。"这里讲的是春天到临的时代性的主题,但又和个人的品性操守紧紧结合;再看这样的句子:"雷声洗出的词语,闪闪发光,嫁接春天的生命,使我成为一朵行吟的浪花,成为一粒祈祷的泥土。"这里讲的是,雷声宣告的时代,终于使我成为与这时代有关的浪花和泥土。这种个体生命与时代精神的自然契合,是长诗最具魅力的所在。许多此类抒情诗的弊端,均产生于意识形态话语对于个人话语的挤压、甚至视之为异端。这终于造成了这类诗大而无当的空泛和缺乏真实性。

前面说到谢春池前此的一切创作似乎都是在为如今的这一首长诗在做准备,事实上,这一首永远的恋歌中所展示的艺术理想,在作者过去的创作中都曾不同程度地出现过,只不过那些展现是散见的和片断的,如今被组织成一个宏大的立体建筑了。它超越了一个城市的范围,涉及事件发生的大时代的大背景,从一个城市看到一个民族的百年兴衰,涉及社会、人生、以至于整个世纪的风云变幻。从这点看,这首永远的恋歌是丰富而多彩的,它创造了政治抒情诗目下所到达的新水平,甚至到达了长诗创作目下所到达的新水平。

可以认为,在此类诗歌的作者中,谢春池是当前最有准备的一位。他不仅在这首诗中融进了以往积累的创作经验,融进了他个人毕生的生活经验,而且,也从中充分地展示了他的知识和学养。诗中间隔出现的贝多芬命运交响曲的旋律,给长诗以丰富的联想和充实的内涵。不仅增添了哲理的意蕴,而且也增添了美学的色彩。还有梵高的向日葵的意象,都显示出作者繁富的艺术修养。他的诗,有很浓的书卷味。我个人特别欣赏他对厦门这座城市所作的花与剑的概括,这座城市既有女性般的温柔,又有英雄般的坚强,它是花,更是剑。他讲的是一座城,一座岛,也是一个人;讲的是时代精神,也是讲的人生理想和追求。

2000年10月10日于北京大学中文系

贺《书摘》一百期[*]

我怀着感激的心情祝贺《书摘》出版一百期。八年来,《书摘》一直是我案头枕边的良师益友。它扩大了我的见闻,增长了我的知识,也充实了我的生活。

近二十年来,我国出版业有很大的发展,书刊出版数量激增。尽管我们可以立下宏愿要遍览天下群书,但终究只能是一种奢想。即使他的财力达到了,而他的阅读可能即精力足以使他在书籍的汪洋大海面前浩叹那永难抵达的彼岸。

而人的求知欲和好奇心却是永远不会满足的。我们要了解世界上许许多多的新鲜事,我们也要了解那些智慧的大脑所制造的奇思异想。这些繁富的知识,即使有再高的智商,再大的毅力,事实上谁都不能亲历,当然也都无法通过自己的直接阅读获得。于是,《书摘》就这样以它独特的个性和独有的姿态走近了我们,并成为了我们的朋友。

作为读者,它使我们能够在适当的时期(指它的及时性)和适当的方式(它不是简单的文摘,而是"书"摘)满足了我们占领最新知识领域,获得最新研究成果的渴求。《书摘》永远是我们的朋友。

2000 年 10 月 10 日于北京大学

---

[*] 此文据文稿编入。

别开生面的贡献[*]
——在嘉应学院李金发百年纪念会上的讲话

李金发在中国新诗史上从来被看作是一个"怪异"的现象。人们因为他率先写了"怪异"的诗而把他叫做"诗怪"。但在李金发出现和成名的过程中,却有一些不怀偏见而又能涵容异端的人,对他作过积极而公允的评价。

其中最重要的一件事,是1923年5月,他把《微雨》和《食客与凶年》两部诗稿从柏林寄给了当时任北大教授的周作人,两个月后果然得到周的复信,称这种诗是"国内所无,别开生面"的作品,即将其编入新潮社丛书,交北新书局出版。两年后,即1925年《微雨》出版。《语丝》刊出广告称诗集《微雨》"其体裁,风格,情调,都与现时流行的诗不同,是诗界中别开生面之作"。这评语是最早见诸文字的对李诗的评价,无疑是反映了周作人的观点。上述这个经历,对于当年才二十三岁的青年来说,当然是极大的鼓舞。

评论这位历来存在着争议的诗人,并适当厘定他的价值,似乎不能绕过朱自清在《新文学大系诗卷导言》中说的那段话:"他的诗没有寻常的章法,一部分一部分可以懂,合起来却没有意思。他要表现的不是意思而是感觉或情感,仿佛大大小小红红绿绿一串珠子,他却藏起那串儿,你得自己穿着瞧。这就是法国象征诗人的手法,李氏是第一个介绍它到中国诗里。"又说,"他

---

[*] 此文据文稿编入。

的诗不缺乏想象力,但不知是创造新语言的心太切,还是母舌太生疏,句法过分欧化,教人像读着翻译"。朱自清关于李金发的这些评语,包括对他的优点的肯定和缺点的批评,迄今为止仍然是最到位的。

一般人对朱自清在上述那篇导言中的关于中国早期新诗自由诗派、格律诗派和象征诗派的分法,历来都有质疑,以为这种划分的标准不统一。其实,朱先生在讲到李金发时就说过,他的诗属于"自由诗体制"。他之所以又把象征诗单独提出,并将它并列于自由诗和格律诗,实在是由于他对以李金发为代表的这一诗歌新潮的重视所致。

朱自清在导言中除了评价李金发的诗,还讲到"后期创造社三个诗人,也是倾向于法国象征派的","戴望舒氏也取法象征派"。在这种描述中我们可以觉察到,一个流派概括的格局已经在他当日的视野中形成了。他一定是被这类"取法法国象征派"的诗的奇异光彩所震惊了,不然的话,人们很难理解为什么在中国新文学第一本最权威的诗选中,李金发的入选篇数仅次于当日极富盛名的闻一多、徐志摩、郭沫若之后而位列第四!可见,他是极为重视李金发及其同类诗人崭新的诗歌实践所给予中国新诗的强大冲激力的。

从梅州山野走向外界的这位现代象征诗的前驱者,他不是如有的论者所说的那样缺乏中国本土文学语言的涵养。李金发传的作者陈厚诚说:"截止此时为止,李金发已在家乡读过六年的旧式私塾、三年的小学和三年的高小(相当于以后的初中),又在香港受过一年的英吉利式的教育。前十二年,主要是阅读了大量的古文和古代诗歌,打下了较好的古文基础。"同时,他也不是如有的人说的那样执意地崇拜西洋而对祖国文化怀着虚无的态度。在《食客与凶年》的自跋中,他说:"余每怪异何以数年来关于中国古代诗人之作品,既无人过问,一意向外采辑,一唱百和,以为文学革命后,他们是荒唐极了的,但从无人着实批评过。"他认为东西作家有相通之处,"每欲把两家所有,试为沟通,或即调和之意"。

《食客与凶年》这段自跋写于柏林,应当是1922或1923年间的事。当那时大家都专注于新诗创新的时候,李金发就注意到"无人过问中国古代诗人之作品"的现象,并希望通过自己的努力对东西方诗歌予以"沟通"和"调和"。这在新诗革命的初始阶段是非常难得的。但纵观从《微雨》经《食客与凶年》、《为幸福而歌》直至《异国情调》中的诗歌创作的全过程,他的这种融通中西的主张并没有得到实现。相反,他可说是在欧化路上走得最远的一个,以至于在他的身前身后始终伴随着争议。

这说明他的认识与实践之间存在着差距,也说明他的创作产生了大的影响但并未取得大的成功。事实尽管如此,但却不能简单否定他的价值。相反,从新诗发展的历史上看,李金发怪异的实践对于中国诗歌的建设,有着不容抹煞的独特意义。他给中国新诗的创作带来了新鲜的空气,他的充满异国情调的艺术实践开启了崭新的审美世界,他个人的劳作以及这种劳作所产生的冲击波,给予新诗以全方位的影响。可以说,他是开了一代象征主义诗风的第一人。

1919年是中国新文学革命兴起的一年。这一年他到了法国,从枫丹白露到巴黎,其间他漫游过德国和意大利,在发生过文艺复兴的欧陆大地,他度过了从十九岁到二十五岁的青春岁月。1921年,"李金发来到巴黎之时,正是以莫奈、雷诺阿、毕沙罗、塞尚为代表的印象主义画派,以修拉、西涅克为代表的新印象主义画派,以塞尚、凡高、高更为代表的后期印象主义画派,以及以罗丹为代表的雕塑等新派艺术风靡法国艺坛的时候"(陈厚诚:《李金发传》)。在这样的时刻,在这样的地方,李金发把他所感受到的西方世界的最新艺术信息,吸收到自己的创作中来、并通过自己的创作扩大这种艺术的影响力,正是自然而然的事。

　　正是波德莱尔和魏尔伦把李金发引入了象征派诗歌神秘幽深的境界,使他成为中国现代象征诗歌的开创者。他的这一行动,正是当日中国新文学"别求新声于异邦"的时代追求的具体实践。历史的事实证明,开风气之先的人,并不就是最后的成功者。先驱者的作用就是:他指出了一个新的、不同于人们所习惯的世界!

2000 年 10 月 20 日于北京,10 月 28 日定稿于梅州

大雪无痕*

只有读完最后一页，才能体会到这本小说的真正好处。这是我阅读《大雪无痕》最重要的一个收获。我读书的习惯是很不好的，一书到手，很少规规矩矩地从开篇读到结尾，总是跳着往前翻。因而总是读得很粗糙。读学术著作还好一点，读小说之类的作品，这毛病就更明显。这次读《大雪无痕》是一个例外。也许是受到嘱托，也许是怀有期待，我是很规矩地——虽然仍是断续地——顺着次序往下读的。

幸亏是这样一种读法，我才没有遗漏这非常精彩的"最后一页"。这最后一页，有三个内容值得提及并应受到重视。第一是书中一直受到关注的副市长周密"空白日记"的揭秘；第二是书中主要人物方雨林和丁洁若即若离的爱情之谜的解题；第三点，也是最重要的的一点，即是那个周密至死也没有供出这个枪杀案件的最关键的一个人物的名字。在这里，《大雪无痕》的作者只用一句非常平淡的话，表达了对于全书来说可能是立意之本的点题。这就是"需要特别提出的是，那位东钢行贿案的受贿主角仍然逍遥法外"。这样一句话，，如同书中的最后一页，是很容易被忽略的。而就是这样一句平淡得不能再平淡的话，却体现了这本小说的特殊价值。

先说"空白日记"，它一方面表达日记作者"不可言说"的内心恐惧和痛苦，另一方面，它的"无言倾诉"也传达出对于自己所

---

* 此文据文稿编入。

爱的信任——周密对丁洁的爱慕是真实的、甚至也是真诚的。它以"无言"的方式表现出人物内心的复杂性和丰富性。再看方雨林与丁洁的爱情纠葛，原先我们不理解以丁洁的条件对方雨林看来有点"屈尊"之爱，换来的却是方对丁的冷漠乃至"粗暴"，这未免有些费解，觉得方雨林充其量只是一个工作狂，至少在爱情方面是一个麻木的人。现在明白了，原来基本障碍在于丁母与方那一次关于"做些安排"的谈话。这次谈话的出发点和意图是方雨林所断然不能接受的。方雨林从中了解了侯门深处的价值观，也使他的自尊心受到了伤害。我们正是从这最后一页的揭示中，更深地了解了方雨林独特的性格魅力。

至于周密落网之后始终未能供出那个关键人物的情节处理，更使这部小说有别于一般的反贪侦破小说——它也写了案件发展的曲折复杂，但并不以满足读者的猎奇心理为目的。透过这最后一页的"一直没有供出"的"那个人"的无言之言的处理，真是胜过了一般小说的千言万语！它让人陷入沉思。深感牵动当今中国亿万人的心灵、为人们所深恶痛绝的官员腐败的社会恶疾，清除它、并彻底地解决它，绝非易事——我们可以处理那些浮表的现象，但却难以触及埋藏于深处的、根深蒂固的根由。

小说在情节处理方面是引人入胜的。从一开始，它一直就把读者的注意力聚焦于周密身上。围绕着他，作品展开了一连串扑朔迷离情节，吸引着我们的好奇心，从而使我们能耐心地读下去，直至终卷。而到了最后，我们才发现，我们所紧密跟踪的"嫌疑人"，却并非东钢受贿案的"主犯"。周密是受到了惩处，他杀了人，是罪有应得。但在另一角度看，他仍然是一个受害者。而真正接受贿赂、一直暗中操纵并阻挠破案工作的人，却依然逍遥法外。这结局未免让人失望，但却把小说的主题导向了深入。它昭示人们，中国这场消灭官场腐败的斗争，从一开始就存在着一些难以解开的死结,它不是可以轻易取得成功的。

但可贵的是一种热情,一种明知前途艰难而仍然勇猛向前的热情。小说的作者显然是在期待着,期待着他所称为的"大雪无痕"的洁白清明世界的实现和到来。小说发生在有雪的北方,在它的情节进展中,特别是在关键的时刻总出现雪的意象。这里不仅体现一种精致构思的契机,而且也寄寓了我们注意到的作者的激情和想象力。

开始写事件的发生,那是一个冬日的下午:"气象台预报没有大雪,但一时间偏偏下起了大雪,这雪还下得很凶猛,大片儿大片儿的雪花儿像无数个小精灵,张牙舞爪地在风中你推我搡,肆无忌惮地旋转啸叫,扯动了整个破碎的天空。"在这里,这突然而至的大雪是一个不祥的暗示。它不仅为小说的风格奠定了基调,而且也预示了小说不可预期的结局。在小说的最后,作者写囚禁中的周密,写他回想当年上学路上:"我赞叹过大雪无痕,我坚信过大雪无痕,我心疼过大雪无痕,我渴望过大雪无痕。是的,大雪无痕。是的,事情本来不该有这样结局的"。这是周密的叹息,我们从中也可听到作者心情复杂的叹息。

立志于文学的建设[*]

北京大学的批评家周末,自1989年创立以来,迄今已逾十载。前后有十几届中国现、当代文学专业的博士生、博士后和硕士生、在京的中青年学者和批评家、以及来自国内外的访问学者和高级进修生,在燕园度过了一个又一个话题广泛、言说轻松而又热烈的学术周末。正是在这样的气氛中,我们充实而又愉快地度过了炎热的或是寒冷的、晴朗的或是下雪的周末的午后直至华灯初上的时刻——这时,应当是人们和家人或是和自己亲密的朋友聚会的最美好的时刻——算起来,已是十多个寒暑过去了。

批评家周末这一形式的设计和提出,其初衷是为了适应中国当代文学这一学科的教学和培养学生的需要。当代文学的研究不能脱离文学的现时性发展。作为当代文学的研究者,一方面,他们必须广泛掌握极为丰富的已有的文学史料,同时,也许是更为重要的一点,他们还必须在文学创作和文学思潮的发生期和初始阶段,就紧紧地把握它,对之作及时的、跟踪式的观察和综合。因为这一切都是最初出现的和未经检验的、当然也谈不上定论和结论,面对这样的情况,集体性的对话和交流就显得格外重要。我作为这一学科的指导老师,感到有更多的理由听取我的学生们的见解。这就是建立批评家周末的最初的动机。

同时,需要指出的是,批评家周末还是在一个特殊的时期建立的。本世纪八十年代末,中国社会有一次巨大的震荡。这种

---

* 此文据文稿编入。

震荡不仅是政治层面的，也涉及思想文化的各个领域。如同以往历次的政治波动那样，文学在这次震荡中成为首当其冲的袭击的目标。那些我们曾经天真地认为已经成为过去的思维和方式，居然不加掩饰地、甚至是变本加厉地重新出现在我们面前。要是删除那些枝枝蔓蔓的纠缠，对八十年代结束之际的文学回流现象的进行简单的概括，我以为就是破坏性思维的卷土重来。通俗一些讲，也就是数十年来盛行不衰的"大批判"思维在特定的历史语境中的死灰复燃。

这种现实再一次提醒我们警惕中国的积重，也深切地唤起了我们关于中国现代文学生存和发展的艰难历程的记忆。五四新文学在它发轫期，在最初的那段时日里，文学界弥漫着一种民主性的自由空气，各种学说和创作思想能够在相对宽松的环境里发表和争论。尽管那时关注的焦点，集中于对文学进行革故图新的"革命"上，也有着不能兼容的、非此即彼的激烈主张，但大体上都是通过自由争论的方式达到思想交锋的目的。即使持论最激烈的人物如陈独秀，在他表述激烈的主张时，大体上也能把落脚点放置在新文学的建设上。例如他在《文学革命论》中提出了要"推倒"造成文学发展的障碍的"贵族文学"、"古典文学"和"山林文学"的主张，但人们不难发现他的立意的真谛，依然坐实于他所倡导的"国民文学"、"写实文学"和"社会文学"的建设目标。

中国新文学在它发展的初期，就受到世界进步文学思想的影响。由于中国特殊国情的驱使，这些影响很快就形成为文学的主潮。在复杂的社会的和政治的大背景下，诸多主观的和客观的原因促使这种文学主潮迅速地神圣化和权威化。特殊的地位使这种文学主潮在长时间的发展中形成了相当固化的排他性。主流的文学思潮借助强大的行政的或比行政还要权威的力量，通常采用"正确"对"错误"的批判和开展两条路线斗争的方式，进行文学和文学家的改造，并以一方战胜另一方为预期的目的。文艺的正常秩序就这样在异常的滑行中产生了变异。文学的理论和批评不再被运用于文学的建设,而是以习以为常的粗暴的、甚至是极端的方式损害文学的正常发展。

这是中国文学的噩梦。人们原以为随着那场为之付出沉重代价的大动乱的结束,我们亦将告别噩梦。而事实无情,我们显然低估了中国的惰性。诸多时隐时显、断断续续的事实给人以警示:建设性的思维是多么可贵,而且坚持它、在它遭到破坏时恢复它,需要付出多大的耐心、勇气和毅力!八十年代即将结束的时候,面对着一个巨大的沉默,批评家周末希望自己的声音能给那灰暗的底色一点明亮。当然,它还隐含着一个奢望,那就是通过一种坚韧的和持久的努力,唤起人们文学建设的热情。

这一想法一直延续到本世纪的最后一年,批评家周末也一直坚持到本世纪的最后一年。1999年9月到2000年7月,批评家周末在完成了关于中国百年文学回望的专题以后,相期再以一年的时间,进行文学建设论的新的专题讨论。这个专题列举本世纪文学发展中的若干重大命题,从当前的文学事实出发,在20世纪的大背景下,结合中国文学的艰难历程,探讨和总结它的正面的和负面的经验,而以中国文学的建设性的、健康发展为预期的目的。我们想以这种持恒的(也许是收效甚微的)努力,重新呼唤正受到轻忽的建设性的文学思维,并以此告别那些令人厌恶的破坏性的文学思维。

我们的工作是认真的,先后有数十人参加了文学建设论的讨论。当然我们也自知,我们的工作是初步的,原先我们期望于自己的,我们未曾达到。但毕竟,我们是行动了,是思考了。我们希望我们的工作能够表明:在二十世纪的最后一些日子里,有一批对中国文学怀有真诚期待的人,他们借助于一些并不成熟的思考,表达了他们建设中国文学的真诚的祈愿。

2000年12月1日于北京大学中文系

告别二十世纪※
——在大连诗歌座谈会上的发言

我们挑选20世纪的最后几天举行这次诗的聚会,一种最突出的感受是:对于中国人来说,充满着痛苦和屈辱,也充满着憧憬和追求的完整的一百年,真的就要留在我们的身后了。从今而后,它不再是我们的今天,而只是停留在历史的天空中让我们追忆的昨天了。即将过去的这一百年的历史,不仅对于中国的社会发展有着不同寻常的意义,而且对于诗的发展也有着不同寻常的意义。

在那些艰难的年月里,中国人在思考如何拯救民族危亡这一生死存亡的大事的时候,与之几乎同时的,也在思考诗和整个文学的变革的大略。这虽是两个不同层面的思考,但却非常紧密地、互为因果地联系在一起。无可讳言,上个世纪末、本世纪初中国关于文学变革的思路,羁系于危难之中强国新民的理想和抱负。它有文学的和诗的原因,但现实因素的激发和促动,却是最直接的、甚至也是最重要的。期待着用诗或者小说来直接作用于改造社会和改造人心,可以说是当日所有从事这一事业的志士仁人的毫无二致的想法。

19世纪中叶以后的中国社会忧患频仍,在救亡图存的总目标下,那些志在改变中国的先进的志士仁人,在把目光投向社会

※ 此文刊于《当代作家评论》2001年第2期,题为《告别二十世纪》,后收入《谢冕论诗歌》。据《当代作家评论》编入。

的同时,也十分关注文学的变革。那时的文学改良运动是改造中国社会的总方向的一个组成部分。那些鼓吹维新变革的人,往往同时又是推进文学革新的人,他们对社会和文学都怀有深切的期待。

诗歌改良的先驱者黄遵宪在《人境庐诗草》序中说:"仆尝以为诗之外有事,诗之中有人,今之世异于古,今之人亦何必与古人同",这种表述已经流露出强烈的现代意识。他还主张写诗要"不名一格,不专一体,要不失乎为我之诗。诚如是,未必遽跻古人,其亦足以自立矣"。这些话更表明,当时他已具有多种选择的包容性,以及初步觉醒的个性化意识。黄遵宪在伦敦使署写下上述文字的时候,是清光绪十七年,即公元1891年。这是19世纪90年代的第一年。此时距百日维新还有八年,距新文学运动兴起之时则是二十八年。可见中国诗歌从古典向着现代的转型,中国诗人关于变革诗歌体制的诗学层面的思考,基本上是伴随着国人对于社会命运的思考同步进行的。

讨论百年来的诗与文学的问题,离不开百年来的社会问题。正如五四新文学革命作为中国新文化运动的构成部分,它的兴起和归宿离不开当日中国现实处境一样。在这个变革文学的运动中,诗一方面充当了文体试验的先锋,行进在争取活的文学和人的文学的路线上,与此同时,新诗的设计和构想依然沿着诗学建设的轨道,虽然是幼稚的、但却是认真地向前推进着。

那时新诗的目标是"诗体大解放"。胡适认为若使诗有新内容和新精神,必须首先打破那束缚精神的枷锁镣铐。它的出发点是对旧诗的失望,由失望而产生拒绝。"因为有了这一层诗体的解放,所以丰富的材料,精密的观察,高深的理想,复杂的感情,方才能跑到诗里去",胡适认为"五七言八句的律诗,决不能容丰富的材料,二十八字的绝句决不能写精密的观察,长短一定的七言五言决不能委婉达出高深的理想与复杂的情感"。(《谈新诗》)当初的这些思考是很具体的,再以胡适为例,他那时就谈到新诗的音节问题,他认为新诗也讲音节,新诗音节的形成靠的是两个条件,一是语气的自然原则,一是每字内部所用字的自然和谐。他看到了新旧诗之间的极大不同:"至于句末的韵脚,句中的平仄,都是不重要的事。"

但新诗建立的初始显然受到了巨大的压力。这种压力来自旧诗无所不在的影响。全部的创新工作置身于旧诗的笼罩之下。最早的新诗实践只是奋力挣脱危害创新的"旧词调"的阴影。新诗的实践者为此付出了沉重的代价,才使得新诗能以自有的方式出现在中国诗歌史上。胡适在《尝试集再版自序》中不无感慨地说:"旧文学的习惯太深,故不容易打破旧词调的圈套。"但这一切的压力都被勇敢的开拓者击退了,在数十年坚苦卓绝的实践中,中国新诗形成了与旧诗判然有别的自己的风格和传统。这就是我们在本世纪最后几天的现在所看到的、也是中国新诗几代人梦寐以求的新诗自主、自足、自立的动人情景。

要是从当初诗歌改良运动的实践算起,从黄遵宪的"我手写我口"和胡适的"放大了的小脚"的诗体尝试,行进到郭沫若的《女神》,无疑是一个极大的飞跃。郭沫若的成就在于为新诗找到了一种宣示那个时代激情的适当的形式。要是没有《女神》,我们不可能拥有一种表达五四时期的狂飙突进的时代精神的方式。那是一种如同火山爆喷的方式,那气势,那力度,那伟力,不仅是旧诗无法到达,就是黄遵宪和胡适也无法到达。当然还有周作人,他的《小河》是新诗白话体制成熟的里程碑式的作品。

应当承认,艾青的诗受到西方诗歌、特别是法国现代诗歌的很大的影响。新诗取法西方,本来就不是秘密,但在诸多的实践中艾青是最成功的。他的贡献在于创造并发扬了自由体诗的散文美,使新诗的审美性有了新的开展,在他自由流动的句式中,人们可以惊喜地发现我们在传统诗歌中找不到的那种潇洒自如的美感。较之古典诗歌的严格整饬，艾青的贡献是无可替代的。

四十年代有一批现代诗歌的积极实践者，他们发扬了自李金发、戴望舒开辟的新诗现代化的传统，冯至的《十四行集》是其中最杰出的代表。以穆旦为代表的一批青年诗人，他们以西南联大为基地，开展了卓有成效的新诗现代化运动。这些后来被收集在《九叶集》中的诗歌，是中国新诗向西方学习而又扎根于中国苦难现实的土壤的走向成熟的标志。四十年代以后的事实，是我们大家所熟悉的。总的情况是，新诗在统一化和一元化的路上走得很远，以至于在一段相当长的时间里，造成了创作精神的萎缩。

新诗的再生是本世纪八十年代以迄于今的事实。不知不觉间，我们已把一百年的光阴留在了身后，我们也把新诗坚苦卓绝的、充满苦难的奋斗历程留在了身后。我们以一百年的时间，创造了一种有异于延续了数千年的诗歌形态，并以我们的创造取代了传统的诗歌方式。这是本世纪中国诗人的骄傲。面对当前新诗的困窘，我们没有理由自卑和懈怠。有很多的问题期待着我们去解决，承载着一百年的苦难和荣誉的当今的诗人们，我们应当努力！

2000 年 12 月 24 日于北京大学，
2000 年 12 月 27 日定稿于大连。

学习与写作[*]

一般说来，学习是伴随着人生的全过程的。知识无止境，学习当然也无止境。所谓的"活到老，学到老"，即是这个意思。人从呱呱坠地离开了母怀，学习就开始了。学说话，学走路，后来是学各种知识和技能。第一位老师是母亲，后来就有了更多的人，直至"三人行，必有我师焉"。这些，都是最必要的、最基本的、也是非常重要的人生的第一课。

但在诸多的学习环节中，我以为驾御语言文字，学会作文，是其中万不可缺的一环。学会了作文，我们就拥有了一个把我们的所思所想用文字的方式固定下来、并予以表达的本事。不论将来从事什么工作，也不论电子时代人际交往的方式发生多大的变化，传统的以书写的方式来进行社会人群的交流，是会长期存在的。

作文的本领不是天生的，必须通过学习和锻炼才能学会。而学习，则离不开借鉴和必要的指导。因此，辅导学生进行作文训练的报刊，就承当了专业老师的一部分职能。我小时候学作文的经验，一是多看多读，二是多写多练。那时很珍爱"作文词典"一类的书，也阅读《中学生》上面的文章。那时还没有专门指导写作的报刊。现在的学生幸福多了，有很多这样的刊物可以选择。我希望大家都珍惜并充分利用这样的条件，在中学的时代就学好作文，学会写一手漂亮的文章。

---

[*] 此文据文稿编入。

《作文导报》创刊多年,拥有很多热心的读者。它在辅导学生学好作文,以及在丰富学生的课余生活方面起了很好的作用。我相信学生以及学生的家长和老师都会感谢你们的工作。在新世纪到来之际,我祝《作文导报》越办越好,希望在你们的帮助和推动下,会出现一些会写好文章的"小作家"。

2000 年 12 月 31 日于北京大学中文系

2001

另一片天空*
——读《网络诗三百》

此刻我们面对的,是一片崭新的天空,陌生的、奇异的、同时又是更为广阔的天空。这不仅是指诗歌发表和传播的方式发生了根本性的变化,而且,更指的是诗歌约定俗成的传统理念和价值观,在这里也产生了重大的移动。中国历史悠久的诗歌以如此迅疾、如此决然、而且是以如此广泛的方式介入网络并通过网络得到传播,并因而赢得了众多热心的、甚至是痴心的参与者,这热烈的甚至还有些"火爆"的场面,与当今人们感慨万千的传统诗界的清寂和读者对它冷漠的形势,形成了鲜明的反差。这是界内人士所始料不及的。它不能不引起人们关于诗歌发展生态的一些问题的重新思考。

在网络面前,诗回到了最初始的文学动机上面来。在这里,诗的出发点是本真的,即基于纯粹的个人性的原因。它的制作和存在只有主体即抒情者本人的原因而甚少涉及其他一些非个人性的原因。关于诗歌的这种状态,很难用"进"还是"退"作价值判断。当然不是诗歌没有对象,只是那对象是虚拟的。在网络诗那里,诗人沉迷于自语状态,因为面对的是"无人",因此抒情主体是放松的,无拘束而充分自由的。这些网络诗的作者,只是由于有一种情绪需要宣泄,有一种情感需要倾诉,或者只是因为自己得意于找到了某种方式需要显示,而很少甚至没有其他

---

* 此文据文稿编入。

一些"重要"的原因。诗就是这样地出现了,出现在一个并非面对面、却是心碰心的完全透明的空间。

这种出现完全有异于通常所谓的"发表"。它由最隐秘的内心走出,是剥去一切伪饰的倾诉。倾诉就是目的,此外无它。至于偏正、优劣、新旧、雅俗种种考虑,在这里已显得不重要,甚至是非常不重要了。一位作者自述,他开始写诗是不打算发表的,写了就放在抽屉里。"最近一阵子,喜欢往网上贴",他觉得这很"好玩"。又有一位作者讲到写作只是一种"本能","就像大晴之后必会下雨一样"。诗就是这样,从自娱走向与人共娱。

在网络诗歌中,不乏有才华、有创造力的作者。但他们大多是主流以外的边缘写作人。他们有新颖的诗歌理念,在他们那里,诗歌行为听从于各自内心的召唤。他们以网络的方式寻求心与心的碰撞,是渴望内心自由的一种选择。在写作态度上,他们大抵是率性而为,只求自己愉悦,是很少计及、甚至是不计其他的。诗性的自由是网络写作者共同的向往。它在很大程度上拒绝了诗以外的考虑,包括先知式或神灵式的启示,英雄式或烈士式的号召。它并不计及这些诗在接受者那里产生的效果。在网络这里,一切都是平等的,作者的动机受到了无遮蔽的检验。任何人都可以自觉地接受,也都可以自觉地不接受。

渴望自我表达和心灵交流的这种写作,业已摆脱了功利性的考虑,是一种纯个人性的写作。若是一定要讲动机的话,用他们中的一位的话,那也只是"聊发一己郁闷无奈,兼博美人浅笑珠泪"而已。他们把这一片天空叫做"忘忧草地"、叫做"私人门面",这是他们的"网上家园"。他们称这种写作是"不求成名于网络,但借诗书以清心"。他们自谓"求仙却少登天屐,避世应无浮海船",在百般无奈之中——"于是就只有诗了"。总而言之,诗是他们只能如此的选择。

这里无所谓新与旧、也无所谓先锋或保守,旧诗在这里畅行无阻,现代主义或后现代主义在这里照样流行。无人倡导或号召什么,也没有自封的或被封的权威,即使有人有如此的动机或企图,可以肯定也不会有人响应。新诗是从来就充满着争议的一个文学品类,从上上一个世纪末叶以及上一个世纪初,直至上一个世纪终了,关于中国诗的道路问题、方向问题、前途问题、艺术问题,歧见甚多、论战甚多、运动和批判也甚多。而至今仍是一个看不到结论的悬案。网络诗消解了这一切,它以发自内心的放松的、无拘束的书写,而与目下那些板滞的、倨傲的、或是带着浓重的技术色彩的写作鲜明地区别开来。

在一个被快餐文化团团包围的年代,许多人已经遗忘了诗歌(这种遗忘当然也有诗歌和诗人自身的原因)。而网络正在以它的特殊的魅力,呼唤人们重新返回诗歌。它提醒人们关注这一片陌生的、奇异的、然而又是充满着生命力的天空。

2001年1月13日于北京大学畅春园

谈谈谢有顺^{*}

他呼唤并恪守的是普遍的人性和写作的尊严。他的文学批评是以人对世界和个人的生存状态的追问为出发点的。文学总是与人、与人的内心有关,因此,我认为他把握了作为文学批评的最基本的精神。他的文字总与我们身边所发生的、当然更有我们所感知的历史有深切的联系,不论他谈论的是什么,在那些文字的背后,我们总可以明显地觉察到我们曾经经历的、甚至现在正在经历的冲突和不安、挤压和苦难。

他这么年轻,但他通过文字所表达的沉重的人世关爱,以及他对消费主义和游戏迷恋的警觉与怀疑,特别是他对文学在体现精神价值以至在传导意乃至理想方面的关切,都体现出令人欣慰的成熟。

谢有顺谦称自己读书不多,但我以为他是很有准备的。其实他涉猎甚广,视野相当开阔,睿智、机敏且文采焕然。特别是在上述我所特别注重的那些质素上,我以为他具备了作为一个批评家最可贵的品质。

2001 年 2 月 15 日于北京大学畅春园

---

* 此文据文稿编入。

关于20世纪中国新诗大系*

致钟文:关于20世纪中国新诗大系

据我所知,国内目前尚未出版过这样的书。这里是指以20世纪百年为期的、总体的、而且是大规模的系列丛书,目前国内尚未有过。

本大系的读者对象兼顾专业研究者、收藏者和一般的诗歌爱好者。本大系以内容精博、资料较为全面、能够涵容各个时期各种风格流派、并以不遗漏在新诗建设发展中有保留价值的任何一首重要作品为自己的编辑方针。

在保证诗的时代特色的前提下,极端注重诗的艺术成就。凡是艺术粗糙低劣的作品,不论其历史价值如何,均不入选。

考虑到中国新诗发展各个时段的特点,在编辑中拟按诗史的时代行进的轨迹分卷。具体如下:第一卷,20世纪初叶—20世纪20年代;第二卷,20世纪30年代;第三卷,20世纪40年代(含解放区、国统区、敌占区);第四卷,20世纪50—60年代(含中国大陆、台港澳);第五卷,20世纪70—80年代;第六卷,20世纪90年代—世纪末;第七卷,重要诗论;第八卷,资料索引。

入选诗人拟参照《全唐诗》和《中国大百科全书》的体例,按诗人的重要性分大中小三个等次入编,第一类可选百首左右,甚至可考虑将最有影响的诗集如胡适的《尝试集》、郭沫若的《女

---

* 关于20世纪中国新诗大系工作基本完成,但未出版。此组文章据文稿编入。

神》、闻一多的《死水》、臧克家的《烙印》全数入选;第二类可选三首以上至十余首;第三类可选一至三首。

大系设总主编(建议由你及出版社有关人员担任),分卷主编。由总主编及分卷主编组成全书的编委会。

以上意见仅供参考。

2001年2月23日于北京大学中文系

编写20世纪中国新诗大系的意见

钟文先生、并各位分卷主编先生:

根据钟文先生的建议,大系各卷的编务原则上应于2001年7月底以前完成,时间已非常紧迫。为此,谨提出若干意见,以为各位工作时的参考。

第一,关于选诗。

重申选诗按照大、中、小三种格局编选的原则:即十余首——一百首左右为"大";十首左右为"中";一——三首为"小"。关于"大",前此我曾提出"以整部诗集嵌入"的设想,这个意见现在仍坚持。我对此建议曾作过举例,认为如《尝试集》、《女神》、《死水》、《烙印》这样在新诗史上属于里程碑式的作品,可考虑全集"嵌入"。昨天会上很高兴得到蓝棣之先生的响应。他认为《死水》、《烙印》、《预言》、《十四行集》等,篇幅均不大,实行起来不难。他的意见鼓舞了我,增强了我的信心。当然,也要看具体的情况,特别要严格标准,不必勉为其难。

不可轻视以一首入选的诗人。"一首诗留名诗史",是文学史上常有的佳话。所以,我们要特别注重这个"小"。举例说,高兰先生的《哭亡女苏菲》,可能就属于此类。我上次讲过,"不遗漏任何一首诗史上有价值的作品",亦即此意。这个"小"的工作,可能比"大"的工作难度更大,请诸位务必费心。

经典不怕重复。这是我有感于过去有些诗选为了"出新",而故意地避开大家公认的经典性作品之倾向而发的。真正的经典不怕重复,也不应该被有意地"遗忘"。如《凤凰涅槃》《大堰河——我的保姆》《再别康桥》等等,是决不可"遗漏"的。在提出这点的同时,也强调应该有新的开掘和发现,我们的工作应是开创性的。

在"大"的方面,因为时间跨度大,作品多,我特别提请注意在选诗时考虑"历史的评价",要体现重点,不要平均和分散。如郭沫若,当然是"女神"时期最重要,要多选;《前矛》《恢复》时期次之;他的后期创作,几乎不可言说。再如艾青,大抵是"抗战"和"新时期"两大块。我们要通过"数量"的多少来表现"质量"高低,从而体现评价。

还是"艺术标准第一"。入选的作品必须是"好诗",这里指的是诗的艺术质量和原创性。标语诗、口号诗、只有"思想"和"概念"而没有情感和形象的"诗",当然不在我们的视野之内。但也不能是"艺术唯一"。中国新诗是和社会、时代、政治保持着紧密联系的一个艺术品种,我们通常读到的好诗,往往是和现实保持着良好联系的、富有时代精神和历史感的诗。好的诗,能够通过艺术到达时代,通过个人到达公众。

凡有"含台、港、澳"各卷,均为混编,不单列,以体现"大中国"的常态。

排名用汉语拼音音序。诗前列作者小传,小传要非常准确。诗后力求注明原始出处。这点特别重要,因为我们希望这部大系是权威性的,应当具有很强的史料价值。我读周良沛先生的《中国新诗库》,看到他几乎每首诗都做到注明原始出处,非常感动。

第二,关于导言。

我们的工作要点,第一是选诗,其次就是写好导言。这两件事做好了,我们的工作也就基本上做好了。我个人特别强调导言的重要性,我希望一篇导言就是一篇"断代诗史"。各篇导言连缀起来,就是一部我们同人合著的《二十世纪中国新诗史》。从这点看,写导言的工作是我们这个工程中的重中之重。基于此种意图,我们对此有一个量化的要求,即希望每篇导言的字数为两万字左右。

关于导言的内容。首先,希望对这一阶段的诗歌发展,有一个历史性的描写。这就要求把新诗发展置放于中国特定的社会环境中,说明是什么样的"物质"环境,产生了如今这样的精神产品。这就是强调审美风尚与时代精神的内在关联。

这部"断代史"是诗学的和审美的。尽管我们强调了诗和中国社会的关系,但我们的全部工作几乎就是在讲述中国诗人和诗人群体的艺术风格的形成和演变的历史。

每篇两万字的大容量,使我们有足够的篇幅引用代表性的诗篇的最精彩的段落,以及那些最为重要的史料。这些引文均需注明出处。

导言的语言要平易,不要晦涩,但不拒绝华彩。

我们的目标是要在开创性和严谨的学风方面,以前辈为榜样而后来居上。

预祝各位工作顺利!

2001 年 5 月 14 日于北京大学

中国新诗大系情况通报

钟文先生,并各位分卷主编先生:

兹将中国新诗大系编写的有关情况通报如下:

六月二十四日钟文先生再度来京,召开了有关会议。谢冕、吴思敬、张晓林、卢虹、丁晓禾、李野夫等与会。会议就《二十世纪中国新诗大系》的编辑、设计、出版、发行等有关问题详细地交换了意见。大家认为这套书的后续工作已有充分保障,而且认为本书从编辑、装帧、出版到将来的发行工作的人员组成十分理想,是一种"最佳搭配"。大家对本大系的取得胜利充满信心。

会议重申各卷交稿时间不变,即原则上应于七月底以前完成包括内文编选和导言写作在内的全部工作。鉴于各位主编的具体情况不同(有的主编家有病人,有的主编有出国任务),且六、七月份学校期末事务繁忙,会议认为交稿日期不必完全一样,可前可后。但一般应是八月十五日以前完成。个别情况特殊的,至迟不超过八月底。

总主编根据各方意见,对分卷作了必要调整:杨匡汉先生主编的五六十年代,由原定的两卷改为一卷;原定七八十年代为两卷,"新诗潮"卷(1977—1985)由洪子诚先生担任主编,"后新诗潮"卷(1986—1989)由唐晓渡先生主编;吴思敬先生主编的"诗论卷",由一卷改为两卷。大系总数仍为十卷。

各卷字数为 40—50 万字。

总主编希望很快看到各位提供的预选初目。其目的在于对全书进行必要的协调。提供预选篇目的时间,至迟不超过七月上旬。

夏日苦暑,各位辛苦了。我们的工作是在为二十世纪的诗歌事业留下一份可贵的纪念。在此我谨向各位致以真诚的谢意。

2001 年 6 月 26 日于北京大学

关于新诗大系的第三封信

钟文先生,丁晓禾先生,并各卷主编先生:

截至 7 月 31 日止,大部分主编已将大系初选目送来,有的主编还通过电子邮件或电话的方式与我作了交谈。洪子诚先生远在美国,也从那里送来了选目的第二稿。孙绍振先生的进度最快,不仅选目已有了,而且近三万字的导言也已接近尾声。整个情况是很鼓舞人的。大家都在这个炎热的夏天里奋力工作,情况十分感人。现在离最后交稿的时间还有半个月。我希望各位主编在最后的阶段里切实注意本大系的质量,为此再提供一些建议以为工作时的参考:

各卷主编都是这方面的专家,可以、也提倡通过编选体现各位毕生的治学经验和治学风格,但仍要强调这一切必须在维护和实现总体格局的前提下进行,不然的话我们这套书就失去了它的整体特征。一些想法在前两封信中已经阐述过,建议大家工作时再加以对照。从已经提供的选目看,一是对"大"的诗人不敢放开来选,有些拘谨;再就是总体上看不够"新",也就是说新的发现不够,"熟"面孔多了一些。我先前说过,"经典不怕重复",这点现在仍坚持,但新的"开掘"也很重要,一本书总要有点新意才好。

洪子诚先生提出选诗时限以出版或发表时间为准,不以写作时间为准,这点我同意。为此希望各卷间加以必要的协调。以牛汉先生归来之后的作品为例,很多名篇均写于"干校"或"牛棚",在考虑入选时,应将此类作品列于"新时期",而不是列于50—70年代。同样理由,林子的《给他》写作的时间是"文革"前,而发表在80年代,故应归洪卷,而不归杨卷。与此相关,特别希望在诗末注明选自何处时,同时尽量注明写于何时。至于注明出处,也应尽量找出最初的出处,而力求避免"选自某某诗选"之类。

有些诗人喜欢改自己的作品。像张永枚的《骑马挂枪走天下》,后来改得面目全非了。郭沫若也喜欢改诗。因此,尽量采用最初发表稿,而不用修改稿。这点请务必坚持。

王光明先生昨日提出,"民刊"是否可收?我答,可收。这一点,在新时期就特别必要,很多"朦胧诗"是通过非正式出版物的渠道得以流传的。

想到的就这些。胜利在望,大家辛苦了。

2001 年 8 月 1 日

新诗大系最近情况

钟文先生、丁晓禾先生、并各卷主编先生:

20世纪新诗大系的工作已近尾声,现将有关情况再作一次通报。最先完成全部工作的是孙绍振先生。他的工作是在我们预设的 8 月 15 日最后限定内完成的。计选诗 98 家,共 607 首,导言 4 万余字及后记均已完成。孙卷全部文稿现已送京。另,由我撰写的大系总序已完成。吴思敬先生的诗论选目已定稿。刘福春先生的"百年新诗大事记"进展迅速,亦接近完成。

据我掌握的材料看,目前各卷的选诗工作均在有效地进行中,多数已经完成。选诗中的问题,上信提及的"老面孔"和"新发现"的问题,恐怕还是占有更多的材料的问题。应当说,确认和维护原有的"经典"易,而开掘新的资源、并编出新意难。望各卷主编在最后的冲刺中切实注意扩大资料的占有度。

再一个问题,是涉及诗歌观念的问题。我们的立场是独立的、不受任何舆论左右的学者的立场。面对诗歌,我们的心态是宽广的和兼容的,我们不问"主义",只问"优劣"。

希望各位主编见信立即动手撰写导言。如果内文尚未选定,也要立即动手。不然的话,我们将会十分被动。

静候佳音!

2001 年 8 月 31 日

20世纪中国新诗大系编写始末

2001年2月18日,我接到钟文先生来自上海的电话。他询问我编写和出版《20世纪中国新诗大系》的可行性问题,并要我为他草拟一份计划书。钟文是"朦胧诗"积极的推进者之一,是80年代那场新诗潮大讨论中的有影响的批评家。80年代后期他去了法国,在那里他的事业有了发展。现在他回过头来做文化和诗歌的事,我为此感到欣慰。

我意识到我们正在策划的工作意义重大。我们是在为20世纪中国文学变革中最重大的一个事件——中国新诗的诞生和成长立史。为了这个世纪的纪念,我们哪怕是放下手头所有的工作都值得。事情就是这样地开始了。

2001年2月23日,我给钟文先生发出一个传真,回答他电话中咨询的一些问题。其中谈到本大系的读者对象为"专业研究者、收藏者和一般的诗歌爱好者"。这个读者的范围是宽泛的,当然有兼顾的意思。我还建议"以内容精深,资料较为全面,能够涵容各个时期、各种风格流派、并以不遗漏在新诗建设发展中有保留价值的任何一首重要作品"为本书的编辑方针。我那时就强调:在保证诗的时代特色的前提下,要极端重视诗的艺术成就,"凡是艺术粗糙低劣的作品,不论其社会价值如何,均不入选"。全书计划分十卷,拟按诗史的时代行进的轨迹分卷,其中包括诗论卷和资料卷。并初步提出了拟邀请担任各卷主编的人选名单。我的意见得到他的响应,他基本采纳了我的建议。

2001年5月中旬,在北京召开第一次主编会议。基本确定了大系的总体设计和运行时间表。经过讨论,各主编在各主要的编辑思想方面达成了共识,这形成了我们共同的行动方略。2001年5月14日,我根据主编会议的讨论,整理出《编写20世纪中国新诗大系的意见》。其中就"选诗"和"导言"两个问题作了重点的阐述。

关于选诗。重申选诗按照大、中、小三种格局编选的原则：即十余首——一百首左右为"大"；十首左右为"中"；一——三首为"小"。提出在新诗史上属于里程碑式的诗集，而篇幅又适中的，可考虑采取全书"嵌入"的方式。强调不可轻视以一首入选的诗人，认为"一首诗留名诗史"是文学史上常有的佳话。所以，要特别注意这个"小"。我们的目标仍然是"不遗漏任何一首诗史上有价值的作品"。这个"小"的工作，可能比"大"的工作难度更大。重申"经典"不怕重复。这是有感于时下一些选本为了"出新"，而故意地避开大家公认的经典性的作品之倾向而发的。真正的经典不怕重复，也不应被有意地"遗忘"。在提出这点的同时，也强调应该有新的开掘和发现，我们的工作应具有开创性。

在选诗的标准方面，强调"还是艺术标准第一"。入选的作品必须是"好诗"，这里指的是诗的艺术质量和原创性。标语诗、口号诗、只有"思想"和"概念"的而没有情感和形象的"诗"，当然不在我们的视野之内。但也不能是"艺术唯一"。中国新诗是和社会、时代、政治保持着紧密联系的一个艺术品种，我们通常读到的好诗，往往是和现实保持着良好联系的、富有时代精神和历史感的。好的诗，能够通过艺术到达时代，通过个人到达公众。

关于"导言"。希望每一篇导言都按一篇"断代诗史"的规模来写作。各篇连缀起来，希望能成为我们同人合著的《二十世纪中国新诗史》。从这点看，写导言的工作是除了内文的编选之外的重中之重。基于此种要求，这次对导言的写作有一个量化的要求，即每篇导言字数为两万字左右。关于导言的内容，首先希望对这一阶段的诗歌发展，有一个历史性的描写，这就要求把诗的发展置放于中国特定的社会环境中，说明是什么样的"物质"环境，产生了如今这样的精神产品。这就是强调审美风尚与时代精神的内在关联。这部由各个"断代史"连缀而成的现代诗史是诗学的和审美的。尽管我们强调了诗和中国社会的关联,但我们的全部工作,几乎就是在讲述诗人和诗人群体的艺术风格的形成和演变的历史。

2001年的夏天是一个非常炎热的夏天,北京的通常气温都在摄氏35度以上。新诗大系的工作,就在这样恶劣的气候中全面地展开了。其间,钟文先生多次来京"督战"。各卷主编也都能在事务繁忙中,甚至个人生活遭到意外时,全力以赴地从事此项为中国诗歌的划时代巨变留下纪念的世纪工程献力。这年的8月15日,我收到了孙绍振先生的"捷报",他是在我们确定的时间表内第一位完成全部工作的主编。他通过电子网络传递的信息,是我们此项大工程最后胜利的第一只报春燕。

2001年8月下旬,当孙绍振托他的学生把一包沉甸甸的文稿从福州送到我的手中时,面对着暑热之中夹带着的微微秋意,我意识到:我们的收获季节已经到来!我们在二十一世纪最初的日子里所付出的辛劳,已经有了回报。

2001年9月1日于北京大学中文系

第五封信

各卷主编先生:

现在是九月的最后几天,马上就是"十一"长假。我觉得有必要向各位汇报一下中国新诗大系的工作情况。自从大系工程启动以来,大家一路辛苦前行,现在已到了收获的季节了。我们原定最后截稿期是八月十五日。现在是九月底,已过了一个半月了。怎么说,也应是交稿的时候了。

本大系将在昆明书市上和商家见面,而书市召开的时间是今年的十二月。我们的书必须在十二月以前出来,这是绝对不可通融的。我和负责编辑的先生商定,从现在算起,最多只能再给大家一个月的时间,完成包括导言在内的全部文稿。即使这样,留给编辑和出版社审稿的时间,也只有两个月。时间是太紧迫了!这是最后的期限,是不可讨论的。不然的话,我们大家的全部劳作都将落空。

再就是质量问题。我们这次集中了全国最有影响的一批专家来做这个工作,而且有着巨大的资金投入。从我们的愿望来看,我们的工作,希望是、也应当是同类工作中质量最好的。不然的话,我们愧对读者。但从现在收到的来稿看,有的来稿并不理想。主要是,没有完全按照我们当初的计划来做。举例说,没有作者小传、不能注明最初出处、导言没有注释,等等。一些来稿数量不足,我们的计划是每卷五六十万字。多一些可以删节,少了就无法可想。

来稿应当是齐、清、定,这是编辑工作的通例。大系只有一位编辑,不可能代替主编做主编应当做的工作。所以,有些稿子存在的问题,还是要由主编、或由主编委托学生来做。有些不合要求的稿子,可能要退给主编加工修改。希望各位主编能予以原谅,并积极配合。在这里,我深深地向诸位致谢!

我们的责编是张旭辉先生,他的电话是67670644。办公地址是北京方庄方群园4区22号楼金城中心1303室,邮编100078。

2001年9月27日

致新诗大系各位主编信

孙绍振、蓝棣之、孙玉石、杨匡汉、洪子诚、程光炜、王光明、吴思敬、刘福春各位主编先生:

兹有数事需向各位禀报:一、目前大系各卷编选工作大体告竣,我会同大系编辑部人员正着手对各卷内文作必要的平衡(包括增删、修改)。因为时间紧迫,加上年终诸位事繁,为了减轻大家的负担,除了特别重要的需要你们亲自动手以外,我们能做的就做了,不再一一征求你们的意见,请各位予以谅解;二、钟文先生多次强调作者(家属)授权以及付给使用稿酬的严肃性,编辑部已印就授权书拟分发给作者。现在需要各主编提供你所知道的作者地址及邮编,以便统一寄发。此事甚急,请见信后一周内将有关材料寄下列地址:

北京方庄芳群园4区22号楼金城中心1303室北京欧罗福世纪文化发展有限公司,常菁先生(新任责编)收,邮编100078

顺祝

春节安康!

2002年1月21日于北大

致《20世纪中国新诗大系》各主编

各位朋友:

2001年2月,我受我们共同的朋友钟文先生的委托,承担《20世纪中国新诗大系》总主编的工作。根据钟文先生的意见,希望此书能在2001年7月之前基本完成。时间非常紧迫,我也不敢怠慢。

2001年5月,大系的编写工作全面启动。至此年秋季,拟议中的各卷均先后完成。各卷主编按照我的意见,分别撰写了长篇序言。2001年9月,我在吴思敬和刘福春先生的协助下完成全书的定稿工作,并将书稿送交钟文先生。

2001年过去了,书稿未有动静。2002年钟文先生通过吴思敬先生转告我:"董事会研究认为此书近期不可能出版","一年半之后再行考虑"。现在已是2006年,时间已过去三年多了,我仍然未得钟文先生的明示。近日,我多次拜托吴思敬先生转告钟文先生,必要的话我可以去上海与他见面,商谈大系的有关事项。

我作了努力,但没有得到回应。事情可能只能是这样了。我觉得对不住大家,内心深感愧疚。我觉得应该把过程通报各位,希望能得到朋友们的原谅。我衷心感谢大家给予我的支持,感谢大家为此付出的辛苦。

我期待着将来能有再度合作的机会。

2006 年 3 月 8 日

序《民心镜》*

谣谚原是来自民间的文艺形式。它以口头创作的原始方式，以众口相传为它的传播手段，而与自古而今的主流文艺形态相区别而存在。上述那种主流文艺形态，有时被认定为是文人的，或被指称为是书面的，而更为普泛的描述则认为是指有明确意图的专业性创作的行为。

若对民间的和主流的这两种文艺创作活动加以比较，前者的特征主要是口头的和集体的，而后者则主要是书面的和专业的、而且后者的创作过程更具个人的特性。谣谚和其它所有的民间文艺形式在它的流传过程中有着共同的特性，这就是它们原始的"创作者"被有意无意地消隐，而且这些作品基本上是一种不稳定的不断被改写的"文本"，它们没有"著作权"。而我们认为的主流文艺则反是。

据传，上述那种民间的口头创作是先于以文字写作的文学历史的，它的作者一般说来并非作家，更非专业。这种文艺形态的产生，是由作为普通人于生活中有所感，吟诵成章，引发他人的兴趣，于是自发地以非书面的方式口口相传。这些文艺"作品"的产生和传播有它共同的特性，这就是，文本在流传中被不断改写，"作者"也在流传中"失踪"。

文学史家非常重视这些民间形态的、具有强大群众基础的文艺现象。那些来自民间的谣谚与民众的生活有着非常紧密的

---

* 此文刊于 2001 年 4 月 23 日《中国妇女报》。

联系,它又是一种至情的产物,一方面它能够传达和说明社情民意,一方面它的鲜活的和自然的表达能够给作家的创作提供助益。许多事实都证明,民间文艺形态丰富了作家创作的内容和表现力。

由于这些作品多数不采取书面的方式,故在它的流传中散失甚多。我们现在了解到的古代的那些作品,多半是夹嵌在一些史书和文人著作中的,它们借助于书面得以保留下来。如汉顺帝时的京都民谣:"直如弦,死道边,曲如钩,反封侯";又如汉桓灵时的民谣:"举秀才,不知书,举孝廉,父别居",都是针砭时弊的著名民谣。这些民谣展现了强旺的生命力,以及热烈的抗争和批判精神。

论及民间谣谚的内涵,简而言之大抵不外美刺二字。美是褒扬,意在伸张正气与良善,刺是贬抑,抨击的是那些邪恶与不义。这就是源于民间、发展于民间的艺术精神。这样的艺术形态不仅为民众所欣赏和推崇——因为它表达的是民众的意愿和心声,而且也受到开明的统治者的重视——因为从中可以了解到黎民的悲欢、人心的向背。《汉书·艺文志》说到,古设采诗之官,目的就在于"王者所以观风俗,知得失,自考正也"。

这里讲的是王者风范。一般说来,统治者中喜听美言而恶于逆耳之言居多,因而对这些直接形态的批评往往取防范和拒斥的态度。而民间谣谚中的最有价值的部分,却不在"美",而在"刺"。那些思想开明的统治者正是从这些"不中听"的讽刺乃至抨击中,了解到政事的成败得失,从中得到"考正"的收效。当然这对于制作传播这些谣谚的民众来说是一个福音。

当代中国有过非常严酷的社会发展时段,在那些言论和思想被禁锢的日子里,民间的批评当然得不到合理的发扬。在万马齐喑的环境中当然也会有勇敢抗争的歌吟,其艰难处境是可想而知的。"文革"中四人帮追查"谣言"即其一例。民谣的盛行是社会开放思想自由的象征,而统治者能够从中得到警觉并择善而从,则是国家民族的福祉。

老友任彦芳早年生活在北方农村,吮吸着充满生命力的、健旺的民间谣谚的乳汁长大。成年之后,他仿照民歌的形式曾写过许多"新歌谣"(当然,按照我的观点属于文人写作的范畴)。我们同学的时候他已是校内有名的诗人了。数十年来任彦芳不仅自己创作诗歌,而且孜孜不倦地收集民间谣谚,每到一处,笔录心记,专心而投入。果然功夫不负有心人,集腋成裘,居然已是卷帙浩瀚蔚为大观的一部《民心镜》! 半生心血,一片赤诚,感天动地。

作为普通的读者,我感谢任彦芳的工作。我相信这部大书所传达的来自民间的喜悦和愤怒,尖锐的批判和热切的期待,不仅能够宣泄社情民意,而且能够给当政者提供一面明亮的镜子,最终有助于社会的进步。

2001年2月28日于北京大学中文系

文化强省的建言[*]

福建提出要做文化强省的文章,很有眼光,也很有魄力。当今社会,大家都注重物质,相对而言,存在着轻忽精神和文化的倾向。福建在经济建设方面,近几年有很大的发展,这是让人欣慰的。但经济建设的开展,在全国已是普遍的事实,它并不构成福建有别于人的特色。同时,经济的发展并不一定意味着文化也将取得同步的发展。相反,物质富足的地区,也可能存在着精神层面的贫乏——人们已经意识到二者发展并不平衡的事实。

我以为福建的文化强省战略的提出并不是一个空想,它有着历史和现实的客观依据。八闽被认为是"海滨邹鲁",历来是人文鼎盛的乡邦。在东南乃至南方诸省份中,福建文化积蕴深厚且特色显著是人所共认的。古远的且不论,仅就近代以来事实来看,福建出现过一些开风气之先的、很有影响的人物。林则徐是近代史上的第一位英雄。他不仅是福建人的骄傲,也是全体中国人的骄傲。在十九世纪中叶乌云笼罩的天空中,林则徐是一道石破天惊的鲜丽。他挺身站立在雷电风暴之中,他的壮烈而伟大的悲剧性的一生,是中国近代史的最凝练、最生动的浓缩和概括。

那年参观刘公岛,看当年甲午海战北洋舰队的牺牲将领中,福建人占了大多数。在建设中国现代海军的过程中,福建人贡献了从海军大臣到海军部长,以及为数众多的各级将领。谈到

---

[*] 此文刊于 2001 年 4 月 1 日《福州晚报》。据此编入。

辛亥革命,著名的黄花岗七十二烈士,也有很多福建籍的志士。林觉民给妻子的诀别信,是中国古今最悲烈的文字之一。

被称为现代文学翻译第一人的林纾,他也是福建人。他不懂外文却在别人的帮助下译出了世界文学名著。他无疑是一个开风气之先的人,是他给封闭的中国文学的天空引进了一线域外的光亮。支撑他这一举动的,是开放式的思维和境界,这在当时是一种先知的超前的行为。还有译《天演论》并成为中国第一学府北京大学第一任校长的严复,他在自然科学和人文科学方面的建树,在当时便已名满天下,成为学界公认的领袖人物。

在现代文学方面,福建也出过许多著名的作家和批评家。林语堂、谢冰心、许地山、郑振铎、黄庐隐、林徽音等,都是中国新文学建设中成绩卓著的人物。在医学界,林巧稚大夫圣洁的形象,呈现着伟大母性的光辉,她无疑是福建人的骄傲。在侨界,举世闻名的陈嘉庚,更是公认的侨界领袖。他的勤劳简朴、急公好义的一生,体现着福建人传统的优良品性。

论及福建的人文优势,除了那些以先行者的姿态,在古老中国实践着现代性转换的那些先知先觉者外,还有诸多的人文景观和自然景观值得我们珍惜。福建的亚热带温湿的气候以及弯曲绵长的海岸线,都是开展旅游事业的良好条件。武夷山的船棺,闽西的土楼群,泉州的开元寺,厦门的鼓浪屿,等等,不一而足,均堪称稀世之珍品。福建风景秀丽,文化积蕴深厚,都是有异于人的我所特有者,我们理应十分珍惜这些有形无形的资源。

在文化层面上看,福建的优势远不止上述那些,在"文革"前,福建的高考成绩一直保持着全国第一的排序。这让当日是大学生的我们很为自己的家乡骄傲。福建的饮食文化也是极负盛名的,闽菜中的"佛跳墙",厦门泉州的小吃,都曾有过很好的口碑。不过,令人遗憾的是,在北京和全国各地,福建菜却是反常地默默无闻,在北京市面,几乎看不到闽菜的影子,不说比不过粤菜、潮州菜、川菜,甚至比不过东北大菜。这的确应当引起我们的反思。

  我还要说大家不太重视的戏曲。幼年时代,我是听福州评话长大的。可是,在中国,人们知道山东快书,知道秦腔,知道二人转,却极少有人知道福州评话。也许人们会说,那时语言的障碍,不对,要说语言,为什么人们知道苏州评弹呢?这道理和闽菜的处境差不多,也是值得反省的。至于福建的戏曲宝藏,情景却相反,福建以外的人们都知道福建拥有一批中国古典戏剧的活化石,其中如闽剧、莆仙戏、芗剧、高甲戏、提线木偶、布袋木偶,特别是梨园戏,福建堪称是国内无与伦比的戏剧大省。闽剧《团圆之后》被戏剧界称为可与莎士比亚相比的一部大悲剧。可是,家乡的人们是否都了解、都珍惜这一切呢?

  建设文化强省,首先应当从了解福建自身的文化资源做起。

2001年3月4日于北京大学中文系

痛心的文字[*]

"检讨书"是一种特殊的文类。现在的人读起来觉得别扭,视之为"另类"。但只要在那些异常年代里生活过的人们,都知道在当日那是一种流行的、通常的"文体"。许多人——包括我本人在内——都写过各式各样的"检讨书",它对这些过来人来说是并不陌生的。"检讨书"在另一些场合被贯以"交代"的字样,更甚者,被书写者并不自愿地叫做"认罪书"。总之,一般说来,这些文字总是一种非自觉的、被动的、甚至是受胁迫的书写行为。

为什么说此类"检讨书"大抵总是非自愿的书写呢?因为它所"检讨"的,有的是并不存在的"事实"——那些作者是被要求和被指定要做这种"交代"的。强权威逼之下,这些身心失去自由的人们,尽管他们并不情愿,也只能作那些无可选择的无奈的"回应"。于是便有了那些"造出"的文字。这些特别的文字在那些时日也可以说是"常态",并不特别地令人感到意外。

但现在我们看到的郭小川的"检讨书"与上面所说的不同,它不是"造出"的。郭小川是严肃而忠实的干部,他的经历和修养都证明,即使是受到暗示或逼迫,他也不会为了自身的安全而苟且行事。可以相信,我们此刻读到的"检讨书",它所涉及的,不论是关于《一个和八个》、关于"丁、陈问题"、关于"为三十年代翻案"问题、关于《万里长江横渡》,凡此等等,所述都是实有之

---

[*] 此文据文稿编入。

事,郭小川并没有为了适应那些人的意图而"生造"些或"添加"些什么。从这点看,它是真实的。

但事实却是,他不得不对这些作了完全违背实质的判断。在这些检讨书中,那些日常的行政性工作,被说成是"阴谋";那些倾注了心血的激情之作,被说成是"毒草";他需要不断地为他曾经废寝忘食地付出辛劳的事情"请罪"。翻开郭小川的"检讨书"可以看见,满篇都是"我也是有罪责的"、"我负有重要的罪责"、"关于这件事,我实在记不清楚,其中的问题,当然首先由我负责"等字样。总之,凡是做过的、甚至是没有做过的,不分青红皂白,统统都是我的"罪行"。从这点看,它又是极不真实的。

对于这样一位充满激情和富有独特个性的诗人和作家,对于这样一位忘我工作的、毫不计较个人得失的久经考验的革命者,在他最富有创造性的盛年之期,无日无夜地把生命浪费在这样的无谓的写作中,可以想象,这对他意味着什么!更为可悲的是,他要把他自己为之付出青春和智慧的一切,作出完全违心的、颠倒的"交代"!可以想象,这又意味着什么!所以,我把郭小川的这些"检讨书"叫做"痛心的文字"——一个忠实的、忠诚的革命者,在那些黑白颠倒的岁月里,把自己曾经庄严从事的工作,一件一件地歪曲为"阴谋"和"罪恶"!忠诚受到嘲弄,良知在流血。

今天我们重读这些文字,我们的心也在流血。我们感到了历史的沉重!通过这些文字,我们被告知并得到警示:要永远拒绝这样邪恶而又肮脏的年代,无论要付出多大的代价也要拒绝!感谢郭小川的亲属们,感谢他们的坦荡和无畏。由于他们把这些"不真实"的文字公之于世,使我们看到了、并接近了郭小川。因为有了《全集》以外的这部《检讨书》,我们从而拥有了一个坦白的、忠实的、而且又是更为全面的、完全真实的、可亲可敬的郭小川!

2001年3月5日于北京大学中文系

文学与道德[*]

把文学和道德放在一起谈论,是中国自古而今的传统。远的不说,单以五四时期为例,那时在提出建设新文学的同时,也提出了建设新道德的目标,即所谓"建设新文学、反对旧文学"和"建设新道德、反对旧道德"。这种将二者加以平衡的排列,非常清楚地向人们指明:文学的理想是和社会的理想相连接、并可由此通达良性互动之目的的。后来,这种对于二者的并列式的规约,就成了以五四为起点的新时代的建设性的总体追求的一种象征。

当然,当日在提出这样的命题时,也存在着粗疏和片面的缺陷。例如,建设新文学是否一定要对旧文学采取对立、排斥乃至完全否定的态度;新道德的建立是在什么样的基础之上和前提之下;以及旧道德中那些是应该反对的、又有那些是应该辨析而加以择取的,等等。这都是当日的倡导者所未曾深入探究的。

历来学者都重视关于文学与道德关系问题的探讨。作为同属意识形态性质二者之间的紧密联系和互为作用,是人文科学历来关注的目标。应当说,不论是作为美学还是伦理学,或是作为文艺学的范畴,谈论文学与道德的关系,对我们来说都不是一个陌生的话题。当然,这本由何西来、杜书瀛两位先生主编的《新时期文学与道德》,对文学与道德二者关系的论述涉及很深,

---

[*] 此文刊于2001年3月18日《新闻出版报》,题为《凝重而深邃的思考》。据文稿编入。

具有很高的理论价值,这是毋庸讳言的。但要是这本凝聚了诸多学者心力与智慧的著作,其写作的出发点和归宿只在于说明文学如何,道德如何,二者的关系又如何,尽管它谈论这些上层建筑门类的性质及特征都很精彩深刻,但依然未曾构成本书格外引人注目的原因。

这本著作最让人看重的品质,在于它对社会实际问题的关怀和涉及,是它未曾忘却文学在它的现阶段发展过程中产生的多方面的新变、因题材和内涵的突破延伸到的伦理道德问题、并试图解答这些问题。它体现人文学者的现实关怀、使命感和理论勇气。当前我们面对的,有太多自以为是的装饰性理论,那里充斥着深奥的词语和概念,以及大量征引的夹生的译文。这些理论的共同特点是:不对我们关心的问题发言,很少甚至也不准备通过理论的探讨对现实提出的问题作出回答。它们是一些飘在空中的纸鸢。这些文艺理论和文学批评的共同特点,是对现实存在的实际问题的无动于衷和无能为力。

此刻我们评述的这本《新时期文学与道德》与上面所述的现象全然不同。它以坚实的唯物辩证理论为基础,而以新时期的政治经济的巨大转型给文学和道德带来的新展示为依据和出发点,它系统而全面地探讨文学在这种历史转折中的道德承担和历史使命。它承认商品经济的巨大冲击带来的意识嬗变的必然性和合理性,但又对某些超常和失范的现象提出建设性的论析。这本著作的特点是,对新事物和新气象充满了理解的热情,但又并不苟且地坚守人文科学学者自有和应有的立场和价值观。

参与本书写作的作者是一批既拥有深厚的理论素养而又熟知中国文学特别是新时期文学现象的专家,他们对新时期文学的发展脉络了如指掌,掌握了相当丰富的资料,对此一时段文学涉及道德伦理以及人文理想问题的论述和判断均能切及实质。书中所谈,大面积地涵盖了新时期文学与道德相关的几乎所有重大问题,如伤痕文学与伤痕道德、反思文学与伦理反思、人格扭曲与人性觉醒、社会转型与婚姻爱情的变迁、以及新时期文学性描写的伦理思考、消闲文学之道德关涉等,都留下了他们郑重而深邃思考的轨迹。

他们谈论中国新时期文学与道德的关系,征引了这一时期诸多代表性的作家与作品,张贤亮的《绿化树》和《男人的一半是女人》、冯骥才的《三寸金莲》、贾平凹的《废都》,王安忆的"三恋"这些具有典型意义的作品,以及为数相当多的涉及文学各种体裁的作家作品,包括诗、散文和报告文学等,本书均有相当深入的和相当切实的分析。因为本书的作者从事的专业是文艺理论,他们的研究就能以有别于一般文艺批评的理论专业性对新时期文学进行了特定范围的深入探讨,在许多论述中都给人以别开生面之感。随便举个例子,关于卢新华的《伤痕》,作者评论小说中的人物晓华与"反革命"母亲的"决裂"的违背人伦常理的性质,其背谬之处在于"误以大恶为大义,误以亲者为仇者,导致了正常道德人格的缺损",评论指出,小说《伤痕》不仅揭示了文学的"伤痕",而且也证实了道德的"伤痕"。这些都是非常深刻的论述。

山东教育出版社出版的这本《新时期文学与道德》,是一本针对当代文学创作实际提出的道德伦理问题进行深入的专题探讨的专著。它的意义不仅在于它对文学涉及的专题进行了有效的探讨,它还为当代理论工作提供了范例:理论不仅应当紧密地追踪社会实践,而应为实践提出前瞻性的思考。理论的生命之所以常青,在于理论始终和实践保持着联系。

2001 年 3 月 18 日于北京大学中文系

健与美的星座*
——读《中国体坛50星》

对于我来说,看一场赛事,不仅是体能的和技艺的欣赏,而且更是审美的和精神的享受。体育明星和别种明星不同,他们的魅力是独特的。他们的耀眼之处不仅仅是美的显现,更是力的展示。在现实生活中,我对那些演艺界的明星们的做派没有好感——我常痛感中国现今缺少真正的艺术表演家和表演大师——我对那些少男少女对那些星们盲目的、甚至是痴心的"追逐"心怀隐忧。与之相反,我却心仪于那些体坛的明星们,这里有成功的冠军获得者,也有经过激烈奋争而未能如愿的失败的英雄,不论是力可移山的猛士,还是身轻如燕的健女,我都欣赏他们,并真诚地为他们喝彩。

就我个人而言,我不是运动员,从中学到大学,我的体育成绩都很差。中年以后坚持长跑和冷水浴,近年又开始练网球,身体是健康了,但依然不是运动员。我爱看那些比赛,为胜利者叫好,为失败者惋惜。我欣赏那种速度、那种高度、那种优美的曲线和抛物线,但我到底说不出那些赛事的真谛,我至终也还是一个体育的外行。但我实实在在是一个倾心于健与美的人。我以为要是我们的青少年成为这些体坛明星的、而不是我所不以为然的那些星们的"追星族",那至少不是一件坏事。

人是这样一种生物,他不仅能够意识到生命的存在,而且期

---

* 此文刊于2001年3月28日《中华读书报》。据此编入。

望着创造性地把握它,超越一切平凡而挑战命运。于是人不仅自己实践,而且醉心于向他人和外界寻求启示,以求实现自己认定的生命价值。说到此刻我们谈论的这本报告文学集《中国体坛50星》,这里汇聚的关于50位体育界明星的故事,正是应了人们上述期待的一本适时的书。那里所述的体育明星的事迹,让我们感受到生命的多样而广阔的可能性,人会怎样地通过艰苦的习练,发挥潜能而抵达甚而超越极限。

  这本书同样启示我们,人是可以在灵巧、优美和准确性上,也在速度、力量和高度上,通过自己夜以继日的悉心磨炼到达目标而创造奇迹的!这些体坛明星的事迹表明,所有人都处于一个起点上,成功的机会是人人都拥有的。当然,先天性的差异是有的,这些处于同一起点上的人们,却可以通过后天的调适与培养,使生命灿烂起来。

  《中国体坛50星》的出版是一件意义深远的事。50年的艰苦搏斗,它记载了中国人由过去的积弱而成为举世闻名的体育强国的非凡演变的历程。1953年吴传玉的第一块国际金牌,是一个光辉的起点。1956年陈镜开一举惊世,成为中国第一个打破世界纪录的人。我们成功地登上了世界最高峰。我们以一只运动场上最小的球,让世界旋转起来。我们以50年的期待实现了体育强国的梦想。1324枚金牌,1027次打破世界纪录,这些数字记载着我们的坚持、抗争和毅力!

  50星只是群星的代表。我们透过每一颗升起的明星的耀眼的光辉,看到的是一个个不平凡的生命在闪光,是一个民族站起来的整体形象。就每一个个体而言,顽强的坚持,英勇的搏斗,坚忍的战胜,一次次跌倒,一次次爬起,每一个故事都是一曲生命的凯歌。李宁的一百多枚金牌是他以满身的累累伤痕换来的。在世界杯体操锦标赛中,他一人夺走了全部七个项目的六枚金牌,他创造了世界奇迹。他身上的伤痕和他最后的光荣退役,更像是一部悲壮的交响乐。这里我还要提到被称为东方神鹿的王军霞,她的成功除了以自己的泪水和汗水所浇灌之外,还依靠她背后站立着的数不清的支持她的人。所有的运动员的成功,都是以国家和社会的进步为后盾的。

　　这是一本提升人们的思想境界的好书。不是每一个人都会成为体育健将,也不必每一个人都要成为体育健将,但我们每一个人都会从那些升起的星座的辉煌中,看到毅力和勇敢,看到机会和目的。生命需要磨炼,目标在于争取。惟有经历艰难和困苦才能到达至境。生命可能有它的极限,但在到达这一极限的过程中,却存在着无限的可能性。这种无限的可能性属于所有的人。能够通过自己的艰苦努力而到达的人,是一个强者,也是一个智者,虽然他不一定是一颗明星。但我要说的是,这是每一个人都能做到的。

　　感谢新蕾出版社,感谢《中国体坛50星》的编者和作者,感谢你们为我们提供了一部最值得珍贵的人生启示录。它告诉我们一个普通而平凡的道理:路就在脚下,重要的是走!

2001年3月20日于北京大学中文系

诗和科学随想*

很早的时候就听人讲过:数学里有诗。数学我不懂,我的数学只有小学三年级的水平,而且天生地害怕数字。所以,对数学里有诗的说法,我始终将信将疑。在北大生活久了,认识了一些理科的朋友,从他们身上发现了不少的诗情。在如火如荼的1957年"鸣放"期间,我从谭天荣的大字报里发现了诗。谭天荣是物理系的同学,那时还有几位数学系的、化学系的同学,写文章、写诗、朗诵、演讲,都充满了才情。对于诗与科学的亲密关系是有些了解了。

后来徐迟先生写《哥德巴赫猜想》,他以诗人的文字和思维,把陈景润的数学公式演化成了美丽的诗。徐迟先生在做这些工作的时候,我和他正保持着经常的接触,对他的采访和写作的过程有一定的了解。至此,我对于数学里有诗的说法是深信不疑了。

我有几位科学家的朋友,他们又都是诗人。现在生活在美国的非马先生和沈志远先生,就是其中的两位。他们中一位是核专家,一位是超导专家,但他们都写很漂亮的诗。他们以科学家兼诗人的身份徜徉和翱翔于诗和科学的领域,他们的理性和情感的结合,他们的潇洒飘逸的姿态,都令我们这些"科盲"妒羡。

沈先生前几年写了一首题为《中微子》的诗。他在诗中引用

---

* 此文刊于《诗刊》2001年7月号。据此编入。

了当今科研的新成果：基本粒子中的中微子不仅有质量和不能以光速运动，而且其中伊、妙、道三种中微子还可通过震荡而相互转化。沈先生将这些科学发现成功地转化为优美的诗意：三姐妹亲密无间而且心灵相通，可怜的是光子小弟弟，他虽然成了唯一的赛跑冠军，但却因而失去了游伴。更有趣的是非马先生的和诗《光子的独歌》："夏天里过海洋，胸怀中真欢畅"，回过头来看，中微子竟变成了"三面夏娃"（好莱坞一部老影片的中译名）在思凡。沈志远先生的《电脑与人脑对话》，非马先生的《万有引力》、《进化论》等，都是比较成功的科学诗。他们的实践进一步证实了诗与科学间的亲密关系。

  我以为科学诗的写作，只应是一种诗与科学产生联系并彼此溶解的写作，不应简单地理解为在诗中装填进去科学的内容。科学诗不仅意味着诗的涉及科学，而且是诗对科学的"改造"和"溶化"。这一类诗当然不排斥"直接写"，然而更重视"诗一样地写"。不论它写的是何等内容的"科学"，最终，它都必须是"诗"。前面引用的非马和沈志远两位诗人的作品，都证明了这两个差别很大的门类的结合，要有一个形象化的转换的过程。

2001年3月21日于北京大学中文系

北京的春天[*]

北京的冬季是漫长的。只消一夜北风,那让人爽心悦目的明媚清澈的秋天,就消失得无影无踪。这里传递冬天到来的明确信息的,就是香山的红叶。原先那些在秋天的阳光下闪闪发亮的丹红的、橙黄的、黄绿相间的金属般的叶片,在最初一场肃杀的北风的袭击下,一夜之间就铺盖成了满山满谷的凋零。这一切是在顷刻之间完成的——仿佛是听从了一道无声的命令,默默的,但却又是轰轰烈烈的,非常悲壮的集团的行动。它宣告:漫长的冬季开始了。

第一场霜降到来的时候,那落叶的残红之上,轻轻地盖上了白色的挽纱。北京的冬天,就是这样以不作宣告的骤变,为美好得令人叹息的秋季,公布了一份天地变容的讣告。

这是一座缺水的城市,那些人工、半人工的湖泊,也许是因为稀罕,都被夸大地命名为"海"。一阵紧似一阵的从西伯利亚刮来的风,把那些"海"里的水波冻成了冰凌。那些本来就不宽阔的御沟的水面,很快也都抹上了一层厚厚的黑的、黄的尘土。所有的树都静默着无遮拦地站在凛冽的风里,它们的叶片也都落尽。未曾落叶的只有那些遒劲而苍黑的松柏,它们吝惜得把哪怕是一点点的绿意都隐藏了起来。

这一个冬季漫长得好像没有尽头。从红叶凋零的时候起,人们就穿上了笨重的寒衣,穿行在夹带着黄沙的透骨的风中。

---

[*] 此文据文稿编入。

白天越来越短,黑夜越来越长。寒露过去是霜降,立冬过去是冬至,小雪过去是大雪,小寒过去是大寒。那么,何时才能河开?何时才是燕来?人们掰着指头,盘算着"沿河看柳"的日子早日到来。

冬天是等待,冬天也是忍耐,冬天更是长长的期待。生在南方的人,到了北方,往往适应不了这一阵紧似一阵的、没完没了的风搅着沙,沙夹着风的酷烈的天寒地冻。然而,即使是立春了,惊蛰了,二、三月的北京,依然是春寒料峭,依然是乍暖还寒,依然还是穿着厚厚的冬装,忍受着风沙的折磨。

情急的是被严酷的冬天憋坏了的急着要开花的那些报春的精灵们:二月蓝迫不及待地冲破冻土,在满世界的黄朴朴中拱出了这星星点点的绿意。但这绿的只是她的嫩芽,因为不到开花的时节,我们还看不到漫山遍野那些可爱的紫色的小星星。再就是迎春的连翘了,她们细小而柔韧的枝条在依然寒冽的风中摇晃,急切里探出了淡淡的似黄还绿的小骨朵。最可怜的要算是南墙下边的那些野山桃,她们小心翼翼地伸出头来,用浅得几近于白的小红花宣告着难产的春天。庶不料寒天里又飘起了小雪花,迎春的花就这样不甘心地为冰雪所摧折!

立春在北方只有书面上的意义。当节气宣告立春到来的时候,这里的天空和大地依然是属于风雪的,真正的春天还在遥远的天边!好不容易盼来了春暖花开的日子,冰化了,柳梢由黄变绿了,那些花们草们一时都兴奋起来,大家拥挤着往前赶,匆匆忙忙地、争先恐后地几乎是挤在一起开放。这时最显眼的是榆叶梅、黄刺梅一类花卉,北京著名的玉兰花大约开在四月初。待得玉兰花开过,已是春意阑珊的季节了。

"开到荼蘼花事了",这应当是指的北京的花季景象。四月过去,天气一下子热了起来,在北京竟是夏天的感觉了。在北半球炎热的太阳直接照射下,那些攀缘的蔷薇科植物,仿佛感到了浪漫的季节即将过去，她们疯了似地抛掷着浓丽的色彩和光泽，倾泻自己的青春年华，在一朝一夕之间。

北京的春天是短暂的，短暂得让人在感觉到它的到来时便消失了。长久期待之后的骤然消失，不仅让人惆怅，而且让人伤感。从这个角度讲，北京只有漫长的冬季而没有春季。当我们所认为的春天到来的时候，春天也就过去了。接着又是一个漫长的火般燃烧的炎热的夏季。接着又是一个漫长的期待，期待着夏天的过去，期待着冬天的过去。冬天之后是春天，而春天在人们的心中依然是一片空空的无！

北京的春天是一曲令人感伤的简短的乐章。

此文始写于2000年的隆冬时节，搁置甚久。近日应《散文天地》楚楚之约续毕。是所谓的"跨世纪写作"，一笑。2001年3月21日，谢冕记于北京大学畅春园寓所。

给涛哥的信[*]

涛哥：

　　日前奉上一信，想必收到。昨日甫弟自厦门来电话，说是收到涛哥近日来函，谈及勋侄梦见奶奶说"没有房子住"之事。并说涛哥为此内心深感"不安"。我们弟兄二人在电话里交换了意见，认为梦事总有虚幻的成分，不可全信。弟作此信，主要是劝涛哥不必为此不安，兹为略陈数言，以表宽慰之意。

　　自从台海两岸恢复民间往来之后，十余载间，涛哥几乎每年都回来拜祭父母双亲。涛哥早年为求生计，远离亲人，孤身漂泊，历尽艰辛。及至世事平泰，手足团聚，每以未能膝下尽孝自责。此情弟等均知。

　　80年代初，弟与涛哥首会香港。临别涛哥即让弟带回美金一万元，嘱交振兄以为置业之用（该款后由依娟购置了凤凰池房业）。记得涛哥当时语重心长地告弟："我的每一分钱都是干净的"，此语弟铭记于心。此后数年间，涛哥倾毕生积蓄，分别为振、甫、冕、韫诸弟妹斥巨资置业。单是福州一地，经依娟之手，先后购置三套华屋。

　　涛哥每次助弟等置房，总说"子欲养而亲不待，这是用以弥补生前未尽奉养双亲责任的遗憾之举"，言者心诚，闻者心动。遥想双亲泉下有知，亦必为之展颜。

　　四十余年骨肉隔绝，留住大陆各弟虽身处逆境，亦为家庭各

---

* 此文据文稿编入。

尽绵薄。记得弟当年求学燕地,每月调干奖学金为25元,弟与甫约,各人隔月寄家十元,以为双亲茶饭之资。如此继续至双亲先后去世(当然毕业后至"文革"前,弟月工资提高至56—62元,汇款标准亦相应有所提高)。

弟等以为,谢家素来贫寒,但我等弟兄黾勉自爱,虽未能让父母生前过较为富裕的生活,均已各尽心力。五老老矣,身心交瘁。现今战烟消散,社会安定,应该是下一代来尽他们的孝心的时候了。

近来此方政府倡导薄葬,尽量不修墓茔,以减少占用耕地。故而,即使修墓亦以简朴为宜,此亦符合我谢家勤俭之家风也。

区区之意,深思而发,尚望涛哥指谬。暮春三月,北国风烟,乍暖还寒。遥想南天,必是一番阳春好景色也。

顺颂安祺!

2001年3月26日于北京

北京的风沙[*]

接连不断的沙尘暴已经牵动中国全社会的神经。至少在北京,它已是与人们的生活实际息息相关的事情。人们过去出门问阴晴,现在则加上问几级风沙,问今天的大气污染是什么级别。阴晴是无碍于人们一般的社交活动的,而后二者的程度则决定着今日是否宜于出行。风沙在北京早已不是防范的问题,而是悬置于人们心中的切实而具体的块垒。

风沙是北京的习以为常。从最初一场霜降开始,这座古老的京城,故宫的屋顶,天坛的穹隆,它的红墙白塔,所有华美庄严的一切,都置身于断断续续的、几乎少有间隙的沙尘的笼罩中。从口外吹来的风,夹带着疯狂的沙砾,肆无忌惮地、无所阻挡地跨越漫长的冬日,浸漫了整个的春季。

原本应是由花开草绿、草长莺飞发出的春来的信息,在北京,却是无情的风沙的警示。远的不说了,去年,也就是20世纪的最后一年,北京的居民是在沙尘暴的惊恐中度过的。中关村的街道上游弋着黄沙,似波浪般地层层向前推进。黄沙袭击着并摇撼着那些精美的电子广告牌,而后,如千万游蛇搅动着腾空而上,那真是永远也难以忘怀的让人惊心动魄的经历。

今年开春至今,短短的不到半个月的时间,沙尘暴已是五次横扫京城。就在我写这篇文字的此刻,风沙还在窗外肆虐着早春的烂漫。3月21日新华社记者在电文中写道,"沙尘暴再袭

---

[*] 此文刊于《香港文学》2002年8月号。据此编入。

正处于春分时节的北京城","从位于宣武门的新华社新闻大厦上向北望去,数百米外的民族饭店已朦朦胧胧隐没在黄沙之中,再远就什么也看不到了"。

今年开初,有关部门终于坐不住了。就在前几天,两支由专家组成的科考队伍分别从北京和兰州出发,考察沙尘暴的生成和它的运动形态。北京出发的这一支,第一站是河北的丰宁。此地距北京仅百余里,在北京的正北方向,有一座云雾山做北京和河北的分界。由此往北是土城子、上黄旗、红石砬、干沟门,直抵内蒙的多伦。这是一个喇叭形的大风口,从塞外刮来的风沙,就从这里向着北京这只大口袋猛灌。

科考队出发的第二天,就传来了令人不安的消息。电视台的记者手持话筒,站在一位村民即将被沙掩埋的屋顶边上说,"去年朱总理视察时站在这里,现在已经被沙淹没"。据科考人员实地考察,沙漠正以每年三公里半到五公里的速度向北京逼近。根据这样的估计,大约二十年的时间,沙漠就要抵达天安门。这并非故作惊人之语,这是事实。

本世纪八十年代是一个充满浪漫激情的年代,那时,诗人们曾说,"沙漠不会吃掉北京"。现在看来,那只是诗人们幻想的语言,并不代表无情的事实,而事实却是——沙漠正在固执地向着北京挺进。如果北京不再防范,它就将在今后的数十年内被黄沙所掩埋!如果我们不再警觉,也许在未来的某一天,北京将成为另一座庞贝!

北京的风沙由来已久,过去就很有名。灰色的城墙衬着黄色的天空,驼队敲打着寂寞的铃声,缓慢地步过高高的城墙下满是尘沙的街道。这是旧日北京典型的景色。但那时的风沙只是季节的象征,冬天到来的时候,就有风沙作伴,那风沙也较现在温和得多,很少够得上"暴"的级别。在我的记忆中,好像从来也没有出现过如今频繁使用的"沙尘暴"这样的字样。再说,那时在春天到来的季节里,即使也时有风沙来袭,却从来也不见现在这样步步进逼的昏天黑地!

从丰宁传来的报道说,那一带居民靠砍伐山上和丘陵的灌木当柴烧,这是当地自古而今的习惯。居民们先砍村子周围的树木,渐渐向着远处砍去,直到把四周砍成了一片荒秃。一棵当柴烧的树木一般要长十几年,砍了之后当然也没有人想着再种。退一步说,即使有人种树,种树的速度也赶不上砍树的速度。那么剩下来的问题只能是,在砍光了树的地方,长出了杂草,杂草之后是裸露的石头,石头风化之后,就只有沙,也只能是沙了!

这里我们还没有讲到牲畜,所谓生产的发展,其实是讲人多了相应地需求也在增添,要靠生产更多的农牧产品来养活人自己。人养牲畜是为了养活自己,牲畜多了,草场就因不堪重负而荒废,人和牲畜争夺草场的结果,是草原生态的彻底破坏。我们能责怪那些砍树当柴烧的村民吗?能责怪他们不爱惜自己的家园吗?试问,他们若是不砍那些近的和远的树木,他们用什么来做饭!

说到底,是人太多了,人向着生养它的土地要求太多了。那么,谁来养活这不断被压榨和掠夺的土地呢!人们现在不得不承认,土地的不堪重负才是问题的症结所在。而土地的超负荷的根本性原因却是人口无节制的繁殖,最后是现如今这样的大爆炸。面对当今环境的恶化,大家似乎都在谴责人对环境的不负责,什么乱砍滥伐啦,什么不爱惜有限的资源啦……人们很少去想想,人类为什么不对自身的生产进行负责任的自我约束?人类为什么要无节制地"发展"自己?

过去在中国,侈谈"地大物博",侈谈"人多是好事"成风。在某一个头脑热昏的时候,甚至粗暴扼杀那些明智之士的控制人口的主张,有的学者如马寅初先生就因言论的"不合时宜"而获罪。接连不断的北京的风沙,使人心意难平。从风沙而想起生态的危机,从生态的危机而想起造成这危机的人类。想起人类的自私,更想起中国曾经有过的暗淡的日子,想起批"人口论"那一场"愚昧战胜智慧"的闹剧,想起横在中国人心间的那道永难平复的"二十世纪伤痕"。

2001年始写于3月,4月8日完稿于北京畅春园

贺《诗潮》一百期^{*}

这一阵紧似一阵的诗潮浸漫着、更推进着中国现时代的诗创造。已经一百期了,《诗潮》以她坚韧的努力,在她的周围集聚了一批有影响力的、多种风格的不同年龄段的作者,进行着持久有力的新诗的建设。他们从北中国的黑土地出发,向着中国广袤的平原和山野,施展着诗意的魅力。为此,人们铭记并感谢《诗潮》为中国当代诗歌的繁荣所付出的辛劳、以及她所贡献的实绩。

大家都认识到,文学和诗的历史是创新的历史,停滞不变难以构成历史。因此,革故图新是所有的文学时代的追求和梦想。无疑,文学的历史是一个从内容到形式都不断拓进的历史,但这种拓进过程中的革新,并不是对于前人辉煌创造的遗忘,更不是对于优秀传统的弃置。在意识形态诸领域中,特别是在文学艺术中,发展的概念并不意味着对于旧有传统取代和否定。从这个意义上看,诗的前进可能更像是一种加法,而不会是简单的减法(尽管历史的行进是伴随着痛苦的淘汰的)。

我们现在所面对的《诗潮》,顾名思义,无疑包含着诗之运行的潮流和艺术创新实践的潮流的意义。但正如二十年前诞生的"新诗潮"是新时代的产儿一样,"诗潮"在她的艺术探索和实践中,是紧紧扣着与我们的生存息息相关的"时代潮"的。记得新时代开始的时候,人们爱谈"纯文学"和"纯诗"(当时人们对使文

---

* 此文据文稿编入。

学和诗"不纯"的现象怀有噩梦般的惊恐),其实,远离了人间烟火的"纯"是不存在的——退一步说,即使真的"纯"了,那也是不健康的。

祝贺《诗潮》一百期,我期望她为艺术不忘时代,为时代不忘艺术,期望她永远是一道融汇了"艺术潮"和"时代潮"的也许涓细、也许浩大的充满活力的生命水!

2001年4月12日于北京大学中文系

冰心《往事》赏析[*]

我们看过无数的山,峰峦叠嶂的巍峨的山,螺髻临水的娟丽的山。我们也有过花朝月夕的种种观山的经历,或朋辈啸嗷于林间,或女友倚肩于水湄,我们目有所染,心有所感,想传神地写出那一切的微妙与真切,却往往把笔踌躇,常恨言语难尽人意。

冰心这篇《往事》,写的是月下的青山,一开始便有奇文字。她先说今夜月下的青山"无可比拟"。但若真的不可比,那这篇记载月下山间情景的"往事",我们今天也就读不到了。冰心的文章就是从这几乎是不可比拟的"万中之一"的险仄中,展开她当年病中居留青山的那一段情感经历。这不可比中的比,这欲进故退而成就的一篇美文,体现出青年冰心的婉转聪慧。

她在似乎无可言说之时,传神地写出此时此刻月下山中的感受:"只能说是似娟娟静女,虽有照人的明艳,却不飞扬妖冶,是低眉垂袖,璎珞矜严。"一旦有了这种月下静女的审美发现,以后的文章就有了无限展开的可能性。虽说这月下的山是一位"静女",她却拥有一种流动之美:"流动的光辉之中一切都失了正色:松林是一片浓黑的,天空是莹白的,无边的雪地,竟是浅蓝色的了。"作者此刻面对的是月夜雪中山间的三种颜色:黑的松林,白的天空,而雪地竟是通常我们难以发现的浅蓝色!

这是一幅"凝静"、"超逸"、"壮严"的天然画图,其间还流溢

---

[*] 此文刊于《名作欣赏》2002年第1期。据此编入。

着满空的"幽哀"。此刻写这文字的冰心,让人感到她不仅是一位善于发现色彩的画家,还是一位情感丰富的诗人。但她似乎并不满意自己的这些精彩独到的描述,她认为她所面对的依然是一切言辞文字所不可表达的,这里只是一种不可把握的把握。然而,就是这样的言说,却依然展示了当年这位青年女性的惊人才华。冰心写这些文字的时候,中国新文学诞生才几年,白话文学还在试验的阶段,冰心的文字却显示出深厚的文化积蕴中的清新娟丽的风格。我们如今读这篇文字,从文学的质素来看,很难想象是出自这位当年二十几岁的女性之手。

文章开头两段对于月下雪中的青山的定位性的描写之后,紧接着是四个排比的段落,是从否定的方向继续写这一段"往事"中的难忘的印象:今夜的林中,不宜于将军夜猎,因为那会缭乱了静冷的月光;不宜于燃枝野餐,因为那会破了这如怨如慕的诗的世界;甚至也不宜于高士徘徊、爱友话别,因为那"太人间"的一切与这里的空灵超逸的情调不和谐。这些否定性的议论过后,文章这才进入主题。病中的冰心倚枕凝眸,一念回转,不觉神伤,原来眼前这一切"只宜于病中倚枕看月的女孩子的"——其实也就是只宜于此刻的作者自己的。这就与文章开头的"娟娟静女"有了照应,可见冰心的文字是很缜密的。

但看这雪色浸漫着的曲折的长廊,这月光照射着的雪般洁净的一袭衾绸,万籁俱寂,万缘俱断,乡梦如水,客愁如丝。她以一个远离故国亲人的柔弱女儿身,面对这寂静空漠的雪和月,回首往昔的行踪,幽思来日的遭际,那一切的怀想与追恋,如今都涌上了心头。也许欢悦,也许惊怯,也许是未成而可成的事功,也许是将实而仍虚的愿望,她推己及人,万念纷陈,正是此时此地的幽忧与澈悟。

文章的结句是:"万能的上帝,我诚何福?我又何辜?"这很像是一句祈祷,却又余音缭绕。因为有一种心灵的感悟,因此是幸运;因为有一种新的承担,因此是负载。这一篇"往事"的记叙,为文至简,写景至清,抒情至深,是一篇至今读来依然醇香满纸、余韵悠远的好散文。

2001 年 4 月 18 日于北京大学中文系

建筑的断想[*]

在从事人文科学的人的眼中,建筑总是审美的,它与美学有关。人们说过,建筑是凝固的音乐。我甚至认为,好的建筑是永恒的舞蹈,它能够超越时空的拘限,以优美的线条和姿态跳跃着和飞翔着。人们看建筑,透过砖木的、石质的、或是钢筋水泥的结构,总觉得它是一种生命的呈现。它不仅有情感的传递,甚至有思想的凝聚,它总在静默中顽强地说明着和展示着文化的传统和现状。

正因为建筑有如此不同凡响的人文位置,因而人们总是对它期望甚高。正因为期望高了,所以当我们面对生活中的建筑的现状时,往往因现实的失望而心意难平,甚至有难以按捺的愤激。最近在姜丰主持的"文化视点"上,看到她和一位海外归来的建筑学家谈中国现时的建筑,他们那种平静的语调和平和的心态都给我以意外的羡慕——就我本人来说,每当谈论中国现时的建筑,总是百感交集,心情是极其复杂的。其实,他们的谈话中所涉及的,也常在人们平日的议论中,只是我们这些业外的人士由于对此一领域的历史和现状缺乏全面的了解,所以在论及那令人揪心的一切时,往往难以控制我们的情绪。

建筑在现今的中国,距离作为艺术的精神产品的性质已相去甚远。这种建筑的非艺术倾向的历史,可以上溯到上一个世纪五六十年代。那时社会大一统的局面告成,人们开始真诚地

---

[*] 此文刊于2001年5月21日《中国妇女报》。据此编入。

批判"旧世界",并对文化遗产施以范围深广的"革命",其间包括"改造"旧时代遗留的建筑在内。就其大者而言,拆毁北京的城墙就是一个空前绝后的"壮举",这已是人们懒得谈论的老话题了。但这的确是留在中国二十世纪文化史上的一道巨大的伤痕。逝者已矣,我们难以找回那已经消失的生命。我们此刻只能面对那些取代了古典辉煌的如同立交桥、高速路之类的现代建筑,而这一切却并非中国所独有!

思想一律造成的后果不仅是人们意识和行为上的高度一致,而是创造思维的贫乏以及想象力的萎缩。记得八十年代初有人不无嘲讽地说过,我们的热水瓶和"大立柜"是始终不走样的几十年"一贯制"。普天之下的百货商店也都是完全相同的一副刻板模样。事实完全清楚,我们在这些毫无创造性的物件上看到了固化的"思想"的刻痕,看到了可怕的个性化的坏死。至于建筑,在城市,那时我们举目所见,尽是苏式建筑的拙劣模仿和照搬。若是要问还剩下那些是属于中国自己的"创造"? 那也只是取消了任何地域特色的"火柴盒"房子的泛滥。

几乎所有的城市都有政府办公大楼,都有工人文化宫和电影院,当然也都有前面说到的百货大楼,但是所有这些的建筑物,又都毫无例外地是一个模式造出来的。我们曾经走过许多地方,我们曾经赏心悦目地看到在美丽多姿的广阔国土上,江南古镇有迷人的柳岸曲水、灰瓦粉墙;黄土高原有枣花飘香的窑洞院落;而在一马平川的华北大平原上,到处是高高的白杨树掩映下的充满阳光的北方烧炕的民居。而这一切具有地域特色的差异,都在时间的推移中被逐渐抹平。幅员广大的中国,它的原先各具特色的地域风情逐渐消失,正在日复一日地变成统一模式造出来的单调的复制品。

建筑的民族风格无疑是应当强调的,但这种风格的继承应当是发展的和创造的。而我们恰恰在这些方面有过很多的教训,我们讲"百年大计质量第一",这质量似乎并不包括建筑的创造性和审美性。再以北京为例,在前此的某一个时间,由于某一个或某几个官员的"提倡",在许多新建的高大建筑物的顶层上,一时间成批地出现了"民族风格"的"小亭子"。这是又一次大范围的"建筑克隆"。至今车过四环路的海淀一带,从高架桥上望去,满目尽是这些大楼顶小楼的名为"民族化"、实是庸俗化的"杰作"。

现时代建筑上的惰性,它的毫无创造性的陈陈相因,几乎成了一种遗传。自上一个世纪八十年代开始,这里的建筑界又一窝蜂地往建筑物的墙面贴瓷砖和安装闪闪发光的玻璃墙面。广阔的国土上,从大城市到乡村小镇,到处都是这样一些澡堂不像澡堂,厕所不像厕所的拙劣建筑物。恕我不雅,这种"澡堂文化"或"厕所文化"的泛滥,正好说明建筑界也难以逃脱整个社会的时尚化的大趋势。这种趋世的和目光短浅的建筑的鄙俗化,现在还在蔓延。

长安街是北京的骄傲,但长安街的建筑也是想到什么就盖什么的积习与惰性的产物,根本的问题在于缺乏整体的思维。长安街的发展只是一个又一个"随想"的累积。它并没有形成一种可称之为的与这座古城历史地位相称的,只能属于它的突出而稳定的风格。这是一条超大型的既看不到昨天(当然除了原有的故宫的"门脸"之外)又看不到今天、既缺乏传统色彩又缺乏现代精神的没有风格的街道。在我们这里,不仅仅是令人遗憾地拥有了这样的一条街道,严重的是在一些城市,人们早已开始自觉不自觉地复制着一条又一条这样的街道。这情景如同我们所已习惯的、不断被复制的热水瓶、大立柜和百货商店那样!

我并不认为凡是旧的就一定合理和有价值,更不认为保古即是一切。但我依然认为北京的古城墙的一砖一瓦原本就不应当动。经历了数百年历史的整座北京古城,就是一个永远不可企及的建筑典范。与之相类,北京的老胡同和四合院原本也不应当轻易地拆毁。人们那时就应当听取那些有识之士的规劝,在北京旧城之外盖一座新城,而把老北京当作一个经典完整地保留下来。但是这一切都已经晚了!留给我们的只是永难平复的世纪隐痛。

当然我也并不认为凡是新的就一定合理和有价值。去年到了心仪已久的花都巴黎,到了卢浮宫,特别看了众口交誉的贝聿铭设计的"金字塔"。我承认从实用的角度看,它是一个创造,但从审美的角度看,它对卢浮宫的整体美却的的确确是一个损害。不到巴黎我不敢说这话,只有到了实地看了之后才敢说,因为贝聿铭毕竟是公认的建筑大师。

想想巴黎的香榭丽舍大街,从协和广场到凯旋门及其延长线,有着何等鲜明生动的法兰西风格!再看看曼哈顿的百老汇大街,那里以非凡的动感冲向天空的摩天高楼的丛林,有着何等惊天动地的气势!想想那一切世界闻名的街道,那里的人们是怎样地苦心孤诣地经营着、又小心翼翼地保护着他们引为骄傲的传统风格的!幸亏我们还完好无损地保留了青岛的八大关,厦门的鼓浪屿,上海的外滩。公平地说,自南京路东段到外滩一带,历时近一个世纪,至今仍是建筑学上的经典。可见有价值的建筑是既不论古今,也不论中外的。需要特别指出的是,上述那些作为经典的建筑,基本上不是出自中国建筑师之手!

而我们今天的建筑师们在做些什么和应当做些什么呢?不能总是在高高的大楼顶上戴帽子似的盖那些丑陋的小亭子吧?

2001年4月22日于北京大学畅春园寓所

宴会致辞[*]

诸位：今天是我们亲爱的朋友梅薏华和穆海南在这里举行宴会，招待他们的中国朋友。我因为受梅薏华的委托给他们安排这次宴会，所以在开始的时候先讲几句话。

我们和梅薏华、穆海南的友谊，可以追溯到上一个世纪的五六十年代。将近半个世纪的时间过去了，世界在这个时间里发生了很多变化，不论是德国还是中国，我们各自的国家，在这个时间里也发生了很多变化。就在二位在北大留学的时候，我们有过惊心动魄的反右派斗争，有过热火朝天的"大跃进"运动，随后，更有史无前例的"文化大革命"。不论社会的变动留给我们的心灵有多深的创伤，但可以庆幸的、而且值得骄傲的是，梅薏华和穆海南的爱情依旧，我们和他们二位的友谊依旧。世上什么东西最可贵？最可贵的当然不是那些过眼烟云的东西，而是人之间的这种情感，是经历沧桑久而弥坚的爱情和友谊！

两千年是梅薏华和穆海南在中国诞生的女儿四十岁的生日。为了纪念他们爱情的结晶，他们举家东行，来到他们的第二故乡中国。他们的这个行动令我非常感动。这更证实了我刚才说过的话，世上再没有什么能比这种超越时间、超越空间、超越国家、超越民族的人间至情更可贵的东西了！祝福梅薏华和穆

---

[*] 此文据文稿编入。

海南,祝福大家。祝福时间,祝福情感。这种情感因我们对它的忠诚而变得永恒。

谢谢!

2001年4月25日于北京大学资源宾馆如意坊酒店

咖啡或者茶*

我的生活情趣是兼容的,东方和西方的习俗我都能适应。在国内,我什么菜系的菜都吃,甜的、酸的、麻的、辣的,吃起来都香。我的口味是多方面的,在餐桌上,我是一个非常随和的客人,因为我不挑食。当然,其前提是菜要做得地道,鲁菜要是鲁菜,粤菜要是粤菜,川菜要是川菜,淮扬菜要是淮扬菜。在菜的品味上我很精,我不会轻易被糊弄。顺便要说的是,我也并非什么都吃,我也有不吃的东西,例如我拒绝吃狗肉,还有,事关生态与环保的,我也会拒绝。但那是与挑食无关的。

有的人到了国外,即使饿急了也要到处找中国餐馆,他们敬谢牛奶、面包和品种繁多、风格各异的香肠,就只想中国的面条和榨菜。我不,我在出访时一般拒绝中餐,专找西餐吃。这不是我的"数典忘祖",我的信条是入乡随俗。沙拉生菜,冷牛奶、冰水,带血的牛排,我都能像本地人那样吃得津津有味。

西方的咖啡和东方的茶我都喜欢,并无偏爱。所以人们要是按照习惯问我,咖啡还是茶?我是很难回答的。但现今,我还是喝茶的时候居多。因为喝茶省事,一只杯子就解决问题。我不专喝高级茶,当学生时经济拮据,当然拣便宜的买。会喝茶的人常笑外行人爱喝花茶,以为他们不识茶的真趣。我照喝不误,我不怕人笑话。过去海淀的茶庄里卖一种高级花茶末,一两一元钱(当时还是显得很奢侈的),我经常光顾。别说那时是学生

---

* 此文刊于 2001 年 6 月 4 日《中国妇女报》。据此编入。

身份,不挑剔。即使现在,我也还是觉得那茶品位不凡。我喝茶讲的是实际,并不像那些行家,他们从茶品到茶具都有讲究。

有人喝茶讲清淡,我喜欢浓烈,用得上闻一多先生的诗句:"记住我的粮食是一杯苦茶。"一种滇绿是极苦的,我可以用半杯的茶叶泡一杯的茶。乌龙茶我极喜爱,不仅是它的清香,还有它的甘中之苦、苦中之甘,特别是它的经久耐喝。这些苦茶,我可以从早喝到晚,夜间也不例外。在喝茶这一点上,我是很自豪的,我从没有因为喝浓茶而失眠。大家都说龙井好,但我嫌淡,而且第三过以后就没有味道了。加上坊间的假龙井很多,更加破坏了它的名声,因此我并不对龙井情有独钟。

说到咖啡,较之茶是少喝多了。不是不喜爱,而是嫌它费事。虽然喝茶也要讲究环境和茶具,但对于俗人如我者,不分白天黑夜、无时无刻地喝,经常性地当然不能也不会太考究。不怕人笑话,我现在喝茶用的是保温杯,因为它可以保持恒温。用保温杯喝的虽然总是热茶,但却是行家的大忌,这我知道。咖啡就不同了,喝咖啡非有好环境和好心情不行,喝咖啡一定要有情调。咖啡具要雅致,茶几和小桌一定要清爽,对饮者必须是情意相投的、最好是知心的朋友。我的居室窄小而杂乱,连个饭桌都摆不下,哪有喝咖啡的场所?那些精美的咖啡具往哪里摆?所以,若问我:咖啡还是茶?我是很犯愁的。

说句笑话,茶好比是妻子,而咖啡则有点像是情人。妻子是人人都有的,相濡以沫,相安无事,是平常人的平常日子。而情人呢,必须有"条件"。咖啡很香,它的香味非常迷人,但更加重要的是情调,而情调是可期而不可求的。所以,咖啡是情人。

2001年4月26日于北京大学畅春园寓所

在朗润园静静的一隅*
——记陈贻焮先生

那时他总是骑着自行车到我这里来,他一般不进屋,只在园子外面喊我的名字。每当这时,我就知道他一定是做了一首自己满意的诗,或者是写了一幅自己得意的字,每当这个时候他总没有忘了喊我——我相信在很多时候,我是他的得意之作的第一读者——他总没有忘了让我分享他的创作的喜悦。这时我请他进屋,我们一道喝茶品诗,或者欣赏他的书法,往往到了灯火阑珊的时节。也有的时候他并不进屋,留下他要我看的,又匆匆地骑车走了。他的行止使我想起《世说新语》中的"王子猷居山阴",颇有"乘兴而行,兴尽而返"的神韵。我一直认为他是一位真名士。我们的这种交往在他的《梅棣庵诗词集》里留有痕迹,其中《访谢冕谈诗不遇》:"新诗改罢待评论,相访高楼子应门。道是阿爹忙教学,昨朝冒雨下黄村",记的就是许多这类交往中的一次。

我们习惯了都喊他"大师兄"。其实我们当学生时,他已是教师身份,给我们讲过课,也辅导过我们,是名副其实的老师。只不过是北大中文系有个特点,大多数同事都毕业于本系,都是先后的师生、同学的关系,在称谓上老师辈均称先生,同学辈则直呼其名,这是惯例。这样就出现了"标准"的问题,陈贻焮先生于是就成了"师生"还是"同学"的"分界线"。在他以前是年纪较

---

* 此文据文稿编入。

长的,即自冯钟芸、吴小如先生以上直至游国恩、王力先生等,是师辈;陈贻焮先生往下是同辈。"大师兄"就这样叫开了。

其实"大师兄"的地位是很特殊的,我们这样称呼他除了有同辈的亲切之外,还含有对师辈的尊敬在内。陈先生对于我个人来说,始终是让我敬重的师长,又是可以推心置腹的朋友。就这样,他以亦师亦友的身份走进了我漫长的北大生涯。他比我年长,毕业也比我早好多年,叫他大师兄,我总觉得有些欠他。但他本人显然并不以为意,甚至还有点喜欢这称呼。不论怎么说,他是我在北大、也是我这一生中无可替代的、终生难忘的良师益友。

他也经常邀我去他那里喝茶。那时他住镜春园。一座清雅的小园,门前是一道垂花门,进屋穿过一条不长的游廊,直抵他的书房。我们被围在四厢的书中,享受着周遭的寂静。竹影婆娑、花香盈室,品茗临窗,考古论今,不觉日斜西山,蛙声起于四野。像我这样能够经常流连于陈先生的书房的人,恐怕不会很多。我诚何幸,能够有此殊荣!

陈先生的专业是古典文学,而我的专业则是现、当代文学。常言说"隔行如隔山",何况我们中间隔着长长的唐诗、宋词、元曲和明清小说这些古典文学的辉煌!但这丝毫也没有影响我们之间的友谊。我们几乎无话不谈,当然谈得最多的、经常性的话题则是诗和文学,也时常论说历史上的和现实中的人物故事,知人论世,总以格调和气节为品评的标准。奇怪的是,我们的见解竟是这样的一致!真用得上是"心气相投"这样的形容。

他是古典文学的专家,又是诗人。他写的是旧诗,各体都写,而且各体都写得顺手娴熟。有一段时间他痴心于写五言排律,他在这种智慧的文字运作中得到满足。陈先生一面教学做研究,一面又创作。他是性情中人,在做这一切的时候,他没有一般做学问人的那种"愁苦",他总是充满了乐趣:探知的乐趣,理解的乐趣,创造的乐趣。

他的诗颇得唐人神韵。也许是我的偏爱,我以为在古今各体中,他的七绝不仅写得清丽,而且韵味深长。陈先生知道我不会写诗,但他认为我懂诗。所以他有了新的创作总没有忘了找我,听取我的意见。他的这种信任感,很让我感动。我通常也不辜负他的这种信任。我总是能在他的新作中,找出那些最闪光的、也是他自己暗暗得意的句子。每当此时,我们都有一种"知音"的欣喜。这种对于诗的寻觅和理解,无形中使我们的心更加靠近了。

在我认识的古典文学的研究者中,多数人并不关心也不了解中国当代文学。陈先生是少数的例外,他的关心和谙熟中国当代文学,在古典文学界是很突出的。他不仅关心、而且相当了解中国当今创作的实况。更为让人惊喜的是,除了写旧体诗之外,他还写小说。早在上个世纪中叶,我在当时的《北京文学》上读过他的历史题材小说《曲江踏青》。作为古典文学的研究者,陈先生是有点与众不同,他不仅在史料中研究他的对象,而且在这种研究中进入了古人生活的时空,感知他们的品性与情感,把他所了解的历史人物以形象化的方式再现出来。他是始终生活在他的研究对象中的,杜甫的入世,李白的潇洒,王维的淡泊,李商隐的瑰丽,都融进了他的人生。他做的是活学问。

其实在开始时,我和陈先生的交往只是一般的,说不上深交。我们的来往多了,是在上个世纪六十年代、学校里的秩序开始变得不正常起来以后。这种"不正常",简而言之,即是不让学生正常地学习,不让教师正常地研究和教学。不间断地、变着花样地驱赶着师生从事各种各样的与学习不相干的"运动"。我和陈贻焮那时都置身于这样非正常的环境中。仿佛有一种心照不宣的默契,接连不断的学术批判运动,反而使我们的心更加靠近了。即使是"文化大革命"那样急风暴雨式的非常时期,也没能中断联结我们心灵的纽带。

那时我们的处境大抵相似：头上有悬剑，以"带罪之身"做事。我们一方面要承受着不断变着花样的"阶级斗争"的压力，一方面又要按照各式各样的指令干活。我常叹当日的我们，甚至比一边挨着鞭子、一边耕作的牲口都不如，因为牲口没有精神奴役之苦。但不论环境如何恶劣，我们都没有忘了我们的教师身份，不论处境如何，只要是事关教书育人的，我们总尽心地、甚至是忍着屈辱地去做。记得当年，工农兵学员进校了，要进行"开门办学"，这事轮到了我和陈先生的头上。我们都做了，我去了云南，他去了山西。在鲤鱼洲"五七干校"，我放牛，他用牛。我们的友谊是在非正常的年代里结下的。

动乱的岁月结束了，我和陈先生都回到了各自的学术研究中来。日子开始变得正常起来了，我们都十分珍惜这来之不易的和平岁月，我们的日子过得紧张而充实。社会大动荡一结束，他几乎是不假思索地坐到了书桌前，摈弃一切的应酬，以惊人的意志与毅力，开始了《杜甫评传》的写作。自1979年至1984年，历时五个寒暑，终于完成了百余万字的皇皇巨著。尽管有李庆粤先生的全力支持，他还是为此而丧失了大部的视力。

我们都在忙各自的事。但不论多么忙碌，我们来往依旧，谈诗和欣赏书法依旧。他从镜春园迁家朗润园，朗润园的书斋依然有香茗在等我。我原以为我们之间这种始于上个世纪六十年代、历时四十余载的既是淡淡的、又是深深的交往，会无限地继续下去。但风云不测，人事无常，终于有一天，人们告诉我：大师兄病了！陈先生身材魁梧，体魄强健，声如洪钟，乐观、放达、充满了生活情趣，不论从生理的还是心理的角度看，他都是非常健康的。我想不到他会有病，而且病得不轻。

我是不会安慰人的，对于至亲至敬的人尤其如此。因而我很少去看望他。但我无时无刻不想着他、念着他、在心的深处默默地祝祷着他。我盼着他的康复,盼着有一天,我们重新坐在朗润园他那竹影摇曳的窗前品诗论文,而且面前有一杯他倒给我的飘着香气的茶!我一直这么幻想着。直至有一天在未名湖边遇到他——他坐着轮椅由人推着——可是,陈先生已经认不出我了!这是一次让我绝望的打击。也许是我自私,我想,药物既不能唤醒陈先生对以往一切的记忆,我去看他,除了徒增我的伤感又能有什么?大师兄,以你的超然物外的洒脱,你该不会责怪我对你的"忘却"的吧!

那时,陈先生还在他的静静的湖边的一隅,过着他静静的病中的日子。那时,恰好我接受了一个任务,为纪念中国文学五十年的发展而选编一本诗集。为了表达我对他的怀念和敬意,在这本有意义的书中,我选进了他的诗。这一切,也许大师兄病中并不知情,但只有这样,我的心才能稍安。我能为他做的,也只能是这样的一件小事,我的悲哀是深重的!

我最后一次见到他,是在令人哀痛的告别大厅!大师兄躺在鲜花之中,他已经无知无觉、不悲不喜。而在我,却是永远地失去了我所敬重的老师和朋友!我多么惭愧,我和他神交数十载,谈诗无数,终究不能从他那里学到做诗的本领。在这篇纪念文章的最后,我想起了葛晓音写的悼诗,她说:"慈训何时敢忘之,终惭驽钝不能诗。"然而,她毕竟写出了她的悲情,而我终究未能!

2001年4月30日,为陈贻焮先生百日祭而作。

读《林则徐》*

这是中国近代史的第一人。他的杰出地位是这一时段包括帝王在内的所有人都不可替代的。他的出现和消失是黑暗中国天空中一道永不泯灭的光痕。读他的历史,就是在读中国近代史,就是在读中国在为结束漫长的封建时代以及抗击列强侵略所进行的悲壮抗争的历史。

林则徐,福建侯官(今福州市)人。他诞生于乾隆五十年(公元1785年),嘉庆十六年(公元1811年)进士。道光十八年(1838年)他在湖广总督任内以禁烟成绩卓著,是年拜钦差大臣,节制广东水师,前往广东禁烟。自此演出了他一生可歌可泣的壮丽而又悲烈的故事。林则徐出生并成就功业于清王朝的乾嘉盛世,而等待他的却是盛极而衰的末世的忧患。都认为道光是标志着清代中衰的开始,林则徐就在这样的年代里开始了他的挣扎和承担。

国势衰颓的时代,林则徐经历了激烈的宦海浮沉,这使他的人生充满了悲剧色彩。朝廷用他禁烟,又因禁烟而获罪。他被遣戍新疆伊犁,中途又要他返至河南治水。治水功成不仅不行赏,反而坚持要他"着仍遵前旨即行起解,发往伊犁效力赎罪"。他官至极品,先后授任湖广总督、两广总督、陕甘总督、云贵总督等要职,并于1838年和1850年两次拜钦差大臣,他暮年授命赴

---

* 此文刊于2001年5月18日《中国艺术报》,题为《苟利国家生死以》;2001年5月19日《文艺报》,题为《壮丽而又悲烈的故事》;2001年6月14日《中国文化报》,题为《悲剧时代的悲壮人生》。据文稿编入。

广西主持军务,终于以力竭而丧于中途。他的屡用屡废、屡废屡用的戏剧性的遭遇,恰恰印证了当年清朝主战还是主和、严禁还是"弛禁"的极为复杂的政局。朝廷的举棋不定,以及权臣的阴谋,造成了林则徐一生奔波劳碌最后饮恨而终的悲剧。

内忧外患的严重局势,使林则徐变成了面临衰亡的清帝国棋盘上的一枚无论是进是退都不能缺少的棋子。那个时代需要起用这样的重臣来挽狂澜于既倒,那个时代又需要这样的天才来为无可挽回的颓亡作替罪羊。以他的文韬武略、以他的坚定从容,他原可以以非凡的成就来实现他的人生理想。但时代实在是太严酷了,在这样的封建末世,任何的天才和英雄都难以挽回整个社会的覆亡的命运。

林则徐秉承了中国儒家知识分子的传统,明知不可为而为之,直至献出他的生命。他的著名诗句"苟利国家生死以,岂因祸福避趋之",即为了国家社稷的整体利益,他可以置个人的得失于不顾,这诗句体现了他的行为准则,也是他的人生理想。这是林则徐最让人倾心的人格魅力。也是在这首诗中,他吟道:"谪居正是君恩重,养拙刚于成卒宜",通过怨而不怒的曲笔,为自己的不公待遇解嘲。

《林则徐》作为一部史传小说,采用了章回体的叙述方式。这种基本属于民间传统的演义的体式,很切近中国读者的阅读习惯。它以传统的方式区别于目下流行的种种小说。虽是一种"古"物,由于现时不流行了,倒给人以新鲜感。了解清史的人都不难发现,这本小说的写作贯串着厚重的历史感。作者为文当然也注意发挥小说创作的虚构性质,但就全书而言,它显然更重视史实的承载和规约。作者蔡敦祺学养深厚,对文学、历史、社会、地理、民俗等都有很深的功底,因此全书透着一种浓浓的文人气和书卷气。它与时下流行、并使我们感到厌倦的、铺天盖地的"戏说",形成了鲜明的反差,也给对时下流行文学丧失信心的人们以心灵的抚慰。

引人注意的是,这部小说的人物形象的塑造,围绕林则徐而展开的人物形象,大都鲜明生动,有基于历史事实的提炼和创造。林则徐雍容而大气、果断、坚毅而富有激情的个性化描写,突出了这位屹立于时代风潮前沿的英雄形象。作品在展示这位叱咤风云的人物的一生时,并没有一劲地紧张而使人透不过气来,而是张弛适度,曲折有致,在情节紧凑的进行中不时地穿插舒缓抒情的场面以调节作品的节奏。二十八章左宗棠访夜舟,二十九章缪君兰伴游百花洲联句等,都是不同类型的相当成功的情节安排。

尤以写林则徐与缪君兰的故事最为动人,其间林则徐的几度断然拒绝以及最后的委婉接受,都说明他作为一位身居高位的文人,严于恪守儒家道德风范的人格操守,是非常感人的。就这样的一个私生活的事件而言,在作者笔下也是波澜迭起,顺理合情,耐人咀嚼。在故事的紧张进展中,作者别有深意地安插了如下的一段文字:"那时已是卯中,朝阳初升,金色的阳光照得堂前院子鹅卵石地上花纹盘错,如绘如画。虽已隆冬,院左那一带修篁却碧绿苍翠,院右廊下那十盆幽兰馨香弥漫,淡淡香气直沁入厅堂上来",这些文字显然衬托着人物微妙的内心活动,也暗示着情节将有较大的新的展开。

《林则徐》是一部写作态度相当严肃的"历史演义"。在阅读的过程中我们注意到,除了作者的叙述语言之外,还时常在行文中嵌进带引号而未曾注明出处的文字。这些文字显然是直接引自有关文献用以替代作者的叙述语言的。例如下卷写林则徐一行车过大芦草沟,近伊犁广仁城时写:"松雪清泉,处处动人观赏,所过木桥数十道,桥下泉声若琴筑然"便是这类引语。又如湘江夜话,写林则徐对左宗棠的印象"一见倾倒,诧为绝世奇才",以及他卸任云贵总督取道回闽,写"沿驿有人探问某日可到某站,某日可到某乡。农辍耕,妇辍浣,扶老携幼,鹄立乡首以俟"等,都是这类引语。这说明,并不是作者本人无力写这样的文字,而仅仅是由于他的浓厚的"史癖"——他觉得这比作者的叙述更为合适。

　　细心的读者一定还注意到,小说中出现的大多数人物,作者都在页下加注,如林则徐携缪君兰游百花洲说到"记得从前钱文端公来百花洲"赋诗一事时,即注:"钱文端公即钱陈群,字主敬,号香树,康熙进士,官至刑部左侍郎。卒谥文端。工诗,沈德潜并称东南二老。"这样的注,书中所见皆是。这种举动意在说明,这里出现的人物大多数都是有来历而非杜撰的。

　　由于作者杜绝游戏的笔墨,因而在他的篇章中时时出现忘情的、近于考据的文字。例如关于"则徐"命名的由来,他名中"则"的是徐陵,还是徐嗣曾,以及关于他的"字元抚,又字少穆"的解说等,从中可以看到作者文学创作活动中所流露出的严格治学的特点来。当然,作者的这些用心未必为当今崇尚技术至上的业中人士所认可,而我个人却以为作者的这种"癖好"对于历史小说的写作来说,却是一种一般人难以具备的基本功。

　　读《林则徐》这样的小说,除了与读一般的小说同样地感到了一种令人愉悦的艺术享受之外,更得到一种其他阅读所不能给予的社会历史知识。我们的阅读是一次刻骨铭心的经历,我们经由文学而进入历史,由历史的展开而进入并感知那个时代的严重氛围和人物的丰富而复杂的内心。林则徐就这样以一个顶天立地的形象矗立在我们的面前。我们在硝烟弥漫的珠江口和白雪皑皑的西部莽原之上,听到了他的气壮山河、亘古不灭的声音:"若鸦片一日不绝,本大臣一日不回,誓与此事相终始,断无中止之理!"当然,事情是无可奈何地"中止"了。但那不是他的食言,那是时代无可奈何的陷落对他的戕害。林则徐生活、抗争、并为之献身的时代,那原本就是一个制造并演出悲剧的时代。

2001年5月5日于北京大学中文系

《论二十世纪中国新诗中的现代主义》序*

现代主义是中国新文学的一道始终抹之不去的怪影。中国新诗是最先与它遭遇的一个文学品种,这道怪影几乎伴随着新诗发展的全过程,算起来,也有将近一个世纪的历史了。现代主义给新诗带来了新的启迪,同时也带来了新的冲击。由于它对于中国历史悠久的传统诗学来说,是一种迥然不同的"异类",所以在接受还是拒绝的问题上,现代主义始终是困扰中国学界、也是困扰中国新诗的一个长长的梦魇。

中国古典诗歌有深厚而久远的传统,它给予中国文学乃至中国文化以极为深远的影响。即使是五四之后诞生的、号称是反叛古典诗歌而兴起的白话新诗,也难以摆脱古典诗歌强大的、无所不在的笼罩。中国传统诗学在它长时间的发展中,业已形成了稳定的、自成体系的、也是不容置疑的价值观。这种传统并不因新诗体式的建立而有所改变。尽管新诗的许多实践者并不乐于承认这个事实,但穿越新诗外形而企及内质,依然随处可见中国传统诗学鲜明而深刻的潜在影响力。

问题产生在中国新诗在追求现代性的过程中。自从新诗和现代主义宿命般地猝然相遇之后,这个来自西方的怪物和新诗的本土性就产生了极为深刻的、近于水火不容的矛盾。中国庞大的传统诗歌帝国当然不能容忍这个怪异的"入侵者",对于现代主义的拒斥几乎是先天的。中国传统诗学的主流地位是不容

---

* 此文据文稿编入。

挑战的。尽管来自西方的这个"异类"在很多时候被挤压成为边缘物,甚至在某一个时期被迫潜藏于地下。质的极大差异终究也未能使位居主流地位者与处于边缘者平等地坦然相对。这就是我们看到的,发生在中国新诗史上旷日持久的两种截然不同的诗学"倾轧"的事实。

和中国古典诗学一样,西方现代主义诗歌有它自成体系的传统。独特的文化精神、诗学理念和审美追求,构成了现代主义诗歌有异于中国传统的基本特征。其中尤以现代主义强调艺术本体论和文的自觉等艺术主张,与中国儒家思想中的文以载道以及贯彻全部中国文学中的理想主义精神等传统形成极大的差异——当然,中国本土诗歌并非不注重诗的自觉以及艺术本位,但的确在它的理念中有比这更为首要的价值观。谈论中国二十世纪诗歌和西方现代主义的关系,无论如何也绕不过后者对于诗歌本体观念极端重视这一题目。本体观念的确立,必然对诗歌外在功能观产生冲击和质疑。注重诗歌创作中的个人本位、艺术本位和形式美自身,必然要影响到中国传统的诗歌极为稳定的教化作用等的至尊的地位。

但不论如何,新诗毕竟是应着建设新文化而诞生的新事物,这些现代主义的特征尽管有着不合中国习惯的"怪异",但却是新诗竭力寻求的、借以改造中国古旧积习的来自异邦的"新声"。所以,在中国,文学或诗歌对于现代主义的态度是十分暧昧的——惊恐和迎合参半。打个比喻来说,假使说新诗的引进现代主义是"引狼入室"的话,那么,新诗的整个发展过程,就是适应并习惯于"与狼共舞"的过程。在我看来,整个一部中国新诗史,就是一部中国诗学传统和西方诗学、特别是和西方现代主义诗歌传统既排斥又吸收、既抗拒又融汇的历史。

陈旭光所著《论二十世纪中国新诗中的现代主义》讲的就是这样的历史。他相当充分地论述了西方现代主义诗歌产生的背景,它形成的历史及其演变,和它被介绍及传入中国的过程,以及在它进入国门之后的异常复杂的处境:发生、发展、分流和隐失、否定、肯定、再否定和再肯定,等等。著者非常重视现代主义在中国这个特殊环境中,是如何被选择、最终达到融汇的具体"场景"的描述。虽然头绪纷纭,但却清晰有致,详尽而丰富。

陈著相当理性、也相当准确地叙述了这个始终处于边缘或支流地位的"外来者",能够"进入"这个相当封闭的审美世界,要进行如何艰难的争取和坚持的全部事实。这部著作令人信服地指出,现代主义诗学在中国之所以能够生存下来、并与中国本土诗歌(至少是其中的某些部分)实行达成有效的"契合","必然是经过民族审美传统、社会政治需求等选择和转化的结果"。这样的视点无疑是把问题引向了更深的层面,它指出了事实的另一面,即中国不仅存在着对现代主义的拒斥的因素,同时也存在着对现代主义的迎纳的要求。

上个世纪八十年代以来,社会逐步开放,学术思想活跃。此一时期诗歌创作实践也有多方的展开,特别是以朦胧诗为代表的对于现代主义的再度关注,引发了规模宏大的不同见解的论争。在朦胧诗论争的过程中出现了许多相关的论文和专著,这些著作支持和加深了人们对现代主义诗学的再认识。但由于受到社会实际的局限,那时普遍的缺陷是理论的准备不足,论述往往未能深入,某些人的某些文章由于彼此观念的大反差甚至表现出情绪化的倾向。所以,那场朦胧诗论争尽管激动人心,却也留下了理论匮乏的遗憾。

时间向前推移了十余年,随着教育的走上正规,一批受到完好教育的青年批评家出现了,本书作者陈旭光是其中的一位。他们中很多人是那场论争的亲历者,有着许多感性的认识,再加上广泛的理论积累和接收,以及较为丰富的文学史知识,使他们有能力把当年未能达到的目标予以实现。而且由于时间和场景的距离,也使之较之他们的前辈有可能更为客观地处理复杂的问题。以此刻我们面对的这本书为例,作者的理论素养表明,他业已具备了认识他所研究的事象的多面性并予以冷静处理的能力。例如现代主义的研究,不仅看到了它与传统的断裂的一面,不仅看到它的先锋性和现代性等易于为人们所认识的方面,同时也看到了与之相对的不易看到的另一面。这就意味着成熟。

本书单列专章的历时性论述止于四十年代,自此以后的新诗与现代主义的关系,表现为更加曲折和繁复的状态。对上个世纪五十年代以至世纪末的现代主义与本土诗歌异常的疏离与纠葛的学理性的描写和总结,显然有待于作者的继续努力。

2001年5月20日于北京大学中文系

关于《城市尖叫》[*]

我们听到了城市的尖叫声。这声音有点沉闷,也有点怪异,但绝不快乐。让读者感到意外的是,所有这一切的"尖叫",却是作者以几乎是不动声色的"平静"的语气"说"(不是"喊")出来的。亦夫的叙述风格很老练,他有着不事喧哗的沉稳。他不是没有情感,而只是把它控制到近于冰冷。他宁可让人误读,而断然杜绝肤浅。

这部小说读了让人惊心。首先是,书中行走的那些人,仿佛都是在我们周围行走的那些人。他们有的精明、有的愚钝、有的执著、有的卑琐,有醉生梦死的欢乐场中人,有行为诡秘的社会渣滓,也有受尽生活欺凌之后醒悟者。作者向我们展示了不断旋转、不断变形的世俗人间的万花筒。这一切是丰富而又真切的,我们置身其中,我们有着与书中人同样的疼痛感。

但书中行走的那些人又是虚幻的。他们行为诡秘,如鬼影飘移,言谈举止有失常态:死囚犯狱中写"天书",老保姆和痴呆父亲的浪漫故事,绿婆的神秘升天,加上那无休无止的酸雾,那发霉的街道和腐蚀的建筑物,那顷刻之间"繁荣"起来的"铁炉庙",那遍地行走的白斑病患者,和那长了白毛的漫天飞舞的乌鸦,那乌鸦撒下的鸟粪雨……这一切"非现实"的怪诞和异常,都让人不寒而栗地想起了现实的什么。

---

[*] 此文刊于 2001 年 6 月 6 日《中华读书报》。据此编入。

我不想说作者有什么寓意,但我却在惊恐中看到了深沉的悲哀。

2001年5月21日于北京大学畅春园寓所

简评《味道》*

  这里有很多青年女性的特殊的情感经历的抒写：两只鸟儿在清晨不期而遇的经历，那些"轻松得沉重"和"欣喜得惶恐"的经历。此刻我们面对的诗集《味道》的作者，无疑是一位能够把握并呈现这一时段女性复杂而又细腻的情感世界的能手。"长长短短的是翻过来又翻过去的日子，短短又长长的是说不清又诉不尽的情愫"，作为异性的读者，读她的诗有一种新奇的感动，有一种被导引而进入了一个陌生而又亲切的情感迷宫的欣喜。

  但要仅是这一点，宋晓杰并没有从众多的会写很漂亮的抒情诗的女作者中被区别出来。宋晓杰是特殊的。她自如而成熟地驾御着手中的笔，语言优美而简洁，不轻易使用华美的词汇。她会用很平常的语言，表达深潜的意蕴。"其实，除了平常女人所具有的，我就一无所有，除了平常女人所不具有的，我就一无所有，娶我的人是幸运的"，这诗句传达着自信的智慧。"我无缘无故地愁着，为那些相识和不相识的人，为那些幸福和不幸福的人"，这诗句很朴素，但却在挚诚中透露出执著。

  她也不是不讲究诗句的华彩，在《春天的深处》中，她这样写着："月光还似从前一般温婉，轻挥的玉臂是否空留淡淡的寒浅浅的怨，春天的深处到底有多深"，可谓写得既美丽又委婉。她体察世间万态，并不因心中的一片真情而把复杂的世界看得简单了。"从来都是貌似相融地隔膜着，从来都是波澜不惊地矛盾

---

 * 此文据文稿编入。

着,我越来越弄不懂到底发生了什么",这样的句子诗集中所见皆是,她对人与人之间的心灵隔膜有透彻的感知。这正是宋晓杰的诗深刻的地方。

"你不知道我更深邃的一面,否则,你会更加狂喜。"读这诗句我着实吃了一惊,它仿佛是专为我而写。这就是说,在此之前我所谈的,并未涉及这位女诗人创作最为动人的层面,那就是她基于对生活的深切体悟的深沉而带有哲理的一面。她讲,"痛苦使思想光辉,适当的麻烦令我们真实",是一种与她的实际年龄并不相符的冷静的潇洒。又讲,"没有经历的过去就是历史,自己不开口而很多声音说着的就是历史",这更是一种简洁地处理复杂事物的睿智了。读宋晓杰,我得到的真真切切地是一种惊喜。

2001 年 6 月 1 日南行归来,于北京大学中文系

《二十世纪中外报告文学论略》序[*]

报告文学这一文体在中国的诞生和兴起,与中国新文学大体同步。它是新文学的一个品类,有时也被归入广义的散文中。但我以为报告文学作为一个独立的文体,单列更为适宜,因为它毕竟与一般的散文有较大的区别。一般的散文只需遵从文学的规律,而报告文学除了受到文学的某些限定之外,更主要的是受到了新闻的限定。

中国的报告文学既与中国文学在二十世纪变革性的新生有关,更与近代以来新闻传媒手段的兴盛和发达有关。"报告"是新闻的行为,除了一般篇幅稍长之外,与通常我们熟悉的新闻报导实质上并无区别。不同的是,此种报告在这里被赋予文学的性质。它从新闻中剥离开来,成了隶属于文学的一种文体。报告文学既是"报告",又是文学,它是一种两栖的文体。作为文学的一种,我们当然更为关切它的文学性。

需要判明的是,文学在什么规模和什么程度上"限定"了"报告",从而使原先作为新闻的文体被赋予了文学的性质的。文学对于"报告"的施加,首先是它的形象性的表达、相当广泛的文学手段的有节制的应用、以及受到鼓励的抒情性的充分加入、语言的生动优美的要求等。正是这些文学元素的进入,使原先较为纯粹的新闻品类变得不那么"纯粹"了。也正是这种不"纯粹"因素的加入,使此一原先的新闻文体具有了美文的性质。

---

[*] 此文据文稿编入。

当今学界对于报告文学是否允许虚构存在着分歧的看法。但我个人坚定地认为,尽管文学对于报告文学的浸润可以非常宽容,唯一的一个例外,是对于文学至关重要的虚构,在这里受到了排斥,是绝对不可通融的。报告文学的生命是对于人物事件的绝对真实,而虚构完全有可能伤害此一根本。除此而外,也许还有传统文学的典型化手段,在报告文学中也需要慎重对待。

报告文学也有区别于一般的新闻写作的地方,上面讲到的"篇幅稍长",只是表象性的说法。其实,就一般而言,这一文体往往用来集中报导较为重大的新闻题材。内容的丰富、事件的复杂决定着要以较长的篇幅来装载它。但这并不意味着报告文学这一文体只是用来写"大"题材的,其实,"小"题材也可以做大文章。有一段时间,中国文学界兴起了"文学大报告"、"报告大文学"的热潮,以为非"大"无以成文学的"报告",实在是认识上的偏离。当然,这些"大"报告文学的普遍忽视文学性,也是不可原谅的缺失。

中国的报告文学伴随着新文学走过了将近一个世纪的历程。它在近代以来中国历史的各个重大转折时期都留下了鲜明的文学性的记载。从早期瞿秋白的《饿乡记程》、夏衍的《包身工》到宋之的的《一九三六春在太原》,这些前辈作家的劳作,奠定了中国报告文学的坚实基础。随后又有华山等杰出的记者——作家,通过他们文学之笔,生动地报道了在战场、农村、矿山、工厂发生的诸多动人故事。华山的《踏破辽河千里雪》、魏巍的《依依惜别的深情》、以及徐迟的《祁连山下》,均是辉煌的接续。新时期以来,以徐迟的《哥德巴赫猜想》为标志,更是创造了报告文学空前的繁荣期。

与创作的繁荣相比较,学界对于报告文学的研究,就显得相对地滞后。就是说,创作报告文学的作者很多,写的成就也很大,但对它进行研究和批评的工作却很少。专门的研究者就更是凤毛麟角了。正是在这种期待之下,我欣喜地读到了龚举善先生的专著《二十世纪中外报告文学论略》。这种欣喜,首先是一种毕竟有人——特别是像龚举善先生这样的年轻学人——未曾忘却并积极关注和投入这一文体研究的慰藉。更为令人欣慰的是,这种关注是非常专业化的。

龚举善先生长期从事文艺学和报告文学的教学和研究工作,他的指导老师尹均生教授对他的治学和研究给予了很高的评价。在我的印象中,龚举善对报告文学的研究是全方位的。他的研究视野非常开阔,论述的范围也相当地广泛深入。他的研究具有强烈的历史感,在叙述中国报告文学的发展历程时,他对此作出了阶段性的归纳:三十年代的救亡型,五十年代的建设型和八十年代的改革型。这种归纳大体是符合实际的,从中表现了作者知识积累的丰富和宏观概括的能力。不足之处在于,这种划分大体仅停留在外在现象的把握上,未能深入到文体自身的建设方面,诸如风格的成立和演变,个人的和整体的审美风尚的把握和总结等。对比前者而言,后者可能更为重要。

这种缺憾也表现在其他方面的研究上,即是对比他的整体概括能力而言,他在文体自身的研究方面相对地要弱一些。但即使如此,他所做的工作已是相当地有成效了。例如关于左联与三十年代报告文学的研究,他取向于文化发生学方位的考察,就是很有新意的。再如在新时期报告文学的考察方面,他取向于主题学方位的研究,也都别开生面。龚举善的研究不仅涉及中国的报告文学,而且涉及世界领域的报告文学。他围绕斯诺创作所进行的研究颇为深入。关于世纪之交的国际报告文学的发展态势的回望与前瞻,也多有创见。

就我个人的偏好而言,我更为欣赏他对报告文学的"良知与正义"、"批判性的文化品格"这些品质的强调。他的这种强调表现了作为年轻学者非常可贵的信仰与追求。还有一点,也是我要着重指出的,这就是,学问的范围很大,以一个人毕生的精力去做,也难以尽善尽美地做到。也许天才是个例外,但我并不迷信天才。因此,认定一点,坚定地、锲而不舍地、一点一滴地做去,如现在龚举善在报告文学领域所做的那样。我以为,这就是值得提倡的学术品格和治学态度。

2001年6月6日于北京大学中文系

追梦的巴金[*]

要是我的记忆没有错误,这一本《天堂·炼狱·人间》已是陈丹晨关于巴金先生生平历史研究的第三部著作了。他的《巴金评传》写于二十年前。这本书对巴金前半生的事迹写得颇为详尽,但对进入新中国以后的经历未曾详加论述,只用了两个章节(仅占全书七分之一的文字)的篇幅作了交代。作者想弥补这个缺憾,于六年前重写《巴金的梦》,"希望它成为一本比较完备而有一定深度的巴金传记"。

但据作者自述,他想补正先前缺憾的目标,在第二本著作中依然没有实现。在我们现在看到的这本新著的《后记》中,他对第二本书的写作有一番追述:那一次,"当我重写完巴金的前半生后,再要继续写他的后半生时,却又踌躇起来,感到问题多多,困难重重"。他说,"我也因怯懦而深感犹疑",于是,这部关于巴金先生的第二本传记,仍然只写了他的前半生。作者再一次为此留下了遗憾。

久远的追求只是在这第三次的写作中才得到实现。所以,他把现在出版的这本书加上了"《巴金的梦—续篇》"的副题。作为读者,我祝贺陈丹晨最后的成功,同时又对这种写作的难以预料的艰辛,不免心生感慨。

巴金的前半生好写,巴金的后半生难写。在前半生中,巴金身处国难频仍的岁月,面对社会的动荡,生民的流离失所,他也

---

[*] 此文刊于2001年9月5日《中华读书报》,又载2001年9月20日《羊城晚报》。据《中华读书报》编入。

有满腔的悲愤和抗议。但令人感到意外的是,这些旧日社会的被奴役和被损害的经历和故事,写起来尚且不难,而面对我们通常说的新时代、新生活、新经历,写起来却难了,究竟是何原因?这也许就是关于巴金三本著作的这位作者,一而再地把笔踌躇,难以下笔也难以卒篇的症结所在吧!

文学是诱人梦想的。因为人世有许多的缺憾,需要文学的梦去充填或"实现"它。不想做梦或不会做梦的人,不是真正的文学家。巴金一生都在做梦。他追求的是理想的、美好的梦境。把梦的世界和真实的世界连接起来的是信仰,巴金是一位有信仰的作家。梦想给他快乐,梦想也令他痛苦。作为一个文学家,他毕生的成就和挫折都和这种梦境有关。

但梦又是虚幻的。实现梦想倚赖的是真实的我的实践。二十世纪前半期,中国在噩梦中,现实的苦难使美好的梦想成为天边的虹霓,它是一种遥不可及的悬浮。那时,理想与现实同样的渺茫,彻底的无望没有成为创作上的障碍。现实中的苦难无边,而梦中的世界依然灿烂地在前边导引。人们需要的是漫长的等待。从道理上说,现实与梦想并没有构成不可忍受的矛盾。

二十世纪后半期,巴金终于在长久的期待中,看到理想的曙光的降临。梦想与现实在他的一相情愿的想象中得到重迭。他热爱他此刻所面临的一切,真诚地做着他的天堂之梦,梦想过要在人间建立天堂。但那毕竟仍是虚幻的。他从绚烂的梦境一下子跌到了炼狱之中。在经历了屈辱与苦难之后,他满身伤痕地回到了人间。在人间,他做着切切实实的人间之梦,例如,他写《随想录》,他忏悔自己,他建议建立现代文学馆和"文革博物馆"。尽管他依然意气如虹,可是,他也已走到了人生的晚景。这是追梦的巴金的人生悲剧。

陈丹晨写的,其实就是这样的巴金悲剧史。他原先感到踌躇和犹疑的,正是面对这个矛盾重重的巴金的悲剧,深恐对他"伤害"而产生的"怯懦"。我此刻要祝贺作者的是,他终于获得了"说真话"的勇气——不为尊者讳。

就这样,一个伟大而有弱点、成熟却又天真、真实而又平凡的巴金站在了我们的面前。这是写过批判胡风文章的巴金,陈丹晨对此写道:"这是巴金人生道路上一次重大的坠失和对自己信念的背叛";这是迫于压力在报端发表"反右"文章和在会上发言揭发"右派"的巴金,对此,陈丹晨也有不留情面的言说:"他不能不扔掉独立思考、大胆、为真理而敢想敢说——违背自己的信念,走上一条苦难的泥泞的路。"巴金几次想重振雄风,把《激流三部曲》的续篇《群》写出来。但他犹豫再三,顾虑重重,认为"若照从前的计划写出来,一定会犯错误",终于使这一计划成为泡影。

陈丹晨不仅不回避巴金的人生遗憾,而且深入探讨他在二十世纪后半叶的创作不及前期的根源。他列举从最早写《灭亡》,到写最后一部长篇《寒夜》的巴金的创作经验之后,十分尖锐地指出,"这样一些经验今天已完全不再出现。他对社会生活的观察和思考已被主流意识形态牢牢束缚,他的艺术思维的翅膀已被折断,不会自由飞翔了,作品也就不再是富有激情、灵气、和神韵了"。

但不论怎么说,巴金毕竟是巴金。——"梦中的我"越过了生死的界限,将人世的一切都置之度外,去探讨那赤裸裸的真理;"真实的我"对于一切都是十分执著,却又陷在烦琐和苦恼里而不能自拔。他在现实中追梦,他在荆棘丛生的道路上满身伤痕地跋涉。他有平常人的弱点,他的理想使他轻信,他为了保护自己的家庭而怯懦。但当他从天上跌进炼狱,经历苦难而重返人间,他的第一声呼喊便是:忏悔!这是巴金的伟大,这是伟大的巴金。这一点,应当感谢陈丹晨的坦诚和勇气,是他的《天堂·炼狱·人间》告诉我们这一切的。

2001年6月20日于北京大学中文系

《新诗诵读精华》后记[*]

这是进入二十一世纪我着手做的第一件事。我放下手头的其他工作来做它，原因是这件事意义特殊——事关培养下一代人的文学兴趣和文学修养。过去说诵读，总是首先想到旧体诗词，而后指范围较为广泛的古文。用白话写作的新文学作品是很少被列入供学生诵读的范围的。这次人民教育出版社开了头，把提供给中小学生诵读作品的范围大大地扩展了，其中也涉及新诗，此举我极赞同。

较之旧体诗词，新诗的缺乏韵律感和它的不宜于吟咏，历来为人们所诟病。但是新诗真的不能提供给学生诵读的乐趣吗？事实未必如此。对于自由体的新诗而言，它可以不押韵，但不是没有节奏。它的节奏感，是通过诗人创造的特殊语境中自然而又隐秘地呈现的。这就需要阅读者的发现并把握它。这种看似不可把握的把握，当然增加了诵读的难度。但是，一首诗的内在节奏在读者那里被发现，并通过有效的诵读得到展示，这本身就有一种发明和创造的愉悦。

这个选本所选篇目，从最初的六十余首，扩展到如今的一百余首，是编者在浩如烟海的大量作品中严格筛选、并经过编委会多次审议最后加以确定。编者自信从事这项工作的态度是认真严肃。所选作品，首先着眼适宜于中、小学生阅读的优秀诗

---

[*] 此文据文稿编入。

篇,其次则是,这些作品必须是适宜于诵读的——这大体指的是诗的语句流畅、节奏感强、而又形象生动的。

本书全部的注释和提示是由北京大学中文系博士生邵燕君和钱文亮完成的。定稿前夕,北京师范大学中文系的冯丹也加入了工作。在此,我向他们三位卓有成效的工作,致以由衷的谢意。

2001 年 6 月 22 日于北京大学中文系

北京申奥成功感言[*]

这种竞赛是惊心动魄的,因为对手都很强大。因为对手强大,夺取胜利就很困难;正因为不能轻易取胜,所以这胜利就具有很重的含金量。积极地参与,友好地竞争,学习对方,并最后战胜对方,这就是我理解的奥林匹克精神。体育运动总是这样地启示着人生。

北京申奥成功,说明中国是强大了。强大的中国赢得了朋友的信任。过去我们是一切不如人,现在我们也不是一切都比人强。我在几个城市的陈述中,看到了自己的不足和差距。中国代表团的陈述很出色,平实而诚恳,给世人以可信赖的形象。

这个成功仅仅是一个开始。从今而后,直至2008年,把奥运会办好了,这才是最后的成功——这意味着需要我们更为艰苦的劳动和工作。

2001年7月14日零时于北京大学

---

[*] 此文据文稿编入。

一点建议*

台港文学是中国文学的一部分,但却曾经是我们所陌生的。那时两岸隔绝太久,沟通不如现在这么密切,我们能看到的资料很少。《台港文学选刊》于是就成为了我们亲密的、可信赖的朋友。我们通过《台港文学选刊》有效的工作,了解了同样源于五四新文学传统的这一部分中国文学的令人瞩目的成就,从而有可能在被人为地切割的情况下,获得久而弥坚的、统一的文化中国的整体印象。我们的教学研究工作从《台港文学选刊》提供的资料中受惠极深,作为读者,我们会长记这一份情意。

二十世纪九十年代以来,严肃文学刊物受到消费文化的大冲击。《台港文学选刊》在艰难中的坚持十分感人。我衷心期望《台港文学选刊》能在逆境中卓然挺立并取得新的开展。我希望这份刊物成为一份既受到大众喜欢、又有益于专家和研究者的雅俗共赏的刊物。希望它在不断绍介我们所不知的新作家和新作品的同时,也希望能对半个世纪以来的经典作家和经典作品作一历史性的总结和回顾。我以为这种"经典回望"是有意义的,它不仅能唤起人们对这一部分中国文学的敬意,而且也有助于我们所期望并呼唤的、包容了台港澳在内的"大中国"文学史的写作作必要的准备。

2001 年 8 月 18 日于北京大学

---

* 此文刊于《台港文学选刊》2001 年第 9 期。据此编入。

成功的《国际双行线》*

我曾在电视上看过"国际双行线"的一些节目,这次又有机会重读这本书的部分文字。前后两种不同的阅读方式,一种是视听的阅读,再加上书面文字的阅读,更强化了我对这个节目的良好印象,使我对"国际双行线"有了一个较为全面的、清晰的认识。作为观众和读者,我很喜欢这样的谈话方式:广泛而又有趣的话题、对于参与者的精心选择、加上主持人灵活而又饶有风趣的引导和穿插,使这个节目具有了引人入胜的独特魅力。在这里,不能不使人对节目新颖而独特的创意发出由衷的惊叹。我以为,它在同类节目中取得了创造性的突破,它标志着中国电视谈话一类节目的逐步走向成熟。

谈话的进行是轻松的,有时还不乏幽默感,一般的读者很容易从这个节目中得到心灵交流的愉悦。而它带给人们的,远不止于这种有趣的"谈话"带来的快感。尽管它所选择的都是一些日常的话题,而它通过这些表面上充满"平民"意味的话题,却触及了一些更为深邃的、更具震撼力的内容。20世纪80年代以来,中国的开放使这个社会充满了活力,经济的发展使国民的生活得到明显的改善,中国通过自己的努力有效地改变了国际形象。而更为重要的是,这种改善不止是物质的和经济的,事实上由于经济地位的改变,它正在改变着中国人的心理素质和精神状态——中国人不仅改变了对世界无知或少知的状态,而且已

---

* 此文刊于 2001 年 11 月 14 日《中华读书报》,题为《文化理解的双行线》。据此编入。

经卓有成效地参与了国际范围的广泛的交往。中国已经不再是与世隔绝的社会,中国人已经从过去的闭锁状态中走出来。

这种交往是全面的,不仅是经贸领域的,而且深刻地涉及了文化。在当今,在不可阻挡的全球一体化的潮流中,多元文化的存在是一个突出的事实。如何在坚持自身悠久的灿烂文化前提下,积极地了解并吸收其他国家民族的文化特点,以达到互通共融的目的,这是一个不可回避的严肃的题目。在以往,由于长期的隔绝,中国不了解世界,世界也不了解中国,许多误解均由此产生。过去的中国,走的是一条"单行线",而现在,无数条"国际双行线"摆在了我们的面前,这是何等让人兴奋的事实!

这样的题目意在说明,同样一个问题,同样一个现象,中国人是这样想的,到了别的国家的人,又会是怎样想的呢?在过去,注重的只是我怎样想,至于别人,那就甚少顾及了。于是,就出现笑话,产生误解,乃至发生冲突。因为过去我们并不谋求理解甚至合作。现在不同了,我们是生活在一个狭小的地球村里。千丝万缕的联系以及不可割断的利益互动,使我们不能不注视对方,并通过这种注视到达情感和心灵。我想,"国际双行线"的构想,应该就是这样产生的。

它为我们打开了一个前所未见的、无比宽广的世界。在这个世界里,人们有许多共同的东西,同时又有许多不同的东西。例如大家都热爱和平、热爱生命、热爱平常的安宁的生活,例如人间的温情和友爱,人性的关怀和对私人生活的尊重。在这些方面,不论是东方还是西方,不论是中国还是美国,不论是白人还是黑人,都是共同的。但又有不同,这是国情和文化的差异造成的。对待这种"不同",用的不是抗争的方式,只能是沟通和理解。

我读"边走边唱"就很受感动。中国的林连昆和美国的倪泰德是同龄人,那时的中国是"保家卫国"的战争岁月,那时的美国是"生活得十分自在"的年代。林连昆熟悉的歌曲是"雄赳赳,气昂昂",而倪泰德着迷的是瓦格利-特尔唱的"橱窗里的小狗"。他们都有自己的爱情和家庭。同样是五十年代,中国和美国是截然不同的世界。"美国人对当时在中国发生的事情知之甚少",但在美国,"从各种意义上说,都是令人感觉很好的一段时光"。而中国则全然不同。这就有了对比,对比产生理性的光辉。它使我们认识了时代,也认识了那个时代里的人们的生存状况。如今他们都走到了一起,谈论各自的青春和爱情,这情景是非常感人的。

因为有了社会的开放,中国和世界的交流达到了相当深入的程度。过去彼此陌生、甚至互相敌视的人,如今不仅走到了一起,甚至走进了婚姻和家庭。"爱情故事"中的薛志坚和玛丽的故事,表面上讲的是一个中国男人和一个美国女人两个人之间的事情。但是不然,它讲到了两种不同文化带来的矛盾和冲突,这种冲突甚至让人忍俊不禁。但在那个娶来了"洋媳妇"的中国家庭里,这一切都有了戏剧性的结果。对比使人们对世界文化的丰富性有了感性的认识,而冲突则使人想到人们彼此友爱地相处需要理解。

同样的,"喝酒的人"从一个特殊的角度,讲了中、日、俄三国的文化的异趣。三国男人喝酒的神态和风情各异,表达的是异种文化的丰富底蕴。中国的女人为丈夫夜里喝酒晚归而不安,而日本女人却因为丈夫今夜早归——没有在下班后和同事喝酒——而手足无措。我们从这种对比中,得到了认知的快感,无形中拓展了我们的知识面和文化视野。这是一种生动而具象的文化比较,它把书本和平面的文化对比予以立体化和人性化的展现。我们无疑是最大的受惠者。我们在这种文化比较中,不仅得到了世界各民族文化多样性和差别性的认识,而且,也获得了一种基于理解而产生的尊重和宽容的从容心态。

也许这个节目中所展开的画面和画面中的人和事,对于今天的年轻人已是"熟视无睹"的事实,然而,对于像我这样的有着长期的封闭社会生活经历的读者和观众来说,却是一种前所未有的震撼和惊喜。我对"国际双行线"所展示的这种宽广的文化视野,有着一种特别的感动。在以往的岁月中,我们曾不断地被告知，外面的世界如何如何，我们这里又是如何如何，我们对国门以外的世界的隔膜是深重的。现在不同了，世界就在我们的身边，我们就在世界之中。不同肤色、不同语言、不同习俗的人们能够在这里自由地交谈，这情景让人激动！

这是我们过去所不曾、也不敢想的，如今却成了现实。但看"自己的房子"这个节目，那里所讲述的是一个中外文化交流中的新问题，即中国房地产发展商聘请"洋设计"的问题。这里讲述了中国和外国设计师的差别。这无疑是一个中国融入国际社会的大命题。我们都记得"洋火"、"洋油"、"洋布"这样一些昔日的词汇。现在所用的"洋设计"，却有着迥然不同的语境和含义。这背后是一个天翻地覆的大故事：中国的发展商聘请外国的设计师，意在引进新的建筑理念和建筑风格，以增强市场的竞争力。它与崇洋无涉。正如节目最后主持人所说，"我想未来的趋势是洋的不再洋了，土的不再土了。区分建筑的标准只有好坏，没有洋的和土的"。

事实就是如此。中国就是在这种广泛、深入的交流中，既坚守了自己，又吸收了他人，最后在互补之中消弭了界限，而得到多样文化的滋养。我的这种理解，在"办公室的故事"的主持人的总结那里得到了印证——"我觉得两个来自不同文化背景的人在一起工作，像把两个不同的民族的人介绍到一起谈恋爱一样。我觉得要是想把这种恋爱关系继续下去，或者想有一段浪漫的恋情的话"，"那你就必须得沟通交流，而且彼此容忍，彼此适应才是"。中国和世界正在进行着并保持着这种"关系"。我想，整个的"国际双行线"讲的，就是这样的多种文化"容忍"、"适应"、"交流"、"沟通"的故事。它的讲述不仅是有趣的，而且是成功的。

2001年9月1日于北京大学

刺桐花下的友谊[*]

我和谢春池始识于泉州华侨大学。那是二十世纪八十年代中叶的事。当时我应华侨大学之请，在那里做兼职教授。谢春池那时已是华侨大学校园里颇有名气的作家，我们很快就认识了，从此开始了我们的刺桐花下的友谊。

华侨大学的校址在泉州的近郊，有一座很美丽的校园。那里长满了各种珍贵的热带和亚热带的植物：槟榔和蒲葵，芒果和芭蕉，台湾相思、木麻黄、亭亭玉立的柠檬桉，当然更有漫山遍野的刺桐花。在学校的体育场附近，有一片郁郁葱葱的荔枝林，更是非常迷人的去处。福建泉州、莆田一带的荔枝是很有名的，据说华大校园的荔枝甚多佳品。我到华侨大学的时候，正是荔枝扬花时节，空气里弥漫着淡淡的清香。除了荔枝，校门口的三角梅更是一道瑰丽的风景，那些三角梅疯了似地化为无数道湍急的瀑布，从头顶上铺天盖地地倾泻而下，简直就是一个青春美艳的大宣泄和大炫耀！

其实，华侨大学不仅景色秀丽，它的最为迷人的风景，还是那里的人文氛围。校园里到处洋溢着春天的气息，这里的情调是轻松而欢乐的，没有我所习惯的北方大学校园里的那种紧张和沉重。我到了华侨大学以后，似乎有了一种"顿悟"——这才是生活，生活原本是应该这样的！特别是周末或假日的黄昏和夜晚，校园变成了公园，水涯林中，花前月下，到处是青春的歌声

---

[*] 此文刊于2002年3月30日《解放日报》。据此编入。

和舞步。生活在这座青春浪漫的校园里,我似乎也变得年青了。除了备课和上课,除了写作,我也同这里所有的人那样,尽情地享受着这里的空气、海水、阳光和鲜花,这是一段让人快意的、难忘的岁月!

谢春池是很活跃的人物,在他的引导下,我很快就进入了华大轻松而优雅的文化圈。这里有诗人、小说家、摄影家、书法家,更多的是文理各科的年青学者,我和诗人赵然也是在这里认识、并开始了久而弥坚的友谊。尤为让人惊喜的是,在这个文化圈中有许多高雅而富有情趣的年轻女性——她们都和谢春池保持着良好的友谊,其中有后来成为他的妻子的林莺。我记得曾经参加过谢春池举行的一个小型的家庭舞会,在这个舞会上,这些美丽而优雅的女性都出场了。那真是一次非常美好的经历!

在华大的那些日子,我除了上课和写作,还利用空闲的时间,游览过开元寺、九日山、洛阳桥和泉州古渡。有时我们走得远一点,到过清澈的木兰溪流过的仙游城,访问过著名的九鲤瀑。特别难忘的是,在谢春池的陪同下,我们还拜访了拥有六百多年历史的崇武古城,结识了崇武乃至惠安的一批很有才华的作者,我和蒋维新以及林凌鹤、林轩鹤兄弟的交往就始于此时。这些访问,使我和这座古城以及古城里的人们建立并保持了深厚的友情。我是崇武经常的客人,只要有机会,我都要到那里看望我的朋友。迄今为止,我还是《崇武文学》的顾问,我始终对这一兼职引为骄傲。

我常想,一个地方的值得怀念,自然环境的优美固然重要,但只有美丽的景色而没有美丽的人情,那景色也不会让人常系心间。在泉州,我和谢春池、林莺以及他们周围的朋友们组成的不大也不算小的文化圈的交往——文人之间的交往,就像那一段经历那样,成了我心灵中的秘藏。这样,当我忆及泉州繁丽的风物,那风物中就自然地"嵌入"了浓馥的人情。这样的风景是永不褪色的。

　　谢春池后来离开泉州去了厦门,正式地进入了文学界。在这里,他和林莺开始了新的生活,他们的事业也有了新的开展。厦门无疑是谢春池文学生命的新起点。他的创作灵感犹如泉涌,诗歌自是不必说的,散文、随笔、长篇报告文学,还有评论,他都有令人瞩目的成绩。他于是成为厦门、乃至福建多产的作家之一。二十世纪最后一年,在厦门召开了他的作品研讨会,我代表主办单位之一的中国当代文学研究会出席了这次盛会。许多文学界的朋友都到会了,那是一次对谢春池的文学创作表达敬意的会议。

　　谢春池写作极为勤奋,凝神运思,展纸千言,若有神助。他非常敬业,视写作为生命,每至废寝忘食。林莺依然美丽,依然贤惠,依然默默地照料着谢春池的紧张繁忙的写作生活。这一对辛劳而幸福的男女,现在正在东海之滨那座美丽的城市里,过着他们平静的日子。谢春池有排得满满的写作任务,林莺外语很好,在一家外企打工,他们有了漂亮的新居。人生至此,应当是很圆满的了。我在这里为他们深深地祝福!

2001 年 9 月 5 日于北京大学畅春园

跨越时空的推进[*]
——贺增订注释版《全唐诗》问世

《全唐诗》是有唐一代的诗歌总汇,是中国文学史和中国诗歌史研究的最重要的资料库,它对中国学术建设以及文化史研究的贡献和意义是不可比拟的。《全唐诗》自康熙年间问世以来,经三百余载,一直是古国文苑的瑰宝和骄傲。

人们最早见到的《全唐诗》,是康熙四十六年(公元1707年)的扬州书局本,计一百二十册。《全唐诗》共九百卷,收诗四万八千九百首,作者达二千二百余人,是在明胡震亨的《唐音统签》和清初季振宜《唐诗》的基础上,"旁采残碑断碣稗史杂书所载,拾遗补缺,网罗了唐五代的诗歌,包括已结集者及散佚者而成"。对于篇幅如此浩瀚的中国诗歌黄金时代的作品进行全面的征集和整理,似乎也只有像康熙盛世这样的大时代,倾它所拥有的财力和人力,方能作如是想、行如是果。如果换上别的年代,要做这样的大举动,是很难做到的。

不然的话,何以自唐以后,历经宋、元、明诸朝,人们不曾考虑《全唐诗》的编辑出版,而到了国力强盛的清初才得以实现?问题在于,进行这样的大举措,需要有一定的条件,例如,和平安定的社会环境;历史沉淀和学术积累;特别是充盈的财力;以及从事这一工作的专业的人才的培养和集结。战乱的社会环境和贫弱的国势,是难以启动这样的大工程的。所以,编辑完成《全

---

[*] 此文刊于2002年8月6日《中国文化报》。据此编入。

唐诗》的历史性荣誉，就这样落到了强盛的康熙时代。

但自此书问世以来，人们发现它存在着漏收、误收、以及篇章重见、作者张冠李戴等诸多缺憾。更重要的是，历来人们读到的《全唐诗》都是没有注释的，这给人们的阅读和研究带来了很多不便。但是，即使《全唐诗》存在着这样那样的问题，人们面对着它的巨大而辉煌的存在，仍然只有满足和感激。至于要对它进行哪怕是轻微的改进，则是连想也不敢想的。

在以往，要是听到有人要对《全唐诗》进行"增订注释"，单是后面这四个字，也要让人吓一跳的。就是说，这样的"增订注释"的工程是太浩大了，要是没有坚定的决心、巨大的魄力、精心的设计，周密的安排，特别是，要是没有学术准备的成熟——这里指学术研究的进展、专业队伍的壮大和成长、以及保证完成此项大工程的有水平和有威望的组织、协调工作，最后，也是极为重要的，要是没有出版事业的繁荣，要是没有卓有成效的资金投入，总之，要是没有上述这一切，《全唐诗》的增订注释工作，哪怕是前进一步也是困难的。

以上的叙述意在说明，像增订注释这样的大举措，即使是康熙时代也是未曾想做、同时即使想做也未必能做到的。现在，在我们当代、在我们这一代人的手中实现了，这是我们当代人的荣耀。这里不妨说说作为读者的我的心情：孤陋寡闻的我，直至此书出版，才知我的师友们曾经进行了如此的壮举。这样的工作出乎我的想象之外：集国内专家近二百人，点校、辨伪、释义、披阅，历时近十载，皇皇巨卷总数达一千五百余万字。这样的大事业竟然在我们这一代人的手中完成了！在我是惊喜参半，如在梦中，疑为幻觉。

新版《全唐诗》给人以全新的感觉。该书"编排得体，注释适中，采精英于前贤，惠发明于后学"（主编序言语），特别是在"拾遗辑佚，辨伪删重"方面，作了大量细致的工作。可以说，这是继康熙辑撰《全唐诗》之后对这一历史巨书的一次跨越三百余年的大推进。这是一个全新的、充溢着创造精神的事业。编者在从事这一工作时有一种统括全局的大视野。对该书的辨误、注释、增删等都作了全面周到的考虑。例如,在注释方面的"不作串讲"、"不罗列异说",很符合"诗无达诂"的体认。再如,一般不作"参见前注"的举措,也是一种切合实际的考虑。这说明编者有一种以读者为主的务实精神。

增订注释本《全唐诗》对旧本有许多补充,在做这些补充时,它尽量采纳了新发现的资料和新的学术研究成果。例如卷八九四,新补十六,无名氏《唐伯牙弹琴镜铭》,取自沈从文《唐宋铜镜》。下一铭是《唐八棱贴银镀金海上仙真八卦花鸟镜铭》,出处同上。其中"遥忆画眉人","画眉人"注曰:"指夫婿。用汉张敞事,张敞曾为妇画眉。见《汉书·张敞传》。"这里的注释言简意赅,程度繁简适中。这样的例子很多,如韦应物《还阙首途寄精舍亲友》,注文是:"还阙:还朝。首途:出发上路。精舍:佛寺。此处应指长安西郊的善福寺。"这样的释文既很专业,又很普及,可谓雅俗共赏。

编注者的敬业精神在书中得到全面的展现。首先值得注意的是它的作者小传,所有的写作都非常认真。举例说,卷二零五,杜甫小传称:"其诗博大精深,沉郁顿挫,伤时念乱,寄怀天下,读其诗,可知其世,当时谓之诗史。集前人之大成,为后世之楷模,故又被尊之为诗圣。"写得精练得体。即使是仅保留一首诗的作者,其小传的写作也绝不马虎。如卷一八五,孟彦深,存诗一首,为《元次山居武昌之樊山新春大雪以诗问之》,计十二句,六十字。仍为此精心地写了小传二百余字,注三。其中有注曰:"此诗作于广德二年(764)春。元次山:即元结,见卷二二九小传。"又对诗中"樊山"作了详尽的注释和考订。此类实例甚多,不胜枚举。

跨世纪之交,我国学界为告别旧世纪、迎接新世纪,有许多纪念性的学术活动。在这些活动中,我以为对于《全唐诗》的增订注释是一件意义非常重大的事件。它把我国当代学人继承、光大、并超越前人的决心和意志,具体演化为一种坚定的存在和事实。正如编者所言:"把近五万首诗(其中有许多诗从未有人作过注)全部正确注出,终究是一件很繁难的事。"它不可能没有缺点,它肯定会有遗憾。但这一切因为他们的艰辛的劳作和非凡的功绩,而变得是可以原谅的了。

2001年9月19日于北京大学中文系

无尽的感激*
——我所受的中学语文教育

我能够走上文学之路,而且成为一个以文为生的人,不论是幸还是不幸——有人说"人生不幸识字始",又有人说"书中自有黄金屋"——我都要感谢我在中学时代所受的语文教育,都要感谢那时的几位语文老师。感谢他们在我年轻的心中播下了文学的种子,使我有可能用我毕生的时间和精力和人类最优秀的、同时也是最优美的心灵和大脑对话,并接受那些高尚情感的浸润和启迪。

我通共只上了四年的中学,三年初中和一年高中。因为战乱,这四年中学也是断断续续地进行的。高一读完以后,我过了六年的军旅生活。复员回来,我决心参加高考。借来了中学课本,用了一个多月的时间自学了全部的高中课程,这才考进了大学。我的中学时代是在硝烟和离乱中度过的。那是一个内忧外患非常严重的年月。那时不仅是"华北之大,已安不下一张平静的书桌",而且是中国之大连生存都成了问题!岁月如烟,那时发生的一切,都是很遥远、也变得模糊的记忆了,但我依然深情地怀想着我深深受益的中学语文教育。

回想起来,当年虽然社会动荡,形势严酷,但那时的中学语文课本还是相当轻松的,并没有太明显的政治直接的干扰。那时语文课重视的是对青少年品性的熏陶,以及诱导和培养他们

---

* 此文据文稿编入。

对美文的兴趣。事隔半个多世纪,许多印象都淡远了,只记得读过《木兰辞》,也读过白居易的诗。《木兰辞》的叙述方式很引起我的兴趣——原来这样情节曲折的故事,可以通过有韵律的文字得到表现。当然它唤起的是一种克服包括性别在内的各种障碍而勇敢迎接命运挑战的热情。这篇用韵文写成的故事是如此动人,它的充满乐感的文字中挟带着优美的情操,沁入了我幼小而纯洁的心灵。我那时不懂,其实这正是文学在以它的无言之美,开发着、同时也塑造着理解和崇尚人类美好情感的心灵。

记得还有一篇文字,是用通俗的歌行体写成的现代韵文,讲的是一位叫做"瞎子先生"的双目失明的人,如何自强自立地生活着:"雨后天放晴,瞎子先生往外行,手拿竹竿来问路,敲敲点点不留停。"瞎子先生不幸跌倒了,边上的人搀扶他走过了马路。我那时很喜欢这篇课文,我们曾高声地全文背诵过它。在享受那种音乐般的阅读的愉悦中,我懂得了人的生存与艰难命运的苦斗,对一切弱者的同情和爱心。当然,印象最为深刻的是课文中的都德的短篇小说《最后一课》。这篇沉痛的文字,犹如一支火炬点燃了我们的爱国心,也唤醒了我们那时正在经历着的亡国之痛!

影响我最深的语文老师是余钟藩先生。余先生毕业于南京中央大学国文系,是一位对中国文化和中国文学造诣很深的学者。记得最清楚的是他给我们讲授《论语》的《侍坐章》。子路、曾皙、冉有、公西华侍坐,孔子要弟子们讲他们各自的抱负和追求。孔子问到曾皙:

"点,尔何如?"
鼓瑟希,铿尔,舍瑟而作,对曰:"异乎三子者之撰。"
子曰:"何伤乎?亦各言其志也!"
曰:"莫(暮)春者,春服既成,冠者五六人,童子六七人,浴乎沂,风乎舞雩,咏而归。"

夫子喟然叹曰："吾与点也！"

余先生是福州人，熟谙闽方言古音。记得他吟诵上引这段文字时，用的是福建传统的吟诵方法，那迂缓的节奏，那悠长的韵味，那难以言说的高贵情调，再加上余先生沉醉其中的状态，都成了我生命记忆中的一道抹之不去的风景。尽管有余先生细致的讲解，当年只有十五六岁的我，仍然无法理解当时年届七十的孔子喟然而叹的深意，却依稀感到了他落寞之中的洒脱。当年听讲《侍坐章》的记忆，就这样伴随着我走过人生的长途，滋养着我的灵魂，更磨砺着我的性情。

我的文学兴趣就这样在我识字求知的最初就开始了。在老师的引导和鼓励下，我的阅读层面逐渐扩大，我对文学的理解也逐渐深入，语文课成了我最喜欢的一门功课。因为喜欢语文课，跟着也喜欢上了作文课。我开始借助作文课的机会，学着写各种文体的文章。散文是最通常的，有时也写诗体的散文，就是现在被叫做散文诗的那种，有时甚至也试着写小说。余先生很宽容，也很开放，他没有拒绝我这种对作文文体的"扩张"，而且似乎还在暗暗鼓励我的写作。

记得有一次作文，我有感于秋天的萧瑟，将这种对自然节气的感受融进我对时局现状秋天般的心境之中，写成了一篇叫做《公园之秋》的抒情散文。余先生给了我高分，而且加上了热情的评语。后来，这篇散文被加上了花边刊登在福州出版的《中央日报》上。这篇文章于是成了我的"处女作"。我的作文于是在学校里就很有些名气了，全校性的作文比赛我总得第一。直到高中一年级，转学来了一位同学，他的议论文写得比我好，那一年的作文比赛第一名的桂冠被他摘走了。

除了作文，我还办墙报，我办的墙报是文学性的，刊登各种体裁的文学作品。记得有一期，有一位平时作文成绩并不见好的同学，突然投来了一篇叫做《地球，我的母亲》的诗稿。诗写得真好,我欣喜异常,全文发表了。后来我读郭沫若的作品,才知道是那位同学把郭的作品当成自己的作品投稿了。我暗暗责备自己的无知,为此羞愧至今,那是初中二年级的事情。

有一段时间余先生请了一个学期的长假。来了一位代课老师,他就是余先生在中央大学的同学林仲铉先生。和余先生相比,林先生似乎更关心和注重新文学的研究和传播。他本人在桂林办过文学刊物,作为青年编辑曾和茅盾、巴金等都有过直接的交往。他在代课期间就向我们介绍过五四以来的新文学的作家和作品,这些介绍是超出了课本所给予的,为我们输入了更为鲜活的文学营养。我的文学天空一下子变得非常开阔了。我不仅开始广泛的课外阅读(从古典到现代),我还利用同学们外出郊游的时间,把自己关在楼上,背诵白居易的诗——从《琵琶行》到《长恨歌》。这两首著名的古典长诗,当时我都能一字不漏地背诵下来。

从此,我和文学开始了非常紧密的交往。后来,这种文学的阅读和写作就不再是一个人的单独活动,我和兴趣相近的同学开始组织读书会——这种形式四十年代末在进步学生中很普遍。我们在课外时间定期地聚会,各人在会上谈自己的阅读心得,而后将自己的体会写成文字发表出来。从茅盾的《幻灭》和《动摇》,到巴金的《灭亡》和《新生》,我们有了更为广泛、也更为有目的的阅读,并有了独立的思考。这种多向的交流和相互的切磋,不再仅仅是文学的欣赏和知识的传播,而是有了一种心智上的滋养和熏陶:通过文学,我们认识了社会和人生,我们不仅获得了审美的领悟,而且获得了社会的反抗和批判的意识。

也就是从此时开始,我通过语文课本的引导开始了自主的阅读选择。我在此后的一切阅读,都不再囿于中学语文课本限定的范围,而是有着独立的、有坚定目标的阅读了。至此,我认识到,小学的语文教育是识字,中学的语文教育是引领,后者的意义不单在于知识的传授,它的意义更在于启发。这种启发是通过一篇篇典型的文章的讲授和欣赏,从知识的、文化的、智育的、也从审美的层面,全方位地诱导中学生对语文的阅读和写作的兴趣,其最终目的在于培养和启发青少年独立阅读和独立思考的能力。

从这个意义上看,中学生和语文课以及语文课老师的关系,最初是接受引导,再后来则是逐渐脱离这种引导,并开始自主地和独立地阅读、思考和写作。这就是成长和成熟的过程,这种过程与人的成长十分相似。但不论人的成长将出现何等奇迹,所有的成长者对于哺育他成长的一切,永远都怀着无尽的感激。

2001年10月10日于北京大学畅春园

一个世纪的梦想*

　　中国诗歌由古典诗转变为现代诗,是发生在二十世纪的事情。二十世纪是刚刚过去的昨天。这个世纪人类发生过很多事情,有些事情非常重大,但未必都值得记住。有些事情当时和现在都不曾造成巨大的震撼,但却是值得永远言说的。中国诗歌在二十世纪的变革,就是这样的一个值得永远言说的事件。1919年胡适把新诗的诞生说成是辛亥革命以来的八年中的"一件大事"。他当时就说,"与其枉费笔墨去谈这八年来的无谓政治,倒不如让我来谈这些比较有趣的新诗吧"。我赞同胡适先生的见解,的确,当时的政治是有点"轰轰烈烈"的,但他仍然以为还是新诗比较"有趣"。

　　中国人在二十世纪决心打破旧诗那个精美的坛子,不是一时的情绪冲动,而是经历了长长的痛苦思考、探索与"尝试"之后作出的选择。关于这一点,从文学史和诗歌史的角度看,大体上说是没有争议的。原有的古典形式不适于当世,其实就是缺乏现代性。许多新事物,新思维,许多活泼的思想都装不进去。以文言写作的诗成为表达现代情感的障碍。这就使得当时的先行者下决心去破坏它。在古典与现代方面,人们选择现代而拒绝古典。古典的参照被取消之后,人们创造新诗只好寻找西方的诗歌资源,这就是"别求新声于异邦"。

　　上述那一切应当说都是合理的,但依然种下了不可克服的

＊　此文据文稿编入。

矛盾。这里有两点事实需要加以着重的说明：一、所有的诗，不论古典诗还是现代诗，都只能是中国诗；二、中国诗的发生、发展以及演变也都只能倚赖于它自身的历史和传统，这是绝对不可忽略的。一旦人们把新诗的发展和中国诗的传统割断了联系、而把它放置于西方资源的基础之上，这就导致了许多根本性的冲突。中国诗在它的发展中出现的许多争论，都可以从这个根本性的矛盾冲突中找到原因。例如1942年以后对于"喜闻乐见"形式的强调、新诗反对欧化和对于民族化的倡导、对于现代派的警惕与批判、以及关于民歌有无局限性和现代格律诗的提倡等。直到世纪末引起各方注视的知识分子写作和民间写作的论争，也莫不源出于此。

因为旧诗束缚思想，人们要求诗体解放，要求打破诗歌规律的约束。那时有一种破坏的热情，诗歌革命以"完美"为敌。旧诗破坏了，新诗诞生了，当时的确有一种新鲜的喜悦。很快就发现事情并不那么简单。不精练、拖沓、散漫是其通病，更要命的是，新诗没有余韵，寡淡如水。一些不满现状的人于是声称要"创格"，想用新的格律来代替旧的格律。从闻一多、徐志摩开始，到臧克家、何其芳的致力，但似乎都没有取得公认的成功。

旧诗被摧毁了，新诗又不如人意，这就造成了一个世纪的伤痛。数十年来，人们谈论新诗，总感到有一种诗意的缺席。一方面，觉得新诗有很大的进步，在满足它的成就的同时，又感到不满足——新诗应当有一种理想的形态。至于这形态是什么？新诗缺少的是什么？谁也说不清楚。其实，这就是中国人的怀旧情结。一些完美的东西被毁坏了，新生的东西又无法替代它，无法继续先前的辉煌——旧诗的完美始终是中国人的一个梦！

当今的诗人普遍地有一种近于肤浅的乐观的满足。其实，他们不知道，新诗的市场已变得越来越小了，旧体诗正在悄悄地扩大着它的地盘。在旧体诗的读者中，大量的是儿童。由于家长的倡导,旧体诗正在成为陪伴他们金色童年的启蒙读物。有多少唐诗的注音、配图以及音像制品,正在源源输送给二十一世纪的主人!再就是为数众多的老年人,旧诗的阅读和写作,已成为他们晚年生活的一大乐事。有多少以老人为中心的诗词协会,有多少的诗词刊物,正在人们的心目中恢复它的青春记忆!

新诗是成功了。但这只是非常表面的现象。诗的现代变革之最后判断,应当是诗在人们日常的审美活动中所占有的地位。而这些占有系数的统计,则是这一诗歌体式的所拥有的音乐性、美感、情趣和韵味。而这一切,正是新诗所缺乏的。这也正是人们为何至今尚迷恋于属于昨日的中国诗歌形式的根本原因。当温饱不再成为问题之后,人们寻求诗意的生活方式,这时候,对诗的期待和欲求就必然地进入了他们的视野。这就是通常所说的诗意地栖居的基本含义。人们对旧诗或是新诗的选择,属于这一范畴。

我们此刻正在告别一个曾经是充满敌意和破坏的世纪。我们希望面对的是一个人与人之间不再猜忌、怀疑和敌对的,并且是充满友善和建设性的新世纪。我们寄望中国诗歌的也是如此。但中国新诗的发展依然是两难的。为了寻求与现代生活环境的适应和结合,我们不得不背离我们引为骄傲的古旧的传统,但我们又不甘心于成为外国诗的拙劣的仿造者。我们从心灵深处渴望拥有一个完美的诗之王国,我们因为要适应现时的生活而又不得不打破那完美的秩序。那么,我们的目标究竟是什么?我们应该把双脚放在哪里?有一个时间,有一个要人曾提出"新诗应在古典诗歌和民歌的基础上发展"。如果这样做了,人们不免要问:五四新诗革命有必要吗?晚清的诗界革命有必要吗?

二十世纪留给世人有很多的伤痛,特别是那些无边无际的"热战"和"冷战"带来的伤痛。对比之下,新诗变革留下的遗憾几乎是微不足道的。但这种变革若是涉及一个历史悠久的、且有着数千年诗歌传统的民族,要是这种变革不能带来更为非凡的结果。那么,这种文化上的伤痛就是深重的。

人们记得,白话诗诞生之后,原来存在的问题得到了解决。新诗终于能够装进去我们亟待装填进去的新思想和新事物,并以此为武器终于能够得心应手地喊出时代激越的声音。这只要看看女神时代的郭沫若,以及火把时代的艾青,便不难理解当日所发生的一切变异。

新诗原是应着时代的要求而诞生的。二十世纪二十年代以后的中国形势甚为严酷,身处艰难的时代,第一要务是救亡图存。在那样的时代,审美和抒情只能让位于更为迫切的求生存。时代对于诗的要求不仅是严酷的,而且几乎是步步进逼的。时代要求诗的承担,从为大众到为工农兵,这一切都是顺理成章的。政治的渗透,意识形态的浸润,使原来就诗意淡漠的诗,它和非诗化的距离几乎只有一步之遥。

政治动乱的结束,唤醒了人们对诗的病变的觉悟。人们对这一时期曾经有过的诗的"假大空"现象深恶痛绝。避让政治和拒绝说教,于是成为了当代文学觉醒的重要标志。新时代一个明确的口号是:诗就是诗。当日非常时髦的所谓"纯诗",意在强调诗对于非诗的一切的弃取。要是说,因为警惕而产生的对于社会重大问题的"躲避",曾经是前进的表现而可以理解的话,那么,当这种躲避成为理所当然的象牙塔内的自我呻吟,那就是一种不可原谅的误差。

从不屑于做时代的传声筒,到不屑于为时代代言,这种误差实在是太大了。我们在当前诗歌取得重大进步的时刻,的确看到了它的匮乏。我们满目所见充耳所闻,尽是不见尽头的、而且与人无关的"个人话语"。尽管时代和生活发生了重大的改变,但留在当代诗中的记载,却是十分的微弱。没有记忆和缺乏美感的诗歌并不是健康的诗歌。我们时代的确缺乏大手笔,这正是现今我们心头的至痛!

记得去年,也就是二十世纪最后一个的圣诞节的夜晚。那是一个风雪交加的夜晚。来自中国和世界各地的诗人们,为着一个神圣的祝祷,冒着冰雪聚会大连。时间过了一年,我们又为着一个同样的目的,来到南太湖的这座古堡。此刻我们的心情沉郁,因为我们的耳边轰响着纽约世贸大厦爆炸的声浪。在这样的时刻我们聚会,我们顿感诗歌的脆弱无力!我们能抵挡那一切的恐怖和暴力吗?当然,诗歌不是枪炮,诗歌的手段是和平的。诗歌是和鲜花、音乐、人与人的友善永远在一起的。

当硝烟消散之后,人们清理那废墟,重建新的生活。爆炸声已经远去,仇恨终究被遗忘。这时,是诗歌,而且只有诗歌,飘散在那一片焦土之上,鼓励着悲伤的人们重新开始。这正是:屈平辞赋悬日月,楚王台榭空山丘!

2001年10月27日于湖州哥伦波太湖城堡

厦门寻踪[*]
——本文为纪念林庚先生赴厦门大学任教七十周年而作

为着寻找林庚先生当年在家乡教学和创作的足迹,我们来到了厦门。南国的深秋依然是满目青翠。日光岩铺天盖地的三角梅,滨海大道惹人乡愁的台湾相思,南普陀依稀灯火中的暮鼓晨钟,还有厦大校园里浮动着的白玉兰的暗香,到处都使我仿佛看到先生的身影。他是比我在上个世纪看到的更为英俊潇洒了,在厦大任教时他正是令人羡慕的青春年华。

在认识林先生前,我已为他的诗歌所着迷。在福州的一所中学里,我偷偷地学着写"林庚体",我在那里找到了属于我的诗的感觉。林先生所创造的诗的体式,那种可供反复吟咏的、轻柔而绵长的语调和韵律,能够非常适当地传达着一个早熟少年内心的苦闷。有一点感伤,却体现着那种冲破黑暗的追求与向往。当年我通过这种诗的体式得到了一种发散内心积郁的愉悦。我忘了最初是怎样一种机缘接近这种诗歌的,但是,我的确非常喜欢这种旋律和语调。

我来到北大的时候,林先生在我的心目中还非常年轻,他总是仪表非凡,神采飞扬。林庚先生风流倜傥的形象,总让我们为之倾倒。当年他给我们讲课,他通过一片飘落的树叶,掂量古代诗人用字的苦心,他在古人"落木"与"落叶"的不同使用中,分析

---

[*] 此文据文稿编入。

二者的细微区别,从中倾注了他毕生研究中国文学的丰富学识。林先生讲的是中国文学史,却是融进了他作为作家和诗人自身创作的体验。所以林先生讲史,也讲的是他自己。

我当年有机会作为听课学生的代表,参加了一次类似后来"教学评估"的会议。我对先生的课堂讲授,特别是他对"无边落木萧萧下"的分析赞不绝口。同时也明显地感到一种"不以为然"的评价——当时的学术氛围已经很坏。先生不为所动,依然随心所欲地、怡然自得地在课堂上表达他独立的观点。

在教条主义盛行的年代,日复一日的政治批判使学术尊严和自由思想受到极大的损害。而先生依然故我,周围的"热浪"并不曾动摇他的坚持。先生平日为人是低调的,学术上也如此。他从不对自己的坚持说些什么,却是坚强而坚定地抗拒着外界日益严重的压力。他的这种坚持表现了中国知识分子的良知,更体现着北大的传统精神。

林先生的文学史体系在厦大任教时就已形成,布衣精神、盛唐气象、黄金时代等重要概念当时就已提出。他的《中国文学简史》,直至五十年代还只有半部,这一方面表明那个年代已失去正常的治学和写作秩序,另一方面,也说明他作为学者的矜持与自重,他决不会轻易改变自己的观点,他从不随波逐流。

我从先生那里学得一种可贵的品质,就是这种对学术尊严的敬畏之心。学术活动是充分个体性的、个人的创造性比一切都重要。而始终坚持这种独创性不动摇,不轻易改变自己的观点,在五六十年代这样异常的岁月,更是难能可贵。

前天在福州我和孙绍振先生交谈,他认为林先生本质上是一个唯美主义者,我是认同他的这个论点的。林先生从生活到创作,从创作到学术,都是充分审美的,美服,美文,美声,这一点毫无疑问。但是"唯美"的定性往往易于忽略他入世和抗争的一面,而后者也是他性格的另一面。

先生毕生研究古典文学,他的古文学修养极深厚。但他身上没有通常研究古代的学者的那种"古气"。他是非常现代的,从生活到思想,从思想到学术。他唱歌,而且是美声男高音,他运动,是男篮选手。林先生不重浮名,很少在公众场合出现,而一旦出现则神态自若,温文尔雅,总有着高雅的谈吐。而最能体现他的特殊性格的,是他坚持写新诗,一以贯之地作九言、十一言的实验。他不会因为他对旧诗的深知而看轻新诗。他非常关心文学现状。他的专业是中国古代文学史,但他同时又是现代诗人。在林庚先生身上,古典和现代有着完美的融合。他总是用古典来观照现代,用现代来诠释古典。

2001 年 11 月 1 日于厦门大学

纪念徐志摩先生[*]

  徐志摩先生是中国现代最重要的诗人之一。徐志摩先生的诗歌创作有力地推动了五四新诗革命的进展。徐先生倡导的新月诗风,是中国早期新诗最值得纪念的一个事件。他的诗歌经验已进入历史,而且毋庸置疑地已成为丰富多彩的中国诗歌传统的一部分。

  徐志摩先生的散文创作,在大家林立的五四散文界也别具一格。他的《翡冷翠山居闲话》、《我所知道的康桥》、《巴黎的鳞爪》,都是一些让人耳目一新的"浓得化不开"的文字。

  徐志摩先生是中国新文学的骄傲,更是他的家乡海宁的骄傲。

2001 年 11 月 11 日于北京大学

---

[*] 此文据文稿编入。

在澳门的讲话*

各位女士，各位先生：

我受第四届澳门文学奖诗歌组评委的委托，在这个庄严的授奖大会上讲几句话。我们三位评委分别来自内地、香港和澳门。评委中秀实先生和苇鸣先生是诗人，只有我不是。我们在三地接到匿名的预选评件共三十七件。按照组委会的规定，我们分别给这些作品打百分制的评分，并分别排队选出各自的前十名。经过组委会严格而保密的工作，根据我们三人的评分加以综合，按总分再列出前十名排序。我们的工作是在平等、民主和相互尊重的气氛下进行的。

我们承认，由于年龄、文化背景等的不同，我们在诗歌的理念上也存在着差异。但我们对诗的基本看法则是一致的，即，我们非常重视诗对社会人生的关怀，以及精美的艺术表现。正是在这一基本点上，使我们能够在非常丰富、也非常驳杂的诗稿中遴选出它们的优胜者。

澳门的诗歌给人以信心。在澳门几代前辈诗人的影响下，本届文学奖的诗歌作品的总体水平是高的，也相当广泛地表现了诗人对人类情感和人生世象的真切关爱。当我们完成评选工作，揭晓这些作者的真实姓名时，更是感到了意外的惊喜——因为几乎所有的作者，对于我们这些本来对澳门诗界并不陌生的

---

* 此文据文稿编入。

人都是陌生的名字。这说明澳门的文学事业后继有人,也说明澳门诗歌有着无限发展的蓬勃生机。

感谢澳门基金会、澳门笔会、澳门教科文中心、以及本届文学奖组委会对我们的信任。同时也感谢他们卓有成效的工作,使这次评奖工作取得了圆满的成功。借此机会,我作为来自内地的客人,中心祝福澳门的文学和诗歌事业取得不断的发展和进步!

谢谢!

2001 年 11 月 11 日于澳门教科文中心

沧海为镜[*]

在这里，我看到了苏州虎丘的塔影，那剑般斜插九霄的姿态，有一种关于历史的隐喻。诗人说，江南的风花雪月，演绎了许多粉红色的记忆。在这里，我还听到了寒山寺的钟声，渔火明明灭灭地闪烁着沧桑变幻。诗人说，张继用一首诗，敲响了寒山寺。林轩鹤这本诗集里留下了很多中国古旧文化的迹痕，这使我感到欣喜。我常感叹当今的诗里没有历史，也没有记忆，只是一些对于苍白的庸常生活的咀嚼。因而那些诗显得很轻浮，它没有分量，当然，更谈不上沉重或厚重了。

诗歌不能只是一种复述，诗歌需要发现。好的诗歌更像是一种记忆，记忆着人间的、还有心灵的历史。它在今天的叙述中隐藏着昨日的声音、色彩和动作。它让人眷恋那值得记住的一切。它更有一种把今日的一切化为明日的记忆的宏愿。没有记忆的诗不仅缺少重量，而且也缺少生命力。它只是一种稍瞬即逝的短暂。而恒久的则是那些刻骨铭心的记忆。

林轩鹤是海的儿子，他的诗里有很多海的故事：渔村晨昏的风景，礁石边的凝思，还有寡妇村里的酸酸甜甜的爱情。这是他笔下的半月湾：飞倦的鸟儿找不到坚实的岛屿，便在她温柔的怀里憩息，疲惫的灵魂与她相依为命，于是她的泪和血，便咸成为岸边的礁石。在诗人那里，有一种感伤的美丽。成长和生活在

---

[*] 此文据文稿编入。

崇武半岛的人,似乎天生地会感染上这种感伤的情绪。能够把这种感伤表现得美丽的,就是诗人了。

2001年12月2日于北京大学

简单几句话[*]

人的生命的基本状态是漂流。漂流带来刺激,生出一种乐趣。漂流又因远离家园而痛苦,于是产生诗歌。许多诗歌都是这样产生的。这一部诗集就是这种深深的、浅浅的、浓浓的、淡淡的、或者是无家可归、或者是有家难归的游子心灵的诗意传达。

不论是自愿的,还是被迫的放逐,都是一种去来家园的刻骨铭心的经验。生命的本质就是流动,生命因这种流动而美丽,生命又因这种流动而悲伤——人始终都在路上!这就是庄伟杰诗中频频出现"创伤"、"依恋"、"无奈"、"追寻"这些词语的原因。

在描写这些人类共同面临的、也是永恒的话题时,庄伟杰可以骄傲,因为他拥有的是付出巨大的情感投入的大跨度的、也是产生了大悲欢的人生漂流。

2001 年 12 月 2 日南行归来于北京大学

---

[*] 此文据文稿编入。

平安夜话[*]

  我以为庆祝生日的举动不仅在于为人们提供增进亲情和友谊的机会,更体现人对生命的尊重,以及对母亲的感激和纪念——生命的诞生是伟大母爱的体现。所以,我不反对别人过生日。我自己也经常参加亲友庆祝生日的活动。

  但我自己从来不过生日。没有别的原因,这只是我个人的一种习性。这里头也许有我一些隐秘的想法,却从来没有机会表述过——因为我从来不过生日,因此也从来没有表述的机会。今天大家似乎都为着一个目的而来,我劝阻不住,只好借此机会谈谈我劝阻的缘由,希望能得到你们的谅解。

  我以为人的生命的诞生或死亡和自然界一切生命的诞生或死亡一样,都是自然而然的,纪念或庆祝与否都无所谓。因为人有思想,因此,人会看重生命的诞生,也会看重生命的死亡。至于我自己,基于对自己生命的估量,不仅我自己、我的家人不过生日,也劝阻别人为我过生日。

  我是一个非常平常的人,是无数生命中的一个平常的现象。古人说的立功、立德、立言,我都做不到。我的生命过程有过曲折甚至磨难,但又都很平常,没有什么特别动人之处,当然更谈不上轰轰烈烈了。我曾经作过比喻,那只是草地上飘飞的蒲公英的一颗种子,只是一道流向远方的平常水。要是它有光亮,那

---

  [*] 此文刊于《都市美文》2003 年第 1 期,收入《每一天都很平常》、《红楼钟声燕园柳》。据《都市美文》编入。

也只是夏天夜晚划过天空的一颗流星,它曾经发光,它最终也归于黑暗。

对于一个最常态的生命现象,最好的办法是让它始终处于常态之中。这就是我不主张为我庆祝生日的原因。

今天的聚会很让我感动。黄亦兵和张夫从遥远的美国回来,陈顺馨为了这个聚会推迟了返回香港的时间,王利芬因为有急务,昨天提前带着小女儿来看过我了,大家都放下了手中繁忙的工作到这里来,我和陈老师都感谢你们的一片好意。

明天就是本世纪的第一个圣诞节。我们是在这里迎接一个神圣的生命在伯利恒的诞生。那里有马车踏着冰雪而来,报告着来自天边的福音。借此机会,我向你们大家祝贺圣诞节快乐!新年快乐!让我们真诚地祈愿上帝赐福给世界的一切人,让所有的人都将拥有一个真正的平安夜。

2001 年 12 月 23 日凌晨 2 时于畅春园